U0594592

Staread
星文文化

乌金坠

WUJIN
ZHUI

尤四姐 著

上

长江出版社
CHANGJIANGPRESS

目录

第一章·

初若溟蒙

"贵主儿，中晌才下的雨，仔细地上滑。"

并蒂莲花的门槛外，传来宫女柔软的声音。

只听坠珠流苏沙沙一串清响，一只描金绣牡丹的花盆底鞋迈了进来。

长久没人住的屋子，就算常有宫人打扫，也缺了一股生气。裕贵妃抬起手绢，轻轻捂着鼻子，两根镏金嵌米珠的指甲套横陈在松香绿的帕子前，有种孤高凌厉的气势。

屋子里的陈设还是老样子，夕照过来，光线投在窗户纸上，满室染上一层橙黄的光。滴水下的竹帘被风吹动，嗒嗒叩击着抱柱，立在门前斜看，那从光瀑里浮起万点圆细的尘，上下翻飞着，仿佛用力吸一鼻子，就会吮进肺里来。

裕贵妃眯起了眼，东墙根儿立着一个大衣架子，横平竖直地架着一件明黄满地金的妆花龙袍，那是皇后出席重大场合时的行头，阖宫上下独一份的尊贵。这件衣服在这儿架了两年了，原本应该收归库里的，可是上头不发话，贵妃就算摄六宫事，也不敢轻易处置。

不收起来，就得时常来瞻仰瞻仰。往常皇后穿着它，谁也不敢不错眼珠地打量，那是高登凤位后的帝王家体面，是可望而不可即的威严。还有那顶貂皮嵌东珠的朝冠……上头的珠子，足比别人大了两圈。

贵妃的视线重新落在凤袍上："看屋子的奴才不尽心，瞧瞧落的满肩的灰！"

宫女翠缥忙应是："回头一定好好训斥他们。"待要上前清理,却被贵妃叫住了。

"我来吧。"贵妃作养得白洁细腻的手,缓缓抬了起来。

翠缥退回来,抚膝道："那奴才开开窗,没的灰尘飞起来,呛着主儿。"

钟粹宫次间的槛窗是冰裂纹的,花形纵横交错极有规律。窗户被支起来,窗底漏进的一线余晖,恰好打在袍子胸前的团龙上。密密匝匝的绣线折射出刺眼的金芒,一瞬造了贵妃的眼,贵妃不禁避让,等回过神,懊恼而无声地笑了起来。

"唉,尚衣局的宫女,真是做的一手好活计。"

翠缥说是："换春袍的时候到了,今年江南又送了几个新人进来,回头让她们准备新鲜花样,送到咱们宫里请贵主儿亲选。"

裕贵妃随意点了点头,小心翼翼地掸落袍子上的灰尘。

这时东边传来隆隆的声响,夹带着"啪啪啪"的击节声,贵妃转头朝窗外望了眼："出什么事儿了?"

翠缥笑道："贵主儿忘了,今天是选秀头一天,各旗女子进宫备选了。"

贵妃哦了声："瞧我这记性,真给忘了。"

选秀是每个宫人必经的路,做新人的时候供人挑选,等混出了头再挑选别人。

大选每三年一回,往年都是皇后主持的,前年皇后被废了,今年的选秀就由贵妃来掌事。

头选没什么好瞧的,太监凭着一双挑剔的慧眼,对女孩子们的相貌一通筛选,这就得筛出去一小半。几轮过后剩下的,都是品貌上佳的姑娘,到时候再请太后和皇上过目。上记名的留下,其余的发送到各处当差,一场大选就妥当了。

不过这群女孩子里,总有身份不一样的,保不定以后能得圣宠。裕贵妃问翠缥:"后宫妃嫔家里的,今年有几个?"

翠缥想了想道:"回贵主儿,除了和妃娘家的,剩下五个都是嫔以下位分。"

贵妃颔首:"那就用不着操心了。"

"不过,今年有尚家人,说来辈分怪大的,先头主子娘娘还得管她叫姑爸。"

贵妃怔忡了下:"这是哪路神仙?"

翠缥说:"尚家老太爷留下个遗腹子,年纪比先头娘娘还小五岁呢,今年到了选秀的年纪了。"

经她一说,贵妃才想起来,是有这么个事儿。

祁人家的荒诞事儿多了,六十的孙子三岁的爷,也并不稀奇。尚家老太爷尚麟,一辈子生了六儿一女,最小的那个还在肚子里,老太爷就被西方接引了。皇后的父亲是长子，成家又早，因此侄女的年纪比姑爸还大几岁。

旗下女子到了岁数，个个得入宫应选，这是无可厚非的，尴尬之处就在于身份和辈分。这位老姑奶奶的牌子上固然写着"故中宪大夫尚麟之女"，但侄女被废，哥哥遭贬，进来委实也难以安排。

要说起来，贵妃虽和尚家不亲近，但祖上连过宗。听完翠缥的话，她脸上露出一点遗憾的神情来："她们家早年从龙立下过汗马功劳，前几辈儿的皇后都是先从她们家选。如今朝廷里的官员一拨儿接一拨儿地弹劾福海，人都给贬到乌苏里江管船工去了，这位留下怎么自处？还不如撂牌子的好。"

翠缥听了，轻声道："那奴才知会刘总管一声。"

裕贵妃抬了抬手指，说不必："进选一道道的坎儿，够人受的。尚家现在不是皇亲国戚，瞧热闹的人多了，我代管六宫事务，擅自把人放出去，反落了有心之人的口实，由她去吧。"

横竖尚家想重新发迹，怕是没那么容易了。宫里头自有手长的人，见她不动，反而按捺不住。自己多一事不如少一事，眼下把贤名儿挣足了才最要紧。

天光透过骡车上的窗帘，一点点暗下来，起先车内就昏昏的，现在越发沉闷了。

人在车里困着，时候一长，浑身上下都不自在。颐行已经端坐了三个时辰，大概快到神武门前了，排车的行进越来越缓慢，饶是规矩大过天，窗外也传来压得极低的喁喁低语。

"这门楼子……真高哇！"

"听说正月里摸了神武门的门钉儿，能生儿子。"

几个女孩子立刻吃吃笑起来："不害臊，八字还没一撇，就想生儿子……"

颐行听得也发笑，便伸手，悄悄打起了窗上的垂帘。

迎面一阵凉风，倒吹得人醒了神儿。放眼看，无数的排车在宫门前汇聚，车辕上竖立的双灯，映着将黑不黑的天色，自神武门向北延展，把筒子河两畔都照亮了。

再往前瞧，券门[1]前应选的秀女都下了车，官员们核对，人和车一道进了神武门。颐行有些好奇，探身问赶车的把式："你能和我一块儿进宫吗？"

车把式是尚府里的老人儿，当初给太爷扛过蛇皮刀。赳赳武夫冲这位娇主子，

1　券门：拱门。券，门窗、桥梁等建筑弧形的部分。

也得拿捏着嗓门儿，低声细语地说："不能。回头主子进花园，奴才得赶着骡车打神武门东夹道往南出宫。等明儿中晌主子应选完了，还上神武门来，奴才就在这儿等着您，接您家去。"

颐行"哦"了声，倒也不怵，只是想着初选就得选一晚上，这阵仗着实大，不愧是宫里。

后来车又动了起来，她不敢再打探，老老实实坐着。直到听见外头一声公鸭嗓，招呼着"上徽旗秀女点卯列队"，车把式打帘子，躬身向上架起了胳膊，她才借力搀扶着，从车内走了出来。

一切都是新奇的，颐行没见过这么多人，也没这么安分守过规矩。她是老太爷的垫窝儿[1]，阿玛和额涅五十岁上才生的她，又是这辈儿里唯一的姑娘，因此她自打落地，就被捧在手心里长到这么大。

后来家里遭了横祸，大哥哥丢了官爵，当皇后的侄女也被废了，她才一下子感受到了活着的重压。

但年轻的姑娘，能有多深的哀愁呢。毕竟没闹出人命，内宅的日子也照样过得，除了想起皇后大婚当天，行完了国礼又来给她磕头辞行，哭着说"姑爸我去了"，就没有什么让她切实心酸的事了。

大家都在按着序等点卯，颐行仔细听着，听见户部的官员长吟"上徽旗故中宪大夫尚麟之女"时，她便上前应了个"在"。

那官员大约是发现她是尚家的女儿，微微怔了下，不多会儿就有大太监过来，扔了句"跟着来吧"，将她们一行七个秀女，领进了顺贞门。

听说皇城根儿下，是天字第一号讲程的地方，颐行谨遵着额涅的教诲，进了花园两眼盯着足尖，绝不敢东张西望。但眼珠子不乱瞄，余光却能扫见园子里的风景，只觉满目花草和亭台楼阁，不远处的延辉阁燃着成排的灯笼，那太监鹤行着，一直将她们带往了灯火辉煌处。

忽然背后的衣裳被人轻轻扯了下，颐行微微偏过头。

身后的姑娘小声问："您是尚中堂家的吗？"

颐行颔首，却不敢回头瞧。

那姑娘却很高兴，压声说："我阿玛是徽旗佐领，和您哥哥拜过把子，我也该当叫您一声姑爸呢。"

颐行很惊讶，在这地方居然还能认亲。正想和她打个招呼，前头太监嗓子清得

1　垫窝儿：北京方言，对最小的兄弟调侃的称呼。

震天响，高声呵斥："不许嘀咕，不许交头接耳！这是什么地方，你们进来所为何事？等撂了牌子，自有你们话家常的时候！"

吓得颐行一吐舌头，忙不迭跟进了殿门。

接下来就是相看啦，宫里选秀有一套章程，先得入了掌事太监的眼，才有造化见主子们。负责这拨秀女的太监，听边上人管他叫刘总管，那是个胖头大耳、鼻尖上流油的主，上下好生打量了颐行两遍："故中宪大夫尚麟之女，年十六岁，是你不是？"

颐行垂着眼睛道是。

刘总管边看边点头，最后说："手拿来我瞧瞧。"

因颐行是这队人马里的头一个，也没太明白瞧手是什么意思。见刘总管托掌等着，她误以为选秀还要看手相，便手心冲上，搁在了刘太监的掌心里。

边上的嬷嬷笑起来，刘总管大概也从没见过这么缺心眼儿的姑娘，一时暗笑，顺带也煞有介事地看了她的掌心两眼："嗯，是个长寿的手相。"

只可惜尚家不像早前了，要是换了头两年，这又是位了不起的大人物。

干太监这项营生的，最是善于瞧风向，这位尚家老姑奶奶的去留没人发话，自然按着正常的流程进选。

刘总管抬了抬右手，身后的小太监适时高唱起来："上镶旗故中宪大夫尚麟之女，留牌子。"

颐行纳了个福，却行退到一旁。

留牌子是预料之中的事，只要没人从中作梗，凭尚家女儿的容色，没有过不了头选的。

宫灯高悬在头顶，伴着壁上彩画，连人带景儿，都显得美轮美奂。

颐行站在那里，一眼看去便是个精瓷做成的人。老姑奶奶一词加诸她身上，奇异地带上了点俏皮的味道。就像小孩儿戴了大人的帽子，拿腔拿调，自己憋着笑，那种故作沉稳的做派和灵动的眼眸，分明形成了鲜明的对比。

因着同出尚家，难免叫人拿来比较，照着先头伺候皇后的钟粹宫掌事私下的混话说，皇后主子生得周正，鼻子是鼻子，眼睛是眼睛，但那种周正里，总好像缺了点什么。直到瞧见跟前这位，才明白过来，缺的就是那股子对万事万物饶有兴致的劲儿。

先头娘娘有仙气儿，不近人，早前刚进宫那会儿，眼里偶尔也有华彩，但日子越久，越是沉寂成了一口井。不像这位老姑奶奶，又活泛又漂亮，心思不重还带着点儿糊涂。要是尚家不坏事,这得是金窝跳进凤凰窝的命格。不说旁的,就说这身条长相,让阖宫的主儿摘了点翠、拆了头,只怕没一个能越过她去。

不过上的机缘就在一个"巧"字上,先头娘娘不挨废,断没有嫡亲姑爸进宫应选这一遭儿。尚家也是没想到,照着常理,老姑奶奶到了岁数,找个门当户对的好人家嫁了,将来封诰做福晋是顺理成章的。娘家根基壮,从小又宠着,所以没人把活着的艰难告诉她,老姑奶奶不知道人间疾苦,也不知道人心险恶,更没有进了宫即是水深火热的觉悟。

刘总管又瞥了她一眼,发现她脸上老是带着笑,不由得唏嘘着调开了视线。

"上徽旗佐领艴秀之女,留牌子。"

又一个姑娘划拉进了入选之列,站到了颐行身旁。颐行知道,这就是刚才和她打招呼的姑娘,不由得细瞅了她两眼。

这姑娘和她差不多个头,微微丰腴,挺着胸。见颐行打量自己,悄悄冲她咧了咧嘴,说:"姑爸,我也入了选,我给您做伴。"

姑娘间的好交情,就打做伴上来。颐行见她长着个大脑门子,人又白净,活像个包子,当即很是喜欢,压着嗓门问她:"你叫什么名字?今年多大呀?"

那姑娘脸上透出一点红来:"我们家姓焦,您叫我银朱吧!我今年也是十六,二月里生的,指定比您大,可我还是得管您叫姑爸,辈分千万不能乱喽。"

颐行倒有点不好意思:"我这辈分,是有点儿托大。"

"辈分越大福越厚。"银朱很善于安慰人,"您家皇后娘娘也管您叫姑爸,我倒是冒充大牲口了,斗胆和您老人家一样称呼您。"

因着参选的人越来越多,留了牌子的可以站到一旁去,颐行便和银朱淹没在了人堆儿里。

头选五百多人呢,审阅的就这几位太监嬷嬷,难怪要选到明儿早晨。

颐行闲来无事也张望,到这会儿才看明白,原来刘太监说的看手并不是看手相,是遇着了需要审度再三的,看脸看耳朵看爪尖,只为了尽可能齐全。

一旦意识到这点,她就有点泄气,自己算是丢人现眼了。可银朱说了不起撂牌子,其实也没什么。

"不过您应选,心里头打定主意奔哪儿了吗?是想留牌子,还是想落选回家去?"

颐行这个人,没出息的时候连自己都瞧不起自己,忽然争起气来,却很有铜豌豆般的精神。她说:"尚家就我一个姑奶奶了,我也得学我侄女,挣功名。"

"那可不是功名,是位分。"银朱拿眼睛示意她瞧,"这么多人呢,少说也有三五个晋位的，到时候后宫多挤得慌，您不稀罕个一心一意待您的人吗？"

颐行想了想，摇头："不稀罕。一生一世一群人，多热闹！"

这下银朱也被她说愣了，心说眼前这位大概是因为看的话本子太少，感情方面缺了根弦儿，这才觉得一大群人争宠热闹。

颐行闹不清她为什么这么问，便道："你应选，不图进宫当主子？"

银朱笑道："我是包衣出身，我们这号人，生来就是做奴才的。这会子跟着官员家秀女一块儿参选，等再过两轮，就该编入'包衣女使'了。当上几年差，时候到了还能出宫，也挺好的。"

可是在宫里虚耗九年，出去都二十五了，似乎也好不起来吧。

银朱却说："进宫于咱们来说是镀金，伺候过主子，见过大世面，将来自有人家求咱们过去做当家奶奶。"

银朱说的时候只管笑，可颐行却在琢磨这话的真实性。这得是成亲多晚的大家子，才会娶一个二十五岁的姑娘。寻常人家爷们儿二十郎当岁就定亲了，其实很多宫女出去后都是给人当填房，夫家好几个拖着鼻涕的大小子，仰着头瞅等着管你叫妈呢。

所以还是留在宫里的好，嫁谁不是嫁。她在家的时候就听见风言风语，说尚家往后出不了皇后了，福海也得老死在乌苏里江。

于颐行来说，出不了皇后不要紧，出个高品级的妃子也行。

等她手里有了权，就想办法把大哥哥调回京畿。还有她那大侄女……被废后据说送到外八庙修行去了，等自己有了出息，再想辙把人捞出来，让她过上自己想过的好日子。

所以任重道远，颐行的小脑瓜子里装着大大的念想，好好应选，争取当上皇贵妃，是她终生的奋斗目标。

有了这份心气儿，以前娇滴滴的老姑奶奶，连除夕拜祖宗都嫌累，这回却毫无怨言地在宫里站了一晚上。同期应选的秀女们，因为都是初来乍到，且不知道前景如何，至多多看她两眼，倒也相安无事。

刘总管和尚仪局的嬷嬷们相看每一张脸，直到次日辰时前后才全部相完。最后撂牌子的每人领取一两雇车的银子，就可以随众出宫了。

颐行终于松了口气，这一夜站得真辛苦，她和银朱是互相搀扶着走出神武门的。

宫门外头，骡车排起了长龙，照旧是按着每旗的序列接人，等颐行登上自家的车轿时，已经是正午时分了。

过了筒子河，将要分道的时候，银朱从她的骡车里探出身来喊："姑爸，回去好好歇着，后儿还有二选，到时候咱们还在一处。"

颐行哎了声，挥手和她作别，回到家里的时候，见老太太正对着院里的石榴树发呆。

颐行上去叫了声额涅："我过了头选，回来给您请安啦。"

老太太连头都没回，喃喃自语着："你瞧，今年的石榴树长得多好！自打你阿玛没了，这树就枯了半边，因是他亲手栽的，我没舍得叫人挖走，前两天下了一场雨，没想到竟抽条儿了……槛儿啊，这怕不是什么好兆头。"

颐行的乳名叫槛儿，不管是大家大户还是小门小户，都崇尚贱名好养活的旧俗。门槛儿嘛，用不上造房梁的好材料，但没它不行。且老北京有个传统，过门不许踩门槛，瞧瞧，既不出众又没人敢欺压，算是长辈对孩子最善良质朴的祈愿吧。

颐行听了老太太的话，也跟着仰脖儿瞧，确实老朽的枝丫上冒出了嫩生生的新芽："枯木逢春，怎么不是好兆头？"

老太太对插着袖子摇头："换了平时还有可恕，如今正是采选的时候……"

老太太的心里，是极不愿意这个顶小的丫头入宫的。孩子没吃过苦，进了宫一个能倚仗的人都没有，保不定还会因她是尚家人，被有心之人刻意欺辱，这么一想，真够叫人着急的。

家逢骤变，所幸朝廷看着祖辈往日的功勋和老太爷的面子，抄没了城根儿的大宅子，暂留盛丰胡同的产业用以安顿内宅，但今非昔比，尚家闺女如今不比包衣有体面，这是不争的事实。老太太宁愿孩子留在身边，也不要她去攀那个高枝儿。爬得高容易摔断脖子，这个道理等活到她这把年纪，就看得透透的了。

"唉……"老太太叹着气，回头望了颐行一眼，"你那几个哥哥外放，家里也没个能商量的人。下一辈里头又都是男孩儿，你一个人……"

颐行见老太太忧心，把昨晚和银朱的相识告诉了她，老太太寻思了半天："哦，想起来了，是钮秀家的姑娘，这么着也算有个做伴的人。不过依我说，还是给撂牌子的好。宫里全是人精，你这等缺心眼儿的，进去了要吃大亏的。"

知女莫若母，老太太总能准确点中颐行的死穴。颐行是不大乐意的："我面儿上糊涂，实则精明，令人防不胜防。"

老太太心说得了吧，你是狗见了都摇头，那么没眼力见儿，还爱横冲直撞。

早前福海任杭州织造的时候，老皇爷带着太子爷下江南，尚家曾接过圣驾。那会儿颐行也就五六岁光景，整天在园子里晃悠。尚家的花园大得没边儿，太子爷独自游园时找不着茅房了，在一堵花墙后自便，谁知一扭头，边上站着个孩子，就这么笑吟吟地看着他，问他"干吗呢"，差点没把太子爷吓死。

后来老皇爷召见尚家女眷时，颐行磕完了头大尽地主之谊，对太子爷说："就你站的那块地方，往南五十步就有茅房。"太子爷当众又扫了一回脸，虽说那会儿只有十二岁吧，人家毕竟也是储君。阿弥陀佛，如今太子爷已经成了当今皇上，万一想起当年的旧怨来，槛儿的小命还保得住吗？

所以说，别进宫为好，这丫头是真不机灵，可她自己不这么认为。听听她，溢美之词一套套地往自己身上加，老太太的忧愁更添一重，已经开始琢磨有没有什么法子走个后门，把她给刷下来了。

无奈，尚家路走窄后，平时热络的亲友都断了往来，这会子是叫天不应，叫地不灵。

颐行安慰老太太："额涅，我阿玛在天上会保佑我的，您就甭操心了。"

老太太愁眉苦脸，不操心是不能够的。可是没办法，两日之后还得目送她登上骡车。

这一去不知道怎么样，只求宫里的主儿使绊子让她落选，那就是天大的造化了。

有了第一回，那么第二回进宫就摸着点儿章程了。

有的人吧，似乎天生适合宫廷，譬如颐行，顺顺溜溜跟着太监进了宫门，不知道为什么，总觉得上辈子来过这里，对这宫中一切很有熟稔之感。

不像第一次的大选，各旗秀女人数众多，安排在御花园进行。等到二选的时候，原先五百多人的阵仗，最后只剩下三百来人了。

颐行和众多秀女列着队，从西二长街低头经过，间或会遇见有意来探看的宫女太监们。这些有了资历的前辈都带着谨慎，即便可能是奉了主子之命，也绝不会指指点点妄自评断。他们含蓄地叠着手立在道旁，仿佛只是恰巧经过，不得已凑了一回热闹而已。

颐行倒并不在意他们，只顾偷觑这连绵的红墙金瓦。其实宫里的屋子到处都差不多，论精巧不及江南园林，但胜在雄伟壮阔。走进这地界儿，自发就觉得自己矮了一截，到底是天子住家，处处漫溢着鼎盛的王气。不说旁的，就说这笔直的夹道，那样热烈似火，把澄净的天宇都给划拉开了。

忽然队伍里起了一点骚动，不知道打哪儿蹿来了一只白猫，想是哪位小主儿养的吧，脖子上还戴着精美的项圈。

猫不怕人，一下子钻进了人堆里，后面的小太监哈着腰追赶，刘总管刚要问怎么回事儿，那小太监一扑，直接扑进了刘总管裆底。

"唉哟……"刘总管的调门又尖又长，"不长眼的猴儿崽子，往哪儿撞呢！"

人群里一阵哄笑。

小太监油滑得很，谄媚地说："小的看见刘大总管就走不动道儿了，一心想给您老磕头哪。"边说边从袍子底下把猫拽了过来。

刘总管嗤了声："你们景仁宫养不住猫是怎么的？怎么又跑到这儿来了！快带回去好好看着吧，回头要是跑出了宫，看和主儿不扒了你的皮！"

小太监一迭声答应着，抱着猫一溜小跑离开了。这算是宫廷中小得不能再小的一桩闲事，大家笑过便不放在心上了。

颐行转过头，望向东边的宫墙，经过了一冬肃杀，二月里春风才一吹，墙顶上便有了生机。

稀稀拉拉的枯草间，一朵白瓣黄蕊的野花在风里摇摆着，细瘦的身条几乎被吹得贴地，但疾风一过，它又顽强地直立起来，就有那股子永不言败的韧劲儿。

太监将大队人马领到宫门前，刘总管说："姑娘们，进去吧。"

众人鱼贯踏入随墙门。

这大大的院落，早就辟干净了场地，没轮着入内的且在外头候着，挨着了的点卯应是，入内受人检阅。

颐行身后的银朱似乎很紧张，肃静的氛围下，隐约能听见她上牙打下牙的声响。

颐行回头瞧她："你怎么了？"

银朱抬手压了压胸脯："心里头悬得慌。"

分明头前说了，大不了撂牌子的，怎么这会儿倒不自在起来了。

颐行宽慰她，说："不要紧的，实在不成也是命，回头出去了，我请你吃炒肝。"

银朱嘟囔："倒也不怕旁的，就怕给我阿玛丢人。"

旗下人大部分还是以进宫当差为荣，早前翀秀想着，皇后出自他把兄弟的家，自己闺女凭着这层关系，及至选秀年纪进宫，好赖能混个女官。结果后来皇后坏了事，福海也被罚到乌苏里江去了，这份念想没了，银朱进宫后，可不得事事靠自己吗？

关于丢人这种事儿，颐行想得不太深，当时难过一阵子，过后谁知道谁。因而给了银朱一个肯定的眼神："你这身板儿，一看将来就是特特等的女使。"

银朱有些不好意思了，略微含着点胸说："我就是那什么……分量不重，显胖。"

颐行点头表示明白，这时候轮到她们了，门上太监高喊一声"上徵旗玄字号秀女应选"，一行六个人忙进了体元殿。

这殿以前是启祥宫后殿，明间前后开着门，因此豁亮得很。殿里站着十几位教习嬷嬷打扮的，手里拿着尺子，拉着脸，示意秀女都上前来。

颐行纳闷，还没入选就要裁衣裳了吗？结果人家把她的胳膊抻直了一通量，量完胳膊又量手腕到指尖的长度。这还不算，最后连脖子带腿，齐根儿量了个遍，边量边支使："姑娘活动活动吧。"颐行便手足无措地在地中间走了两步，转了几圈。想是很合嬷嬷们的眼，为首的冲边上一点头，她就给留牌子了。

银朱的过选也算无惊无险，对于包衣女子的审核一向不那么严苛，因此稍有些显胖也是可以担待的，反正将来进了宫，自然就瘦下来了。

颐行本以为二选不会筛下多少人来，没想到院子里足站了百来号。她们大部分是因尺寸不合乎标准被撂了牌子，还有风度仪态有可挑剔的，也通通被发还老家了。

银朱出来后一副庆幸的模样，搓着手说："我指定是沾了您的光，才让我这么顺风顺水过了二选。先头还以为会被裁下来呢……姑爸，等您当了娘娘，我上您宫里伺候您。"

颐行臊眉耷眼地笑了笑："能不能留还不一定呢，这会子是二选，回头有三选，最后还得让主子们挑拣……"

"可不。"边上冷不丁冒出个声音来，哼笑道，"这才哪儿到哪儿，这么早论娘娘，你们也忒心急了点儿。"

话虽这么说，但被人当面反驳，难免拱火。

颐行摸了摸额头，不知道怎么回人家，银朱却不是吃素的，她亦是哼了一声，皮笑肉不笑地道："您不是包衣吧？五音旗下秀女，难不成还有人盼着做宫女？既是进宫应选，都奔着当主子做娘娘来的，谁也别嫌谁心气儿高。倒是那些个爱踩人头的，才是嘴上一套心头一套，叫人瞧不上。"

"你……"那个秀女被挤对了，气不打一处来，正要再和银朱论长短，却被她抢先堵了口。

"别回嘴！闹起来叫掌事的听见了，大家一块儿撂牌子！"银朱冲她龇牙，"长得好看，心里头敢想。要是长了个姥姥不疼舅舅不爱的脑袋，就是妆点出血来，也不敢往高处看。"

颐行这才算见识了什么叫伶牙俐齿，要论耍横，自己真不如银朱。

那个寻衅的秀女最终忌讳把事闹大，狠狠咬住了嘴唇，脸上那股子不服气的神情招来银朱好大一个白眼，终是没法儿，也只有暂且忍气吞声。

颐行像看英雄似的看着银朱，仿佛她是个得胜归来的将军。

银朱反倒难为情起来，讪讪说："我自小长在营里，学不会什么大家子做派。我阿玛和您哥哥虽是把兄弟，实则我阿玛的品级不高，不过是个佐领。我们营房姑娘要是文绉绉的，早被人当成下酒菜吃了。"

这点确实和这位老姑奶奶不一样。

老姑奶奶因辈分高，连福海和她说起话来都是"您"啊"您"的。祁人家最是抬举姑奶奶，老姑奶奶又出自钟鸣鼎食之家，个个奉承她还来不及，几时和人置过气，斗过嘴皮子。

这种脾气，到了人多的地方就成了短板，遇上个把不开眼的，难保不被人欺负。好在有银朱，等将来老姑奶奶真当了主子，有她护驾，一定能护她周全。

二选就这么选完了，等所有人都量过了尺寸，秀女出宫已是巳正时分了。

吴尚仪总算交了差事，从体元殿里出来。跟前大宫女准备好了吃食，温声说："姑姑，我托重华宫厨房的大师父，给您做了您爱吃的拌腰片和蟹粉蛋卷。这回您可受累了，昨儿太阳下山一直忙到这早晚。刘总管也是的，夜里不叫传饽饽……"

吴尚仪垂着眼皮子擦了擦手："里里外外那么些人，两盘子饽饽谁吃了好？户部倒是叫给秀女预备点心了，你瞧往年选秀，哪一回兑过现？"

太监捞油水是老例，幸好选秀三年才来一回，饿一晚上，也不是什么要紧事。

这厢正要举步迈出螽斯门，边上有人招呼了声："尚仪，借一步说话儿。"

吴尚仪停住了步子扭头瞧，是翊坤宫祺贵人跟前的宫女，便堆笑说："逐月姑娘啊，可是祺主儿有什么吩咐呀？"

照说一个贵人，倒也没那么大的脸面，但祺贵人背后是恭妃，吴尚仪无论如何得让这个面子。

逐月颔首，也没说什么，转身进了敷华门。

吴尚仪只得让身边人先回去，自己跟着进了翊坤宫。

果然进去就是三堂会审的架势，主位恭妃穿着一身铜绿色缎绣博古纹夹袍，威身在上首坐着，一个小宫女正跪在脚踏上替她捶腿。恭妃见她进来，很客气地摆出了笑脸子，轻声细语道："尚仪，有阵子不见了。今儿体元殿里选秀，没想到是你经的手。"

吴尚仪忙蹲了个福："请恭妃娘娘的安。"又给祺贵人、贞贵人见礼，"两位小主吉祥。奴才也是临时给提溜过来的，这差事原不归奴才管。因着换季了，尚仪局里头事忙，奴才常说要来给主儿们请安，竟是空有孝心，腾不出空来。"

都是漂亮话，宫里没个首尾亲近不起来。不过是上头的仗着位分，让你不得不周旋应付罢了。

恭妃又何尝不知道这个理儿，这种话听过就当玩笑，脸上却领情得很。

祺贵人在下首的杌子上坐着，哎了声道："我听说你干闺女咳嗽总不好，恰巧我这儿得了两包上好的杏仁粉，你顺道拿回去给她解痰吧。"

吴尚仪无功受禄，心头顿时明白了几分，这回召见，怕不是那么简单。

她嘴上应着罪过："那丫头几世修了这般造化，主儿们倒惦记她，没的折了她的草料[1]。"边说边从逐月手里接过杏仁粉来，向上连连蹲安，"奴才代她谢过主儿们赏了，等她病气儿散了，叫她亲自来翊坤宫，给主儿们磕头谢恩。"

祺贵人道："原不值什么，叫她好好养着吧！"一头说，话题一头转到了正事上，"我听说，今年的秀女都比往年的出挑，尚家还有个老大辈分的姑奶奶，也在这回的应选之列？"

吴尚仪说是："今儿打奴才手上过的，确实有这么个人。"

贞贵人追问："模样怎么样，生得好不好看哪？"

吴尚仪吮唇计较了下："要说模样，倒是不错……"一时想起来，忙又转了话风，"不过比寻常女孩子略有些姿色，可有姿色又怎么样呢，终究出自尚家。"

"这倒也是。"恭妃慢悠悠发了话，"只怕万岁爷见了人，又想起前头娘娘来，空惹他老人家生气。依着我，还是避讳些的好，只可惜这事儿不由咱们说了算。"

话只需露半句，一下子错处就转移到代摄六宫事的裕贵妃身上去了。

为了免于给裕贵妃添麻烦，下头人就得懂事儿。

吴尚仪咽了口唾沫，哈腰道："恭妃娘娘想得周全，奴才也是这样想。"

恭妃抿唇笑了笑："你今儿怪辛苦的，我就不虚留你了。快回去吧，好好歇着，后儿还有三选，且有你忙的呢。"

吴尚仪道是，又再三谢过了三位主儿，方从翊坤宫退出来。

吴尚仪因见过了那三位主儿，又得了这番示下，返回尚仪局的时候，一路上心事重重，走到重华门前，恰好遇上了从对面过来的刘总管。

1　草料：谦指自己的福气和寿数。折草料，比喻因受宠、受礼太过而减损福气或寿命。

刘全运原想和她打个招呼，没承想她低着脑袋，全然没瞧见他，便笑着哟了声："茹姑姑眼眶子够大的。"边说边瞧她手里纸包，觑脸道，"瞧这架势是得了赏，难怪不理人呢，敢情是怕我抢了您的好物什。"

吴尚仪这才回过神来，往前抬了抬手："什么好物什，不过两包杏仁粉，大总管要是不嫌弃，我就孝敬您啦。"

刘全运任六宫总管，平时捞够了油水，两包杏仁粉在他眼里不值什么，便让了让道："我不过说句玩笑话，您还当真了呢。"说罢朝西二长街方向递了个眼色，"您打那儿来？"

吴尚仪正要找他讨主意，便将他拽到一旁，小声把刚才的经过和他说明了，末了道："这么大的事儿，我不敢私自做主。虽说筛下个把秀女，不过是咱们一句话的事儿，可那位毕竟出自咱家，上头能不知道有这么个人？如今裕贵妃没发话，倒是翊坤宫的恭妃娘娘给了示下，您说，这事儿怎么处置？"

刘总管也犯了难："按说这个该听裕贵妃的意思，但翊坤宫那位的面子也拂不得，谁让人家是太后跟前的红人儿呢。"

"那……打发人去探探裕贵妃口风？"

"那不能。"刘总管立刻打消了她的念头，"裕贵妃要是说留，您还能和恭主儿对着干？回头两边斗法，咱们做奴才的夹在里头左右为难，何苦寻那不自在。依着我，找个折中的法子最好，要眼里头既有裕贵妃，又不得罪恭妃娘娘。"

吴尚仪想了想，慢慢点头，半晌苦笑了下："逢着这种时候，咱们这号人最不易。"

刘全运扯了下嘴角："咱们这号人，多早晚容易来着？就这么两头敷衍着，不求有功，但求无过吧。"说完负着手，踱着方步走远了。

吴尚仪这头也不是全无打算的，特意告知了刘全运，是为将来万一出了岔子，好有个推脱。

当然选秀期间，宫里主儿们只要家中有人应选的，都没闲着。尚仪局的门头都快被她们踏平了，谁都指望深宫之中有个贴心的亲人帮衬着，即便最后不是入选留在宫里，哪怕是指派给王侯贝勒们做福晋，也是脸上有光的事儿。

二选过后，能进宫再度参选的，所剩只有三百来人了。这三百个人大多数会留到最后，其中的差别，不过是在最后一项查阅中分出三六九等来。上等的作为妃嫔候选，中下等者里，有过分不如意的发还归家，剩下的便充作宫女。

三选这回定在了静怡轩，静怡轩面阔五间，进深三间，前檐出抱厦，众多的屋子勾连在一起，又各有私密性，正好作为探究宫人之秘所用。

这日颐行和银朱一同进来，虽然事先已经大概知道查验的内容了，但在贴身丫头之外的人面前脱衣裳，也是件令人尴尬的事儿。

隔壁有秀女扭捏了，颐行听见承办差事的嬷嬷愠声训话："你有的咱们都有，有什么可害臊的！宫女子哪个不打这上头过？要伺候主子，首先得百样齐全。其实啊，谁也不愿意平白瞧这个，这不是身上受着皇命吗，少不得要委屈姑娘。姑娘将来当了主儿，就知道咱们的好处了，细细地瞧，也是为着姑娘，不叫姑娘在主子跟前失仪。"

颐行听在耳朵里，知道无论如何含糊不过去，倒也爽快，三下五除二，在窗前脱光了衣裳。

支摘窗上糊着厚厚的窗纸，人影是透不到外头去的，但窗屉子后有温暖的光投射进来，给这如帛的身子染上了一层淡晕。

说实在话，吴尚仪没见过这么齐整的姑娘，就是尚家早前几位被赐婚的少福晋，也未必能和她相提并论。这是喝了仙露才作养[1]出来的细腻肉皮儿吗？能够让女人移不开眼，那才是顶顶高级的身段。

自然，观其形是不够的，还得拿手触探。有种女孩儿瞧着秀柳[2]，摸上去全不是那么回事儿，像胎质粗糙的瓷器，不管上了多厚的釉也遮挡不住。可这位姑奶奶不一样，她就是从内到外的细洁，如同焐暖的羊脂玉，浑身散发出一种不骄不躁的气韵来。

这可怎么办，要挑拣，实在没处可寻不足，纤长的胳膊腿儿，该有肉的地方一两也不缺，真要是晋了位……啧啧！

吴尚仪虽也有惜才之心，但这些年混迹在深宫，早就打磨出了一副铁石心肠，就算你是尊铜像，她也能给你抠出个窝窝来。

于是她寒着脸，把手收了回来，扭过头，冲边上嬷嬷做了个眼色。

三选不像头选、二选，当场能知道留或撂牌子，得等所有人都选完了，将你分到哪一堆里，你才能明白自己的去处。

颐行也想打听一下自己的前程，可喃喃再三，到底没能把话问出口。

吴尚仪看了她一眼："姑娘有事儿？"

颐行因听秀女们议论过怎么贿赂那些太监嬷嬷，自己原本也动了那个心思，进

---

1 作养：培养，培育。

2 秀柳：北京方言。形容一个人的身材像柳条一样纤细、匀称。

宫的时候悄悄在袜筒里藏了银票。要是脸皮够厚，也不那么有气节，这一塞就是一弹指的工夫，事儿说成就成了。可真要轮着她干这勾当，她又觉得舍不下脸来。

"没……没什么。"她支吾了下，很快换了张笑脸，"嬷嬷辛苦了。"

吴尚仪还是那副油盐不进的模样，潦草地点了点头："姑娘上外头等着去吧。"

颐行应了个是，讪讪穿回衣裳，退到东边庑房里去了。

进门时瞧见秀女们一脸忐忑，倒弄得自己也惴惴的。银朱还没出来，她只好回身向配殿张望。

前两天和银朱拌过嘴的秀女见她落了单，终于捡着了机会奚落她，阴阳怪气道："是人是鬼，这回大日头底下照一照，就全知道了。"

秀女们经过三轮挑选，早就摸清了各人背后的靠山。有溜须拍马的，围在她身边极力奉承："横竖您是不打紧的，愉嫔娘娘是您表姐，您进了宫，自有人照应。"

那姑娘顿时一副骄傲模样，且会来事儿，"雨露均沾"式地压了压手："有我一碗肉吃，少不得给大家伙儿匀一口汤。"

一众秀女很爱听这种话，即便是汤，也喝得受用。

颐行懒得听她吹，背着手慢慢转到边上去了。

"哎……"有人还是看不惯她，笑着揶揄，"你是尚家出身，上头瞧着你阿玛的面子，好歹会赏个位分吧？"

这回没轮着颐行说话，愉嫔那位表妹抢先一步说："那可未必，成也萧何败也萧何。我要是她，才不讨那个没趣儿呢。"

颐行是个温暾的性格，也没有什么疾言厉色的时候，但这位打人专打脸，她也有点置气了。

"您知道要尿炕，夜夜睡筛子来着？"玩笑的一句话，把在场的人都说愣了。

"好啊！"终于有人叫起来，"她把进宫比做尿炕……"

"鬼喊什么！"门外银朱迈了进来。站班的小太监只顾偷着笑，反正也没主事的在场，银朱扫了众人一眼，最后把视线定在了那个秀女脸上，"是去是留还不知道呢，倒先学会了栽赃。人家说这位伪主儿尿炕，你把尿炕扯到了进宫上，那照你的意思，这位伪主儿是宫廷，是皇上？"

银朱敲缸沿[1]的本事从来不让人失望，一连串的反证，把帽子重新扣了回去。一口一个伪主儿，气得愉嫔的表妹涨红了脸。

1　敲缸沿：从旁边帮腔说话。

"好你个牙尖嘴利的，你管谁叫伪主儿！"

"谁答应我喊谁。"银朱无辜地问，"我喊您了吗？没喊您，您答应什么？"

其实闺阁里的姑娘也分千百种，有的人骄纵跋扈，却没什么脑子。被银朱上足了眼药的表妹上回吃了败仗，这回新仇旧恨一起来，气得跺脚要上来撕扯，被众人拉开了。

颐行也想帮衬银朱，却因为显见的不会斗嘴，被银朱一把拨到了身后。

"怎么的，想打人哪？"银朱圆圆的脸盘儿上浮起了冷笑，"亥年还没到，就忙着出来拱，也不怕门钉儿磕豁了嘴，下辈子托生成兔儿爷。"

对面的女孩终于崩溃了，她隔空拳打脚踢，仿佛那样能解心头之恨。

正闹得起劲，不妨刘总管出现在了门前。

"这是怎么话儿说的？"刘总管呼喝着，视线在这群秀女头顶扫视了一圈，"牙齿还有碰着舌头的时候呢，斗气常有，可要是不分人前人后，那就犯了大忌讳。"

秀女们经他一训斥，刚才激战正酣的热烈瞬间冷却，屋子里立刻沉寂下来。

刘总管是知道的，女孩儿多了爱打擂，才从家里出来的姑娘，个个都是娇娇儿，谁也不服谁。但进了宫，就得遵宫里的规矩，适时敲打一下很有必要。

"别怪我没告诉你们，这地界不是你家炕头儿，错了一点半点，罚跪挨打是小事，丢了一家子的脸面，那可就找补不回来了。"

满屋子的秀女谁也不敢叫板，都老老实实应"是"。

刘总管满意了，拿高调门清了清嗓子。

"我手上有份名单，事关你们的前程，都给我支棱起耳朵来，千万别听岔了。"一壁说着，一壁展开了手里的折子，"下头点着名的，站到一边去，没点着名的，还在原地待着。工旗户部侍郎博敦之女、商旗参领丰生之女、商旗一等公佳晖之女……"

叫着名字的总有七八十人，一个个都腾挪了地方，最后直到折子阖上，颐行都没听见自己的名字。

这么一来情况就复杂了，没叫着名字的全数会被送到教习处做宫女，连皇帝和太后的面都见不着。

颐行看向身边的银朱，两人大眼瞪小眼。半晌，颐行丧气地笑了笑："看来咱们俩缘分还没尽呢，今后一块儿当差，也挺好。"

银朱却笑不出来，她望了刘总管一眼，出列蹲了个安。

"请问总管，这择优的折子上，会不会有错漏？"

刘全运掉转过视线，轻蔑地瞥了瞥她："都是随选随记名的，怎么会有错漏？"

颐行的心一下子提到了嗓子眼儿。

其实她是不大愿意银朱这会儿贸然提出来的，虽说是为她打抱不平，可一旦把矛头集中到她身上，往后的路会更难走。她倒宁愿私下里去弄明白原委，要是运气够好，说不定还有可以转圜的机会。

银朱义气当前，管不了那许多，但她总算还不至于莽撞，换了个委婉的说法道："包衣女子不入选是有定例的，那官员家的女儿，仅凭一个记名就决定前程了吗？"

刘总管听了一笑："出身固然重要，前程却也不是不能挣。入了宫，做了官女子，万一哪天被主子爷瞧上，不就鲤鱼跃龙门了吗？"

这都是虚话，后宫有位分的都让皇帝忙不过来，还有闲工夫去发掘一个宫女？

可再深的话就不便说了，银朱爱莫能助地瞧了瞧颐行，颐行虽然灰心，但也不显得多难受，她信奉哥哥说的，还没到死的那一天，谁也不知道自己能有多大出息。况且风口浪尖上，她不爱出头冒尖儿，横竖现在追问，人家一口咬定了就是这么回事儿，又能怎么样。

颐行这头失意，愉嫔的那位表妹可得意起来了，那模样简直像只斗胜的公鸡，连看人都拿鼻子眼儿瞪。教习嬷嬷带着她们离开，因为去处不一样，所受的调理也不一样，她脚步太过轻快，背后的大辫子左右摇摆，摇成了一柄掸帚。

银朱乜着她的背影叹气："我忽然很同情皇上，选出来的都是这样的主儿。"

颐行脚腕子上的银票又在蠢蠢欲动，她现在琢磨的，是怎么能在往后的日子混开，混好。

选秀到今儿，算是过去了一大半，基本已经尘埃落定了。论样貌品格，该入选的人没有入选，想必里头也少不了那些掌事太监嬷嬷的手段。人在矮檐下，直撅撅撞过去会头破血流的，以颐行的心性来说，能屈能伸才是解决之道。

一个嬷嬷走进来，捏着嗓门说："剩下的姑娘们，跟着来吧。"

这么一眨眼的工夫，说话儿就给"剩下"了。

银朱唯恐颐行难受，尽可能地开解她："不是您不好，是他们不开眼。等将来您升发了，回来狠狠抽他们大嘴巴子。"

颐行叹了口气："兴许是我长得不够好，不让我见皇上，是怕我欺君吧。"

"哪儿能呢，您没看见那个云惠，长得那么着急，也给选进去了。"银朱挽着她，轻轻摇了下她的胳膊，"您还是吃了生不逢时的亏，要是早两年……他们八抬大轿抬您，您都不选秀来。"

那倒是真话，要论辈分，她比皇上还大呢。皇后的亲姑姑，怎么着也不能充后宫，要不就乱了套了。可现在虎落平阳了，心里头住着猛虎，境遇得合乎家猫的标准，就算不大服气，面上也得憋着。

"不知道将来谁有造化，能被我服侍。"颐行想想又笑了，"那人得多硬的命。"

银朱看她发笑很不理解："您还笑得出来呢？"

"要不怎么的，"颐行说，"我还能哭吗？"

话才说完，今后掌管她们教习之职的精奇嬷嬷便发了话："……宫里不许大声喧哗，不许见眼泪，更不许说'死'字儿！这地方的森严，想必不用我多言，你们在家里头就已经听说了。能进宫当差的，都是上等的姑娘，将来太平无事役满出去，全家脸上都跟着有光……"

可是落选的失意，并不单笼罩颐行一个人。好些出身不错却过不了三选的，都得在宫里服役五年。

五年，对于一个风华正茂的姑娘来说，平白耽搁了有多可惜。当然更大的委屈是出于不甘，所以阁嬷嬷说完，连一个应声的都没有。

教习处的人，每年迎来送往多少宫女，对这种情况早就见怪不怪了，阁嬷嬷凉凉哼了一声道："师父领进门，修行靠个人，命里注定你不是池中物，就算头顶上压着大山，你也能挣出个人样来。今儿过了三选的人，接下来还得经过太后、皇上，还有贵妃娘娘的检阅，有好的自然留着，次一等的退下来，和你们没什么不一样，何必眼热人家！我还是那句话，好好学规矩，好好当差，指不定谁是有造化的，急什么？倘或有人觉得实在待不下去了，回头找我来说一声儿，我也能给你们通融。怕只怕家里不敢兜着，到时候再想进来，可就不能够了。"

这话是以退为进，分明告诉众人，只有硬着头皮往前走，因为她们身后早已没有退路了。

众人面面相觑，到这会儿才醒过神来，齐声应"是"。

阁嬷嬷却道："错了，宫里不说'是'，要说'嗻'，记好了。往后别的规矩多了，时候一长，你们就哑摸出来了。"

天色已然不早，阁嬷嬷训完了话，就吩咐让她们进吃的了。

饭菜自然算不得好，因宫里忌讳宫人身上带不雅的气味，以素食为主。几大桶吃的送到虎房里，大家各自按量取食，那滋味也说不上来，咸的太咸，淡的又太淡。颐行锦衣玉食惯了，草草吃了几口，便撂下了筷子。

大家吃得都不舒称，初来乍到不适应也在所难免，管饭的老太监一哂："看来是不饿……也对，没受过调理，没尝过饿肚子的滋味儿……等明儿，明儿就知道了。"

反正不管用得怎么样，至少这顿没落下，吃完了饭，就该找住处了。

西宫墙的墙根儿上，有一排长围房，那是专作宫人住宿之用的，宫里有个专门的名字，叫"他坦"。

颐行和银朱随众，跟着老宫女往西边去，原以为那是一间间的小屋子，谁知进门才看清，屋子确实小，但长，一溜的大通铺，看样子满能睡下十几二十个人。

老宫女拿手一指："自个儿领铺盖卷儿，认地方。"

这回颐行很机灵，上去左手右手各提溜了一个铺盖，很快占据了最边上两个位置。

"银朱来。"她招招手，"这地方好，靠墙。"

银朱忙麻溜爬上炕，为了防止别人冲撞这位老姑奶奶，自己特地睡在外沿。有她在，老姑奶奶身后有墙，前面有山，仿佛这样就能隔断那些腌臜之气。

宫女们起先有点蔫儿，但见这位尚家姑奶奶都能这么快认命，自己再矫情就该天打雷劈了。一时风风火火铺床，一会儿就铺排完了，然后站在炕前，俯首帖耳听老宫女示下。

老宫女对一切甚满意，新来的懂事儿不胡闹，对她们老人儿来说是好事，因而点了点头道："时候不早了，收拾收拾，都歇着吧。"

众人蹲安送别了老宫女，绷了一整天的弦儿，到这会儿才松下来。

往后都是一个屋子，一处学本事的了，相互认识的都结了对子，不相熟的，也各自赧然介绍了自己的名字。

颐行不太记得那么多人名，旗下女孩的名字多是珍啊淑啊，只有一位，瞧上去只有十三四岁模样，绞着手指头说："我叫樱桃……"话还没说完，就被人暗暗嗤笑，"怎么叫了个丫头的名儿？"

樱桃面嫩，当即羞红了脸。颐行有点看不过眼，也不和人辩驳，拉过来，笑道："红了樱桃，绿了芭蕉……这名字多吉利，没准儿将来真红了呢。"

有人不以为然："什么绿了吧唧，酸文臭墨，别点眼了。"边说边挎上木盆，打起堂帘子出去洗漱了。

没念过书的人，你也没法和她计较。樱桃却很感激颐行，拿过了颐行的盆儿道："您坐着，我给您打水去。"

颐行忙说不必，要去接过来，樱桃一扭身，像尾红鲤一样出了门。

银朱哈哈一笑："这孩子真有眼力见儿，往后就拜在您门下，一心给您当碎催[1]了。"

那怎么能呢，颐行道："我如今自己也是碎催呢。"说完拉着银朱进了院子。

樱桃小小的个头，打水吃力得很，最后还是银朱和颐行一块儿使劲，才把三个木盆给装满。

樱桃因结交了她们，自觉在宫里头也有了伴儿，细声说："不瞒您二位，早前我也怕来着，我人不机灵，又不会瞧眼色，只怕没命活到出宫。这会儿可好啦，有了您二位，我就不怯了。您二位都比我年长，我往后就管您二位叫姐姐吧。"

银朱却说不能："叫我姐姐还犹可，这位可比咱们长了一辈儿，我得管她叫姑爸。"

樱桃大概没见过这么年轻的老姑奶奶，一时有点发蒙。不过很快就回过神来，欢实地笑着："那我也管您叫姑爸，您要是想什么要什么，只管吩咐我吧。"

颐行绞干帕子晾在绳上，回头道："什么姑爸呀，宫外讲辈儿，宫里猫和耗子同年，也管我叫姐姐就行了。"

结果晚辈实没有那么大的胆儿，最后这个称呼也没扭转过来。

横竖不管叫什么，都不是顶要紧的，宫里作息有定规，到了点儿就得熄灯。

三个人忙收拾完了回屋子上炕，才躺下，就隔窗看见对面廊子上的灯笼，一盏盏被摘了下来。

很快长房由南至北都灭了灯，屋子里静悄悄的，连一声咳嗽都不闻。

白天折腾了一番，其实很乏累，可不知为什么，越累越精神，翻来覆去睡不着，间或察觉隔着几个身位的人也正"烙饼"，大概都在为自己的前程操心吧。

后来时候一长，困意渐渐溢上来，颐行似睡非睡阖了眼，脑子里昏昏的，梦见宫里说让她当皇贵妃啦，可不给赏赐也不给行头，气得她站在石榴树下跺脚："这也太抠门儿了……"

做梦嘛，都是胡思乱想，再要往更深的梦境去，忽然听见砰砰一阵敲打传来，像砸在脑仁上一样。

老宫女拔高的嗓门在屋子里传开了："醒醒，都醒醒！"边说边走，手里的鸡毛掸子一路拍打在被褥上，"你、你、还有你……都给我起来，下炕！"

---

1 碎催：指跑腿，跟班。

睡得好好的，半夜里被敲醒，大伙儿手脚并用爬下炕，一个个惊惶地在炕前站着。有胆儿大的问了句："嬷嬷，走水了吗？"

老宫女面若寒霜，横了发问的人一眼："你睡迷了？走什么水！"

既进了宫，资历又浅，就得服人管。大伙儿被提溜起来，就算脑子里发着蒙，也得老老实实站好了受人训斥。

老宫女把点了名的三个划拉到了一旁，然后转过身来，逐个打量众人的脸："真没想到，看上去个个人模人样，谁知道半夜里竟是山大王。有磨牙的，有说梦话的，还有撒癔症打拳的……怎么着，你们家地方不够大，跑到宫里操练来了？"

到这时候大家才弄明白，忽然给叫起来，竟是因为这个。

可是这种事儿，谁也做不了自己的主，因这个被教训一顿，实在不应该。

老宫女调理新人多少回了，哪能不知道她们在想什么，便寒声道："你们犯嘀咕也没用，规矩就是规矩，一点儿也不能出错。我记得早前叮嘱过你们，在这宫里，一言一行要合乎规范，白天少说话多办差，夜里睡觉老实不冲撞殿神，可惜你们全没把我的话听进耳朵里。先前我在门上候了你们半个时辰，点了名的三个，看样子是娘胎里带来的毛病，没法子调理，等天一亮就出宫去吧。剩下的，打这会儿起，仔细着你们的手足口鼻。夜里不四仰八叉、不咬牙、吧唧嘴、放屁，哪怕是睁着一只眼睛睡觉，也别落了这个短处，回头给撵出宫去，丢人事小，找不着婆家，事儿可就大了。"

这是实在话，因夜里睡觉不消停被摞了牌子的，传出去着实不好听。所以那三个要被撵出去的秀女哭着央求老宫女，说："嬷嬷，我们夜里不警醒，我们错了。求嬷嬷再给我们一次机会，明儿夜里要是再犯，我们也没脸求嬷嬷，自己悄没声儿地就出去。"

可老宫女压根儿不留情面："倘或你们动静不大，我也就担待了，可你们三个人合起伙来，差点没把房顶掀喽，断乎是留不得的。行了，甭说了，宫里的规矩比天大，我还想留着脑袋吃饭呢。"说罢朝边上的大宫女抬了抬下巴，任她们怎么哭求，大宫女们带着一股子蛮横的劲道，强行把人拽了出去。

一场莫名的浩劫，剩下的人劫后余生，颐行到这会儿才发现，原来留住一个伺候人的资格也那么不容易。

老宫女哼哼了两声，油灯下敷了粉的脸，看上去白得瘆人。

"我该说的话全说了，接下来谁要是再犯，藤条可直接落到身上了。"

大家谁也不敢违逆，笔直地站着，低头应了声"嗻"。

至此，半夜里的训诫算是完了。

老宫女一走，大伙儿才敢松口气，然而谁也不敢多说半句，麻溜地爬上床钻进被窝。仰天躺的忙侧过身去，担心自己磨牙的，拿被角垫住了槽牙。

横竖这一晚睡得很不自在，第二天四更又被催促起身，颐行混在人堆儿里洗漱，又一块儿去了伙房。端着碗排队舀粥的时候，她扭头朝外看了一眼，二月里的清晨还有些冷，一层薄雾沉淀在房檐之下，对面往来的人影，像花色的枣泥糕落进了牛乳茶里。

"姑爸，我给您拿了一碟南小菜[1]，快吃吧。"银朱把菜碟子往颐行面前推了推，"听说宫里头吃饭的点儿和外头不一样，回头还不知道怎么折腾咱们呢，别管好不好吃，且得吃饱了。"

颐行点了点头，怅然说："我那个侄女儿，出门那天满脸的不乐意，我还说呢，进宫当娘娘有什么可伤心的，现在看看，想在这宫里好好活着不容易。"

银朱问："您后悔了吧？"

本以为那位娇生惯养的老姑奶奶真能咂摸出生活的苦涩来，没承想她说不："我更想知道当娘娘是什么滋味儿了。"

银朱笑起来，边笑边晃脑袋："我敢打保票，您压根儿不明白当娘娘最首要的是什么。"

这个颐行倒真没想过，一脸洗耳恭听的神情："你知道？"

银朱觑了觑左右，才压声道："这宫里，除了太后和皇上，其实全是奴几[2]。咱们干杂活儿，服侍主儿们，主儿们呢，第一要紧的是伺候皇上。"

说起皇上，颐行倒真不那么当回事儿，早前也打过两回交道，没看出什么三头六臂，反倒是容易脸红，斯文得像个姑娘。后来听说他登了大宝，在她心里形象才略微高大了点儿，可转年他不是娶了她侄女儿吗，辈分上又矮了一截，在她看来，又变回了那个乱撒尿的小小子儿。

反正想起来就觉得很可笑，且颐行对他也是衔着恨的，皇后究竟能有多大的错处，他要废后？虽说保住了一条命，总算是不幸中的万幸，但出妻发还尚家不行吗？为什么偏要把她送到那么远的外八庙去修行。

所以这帝王家要说人情，真没多少，自己一心往上爬，是因为除了这条路，她再也想不出别的辙捞出倒霉的哥哥和侄女了。

颐行才要接话，边上樱桃挨过来，给她和银朱一人塞了一块蜂糕，乐呵呵地

1　南小菜：苏州小菜。

2　奴几：不同等级的奴才。

说："运气真不错，我们胡同早前在德胜楼掌勺的大师傅，上宫里做厨子来啦。他认出我，给了我两块糕，你们快吃了吧，免得让别人瞧见。"

要说这蜂糕，本来没什么稀奇，颐行在家不稀罕吃它。但在宫里，这蜂糕好歹上了小主们的饭桌，所以一般刚进宫的宫女，还真没这福气吃它。

颐行问："怎么给我们呀，你自己呢？"

樱桃说："我才刚已经吃过啦，这个给姑爸和银朱姐姐，你们吃得饱饱的，回头好当差。"

到底是个孩子，说话难免有疏漏，一头才说就得了两块，一头又说自己吃过了。

想是人与人相交，都打这上头来吧，有钱人有贵物往来，没钱的只好拿最质朴的东西换交情。颐行很领樱桃这份心，却也不打算吃她的东西，笑着说："我擎小儿¹不爱吃糕点，你自己留着吧，正是长个子的时候，别亏空了自己。"

恰在这时有大宫女过来招呼，便忙搁下筷子，匆匆提袍子走了出去。

才进宫的秀女，还没到真正分派差事的时候，眼下无非跟着姑姑学规矩。落选的姑娘里头，有好些本是出身不俗的，家里头教得好，原以为应付起来不难，谁知一天光练仪态行礼，及至夜里也把人累趴下了。

"唉哟，这身子不是我的了……"

"早知道这样，宁愿不进宫来。"

到处叫苦声不断，捶腰揉腿的，横七竖八躺了满炕。

樱桃和颐行、银朱隔了几个铺位，到底年纪小，浑身上了发条似的，别人大伤元气的时候，她却麻溜儿爬到了颐行身旁，讨好地说："姑爸，您累坏了吧？我给您松松筋骨。"

颐行本想婉拒，无奈她不由分说便上了手。孩子的好恶都不加掩饰，颐行一则感动，一则心疼，温声说："大伙儿都是初来乍到，你没人结对子，咱们愿意带着你，你不必有心逢迎咱们。"

樱桃说不是："我知道您和银朱姐姐都待我好，可我就光杆儿一个人，没什么可为您二位做的。我唯独有把子力气，往后打水洗衣裳的活儿就交给我吧，只求你们别嫌我笨，有我没做好的地方，您二位教教我，总比我吃姑姑篾把子强。"

唉，这么会讨人欢心的孩子，说起来也怪叫人心疼的。颐行和银朱对看了一眼，顺势牵过了她的手："我们自己都挨姑姑骂呢，哪有我们教你的份。你不嫌弃我们，往后咱们在一处就好了。宫女行动都得两个人，咱们三个，逢着谁有事儿

1　擎小儿：北京方言。擎，往上托。擎小儿就是从小的意思。

了，也好匀得开，于你是个助益，于我们也是个方便，你说呢？"

樱桃喜出望外，拽着她们的手说："谢谢了，我在家里本也是缺斤短两长大的，没想到进了宫反倒有人帮衬。姑爸，您就是我亲姑爸，我给您磕头……"

樱桃说话就要拜下去，被银朱一把托住了，小声道："这头可不能瞎磕，主子跟前才磕头呢，没的叫人知道了说闲话。你感激姑爸，心里有数就行了，面儿上还和往常一样，啊？"

"哎。"樱桃喜滋滋地点头，复又来给银朱捶腿。

银朱推了几次，实在推不开，便由她去了。就寝前有一阵子能闲聊的时候，便道："那天三选留牌子的人，过两天就要面圣应选了，她们被太后、皇上挑，咱们被掌事的阎嬷嬷挑。阎嬷嬷从新进的宫女里头选出她认为机灵的，送到各宫请主位娘娘们掌眼，娘娘们把人留下，再指派给缺人的小主儿……所以咱们能不能往上迈一步，就全看阎嬷嬷的了。"说完压低了声，三个脑袋凑到一块儿，"我听今儿站班的春寿说，往常一向有宫女给阎嬷嬷行贿。阎嬷嬷这人认钱不认人，但凡得了别人好处，或早或晚的，都会想辙把你送上去。"

颐行开始穷琢磨起来，像这种贿赂，撑死了五十两一个人头，自己那张二百两的银票支应三个人，想来足够了。

第二章·

杳杳前路

　　然而设想得很妙，变化却让人措手不及。颐行的身家就那么点儿，毕竟外头能带进宫的东西有限，得要经过搜查那一关，她是袜筒里头夹带，才留下这一点儿傍身的钱财。

　　给安排睡大通铺之后，她在银票外包了油纸，再想方设法塞到垫子底下的砖缝里。满以为万无一失了，可就在她打算把银票抠出来疏通关系时，居然发现那张银票不翼而飞了。

　　人还在，钱没了，颐行直挠脑袋："我的银票呢？"

　　她是趁着中晌饭后回来的，本想带上银票，回头见了阎嬷嬷好施为，谁知回来翻找了半天，砖缝都被她抠大了，最后也没找着那张银票。

　　这么看来，是东西落了谁的眼，被有心之人吞了。

　　颐行气得一屁股坐在炕沿上直捯气儿，真是流年不利，皇贵妃没当成，被送到教习处来做宫女，原想着还有最后一条路能走，谁知藏得好好的银票也没了，那往后可怎么办？说不定会被发落到北五所当秽差吧！

　　颐行没了精气神，人也颓丧得走不动道儿了，大概因为她一直不露面，教规矩的姑姑打发银朱回他坦找她了。

　　银朱进门就瞧见她一脸菜色，纳罕地探了探她的额头问："姑爸，您怎么了？身上不舒服吗？"

颐行掉转视线，迟钝地望了她一眼："银朱，我的胆儿……碎了。"

银朱吓了一跳："胆儿碎了？"

颐行垂头丧气掀开了铺盖："钱是人的胆儿，我的银票被人偷了，我这回是彻底穷了。"

穷比起境遇不佳，要可怕十倍。

银朱也愣住了，她知道老姑奶奶进宫偷摸带了银票，却不知道她把银票藏在哪儿了。直到看见炕台和墙壁夹角之间的缝隙，才恍然大悟。

不敢相信这是真的，颐行下狠劲儿盯着那条缝。不死心，又拔下头上绒花，拿簪子在缝里来回刮了好几遍，最后只得认命，惨然说："看样子是真没了。"

不知道是哪个黑了心肝的，会做出这种事儿来。银朱一恼，又腰说："秀女里头还养贼呢，我找阎嬷嬷去，就算拿不住现形儿也要闹大了，让她出不了手，巴结不了上头。"

结果被颐行一把拽了回来："带东西进宫本就违例，要是捅出去，吃不着羊肉还惹一身膻。这银票不管是落在谁手里，都找不回来了，干脆别出声，看看这间屋子里谁被阎嬷嬷挑中，九成就是那个人。"

银朱听了，丧气地点点头，心里仍是不服气，嘀咕着："世上还有这号吃人饭拉狗屎的玩意儿，要叫我逮住，一定活剐了那只贼手！"

然而钱丢了就是丢了，再也回不来了，反倒是颐行耽误了学敬茶的工夫，被姑姑罚站了墙根儿。

挨罚常有，这已经算轻的了，罚跪更难熬。

起先颐行还臊得慌，后来慢慢看开了，有什么比丢了钱更叫人难受的。

二百两啊，寻常家好几年的嚼谷[1]，也是她攒了很久的体己，一下子全没了。

钱飞了，人也废了。院子里的秀女们端着茶盘，仔细按着姑姑的教诲迈步子、蹲安，颐行灰心丧气，把视线调到了半空中。

天是潇潇的蓝，金黄的琉璃瓦上间或停一停飞鸟。鸟是悠闲的，凑在一块儿交头接耳，聊得没兴致了，大家拍着翅膀起飞，从紫禁城的最北端飞到南边午门，只需一眨眼。

自己要是只鸟儿多好，也不会因这二百两没了，气得连上吊的心都有。

大概是因为太丧气了吧，耷拉着脑袋站得不好看，颐行正怅惘，老宫女的藤条就落在了她背上。

1　嚼谷：生活费，口粮。

"啪"，春绸的薄袍子扛不住击打，脊梁火辣辣地疼了起来。颐行"哎哟"了一声，从没挨过打的姑奶奶又疼又恼，一下子蹦起老高，扭头说："你打我干什么！"

老宫女的脸拉了八丈长："还敢犟嘴？"又是一记藤条落下来，高声道，"进宫的规矩教过你们没有？看看你，拱着肩、塌着腰，让你罚站，是让你消闲来了？"

那藤条真如鞭子一样，除了不打脸，哪儿都能抽。所到之处像点了火，从皮肤表面泛滥开，直往肉里头钻。

颐行闪躲，却打得更厉害了，她只好讨饶，说："好嬷嬷，我错了，往后再不回嘴，再不塌腰子了。"这才让老宫女停了手。

也许是带着点有意的为难吧，颐行的身份让很多人瞧不惯她。她是尚家的姑奶奶，废后的长辈，谁动了她，谁就能抖起威风，在这不见天日的地方变成打虎的英雄。

老宫女多年的郁愤似乎得到了释放，那张苍白的脸上浮起了红晕，错牙哼笑着："既到了教习处，就得受我的管，谁要是敢叫板，管不得你是有脸的还是没脸的，一律宫规处置。姑娘在家是娇主，在宫里可什么都不是，你不懂规矩，我教你，我就是干这个的。你给我听好了，再叫我看见你三心二意，就罚你在院子里头顶砖，到时候面子里子都顾不成，你可别怨我。"

颐行是好汉不吃眼前亏，心里委屈又不得申冤，眼睛里裹着泪，不敢落下来，怕流眼泪又是一顿好打，嘴上应着："嬷嬷教训得是，我以后都听您的，求嬷嬷饶了我这回吧。"

要说脾气，颐行实则有些软弱，她心气儿高，那是因为在尚家她是长辈，一落地就有一堆的侄儿给她磕头请安。她以为世上全是好人，她对谁也没有坏心思，谁知道进了宫，遇上好些不拿她当回事的，还偷她的银票。这回又挨了打，才知道人杂的地方步步江湖，她的傲气像水泼在沙地里，毕竟宫里不和你讲理，从来都是鞭子说话。颐行不欺软，但她怕硬，这么一来完全歇了菜，自己安慰自己，忍一时风平浪静，等将来有了出息，再杀他个回马枪。

不过那老宫女下手确实狠，夜里银朱给她看伤，有两道破了皮，伤药撒上去，颐行疼得直皱眉。

"这才刚进宫没两天呢，就这么欺负人，回头破了相，那可怎么办？"银朱喋喋说着，"要不是樱桃拦着我，我早就上去教训那个桂嬷嬷了。"

颐行说不成："两个人一块儿挨罚，樱桃上药忙不过来。"

说罢瞧了眼一旁的樱桃，樱桃却一副心不在焉的样子，颐行拿手肘轻轻碰了碰她："你有心事吗？"

樱桃"啊"了声，说没有："我是为您打抱不平，那些老嬷嬷看人下菜碟，专欺负老实人。"

可不是吗，老姑奶奶真算是老实人，要是换了银朱，早踹桂嬷嬷一个窝心脚了。

银朱叹了口气："有句话怎么说来着，屋漏偏逢连夜雨，银票叫人偷了，转头还受训斥挨打。"

颐行拽了拽银朱，让她别说了。

樱桃抬起眼，满脸的意外："姑爸，您的银票叫人偷啦？"话又说回来，"不是不许私自带外头东西进宫吗……"

颐行哼唧了声："所以这事儿不能声张。"

樱桃点了点头："确实的，不宜声张，让桂嬷嬷知道了，又生出多少事端来。"说着起身下炕，"您躺着别动，我给您打水擦洗擦洗。"

樱桃端着盆儿出去了，银朱拽过被子给颐行搭上，颐行把脸枕在肘弯子里，喃喃说："樱桃怎么不问问，丢了多少钱哪……"

那厢樱桃顺着砖路往金井去，伙房到了点儿会派苏拉给各屋送热水，宫女们只要备凉水就行了。

木桶放下井，宫里不像家里头似的，有吊桶的辘轳，全靠自己的臂力。因此樱桃每回只能打半桶，提上来的时候浇湿了鞋面，她咬唇看了半晌，最后愤愤将桶搬了下来。

这个时辰，各屋的差不多已经歇下了，樱桃将盆注满，正打算回去，忽然听见影壁后头，隐约传来呕吐的声音。

樱桃仔细听了会儿，把木桶放到一旁，顺着那声音悄悄探过去，心想嬷嬷不叫多吃，这人还把自己灌得顶嗓子。这可好，躲到没人的地方吐来了，倒要看看是谁，出了这么大的洋相。

樱桃顺着灯影的探照，挨在墙角上看，那地方好黑，看不清，只看见两个身影，一个只管吐，另一个蹲在边上给她捶背。

"再忍忍，后儿就分派了，到了那里，能好好歇上两天。"这声儿听着耳熟。

"可我怕呀，这是多大的罪过……"

后面的话被咳嗽堵住了，再也听不见什么了。

多大的罪过？吃撑了也算罪过？还有后儿分派，"那里"又是哪里？

樱桃心里犯嘀咕，却也没什么可听的了，正想回去，不留神踢翻了花盆。只听影壁后喝了句"谁"，樱桃跑也来不及了，回身一瞧人追了出来，怪道觉得那声音听过，原来是教她们规矩的晴姑姑。

"是你啊。"晴姑姑笑了笑，"都听见什么了？"

樱桃看她笑得莫测，结结巴巴地说："没……没听见什么。我出来打水，经过这里……"

晴姑姑脸上不是颜色，压着怒火说："人吃坏了肚子，没什么大事儿，别上屋里嚼舌根去，听明白了吗？"

樱桃一迭声道是，匆匆蹲了个安，便端起木盆回了他坦。

后来两天还是照旧，天不亮就得出来应卯，说宫人们睡得比狗晚，起得比鸡早，一点儿不为过。

经过了头几天的适应，大家再也不像无头苍蝇似的摸不着谱了，洗漱用饭，井然有序。

樱桃在吃饭的当间儿，一直留意着身旁走过的掌事，昨儿呕吐的那个宫女，因天色太暗没看清楚长相，但晴姑姑来回走动似乎特别留意自己，吓得樱桃不敢动弹。

好容易晴姑姑出去了，阎嬷嬷也由大宫女伺候着用完了饭，樱桃忙收拾碗筷送到杂役预备的大桶里，回身恰好遇上阎嬷嬷，便蹲了个安，轻快道了声："嬷嬷吉祥。"

阎嬷嬷并不在意这个不起眼的孩子，随意点了点头便往门外去了。

樱桃犹豫了片刻，转头看向颐行和银朱，她们刚吃完，也正起身收拾碗筷。因为昨儿桂嬷嬷责罚颐行，给开了个口子，那些平时就爱在背后议论的人开始成心寻衅，结果当然是银朱和她们对骂起来，这回樱桃没上前劝架，转身走出了伙房。

今天是秀女面圣，接受太后和皇帝挑选的日子，已然撂了牌子的是无缘参加的。

从伙房往教习处去，半道上正遇见那些三选留了牌子的。愉嫔的表妹云惠也在其中，今天打扮得格外鲜艳，青绿绣金的袍子，小两把上点缀通草花，那股子喜兴，不知道的还以为她晋位了呢。

颐行看得怅然，原本她今天该见着皇帝了，没想到最后会落选。

银朱拽了拽她的袖子，示意她该走了，免得去晚了，又要挨桂嬷嬷刁难。

那头御花园御选，教习处阎嬷嬷也正挑选机灵人儿。

宫女才进宫三五日，还没调理出来，这种时候选人，说白了就是给托关系走后门的一个机会。

颐行嘴上不说，仔细看着她们这屋究竟有几个人入选。最后名单出来了，当阎嬷嬷念到樱桃的名字时，她反倒松了口气。

总算她的银票有了下落，早前她甚至怀疑是不是从砖缝里掉下去，给烧了。

一个出身不怎么样，又无依无靠的十三岁孩子，想在教习处的头轮选拔中脱颖而出，几乎是不可能的。

也许谁也不知道她给了阎嬷嬷什么好处，但她对阎嬷嬷行贿，是秃子头上的虱子——明摆的。

银朱义愤填膺："真没想到，会咬人的狗不叫，我疑心他坦里的所有人，竟从没疑心过她。"

谁会想到这孩子会用那样的心思，她们是真心实意像带妹妹似的带着她的，结果她反咬了一口，把颐行的老底都掏空了。

真应了那句"好心没好报"，颐行一头失望，一头又觉得古怪，自己明明把银票藏得好好的，怎么会被她找见。

银朱背靠着墙，叹了口气："您要知道营房丫头是怎么长大的，像她那种不得重视的孩子，擎小儿就养成了处处留心的本事。想是上回咱们说起教习处给各宫主儿选人的时候，她就记在心上了。人想攀高枝儿，该当的，可也得讲道义。咱们那么信得过她，最后她就这么报答咱们，我细想想，怄得肠子都快断了。"

颐行也叹气："别的没什么，我就是懊恼她不懂行市，到底被人给坑了。"

二百两的银票，她也没处把票子兑换开，这要是送到阎嬷嬷手里，可不有去无回吗，总不见得阎嬷嬷再找她一百五十两吧！二百两换一个嫔妃宫里当差的机会，着实是亏大发了呀。有这份钱，拿来和贵妃跟前掌事的宫女打好交道，人家在裕贵妃面前美言几句，答应的位分都赶得上了。

唉，满砸[1]！越想越糟心，实在心疼。伤心的不光是蒙受损失，更是没有物尽其用的憋屈，颐行气得饭都没吃，只管埋怨樱桃糟蹋她的钱。

人被选出去了，换他坦之前，得回来收拾自己的东西。

不知内情的人，对这个闷声不响却有家底儿的孩子刮目相看，只有颐行和银朱知道是怎么回事。

樱桃很心虚，匆匆忙忙归置自己的包袱，银朱抱着胸靠在门前，阴阳怪气道："瞧好了收拾，别漏了，也别多拿。"

1　满砸：方言，糟糕。

樱桃手上顿了顿，似乎是鼓足了勇气，才扭过头来冲她们笑了笑："姑爸，银朱姐姐，往后大伙儿都会分入东西六宫，我先走一步，过不了多少时候咱们一定能再见的。"

颐行麻木地点了点头："这话也对，早晚都会分出去的，又何必急在一时。"

这位老姑奶奶说话，总是留着三分情面，从来都怕捅伤了别人肺管子，但在心虚的人听来，无异于一个大耳刮子。

樱桃红了脸："我出去了……想法子给您二位铺路。"

银朱说别："听说储秀宫的懋嫔娘娘不好伺候，你且仔细你自己吧！咱们这里不用你操心，你既然去了，就当从来不认得咱们，往后见了也不必打招呼。"

樱桃眼圈一红，人也有些唯唯诺诺的。

边上凑热闹的人嗤笑："人家捡了高枝儿，出息大了。将来当姑姑，当掌事，和你们攀搭，没的自贬了身价儿。"

樱桃抹着眼泪，终是挎上包袱走了，和她一块儿上储秀宫当差的，还有隔壁他坦的蓝茗。

说来奇怪，别的宫女都是列成一排供各宫主位挑选的，只有她们俩是储秀宫点名要的。也不知是钱塞得多，阎嬷嬷另眼相看，还是储秀宫一早就相中了，只等时候一到，就把人提溜过去。

总之现在的老姑奶奶，是一穷二白的老姑奶奶，那份心气儿也刹了，上头的人怎么调理她，她就老实照着吩咐办事。

当然也有穷琢磨的时候，端了一天的托盘，到晚间才有空歇歇，这时候吃完了饭，蹲在院子一角的蚂蚁堆前，看那些蚂蚁搬着一颗芝麻大的饼屑，齐心协力往家运送。

银朱过来瞧她，挨在一旁问："您干什么呢？"

颐行说："你瞧这些蚂蚁，像不像后宫的嫔妃？"又指指它们头顶上的饼屑，"这个像皇帝。"

银朱哈哈一笑："您还看出门道来了呢！依着我说，这些蚂蚁就是咱们，蚂蚁洞里那条白胖的大虫子才是皇上。"说完忙捂住嘴，怕自己一时说秃噜了，被有心人一状告到上边去。

颐行咂摸了下，觉得也挺像这么回事儿，现在的小皇帝，八成也长得一副白胖白胖的模样。

银朱抱着腿，把脸枕在膝上，悻悻然说："昨儿御选，有五个'上记名[1]'的，皇太后也挑了两个封了常在，里头就有那个云惠，您知道吧？"

颐行扭头看她一眼："愉嫔的表妹啊？"

银朱说是啊："这位能晋位，大概是看在她阿玛的面子上。她阿玛上年扩建热河行宫得了褒奖，太后特特儿点了名，这回不知道该嘚瑟成什么样了。"

颐行听完，无情无绪道："皇上有这样的人伺候，不冤枉。"

银朱当然明白她的意思，老姑奶奶处心积虑想勾搭皇上，可不是出于仰慕，纯粹是想拿人家做跳板，所以话里夹枪带棒很寻常。

人嘛，上进心不能因为小小的挫折而丧失，颐行开始考虑："我怎么才能见着皇上呢？埋伏在他经过的路上？我得装出巧遇的样子，扑个蝴蝶，踢个毽子，捉个迷藏什么的……"

可惜这点念想被银朱无情地掐断了："宫女没事儿不能瞎晃。皇上出行都有太监清道，就算您有幸遇上，万一皇上那天心情不好，命人把您叉下去乱棍打死怎么办？"

这么一说确实有点瘆人，颐行又换了个想法："那咱们先想辙攀上御前的人，万一哪天通融通融，让我敬个茶什么的……"

"御前伺候的人都有定规，再说谁有胆儿给您派茶水上的活儿啊，不怕您往茶里下巴豆吗？"

颐行被浇了两桶冷水，一时偃旗息鼓，忽然发现和皇帝同在紫禁城里，也像隔了千山万水一样，想接近难乎其难。

"这么说来没路可走了。"她撅了根树枝，插在了蚂蚁队伍前进的路上。

银朱看她设障，托着下巴说："咱们才进宫，往后有的是时机，等时候一长，各处混熟了，想在皇上面前露个脸，应该也不难。"

银朱说完，颐行便发现小小的蚂蚁在刺探一番后，终于绕过了树枝，继续坚定地往洞口方向进发了。

蝼蚁尚且如此，何况是人！

于是老姑奶奶痛定思痛，决定从长计议。虽然怎么计议还没想好，但活人总不能被尿憋死，反正现在连钱都没了，只好走一步看一步了。

银朱对樱桃偷了颐行银票的事还耿耿于怀，仰脖子看着天，仿佛能看穿储秀宫的殿顶，直达樱桃脑门上。

1　上记名：皇帝亲自留牌子。

"姑爸，您恨樱桃吗？要不是她，您这会儿该分派进六宫了。到了主儿们身边，见皇上的机会能多上好几成。"

颐行说起樱桃就来气："我当然恨她，她干什么不好，偏偷我的钱。我有钱，也没光想着自己，我原打算给我们仨一块儿谋个好差事的。没承想她拿了银票，把咱们俩给撇下了，可见半路上认识的不能交心，你把她当自己人，人家拿你当二傻子。"

可不是嘛，往后还敢相信谁。

银朱吁了口气，站起身看了看天色，说："回去吧，过会子就下钥了。"

才说完，西一长街上就响起了梆子声。

颐行回头看，长房前挂起了成排的灯笼，那青瓦房檐从暮色中突围出来。几个宫女捂嘴窃语着走过，大辫子一甩，跑进了他坦里头。

平常她们受的管教，头一条就是举止得端稳，不许跑跳，不许呼朋引伴扎堆议事。颐行见她们一反常态，总觉得可能有什么令人惊诧的大事，便拽着银朱赶了回去。

等打起堂帘子，立马见一个人站在炕头上宣扬："你们听说没有，桂嬷嬷不知冲撞了哪位主子，给赏了笞杖。两个太监行刑，杖杖见血，桂嬷嬷当时就翻了白眼，这会儿架到安乐堂等死去啦。"

一个人的生死，成了众人调剂无聊生活的乐子。桂嬷嬷平时不得人心，爱占小便宜，也爱欺负人，这回栽了跟头，当然个个拍手称快。

"哎。"大荣喊颐行，"上回她还打你来着，这回可算给你报了仇了。"

颐行笑也不是，不笑也不是，只问："这是犯了多大的罪过啊，说杖刑就杖刑。"

"宫里头哪个和你讲理，奴才多，主子也多，不留神小命就没了。"有人说得理所当然。

也有人兔死狐悲："我听着，心里头慌得很。桂嬷嬷也算宫里老人儿了，说打死就打死，那咱们这些人可怎么办，万一有了疏漏，岂不是死就在眼前？"

当然在有些人看来纯属杞人忧天："桂嬷嬷多少道行，你又有多少道行？咱们一不偷二不抢，虔心办好自己的差事，这要是还能挨刀，那只能怨你命不好。"

横竖大多数人都很高兴，晚饭吃出了庆功宴的味道。

宫里人之荣辱，全在旦夕之间。桂嬷嬷是教习处的二把手，她出了岔子，自然是阎嬷嬷亲自来调理这帮新晋的宫女。

桂嬷嬷究竟是出于什么罪状而被治罪，连阎嬷嬷都闹不清楚，大概是鉴于忧心自己受贿的事被人告发，所以她并不像以前那样疾言厉色，反倒和蔼了许多。

"你们在我这里，原待不了多少时候，等日子一到，还是归尚仪局管。我如今待你们严，少不得招你们怨，倘或不严呢，又是害了你们，将来吴尚仪过问起来，也是我的罪过。"

话虽这么说，众人不能不识趣儿，便都小心翼翼应承着："请嬷嬷严加管教。"

当然严加管教是不至于的，面儿上过得去，走个流程就罢了。按着老例，宫女进宫头半个月在教习处学习简单的规矩，半个月满就发往尚仪局，再由吴尚仪逐层挑选分派差事。

吴尚仪正是那个三选给她们验身的人，面相不算和善，下牙长得参差，这样的人据说心口不一，她在尚仪局的威风，也远比阎嬷嬷大得多。

吴尚仪更是个有雷霆手段的人，接手了这批宫女，直接将一大半人发往尚食局和尚衣局当差，剩下的五六十仍旧留在尚仪局做些零散的活计。

她应该记得颐行，训话的时候眼睛不时地从颐行身上掠过。

颐行这人别的不行，预感一直挺准，她老觉得进了这里，恐怕还不如在教习处时自在。唯一可庆幸的是银朱还在，不管接下来有多难挨，总算还有个伴儿。

然而人在大环境下生活，并不能时刻按着自己的想法行事。

虽说宫女出入都要成双，但规矩总是人定的，上头不分派，难道你还能拽着正忙的人来陪你吗？

秀女们入宫半月有余，自此开始便都是宫女了，既是宫女，就得学着往外行走，承办差事。

这日吴尚仪说寒食节就快到了，宫里要张罗奉先殿祭祖，连带钦安殿和咸若馆也要洒扫。各宫有了正经职务的宫人，是不管这类杂事的，只有留在尚仪局的人可以随意差遣。

"你们这十五个，往钦安殿去。"吴尚仪随手指了指，"你们十五个，去咸若馆。你们二十个，上奉先殿……我可有言在先，那些殿里供奉的都是祖宗神明，倘或出半点纰漏，后果你们知道。"

那五十个领了命的蹲安道"嗻"，里头就有银朱。

颐行自进宫就和银朱在一起，教习处学规矩也没有分开过，银朱一走，颐行就有些无所适从了。

吴尚仪转过身来，给剩下的十人分派差事，五个上园子里挪花盆，其余分两拨，每拨两人往酒醋面局和宗人府送东西。最后只有颐行一个人还没被分派，吴尚仪站在她面前，很有兴味地打量了一番，笑道："怎么偏剩下你？要是让你歇着，只怕旁的人有话说，我想想还有什么可指派的……哦，你往四执库一趟，过两日要行康嫔、谨贵人、善常在的册封礼，去瞧瞧娘娘们的礼服预备妥当了没有。还有康嫔娘娘的头面，她上回特特儿嘱咐要兰花样式的，你取两样回来瞧瞧，别到时候弄错了，或是不称她的意儿……人家如今是嫔位了，可不敢慢待。"

颐行应了声"嗻"，看吴尚仪和几个嬷嬷往次间去了，方转身走出正殿。

今儿天色不好，穹顶灰蒙蒙的，春天风又大，风卷着流云飞快地翻滚，说不准什么时候就会下起雨来。

颐行生来是个腼腆的人，熟人跟前她能侃侃而谈，到了新地方，遇着了陌生人，她就成了锯嘴的葫芦。想去问哪儿有伞，又怕别人嫌她事儿，不搭理她，于是只好硬着头皮跑出去，甚至没能叫上一个伴儿。

因宫女进宫后不能胡乱走动，她连四执库在哪儿都不知道。只听说在东六宫后边，乾东五所里头，便一路走一路打听。

将到琼苑右门的时候遇见两个太监，忙上前问路，说："谙达[1]，您给我指条道儿，请问四执库怎么走？"

那两个太监原本正在理论什么，也没空细指引，往东随意抬了抬手指头："过了千婴门就是。"说完擦肩而过走远了。

颐行呼了口浊气，只好循着太监手指的方向继续往前探路。

乾东五所又叫北五所，东西并排的一正两厢三合院格局，连门头都长得一模一样。颐行闹不清头所到五所究竟是由东向西划分，还是由西向东划分，只得一间间进去访一访，进一个门槛问一声："谙达，这是四执库不是？"

太监惯常贫嘴，檐下走过的人"哟"了声："这是哪宫的呀，怎么巴巴儿闯到这里来了？"

"想是带着哪位小主的钧旨呢，来来来……上这儿来。我问你，是为了你主子，还是为着你自己呀？"

颐行不明白他们的意思，迟疑着说："我是奉着吴尚仪的令儿……"

"吴尚仪？她都多大岁数了，还有这份心哪？"说着哈哈大笑起来。

这时边上走出个模样周正的太监，他抬了抬帽子说："成了，别拿人家打趣儿。"一面转头对颐行道，"这是敬事房，你走错门了。四执库在四所，东隔壁就是。"

1　谙达：满语，意为伙伴、朋友。

颐行一听自己跑到敬事房来了，顿时有些不好意思，再三道了谢，从门内退了出来。

这时候天越发暗了，惊蛰过后雨水渐多，逢着这样的天气，连门头上的琉璃瓦和彩画都鲜亮不起来了。

颐行进了四执库，这里相较边上几所更忙碌些。因天色昏暗，屋子里掌了灯，太监和宫女往来，从门外看上去人影幢幢。

她不知道该和谁打探，别人也是各自忙于自己的差事，一路目不斜视地经过。她只好硬着头皮进了门，见一张长案后坐个中年的太监，身上衣裳要比寻常太监更考究，心里揣测着，那人应当就是四执库的管事吧！

颐行上前纳了个福："给您请安啦。我是尚仪局新进当差的，奉了吴尚仪之命，来瞧瞧册封礼上娘娘们的礼服预备妥当没有。"

那管事太监连眼皮都没抬一下，嗯了声："都妥了，请吴尚仪不必操心。"

"不必操心"这句话，听上去像是不大对付似的。宫里头人际关系复杂得很，颐行隐隐明白过来，不是这种软钉子，吴尚仪也不会安排她来碰。

怎么办呢，后头的话还是要说，自己掂量了再三才道："谙达，我们尚仪说康嫔娘娘的头面指定了样式，只是不知道娘娘究竟喜不喜欢。尚仪吩咐我，取两样回去过目……"

结果话还没说完，执事太监就把手里的册子重重阖了起来。

"这是哪儿来的愣头青，四六不懂啊！娘娘们的头面，是能随意拿去给人过目的？究竟是你们吴尚仪糊涂，还是你不懂规矩胡乱传话？贵重首饰出了库，万一有个闪失，你有几个脑袋够砍？"

这一通宣排，直接把颐行说得噎住了。

果真是顶在杠头上了，也怪自己不够圆滑，原来宫里传话，并不能直撅撅照着字面儿上的意思理解，还得商量着来。吴尚仪这回是成心戏弄她，把她派到四执库要首饰。也是的，一个尚仪算什么，嫔位上娘娘的东西，也是她能随意掌眼的吗！

颐行自认倒霉，带着委屈，诺诺说："想是我听岔了，对不住，是我办事不力……"

执事太监瞥了她一眼："回去问明白了再来。"

这就是两边角力，把传话的人涮着玩儿。

颐行心里的郁闷无处可说，只得勉强应了声"嗻"，从屋里退出来。

这时候外面下起了雨，很细却急，从院子里斜切角看向门廊，能看见万根银针坠地的走势。

没伞，就得冒雨赶回尚仪局，两处离了有程子路，等颐行踏进尚仪局的大门时，身上的袍子都氤湿了。

这回吴尚仪没有直接露面，站在门前的是她手下得力的大宫女。大宫女见颐行一副狼狈模样，嫌弃地皱了皱眉："这是怎么话儿说的，临出门看着要下雨，好歹带把伞，连这个都不明白，看来真是贵府上伺候得太好了。"冷嘲热讽了一番后，居高临下又问，"差事办妥了吗？"

颐行摇摇头："那头掌事的说了，东西不让出库。"

大宫女"啧"了声："这点子小事儿都办不好，留在宫里何苦来。你知道尚仪局每天有多少事要忙吗，为了这个，竟是还得麻烦尚仪。"

颐行被骂得抬不起头，心里的委屈越堆越高，忍不住低头哭起来。

"还哭？这是什么地界儿，规矩都白学了！"大宫女呵斥着，全不管来往宫人侧目。

这时吴尚仪终于从里头走出来了，蹙眉道："什么事儿，大呼小叫的。"

大宫女把颐行差事办砸的事儿回禀了吴尚仪，吴尚仪道："这个姚小八，分明是有意难为人，往常不也拿出来了吗，怎么这回偏不让。是不是你言辞不当，冒犯了他？"

颐行说没有："我人生地不熟，都是加着小心的。"

"那是什么道理……"吴尚仪沉吟了下，复问，"你和他要了什么，他说不让出库？"

颐行心头迟疑起来，想必出入就在这上头，便道："我照着您的令儿，要康嫔娘娘的两样头面首饰。"

结果吴尚仪露出个了然的神情来："怪道了，这事儿不能怨人家，得怨你自己。是你没听明白我的吩咐，我要的是头面花样子，你怎么上赶着问人要首饰？纵是我没说明白，你的脑子不会想事儿吗？那些个贵重的东西，哪能说拿就让你拿走？唉，知道你出身好，在家辈分高，可进了宫，就得依着宫里的定例行事。凡事多用脑子，别人依葫芦能画瓢，你倒好，给我画了个大倭瓜来，你说可笑不可笑？"

颐行一下子白了脸，这份闲气实在太让人堵心了，她没经办过差事，也没传过话，头一次就吃了这么大的亏，难怪前人总说宫里步步陷阱。

可是能怎么样，记了档的宫人，不是横着，五年之内难以出去。这会儿尥蹶子也没用，只能换来更大的报复。

她唯有忍气吞声，垂首道："是我疏忽了，没听明白尚仪的吩咐。我这就再往四执库去一趟，把康嫔娘娘的首饰工笔小样请回来。"

吴尚仪见她还算听话，便暂且不为难她了。嗯了声，让人取了一把油纸伞来："宫女子的仪容最是要紧，要是不留神，一样要挨罚的。"

颐行俯首应了，方打伞走出尚仪局。

从南向北望，笔直的夹道里空无一人，这时候的紫禁城才是干净的。小雨洗刷过墁砖地面，中央的路泛出一片水光，宫人为了便于行走都穿平地的绣鞋，走不了几步便觉得脚底心湿气蔓延，转眼鞋底子都湿完了。

这回往四执库去，算是熟门熟路，先对执事太监一顿自省，说自己听岔了吩咐，传错了话。

姚小八听完却笑了笑："你们新进来的，哪懂得其中门道。我知道吴尚仪是成心这么发话，我要是顺顺溜溜让你拿着工笔小样回去，岂不是向她服了软？所以只有难为你多跑一趟了，跑一趟不吃亏，明白里头厉害，也就明白在尚仪局该怎么蒙日子了。"

说罢，命人把工笔小样拿出来，仔细用油纸封好交到颐行手上："可拿稳了，出了这个门，淋着了雨弄坏了，全和我四执库没关系。"

颐行一迭声应了，最后给他蹲了个安，说谢谢姚管事的，方才退出来。

回身到檐下取了伞，正要出去，迎面见樱桃和一个小宫女从门上进来。

照说进了储秀宫，升了大宫女，应该满脸喜兴才是，可樱桃的眉头打了结，脸色也不大好。看见颐行，怔愣了片刻，上前来头一句话就是"姑爸，我对不起你"，然后扭过脑袋，在肩头蹭了蹭泪花儿。

颐行对她的致歉并没有多大兴趣，事儿过去了，也就不放在心上了。

不过她既然做得，就不该淌眼抹泪，倒像储秀宫是刀山火海，受用了一回，又开始反悔了。

颐行抱着油纸筒让了让："没什么对得起对不起的，只要你在那儿好好的，也不枉费这一番工夫。"说着就要错身过去。

樱桃却拦住了她，惨笑道："姑爸，我在宫里没有一个能交心的人，只有您和银朱姐姐是实心对我好。我自己没气性，做了对不住您的事儿，这会子悔得肠子都青了。其实要没那件事儿，咱们现在还在一处，该多好。"

颐行的理解是这丫头得了便宜还卖乖，但因樱桃身边有个小宫女寸步不离地跟着，便留了她几分面子，只道："路是你自己选的，既然走了就别回头，真跟我们进尚仪局也没什么出息，天天干着碎催，你还愿意？"

樱桃知道她不待见自己，羞愧之余慢慢点头："您说得是，路是我自己选的，我有什么道理再在您跟前叫苦。"说着涩然看了她一眼，"姑爸，我欠着您的，下辈子做牛做马偿还您。"

旁的话也不便再说了，樱桃朝颐行蹲了个安，便转身进了四执库。

颐行心头有些怅然，略站了站，抱着油纸卷打上伞，冒雨赶回了尚仪局。

这趟请回了工笔小样，总不会有错了。吴尚仪把图纸抽出来，摊在桌面上仔细打量，雕花工艺做得极细致，康嫔没有不喜欢的道理。

"宫里头小主儿争位分，实在是无可避免的事儿，位分高占了多大的便宜啊，嫔以上的能挑自己喜欢的花样子，赤金点翠戴在头上，嫔以下的可没有这个造化，全等着万岁爷赏呢。"吴尚仪笑着说完，转头瞧了颐行一眼，"姑娘一定不知道，当初你家姑奶奶在宫里头，那是何等的风光。咱们这起子人见了她，连头都不敢抬一抬，唯恐冲撞了凤鸾之气。没承想这皇后当了没几年，就被废到外八庙去了，可惜啊，可惜。"

吴尚仪完全是一副打趣的语气，颐行先头没闹明白"你家姑奶奶"指的是谁，到后来才听出来，原来是说她那老侄女儿。

一位曾经的皇后，变成了奴才口中解闷子逗咳嗽[1]的话题，可见人真不能落马，要不连牲畜都能低看你。

颐行没应她的话，低着头，保持宫女子应有的姿态。

只是先前淋了雨，加上脚下的鞋也湿了，就盼着能回他坦换一换，可吴尚仪偏不发话，反倒是乜了她一眼："你们进教习处的时候，嬷嬷应当告诉过你们，宫女子不能单独进出吧？今儿你犯了戒，知道吗？"

颐行的火气险些又被拱起来，勉强按捺住了道："因着人都给分派出去了，我着实没有个伴儿……"

"胡说，尚仪局那么多人，就找不出一个能和你结伴的？你嘴上装了嚼子，不肯开口求人，这是你的不是。我早说过，这地方不是你们尚府，当差就得有个当差的样子。心气儿比天高可不是好事，我自有办法，来校一校你这臭毛病。"

不用说，又得挨罚，颐行知道求饶没有用，只有自认倒霉。

吴尚仪命人取了篦把子，那是种用蓖竹扎成的板子，宽约两寸，拿来收拾人最合适。从尚仪局出去的小宫女，几乎人人尝过它的滋味，南方应选的宫人甚至给这种惩戒起了个形象的名字，叫"竹笋烤肉"。

1　逗咳嗽：北京方言，耍贫嘴、没话找话，故意找话题的意思。

"啪"的一下……可怜了颐行的手心，那种火辣辣的疼叫人没处躲，因为越躲打得越凶。

吴尚仪下手一点都没留情，在重重击打了二十下后方才停下。

这时颐行的双手已经肿得抓握不起来了，她盯着那双手，只见肉皮儿底下汪着水似的，连掌心的纹路都被撑开，不见了。

吴尚仪咬着牙关说："念你是初犯，暂且饶了你这回，再有下回可不是挨板子这么简单了，杀头充军都在这上头。"

颐行忍住了泪说是："谢谢尚仪教训，我都记住了。"

夜里银朱回来，看见她这样的惨况只剩一迭声地叹气。

"以前生在尚家是荣耀，现在生在尚家成了催命符。姑爸，将来你要是得了势，一定把今天的仇报了。"

箅把子打人，疼倒还是其次，最毒的是把子上头有竹刺，那么长那么细，扎进肉里很难处理。

银朱捏着绣花针，在油灯底下一根根替她把刺挑出来，颐行的眼泪大滴大滴落在炕桌上，抽泣着说："我真是太窝囊了，太窝囊了……"

银朱道："今儿洒扫奉先殿，隔壁那个叫吉官的碰倒了高皇帝神位，当场就被拖下去了。窝囊？宫里谁活得不窝囊，别说是咱们，就是那些晋了位的也不是事事顺心。没宠的争宠，有宠的还得忙生皇子……"边说边低下声去，"除非当上太后，要不个个都得夹着尾巴过日子。"

颐行听她这么说，自责的成分少了大半，转而又去打听那个吉官的遭遇去了。

"这会儿吉官人呢，怎么样了？"

银朱说不知道："兴许充辛者库了吧。您挨一顿把子不算什么，别往心里去。那些个老宫油子，他们都听六宫主儿的，保不定就是有人给了吴尚仪示下，让她收拾您呢。"

颐行自然也明白，三选就是吴尚仪把她筛下来的，吴尚仪比谁都想摁死她。

老姑奶奶虽然不硬气，但心里明白得很，现在自怨自艾不是时候，既当着宫女，少不得要挨打。好在她年轻，宫里也不许打脸，手心受点子苦，尚且支撑得住。

不过宫里不拿人命当回事，这倒是真的。

在她们锤炼办差能力，在尚仪局吃挂落儿、挨数落的时候，传来了樱桃的消息。

这天收拾他坦，所有人都在大院里晾晒被卧，消息最灵通的小太监春寿从宫门上跑了进来，边跑边喊："出事儿了，出事儿了！上回选进储秀宫的樱桃因冲撞了懋嫔娘娘，被打得血葫芦也似，这会子宗人府来领了尸首，送到义庄上去了。"

众人都因这消息傻了眼，前不久还让人羡慕的小丫头，一下子连命都丢了，真让人回不过神来。

当然大多数人伤嗟的时候，也有趁机挖苦的。

"这回可真是红了樱桃，绿了芭蕉喽。人都说可着头做帽子，贱命就是贱命，有些人还想凭借姐妹情义往上爬呢，这下子断了指望了吧！"说完顺便乜了颐行一眼。

颐行没空理会她，想起那天在四执库遇见樱桃，她拿"一辈子"说事，看来那时候就对自己的境遇有所预感。

银朱却听不得这夹枪带棒的话："人都死了，还在这儿调酸汤呢。好歹积点儿口德吧，也不怕人家半夜趴你炕头。"

不过人家这回并不和她争吵，拿出高姿态来敲缸沿："谁的肉谁疼罢了，咱们是事外人，至多听个热闹，和咱们有什么相干呢。"扬手在被褥上拍打了两下，飞着白眼往别处去了。

银朱是个义气人，自然气不打一处来。颐行拽了她一下，让她别和那些人斗嘴皮子，春寿也凑嘴："人的运势可说不准，谁也别拿别人当热闹看，焉知今儿是人家，明儿就不轮着自己？"

众人听春寿一说，大觉晦气，吵吵嚷嚷道："真该撕了你的嘴，明儿轮着你才是。"说完也不想继续议论这种倒霉催的事儿，各自收拾停当走开了。

虽说樱桃偷了颐行的银票，让她耿耿于怀到今天，但一个曾经亲近过的人说没就没了，实在让人有些难过。

"这宫里的规矩也忒严苛了，冲撞了人就得杖毙，上回是桂嬷嬷，这回是樱桃。"

春寿对插着袖子道："也不是，得看冲撞的是谁。听说上回桂嬷嬷是得罪了裕贵妃，这回樱桃惊动了龙胎，懋嫔娘娘可不好相与，自然得要了她的小命。"

颐行和银朱听得唏嘘，银朱摇头："早知今日，何必当初。才多大点儿人，就一门心思往上爬，这回光宗耀祖没赶上，赶上投胎了。"

颐行问起懋嫔："樱桃把龙胎吓没了？"

春寿说没有："真要是没了，可不光樱桃一个人没命，全家都得跟着遭殃。"

"那既然龙胎还在，怎么就把樱桃打死了？"

春寿把视线调向了半空中："咱们做奴才的命不值钱，无故打杀，小主们也怕宫规伺候，但要是事出有因可就两说了。那些个主儿们枝叶太大，谁敢抱着树身摇一摇啊。"

话才说完，宫门上就有人叫："春寿，春寿……正事儿不干，专会钻营溜号，回头禀报了管事的，罚你刷半年官房[1]！"

春寿吓得缩脖子吐舌，脚下抹了油，一出溜就奔了过去。

樱桃被杖毙的阴影笼罩了整个长房他坦，一天下来，每个人都蔫蔫的。

宫女子夜里不是到点就睡，也有被姑姑点了卯，需要连夜拆旧袍子做针线的。

调理颐行的大宫女爱漂亮，针线上的活计远比别人多，因此颐行常要做到深更半夜。银朱的姑姑则不讲究太多，银朱除了日常的缝补，还能剩下时间帮衬颐行。

长房对面的屋子，顶南边一间超出围房好些，对角就是阿斯门，颐行常在那里做针线。炕上放一张大炕桌，她和银朱一人一边坐着，不像他坦里乱糟糟的尽是人，这里反倒清闲安静。

有件事颐行琢磨了好久，趁着没人的时候和银朱提起："阇嬷嬷上回挑人，一下子点中了樱桃和兰苔，如今樱桃死了，那个兰苔怎么样了？"

银朱说："谁知道呢，兴许日子也难挨吧，春寿不是说了吗，懋嫔这人不好伺候。"

颐行慢慢点头，总觉得事儿有些说不通，可又道不清哪里古怪。

这时候外面淅淅沥沥下起雨来，起了一阵风，窗户纸在棂子上来回翕动，像孩子调皮吹气儿似的。

颐行不经意朝阿斯门上看了一眼，朦胧间见有个人站在灯笼底下，正朝这里望着。

她心下纳罕，伸手推开了窗屉子。

斜风细雨纷扬扑面，待要细看，那人影一晃，却又不见了。

转过天来，就是康嫔、谨贵人、善常在的册封礼。

册封礼是部分人的节日，有幸能晋位的，这天已然圆满了一大半。早就晋了位分的，大可以事不关己，了不起为了面儿上的和睦打发人送一两样物件以作贺礼，就已尽了同在深宫的姐妹之谊了。

1　官房：明清皇宫内大小便均用马桶解决，太后、帝后和嫔妃用的马桶称为"官房"。

然而妃嫔们能置身事外，张罗庆典的宫人们却一刻也不得闲。尤其是尚仪局，既要规范当日的规矩铺排，位分不高的主儿宫里缺人手，还要临时从局子里调拨过去应急。

至于要调拨谁，吴尚仪心中自有一本小账。她在整齐列队的宫女中挑选，颐行和银朱已经尽量低下头了，可惜到最后仍旧不得逃脱，最终名单里头还是有她们俩。

"这是大选过后头一回行册封礼，留牌子的主儿里头只晋封了善常在一位，恰逢康嫔和谨贵人的喜日子，跟着一块儿沾了光。咱们尚仪局，除了平时调理新进的宫女，逢着这样的日子，少不得要出一份力。你们几个分作三拨，帮衬着今儿晋位的主儿们。"吴尚仪说罢，视线轻轻掠过颐行和银朱的头顶，"善常在早前和你们一道入选，说不得彼此还相熟，我给你们一个进长春宫的机会，倘或善常在瞧上你们，硬把你们讨了去做伴，我也不好拂了常在的意儿。"

这是明捧暗贬的手法，表面看徇了私情，有心助她们脱离尚仪局，暗地里还不是给善常在送玩意儿，好让善常在折腾她们。

可惜话已经说到这里了，她们这些听吩咐的自然不能不遵，只好由着吴尚仪安排。

景仁宫的主位是和妃，也就是养猫的那位，谨贵人随和妃而居；长春宫如今的主位是刚升上来的康嫔，善常在就随康嫔住在长春宫。

宫里嫔妃可使唤的奴才是有定员的，吴尚仪把景仁宫的人员分派好，最后交给颐行和银朱一人一个大红的漆盘，吩咐："这是康嫔娘娘和善常在受封时所需的穿着，你们千万仔细着，好生给两位主儿送过去，切不可有差错，听明白了？"

颐行和银朱蹲身道"嗻"，趁着这风和日丽的天儿，和随行的人一起，浩浩荡荡向西六宫进发。

要说长春宫，其实并不陌生，当初她们三选就在长春宫以南这一片。只不过物是人非，那个嚣张跋扈的云惠晋位成了常在，她们心里即便再瞧不上她，见了她也只能受她挤对。

只盼着人逢喜事，善常在能像她的封号似的，起码有容人的雅量。颐行和银朱无甚可依，一切只能凭运气。

进了长春宫，银朱手上是康嫔的吉服，颐行是善常在的。银朱本想和颐行换个个儿的，但因边上有大宫女监督，这事儿断乎办不成，只好在甬路上的时候给了颐行一个鼓励的眼神，随即和她分头进了长春宫的主偏殿。

善常在这会儿正在屋里等得心焦，起先还有怨言，嫌尚仪局办事拖沓，可忽然见颐行手托漆盘站在门前，她的不满顿时散了，然后快活地笑了出来。

"这是谁？"善常在挪动花盘底，上前半步讥嘲，"要是没看错，这是尚家的老姑奶奶不是？这么傲气的人儿，怎么甘愿当起宫女来了？"

她身边近身伺候的人，自然要迎合主子的喜好，便狗摇尾巴道："主儿，不论她什么出身，给撂了牌子，只有当碎催的份。"

善常在那张小尖脸上浮起了一层刻薄的笑："可不，万般皆是命，今儿还不是我为主，她为奴？"

颐行进宫之初还有一身傲骨，但在遇见那么多事之后，也学会了忍气吞声。

她还是照着宫人的规矩，给云惠行了蹲安礼："请善常在的安。奴才奉吴尚仪之命，来给常在送吉服。今儿是常在的喜日子，万勿因奴才克撞了喜气，常在往后还要随王伴驾，步步高升呢。"

这话善常在倒是爱听的，毕竟什么都不及她顺利晋位重要。

当初在选秀之时，要说厌恶，比起尚颐行来，更让她厌恶的是银朱。如今这位尚家的金凤凰既然做小伏低给她送行头，她大人不计小人过，暂且就饶了她吧。

一旁的宫女上前接过了托盘，善常在揭开盖布，喜滋滋地抬手抚触了一下吉服表面繁复的金银绣，一种油然而生的骄傲充斥了她的心头。

很多时候，争个位分也许并不是因为皇帝，而是为了延续这份荣耀体面。一个小小的常在罢了，就有如此华丽的冠服，不敢想象皇后的礼服，又是何等辉煌，不容逼视。

此时的善常在，终于摆出了一副端庄做派，只是一团喜气心里装不下，就粉饰在了颧骨上，派头十足地叫了声"来呀"，宫婢们立刻将她簇拥进梢间里更换衣裳。

交了差事的颐行到这会儿才松懈下来，原本这种送礼服的活计是应当有赏的，但在善常在这里，不求有功但求无过，只要她玉手一挥让她退下，她就高呼阿弥陀佛了。

不过这长春宫里的景致倒还不错，西边靠墙的地方长了一株高壮的琵琶树。正值春暖花开的时节，萎靡了一冬的枝叶也渐渐长出了嫩芽，那新生的叶子一簇连着一簇笔直竖立向上生长，树冠下层是墨绿，树冠上层则是嫩色的，迎着暖阳簌簌轻摇，连叶片上纵横的经络都像染上了微光。

其实如果没人苛待，宫里的岁月并不那么难挨。

颐行贪图安逸的性格，有时候支撑不起她的远大志向。在家的时候是娇娇儿，在宫里忙前忙后跑腿办差，习惯了这种紧张的步调，受累了也可以扛一扛，可见人的潜能都是给逼出来的。

这时明间里传来一串脚步声，颐行忙转头看，善常在穿着她的蜜合色八团喜相逢吉服出来了，一顶银镀金嵌珠宝钿子，一盘珊瑚朝珠，倒也衬托出了一点金贵的气度。

可是还没等善常在孤芳自赏转个圈儿，门上尚仪局的掌事姑姑忽然不安起来，脸上带着惶惑的神情，呆呆"欸"了声。

新晋的常在，身边宫人都是随意抽调的，没有懂得宫中掌故的老嬷嬷指引。

善常在因掌事姑姑的那声"欸"吓了一跳，托着胳膊的模样也有些傻相，迟疑着问怎么了，话音才落，正殿方向疾步过来一个大宫女，朝明间里瞅了一眼，焦急地对掌事姑姑说："错了。"

善常在越发一头雾水，掌事姑姑白了脸，忽然跪下道："请主儿恕罪，主儿的彩帨……像是弄错了。"

弄错了？善常在低头看了看胸前的绿色彩帨，上头连一个花纹也没有，看上去无法让人联想到尊贵，怎么就弄错了呢？

康嫔那头的大宫女见掌事姑姑没把话说明白，心里头也着急。善常在是才进宫的，根本不懂得宫里的冠服制度，便道："按着会典上的定规，皇后和皇贵妃用绿色，绣五谷丰登，贵妃、妃用绿色，绣云芝瑞草。嫔的衔儿亦用绿色，不绣纹样，您是常在，按例您和命妇一样，应当用月黄色才是。"

这下善常在彻底愣住了，这么说来自己是错戴了康嫔的彩帨？那自己的彩帨在哪里，难不成在康嫔那里？

思及此，生生吓出了她一身冷汗。康嫔是长春宫主位，自己原就依附她而居，如今错戴了康嫔的彩帨，对自己来说倒是个好兆头，但对于康嫔而言呢？好好的嫔，一下子降级到了常在，康嫔不觉得晦气，不会大发雷霆？

善常在崴了一下，幸而被边上宫女搀扶住了，忙不迭把彩帨摘下来，跌跌撞撞跑出了偏殿。

康嫔这会子在次间里坐着呢，一身香色缎绣八团云龙夹袍，衬得那面色柔和如帛。倒是没有什么怒色，大概是为了维持主位的气度吧，见善常在进来，唇角微微带了点笑意。

善常在却不敢因她面色和气就当无事发生，她双手将彩帨承托上去，仓皇地连连蹲安："是我无状了，不知道宫里冠服的定例，请康嫔娘娘恕罪。"

康嫔扭过身来笑了笑："又不是什么大事儿，值当妹妹吓成这样？底下人弄错了也是常有，换过来就成了嘛。"

话虽这么说，却不敢相信一个不相熟的人，能具备那么大的肚量。

有时候表面越是宽宏，背地里越是斤斤计较。

善常在心头突突地跳，她们同一天晋位受册封，一个是嫔位一个不过是常在，说是只隔了贵人的位分，但这条路就够走上好几年的。

善常在虽然莽撞，尚且明白位高一级压死人的道理，康嫔越是大度，她越是惶惶不可终日，抹着泪花哀声说："我初来乍到，一心指着投在娘娘门下，请娘娘顾念我。这会儿才住下，就出了这种岔子，我……我心里有愧，实在对不住娘娘。"越说越惊恐，不禁大放悲声起来。

这么一哭，倒弄得两下里尴尬了。康嫔跟前的嬷嬷忙道："小主别忘了规矩，这样大喜的日子，哭天抹泪的可不好。您和愉嫔娘娘是一家子，我们主儿素来敬重愉主儿，就是看着愉嫔娘娘的金面，也不能和小主认真计较不是？"这才劝住了善常在。

"好了好了，换过来就得了，妹妹别放在心上。"康嫔和颜悦色道，"时候不早了，快回去收拾收拾，重新上妆吧。没的恩旨到了接旨不及，耽误了吉时倒不好。"

善常在听了，这才擦干眼泪从正殿退了出来。

然而康嫔不计较，并不意味着这件事就翻篇了，善常在把所有的愤恨都发泄到了送吉服的颐行身上，咬牙切齿地说："这个贱婢嫉妒我，有意令我难堪。告诉吴尚仪，重重发落她，要是处置轻了，我断不能依！"

所以这是喝凉水也塞牙缝吗？

虽说全套的吉服弄错了彩帨确实是件不该发生的事，但这和只负责运送的人不相干啊。

颐行原本以为自己已经看淡了她们处处使绊子，可事儿落到头上，还是忍不住要为自己叫一声屈。

"善小主，我要说这吉服不是我预备的，您信吗？"她打算心平气和讲一讲道理，"我和您是同一批选秀进宫的，您不知道的定例，我也不能知道。再说我在尚仪局就是个干碎催的，娘娘们受封的吉服几时都轮不着我碰一指头。您也瞧见了，漆盘上是盖着红布的，我哪能窥见底下情形呢？您有气我知道，可也要撒对了地方，才不至于让那些有意坑您的人捂嘴偷乐啊。"

这话要是换了一般人，兴许就听进去了，可这位是谁呢，是绣花枕头的善常在啊。她乌眼鸡似的，盯住了一个，有附骨之疽般的"毅力"。大概是因为懒得动脑子,加上才进宫不宜树敌,就打定了主意拿颐行作筏子[1]。

"甭给我扯那些嘎七马八[2]的闲篇。"善常在一情急,连市井里的俗话都出了口,"你还想拿我当枪使?有意坑我不过是表面,人家真要收拾的是你!既然有人瞧你不顺眼,那我何妨顺水推舟,成全了这份人情。横竖你如今是块豆腐,任谁都能咬你一口,也不在乎多我一个。"

就这么着,颐行的游说没起作用,最后还是给送到吴尚仪跟前,姑姑带回了善常在的话,让"重重发落"。

吴尚仪看她的目光带着点怜悯:"你怎么又犯事儿了呢,叫我说你什么好。"

在一个有意和你过不去的人面前喊冤,纯粹是多费口舌,因此颐行连一句辩白都没说。

一块儿回来的银朱却要打抱不平:"你们这不是明摆着欺负人吗,长春宫的全套吉服不是我们归置的,是现配好了送到我们手上的……"

吴尚仪一道目光斜扫过去:"你还有脸叫板?康嫔和善常在的彩帨错换了,论理你们是一对儿难兄难弟。康嫔才升了嫔位,不愿意这时候处置人,你满以为自己置身事外了?再嚷嚷,就陪着她上安乐堂夹道去,我倒要看看,你能嘴硬到什么时候!"

这算是已经对颐行做出处置了。安乐堂夹道,是英华殿后横跨金水河的一处院落,你在紫禁城的城防图上找,甚至找不到确切的标注。但宫里当差的都知道这么个去处,那是位于皇城西北角,用以安置老病宫人的地方。安乐堂里养病,净乐堂里焚化,可以说是宫人生涯最后的终点。

银朱听了这话,满脸的不可思议:"吴尚仪,她是尚家人,祖辈上出过三位皇太后!"

"那都是过去的事儿了,皇太后们要是知道后世子孙这么不长进,八成也要伤一回心了。"说得一众看热闹的都笑起来。

颐行起先一再忍让,到这里也忍不住了,抬头道:"尚仪局不是管教化的吗,怎么吴尚仪头一个口不择言起来,竟敢拿历代皇太后说笑,当今皇上知道你的操行吗?还后世子孙,不巧得很,皇上也是纯悯太后的子孙,你这不光是笑话了我,连带万岁爷也让你折损了,但凡我能告御状,非让你全家跟着掉脑袋不可!"

向来不哼不哈的丫头,忽然反击起来,闻者无不怔愣。

---

1 作筏子:指做样子。比喻找差错予以惩治。

2 嘎七马八:指毫无条理,乱七八糟。

　　吴尚仪确实是得意忘形了，脱口说了那样的话，要是果然有人较真，只怕够她喝一大壶的。

　　说到底尚家总是皇亲国戚，这一辈的皇后倒了台，祖辈上的皇后们还在奉先殿里供着。吴尚仪自知失了言，心里多少也存了点畏惧，只是不便在底下人面前跌了分子，强自硬着头皮拿话盖了过去。

　　"你倒会牵扯，不知道的真让你糊弄了。闲话少说，今儿起罚你去安乐堂当差，什么时候回来，得看你自己的造化。"吴尚仪一壁说，一壁看向银朱，"你们俩情谊深得很，怎么样，你也跟着去吧？"

　　颐行自然不能祸害银朱，没等银朱说话，自己就先抢了话头。

　　"银朱今儿当的是康嫔娘娘跟前的差，康嫔娘娘没有发落她，就因她替我叫了两声屈，吴尚仪便罚她去安乐堂，未免擅权了点。我一人做事一人当，绝不牵五绊六。让我去安乐堂，我去就是了……"边说边转身，腿虽打着哆嗦，也要大步流星迈出去。

　　她走了，吴尚仪胸口的石头终于落了下来，毕竟三选是自己掌的事，尚颐行的根底怎么样，她心里门儿清。

　　这后宫里头，过于出色的女人向来不会被埋没，万一哪天让她得了势，到时候自己再想安安稳稳当这尚仪，怕是不能够了。

　　好在处置了，发配到那不见天日的去处，吴尚仪徐徐长出了一口气。

　　然而气才吐出半口，忽然见她又折了回来。

　　满院子的人古怪地盯着她，正琢磨她想怎么样，只见她尴尬地摸了摸后脑勺："我还有东西没收拾……"

　　颐行前脚进他坦，银朱后脚就跟了进去，虽然愤愤不平，却也无可奈何。

　　"姑爸，我还是跟着您一块儿去吧。"一面说，一面收拾自己的细软。

　　颐行压住了她的手，说不必："安乐堂那地方我知道，不是个好去处，你留在尚仪局，将来替我活动活动，我还能有回来的一天。要是两个人都进了那里，那才是把路走绝了呢。"

　　银朱有点着急："那地儿全是得了重病的，万一不留神染上，可是要出人命的，您不知道吗！"

　　颐行笑了笑："知道要出人命你还去？"说罢好言安抚她，"我命硬得很，没那么容易死。留在尚仪局，吴尚仪她们还得折腾我，倒不如去安乐堂避避风头，过两天自在日子。"

银朱叹了口气："那您不打算当皇贵妃了？"

颐行讪笑了下："当皇贵妃之前，我得有命活着。"

说不准世上离死最近的地方，就是最安全的地方呢。

银朱觉得前途杳杳看不到希望，颐行的心思却很开阔，梦想着在安乐堂遇见个半死不活的大人物，经她全心照顾，大人物活过来了，将来一路提拔她，她就平步青云直到御前了。

不破不立嘛，对于颐行来说，能暂时避开吴尚仪是好事，于是快速收拾好东西，挎上了她的小包袱，一路头也不回往宫城西北角去了。

宫里没有风水不好的地方，安乐堂也是。

顺着金水河过来，沿途有丰茂的树木，因离水泽很近，那些花草长得分外肥美鲜艳。成排的大槐树，掩映着一个称不上规则的院落，从外头看上去同样红墙金瓦，和高耸的角楼呼应，相得益彰。

颐行顺着小径过去，刚走到门前，迎面有太监送太医出门来，那太医吩咐着："保不定就是这几天，早早预备，瞧着不对劲就送出去。"

太监连连点头："那照您看，是一点儿法子也没了？"

太医瞥了他一眼："要有法子，还让你们预备？"

"唉唉……"太监把人送到槛外，垂袖打了个千儿，"我就不送了，您好走。"

等送别了太医，转头才看见颐行，也没问旁的，上下打量了一通："新来的？"

颐行忙说是："我才到这儿上差不懂规矩，请谙达教导我。"

太监摆了摆手："都给发落到这儿来了，谈什么教导不教导。我叫高阳，是这里的掌事，跟着来吧，我带你认认地方。"

高阳一处一处带着她走了一遍："咱们这犄角旮旯儿统共七间房，东一间西一间的分开布置，就是怕身子弱的人过了病气。瞧瞧这大院子，多豁亮！不是我吹，可着紫禁城找，都找不着比咱们这里更清闲的地儿。说句实在话，不是病得不成的，送不到咱们这儿来，所以屋子大半是空着的，一个月里遇不上一个。不过要是赶上时疫，那可就两说了，能治的治，治不了的送净乐堂……开头你们姑娘家兴许还害怕，时候长了也就这么回事儿，谁没有这一天呢……"

颐行本以为安乐堂里到处是尸首，难免有不洁的气味，可转了一圈，病榻上只有两个人，走廊和屋子里充斥着药香，并没有想象中的可怕。

这里当差的人也不多，除了高阳，还有一个小太监并两位嬷嬷。最没出息的地方犯不上钩心斗角，所以这安乐堂，于颐行来说倒是真正的安乐去处。

生死转眼，当然也是到了这里才见识。

一个小宫女方十四五岁光景，生得矮小瘦弱，因续不上来气儿被送到这里。先前的太医正是来给她瞧病的，谁知药越吃病情越严重，傍晚的时候还睁开眼，看见颐行叫了声"姐姐"，等到戌正前后一句话没交代，就伸腿去了。

颐行是善性人，因为她一声姐姐掉了几滴眼泪。

顾嬷嬷说可怜："这小娟子没了爹妈，是叔婶舍饭长大的。现如今走了，家里人哪里管她，将来烧成了一捧灰，也是个无主的孤魂啊。"

颐行听了越发可怜她。

净乐堂的人来了，粗手大脚拿白布一裹，一个扛头一个扛脚，把人搬了出去。颐行呆呆目送他们走远，小娟的大辫子垂下来，在搬运的太监鞋面上蹭着，却没人管得那些了。

家人不收领，更别谈祭拜她。颐行琢磨了下，安乐堂里供了药王菩萨，香火蜡烛全有，连纸钱都是现成的。宫里原不许随意焚烧，但安乐堂这地方山高皇帝远，干什么都不会落人眼。

于是她壮起胆，拿宣纸做了个包袱，等各宫下钥之后再没人走动了，到金水河畔槐树底下刨了个小坑，点燃了一沓瘗钱[1]。

小小的火光照亮了她的脸，她合十拜了拜："小娟，我给你送点儿买路钱。"然后喃喃祝祷，"出门须仔细，不比在家时，火里翻身转，诸佛不能知。"

说悲痛，当然算不上，不过是对一个年轻生命的逝去感到唏嘘罢了。

颐行小心着火势，一张一张捏了金箔纸放下去。本以为动静不大，不会引得人来的，可眼尾的余光里，忽然出现了一双皂靴。

那皂靴的主人有道好听的声线，冷冷如刀锋冷露般，不讲情面地丢出了一句话——

1　瘗钱：陪葬的钱币。

"宫里烧包袱是杀头的罪过，你活腻味了？"

颐行扭头看，那人穿着一件石青色的夹袍，箭袖规整地挽着。因天色昏暗，他身量又高，纸钱燃烧的火光堪堪投射在他胸口，他的面目掩藏在黑暗里，不讲情面地吐出了那几个字。

颐行心头一阵急跳，说不慌是断乎不可能的，恰好包袱也烧得差不多了，于是胡乱踩灭了火堆，踩得火星子四溅，一面搓着手说："谙达，我是才进宫的，不懂宫里规矩。这地方是哪儿，您一定知道，今儿刚走了一个小宫女，我看她可怜……"

"同情别人，就得搭上自己的性命，你不怕？"那人说完，似乎才意识到她对他的称呼，奇异道，"你叫我什么？谙达？"

谙达是兄弟的意思，宫里一般用作套近乎时，对太监的称呼。

很显然，颐行的这句"谙达"叫错了，这人应该不是太监，所以才对这两个字针扎似的敏感。

她开始快速思考，他究竟是什么来历。宫里下钥之后，满紫禁城连皇帝在内只有八个男人，四名乾清门侍卫、两名太医、一名奏事官。且入夜后这些人的一言一行都有太监看管，再怎么松散，也不能闲庭信步走到安乐堂这地界来吧！

颐行侧目打量了他一眼，最后一点火星也熄灭了，只看见个朦胧的影子。想起先前慌乱中的一瞥，记得他的衣着没什么特别之处，夹袍是素缎，连一个纹样也没有，除了身条生得挺拔，要说他是个太监，她也能信。

无论如何，叫人拿住了就得好好打商量，终归人无完人嘛。

颐行挤出个笑模样，叠着手说："宫里好像也有定规，留宫值守的侍卫官员，不能趁着夜色瞎溜达。我没见过您，您一定不在这附近当差吧？您看这样好不好，我违例烧包袱是我的不对，您不在值上当班，跑到这儿来遛弯儿也是您的不是。咱们两下里相抵，您不捉拿我，我也不告发您，权当交个朋友了，您说成不成？"

"权当交个朋友？"对面的人认真思索了下，"你怎么就认定我违抗了宫规呢？"

颐行说："要不怎么的，恕我眼拙，难道您是皇上？"

对方显然被她问住了，迟疑了下才道不是："太医夜间可以出诊，我原本是来给那个小宫女瞧病的，没想到她人已经走了。"

颐行"哦"了声："原来是太医呀，那更知道我们的难处了。那小丫头多可怜，连个发送的亲人都没有，您人俊心善，哪能不体谅呢。"

就这么三言两语，给人扣上了一顶漂亮的高帽子。

任何人，在得到赞美的时候心肠总会软上几分，对面的太医也不好继续计较了，只道："今天的事儿我就不追究了，但只此一次，下不为例。宫里屋子都是砖木造的，万一哪里落了火星子，那可是泼天的大祸。"

颐行忙点头："我记住了，再没有下次了，多谢太医。"

今儿是初一，一线弦月挂在天边，地上沉淀了薄薄的雾气。他的眉眼颐行看不真周，但光听他的声儿，就觉得他应当长着好看的五官。

人的长相真的可以辨善恶，她原本以为这宫里步步都是陷阱，实则离开了尚仪局，遇见的人都不赖。像安乐堂里那几位，像拿了现形还愿意放她一马的这位太医。

太医似乎对她年纪轻轻来安乐堂很好奇，也不忙走，站定了问她："姑娘是得罪了谁，给罚到这儿来的吗？大体像你这样年纪的，该分派进六宫当差才对。"

说起这个，颐行不免感到羞臊，低下头支支吾吾说："我不机灵，惹得尚仪生气了，才给罚到这儿来的。"

太医对她的不机灵一说深以为然，转而道："上值当天就死了人，你不害怕吗？"

颐行认真思忖了一下，倒真不觉得。

"自小额涅就说我是个贼大胆，这世上哪处不死人呢。这地方接收那些得了重病的人，请您这样的大夫来给他们瞧病，大家伙儿都是一片赤诚，谁也不存半点私心，我看比那些花团锦簇的地方还强些。"

那太医的声口[1]是真真好听，他轻轻笑起来："你原就生在花团锦簇中，怎么这会儿倒嫌弃起来？"

颐行吃了一惊："我的来历您知道？"

他嗯了声："我自然知道。尚家辈分最高的姑奶奶，你的大名宫里头早传遍了。先头隐约听说你给罚到安乐堂来了，安乐堂里女的只有两位老嬷嬷，忽又多了个你，想必你就是尚颐行吧？"

天色昏昏，彼此都看不清楚，他只记得她蹲在火光前时，那光致致的额头和玲珑的侧颜。

颐行哎了一声："是我，没想到我在宫里这么出名哪。"又来问他，"请问太医贵姓啊，往后见了也好称呼。"

1　声口：指说话的口音、语调。

他说："我姓夏，叫我夏太医就成了。"

颐行点了点头："今儿这事，还得多谢您周全，现如今小娟子死了，里头还有个患病的太监，您跟我进去瞧瞧吧。"

可他却不挪步，只道："我是冲着宫女来的，太监的病不由我管。"

这么一说颐行恍然大悟了："明白、明白……您是女科圣手，专看宫女。"

夏太医被她噎住了口，好半天才道："也能……这么说。"

横竖不管是看男科还是看女科的，总之这是个好人哪。

颐行冲他蹲了个安："时候不早了，您既不进安乐堂，就请回吧！"

夏太医道了声好，嘴上应了，人却并不离开。

颐行纳闷，心道你不走我可要走了，但又抹不开面子，便歪着头问："您是摸着黑来的吗？要不您等等，我给您取盏灯笼去？"

夏太医没应她的话，斟酌了下道："我在尚仪局有点儿门路，姑娘瞧瞧，要不要想辙把你给调回去？"

原来夸人一句，能得那么大的好处呢。颐行忽然觉得以前自己的嘴太笨，没有早早发掘这项能耐，往后可得学聪明了。

不过无功受禄不是好事，额涅告诫过她，姑娘大了要知道分寸，一个不相熟的男人对你献殷勤，八成是图你什么。这时候脑子就得清醒，拿人的手短，别贪图便宜，搞得一辈子抬不起头来。

思及此，颐行警觉地往后退了半步，她可是要做皇贵妃的人，不能一时大意，将来让人翻了小账，便道："您的好意我心领了，我打算凭自己的本事离开这儿，您就别为我费心啦。"一头说，一头往回走，嘴里喃喃着，"您等等，我给您取灯去……"

安乐堂里和别处不一样，别的地方到点就熄灯，安乐堂因有病患，需要彻夜掌灯。

颐行从檐下摘了一盏气死风[1]，拿挑棍儿挑起来，脚步匆匆重又折了回去。可惜到了地方，发现夏太医已经不见了，想必等不及她先走了吧！

不过这人神出鬼没的，来的时候看不清脸，取灯回来他又离开了，难道是怕见光？

颐行挑着灯笼站了会儿，低头瞅瞅，刚才的纸钱燃烧后只剩下灰烬……她忽然

1　气死风：即风灯。因有护罩，风吹不熄而得名。

打了个寒战，别不是自己烧纸，引来了不干净的东西吧！

这下可再也不敢逗留了，胡乱把小坑掩埋上后，头也不回地跑进了安乐堂。

高阳见有人火急火燎进来，吓了一跳，待看清脸才道："姑娘忙什么呢，这大晚上的。"

颐行嗫嚅了下，说没什么："我上东边厢房看了看……谙达，太医夜里出诊瞧病吗？像咱们这儿，万一送来的忽然病重，能请太医来诊治吗？"

高阳嗤地一笑："想什么呢，宫里下了钥，统共只有两位太医当值，都住在日精门御药房内。太医们的行动有定规，夜不准向西下台阶一步，就是有小主儿身上不舒坦了，进出也得由专门的太监跟着。咱们这地儿，来的都是苦人儿，谁能有那么大面子，从南边儿请太医来瞧病？一应都得等天亮了再说。"

"哦……"颐行有点犯糊涂，"就没有例外的时候？"

高阳复又一笑："没这个例外。大英开国至今三百多年，规矩严着呢。要是让外男满宫瞎溜达，那不得坏了菜！"

啊……有理！颐行只觉背上寒浸浸的，仲春时节也冒出了一脑门子冷汗。可她又不能说得太直白，只好含糊着问高阳："谙达，宫人有个病痛，也能叫太医给咱们瞧吧？我和您打听打听，御药房有没有一位姓夏的太医呀？"

高阳翘起一根小拇指，捅进帽檐底下挠了挠："那我可说不上来。宫里的太医无定员，多起来连师父带学徒的，得有两三百人。"

"那坐更的太医里头呢？"

高阳琢磨了一下子："能坐更的，都是太医院的大拿，毕竟夜里得负责整个紫禁城的主子们呢。我知道的人里头，并没有姓夏的太医……姑娘和那位夏太医是旧相识？你要找人，我明儿让荣葆给你扫听[1]扫听去。"

颐行一听忙说不必了，事儿过去就过去了，要是打听出是有这么个人还好，要是没有，那她不是活见鬼了吗……

算了，反正也琢磨不明白，懒得费那个脑子。

颐行对高阳道："时候不早了，谙达快歇着去吧。"说完歪着脑袋，慢吞吞回她的他坦去了。

直棍门一推，轻轻地吱扭一声响，颐行踏进屋子，四面环顾了一圈，一桌一炕还有一张小柜子。虽说早前他们家下人住得都比这儿好，但相较尚仪局的大通铺，有个一人卖呆的好住处，已然是天大的恩惠了。

1　扫听：北京方言，指四处探听。

这安乐堂啊，处处透着寡淡，但着实是一份美差，既清闲还能独享一间他坦，早知道就该让银朱一块儿来。

颐行独个儿在桌前坐了会儿，舒坦过后还是有些冷清的。低头瞧瞧脚上，先头拿鞋踢纸钱灰来着，鞋帮子上也沾染了，于是脱下鞋对着拍打，啪啪地，扬起了一大蓬灰。

反正不管什么时候，心境开阔不自苦，这是最要紧的。

君子未必整天想着报仇，可就是这么巧，第二天冤家对头自个儿送上门来了，你道好笑不好笑！

安乐堂不是阎王殿，它更像生死一线间停留的一个客栈。

宫里头因人多，最忌讳生病，譬如伤风咳嗽那倒不要紧，焐一焐，出上一身热汗，兴许就好了。可一旦生了重病，治无可治了，就必须送到这地界儿来。

大家心里都明白，进了安乐堂，等于一只脚迈进了棺材。正经宫人怕过了病气儿，不敢近身伺候，安乐堂里当差的就不怕吗？因此病了的人送进来，大抵是等死，但凡有办法的，绝不愿意走这步，装也要装得可救，好歹留在他坦里。除非真的装不成，瞒不住了，那也是无可奈何。患病的人自己身子原就很弱，安乐堂里又到处弥漫着死气，但凡进了这门，就和外头阴阳两隔了。

颐行也问过顾嬷嬷，有没有患了病，后来渐渐好起来的。顾嬷嬷说有是有，却极少极少。

"病啦，整日间昏昏沉沉不吃不喝，咱们也忌讳病气儿，没人实心给他们喂饭喂水。你想想，身强体壮的尚且经不住三天饿呢，何况他们。反正进了这儿，能不能活命全看造化，太医给开了药，能喝的喝两碗，不能喝的也就罢了。不是咱们心狠，拿着阖宫最低等的月例银子，犯不着赔上性命。"

人在恶劣的环境下，保得住自己是最要紧的，安乐堂的老人儿们也再三叮嘱她，不能少年意气，因为性命交关，少年意气最无用。

头前高管事说，一个月也未必能迎来一个，颐行真信了。可今天就是这么巧，在她打着饱嗝踱到檐下看天色的时候，外头拿板子抬进来一个宫女。

宫女用被子严严实实捂着，只露出一头黑长的乱发，暂且瞧不见脸，但颐行一眼就看见了随行的人，那人满脸肃容，没有表情的时候透着一股子厉害劲儿，正是吴尚仪。

看来是人都有走窄的时候啊，颐行回头喊了声："高谙达，来人了。"

高阳闻声从里头出来，黑瘦的脸比吴尚仪更冷漠。

"得了什么病哪？"

四个抬人的嬷嬷停在台阶前，安乐堂的规矩就是不得安排，不能随意进入。也是风水轮流转，安乐堂平时是最叫人看不起的衙门，可到了最后，却又是最能拿乔的衙门。

吴尚仪微顿了下，勉强挤出几个字来："太医说是劳怯[1]。"

"劳怯"这两个字一出口，台阶上的高阳面色更不善了："这病闹不好可是要过人的，送到咱们这儿来做什么，还不弄出宫去？"

吴尚仪平时那么傲气的人，发现高阳并不买她的账，也只好放软了声气儿打商量，说："谙达，我是尚仪局的管事，这是我干闺女，上月患了病，到如今一里一里亏下来，我是没法儿，才把人送到这儿来的。谙达，谁都有个至亲，她这么大好的年纪，要是挺过难关有命活着，将来再想进来就难了。所以还得请你帮帮忙，咱们都在宫里当差，牙齿挨着舌头，将来总有个互相照应的时候。"

高阳听罢，笑了笑道："姑姑太抬举我了，我是个穷太监，可没有旗下的阔亲戚。您说得很是，宫里当差总有互相帮衬的时候，不是我成心刁难，实在是……"边说边觑了觑门板上的人，"都病得这样了，搁在咱们这里，谁敢照应呢，留下也是耗日子。"

吴尚仪听了高阳的话，把视线掉转到颐行身上，摆出个和煦的面貌来问："姑娘在这儿，还适应啊？"

颐行垂着眼，欠了欠身子："托您的福，这儿挺好的。"

一个接待将死之人的地方，能好到哪里去，吴尚仪并不相信她的话，只当她是嘴硬。不过这种时候倒可以和她谈谈交易，遂道："宫里头行走，今儿你帮衬帮衬我，明儿我再帮衬帮衬你，偏过身子就过去了。这丫头说是我干闺女，其实是我娘家侄女，我无儿无女，留她在身边是个安慰。可惜她命薄，染上了这宗毛病，我的意思是你替我尽心照应她，待她好了，我接你们一块儿回尚仪局。你的功劳我记着，往后我像待自己孩子似的疼你，你看怎么样？"

所以投靠一个人，还得拿小命去换？

颐行也得拿一回搪[2]，推诿道："太医都瞧过了，不成事才送到这儿来，我又不是神仙，我能有什么办法。"说着瞧了高管事一眼。

高阳没什么表示，对插着袖子眯眼看着吴尚仪，像在等她的答复。

---

1 劳怯：劳，指痨病；怯，指虚弱之症。

2 拿搪：北京方言，指摆谱，拿架子。

吴尚仪碰了个软钉子，要换作平常，早拂袖而去了。这回是人在矮檐下，只得退让了一步道："她能不能活命，看天意吧。我也不说痊愈不痊愈的话，只盼她能再活上十天半个月的，就算你的功劳。"

这个条件开出来，不可谓不诱人，毕竟小小的安乐堂离登天梯远了点，她可是立志要当皇贵妃的人，唯有留在尚仪局，才有分派进六宫的机会。

关于将来的计划，颐行昨夜闲来无事好好考虑了一番，她甚至想到了绕开皇帝先讨太后欢心。不过那都是后话，万般打算，也得先离开安乐堂才能施行。

这就又把问题抛到高阳面前了，高阳偏头问颐行："你是什么打算？尚仪既然把话说到这份上了，姑娘要是有胆接手，试试也无妨。"

颐行想了想，本打算再推诿两下的，可自己又装不出那做派。

掉转视线看看板子上的人，病得是不轻，但被褥还有起伏，说明知道喘气。

要接手一个病鬼，确实需要莫大的勇气，可舍不得孩子套不着狼，只得横下一条心应承下来："我尽心看顾她，但生死有命，倘或她有个三长两短，希望尚仪不会因此为难我。"

吴尚仪那张长脸上推起了一点笑："这是说的哪里话，我只要你尽心，旁的不图你什么。"说完望向高阳，"管事的，给指间屋子吧。"

高阳的手方不情不愿地从袖子里抽了出来，随意往东指了指："就那间吧，朝阳，风水好。"

吴尚仪忙示意抬人的挪动起来，进了屋子一齐使力，把人搬上了床铺。

得了劳怯的人不能见风，到这会儿才把被褥掀开一个角，底下的人终于露出脸，十八九岁的模样，要不是病得满脸通红，可以说是个很周正的女孩子。

吴尚仪嘴上是心疼这个干闺女的，实则也不愿意多待，匆匆把人托付给颐行就走了。

颐行待要进去，却被高阳拦住了："你忙什么，就这么大脸朝天的，不要命了？去取块厚纱布，多垫上几层，把口鼻蒙起来再说。"

颐行哎了声，到这时候方问："谙达，您是有意刁难吴尚仪，好来成全我的吧？"

高阳眉毛一扬笑起来："好丫头，知道好歹！其实咱们安乐堂哪有不收人的道理，不过做回梗，你好和她谈条件。你呀，好端端的女孩儿，还是尚家姑娘，怎么能委屈在这儿呢，你应该撂高打远儿，到你该去的地方。"

颐行忽然鼻子一酸，以前老听人说"仗义每从屠狗辈"，只因自己打小作养得好，并没有真正见识过。

如今到了安乐堂，这是最底层的去处了，里头的人反倒替她着想，比起光鲜的尚仪局，安乐堂可有人情味儿多了。

"我不知道该说什么好，就……给您蹲个安吧。"颐行抚了抚袍子，稳稳向高阳行了礼，"只要我能从这儿出去，一定不忘了您的好处。"

高阳笑着摆了摆手："我也是瞧你们家根基壮，祖上那么老些娘娘呢，到了你这辈儿，一准错不了。你也别琢磨旁的，不求把人救活，让她延挨上十天半个月的，吴尚仪不让你回去，我也瞧不起她。"

颐行应了声，忙提起袍子找纱布去了，顾嬷嬷望着她的背影感慨："瞧瞧这活蹦乱跳的劲儿，多好！"

荣葆也觑着，扭头问："师傅，等她将来有了出息，能不能挨个把咱们调出安乐堂？"

高阳回手在他脑袋上凿了一下："肚子里盘算就成了，还问哪？人活于世，多结善缘嘛，我都走了十几年背运了，倘或她能登高枝儿，提溜咱一把，我想上酒醋面局当差去……"

那厢颐行真就开始勤勤恳恳照顾那病鬼了。

得了这种病症的人不好伺候，又咳又喘，随时能背过气去。

颐行在家是娇小姐，平时洗脸的手巾都不由自己拧，这回喂汤喂药还带擦身子，着实是使了九牛二虎的劲儿。

所幸这女孩儿也争气，挪了个地方，冲了冲煞，比来的时候更有些精神了。大概因为年轻，还没熬成宫油子，对颐行的照顾千恩万谢，很是领情。清醒的时候告诉颐行，她叫含珍，十三岁进宫，今年十八了，跟着她干娘苦熬了五年，今春本要上御前的，可惜得了这个病，一下子就断了念想。

可在颐行听来却不得了，要上御前啊！这要是有个熟人里应外合，那她不是赌等着在皇帝跟前露脸了吗！

所以非治好她不可，颐行给她加油鼓劲儿："好日子在后头，我会相面，你少说还能再活六十年。"

安慰完了人便出门找高阳请示下："谙达，我想上太医院找那位夏太医，他是女科圣手，说不定能治含珍的病。"

高阳想了想点头，扭身叫来了荣葆："道儿你熟，你陪着一块儿去吧。"复又叮嘱，"太医院里太医多，你要找的人未必在，倘或没寻见，先请一位来，诊了脉换了方子再说。"

颐行应了个是，带上荣葆出门了。

确切地说，太医院在宫内不能称作太医院，应当叫太医值房。值房分宫值和外值，宫值给皇帝和主儿们瞧病，设在皇帝寝宫旁的御药房内，外值是为宫人们瞧病的，设在南三所内。

紫禁城是真大啊，颐行从北到南这一趟，足足走了半个时辰。跨进南三所大门的时候，小腿肚都转筋了，又不能扒门框，只好崴着身子纳福，朝门内喊着："大人们吉祥，我是安乐堂当值的，找夏太医给堂子里的人瞧病，请问他在吗？"

太医值房正中央供着伏羲、神农、黄帝的塑像，从塑像袖底看过去，能看见值房深处忙碌往来的身影。

有人听见招呼，扭头问了声："夏太医？哪个夏太医？"

颐行接不上来话，那晚自己疏漏了，只问了人家姓氏，没问明白全名叫什么。

其实找太医给含珍看病，未必点名要找前儿那位，就是觉得他能对症，且大晚上的赶到安乐堂要给小娟瞧病，必定是医者仁心，比一般的大夫强些。自己呢，也莫名有个执念，想在天光大亮下见一见他，也能消了她疑神疑鬼的戒心。

不过听里头人应，就知道值房里有姓夏的，且不止一位。她答不上来，但她想了个好辙，精准地提供了一个范围："就是前儿留宫轮值的那位。"

里头杵药的几个太医顿了下，面面相觑后道："这儿是外值房，夜里用不着当值，你得上乾清宫御药房去，你要找的人兴许在那儿。"

可也不对啊，宫值的人不给宫女看病，只候主子们的命……那前儿夜里遇见的太医究竟是什么人？难道是违反宫规胡诌的侍卫，还是潜入宫中行刺的刺客？

颐行一脑门子官司，人也有点儿发愣，边上的荣葆叫了声姑姑："您是怎么认识那位夏太医的呀？要不您说说他叫什么名，咱们上寿药房打听打听去？"

乾清宫的御药房不是人人能进的，但负责煎药的寿药房还可以走动走动。太医开了方子都得送到那儿去，里头当值的和太医都相熟。

可惜颐行说不出来，最后也只能摇头。

含珍的病不能耽误，无论如何先请太医过去再诊一回脉是正经，便把来意和里头的大夫说了。

半晌，一个看着最年轻，平时被使唤惯了的小太医蔫头耷脑走了出来，他转身示意苏拉[1]背上药匣子，一面比了比手道："我随你们跑一趟吧。"

---

1 苏拉：内廷机构中担任勤务的人。

所以哪儿都有倾轧，新人就得挨老人欺负，这是不成文的规定。从南三所到最北边的安乐堂道儿太远了，没人愿意为个小宫女特特儿跑一趟，又不能不接诊，于是资历最浅的被推了出来，美其名曰"多诊多看"。

想必这位年轻太医确实常在宫里奔走，脚上的功夫练了出来，一路健步如飞，颐行和荣葆几乎追他不上。

颐行连连喘气："小葆儿，他腿里上油了？怎么那么能跑呢……"

荣葆也直捯气儿："别介呀，您这会儿管我叫小葆儿，等我老了，我可不敢在您跟前露面了。"边说边招呼，"岩太医……哎哟岩太医，您慢点儿，没的堂子里的还没瞧，先给咱们俩扎金针喽……"

太监都爱留一手，话不说透是他们保平安的符咒。颐行还琢磨了一下，怎么老了就不敢在她跟前露面？是怕这会儿叫他小葆儿，老了管他叫老葆儿？

……原来是这么回事，到底音不好听。

颐行抿了笑，快步赶上去，岩太医脚上也放缓了步子，回头说："对不住，病了的人都着急，我跑腿跑惯了，不是我自夸，宫里太医没一个能赛得过我。"

这也算是项本事，不管医术怎么样，这份善心是该肯定的。

岩太医又问颐行："姑娘找的那个夏太医，是你旧识？他叫什么名字，等我回去给你打听打听。"

颐行道："有过一面之缘罢了，他说自己擅女科，才想着请他过去瞧瞧。"

岩太医颔首，复又想了想："擅女科的就那几位太医，我认识的里头没有姓夏的呀。"

可知不是遇见了鬼，就是遇见假的了。

可颐行哪敢多说呢，含糊敷衍了过去，把人引进安乐堂，一直引到含珍床前。

岩太医扣腕子诊治了片刻，低头喃喃说："气弱血亏，劳伤心肾，阴虚而生内热，用月华丸加减试试吧。"

几乎所有太医都诊出了劳怯，劳怯可不是好症状，虽然还不至于成痨疾，但久治不愈，也就相距不远了。得了痨疾是万万不能留在宫里的，连先前有过接触的人都得挪出去。

荣葆又跟着往南取药去了，颐行安置了含珍，从屋里退出来。

高阳站在西边檐下听信儿，叫了声姑娘，问："怎么样？还能撑几天哪？"

颐行有点儿泄气："那倒没说，就说让吃月华丸。"

"唉……"高阳叹了口气，"医道深山的大师傅不会上安乐堂来，来的都是半吊子学徒练手艺的。没法子，一人一个命，谁叫咱们命贱呢。"

颐行觉得也是，大师傅们忙着给小主儿看伤风咳嗽都来不及，哪有闲心救小宫女。在宫里头活着就得自己保重自己，真要是病了，连吴尚仪这样当了多年差的女官也卖不了人情。

反正就死马当成活马医吧，岩太医开的药照例吃着，颐行晚间给含珍盛了一碗粳米粥，她才喝了两口就别开了脸，说不吃了。

照这么下去，恐怕撑不了太久，颐行回尚仪局的想头也得破灭。

又到宫门下钥的时候，小苏拉在檐角挂上了风灯。春天夜里爱起雾，入夜后越来越浓，灯笼在一片白茫茫的云海里闪着凄迷的光，起先有盘子大，后来渐渐敛起了光脚，变得只有巴掌大了。

颐行站在檐下想，今儿夜里可真奇怪，仲春时节竟像倒春寒似的。仰头看灯笼，原来雾气的颗粒那么大，数之不尽，凝聚在一起，上下翻飞着，遇着气浪一去千里……

忽然浓雾里出现个人影，那身形可不是安乐堂里的人，直把颐行吓得倒退了好几步。

正要问是谁，那身影的轮廓渐渐清晰起来，一件再寻常不过的鸦青色袍子，腰上挂葫芦活计，要是料得没错，是夏太医乘着浓雾来了呀！

只是他这回拿纱布蒙着口鼻，只看见刀裁的鬓角和令人形容不出的眉眼。那眼睛是山巅后的朝阳，温暖明亮，眉峰却拢着峥嵘之气，观之俨然。颐行想这回可算见光了，她看清楚了。然而再细想，却又什么都没着着，下半截不露出来，也是看了个枉然。

不过眉眼精致，头发乌浓，身量很高，声气儿还讨喜，下半张脸只要不是鼻塌嘴歪，这人也算够齐全的了……齐全是齐全，回回天黑了出来是为什么？上太医院找他，还查无此人……

颐行不自觉又往后退了半步："夏太医，您老怎么来了？"

他没有太多的表示，眼睛朝屋里望了望："来瞧病。"

颐行说哦："干吗大夜里瞧病呀？您总这么夜奔，也不是个事儿呀。"

这是对人家的身份产生怀疑了，白天见不着人，晚上才现身，对于头脑简单的老姑奶奶来说，实在是一阵赛一阵地瘆人。

夏太医大概觉得她多少有点不知好歹，但良好的教养支撑着他，克制住了挤对她的冲动。

"我是御药房当值的，这阵子专负责夜里坐更。御药房的人不给宫人看病，姑娘知道吧？给送到安乐堂来的人又是苦到根儿上的，所以趁着得闲过来瞧瞧，算积德行善。"

　　这么一说，颐行立刻对他肃然起敬，坐更的太医果然不同，品性就是那么高洁！

　　"您受累，请您随我来。"她说着引他进了屋子，只是心里还纳闷，又朝外头看了一眼，"就您一个人来的？没有太监跟着呀？"

　　夏太医那双眼睛瞥了过来，颐行到这会儿才发现，他的眼梢微微扬起，很有画本子上说的那种亦正亦邪的味道。

　　有的人要横靠大嗓门，有的人只需轻轻瞥你一眼，你就慌了神，夏太医属于后者。

　　颐行再不敢多问了，忙给他搬条凳来。他也不坐，弯腰垂手压住含珍的手腕，略沉吟了下，说是"虚劳"。

　　颐行不懂医术，也不知道什么虚劳实劳的，待夏太医诊完忙递上手巾把子，问："这虚劳还有救吗？"

　　想必太医都是极爱干净的，对病症也有忌讳之处，诊完了脉就远远退到南墙根儿去了，手上一遍又一遍仔细擦拭，唯恐沾染上似的。一面打量含珍的脸色，行话说起来一套一套。

　　"虚劳多是先天不足，后天失调所致。我观她脉象，脏腑不佳，气血阳亏，因此面色萎黄，神疲体倦。这种病，拖延的时候越长，病症逐渐加重，就不好治了。"

　　颐行说是："来瞧的太医也是这么说，给开了两剂汤药，就撒手不管了。"

　　夏太医道："都这样，不是替主子们瞧病，尽了本分就行了。女孩儿的劳怯调理起来费时费力，有怕麻烦的，胡乱开两服药就打发了。"

　　这么一比较，眼前这位太医真是个大好人。不管他最后能不能救含珍，有这两句掏心窝子的话，事儿就显得靠谱多了。

　　颐行由衷地说："您这心田，怕是紫禁城里最好的啦。这地方是天字第一号，却也没什么人情味儿，您是当太医的，愿意看见太医堆儿里不好的痼疾，没和那些蒙事儿的同流合污，您就是这个。"说完比了比大拇哥。

　　面罩底下的表情怎么样不知道，面罩上方的眼睛却微微弯了起来，也许是笑了吧。

　　夏太医说："我也想让这紫禁城里有人味儿，干我们这行的，能救一个是一个。孔夫子不是说了，天下大同吗？不管宫值也好，外值也好，都能尽心尽力救人，让这深宫再没有枉死的宫人，就是我平生夙愿了。"

　　颐行连连点头，果然心若在梦就在，这位太医实在不一般。

她又扭头瞧了眼含珍，问："她这病，依您之见还有法子吗？"

夏太医说："金针引气，令脉和，再辅以黄芪桂枝五物汤，吃上十剂后另换方子。劳怯其实并非无药可医，要紧的是愿意花工夫，譬如她寸口[1]发涩，尺中[2]发紧，用金针引阳气入体，慢慢就会好起来的。"

虽然他的长篇大论，颐行一句也没听懂，但不妨碍她对他肃然起敬。

"夏太医，您是紫禁城活菩萨。您说吧，要我干点儿什么辅助您？要不要打点热水？我这就去……"

夏太医叫住了她，说不必："夜里别让屋子进凉气，白天多通风。我给她施针，姑娘站在一边就是了。"

颐行哎了声，在含珍床前候着。

这位太医和别人也不一样，不带一个随行的苏拉，也不背大药箱子。从怀里取出小布包儿，解开扣绳潇洒地一划拉，里头别着一根根细如牛毛的金针。他取出几支来，熟练地扎在了含珍的手脚和头面上，那专注的样子，一看就是实心实意救人的。

颐行忍不住多了句嘴："夏太医，我还没请教您的大名儿呢，您愿意透露一下吗？"

他垂着眼，那眼睫在灯影下又浓又长，摊开自己的手掌心，在上头写了两个字："清川"。

"我把名讳告诉你，还望你不要透露给别人才好。"夏太医说着，视线并未从含珍手上移开，金针需要时时捻动，才有足够的疗效。

颐行很能体谅他的意思，治病救人是好事，但宫规森严，没有那么多讲情理的地方。只要她透露出去，那夏太医的好日子就到头了，别说大夜里偷着跑出来，就算留在御药房也够呛。

颐行连连点头："我心里有数，您只管放心。"顿了顿问，"那往后……您还能时不时上安乐堂来吗？"

夏太医细长洁净的指尖在一根根金针上来回腾挪，有时刻意刺激含珍的穴位，见她蹙眉细吟，他反倒松了口气，过后才想起回她的话："只要得空，我就会来的。"

颐行拊掌说好，又瞧瞧含珍的脸色，先前她额头蓄着一团黄气，经夏太医施为

---

1 寸口：中医切脉部位名，两手掌后一寸桡动脉处，也叫"气口"或"脉口"。

2 尺中：尺脉。

一番，这团黄气逐渐散开了，只剩下潮红。想是人有了点意识，昏昏沉沉间也知道喊痛。

颐行担心她的病势，遂和夏太医打听："知道喊疼是好预兆，对吧？"

夏太医嗯了声："人失了神志，才不知道疼痛舒坦。我刚进来那会儿，她就剩一口气吊着了，今晚不治，怕是活不到明早。"

颐行忙说了一箩筐好话，虽然这位太医的眉目有时候看上去透着疏离，但伸手不打笑脸人，多说好话总没错。

她啧啧了两下："果真看大夫也像置办物件似的，得货比三家。咱们先前多愁啊，怕留她不住，回头不好交差，幸而遇见了您，您是她命里的救星。"

她所谓的交差，自然是指给吴尚仪交代。

夏太医似乎知道些内情，曼声应道："病成这样，能不能活命全看天意，谁也没法下保。我听说她是吴尚仪的干闺女，吴尚仪那么对你，你还尽心料理她？"

颐行也没藏着掖着："因为吴尚仪答应过我，只要让她多延挨一阵子，就让我回尚仪局当差。"

他听了，终于转过眼眸来瞧她，那如诗如画的玲珑五官，因稚气不减，总显出一种纯质善良的味道。

她年轻，年轻是个好东西，可以结结实实扣人心弦。她在油灯前站着，橘黄的灯光映照出她脸颊上浅细的绒毛，这面孔像覆盖了柔纱般温暖可亲。

"姑娘讨厌宫里的日子吗？"他的视线重又落回金针上，淡声问，"宫里人多心眼儿多，手上有一分权，总有人当成十分使。"

颐行很想学那种云淡风轻，说自己向往宫外的恬静生活，可她又知道自己压根儿不是那种人，说不出违心的话来，于是直愣愣说喜欢啊："干吗不喜欢？这紫禁城就像臭豆腐，它又臭又香。要权不要紧，只要用在对的地方。我给您打个比方，眼睫毛是好东西吧，它能给你遮挡风沙，可很多时候刺挠你眼珠子的也是它。人分善恶，物有好坏，你不能因它偶尔走神就薅光它，人没了眼睫毛，那不成鱼了！"

她的奇思妙想大概正是来源于她的出身，辈分太大了，她说什么都是"姑爸教训得是"，所以养成了她敢想敢说的野鹤精神。

看来安乐堂果然是个好地方，先前在尚仪局，她是龙困浅滩不敢昂头，到了这儿又活过来了。

夏太医笑了笑："紫禁城又臭又香的话，姑娘私下里说说就罢了，不能告诉别人。"

颐行说那肯定："我没拿您当外人，才敢这么说哪。您看您都违制大夜里瞎溜达了，八成对宫里也有不满的地方，是吧？"言罢奉承地笑了两声。

夏太医无话可说，这位老姑奶奶看着糊涂，其实猴儿精——我胡言乱语，你犯宫规，咱们半斤对八两，谁也别揭谁的短，不就是这个意思吗？

好在收针的时候到了，他拔出金针，一根根重新插回布包上，复又诊了诊那宫女的脉象，相较之前已经平稳了许多，便收起针包道："今晚上开了方子也没用，明儿我让人送来，你们上寿药房抓药吧。"

颐行对他很是感激，说："谢谢太医了，这么大的雾气，特地跑了这一趟。"

夏太医还是淡淡的模样，收拾停当了道："姑娘不必客气，横竖你只是当差的，我替她们诊治，不敢得你一声谢。"

颐行却道："话不是这么说，您来一回见我一回，我客气点儿，往后打交道不生烦。"

这世上爱往自己身上揽事儿的人不多见，夏太医听她这么说，不免多瞧她一眼。

颐行是个实在的姑娘，为了表明她的诚意，很卖力地冲他笑了笑。

这一笑，仿佛触中了夏太医的某点痛肋，他似乎被她吓着了，立刻难堪地回避她的目光，匆促偏过一点身子，低着头说："我该走了，今儿夜里她必定消停，姑娘不必守着。"言罢错身迈出了门槛。

颐行感到挫败，心道这人怎么回事，冲他笑还不好？待要追出去送他，他的身影却已经没入浓雾里，不见了踪迹。

好嘛，来去都是摸着黑，太医做久了有夜视眼。颐行呼了口气，也不去思量那许多，转身回屋里照看含珍。

含珍的呼吸不像之前那么急促了，见颐行进来，轻声说："这大夫是个神医，我身上……好多了。"

颐行很高兴："等你大安了，好好谢谢人家。"

含珍艰难地点了点头："姑娘……歇着去吧。"

她虽然久病在床，也听说了尚家老姑奶奶的事儿，因吴尚仪的所作所为，对颐行心怀愧疚。颐行不记前仇，即便照顾她是为了回到尚仪局，但这种过命的交情，也早已不能拿那点小恩小惠来衡量了。

颐行应了声，替她塞好被子："今晚照例不熄灯，你有什么事儿就大声叫我，我能听见。"

当然这话纯属吹嘘，醒着的时候她也许是个够格的宫女，睡着了她就还原成老姑奶奶了。以前半夜都要人伺候的，天上打雷也别想把她闹起来，更别说让她给别人倒口水喝了。

床上的人轻轻应了声，把脸又缩回了被褥里，颐行这才退出来。

生病的人身上有股子怪味儿，颐行心里琢磨着，明儿问顾嬷嬷再讨一条盖被给含珍换上，她现睡的这条该拿出去拆洗拆洗，搁在大太阳底下晒晒啦。

第二天早五更里起身，雾气还没消散，站在院子照旧瞧不见对面来人。

颐行一开门就钻进含珍屋里，看她这一夜过得怎么样。

她倒是能睁开眼说两句话了，一张嘴就是："姑娘替我找两块纱巾来，我病得重，千万别把病气过给你们。"

颐行暂且没顾上给她找纱巾，只是很为她高兴，笑道："你能一气儿说这么多话了，看来昨儿那位太医果真有手段。"

正说着，外头高阳进来，捏着鼻子问："就那个岩松荫啊？平时没见他有多高明的医术，这才出师多久，能耐见长，能瞧劳怯了？"

颐行知道高阳是误会了，原本不想告诉他，但夏太医以后还会走动，瞒得住一时，瞒不住一世，便道："不是岩太医，是御药房的太医。他愿意给含珍瞧病，昨儿给放了金针，立时就见效了。"

"什么太医呀，我怎么没听说有人来？"高阳插着袖子问。

颐行心想您当然不知道，自己要不是接了吴尚仪的买卖，也不愿意夜里留在堂子支应。

安乐堂里如今就只有含珍和另一个病了很久的老太监，一到宫门下钥，所有当差的都收工回他坦去了。高管事平时爱喝两口小酒，对着一碟子半空儿[1]都能消磨半个时辰，所以他哪能知道前头来没来人。

待要解释，又解释不清，也不好随意透露夏太医的情况。颐行本打算糊弄两句的，刚想开口，荣葆捏着一张纸进来了，边走边道："门上有人送了个方子来，说让照着上头抓药，能治劳怯。"

高阳探过脖子瞧了一眼，颐行伸手接过来，喃喃诵读："黄芪三两、桂枝三两、芍药三两……"

好一笔簪花小楷啊，写得娟秀，药方子如字帖一般工整。

颐行转身请高管事的示下："谙达，方子来啦，药是抓还是不抓呀？"

---

1 半空儿：由花生里剔出来的颗粒不饱满的瘪壳花生，北京人称之为"半空儿"，比花生质量差，但是价格便宜得多。

高阳道："不抓是个死，抓了兴许能拼一拼。荣葆，拿方子赎药去吧。"

荣葆哎了声，纵起来跑了出去。寿药房在北五所内，离安乐堂不算太远，穿过御花园进千婴门，正对过就是。

这是个药的世界，漫天漫地药气肆虐，连房梁都是药味儿的。

荣葆因经常奔走拿药，里头药师和苏拉都认得他了，见他在门槛上绊了下，险些摔个狗吃屎，便直起脖子调侃："葆儿啊，跑得快赶口热乎的？急什么，没人和你抢。"

荣葆臊眉耷眼："去！你们才赶热乎的呢，我是正经办差！快别耍贫了，麻利给我抓药，我还得回去救人命呢。"

可抓药是有章程的，方子得有出处，好建医药档。药师接过这张方子从头到尾看了一遍，疑惑地问："你是打哪儿得的方子呀，怎么太医不具名呢？"

荣葆迟疑了下："没具名？不能够啊……才刚乾清宫小太监送来的，是御药房开出的方子。"

御药房的方子更得严谨一重，大家传看了一圈，恰好隔壁如意馆的人来串门子，顺便也瞧了一眼，瞧完肃容对寿药房总师傅说："别较劲是谁开的方子了，不是给安乐堂的吗，人病得都快让西方接引了，还忌讳出错儿？"

如意馆相较于其他四所来说，是眼界最为开阔的一所，他们那儿专收皇帝私人收藏的好物件，什么文玩、字画、钟表，应有尽有。既然连如意馆的都发了话，规矩再严明也绕不开人情，总师傅便交代了苏拉，按着方子给荣葆抓全了十服药。

荣葆的差事办成了，冲总师傅打了个千儿："多谢您哪，下回一定不让太医忘了具名。"

总师傅瞧着荣葆一路跑出门，扭头对如意馆管事道："您刚才的话没说完。"

人家只是笑了笑："神仙还有下凡逛逛的时候呢，方子上没禁药，开了就开了，又吃不死人，你何苦刨根问底。"边说边踱步出去，站在檐下眯眼看雾散后新生的太阳，明晃晃的一面大铜镜，照着江山万里，也照着人心。

转过天来，进了万寿月。何为万寿月呢，就是皇帝的生日月份。

宫里人多，每个人都有自己的喜日子，寻常贵人以下的，关起门来自己庆贺，或吃一碗长寿面，或吃两个水煮蛋，私交甚好的几个凑在一起组个牌搭子，一天也就过去了。

位分高一些的呢，自然花样也多些，对于低等的宫眷来说，这是一项额外走人情的支出，必要有一两样拿得出手的东西来撑场面，以图将来高位嫔妃们的照应。

当然若逢着皇帝的万寿节，那更是了不得的大日子，宫里提前一个月就得开始张罗。裕贵妃作为眼下后宫位分最高的妃子，自然要挑起团结六宫、集思广益的大任。

眼看万寿节越来越近了，这种喜庆的气氛，从宫女们特许的鲜亮穿着上，就能窥出一斑。

巧得很，今儿先是裕贵妃千秋，这种日子是不能错过的，虽比之万寿节不及，但裕贵妃代摄六宫事，实际位同副后。皇后遭废已经两年了，皇帝既然没有立后，那么裕贵妃就要在这深宫之中继续风光下去。

谁也不知道裕贵妃究竟有没有皇后命，所以凑趣儿的人中固然有心里不服的，也只能背后嘀咕。

翊坤宫的宫门上，迈出了三双花盆底鞋，后头跟着一溜穿白绫袜子、平底青鞋的宫女，恭妃众星拱月般率众往永和宫去。

祺贵人摇着团扇，看了看潇潇的蓝天，天上一丝云彩也没有，天幕纯净得能吸人魂儿似的。她吁了口气："今儿天色真好，到了晌午吃冰都不为过了。"

贞贵人说可不："还没立夏呢，就热得人不知怎么才好了。"

这话里头是有隐喻的，暗示裕贵妃还不是皇后，就摆足了皇后的气派。

又不是过整寿，开着门头儿收六宫的贺礼，真好意思！要是按着她们的心思，不赏她这个脸才好，又架不住宫里头软脚蟹多，你去了，她去了，独我不去，似乎不合群，有意和贵妃娘娘过不去似的。

恭妃手里的桐叶式缂丝扇，不紧不慢地拍打着胸前垂挂的十八子手串，紫檀木的木柄撞击碧玺念珠，发出"嗒嗒"的清响。

恭妃是翊坤宫的主位，底下两个随她而居的小小贵人，总想尽了法子为她出气解闷，纵是算不得好姐妹，也算是两条好狗。

她笑了笑，把子头梳得紧了点儿，芙蓉般白嫩的脸盘，在天光底下显得大了两圈儿。

"今儿你们送她，来日她也还你们的，好歹人家是贵妃，难道还占你们这点子便宜？"

祺贵人当然专挑她喜欢的说，轻声道："娘娘是善性人儿，哪里知道人家的心眼子，上年还不是照例送，永和宫不也照收吗，那个翠缥，只恨不能搬口大缸来装了。要说裕贵妃，娘家阿玛也是封疆大吏，怎么弄得这副贪小的模样。"

恭妃手里的宫扇摇得更欢快了："这是人家惯会的手段，从咱们这儿收罗的东西，听见皇太后要捐佛塔，全数拿出来凑了份子。这么着既得了贤名儿，又不伤筋动骨，但凡咱们有她一半儿的精明，早在万岁爷跟前露脸了。"

这倒也是，满后宫都是翘首盼皇恩的女人，而男人只有一个，皇帝纵是头牛，也经不得一人薅一把毛。

所以很多时候皇帝很安静，安静得仿佛不喜欢女人似的。后宫的嫔妃们夜夜精心打扮，在养心殿后围房里端坐着，等前头用膳时翻牌子。而大部分都是叫"去"，连裕贵妃的脸上都不免流露出精致的丧气。

好在大家都一样，都曾短暂地，自以为是地受过宠，也都很快淹没在花团锦簇里。裕贵妃拔尖儿的地方无外乎入宫久、资历深罢了，可后宫又不是前朝，会修堤坝，会凿母钱，就有官儿做。她代管六宫，行副后之职两年了，还不是妃字前头加个"贵"字，要想再加个"皇"字，怕是没个十年八年熬不下来。

这么一想，裕贵妃在她们眼里也不是什么能耐人，恭妃劝自个儿，就敬她是前辈吧。

一行人进了永和宫，才过影壁就见这儿的宫女都换了水红的纺绸衣裳，这是万寿月里格外的隆恩。平时宫女穿戴上不是淡绿就是老绿，裕贵妃是沾了皇帝的光，难怪她每每以和万岁爷同月生日为荣。

先行赶到的嫔妃们已经坐定了，恭妃带着自己宫里的人姗姗来迟，进门先一通赔罪，笑着说："我只顾着给贵妃娘娘预备贺礼，来迟了、来迟了……我该罚。"

裕贵妃穿着一身茶青色缎绣平金云鹤便袍，两年管理六宫事务，已经把她"锻造"得十分老练了。

这宫里每个女人都在装样儿，面上和气私底下较劲。好在皇帝从不偏袒任何一个，他的生命里没有"宠爱"这个词，她们这群女人，像他放养的羊，和也好，斗也罢，他可以做到充耳不闻。

这样也挺好的，大家都觉得公平。

恭妃带着祺贵人、贞贵人，施施然向裕贵妃行礼，裕贵妃脸上含着笑，抬了抬手道："你们是前后脚，妹妹不必多礼，请坐下说话吧。"

恭妃的位分在后宫之中算是比较高的，贵妃之下原该是四妃，可惜皇帝并没有收集的雅兴，因此到现在只有恭妃、和妃、怡妃这三员大将。嫔位以下的宫眷，见了这三妃都得行礼。屋子里一大片向恭妃福下去，恭妃也没什么表示，回身在金漆木雕花椅里坐了下来。

这时候就该向贵妃娘娘献上诚意了，恭妃和风细雨道："我来得晚，预备的寿礼也未必赛得过各位姐妹，但却是我的一片心意。"边说边唤宝珠，"快把东西献上来。"

众人转头看，叫宝珠的宫女捧着一尊利益珊瑚无量寿佛，从落地罩外走了进来。

这佛不大，高不过一尺罢了，外头拿紫檀嵌螺钿的盒子装着，透过一面玻璃，能看见里头珊瑚红得发亮。

若说不尽心，那是断断不能的，多好的寓意啊，又是大红又是佛的。宫里头讨生活就是这样，肚子里再多的埋怨，恨起来巴不得咬人家一块肉，场面上还是得费心做文章。

当然人分千种，有人善周旋，就有人阴阳怪气。

懋嫔"哟"了声："这么上佳的料子可不好找，上回见这珊瑚佛，还是在太后老佛爷那儿。要说品相，那尊可不及这尊，难怪恭妃娘娘来得晚，果真是尽心了。"

祺贵人和恭妃是一派的，自然向着主位娘娘说话，只见她撇唇一笑，道："贵妃娘娘的生辰，恭妃娘娘常记在心上，每年交了五月，就再三选看究竟哪一件为好。万岁爷的寿诞是大日子，贵妃娘娘的就不是来着？我们恭妃娘娘对贵主儿的心是一样的，阖宫谁不知道，恭妃娘娘心最细，最是百样周全。"说得恭妃既尴尬，又受用。

不过这话一出，边上旁听的妃嫔们都囫囵笑了，心说祺贵人敢夸，她们还不敢听呢。恭妃是什么人，仗着娘家势大有钱，没少背着裕贵妃使手段。就拿上回选秀，把尚家老姑奶奶踢出局的事儿来说，裕贵妃没言声，她倒来劲了，她算哪块名牌上的人物呀。

当然人心分两面，尚家那位三选没过，众人才拿这说事。要是过了，今天也坐在这里，就再也没人觉得恭妃越权专横了。

裕贵妃呢，惯常是个温和中庸的做派，含笑说："我知道妹妹心里总惦记我的生日，这原不算什么，怎么好偏劳你破费。今天诸位妹妹的礼，我是一个也不收的，宫里头过日子，手上就这几个月例银子，扒开了说，大家都不容易。回头万岁爷的喜日子又要到了，我的想头是大伙儿且把东西收着，到时候多给主子爷凑趣儿，岂不热闹？"

听听这话，横是给她的礼，已够上送万岁爷的了。

懋嫔调开了视线，她的脾气容易上脸，当众翻了白眼怕裕贵妃面上过不去，索性端起茶盏喝了一口。两根掐丝银錾花的指甲套，横在天青色精瓷茶盏前，很有"一半春休"的味道。

在场的众人不能不赏贵妃脸，纷纷应承，并感慨贵妃娘娘贤德。

和妃一直没出声，手里照旧撸着她的白猫。这猫满紫禁城跑惯了，到哪儿都不认生，这也好，不怕带它出门，它跑倦了自己会回去。

百无聊赖，她把视线落在了懋嫔的肚子上。今儿懋嫔穿了件月白色缂丝八团梅兰竹菊纹褂子，小肚子的位置正好盖着一片团花，看上去像在肚子上扣了个雕花钢盔。

"你这肚子，总算显怀了。"

和妃老这么突兀，别人说天的时候，她冷不丁就说起了地。

懋嫔的肚子是大家羡慕的焦点，皇帝不常翻牌子，因此后宫子嗣并不健旺。懋嫔这一胎，距离上一位皇子降生已经相隔三年了，要不是懋嫔有了信儿，大伙儿都要怀疑，皇帝是不是戒了翻牌子这项公务了。

懋嫔捹了捹衣角，笑得很含蓄："有的人显怀早，有的人显怀晚，孩子得慢慢长个儿，不着急的。"

康嫔凑嘴说了一句："我听说圆身子的人易显怀，扁身子的人常到六个月了，还只有人家三四个月大小，懋嫔姐姐大约是个扁身子。"

懋嫔没有说话，笑着扫了扫膝上的褶皱。

康嫔讨了个没趣，转头对裕贵妃道："今儿是贵妃娘娘生日，万岁爷想必记着吧？"

其实宫里女人多，皇帝哪里愿意费这心思。只是裕贵妃身为贵妃，又掌六宫事，落得和寻常妃嫔没两样，脸上自觉无光。

她哎了声，正要说两句顺风话，外头守门的太监隔窗道了声："万岁爷跟前满福传话来了。"

一众嫔妃立刻打了鸡血般，直起身子竖起了耳朵。

御前太监都是极体面的，脸上挂着谦卑的笑，进来垂袖打千儿："给贵妃娘娘请安，给各位主儿请安啦。奴才奉万岁爷之命，来给贵妃娘娘传个话，今儿是您喜日子，万岁爷进完了日讲，要上您这儿坐坐来，请贵妃娘娘预备预备，回头接驾吧。"

贵妃原本那张强打精神的脸，因这个消息忽然容光焕发起来，那些妃嫔送点子寿礼有什么稀奇，这才是实打实的大礼呢！

裕贵妃顿时有种扬眉吐气的感觉，在所有人或羡慕或嫉妒的目光里，找到了凌驾众人之上的快乐。

皇帝极少有主动到她这儿来坐坐的时候，往年反倒是她这个寿星翁，巴巴儿跑到御前磕头去。今年是时来运转了吗？还是万岁爷看到她操持后宫的辛劳，刻意在后宫女人们面前抬举她？

可惜这种快活不能露在脸上，贵妃得有贵妃的气度，她还是得端着从容的做派，颔首说知道了，仿佛自己和皇帝是老夫老妻，已经再没了那份雀跃激动的心情。

满福又哈了哈腰，却行退出了前殿，一众妃嫔目送那个御前太监离开，都有说不出的怅然。

待回过神来，才发现在贵妃面前失了仪，大伙儿便都识趣地从座旁挪了出来，扬帕子蹲安说："贵妃娘娘还要接驾，咱们就不叨扰了，祈愿贵妃娘娘万年吉祥如意，喜乐安康。"

裕贵妃连声说好："诸位妹妹费心了。今儿没说上话，过两日咱们再约个局，商量商量万寿节的事儿。"

众妃嫔齐声道是，又行一礼，从永和宫退了出来。

人一走完，裕贵妃就忙了，转身叫翠缥："点两个丫头进来，把屋子里的陈设再擦一遍。让小厨房预备点心，要上蒸笼的菜色先蒸上，防着皇上在这里用膳。还有主子爷的黄云龙坐具，快铺陈起来……"转头又瞧殿门上，什么都没说，使了个眼色，翠缥便明白了。

这是每次圣驾来临前，永和宫必要行的一项流程，就是把门口站班的宫女全换成太监。

若说贵妃心眼小，她的眼睛里装得下整个紫禁城的嫔妃；若说贵妃的心眼大，她却很忌讳身边宫人在皇帝面前点眼，尤其是那些略有姿色的。

对于后妃们来说，最大的讽刺莫过于宫里伺候的丫头有朝一日青云直上，和自己比肩。前朝就曾发生宫女越过主子次序的事儿，两下里相见尴尬不说，主子自己也觉得窝囊。因此裕贵妃通常只留翠缥，和另一个叫流苏的大宫女在茶水上伺候，皇帝见惯了她们，自然出不了什么岔子。

一切安排妥当，裕贵妃踅回内室到妆台前补了一层粉，重新上了口脂。唯恐接驾来不及，衣裳就不换了，忙又回到前殿听消息。直等了好半晌，终于外面夹道上传来击节的声音，她立时整了整衣冠，提袍迈出了门槛。

今儿天气真好啊，大盛的光瀑从檐角倾泻，在廊庑底下描绘出婉转流丽的曲线。裕贵妃蹲下身子稳稳坐在脚后跟上，低垂着双眼道了声："给万岁爷请安。"

一双云缎朝靴停在她面前，石青团龙妆花的夹袍袍摆，缀满暗纹奔涌的海水江崖。

皇帝说"起喀[1]吧"，箭袖底下白净的手腕匆匆一现又很快收回，就算已经虚扶过了。

1　起喀：满语，平身的意思。

唉，万岁爷总是这样子……裕贵妃无奈地低头笑了笑，待翠缥和流苏搀她站起身时，皇帝已经迈进殿内了。

皇帝有他专门的坐具，要是哪天来了兴致上低等嫔妃那里坐坐，会有御前的人事先将御用的铺陈送过去。裕贵妃属于高阶的妃子，又加上代管六宫事，因此她这里的用具是事先就有的。皇帝一到，直奔南炕上的宝座，手里的扇子搁在黄花梨喜鹊石榴纹炕桌上，冲她抬了抬手指，示意她坐。

裕贵妃欠了欠身子，在底下杌子上落座，含笑道："主子爷今儿怎么有空上我这儿逛逛？"

皇帝有一口很好听的嗓音，听他说话，眼前就能勾勒出一个风度翩翩的美男子来。他说："朕记得今儿是你生日，你不是爱念佛吗，朕让他们挑了盘沉香木的念珠来，以作贺寿礼。"

皇帝说完，御前总管太监怀恩就端了一面漆盘过来，盘里放着乌油油的念珠，每一颗上头都雕着"寿"字。

贵妃受宠若惊，接过念珠双手承托着，蹲了个安道："主子日理万机，竟还记得奴才的生日，可叫奴才说什么好呢……多谢主子恩典。"

皇帝点了点头，人在亮处坐着，大有天威凛凛，令人不容逼视之感。

其实要说皇帝其人，实在让人有些说不清，你说他高高在上俯视众生，倒也不是，大多时候他都是一副温和面貌。但你要说他是个好人，容易亲近，却也绝不。一个幼年就封太子，十三岁跟着皇叔们出京办差的人，见了那么多的风云变幻，自有他深不可测的城府。

他的脾气就像他的容貌一样，因俊美让人心生羡慕，但也因俊美而产生无法接近的距离感。他有宇文氏代代相承的美貌，站在他面前容易自惭形秽，丈夫比妻子更美……当然这个比喻不恰当，后宫之中没人有这造化和他论夫妻，就是这么一比方吧，你就知道那是种怎样格格不入的感觉了。

不过皇帝俊美，却并不女气，宇文氏是马背上打下来的江山，他很好地传承了祖辈宽肩窄腰的身条儿，有时候看他束着蹀躞带，真担心带子勒得太紧，勒坏了他的腰……

裕贵妃朝上又看了眼："快到中晌了，主子过来前没进东西吧？奴才命她们预备了果子，或是主子赏脸，就在这儿进了午膳吧。"

贵妃待要给外面的人传话，皇帝却说不必。

"朕是绕道过来的，回头要陪太后用膳，想起今儿是你的喜日子，特地过来瞧瞧你。先前来给你贺寿的人不少吧？"

贵妃一怔，忙道："并不是专程来给奴才贺寿，是因主子的万寿节快到了，大家伙儿打算群策群力，给主子过好寿诞。"

皇帝似乎对这个说法不甚在意："贵妃费心了，不过大事大情上尽力，小事小情上也不可疏忽。你协理六宫事务，责任重大，一头要令妃嫔们宾服，一头也不该让太后操心。"

贵妃挨了敲打，惶惶然站起身道："奴才有什么地方不周到，还请主子提点。"

皇帝倒也没有疾言厉色，可饶是那么和煦的面貌，也让贵妃提心吊胆。

皇帝见她脸色发白，忽而笑了笑："也不是什么大事，前儿太后和朕闲谈时，说起选秀的事儿，说今年晋位者比往常少了好些。又特特儿提起尚家，都知道尚家有个女孩儿进宫了，后来却不见了踪影，太后问人上哪儿去了。"

裕贵妃背上起了一层热汗，脑子飞快地转动起来，果真尚家再没落，上头也还是留意的。自己原没打算动她，甚至觉得人晋了位也没什么了不得，偏那个恭妃爱作梗。现在皇太后问起，事情就落到了自己头上，谁让她戴着大帽子，主持六宫事宜呢。

无论如何，眼下先得应付了皇帝才好。裕贵妃道："这事儿我也曾问过，掌事的刘全运说了，三选上头遇着了坎儿，验身嬷嬷觉得她不宜伴驾。"

皇帝还是一副好性儿的样子："那这会儿人呢？"

贵妃的鬓角有蠕蠕爬动的细痒，不自觉捏着帕子拭了拭："先头在尚仪局，后来……说是犯了事，给罚到安乐堂去了……"

皇帝那双眼睛轻蔑地扫了过来，手指在炕桌上轻点着："安乐堂……那是个什么去处，朕不说你也知道。倒也不是对尚家还有余恩，只是上头几辈儿的皇后都是出自尚家，朝堂上惩戒不殃及内宅，这是景宗皇帝留下的恩典。要按着辈分来说，她还是朕的长辈呢，虽说福海辜负了皇恩，却也不该牵连她。你如今掌管六宫事务，不说提拔她，想辙保一保她，别叫人背后说人走茶凉的闲话。"

"啊，是是是……"裕贵妃蹲身道，"奴才这就命人把她调出安乐堂，安置到永和宫来……"

皇帝似笑非笑："一步登天，太显眼了。"

"那……"裕贵妃觑了觑天颜，"还让她回尚仪局，照着定例缓缓提拔。"

也不知是哪句话不合皇帝的意了，只见他轻蹙了下眉道："别叫人为难她就成了，她要是块好材料，自己知道往上爬，若不成器，过两年赏她出去就是了。"

裕贵妃听了道是，心里却沉甸甸的，不过一个罪官的家眷，怎么偏劳皇上亲自来托付。

　　果真辈分不一样，辈分大了真沾光，连皇上都认她是长辈。贵妃心头有口气想吐出来，只是顾忌皇帝在这儿，只好深深压制。

　　皇帝拿起扇子，站起了身："成了，朕该走了。"

　　贵妃忙趋前两步："奴才送主子。"

　　皇帝未置可否，石青色的袍角一转，便佯佯从门槛后迈了出去。

　　帝王纵是普通的出行，也是阵仗浩荡，永和门前停了九龙抬辇，髹金的辇身金龙环绕，在日光下发出灼灼的光。

　　随行的太监们停在步辇两旁，待得皇帝现身，怀恩便上前搀扶。随贵妃而居的婉贵人和安常在也出来蹲安相送，皇帝落座后抬辇稳稳上肩，裕贵妃口呼"恭送皇上"，再抬起眼来，步辇已经顺着甬路走远了。

第四章·盛筵浊酒

女人们每每望着皇帝的背影，总会生出惆怅感，可惜天子如神隔云端。婉贵人和安常在趋步替了翠缥和流苏，扶着贵妃踅身进宫门，拣好听话说了两句，说万岁爷惦记着贵妃娘娘的生日，万岁爷待娘娘和别个不同。

贵妃却一笑："虽是惦记，却也落了两句埋怨。"

婉贵人和安常在面面相觑："怎么的呢，娘娘管理六宫，行事审慎，咱们瞧着挑不出错处来呀。"

贵妃复又长叹："你们哪知道我的难处，既担了责，有个一星半点的疏漏，自然要吃挂落儿。就是前阵子选秀的事儿，万岁爷问起了尚家那丫头，我平时事忙没留心，吃了好一通宣排。瞧着皇上的意思，是要我看顾些个呢……唉，我这会子只盼万岁爷隆恩，快册立一位新皇后吧，我也好交了这差事，落个清闲。"

裕贵妃状似无意，这消息在婉贵人和安常在听来，却很觉得惊人："万岁爷也知道那丫头？"

裕贵妃说可不："这么个大活人，辈分又那么高的……"说着拭了拭鼻子，招翠缥和流苏来，倦懒道，"今儿累坏了，我得好好歇歇了。"说完由贴身的宫女伺候着，进了后殿的明间。

贵妃安置在南炕上，透过大玻璃窗户，能看见院子里的情形。

流苏拿美人拳慢慢替她松筋骨，一面轻声问她："主儿何苦把皇上的话告诉那起子人听，她们一人一个心眼儿，背地里不知道怎么笑话咱们呢。”

吃了挂落儿就足够叫她们笑话了？笑话就笑话呗，裕贵妃看重的是事态的发酵。

她换了个舒坦的姿势，一手盘着佛珠，曼声道：“婉贵人背后是怡妃，安常在和贞贵人交好，她们狼一群狗一伙的，得了消息立时就会传遍六宫。皇上眼里有谁，她们就头顶架刀，何况尚家老姑奶奶出了事儿，头一个倒霉的就是我，如此既拔了眼中钉又拔了肉中刺的好事儿，自然个个上赶着去做。”

翠缥和流苏到这会儿才明白主子的算盘，裕贵妃也容不得尚家姑娘。但要是能利用其他嫔妃，自己的手就不脏了，届时再揪出坑害老姑奶奶的人，岂不一箭双雕？

这宫里人太多了，多得叫人心烦，能收拾掉一部分，眼眶子里就干净了，脑仁儿也不疼了，多好！

至于皇帝的想头儿，也许从来没看透过。

养心殿里怀恩也问他：“主子爷，您把老姑奶奶托付给裕贵妃，不怕裕贵妃背后下黑手吗？”

皇帝下笔如飞，并未抬头：“下黑手好啊，让她知道深宫之中活着不易，知弱而图强嘛。”

怀恩应了个是，复叠着手感慨：“只怕老姑奶奶要受委屈了……”

皇帝垂着眼，淡然笑了笑。

他曾见过南疆养蛊，一大缸最后只剩一个，这过程哪能不艰辛。偶尔他和裕贵妃也有不谋而合的时候，觉得这宫里人满为患，那些女人还总琢磨怎么爬上龙床，让他觉得脏，让他心生不满。

所以他要培养个蛊王，能替他把一切收拾干净，银盘里再也没有满满一大盘的绿头牌，就是惬意的帝王生涯了。

安乐堂里，原本奄奄一息的含珍，在用过了夏太医的方子之后，病势奇迹般地有了好转。

“乖乖，不得了！”荣葆惊叹道，“送来的时候两头都耷拉啦，如今竟然能下床走几步，果真遇上了救星，算你命不该绝。”

含珍一手扶着床架子，人虽然还虚弱，但两脚能落地的感觉真好。

她说：“打从发病到今儿，已经足足五十天，这五十天我除了躺在床上算日子，什么也做不了。不瞒你们说，我自己也知道自己活不长，就是心里害怕，舍不得，还不想那么早去见阎王。也是我运道高，给送进安乐堂来，高管事收留我，老姑奶奶和大伙儿照料我，又有夏太医诊治我，我才有命活到今儿。"

颐行听她这么说，不由得笑起来："你怎么也管我叫老姑奶奶呢，你年纪比我大，叫了不怕人笑话？"

含珍苍白的脸颊上浮起了一点笑："能叫您老姑奶奶可是造化，您的辈分原比皇上还要大呢。我这条命是您捡回来的，这份恩德，就算把我碾成齑粉，我也无以为报。"

颐行摆了摆手："别这么说，是你自己福大命大，遇上了一位积德行善的太医。"

功劳当然得算在夏太医头上，不过颐行也有自己的小心思，含珍马上就要活过十天了，这回吴尚仪总该让她回尚仪局了吧！

不知道银朱好不好，宫里头行动太难了，没有由头，熟人想见一面都不容易。再说大家都知道银朱和她是一伙儿，她一走，又不知道会怎么挤对银朱……好在银朱厉害，想必总有自保的办法。

荣葆却对那位神龙见首不见尾的夏太医很好奇："下回他来，千万让我见一见他的真容。宫里头那么多太医，我大概都见过，却不知道还有这么号神人。姑姑给我引荐引荐，将来我们这儿再收治了病重的，也好找他。救人一命胜造七级浮屠，阿弥陀佛，我再也不愿意看着净乐堂从这儿把人搬走了。"

荣葆是好心，大家说起净乐堂来搬人，脸上不免流露出一种兔死狐悲的凄凉来。今天是你，明天不知是谁，或许有朝一日轮到自己也未可知。

不过高管事通透，他瞥了荣葆一眼道："人家愿意说，自会透露给你，不愿意透露你就给我憋着，是死是活看造化。"

还有些话高阳没明说，夜里留职宫闱的人能是等闲之辈吗，下了钥还走动给宫人看病，万一事发可是弥天大罪。虽说宫里头的规矩，混迹的年月越长，越好通融，但有些事做得说不得。

为了太医院硕果仅存的实心好人，千万要守住这个秘密，荣葆是个糊涂秧子，万一走漏了风声，祸事就打这上头来。

荣葆讪讪地吧唧了两下嘴："那今晚他来不来？"

颐行摇了摇脑袋："不知道，来不来的，事先也不知会咱们。"

照说含珍有了起色，且宫里当职得排班儿，兴许一时半会儿来不了。颐行就想着这两天先喂好了含珍，药补不如食补，吃饱后再加以汤药治疗，肯定能好得更快些。

那厢，吴尚仪对于含珍的病情也还算关心，隔三岔五打发人过来瞧瞧。起先见她还是老样子，问话的只敢站在院子里，今儿见她忽然能坐起身了，前来探望的嬷嬷惊得什么似的，大声问："姑娘，这怎么……老天保佑，这就大安啦？"

含珍浅淡地笑了笑，虽能下床了，但脸色还是不好，活动不了多久就得躺下。

她冲嬷嬷颔首，完全没提夏太医，只说："嬷嬷替我带话给尚仪，就说我好多了，全亏了颐行姑娘的照顾。"

嬷嬷点头不迭："我回去一定如实转告尚仪，不过这阵子正张罗万寿节事宜，怕也顾不得这头。姑娘且养好了身子，等过了这程子，尚仪一定想辙来接您。"

嬷嬷说完话就走了，到底安乐堂不是好地方，怕站久了沾上晦气。

但对于受了一段时间磋磨的颐行来说，这地方才是安乐的所在。含珍下地走，她就在南窗底下绣花，虽然老姑奶奶手艺不佳，绣出来的老虎像猫，但她愿意多练，因为除了这个，她找不出可以消磨时光的活儿了。

含珍说："等我好透了，教您打络子啊。我会编雁么虎，会编蚂螂，还会编水妞儿。"

含珍是地道的四九城人，祖上当初跟着高祖皇帝入关，一直到今儿。

不像颐行，早前一大家子一直在南方，后来大佟女儿要嫁皇帝，才阖家搬回北京。颐行在这皇城根儿生活，也就四五年光景，关于京城的俗语她能听懂一些，但过于地方化的，还是一知半解。

含珍看她眉眼较劲，就知道她没明白，笑着说："雁么虎是蝙蝠，蚂螂是蜻蜓，水妞儿是蜗牛。"

"哦——"颐行说，"我想起来了，小时候我的奶嬷儿哄我吃奶时唱过，'水妞儿，水妞儿，先出犄角后出头'。"

含珍说对："就是这个。"

颐行当然愿意跟她学打络子，漫长的后宫生活里，总得有一两样拿手的绝活。

她们聊得挺投机，但不知怎么，含珍及至太阳下山前后，人又蔫儿了起来。颐行忙给她煎药，伺候她吃了，她也不发汗，脸上灼伤了似的发红，后来就懒说话了，只道："我没事儿，候在我这里多早晚是个头，您早点儿回去歇着吧。"

颐行嘴里应了，人却没走，直守到亥时前后，看她稍稍安稳些了，才从东厢房退了出来。

天上一轮明月，照得满地白光，这么大好的月色，夏太医是不会来的。颐行仰头看看天，叹了口气。自觉今晚无望了，只好回自己的他坦去，边走边想，不知道什么时候能再起雾……含珍今儿忽然来了好精神，不会是回光返照吧？明儿早上去瞧她，她还能好好的吗？

越想越担忧，扒开了说，就是照顾只猫儿狗儿还有感情呢。不可否认她打从一开始是冲着吴尚仪的承诺去的，但时候一长，她也实心希望含珍能好起来。

反正就是忧心忡忡，连洗漱都透着不安。随意兑了盆温水，绞了帕子擦干净脸，刚解开领上纽子打算擦脖子，忽然听见外面有响动。

她一惊，担心是含珍那头有什么事，忙重新扣上纽子过去开门查看。结果门一打开，就见夏太医站在台阶前，穿一件佛头青的袍子，脸上照旧蒙着纱布。

屋里暖暖的灯光投射出来，他就站在那片窄窄的光带里，披着一身月华。颐行早前没有发现，他还是个精细人儿，原来辫发间夹带着细如银毫的丝缕，有光照来，便跳跃出惊鸿一现的碎芒。

颐行哎了声："夏太医您来啦？我以为今儿忒晚，您歇了呢。"

他还是那种八风不动的做派，只道："人没治好，我就得来。"

颐行说是："那您治吧，含珍的屋子您知道在哪儿。"

这下子他好像不大高兴了，但一向和风细雨的人，嗓音间虽有不悦，也不显得焦躁，耐着性子道："她一个人在屋子里，我去不合适。孤男寡女就是外头都要避讳，何况是宫里。"

颐行迟迟哦了声，她知道疾不避医，却没想到大夫也讲究男女大防。忙道："那您等等。"说完退进屋子里整理好仪容，这才出门来。

她总是笑吟吟的模样，因为刚洗漱完，鬓角的发还濡湿着，年轻的脸庞像雨后新笋般鲜洁可人，搁在后宫里头，是赏心悦目的画儿。

夏太医瞧了她一眼，眼眸很快一转，又调开了视线。

往含珍的卧处去，他在前头走着，颐行在后面跟着。她看了他的袍子半天，冷不丁冒出一句话来："夏太医，您上职没有官服吗？怎么一天天不重样呢？"

夏太医怔了怔才道："我换了衣裳来的。"

颐行听了似懂非懂，为了套近乎，她热络地说了句不碍的："您无论穿什么，都是这世上顶好的大夫，用不着特意换了衣裳来，我们不讲究这个。"

但夏太医明显被她回了个倒噎气，好半天方道："病患得的是劳怯，这身衣裳回去不能留，要是穿了官服来，我没那些官服可替换。"

啊，这这这……倒是她自作多情了？颐行红了脸，好在夜色之中看不清人面，她讪笑了两声："哦，是这么回事儿，我还以为你们宫值能穿自己的衣裳呢……劳怯又不是痨病，犯不着烧衣裳吧！"

夏太医终于忍不住翻了个白眼，虽然这动作不雅，但此时除了这个，他已经不知道该说什么好了。

到了含珍的病榻前，观她神色，又是浑浑噩噩的样子，没有汗出，脸却烧得很红。

夏太医卷起箭袖，探手查看她体温肤色，复又掀起被子按压她的腹部，嘴里喃喃说："额黑身黄，足下热，腹胀如水，得用大黄方。不过这药凶得很，是以大黄加上虻虫、水蛭、蛴螬，炼蜜成丸。用得好，能一气儿拔毒，用不好，兴许就一命呜呼了。"

"啊？"颐行惶惶地，"这不是只有一半的捞头吗？"

夏太医说是："捞一捞，她还有活命的机会。要是不捞，慢慢就油尽灯枯，必死无疑了。"

照理说是不该犹豫的，要是换了颐行自己得病，她宁愿做个干脆的了断，但病的是别人，她哪有这决断定人生死呢。

不过含珍尚且没有全然糊涂，她喘着气，挣扎着说："老姑奶奶，您别担心我。我……病得久了，自己……自己也厌烦得很。好不好的，就这一回吧！夏太医，请您用药，合该我……我活命的，死不了。"

既然有她这句话，那该怎么治就怎么治。夏太医又给她放金针，先解了她的热毒，从头到脚一番施为，待拔针的时候已经能见汗了，满头满脑的，不一会儿连枕巾都湿了。

夏太医收拾针包，还是那句话："明儿我让人送方子来。"

颐行忙不迭应了，因含珍这里离不开人，扭头说："谢谢您了，等她大安了，让她给您磕头去。"

夏太医寥寥摇头，表示不缺人磕头："好好将养着，活下去比什么都强。"

这可真是位从天上掉下来的神仙太医啊，虽是给含珍瞧病，颐行心里也分外感激他。

他要走，颐行起了一半的身子说："我送您吧。"

本以为他会说不必，没想到他这回没出声，就看着她那个不怎么有诚意的动作。

颐行大觉尴尬，忙直起身走到门上，比了比手道："夏太医，您请。"

门边正好有盏风灯，便摘下来替他引路。夏太医负着手，晚风里袍裾摇摆，鬓边落发飞拂，见他的几回，他身上都带着一股子洵雅从容的气度，颐行不免对他另眼相看，她早前还以为他是太监假扮的，如今看来是她眼皮子浅了。

他似乎察觉了什么，视线婉转，落在她身上，问："这么长时间了，你还觉得宫里好吗？"

这期间安乐堂另一个患病的老太监死了，到临了太医基本已经请不动，最后大家是眼睁睁看着他咽气的。

说宫里好，人命如草芥，哪里好得起来。颐行看向墨蓝的天空，叹了口气说："起码紫禁城里的雪是干净的。我就等着和小姐妹团聚，置个小火炉，涮涮金针菇了。"

夏太医面罩下的唇角抽动了下，迈出安乐堂大门的时候连头都没回："别送了，就到这里吧。"

颐行顿住了脚，"那您明儿还来吗？"

这句"明儿还来吗"是必问，仿佛对他的到来充满期待。

夏太医说不一定："近来忙得很。明天的药方子照着吃，吃得好接着用，吃不好也就这几天的光景了，再看也是一样。"

他说完，顺着金水河一直往南，向英华殿北门方向去了。颐行给的那盏灯笼，他带走了，灯笼挑在前头，替他的轮廓镶了圈金边儿。颐行目送他走远，方转身退回门内。

后来几天含珍照着方子，一天三顿地吃那药，打一开头直犯恶心，但再难受也没撂下。一气儿吃了七天，七天后身上黄气也退了，肚子也不鼓胀了，能正常出恭了，这才算是大难不死，真正捡回了一条命。

吴尚仪那头呢，得了消息很高兴，亲自来安乐堂瞧了含珍。娘俩唧唧哝哝说了好些，最后扭头对颐行道："姑娘这程子费心了，我着实感激你。既然你帮了我一回，我自然也兑现承诺，再过两天就是万寿节了，值上正缺人手，你要是乐意，就回尚仪局吧，我看着合适的去处，给你指派个差事。"

颐行蹲了个安，说多谢吴尚仪，自己能无惊无险地从安乐堂出去，也算天时地利人和。

其实安乐堂是真好，除了没出息，哪样都比尚仪局强。出头冒尖的人多了，必有争斗，像安乐堂这样没落到根儿上的，反倒个个都有赤诚之心。

但这地方，确实不宜长留，颐行可是立志将来当皇贵妃的人，皇帝要死了也不上安乐堂来，长期待在这里人会倦懒，万一过上一年半载，连上进的心也没了，那大哥哥和大侄女儿，谁又能捞他们出来？

荣葆挺舍不得她走，十三四岁的孩子，什么话都敢说，瞧了众人一圈，晃了晃脑袋："咱们这鸟不拉屎的地儿，好容易来了一朵花儿，这还没满一个月呢，就要走。老天爷也不可怜可怜我，嬷嬷们上了年纪气性大，老撕扯我耳朵，我愿意姑姑留在这儿，姑姑说话多好听啊，不像嬷嬷们阎王奶奶似的。"

才说完，就挨嬷嬷凿了脑瓜子。

高管事却不想留人，说："走吧走吧！凤凰就该落在梧桐树上，在别的地儿沾点土星子也是埋汰。姑娘别嫌我多嘴，你家如今遇了事儿，亲友都生疏了，进了宫也没人敢给你打点，一切都得靠自己。宫里头水深得很，行走多留点儿神，要是往后又挨了罚，就自请上安乐堂来吧，咱们这儿除了死人多点儿，活着的人心肝都不黑。"

这算是掏心掏肺的实在话了，颐行心里明白，点头说是："我一定记着谙达和大伙儿的好。我不回来啦，等我将来混出个前程，把你们从这儿摘出去。"

嘿，大伙儿都笑起来："就等着你这句话呢，去吧，奔前程去吧！"众人像送义士一样，把她送出了安乐堂。

重新回到尚仪局，颐行也有种凯旋的感觉，院儿里来往的人看见她，不免冷嘲热讽："还有回来的一天呢，够能耐的。"

颐行由她们去说，并不往心里去，挎着包袱回他坦，发现原来的位置叫人给占了，又没个大宫女来给她重新指派，不得已，只好去东次间找带她的琴姑姑请示下。

琴姑姑一向不怎么待见她，一位姑姑带领的不止一个新人，这头正教小宫女往白棉纸上喷水熨烫制作手纸，见颐行进来也不搭理，反倒把视线调往别处去了。

颐行吸口气，叫了声姑姑："给姑姑请安，我得了吴尚仪的令儿，回来述职啦。"

琴姑姑嗯了声："听说了。"

"姑姑，我的铺位给人填了，要不姑姑另给我安排个地方吧。"

结果就换来了琴姑姑的没好气儿。

"我这一天天的，忙完了这头忙那头，哪有闲工夫给你指派他坦。你去各屋瞧瞧，有空着的地方，放下铺盖卷就是了，又不是凤回巢，还得找什么好地界。"

所以呀，回了尚仪局就是这境遇，有时候火气旺些，真想把铺盖砸在那起子小人脑袋上。

人活于世不时会遇上这种人，就像夏太医说的，有一分权，非当十分用。世上真主子反倒不可怕，最可怕的就是这类二道主子，那才是热脸贴冷屁股，油盐不进呢。

可这个时候，也不容她撒野，回头又把自己折腾回安乐堂。她只有忍气吞声，提着铺盖又出来，因天气渐渐热起来，脸上出了一层薄汗，出门遇着风，倒是一阵清凉。

这时碰上银朱从外头回来，一见她就蹦起来，欢天喜地叫着姑爸，迎了上来。

"您这么快就回来了？我原打算这两天想想辙，过去瞧您的呢。"边说边上下打量她，"您在那儿还好吧？那地方多瘆人的，把您吓坏了吧？"

颐行笑着说没有，压声道："那是个没有尔虞我诈的好去处，我在那儿净遇着好人了。可今儿回来，连个落脚的地方也找不着……"

银朱说："您一走，琴姑姑就领人进来了。没事儿，我往边上挪挪，您和我睡一块儿。"

可话才说完，没等颐行点头，琴姑姑就从里头出来了，说不成："每个他坦都有定员，你们能挤挤，别人未必愿意和你们挤，别白占了别人便宜。"

银朱一恼，又起腰就要回嘴，这时含珍由嬷嬷搀扶着从宫门上进来，见了这阵仗，笑着说："这是怎么了，多大的事儿，我在门外头都听见了。"

要论辈分，宫女里头含珍算高的，加上她又是吴尚仪的干闺女，不论是谁都要让她几分面子。

琴姑姑笑着说："您可算大安啦，给您道喜呀。"

含珍回了礼："老天爷不收愣头青来着，又放我回来了。你们才刚争什么呢？是安顿不了他坦吗？"

银朱道："颐行回来没了落脚的地方，我想让她和我搭伙凑合，琴姑姑不让。"

含珍哦了声："是这么回事儿……按说他坦确实有定员，不能胡乱填人进去，没的大伙儿夜里睡不舒坦。"

她这么一说，主持了公道，琴姑姑道："可不嘛，如今这辈的新人真了不得，我才说了一句，就要和我叫板。"

含珍笑了笑，转头对颐行道："他坦里的规矩不能坏，您也得有住处。要是不嫌弃，您上我那儿去吧！我的屋子就我一个人住，多少人背后都说闲话呢，您来了正好有个伴儿……"说着又望向银朱，"这是您的小姐妹？乐意就一块儿去吧，人多了才热闹呢。"

她的话说完，银朱和颐行乐了，琴姑姑脸上顿时不是颜色起来。自己才给完她们排头吃，含珍出来做了和事佬，闹得自己里外不是人。

要说尚仪局里办事，谁又服谁？含珍还不是仗着吴尚仪这层关系，才在尚仪局里吃五喝六。

琴姑姑不好阻拦，挤出了一个干涩的笑："也好，你们上含珍姑姑那里去吧，她身子弱，半夜里有个什么，你们也好照应。"

颐行和银朱才不管她这些酸话，三人一间屋，和二十个人一张大通铺，那已经是一个天上一个地下的境遇了。普通宫女子得苦熬多少年，熬成了姑姑才有造化住四人一间的屋子，她们可好，比姑姑们还便利呢。这下子再也不必听人解溲的声音，再也不担心管教嬷嬷提着板子半夜查房了，颐行因祸得福，银朱鸡犬升天了。

含珍复又笑笑，让嬷嬷扶着先回他坦了，琴姑姑心里老大的不称意，恰好一个小宫女出来蹲安，说让姑姑检阅，被她厉声呵斥："急什么！"

别看大宫女都是熬出头的，但终归还是分三六九等，琴姑姑和含珍未必没有嫌隙，又被她扫了脸，心里自然不受用，连转身都带着一股子气急败坏的劲儿。

银朱和颐行看她进了正殿，相视一笑，且不管那许多，两个人一块儿回大通铺，替银朱收拾东西。

银朱问她："姑爸，您在安乐堂，救的就是这位姑姑啊？"

要说救，可不是她的功劳，颐行说："我就是打了个下手。"之后把夏太医显圣的事告诉了银朱。

银朱琢磨半天嗟叹："您这是有贵人相助，老话儿怎么说来着，扬汤止沸，莫若去薪。他让您有恩于珍姑姑，珍姑姑自然保您……姑爸，您离当上皇贵妃又近一步啦。"

两个臭皮匠凑在一块儿，说的都是高兴事，仿佛皇贵妃的位分就在眼前，睁等着颐行坐上去了。

不过这话还是只能私底下说，要是叫第三个人知道，难免被人耻笑，说尚家才下台一位皇后，这么急不可待就有人想当皇贵妃。这宫里还没有过皇贵妃呢，老姑奶奶上赶着倒贴伲女婿，真是不要脸得前无古人后无来者。

唉，可能有大志者，都是寂寞的吧！颐行和银朱收拾好了东西，就欢欢喜喜搬进了含珍的他坦。

一个人住的屋子，果真不是大通铺能比的呀，这屋里有床有桌有柜子不说，还有一架不错的妆台。

颐行看见这妆台，有点儿出神，站在跟前好半天不挪窝。银朱见了上来问她怎么了，她说："我想起在家的日子了……想家，想我额涅。"

银朱一听也有些怅然，谁能不想家呢，在家不论好歹不受窝囊气，在宫里谁都能欺负你。可进不进宫，不由自己说了算，到了年纪就得报效主子，这是大英入关以来就定下的规矩。

含珍正站在门前，指派苏拉另搭两张床，听见她们的话，怅然道："才进宫的还有兴头想家，等时候一长，渐渐就把家忘了。"

对于有些宫女子来说，紫禁城就是将来落叶的归处。服役多年后，出去家里头没人了，或是年纪太大没有前程，这辈子除了伺候人，什么都不会，与其上外头受下等人的腌臜气，还不如让有身份的使唤来得心服口服。

银朱扭头问含珍："姑姑，您将来还出去吗？"

含珍脸上无甚表情，半晌才道："在宫里年月久了，看不上外头的那份乱，还是宫里好，处处讲规矩，不愁吃喝，就这样了吧。"也不去问她们将来的打算，只对颐行道，"我身上大好了，但因得过痨疾，御前是去不成了，多可惜的，原本还能给您铺条路呢，好歹不让您埋没在宫女里头，让皇上知道有您这么个人。我想了又想，这回万寿节是个好时机，大宴上端茶递水的，都由尚仪局指派。我去吴尚仪跟前讨个人情，纵使不能给御桌上茶点，伺候妃位上的也成。三妃的品阶高，就在贵妃之下，离皇上的御座也近。老姑奶奶您生得好，只要在皇上跟前露脸，兴许不日就有说头儿也未可知。"

这么一来颐行倒有些不好意思。她和银朱是胡诌惯了的，从来不避讳说心里话，但和含珍终究还不相熟，人家打算把她送到御前去，显得她多想登高枝儿似的。

她脚尖蹉地，绞着手指头说："我才进宫，这差事给了我，怕遭别人非议。"

含珍却莞尔："靠脸皮活着，宫里人得死一大半。您留宫，原本应当上位晋封的，可……难保没人背后使手段。错过了一回得自己想辙，要不就老死在深宫，您可是尚家人，尚家人不想当娘娘，甘愿做小宫女儿？这话说出去，谁也不能信。"

这也算着实说进心缝儿里去了，三个人互觑着对方，心照不宣地笑起来。

对于皇帝，颐行一点儿也不好奇，她琢磨的是怎么能在大宴上露脸。当然有了含珍，她就如有神助了，吴尚仪起先只答应让她伺候大宴，没打算把她送到太后和皇帝眼皮子底下去，但架不住含珍哀求，点头之前把颐行叫到值房里，当着含珍的面，把前头的恩怨都做了个了结。

"我原不打算把你送到前头去的，实在是你资历浅，言行还不够端稳，那样的大日子，倘或出了半点差错，连我也脱不了干系。可眼下咱们姑娘求我，我不好驳她的面子，就破例给你个机会吧！当初你进宫，二选和三选是我经的手，最后没能参加御选，你未必不恼我，我也没旁的可说，一人一个命罢了。如今我既把你往前送，将来你好了，我不求你报答我，若是不好了，只求你别连累我，我就足了。"

　　简而言之，吴尚仪的意思就是将来你若有出息，不记恨我打压你的过往就行了。一个被硬筛下来的人，为了避免被报复，当然想尽法子不让她有出头之日。无奈后来牵扯上了含珍，吴尚仪在宫里就含珍这么一个亲人，好歹得顾念顾念她的心思。

　　颐行答应得很爽快："谢谢尚仪栽培我，不管我将来有没有出息，都不会忘了您的好处。"

　　吴尚仪颔首，沉默了下方道："你预备预备，这两天跟着含珍好好学规矩，学成了才能让你往前头去。宫里主儿都不好相与，你是知道的，可别冲撞了谁，回头皇上没见着，反落个狗头铡伺候，那可就糟了。"

　　含珍憋着笑，给颐行递了个眼色。

　　在宫里办差，缺的就是好机会。

　　颐行昂着脖子挺着胸，还没怎么着呢，就已经感觉到朝冠加诸她脑袋上的分量了。

　　要说有个实心教你的好师傅，那是事半功倍的造化，含珍当然是瞧着救命的恩情上，才那么和颜悦色地指导颐行和银朱。

　　"上茶点的时候，人得挨边站着，不能挡在皇上和小主之间，也不能让主子瞧你的后脑勺。"含珍一手端着果盘儿，人微微地躬着，向她们传授端盘的技巧，"宫里主儿都是金贵人，不愿意咱们当奴才的挨她们太近，所以你得站在四尺远的地方，抻着胳膊伺候。抻胳膊这项，练的就是手上的绝活儿，得稳，上盘儿的时候手不能哆嗦，更不能让码好的点心滚落。小主儿们忌讳多，一碟子饽饽到了跟前，连形儿都没了，兆头不好，要惹她们生气的。"

　　颐行和银朱听着她的吩咐，看她亲自给她们做示范，只见那手腕子细细的，却又蕴含无穷力量，能挽起千钧似的。心里暗暗感慨，这种基本功真是长年累月积攒起来的，像她们这号半路杀出的程咬金，照资历来说，确实不配出没于那么要紧的场合。

　　含珍像是看出了她们的纠结，两个人眉头都拧出花来了，便笑道："其实也没什么了不得，心细着点儿就成了。还有一宗，上点心茶水的时候，得由尊至卑来，通常一桌上有高低两个品阶的嫔妃，两旁各有宫女伺候吃食，高位嫔妃先上，后才轮着位分较低的那位。撤盘子则是反过来，先撤下手的，再撤上首的，这里头有大讲究，可万万不能弄错了。"

　　颐行没想到，光是上盘点心就满是门道。以前她在家受人伺候，也没人和她同桌，家里过个节，唱个堂会什么的，她都是一人单开一桌。

所以说辈分大有大的好处，坐着豁亮，宽敞。但大又有大的不圆满，因为她用不着做小伏低，也鲜有机会品咂这些细节。如今得一样一样学着，一样一样深深记在脑子里，好在她有这个悟性，也愿意下笨功夫，学起来还不算太难。

于是这两天时间，全花在端盘子上了，从一开始的颤颤巍巍，到后来的八风不动，进步是显见的，连含珍都夸她学得好。

好容易到了万寿节正日子，这天一起来就看见宫里处处张灯结彩。因是普天同庆的日子，据说皇帝得吃两席，头一席在太和殿里升座，接受百官朝贺，第二席则退回内庭，陪着皇太后和嫔妃们一起，共享天伦之乐。

头一席宫女是上不去的，基本都由侍膳太监伺候，第二席设在乾清宫里，这才由尚仪局张罗着，让宫女服侍太后和主儿们用膳。

前头的是国宴，气氛自然庄重，后边的是家宴，相对就松散许多了。颐行并一众宫女，先给每桌上了果盘儿，因为皇帝还没到，暂且开不了席面，就退在一旁侍立待命。

这时六宫小主盛装从四面八方赶来，个个穿着吉服，头上戴钿子，一时间满眼珠翠层叠，扎堆儿聚集在太后跟前行礼，简直分不清谁是谁来。

颐行从没见过这么多好看的女人，那种兴头，恍惚又回到在江南时，一大帮子涂脂抹粉的女子粉墨登场，说着最好听的话，扬着最优美的声调，在你面前走过场。只是今时不同往日了，这里不能叫好，也不能洒钱，就看着她们你来我往，她得努力从人堆儿里辨认，哪个位分最高，哪个位分最低。

当然高品级的一眼就能分辨出来，那个戴着五凤钿的必是贵妃无疑。颐行轻轻瞧上一眼，就把她的样貌记下了，贵妃生得不算顶美，但很端庄，想是所有妃嫔中年纪最长的，举手投足很有四平八稳的从容气度。

贵妃如今执掌六宫，统领嫔妃的事全由她来做，她细声对太后道："万寿节前，奴才已经和各宫议定了给主子爷的贺礼，只怕哪里不周全，还请太后先掌眼。"

太后惯常不问俗事，平时无非念念佛，插插花，将自己保养得白胖喜人。

听裕贵妃这么说，摆了摆手："你们孝敬皇帝，还有不上心的吗？且别忙让我过目，留着一块儿瞧，大伙儿也图个热闹。"

还是怡妃最善于讨太后的好，她和太后本来就出自一家，自然和别个不同些，笑着说："万岁爷过完了生日，八月里还有您的寿诞呢。不瞒您说，您的寿礼我可早早儿预备好了，一准儿是您喜欢的物件，我花了好大劲儿才淘换来的呢。"

其他人看不惯她那副轻佻模样，又一次捷足先登，真没意思得很。

可架不住太后喜欢呀，也是大庭广众下赏她脸，顺嘴打探了一句是什么，怡妃打趣说："万岁爷的寿礼您要留着大伙儿热闹，您的寿礼奴才也得留着，到时候好撑足自己的场面呀。没的这会儿说了，将来就不稀奇了，太后的新鲜劲儿一过，不赏我回礼了可怎么办！"

太后笑起来："你这猴儿，还惦记我的回礼呢。"

太后一笑，大家都得跟着笑，一时间场面上还挺像那么回事儿，只是帕子掩盖后的唇角究竟扭了几道弯，就没人知道了。

颐行冷眼看着，觉得花团锦簇赏心悦目，但扒开了说也怪无聊的。不过不能把这份无聊挂在脸上，就得放平了眉目，谨慎站她的班儿。

可那么个出挑的美人，站在人堆里也不能被淹没。藻井下的九龙珠灯高悬着，照得正殿里一片辉煌，挨墙靠壁的一溜宫女里头，还数那细长身条儿、凤眉妙目的姑娘最打眼。

后宫里头的风声向来传得很快，吴尚仪把尚家老姑奶奶安排进了伺候大宴的名单里，谁人不知谁人不晓？

想必是受了裕贵妃的嘱托，才给了这丫头冒尖的机会。起先大伙儿觉得一个十六岁娇生惯养的小丫头，再了得又能怎么样，结果一见真神，生得如此挑不出毛刺的好相貌，这下子心头就有些异样了。

比先头皇后还要美上五分，这就是老姑奶奶头一次出现在大众视野时，众人对她的评价。

不说是遗腹子吗，尚家老太爷和太夫人五十多才有的她，合该生得豆芽菜似的才对。之前打发出去探看的宫女太监，报回来的大多是"样貌周正"，想来是怕刺激了主子。如今见了活人，受的刺激可更大了。

小小年纪生得妖俏，保不定是个妖孽，难怪万岁爷亲自叮嘱裕贵妃，让她多加看顾些呢，许是多年前就有了私情？当初皇上还是太子那会儿下过江南，保不定还是青梅竹马？

可想想又不能，这还差着辈分呢，纵是万岁爷年纪比她大了六岁，她也是废后的姑爸。万岁爷最讲人伦，对她特意关照，大概是出于成全长辈的体面吧！

既露了头，得叫各宫姐妹认认脸，好知道往后要忌惮的人长了个什么模样。

咸福宫的穆嫔先出了声："那个宫女瞧着面善，像在哪儿见过似的。"

果然大家顺水推舟把视线挪了过去，开始装模作样冥思苦想，是谁呢，究竟是谁呢……

穆嫔宫里的吉贵人胆儿小，却也要附和主位娘娘，试探着说："我瞧着，有几分前头娘娘的风采。"

众人做恍然大悟状，裕贵妃这时才回禀太后："她是故中宪大夫尚麟的闺女，也是福海最小的妹子。上回选秀入宫的，三选上头给筛了下来，如今在尚仪局充宫女，有阵子了。"边说边招呼颐行，"你来，快给太后老佛爷请安。"

颐行猛然被点了卯，心里还有点慌。但一想，太后和她还是平辈呢，见个礼也不会怎么样，便大方出来蹲了个安，说："给太后请安，太后老佛爷万年吉祥如意。"又给各宫嫔妃见了礼，"恭请主儿们金安。"

太后打量了她半晌，心里还感慨，这么个人儿，三选上头筛下来，不是真有缺陷，就是有人暗中使了手段。

也是啊，尚家人如今身份尴尬，难保不被人趁乱踩一脚。先头皇后既然给废了，说句实话，她本不该留在宫里。当初选秀时自己知道有这么个人，后来没放在心上，想着就算出身名门，无外乎就那样了。谁知如今一见面，模样那么可人，这要是换个出身，活脱脱宠冠六宫的苗子。

好在事儿过去了，宫里位分也定下了，错过就错过吧。太后抬了抬手，也没说旁的，让她退回了原处。这件事、这个人，似乎就翻篇儿了，众人又忙着谈论别的话题去了。

颐行倒松了口气，她想在皇帝跟前小露一把脸，没打算让这些嫔妃留意她。她也发现了人堆儿里的善常在，那双眼睛，小刀嗖嗖要把人捅出血窟窿似的，心里一紧，忙调开了视线。

恰好这时迎头又遇上了另一道目光，颐行小心翼翼抬了抬眼皮，却是裕贵妃。贵妃和气地冲她笑了笑，那神情，透出一股家常式的温暖来。

这后宫之中，难道还有与她大侄女儿交好的人？裕贵妃是瞧着前皇后的面子不给她脸色看？

颐行怔忡了下，暂且分辨不清那笑是善意还是别有用心，眼下端正自己是最好的自保手段。她低下头，宁愿缩成一粒枣核，缩成一粒沙，也不愿意成为虎狼环伺下，盘里的一块肉。

大宴又恢复了先前的热闹场面，妃嫔们言笑晏晏，围着太后说笑。直聊了有半个时辰光景，桌上的果子茶也吃了两盏，外头夜渐渐深了，万寿灯在空旷的广场上高高伫立着，遇见了风，悠扬地旋转着，洒下一地斑驳的金芒。

远远地，隐约有击掌的声响传来："啪——啪啪——"

愉嫔耳朵尖，回首朝宫门上看过去："前朝大宴散了，万岁爷来了。"

于是所有妃嫔都站起身抿头抻衣裳，脸上含着笑，盼望着她们大家的主子。

颐行不敢抬眼直瞧，只管盯着自己的脚尖。余光看见司礼太监鱼贯从门上进来，其后出现个身穿明黄色缎绣金龙夹袍的身影，那是九五之尊的辉煌，一重重灯火后，仿佛驾着云霭的太阳般金光耀眼。

这会儿颐行脑子里倒空空了，想起那个被废到外八庙去的侄女，不免有点惆怅。要不然现在领头接驾的是皇后啊，没有这番变故，自己正躺在凉风榻上吃甜碗呢，何必站在这里当戳脚子。事情的起因都打皇帝身上来，她那大哥哥就算贪墨，又何必让皇后连坐？出嫁了不就是宇文家的人了吗，最后竟还整了一出与娘家同罪，天家的气量可一点儿也不大。

反正这皇帝不是个好东西，颐行坚定地想。明晃晃的黄色从她眼前经过时，她越发垂低了眼睫，忽然对自己立誓要当皇贵妃的伟大志向产生了怀疑。

妃嫔们面见皇帝自然是欢喜的，她们从宴桌后出列，齐齐跪地向上磕头："皇上大喜，恭祝皇上福寿绵长，万寿无疆。"

正大光明殿里乌泱泱跪倒了一大片，嫔妃们满头珠翠，领上压着燕尾，从高处看下去一个个后脑勺齐整而滑稽。

皇帝转过身，提袍向皇太后叩拜："儿子的喜日子，是额涅受难的日子。儿子不敢忘记额涅的不易，给皇额涅磕头，愿天保佑圣母日升月恒，万年长寿吉祥。"

这偌大的殿宇里鸦雀无声，满世界都回荡着皇帝的嗓音，趴在地上的颐行听着那语气声调，奇异地觉得有点熟悉。

皇太后忙起身，将皇帝搀了起来，笑道："好孩子，娘知道你的孝心。快坐下吧，她们等了半天了，要给你贺寿呢。"一面向下吩咐，"你们也起来吧，好容易你们主子来了，大家一处说说笑笑，给你们主子助兴。"

众妃嫔齐声应是，由边上宫女搀扶起来，颐行也麻溜站起身，预备着时候一到，往宴桌上运菜。

直到这时候，她才趁乱往上首的地屏宝座上瞄了一眼，她站的地方恰是皇帝斜对面，看不见全脸，但那侧脸的模样，就已经够她咂摸一阵子了。

多年前那个站在墙根儿乱撒尿的小小子儿，就是他？长远不见，原来长那么大了！

白净依然是她记忆中的白净，甚至拿善常的脑袋来对比，一个是剥壳荔枝，另一个是没去皮的荸荠。至于说话的声气儿，比之十年前当然有改变，中气足了，有帝王威仪了，但温和还是一如既往的温和，不知道他雷霆手段的人，还真以为他是早前那个知道害臊的男孩子呢。

就是……说不出的古怪，十年前的记忆，能残留得那么鲜明吗，颐行总觉得昨天见过他似的。可细想之下又不应该，人家是皇帝，自己连六宫的门槛都没入呢，上哪儿见他去。

不过要是把那下半张脸遮挡起来……颐行只顾瞎琢磨。

冷不防上首一道视线向她投来，吓得她舌根儿一麻，顿时什么想头都不敢有了。

大殿之上视线往来如箭矢，皇帝的一举一动，都逃不过六宫嫔妃敏锐的观察，即便只是一个眼神。

万岁爷瞧那位老姑奶奶了！众人心头咯噔一下，各自都有各自的考量。

裕贵妃这时发挥了定海神针的作用，笑着说："大伙儿等了主子爷这半晌，太后也不曾正经进东西呢，依着奴才瞧，寿宴这就开了吧，主子先解解乏，再瞧瞧众位妹妹给您预备的贺寿礼。"

皇帝是个内秀的人，大庭广众下绝不落人半点口实，视线短暂停留片刻，立即从老姑奶奶身上挪开了。也没什么话，只是微微颔首，裕贵妃便示意总管太监，可以上热菜了。

刘全运站在大殿一角，扬起两条胳膊双手击掌，殿外源源不绝的各色精美器皿便运送了进来。

宫里位分和等级是看得极重的，皇帝和太后的桌子在上首，两掖是贵妃、三妃，依次往下类推。颐行伺候的这桌是和妃带着永贵人，永贵人是嫔妃里年纪最小的，看样子才十四五岁光景吧。女孩子这个年纪上头，差一岁都显得真真的，永贵人还是一副孩子气，对和妃的猫也尤其喜欢，因此即便不在一宫住着，她也爱同和妃凑作堆。

和妃呢，实在不喜欢带着个孩子，但瞧永贵人年轻好揉捏，且今天的宴会上尚有可用之处，便热络地将她留在了一张膳桌上。

颐行给她们排膳时，永贵人还把猫拢在腿上，小声说："和妃娘娘，我给窝窝做了两件坎肩，打了个项圈，明儿让人给您送过去。"

一个惦记给猫做衣裳打络子的孩子，究竟是怎么晋位的？这皇帝实则不是个人啊，让颐行好一阵唾弃。

和妃潦草地应了："亏你还记挂着一只猫。"

永贵人讨好地说："我就喜欢猫。等将来窝窝下了小崽儿，送我一只成吗？"

和妃无情无绪地把目光调向了皇帝的方向："窝窝是只公猫，不会下崽儿。"

那厢裕贵妃已经忙不迭向皇帝敬献贺寿礼了，她献的是群仙祝嘏缂丝挂屏，展开了请皇帝过目，笑道："这对屏风上头绣像，是奴才的绣活儿，自上年万寿节起第一针，到今儿正好绣完。其上九十九位仙人，用了九十九色丝线，祝愿我主江山万年，丹宸永固。"

裕贵妃在这种事上，一向最喜欢花小心思。这宫里头锦衣玉食还缺什么，缺的正是一片赤胆忠诚。她能到今儿，终是会讨巧，其实不光三妃，连带着下头的嫔位也不认她。她们说贵妃擅钻营，惯会讨好主子，即便是无奈屈居于她之下，眼里照样不待见她。

裕贵妃这回又抢在头一个献礼，闹得后面的人多少缺点新意，像怡妃的利益释迦牟尼像、恭妃的金长方松树盆景，还有和妃的竹根寿星翁等，都沦为了敷衍了事的点缀，反正这回的头筹又叫裕贵妃拔得了，众人暗里不免牙根痒痒。

和妃不哼不哈的，把主意打到了边上布菜的人身上。

皇上不是让裕贵妃关照尚家老姑奶奶吗，这大庭广众下要是出了差池，是老姑奶奶的不是，还是裕贵妃看顾不力呀？

和妃盯住了永贵人腿上的猫。

这猫自小就在景仁宫养着，她最知道它的机簧在哪里。窝窝天不怕地不怕，唯独怕她手上的指甲套，只要见她伸过去，必定踩了尾巴似的爹起毛。

和妃心里有了成算，脸上笑得和颜悦色，眼梢留意着颐行，见她热菜上得稳，倒也很佩服她这程子所受的调理——

一个金窝里养出来的娇娇儿，如今竟能有模有样当差了。

只是这点子改观，不足以支撑和妃改变主意，瞧准了她搬来一品拌虾腰，便悄悄去抚永贵人藏在桌下的猫。这下子猫受了惊，直蹦起来，加上永贵人慌忙一抛手，那猫跳到桌上冲撞过去，只听噼里啪啦一通乱响，菜打翻了，和妃一声尖叫下，身上遭菜汁泼洒，从肩头浇下去，淋漓挂了满胸。

一时间众人都傻了眼，颐行脑子里发蒙，扑通一声跪了下来，心道完了，老天爷和她过不去，打定主意要收拾她了。

永贵人也惶惶然，听见太后厉声呵斥哪里来的猫，一下子就唬得哭起来，嗫嚅得语不成调："奴才……奴才……"

懋嫔见了牵唇一笑，操着不高不矮的声调说："这不正是和妃娘娘宫里的猫吗？"

看看，兔儿爷崴了泥，这畜生连主子都挠。

和妃弄得一身狼狈，嘴里委屈起来："我原说这样的大宴，不能带猫的，可永贵人非不听。瞧瞧，浇了我一身，要不是忌讳今天是好日子，我可要闹上一闹了。"

皇帝的寿宴，就这么被搅了局，太后自是气不打一处来，恨道："尚仪局是怎么调理的人，烫死也不能丢手的规矩，竟是从来没学过！"

牵扯一广，吴尚仪慌忙出来跪下磕头，一迭声说："是奴才管教不力，奴才死罪、奴才死罪……"

裕贵妃走过去查看，见颐行伏地叩首，袖口上有血氲氲出来，蹙眉道："这猫儿真真不通人性得很，日日给它饭吃，撒起野来六亲不认。"指桑骂槐全在这机锋里了。

和妃竟是没想到，原本只想给裕贵妃难堪，谁知最后竟坑了自己，自然恼火。

因为皇帝在场的缘故，不能直刺刺针对颐行，便向吴尚仪呵斥："你是吃干饭的，尚仪局里没人了，派出个这么不稳当的？大喜的日子里见了血，我看你怎么和贵妃娘娘交代！"把球一踢，又踢回贵妃跟前了。

女人们作法，无外乎这样，嗡嗡闹得脑仁儿疼。

皇帝将视线调向了跪地的老姑奶奶，她跪在膳桌和膳桌之间的夹角，那片空地上正能看见她手背上的伤。皇帝唇角微微一捺，转头对裕贵妃道："猫狗养着助兴犹可，伤人的不能留，明儿都处置了吧。朕乏了，后头的事交贵妃料理。"说完便不再逗留，起身往殿外去了。

这场汤洒猫闹的事，到最后也分辨不出是打哪儿起的头了，猫跑了，一时抓不着，人却在跟前等着发落。

太后因皇帝下令让裕贵妃料理，不好说什么，皇帝已经趁机离了席，太后便扔了话给贵妃："万寿节过成这样，还见了血，历年都没有过的，我瞧着实在不成个体统。"

贵妃忙道是，讪讪说："是奴才的疏忽，请太后恕罪。奴才一定好好处置这事，太后就瞧着我的吧。"

太后面色不豫，又瞥了跪地的人一眼，方才率众回慈宁宫了。

殿里一时鸦雀无声，只听见永贵人绵长的啜泣，裕贵妃心里也烦躁，回身道："可别哭了，进宫也有时候了，怎么连规矩都没学好。今天是什么日子，还由得你哭？"

永贵人经她一喝，立时收住了声。

和妃拿住了把柄，想逼贵妃处置颐行，一副留看好戏的姿态。

贵妃乜了她一眼，笑道："妹妹身上都浇湿了，还是回去更衣吧。这菜虽凉，味儿还是咸的，菜汁子捂在身上，你不嫌焐得慌吗？"

和妃被她软刀子捅了一下，终是没法子，也拂袖回景仁宫去了。

接下来一众嫔妃都散了，只剩下贵妃和身边几个近身的大宫女，到这时贵妃方命人搀颐行起身，对吴尚仪道："你也起来吧。"转头又安抚颐行，"姑娘受惊了，今日之事是深宫之中的家常便饭，今儿见识过了，往后就不怵了。"

颐行没想到贵妃这样和颜悦色，倒有些丈二金刚摸不着头脑。手背上叫猫抓伤的地方疼得厉害，只好一手捂着，向贵妃蹲了个安道："贵妃娘娘，是奴才不成器，弄砸了万寿节大宴，您骂奴才吧，打奴才吧，就是罚奴才出宫，奴才也认了。"

结果裕贵妃并不接她的话，反倒查看了她的手，吩咐吴尚仪说："这两天别叫姑娘沾水，没的天儿热，泡坏了伤口，回头留疤。"见颐行一副纳罕的样子，复又笑道，"你不知道，早前你家娘娘在时，我和她亲姊妹似的，后来她遭了这个磨难，我在宫里也落了单。先头你应选，我本想拉扯你一把，可宫里人多眼杂，我但凡有点子动作，都要叫她们背后说嘴。如今我掌管六宫事务，做人也难得很，这回吴尚仪说要调遣你往前头当差，我是默许的，没想到和妃阴毒，闹了这么一出，她不光是想敲打你，更是想让我难堪。"

颐行听裕贵妃说完，心里半信半疑，但又想不明白，落难的姑奶奶还不如糊家雀儿呢，贵妃有什么道理来攀这份交情。

贵妃并不因她的迟疑不悦，话又说回来："今儿一干人都等着瞧我怎么处置你，我本打算这趟大宴过后调你去永和宫当差的，如今看来这事儿得拖一拖了。你且跟着吴尚仪回去，尚仪局要罚你，样子总得做做的，姑娘先受点儿委屈，等这风头过了，咱们再想辙，啊？"

这声"啊"慰心到了骨子里，颐行自打进宫，就没见过这么和善的嫔妃。虽说宫里头没有无缘无故的好，但今儿能逃过一劫起码也是造化，所以管她裕贵妃心里在盘算什么呢。

于是颐行福下去，颤声说："谢贵妃娘娘恩典，原像我们家这样境遇的，进了宫遭人白眼也是应当的。"

贵妃却说不是："哪家能保得万年不衰？都是做嫔妃的，谁也不知道娘家明儿是越发荣宠，还是说倒就倒了。为人留一线，日后好相见，想来我这种念头和那些主儿不一样，所以她们背后也不拿我这贵妃当回事儿。"

说多了全是牢骚，贵妃这样温婉娴静的人，终归不能弄得怨妇一样。话到这里就差不多了，贵妃复又安慰了颐行两句，由宫女们簇拥着，回她的永和宫去了。

大宴散后的正大光明殿凌乱得很，吴尚仪站在地心怅然四顾，待正了正脸色，才扬声吩咐外面人进来打扫。

颐行要伸手，吴尚仪没让："贵妃娘娘先头说了，不叫你碰水，收摊的事儿让她们办吧。"

可她嘴上虽这么说，愠怒之色却笼在眉间，颐行觑了觑她，心里头直发虚，小心翼翼道："尚仪，我是个猴儿顶灯，办的这些事儿，又让您糟心了。"

吴尚仪还能说什么，只顾看着她，连叹了两口气。

"今儿是你运势高，又逢着万寿节不宜打杀，才让你逃过了一劫，要是换了平常，你想想什么后果？也怪我，你还不老到，就听了含珍的话让你上前头伺候，好在你这一桌是和妃和永贵人，要是在皇上跟前造次了，怕是谁也救不了你。"

颐行让她说得眼里冒泪花，这眼泪是对劫后余生的庆幸，还好自己福大命大。可见人没点儿真材料，不能充大铆钉。真要是敢上皇帝跟前点眼，人家九五之尊可不讲游园的交情，不记得你尚且要降罪于你，记起了你，恐怕更要杀之而后快了。

"那我往后……"记吃不记打的性格，刚脱了险，她又开始琢磨前程。

吴尚仪瞥了她一眼："贵妃娘娘算是记下你了，将来总有你出头的时候，急什么。"

吴尚仪说完，便转身指派宫人干活去了，银朱虽也在殿上伺候，但因隔了半个大殿，到这时才溜过来和她说上话。开口就是神天菩萨："我以为您今儿要交待在这里了呢。"

颐行转过头，哭丧着脸说："我怪倒霉的，本以为能露脸……"

"您露脸了呀。"银朱说，"刚才好大的动静，万岁爷瞧您了，我看得真真的。"

颐行却越发丧气："看我这呆头呆脑的样子，八成觉得我蠢相，心里想着难怪三选没过。"

其实银朱也觉得悬，但又不忍心打击她，只说："没事儿，好看的女人蠢相也讨喜，没准儿皇上就喜欢不机灵的女人呢。"

这是什么话！颐行垂着嘴角说："你不会开解我，就甭说话了，快着点儿干活，干完了好回他坦。"

银朱应了一声，又忙活去了，颐行也不能站在边上干看，便跟着凑了凑手。

伤口这块火辣辣地疼，那猫没剪指甲，犁上来一道，简直能深挖到骨头似的。颐行只好抽出帕子把手裹起来，心里想着不成就得找人医瞧瞧了，没的皇贵妃没当上，先破了相，破相倒不要紧，要紧的是眼下疼得慌。

反正宫里的盛宴，排场就是大，尚仪局收拾了头一轮，剩下的够苏拉收拾到后半夜去了。

她们的差事办完后，一行人照旧列队返回尚仪局，这黑洞洞的天，一盏宫灯在前面引领着，走在夹道里，像走在脱胎转世的轮回路上似的。

含珍听见开门声，从床上支了起来，问今儿差事当得怎么样。

颐行低落得很："我给办砸啦。"把前因后果都和含珍交代了。

含珍听完一副平常模样："这么点子事，不过小打小闹罢了，更厉害的你还没见识过，别往心里去，要紧的是有没有见着皇上。"

说起皇上，颐行精神顿时一振："见着了，只是我没敢定眼瞧，只瞧见半张脸。"

含珍抿唇笑了笑："我也曾远远儿瞻仰过天颜，不过皇上是天子，不由咱们这等人细张望……那时候一眼见了，才知道宇文家历代出美人的话不假。"

当然这话也是背着人的时候说，三人他坦里才好议论皇帝长相，否则可是大不敬。

颐行又在费心思忖："虽说只瞧见半张脸，可我怎么觉得那么眼熟呢……"

银朱倒了杯茶递给含珍，回身笑道："您家早前接过圣驾，您不还给太子爷上过点心呢吗。"

说起这个，颐行就笑了。那时候她当众戳穿了太子爷，家里人吓得肝儿颤。福海为了让她赔罪，特意让她端了盘点心敬献给太子爷，她那时还自作主张加了句话，说："我年纪小，眼睛没长好，反正看不明白，您也别害臊。"气得太子直到最后回銮，都没正眼瞧过她。

唉，回想过往年月，她左手一只鸡腿，右手一截甘蔗，活得多么舒心惬意啊，哪像现在似的。

"今儿也是我生日呢……"她抵着头说，抬起手背看了看，喃喃自语，"寿桃没吃着，叫猫给挠了，要是让我额涅知道了，不定多心疼呢。"

银朱一听来劲了："您也是今天生日啊？这缘分真够深的！"

颐行听了失笑："天底下多少人同天生日呢，有什么了不起。"

含珍最是有心，忙起身下床，去案上搬了个单层的食盒过来。

"这是我在御膳房办差的小姐妹顺出来的，我想着等你们回来一块儿吃呢，说了半天话，险些弄忘了。"边说边揭开了盖儿，里头是六块精美的樱桃糕，细腻的糯米坯子上，拿红曲盖了圆圆的"寿"和"囍"，含珍往前推了推，"咱们就拿这个给您贺寿吧，祝老姑奶奶芳华永驻，福寿双全。"

这可真是意外之喜，颐行高兴得蹦起来："我就爱吃这樱桃糕。"

于是三个女孩子在万寿节夜里，还另给颐行过了个小生日，这样纯质的感情，在多年后回想起来，也是极其令人感动的呀。

第五章·

杏青梅小

　　不过头天乾清宫大宴上出的乱子，并没有轻描淡写地翻篇儿，裕贵妃早说了要她忍着点委屈，吴尚仪颁了令，琴姑姑就毫不容情地处罚了下来——

　　罚跪。

　　这是一项最让宫人痛不欲生的折磨，往墙根儿上一跪，不知道多早晚是头。跪上一炷香时候还只是膝盖头子疼，跪上一个时辰，那下半截就都不是自个儿的了。

　　尤其琴姑姑这样早看她不顺眼的，能逮着机会一定狠狠整治她，就连含珍都使不上劲儿。

　　期间银朱来瞧她好几回，给她带了点吃的，又带来了事态的最终发落，和妃自然什么事都没有，永贵人却倒了霉，位分降了一等，从贵人变成常在了。

　　所以宫里杀人不见血，裕贵妃请太后示下，降了永贵人等次，这么做也是她杀鸡儆猴的手段。

　　颐行到这会儿才明白自己几斤几两，以自己的脑子，想无惊无险活着都难，更别说当上皇贵妃了。

　　从宫女到那至高的位分，掰手指头都够她数半天的，晋位不光费运气，还得独得皇帝宠爱……那小小子儿，小时候就和她不对付，长大了能瞧得惯她，才怪了。

　　腰酸背痛的颐行仰起了脑袋，尽琢磨那些遥远的事了，天顶上砸下来豆大的雨点，啪地一下正打在她脑门子上。回头看，院子里的人都忙躲雨去了，没人让她起来，她只好憋着嗓子喊："姑姑，大雨拍子来了，我能起来躲雨吗？"

可惜琴姑姑有意避而不见，她是管教姑姑，没有她的令儿，谁也不能私自让受罚的起来。

交夏的雨，说来就来，颐行才刚喊完，倾盆大雨泼天而下，把她浇了个透。

银朱急起来，拿起油纸伞就要出去，被琴姑姑一把拖住了。

"你吃撑了？我不发话，你敢过去？她原该跪两个时辰，你一去可要翻番儿了，不信只管试试。"

琴姑姑的脸拉得老长，还在为上回他坦的事不痛快。其实也就是故意为难为难吧，毕竟宫女子较劲，至多就是拿着鸡毛当令箭罢了。

可谁知那位老姑奶奶经不得磋磨，琴姑姑的话音才落，只见那单薄的身形摇了摇，一头栽倒在雨水里。身上老绿的衣裳像青苔一样铺陈开，那细胳膊细腿，还很应景地抽搐了两下。

"啊，出人命了！

银朱适时叫起来，这下子连琴姑姑都慌了，真要是有个三长两短，她一个小小的掌事姑姑，可也活不成了。

大雨如注，浇得满地水箭激荡，琴姑姑和银朱并几个宫女都奔了出去，颐行倒在水洼里，感觉腿上筋络一点点回血，下半身终于慢慢有了知觉。

只是腿还打不直，稍稍一动就疼得钻心，银朱在她耳边大呼小叫："这可怎么办，姑爸……姑爸……您醒醒，快答应我啊！"

银朱是真急，在她心里老姑奶奶是面揉出的人，搁在水里真会化了的。尚家好吃好喝供养了她十六年，她几时遭过这种罪啊。现如今一个不起眼的包衣女使都能为难她，思及此，银朱生生迸出了两眼泪花。

雨水胡乱拍打在脸上，银朱声嘶力竭冲琴姑姑吼："要是她有个三长两短，你给我等着，我告御状去！"

这是真急昏了头了，究其根本，还是这位老姑奶奶昨天在万寿节上出了洋相，琴姑姑是奉了吴尚仪的命加以责罚，谁也没想到她这么经不住，说倒就倒了。

琴姑姑嘴上厉害，厉声说："你告去吧，我是奉命行事，有个好歹也是她活该！"

话虽这么说，手上却没闲着，几个人七手八脚把颐行搬到了檐下，看她双眼紧闭，脸色发白，琴姑姑到底怵了，慌里慌张地吩咐小宫女："快着点儿，往南上外值，请位太医过来瞧瞧。"

银朱抒了一把脸上的水，不住摇晃颐行说："姑爸，您快醒醒吧，您要是出了事儿，我怎么和我干阿玛交代呀！"

当初福海和翀秀是拜把兄弟，翀秀顺便也让银朱认了干阿玛。要说两家的门第，差了好几重，但因翀秀任上徵旗佐领，多少算个地头蛇，福海也就礼贤下士了。

在焦家看来，尚家纡尊降贵简直堪称恩典，如今尚家坏了事，他们也还是认这头亲。所以银朱唯恐颐行出岔子，到时候出宫回家，阿玛怪她照顾不周，非活剥了她的皮不可。

银朱的高喉大嗓，不是一般人受用得起的，颐行被她震得两耳发胀，实在装不下去了，只好痛苦地呻吟一声，说"疼"。

"醒了、醒了！阿弥陀佛……"银朱道，"哪儿疼啊？腿疼，还是胸口疼？"

颐行艰难地眨了眨眼，为了显得虚弱不堪，连眼皮子掀动都比平时慢了好几拍："都疼。"

琴姑姑脸上挂着尴尬，见她这样也不辨真假，粗声说："已经去请太医了，能站起来就自己走吧，挪到屋子里头去。"

颐行听了，连连吸了好几口气，想挣扎，挣扎不起来，银朱的脾气比较暴躁，扭头说："姑姑也太过了，大伙儿都是宫人，您不过比咱们早来了两年，也不必处处挤对咱们。老姑奶奶原和咱们不一样，早前也是金枝玉叶，倘或真淋出个好歹来，只怕姑姑吃罪不起。"边说边使劲架起颐行来，嘴里也不忘戴高帽，"还没到盛夏呢，身上穿着湿衣裳了不得。姑爸我扶您回去换了，琴姑姑最是体人意儿，一定不会难为您的。"

因此到最后，一场罚跪就这么不了了之了。

琴姑姑看着她们相携走远，气得牙根儿发痒。边上小宫女还敲缸沿："怎么瞧着像装的？尚颐行一定是为了逃避姑姑责罚，有意装晕的！"

"听听银朱，一口一个姑爸叫的，赛过了亲爹。她认尚家丫头是老姑奶奶，咱们可不捡这晚辈当。"

琴姑姑被她们说得越发毛躁，心道你们懂什么，万岁爷还是人家晚辈呢！总算她没因这次罚跪出事，要是真崴了泥，自己也有好果子吃。

那些小宫女还在边上叽叽喳喳，琴姑姑气恼地喝了声："都没事儿干了？下雨淋坏了你们的手脚，连针线也做不成了？"

就这么把人全轰走了。

那厢银朱搀着颐行回到他坦，颐行说："下回你喊起来的时候，嗓门能轻点儿吗，我这会子还耳朵疼呢。"

银朱其实在把她搬回檐下时，就发现她冲自己吐了舌头，无奈那时候演得投入，没把控好调门，事后想起来也怪可笑的，只说："我叫得越响，越能震唬住琴姑姑，您没看见，后来她都不吱声儿了。"

所以在这宫里不能太老实，要是琴姑姑不发话，她就不挪窝，那这会儿她还在雨里跪着呢。

这叫什么来着，天道昭昭，变者恒通，颐行换了衣裳，就舒舒坦坦和银朱说笑起来。这时外面传来雨点打落在伞面上的声响，心里知道是太医院派人来了，忙跳上床躺着，半闭着眼，装出精神萎靡的样子。

窗户纸上划过一个戴着红缨凉帽的身影，颐行这刻心里蹦出那位妇科圣手夏太医来，不由得朝门上张望。但可惜，来的并不是夏太医，还是那位外值专事跑腿的大夫岩松荫。

"咦？"岩太医看清了颐行的脸，怪道，"你不是安乐堂的吗，这才几天呢，上尚仪局当值来了？"

颐行讪讪应了声："我升得快。"

可惜刚来就受调理，当宫女也不是端茶递水那么简单的。

岩太医拿一块帕子盖住了她的手腕，歪着脑袋问："姑娘哪里不好？身上发不发寒？鼻子里出不出热气儿呀？"

他才说完，就引来银朱一声嗤笑："不出热气儿的还是活人吗？"

岩太医嫌银朱不懂变通："我说的热气儿，是烧人的那种热气儿，喷火似的，明不明白？"

颐行忙说都没有："不过我有个伤，想请岩太医替我瞧瞧。"

她说着，探过另一只手来，提起袖子让岩太医过目。裕贵妃先前还说别让她浸水的呢，转头就淋了雨。因伤口深，两边皮肉被水一泡，泛出白来，她说是让猫给挠的："您瞧着开点药，别让它留下疤，成吗？"

岩太医舔唇想了想，回身从小苏拉背着的箱子里翻找，找了半天取出一个葫芦形小瓷瓶："眼下药箱里只有金疮药，要不你先凑合用吧，有比没有好。"

那倒也是，颐行接过来说谢谢，又不死心地问了句："有没有生肌膏、玉容散什么的？"

岩太医的表情很明显地揭示了一个内容——想什么呢！不过人家有涵养，找了个委婉的说法道："我们外值给宫人看病，保命是头一桩，至于治完了好不好看，宫人们大都不在乎。像那些精细药，外值一般不备，宫值上用得比较多，要不你等等，我得了闲给你蹅摸蹅摸去，要是讨着了，再打发苏拉给你送过来。"

颐行不是傻子，当然不能傻呵呵地打蛇随棍上，忙道："我就那么一问，怎么好劳烦您给我腌摸呢。我们宫女干活儿的手，留疤就留疤吧，也没什么要紧。"

岩太医点了点头，又给她把了一回脉，说姑娘血气方刚，半点毛病没有。既然用不着开方子，就收拾收拾，打道回南三所了。

送走了岩太医，银朱说："这太医不靠谱得很，宫女怎么了，宫女就不要好看？"

那也是没辙，给太监宫女看病的，能和给主儿们看病的一样吗！

颐行盘弄着手里的金疮药，拔开盖子一嗅，褐色的粉末呛得人直咳嗽。这要是撒到伤口上，好利索后留疤只怕更明显了，到底不敢用，重新盖起来，搁在一旁了。

不过既然人没大碍，诊断的结果也得报给尚仪局，颐行不能在他坦里偷懒，重新梳了辫子，仍旧回院儿里听差。

琴姑姑对她横眼来竖眼去，拈着酸道："你这病症，来得快去得也快，太医来给你瞧，竟是什么事儿也没有了？"

颐行叠着两手，垂首道："我打小就有血不归心的毛病，确实来得快去得也快。先前姑姑还没让我起来呢，要不我还回去跪着吧，姑姑千万别生我的气。"

她说这话的时候语气软绵绵的，带着一副委曲求全的味道，可她敢跪，琴姑姑也不敢让她再淋雨了。银朱说得对，千金万金的小姐，身底子不像营房丫头小牛犊子似的，倘或一不高兴，死了，到时候牵连罪过，多年的道行就毁于一旦了。

"算了算了，没的又倒下，回头诬陷我草菅人命。"琴姑姑没好气儿地说，厌恶地调开了视线，"既然没什么大碍，等雨停了，你们几个就上宝华殿去吧。过两天有大喇嘛进宫祈福，宝华殿当差的忙不过来，借咱们这儿的人周转周转。"

反正尚仪局就是个临调的场子，哪里缺人手了，都由她们这群当散差的人去支应。

颐行和银朱并几个小宫女应了，站在檐下巴巴儿等雨停，就看那雨水顺着瓦当倾泻而下，砸进底下一尺来宽的排水沟里，然后水流奔涌着，急不可待地向西滚滚而去。

等响晴，等雨停，且没有那么快，午后又是一阵隆隆的雷声传来，那是老天爷闷在被窝里打喷嚏，全是一副优柔寡断的劲儿。

颐行和银朱等得不耐烦，活儿既然分派给她们，到底都是她们的分内，白天干不完，夜里就得留在宝华殿，这么一想，拖下去不上算，还不如早早儿干完了，早早儿回来。

于是也不等了，进屋找出两把雨伞来，大家挤挤往宝华殿去。好在宝华殿离尚仪局不远，过了西二长街进春华门就到了，只是这一路雨水飞溅，绕过雨花阁就已经湿了鞋，跑进宝华殿时，连袍裾都粘住了裤腿，一行人只好齐齐站在檐下拧袍子，打远处看过来，也是一片有趣的景象啊。

待收拾完了衣裳，颐行才回头瞧殿里，好辉煌的布局，殿宇正中上首供着一尊金胎大佛，那佛光普照，照得满殿都是金灿灿的。

宫中礼佛的去处有很多，像慈宁宫花园里的几座佛堂，还有这宝华殿、中正殿一大片，都是后妃们平时许愿还愿的地方。尤其宝华殿这里，岁末每常送岁，跳布扎，两边佛堂里供着无数尊小佛，据说每一尊都有明目，都是妃嫔们认下供养的。有时候连皇帝都要上这里拈一炷香，这宝华殿虽不算太大，但在后宫之中很受重视。

管事太监已经开始指派了，站在地中间给她们分活儿，一指东佛堂："你们四个上那儿。"一指西佛堂，"你们四个上那儿……"又回身叫小太监，"姑娘们不方便，你们几个登高……瞧好喽，别弄坏了东西，弄坏了可不是赔钱，要赔命的！"

大太监一通威吓，大伙儿都躬身应"嗻"，颐行和银朱并两个小宫女领着了西佛堂的活儿，那里的经幡黄幔都是簇新的，只是桌上供布撒了香灰。一个宫女嘴没跟上脑子，呼地吹了口气，立时吹得满世界香灰飞扬，连累后头小金佛上都落满了。

"哎呀……"银朱叹气，"你是唯恐咱们偷懒啊！这会子好，要干到多早晚？"

"我也不是成心的呀，再说本来就要擦的，有什么相干……"

她们在那里说话，颐行绞了湿布，站在大殿一角，仰头看那一尊大威德金刚。好家伙，九首三十四臂十六足，居中四个老大的黑牛头，乍看气势凶猛，令人望而生畏。

这时一个扛着扫帚的小太监走过来，哎了声问："你是颐行姑娘不是？"边说边递了个盒子给她，"才刚外头来人，让把这个东西交给你。"

颐行迟疑了下："给我的？"一面接了，一面朝外张望，但门上空空，连个人影也没有。

小太监不逗留，转身忙他的事去了，颐行打开盒子看，里头装着个白瓷瓶子，上面有小字，写着"太真红玉膏"。

银朱见她发愣，过来瞧她，瞄了一眼道："太真红玉膏？能治您手上的伤？哪儿来的呀？"

颐行想了想，很肯定地说："岩太医给的。"

银朱倒笑了："没想到这岩太医还挺有心，先头问他要，他没有，这么一会儿工夫就暂摸来了。"

颐行也由衷地感慨："岩太医真是个好人。"

银朱压着声打趣："这小太医还挺有心，可惜官职低了点儿，和您不相配。"

颐行说"去"，白了银朱一眼，心道自己当皇贵妃的志向不能变，就算那小太医对她有意思也是白搭。男人嘛，总得有什么能供女人贪图的，才能结成好姻缘。她身上还压着振兴尚家的担子呢，只能辜负岩太医的美意了……

不过真别说，朦朦胧胧的那一点情，还挺叫人神往。

颐行摩挲着瓷瓶，脸上露出了憨痴的笑。

"她那笑，是什么意思来着？"躲在一旁的养心殿太监满福有点纳闷。

他先头送完了东西，就在一面落地唐卡后藏着，听见了老姑奶奶和那小宫女的对话，无论如何想不明白，好好的一项恩典，怎么就牵扯上了那个狗不拾的岩松荫？

还有老姑奶奶那憨蠢的笑，多少带了点情窦初开的味道……

满福想到这儿就一脑门子汗，女孩儿心野起来，可十头牛都拉不住。况且她又生得美，万一真和岩太医有点儿什么，那岂不是要在万岁爷眼皮子底下打出溜？

宝华殿的管事太监撑着腰子，也跟着瞎琢磨："您这药，究竟是不是岩太医让送来的呀？"

他才说完，满福就赏了他一个白眼，心说这野泥脚杆子瞧不起人还是怎么的？他可是御前太监，御前太监知道吗？就是专给皇上办差的，别人任是个天王老子，也休想指派得动御前四大金刚。

"你呀，早前在乾清宫好好的，为什么给刷到宝华殿看香油来了，就是这么个理儿，你这脑子不会想事儿。"满福摇了摇脑袋，"行了行了，赶紧办你的差去吧，别散德行了。"

满福说完又探了探头，见老姑奶奶欢实地擦桌子去了，不敢再逗留，快步赶回了养心殿。

今儿天不好，午后闷雷阵阵，天顶压得越发低了，后头还蓄着大雨。满福冒着雨赶回抱厦，回身瞧，养心殿里到处掌了灯，一时真有种错乱了时间，仿佛到了下钥时分的感觉。

小太监提溜了鞋来，说："师父您换换吧，您脚上有鸡眼，湿鞋捂得久了，没的它开口说话。"

宫里的太监油子就是这样，前半句说得好好的，后半句就跑偏，连师父也敢取笑。

不过这类人滑头虽滑头，办差却是一等一的精明，在万岁爷看不见的地方他们暗里也玩笑，年月长了有点没大没小。

满福的屁股挨壁借力，脱了鞋的脚丫子抬起来，在小太监肩头蹬了一脚："狗崽子，开口也是管你叫亲儿。"

闹完了再不敢逗留，麻溜穿上鞋，一路小跑着进了养心殿。

万岁爷总有处置不完的公务，有看不完的书，上半晌批完了折子，这会儿挪到次间翻全唐书去了。满福进门先打一千儿，眼皮子微微垂着，只看见那精装的书页侧边都上了金粉，翻起一页来，灯火底下就是一道金芒。

"万岁爷交代的差事，奴才办成了，这就来给主子爷回话。"

皇帝眉目舒展，他一向是这样的做派，好好歹歹没有太大的情绪波动，怎么都有对策，怎么都过得去。人说君心难测，要的就是内心恒定，喜怒过眼烟云。

泥金的纸张，翻起来有爽利的脆响，皇帝嗯了声："送到就成了，女孩子的手，留了疤不好看。"

虽然他常年对后宫保持着一种看似关怀、实则放养的姿态，偶尔也有怜香惜玉的时候。当然这种怜惜并不常有，但作为九五之尊，能有这样的细致，就足以塑造出温柔多情的帝王形象了。

满福说是："姑娘拿到太真红玉膏，脸上透出喜兴来，奴才瞧姑娘的模样很是感动。"

皇帝还是没往心里去，一手支着下颌，眼睛盯在书页上，知道她必定感念夏太医的好——这没什么，纯属宫值太医的周到。

可满福下面的话，却让他有点意外。

满福说："主子爷，姑娘和银朱说话儿，银朱问是谁送的，姑娘连琢磨都没琢磨，就说是岩太医送的。您瞧瞧，姑娘这是谢错了人啦，奴才那会儿要不是没得主子的令儿，真想当面告诉姑娘，这是宫值才有的好药。"

皇帝听完似乎怔愣了下，但也只是一瞬，手上又翻了一页纸，平静地说算了："才进宫没见过世面，要她分清哪些药是宫值开的，实在难为她。"

满福憋了口气，觑着皇帝的脸色道："主子爷，姑娘感激错了人也就罢了，可她还冲着门上笑。"

作为御前最细心的太监，满福又一次发挥了他的作用，他把老姑奶奶那种两分意外、三分幸福、五分憧憬的模样很细致地向皇帝做了描述，末了道："主子爷心善，瞧着小时候的交情关照姑娘，颐行姑娘却谢错了人，这不是白费了主子的一番好意吗？"

今儿满福的话有点多了，怀恩在一旁听得悬心，见皇帝依旧没什么表示，忙给满福使了个眼色，让他麻溜退下去。

怀恩毕竟是御前老人儿，当初随驾一块儿下了江南，皇帝和尚家老姑奶奶的孽缘起始他都知道。只是那不堪回首的往事不能重提，好生地宽解皇上几句，不痛快眨眼就过去了。

于是他哈着腰说："尚家姑娘擎小儿就这样，她耿直不带拐弯，就因为岩太医之前给她瞧过病，全当这好药是岩太医送的了。究竟姑娘在宫里没有倚仗，不捉弄她的就是好人……想来也挺心酸哪。"

皇帝的视线微微一漾，没应怀恩的话。

怀恩轻舒了口气，在御前当差就是这样，盼着每天都顺顺当当，这全赖皇帝的心境平和。大事化小小事化了，惯是他们处事的手段，就是满福年轻气盛，有时候没有眼力见儿，但终究是自己带出来的徒弟，只好处处替他周全。

细琢磨，皇恩浩荡，事主竟谢错了人，这事儿确实不厚道。好在皇上没显得不高兴，怀恩以为这事儿就这么过去了，谁知隔了一盏茶工夫，皇帝忽然说了句："她把夏太医给忘了？"

怀恩舌根一阵发麻，大抵皇上反应的时间越长，事态就越严重，这种鸡零狗碎的事儿让万岁爷上了心，可不是什么好预兆。

是啊，怎么能把夏太医忘了呢，她能重回尚仪局，不全赖夏太医治好了吴尚仪的干闺女吗？得了好药，头一个想到的居然是岩松荫，姑娘的心也忒偏了。

怀恩结结巴巴地说："想……想是因为宫值里头事忙，她料夏太医不得闲吧。"

皇帝又沉默下来，半晌叹息着摇了摇头："但愿朕没有看错人。"

挑蛊虫，最有趣的就是看她反杀，但也得这虫子资质好才行。

皇帝阖上了书，接过茶盏抿了一口，半崴着身子对怀恩道："你见过她小时候的模样，再看看现在……虽说女大十八变，但朕看，她好像没有变得更机灵。"

其实这完全是皇帝的偏见，尚家老姑奶奶的机灵是随她心情调节的，因为自小就活得随性，她大多时候造次，但精明起来，能戳人一个窟窿眼儿。

怀恩的声线变得悠远："犹记得当初跟着老皇爷下江南，老姑奶奶就像个村霸王，一头稀稀拉拉的黄毛，脸盘子倒长得很齐全。"

说起颐行的黄毛，怀恩怅然笑了笑，她小时候头发真不多，接驾的时候为了显得端庄，她家老太太给她弄了一窝假发顶在脑门上，上头黑下头黄，看上去像戴了顶帽子似的，处处透出滑稽。她有一双大眼睛，使坏的时候眼珠子骨碌碌乱转，"嘻"的一声打前阵，就说明后头有混话了。

不过天长日久，当年的小丫头长成了如今模样，那大辫子像天上掉下来的，忽然养得又粗又亮。光看外在，后宫主儿不配和她谈漂亮，那天万寿节大宴上怀恩瞧见她了，当时看她谨小慎微跪地磕头，别说万岁爷，就连他也觉得莫名心酸。

到底还是沾了小时候的光啊，皇上想给后宫紧紧弦儿，给了她一个别人得不到的机会。当然一方面是想栽培她为己所用，可她要是烂泥扶不上墙，被后宫主儿斗趴下了，也算报了小时候的一箭之仇。

但怀恩也有想不明白的时候，他问皇上："主子爷，何不干脆把她召进养心殿来，主子的想头儿和她说一说，她心里就敞亮了。"

皇帝听完，牵了牵唇角，那稍纵即逝的神情，似乎有些像冷笑。

"不浴血奋战，怎么站在塔尖上？赏个位分还不容易，可她若是拿了位分也不知怎么用，不和那些六宫嫔妃一样吗？"皇帝的手搁在膝头上，慢慢地叩击，"尚家才废了一位皇后，她得自己争脸。朕不缺宠妃，也没心肠扶植尚家往日的荣光，只要她自己有能耐，大有她施展拳脚的地方。不过朕瞧她那样子，且得好好顺一顺，受点磨难才能成事。"

怀恩一迭声说是，这么看来万岁爷宽宏大量，总不至于为这点子小事犯嘀咕了。

恰好这时柿子在门上通传，说景阳宫愉嫔娘娘求见。嫔妃们大多出身良好，皇帝和后宫打交道，也如两国邦交一样处处透着大国典范式的客套。

"让她进来吧。"皇帝整了整神色，端正地坐在南炕上。

愉嫔袅袅婷婷进了次间，含笑蹲了个福道："主子爷，今年头一期的鲜桃儿采摘了，奴才命人做了桃羹，小厨房又炸了一盘玉春棒，来给万岁爷尝尝鲜。"

皇帝什么没见过，什么又没吃过，对于嫔妃们殷勤的敬献常觉得小儿科，但也绝不当面扫脸，总给予最领情的反馈。

"外头下着大雨，你身上不好，何必走在雨里。朕才刚用过午膳，你不必大老远送过来。"边说边指了指下首杌子，"坐吧。朕记得贵妃爱吃桃羹，可打发人给她送去一份？"

愉嫔笑道："自然有的，奴才出门的时候就吩咐人往永和宫去了，主子爷这里我亲自送，一则怕底下人办事不周到，二则我也许久没好好和主子说上话了，特来瞧瞧主子。"

皇帝心里虽不耐烦，但面上还是过得去的，啜了口茶道："朕一应都好，只是近来政务繁忙，实在腾不出空来。你今儿来，还有旁的事吗？朕记得你有个表妹进了宫，倘或你愿意和她做伴，去请了贵妃示下，让她搬进你宫里吧。"

一位帝王，心思能细腻到这种程度，还愿意顾念妃嫔们的情感需求，实在是让人感动得不知如何是好。然而愉嫔说不："多谢万岁爷恩典，她在康嫔宫里挺好的，到我跟前，我难免护着她，有康嫔教她规矩，也让她知道些进退分寸。不过上回听说懋嫔和她起了争执，把她吓得什么似的……"说着顿下来，瞧了瞧皇帝脸色，见他不言声，才又道，"懋嫔如今怀了龙种，脾气是越发古怪了，上回打死了个小宫女，这会子品级低些的，她立起眼睛想骂就骂……谁又不是好人家出来的，哪个愿意受她那腌臜气。"

所以嫔妃并不适合聊天，每个人心里都有算盘，远兜远转的就能套上话，借机诉苦告状。

说起懋嫔的身孕，其实皇帝也有些闹不清，不知道什么时候翻过牌子，仿佛她那一胎已经怀了几年，怀得所有人都快忘了。

总之他不愿意深谈那些，只说："懋嫔脾气古怪，你们让着她点儿就是了。"看看案头的香，从愉嫔进门燃起，已经烧得过半，便委婉地下了逐客令，"朕还有些奏折没批完，你跪安吧。对了，昨儿四川总督送了一批雀舌进来，怀恩……给愉嫔拿一罐。"

万岁爷从来不在小事上头占人便宜，一向有来有往，于是一罐茶叶还了愉嫔的情，愉嫔走的时候千恩万谢，一步一回头，大有恋恋不舍之感。

那厢宝华殿洒扫，杂事繁多，加上管事太监不时有新活儿吩咐下来，这一群人直忙到天擦黑，也没能把活儿干完。

"手脚麻利着点儿，这么点子活儿，亏你们延挨到这时候！"那位统筹不怎么样的大太监犹如卤煮寒鸦，身烂嘴不烂。他撑腰不甚满意地到处打量，"快着点儿、快着点儿……明儿喇嘛进来念经，场子收拾不好，上头要怪罪的！"边说边捂住了自己的胸口，"唉哟，饿得我胃疼，这群没造化的！"

底下跟班的小太监最伶俐，细声道："师傅甭熬着了，东边铜茶炊上有饼子和茶水，您过去用点儿，先点补点补再说。"

掌事的一听，觉得可行，便迈着方步踱出了佛殿。

剩下的众人都挨着饿，又敢怒不敢言，只好手上加快些，指着能在宫门下钥前赶回他坦。

可惜还是来不及，长街上梆子一路敲过来，整个紫禁城的门臼发出了连绵的、苍凉的响动，他们这些人全被困在宝华殿里了。

手上不敢停，有人嘴里抱怨："光知道指使人，返工的活儿做了一遍又一遍，这么个混账竟还是管事，老天爷怎么不打雷劈了他。"

然而抱怨有什么用，人家还是不痛不痒。

颐行干活的时候闷声不响，这是她额涅当初教训下人的时候说的，身上那股子气儿得憋着，话一多泄了精气神，光顾埋怨，事就干不成了。

她擦铜活儿[1]，咬着槽牙使出了吃奶的劲儿，好容易把一片葵花的缝隙擦干净了，这时候银朱挨过来，托着手心让她看："你瞧这是什么？"

颐行细打量，是一根手指头粗细的沉香木上雕了净水观音纹样。不过这观音还没雕完，上半截工细到每一根发丝，下半截的衣裙还只刻了个大概。

"你从哪儿找见的呀？"颐行伸出指头拨了拨。

银朱朝供桌底下一指："想是雕刻的人没了兴致，随手给扔了吧。"翻来覆去地看，又放在鼻尖嗅了嗅，说，"真是块好木头，挂在衣柜里头能薰衣裳。"

横竖是不值钱的东西，又是被扔在一旁的，原本就要清理出去烧化，银朱想了想，还是把它留下，掖在了袖子里。

大伙儿又忙了好半晌，待管事太监剔着牙花儿进来的时候，殿里基本都收拾完了。管事的四下看了看，挑不出错处来，方扭头对身边跟班的说："我一早请了刘总管示下，重华门和春华门的牌子留下了，你拿上牌子让当值的开门，放她们回尚仪局。"

小太监应了个"嗻"，摆手引路："都跟着来吧。"

小小一盏宫灯挑着，一行人又借着微弱的光，列着队走在长街上。等进了重华门就是尚仪局的地方了，住大通铺的宫女得回围房他坦，颐行和银朱随含珍住在玉翠亭后的屋子里，这里头有一小段路和御花园相接，小径尽头有值夜的灯笼，勉强能够看见脚下的道儿。

---

1 铜活儿：家具上所使用的部分金属构件。

银朱因有针线活儿落在了值房里，拐个弯去取笸箩了，颐行独个儿先回他坦。今天连着忙了两个时辰，又罚跪了墙根，这时候浑身都透着酸痛，忍不住撑腰扭脖子，脚下拌蒜[1]往前走。

可刚走到半道上，忽然听见有人咳嗽了一声，她吓得一激灵，瞪大眼睛问："谁！"

那声音犹豫了片刻，最后还是下了决心，说："是我。"

"你是谁？"颐行往后缩了两步，这大晚上的，怎么总有人冒出来呢。不是说宫里规矩森严吗，到了下钥时候宫女太监尚且不能互相走动，这人的一句"是我"，透出一种常犯宫规的老练，且带着一种熟人式的肯定……颐行想了想，"您不是夏太医吧？"

结果好巧不巧，正是他。

这回他穿的是宫值太医的官服，胸口一个大大的方补，头上戴着红缨顶子的凉帽。不知道为什么，脸上照旧蒙着纱布，这就让一心想见他真容的颐行很苦恼了。她左右看了一圈说："我琢磨着，这儿也没病患呀，您还蒙着口鼻干什么，不嫌闷得慌吗？"

结果夏太医并没有因她的话摘下面罩，只说："我一天瞧那么多病，小心为上。再说含珍身上的劳怯未必没有变化，姑娘和她离得近，不光是我，你自己也要小心些。"

颐行哦了声，笑着说："你们太医真是怪讲究的，我瞧她活蹦乱跳都好利索了，平时加小心着点儿，往后应该不会再犯了。"一面说，一面又朝西北方向望了望，"夏太医，您又上安乐堂去啦？您这大夜里满宫苑溜达，可得留神，千万别叫人拿住了。"

夏太医说："多谢挂怀，我夜路走得多了，不怕人拿。"顿了顿道，"对了，我今儿让人捎给你的东西，你收着了吗？"

颐行迟疑了下："给我捎东西？"说完一下子就想起那瓶太真红玉膏来，忙从袖子里掏出来，往他跟前递了递，"是这个？这药是您托人送来的啊？"

夏太医不自觉地挺了挺腰，说当然："这药是御用药，一般太医够不着，必要御药房的太医才行。"

尤其外值和宫值上太医的等级相差十万八千里，外值常给太监宫女们看个伤风咳嗽老寒腿什么的，不似宫值上，每天经手的都是精细病症，实用之外还兼顾

1　拌蒜：指腿脚不利落，行路费力。

美观。

所以她拿着药，就把功劳记在了岩太医身上，实在匪夷所思。那岩松荫和她有什么交情吗？一个没交情的人，凭什么把她的事放在心上。

颐行也觉得自己糊涂了，摸着额头说："原来真是您给我捎来的呀，您可真是医者仁心。我那天叫猫抓伤了，头一个想到的就是您，想上御药房找您来着，可后来想想，我们宫人哪有那资格找您瞧伤呢，就作罢了。没想到您竟知道我伤着了，还特特儿给我送了药，哎呀，我可怎么感谢您才好呀……"

夏太医听了她的话，含蓄地摆了摆手，表示不值什么。

"这药调上清水，一天三次擦拭，擦完了晾干伤口，再拿纱布将手包扎起来就成了。这程子少吃色重的东西，胃口要清淡，过上七八日伤口愈合，等痂一掉，自然不留疤。"

颐行哎了声："我都记下了。"一面又笑，"我们做宫女的每顿都清淡，哪来浓油赤酱的东西吃。唉，想当年在江南啊，那酱牛肉、酱肘子……一想起来就浑身发烫。"

好吃的东西能叫人浑身发烫，这倒也是奇景，想是馋到一定份儿上了吧。不过做宫女确实寡淡得很，为了身上洁净，必要从根源上扼制，三五年不沾荤腥，也是常有的事。

"你有钱吗？"夏太医忽然问她。

颐行迟疑了下："钱？这药得花钱买？"

想起钱就伤心，曾经揣在她兜里的二百两银票，这会儿已经填了阎嬷嬷的腰包，追是追不回来了。他这一问，又提示了一遍她的贫穷，她低头瞧瞧手上的药瓶，嗫嚅着说："我没钱，不过下月月头上就能领月例银子了，到时候我把药钱给您补上，您看成吗？"

夏太医抱着胸，没说话。

颐行有点着急，但自小受的教养不许她要赖，只好叹了口气，双手托着药瓶敬献上前，无奈地说："我这会儿没钱，买不起，要不您把它收回去吧，往后我要是又伤着了，再来和您买。"

这是一回伤得不怕，还想着有下回呢？夏太医没有伸手，别开脸道："药不收你钱，你不是惦记酱牛肉、酱肘子吗，要是得着机会，我出宫替你捎带一块，让你解解馋。"

颐行这才明白过来，原来世上真有素昧平生，却一心满怀善意的人哪。自己家道中落虽不幸，处处受人打压挤对也不幸，但遇见的无甚利害关系的人却都是好人，这也算造化吧！

想来这位夏太医也是个不羁的人，宫规在他眼里形同虚设，自己下钥后到处遛弯就算了，还敢鼓动她吃酱牛肉。也许在他眼里，这吃人的制度存在太多不通人情的地方，早就该废弃了。森严的重压下找到一个和他一块儿出格的人，是件很热闹的事吧！

只是好心虽好心，她其实也不敢领受，便讪笑道："您的美意我心领了，您瞧您年轻有为，才多大呀，就在宫值上坐更了，我和您不一样。我刚进宫，没什么根基，要是一张嘴一股酱牛肉味儿，回头该领笞杖啦。"

夏太医听了有些怅然："做小宫女实在怪苦的，你没想过往上升几等吗？"

颐行笑得眉眼弯弯，也不害臊，直刺刺道："这世上没人不盼着登高枝，可有些事不是我想就能办成的，得瞧人家皇上放不放恩典。"

说起皇上，颐行不由得顿下来，侧目朝夏太医看过去。

他正垂着眼睫，不知在思量什么，感觉有道炽热的目光朝他射来，顿时打了个突，朝后让了一步："你干什么？"

颐行说没干什么呀，他没来的戒备，让她讨了老大的没趣。

她只是想起那天万寿节大宴上的皇帝了，虽说衣裳不一样，离得又远，可他和眼前这位太医，总好像有些形似的地方。

然而再细咂摸，就知道自己在胡思乱想了，夏太医人品贵重，和那个重拳收拾尚家的皇帝怎么能一样。想是她见的男人少，遇见一个齐全的，模模糊糊觉得和皇帝差不多，其实两者一个天一个地，一个穿着九龙十二章，一个胸口挂着鹌鹑纹样。

正在颐行为不能得见庐山真面目而惆怅时，身后小径上传来了脚步声，夏太医很快退进了绿树掩映处："我该走了，姑娘记着上药。"

要说夏太医的动作有多灵敏呢，颐行只是回头望了眼，人一下子就不见了。

银朱搬着笸箩过来，见她站在原地很纳闷："姑爸，您不是早走了吗，怎么这会子还站在这儿？三更半夜的，遇着鬼打墙了？"

颐行说没有，掂了掂手里的药瓶："这药不是岩太医送的，是御药房那位夏太医。这人多好啊，有过两面之缘罢了，听说我受了伤，就托人把药给我送来了。"

银朱啧了声："这位夏太医究竟什么来头，才刚又显圣了？不是我说，我真害怕您招上什么不干净的东西了，怎么老是夜里遇见他呢？"

这么一说，颐行也打了个寒战，还真是每回都在夜里，尤其到现在连脸都没看明白过。难不成是以前死了的太医阴魂不散？不能吧，人家言语中明明也有家常式的温暖啊。

银朱见她发蒙，又问："那他是多大的官儿呀？能在御药房当差的都有品级。"

颐行想了想："鹌鹑补子，八品的衔儿。"

银朱嗤了声："才八品，还没我阿玛官儿大呢。"边说边挽住了颐行的胳膊说，"赶紧回去吧，这御花园到了晚上鬼气森森的，站在这里多瘆得慌。"

两个人忙相携着回到了他坦。

进门见含珍已经在床上躺着了，她病才好，身子比别人弱些，还需要安心静养。

含珍对于自己天黑就上床的样子很是不安，抿着头说："没等你们回来，我自己先受用起来了，多不好意思。你们忙到这会儿，错过了饭点吧？案上有点心，茶也是新沏的，就着茶水先填饱肚子吧。"

哎呀，有位姑姑级别的人物带着她们，小日子过得就是滋润。含珍跟前小食和点心不断，这是吴尚仪的关照，颐行和银朱也跟着沾了光。

待吃完之后洗漱妥当，颐行终于能在灯下上药了，她照着夏太医的吩咐把药调匀，再一层层敷在伤口上。这药大概是用八白散制成的吧，上了肉皮儿一阵痛一阵痒，但很快那种不适的感觉就退去了，剩下丝丝的凉意，平息了刚才用过热水后的胀痛。

含珍倚着床架子说："这位夏太医想是新进来的，我在宫里这些年，从没听说过有这号人物。"

银朱跪在床沿上铺被子，一面道："不知道来历，总像是遇见了黄大仙似的，你们不害怕？照我说该挖出这么个人来，知道了根底，往后打交道也不发怵。"

但颐行不这么认为，吃蛋就吃蛋，犯不着把鸡拿来当面对质。夏太医的作为虽是积德行善，却也见不得光，人家好心好意帮了自己，自己倒把他抖搂出来害了他的性命，这种事儿不是人干的。

总之药是好药，这一晚上过去，第二天伤口已经消了肿，摸上去也不觉得疼了。

这日赶上了大好晴天，阖宫开始更换檐下竹帘，颐行和银朱几个照旧负责淡远楼及宝华殿一片。年轻轻的小姑娘们，怀里抱着成卷的金丝藤竹帘，从甬道里轻快走过，初夏的风吹着袍角，辫梢上的穗子摇摆纷扬，这天地开阔映着初升的朝阳，一时倒忘了自己身在深宫。

琴姑姑在前头吩咐："办事利索点儿，后头活儿还多着呢，别又像那天似的，拖延到太阳下山。"

大家脆声应了，列着队进嘉祉门，一路向西。刚走到春华门前，迎头遇上了几位打扮华贵的妃嫔，看为首的那个品级还不低，颐行那天在万寿节大宴上也见过，只是不知道她的封号，听琴姑姑请安，管她叫"恭妃娘娘"，才明白她是哪路神仙。

恭妃总有一股端着的架势，瞧起人来两只眼睛带着不耐烦，从别人头顶一掠而过。宫人们知道她的来历，见了高位嫔妃也一应闪到一旁靠墙立着，原本以为她压根儿不会搭理人，谁知她竟没挪步，站定了和琴姑姑寒暄了两句，问后头帘子什么时候装好，别耽误了她进香。

琴姑姑哈着腰道："回娘娘的话，早前挂的要卸下来，再换上今年新编的，手脚麻利些，两个时辰也就换好了。娘娘上半晌进香怕是来不及，或者等歇了午觉再来，那时候一应都收拾妥当了，殿里清清静静的，不扰娘娘心神。"

恭妃点了点头，其实这些只是闲话罢了，她在意的另有其人。

果然，她身后的贞贵人把话头引到了颐行身上，冲着颐行说："我记得你，你是万寿宴上打翻了盘子的那个，尚家的吧？

颐行一凛，出列重新蹲了个安："奴才尚颐行，给各位娘娘请安。"

祺贵人上下打量了她一遍，果然好标志的人啊，日头底下看，比灯下看更通透。

然后视线一转，落在了那双捧帘的手上，见她左手还缠着纱巾，啧了一声道："可怜见儿的，头回伺候筵席就伤了手，怪只怪永常在，好好儿的，盘弄个猫做什么。"

颐行知道这帮主儿不好惹，不管她们是出于什么用意，都得小心翼翼接话，因道："是奴才不成器，让娘娘们受惊了，回去后尚仪和姑姑狠狠责罚了奴才，奴才下回再不敢了，一定尽心当差，好好伺候娘娘们。"

贞贵人笑了笑："哪个奴才天生会伺候人？不要紧，好好调理调理，自然就出来了。"

要说对于颐行这样的出身，全大英后宫的嫔妃娘家，没几个赛得过她的。尤其这些低位的贵人、常在之流，阿玛兄弟至多四五品的官，如今一口一个称呼她为奴才，真像抽人嘴巴子一样令人尴尬。

好在颐行沉得住气，她手上紧扣竹帘，低头道是："奴才一定好好习学，多谢娘娘教诲。"

打头的恭妃终于扶了扶头上点翠道："我看你一副机灵模样，要不这么着吧，你上我翊坤宫伺候来，我宫里正缺人手。我也冷眼瞧了今年尚仪局新进的宫女，一个个都不大称我的意，倒也只有你，毕竟簪缨门庭出来的，总比那些个微贱的包衣奴才强些。"

恭妃的那份傲慢是从骨子里透出来的，示好不及裕贵妃婉转，也或者她压根儿没有招兵买马的心，只想瞧她出丑，所以话里话外大有贬低之意。

颐行自然也听得出她话里的机锋，进宫这么长时候，这点子为难根本就不算什么。不过人家位分高，要是真打定主意讨她上翊坤宫伺候，那往后的日子，想必都是腥风血雨了。

恭妃饶有兴致，招猫逗狗似的问："怎么样啊，你是愿意跟着我，还是愿意在这后宫里头到处奔走，干碎催呀？"

颐行越发低下了头，又不好直言拒绝，便忖了忖道："奴才要是能伺候娘娘，那是奴才上辈子的造化。可奴才办事不稳当，万寿宴那天是贵妃娘娘法外开恩，才留了奴才一条性命。奴才要是上娘娘宫里去，办不好差事还是其次，就怕时时惹娘娘生气。娘娘是金尊玉贵的人儿，常和奴才这等人置气，岂不有伤娘娘的体面，也伤了娘娘的精神。"

她低声下气，恭妃倒是极受用的。当初废后在宫里时，那是何等的威风啊，她们这些嫔妃见了，都得向她低头称奴才。如今皇后没了，皇后的亲姑爸上宫里做宫女来了，一个面人儿，想捏扁就捏扁，想搓圆就搓圆，就是搁在那里捶打，也别提多解气了。

不过她也不傻，拐个弯儿有意搪塞。恭妃瞥了贞贵人一眼，贞贵人立时便接住了她的示下，笑着说："没经调理的人，送到娘娘跟前确实不妥，要不这样吧，你上我那儿去，我替娘娘管教你一回，等你能当事儿了，再去娘娘宫里伺候，你瞧怎么样？"

颐行憋了一口气，说实话真觉得窝囊。

可窝囊又有什么办法，终究矮人一头，还是得忍着。

银朱的脾气相较颐行，实在要火暴得多，颐行从余光里看见她昂了昂脑袋，似乎有替她出头的迹象，吓得她赶紧拿手肘顶了顶银朱，示意她按捺。然而贞贵人等着她答复呢，她还能怎么说？左不过谢娘娘厚爱，您看要是能成，就给尚仪局下令吧。

不过世上总有那么巧的事，在她不得不回话的当口，寿安门上走出几个人来，竟是裕贵妃领着康嫔和穆嫔。她们一路走，一路笑着议论寿安宫的梨花，说这花儿今年花期倒长，兆头好得很。待朝前一看，见夹道里站了这么些人，这三路人马狭路相逢，倒是一番有趣的场景。

"今儿这么巧的嘛。"裕贵妃笑着说，"我才刚去给贵太妃请安，出来竟遇着妹妹们了。眼看日头高起来，你们站在这里做什么呀？"

宫里官大一级也会压死人，于是一群人分着批次地，由低位向高位请安。

裕贵妃的视线轻轻从颐行身上划了过去，这种场面，一看就知道是怎么回事，想是恭妃欺负人的瘾又犯了，上回指使选秀嬷嬷把人刷下来，这回又打算和人过不去了。

恭妃场面上也会支应，含笑说："上月我阿玛病了，我在菩萨面前发了愿。这程子我阿玛大安了，特上宝华殿还愿来。"边说边瞥了眼颐行，"这不，正好遇见颐行姑娘来办差，少不得停下说两句话。我瞧着颐行姑娘在尚仪局，实在劳累得很，才刚还问她呢，愿不愿意上我的翊坤宫去听差。"

裕贵妃哦了声："那颐行姑娘怎么说呀？"

祺贵人拭了拭鼻子道："颐行姑娘最是知情识趣，怕自己办差生疏，惹得恭妃娘娘不高兴来着。"

贞贵人见她们已经打了头阵，也急于在主位娘娘跟前立功，便把先前的话又复述了一遍，末了道："恭妃娘娘是打心眼儿里喜欢颐行姑娘，我原说了，实在不成先让姑娘去我宫里头，我宫里两个丫头办事还算周全，让她们带着她点儿，要不了多长时间，自然就出息了。"

谁知贞贵人话才说完，就引来穆嫔一声轻笑。这声笑叫贞贵人闹了个没脸，气恼之余堆起了一脸僵笑，转头问穆嫔："穆嫔娘娘，我说错了吗？您笑什么呀？"

穆嫔今儿穿着一件铜绿的百蝶穿花褂子，下头配缃色阑干裙，听贞贵人这么问，抚了抚珊瑚南珠的一耳三钳，笑呵呵地说："妹妹是真不知情，还是假不知情呀？虽说尚家坏了事，姑奶奶充入后宫做了宫女儿，可人家祖上出了五位皇后，三位皇太后，莫说是你，就是咱们也得掂量着来，且看自己镇不镇得住哪。你倒好，真是个直肠子，说话儿就揽到自己身上去了。真要是在你宫里一切尚好，那也就罢了，可要是有个好歹，恐怕不能轻易翻篇儿呀。"

这就是说贞贵人品级不够还充大铆钉，一个贵人罢了，也有她挑宫女的余地，快别叫人笑话了。

贞贵人听了，不免涨红了脸，待要发作，又忌讳自己位分低微，在贵妃和嫔面前没有说话的余地。

可打狗不还要看主人吗，恭妃就不大乐意了，摇着团扇道："这话不通得很，既然进宫当了宫女，就该伺候主子，供人挑选。尚家门头再高，不也是过去的事儿了吗，这会子还讲出身，实在可笑。"

颐行听她们你来我往，自己完全成了她们较劲争执的工具，倒也乐得置身事外。

虽说眼下裕贵妃是敌是友还分辨不清，但她和恭妃不对付是肯定的。果不其然，裕贵妃软刀子扎肉很在行，轻声细语道："话也不能这么说，我记得当初您家和尚家可是有往来的，您阿玛还是福海的门生呢。"说罢囫囵一笑，"人啊，走到几时也别忘了回头瞧瞧，结交断了，人情还在，也别急赤白脸的，吃相恁个难看。"

这下子连恭妃的老底也给抖搂出来了，原来她家老爷子当初还是福海门生，要是照着辈分来说，尚颐行可真行，真够大的，她简直就是满宫宫人的老姑奶奶啊！

恭妃被回了个倒噎气，一时没法子，只好自解，缓和了语调说："我这不也是瞧着家里的情分吗，念她在尚仪局艰辛……"说着急拍了两下团扇道，"算了算了，既然贵妃娘娘愿意让她留在尚仪局，那就继续留着吧。不过那个地方，就算再待上十年也没什么出息，贵主儿别不是打着关爱的名头，实则压制她吧！"

说到这里，恭妃发现自己脑瓜子转得还挺快，既没损面子，也着实揭露了一把贵妃的司马昭之心。反正她没输啊，看着贵妃脸上尴尬的神情，她得意地笑了笑。也不再逗留了，架上了宝珠的胳膊，一摇三晃往她的翊坤宫去了。

颐行到这会儿才敢暗暗松口气，心里庆幸，还好半道上遇见了裕贵妃，要不然这回真不好脱身。

裕贵妃呢，也有话要对颐行说，便向琴姑姑等发了话："你们先去吧，过会子再让她上值。"

琴姑姑见识了一回娘娘们之间的刀剑往来，巴不得立时告退，听裕贵妃这样说，忙蹲安道"嗻"，临走还接过了颐行手里的竹帘，带着一帮宫人进了春华门。

颐行现在得敛起神应付裕贵妃了，她谨慎地向贵妃和两位嫔蹲安，说："谢谢娘娘们替奴才解围，要不奴才真不知道该怎么应对恭妃娘娘的盛情才好。"

裕贵妃总显得端庄得体，她温和地笑着，柔声说："这么小的事，不必放在心上。她要讨了你，委实是不合适，要是按着家里的辈分来说，你上御前伺候主子爷都是够格的。这宫里好人虽有，别有用心之人也不少，你瞧她临走撂下的话，倒像是我不叫你登高枝儿，有意把你埋没在尚仪局似的。"

裕贵妃说完，边上穆嫔和康嫔都笑了，康嫔道："姑娘是聪明人，哪里能受她挑唆。明眼人都知道，她们是存着心的，进了她翊坤宫可不是一步登天的美差，只怕后头日子越发难熬。"

穆嫔说可不："姑娘怕还不知道呢，早前选秀上头，就是翊坤宫使的绊子，要不这会儿好赖总晋了位分，不至于在尚仪局受埋汰。姑娘记好了，往后但凡和翊坤宫沾边的，都得加着点儿小心。这阖宫只有贵妃娘娘念着往日交情实心待你，倒叫那起子小人背后说嘴，说娘娘要仰赖尚家凤鸾之气，你说说，岂不好笑？"

颐行到如今才算摸着点内情，果然那时候三选是给有意筛下来的。心里虽不服，却不能上脸，便叠着两手道："奴才资质驽钝，就算参加了御选，也没福气记名，娘娘们为奴才抱不平，奴才怕辜负了娘娘们的厚爱。至于凤鸾之气……我家孩子都给送到外八庙去了，哪里还来的凤鸾之气。贵妃娘娘是心大福大之人，千万别因这种闲话置气，伤了自己身子，不值当的。"

唉，经历了多少坎坷，才让这不知人间疾苦的老姑奶奶变得如此圆融啊。早前颐行并不会说好听话，别人捧她，她也受着，自认为自己经得住那些高帽子。如今进了宫，干了几个月人下人，才发现脱离了尚家，她连一点儿威望都没有了，空挂个老姑奶奶的名号，让人作筏子，枪打出头鸟。

至于这位裕贵妃呢，小事上头确实维护她，但大事上并没有实质的帮衬抬举。就像她说的，颐行的辈分在这里，就算上御前也是顺理成章的，但就是缺那么个举荐的人。裕贵妃不愿意拉这条线，想必有她的考量，毕竟她办差还不老到，这么冒冒失失上御前去，估计就剩砍脑袋的份儿了。

"成了，虚惊一场，别往心里去。手上的伤好了吧？"裕贵妃隔着纱布瞧了一眼。

颐行说是："上了药，一日好似一日，谢贵妃娘娘垂询。"

裕贵妃点了点头："往后遇着了绕不过去的坎儿，上永和宫找我来，我想法子替你周全。"说完在颐行右手上轻轻压了下，便带着二嫔往嘉祉门上去了。

人终于都散尽了，刚才还热闹的夹道一瞬清净了，颐行站在那里醒了醒神，见潇潇的蓝天上一只信鸽飞过，高升的太阳晒得人肉皮儿疼。

背上攒起了一层汗，不知是热的还是吓的。她抬手擦了擦脑门子，长出了一口气，待心头平复些了，方回身走进春华门。

前头雨花阁滴水下，几个小太监站在梯子上，将上年落了灰的青竹帘子放下来。底下宫女伸手承接，被簌簌洒了满头灰，上面小太监得意地笑，然后招来管事的一顿臭骂。

银朱见颐行回来，趁着干活儿的空隙过来打听，问："贵妃没有难为您吧？"

颐行说没有："贵妃娘娘人挺好，说我往后要是遇上了沟坎，就上永和宫找她。"

要说这宫里有没来由的恶，还叫人想得明白，没来由的好却让人忌惮。

银朱说："平白欠人交情，将来只怕还不清。"

颐行微点了点头，正要说话，却听见琴姑姑在一旁哼了声："娘娘们挑中了你，你不去，竟是赏你脸了。多少人做梦都想爬出尚仪局呢，错过了这个机会，将来可有你熬的。"

想来琴姑姑觉得她给脸不要脸吧，但她哪里知道里头隐情，恭妃她们打从一开始就没安好心。

颐行如今也学会了敷衍的本事，笑道："该我的，早晚是我的。姑姑不也说我不伶俐吗，要是糊里糊涂去了主儿们宫里当差，万一哪里做得不好，岂不丢了姑姑的脸？"

她这么一牵扯，琴姑姑反倒不好说什么了，只是觉得这丫头如今越发油嘴滑舌，便白了她一眼，从牙缝中挤出个"德行"来，转身又监管旁人做活儿去了。

总算是有惊无险吧，只是被那些吃撑了整天无所事事的小主们盯上，可见将来会多出许多磨难来。

不过颐行倒也不怕，老姑奶奶向来头铁，很有迎难而上的决心，她们越是欺压她，她想当皇贵妃，想骑在她们脖子上的欲望就越强烈。

这完全无关皇帝，甚至皇帝都不在她的考量中。她光是瞅准了那个位置，仿佛世上无难事，只要她肯干，这也得益于自小培养出来的自信，老姑奶奶一直觉得自己是最强的。

当然辈分虽大，活儿还是得干，梯子上的小太监把拆下来的帘子卷成卷儿往下递送，也不知颐行的威名什么时候传遍了后宫，梯上人打趣，都管她叫"老姑奶奶"。

掌事的在旁边听着，牙疼似的吸溜了一声："背后闹着玩儿还犹可，当人面可不许这么叫。回头一个疏忽，仔细后脖子离了缝儿。"

小太监们笑嘻嘻应了，一个个挤眉弄眼的，闹得颐行老大的不好意思。

南北这片宫殿有四座，头一座是雨花阁，后头还有宝华殿、中正殿、淡远楼。雨花阁里大头的差事都办完了，剩下些零碎活儿，用不着这么些人，银朱她们便先去后头洒扫了。

颐行和两个小宫女留下收拾完檐下金砖，这才又挪到宝华殿去，刚走上中路，远远就见银朱和一个喇嘛打扮的僧人在廊庑底下说话。银朱拿他当菩萨似的，一面说话一面对合着双手。颐行还没走近，只见银朱恭敬地朝那僧人拜了拜，然后那僧人便裹着偏衫，往西边围房去了。

颐行有些疑惑，走过去问："这是哪儿来的大喇嘛呀？"

银朱欢欢喜喜道："明儿有佛事，这位可是高僧，我在大殿里头遇上了，给您求了根平安棍儿。"说着献宝似的，把东西放进了颐行手心里。

颐行托着手掌看，什么平安棍儿，就是礼佛时香炉旁边搁着的，寸来长的檀香木。

她捏起来看了看："这个能保平安？"

"能啊。"银朱本着贼不走空的心态，很肯定地告诉她，"那位大师冲它念了经，这就开过光啦。"

好吧，就算开过了光，那喇嘛的年纪看上去也不像高僧。颐行觉得银朱可能被骗了，但看在她一片好心的分儿上，还是把木棍塞进了袖子里。

四座大殿的竹帘要换，窗户纸也得换，等到全收拾完，大半天已经过去了。掌事的再三查看，觉得一切妥当了，才发话让她们回尚仪局。

众人列着队等琴姑姑来领人，可掌事太监却没让，只道："你们先回去，琴儿留下说话。"

那声琴儿叫得意味深长，颐行起先没明白，后来才听银朱说，宫里大太监贼心不死，四处物色宫女做对食。琴姑姑八成是叫薛太监看上了，这才死乞白赖把人留下。

不过瞧琴姑姑驴脸子呱嗒，应当是瞧不上薛太监的，但后面的事不由她们过问，一行人便照常回尚仪局了。

回去后也不早了，却还没到吃饭的点儿，做宫女的实则不像在家似的，有时候忙过了头，错过一顿就得饿肚子。

颐行难得空闲，坐在南窗底下纳鞋底，拽出一针来，肚子就跟着叫唤一下。

她叹了口气，转头看外面的天，天顶云层流动，这个像酱牛肉，那个像酱肘子……说实话，她开始后悔昨儿夜里那么正派，坚决拥护宫规了。自己没钱，家里有钱啊，让夏太医找她额涅多好，两斤酱肉罢了，真花不了几两银子。

好容易延挨到吃饭的时候，今儿吃冬瓜盅、拌菠菜、溜腐皮，再加一份糖醋面筋……那面筋看卖相，真像酱肉！颐行抬起筷子，忽然想起夏太医让她吃得清淡些，没办法，筷子拐了个弯儿，夹起一根菠菜，快快填进了嘴里。

等用过了晚饭，宫门差不多就该下钥了，这时候尚仪局没什么差事了，该回他坦的就回他坦，反正还有姑姑们私人的活计等着她们去干。

　　宫里近来兴起了鞋帮子上绣蓝白小碎花的势头，琴姑姑又是第一爱美的人，颐行只好点着油灯，在摇晃的灯影下，舞动她那不甚精湛的绣花技艺。

　　银朱从果品盒子里拈了个蜜饯，边吃边道："我要是您，非得留根绣花针在鞋底不可，叫她臭美。"

　　颐行抻着她的绣活儿打量，有点同情琴姑姑的不易："我绣得那么难看她还穿，她是天底下头一个赏识我的人。"

　　话音才落，忽然砰的一声，他坦的门被推开了，外面闯进来几个凶神恶煞的精奇嬷嬷，叉腰子站在门前，两只眼睛狠狠在她们脸上转圈，说："哪个是焦银朱？我们奉贵妃娘娘之命前来拿人，别愣着了，跟我们走一趟吧。"

第六章·
繁红乱渡

这是怎么话说的？颐行和银朱都傻了眼，不知道哪里触犯了宫规，要被现拿去问罪。

此时吴尚仪得了风声，匆匆忙忙赶来，站在门外道："老姐儿几个，给透个底吧，怎么大夜里过来拿人呢？"

这些精奇原都是老相识，究竟出了什么事，好歹事先知道情况才有对策。毕竟是尚仪局的人出了岔子，倘或事态严重生出牵连来，自己也脱不了干系。

可那些精奇嬷嬷也不是好相与的，虽说早前和吴尚仪在一起共过值，但后来各为其主，不过点头的交情，面儿上敷衍敷衍也就完事了。

其中一位嬷嬷笑了笑："尚仪在宫里这些年，竟是不知道各宫的规矩，贵主儿的示下，咱们只管承办，不敢私自打听泄露。兴许没什么了不得的，只是把人叫去问个话，过会子就让回来了，也说不定。"

精奇嬷嬷们打的一手好太极，三言两语的，就要把人领走。

颐行挡在前面，虽然知道没什么用，但她眼下真没别的办法了，唯有好气儿哀告："嬷嬷们，是不是哪里弄错了呢？银朱时时和我在一起，我敢下保，她绝没有做什么出格的事儿啊。"

然而精奇嬷嬷们哪里是能打商量的，两个膀大腰圆的出列，像拎小鸡仔儿似的，把银朱提溜了起来。另两个哼哈二将一样站在房门两掖，为首看着颇有威势的那位，斜睨了颐行一眼，"哟"的一声，嗓门拖得又尖又长。

"您就是尚家的姑奶奶呀？惯常听说您是稳当人儿，可别搅和进这浑水里。您让让，永和宫带人，还没谁敢出头阻挠呢。咱们都是粗手大脚的婆子，万一哪里疏忽了，冒犯了您，那受苦的可是您自己。"

两个精奇拖住银朱就要往外走，颐行一慌，忙拽住了银朱的袖子："好嬷嬷，我和她是焦不离孟的，要是她有什么错，我也得担一半儿。求您带我一起去吧，见了贵妃娘娘，我也好给银朱分辩分辩。"

领头的那位精奇一哂："没想到，还是个讲义气的姑娘呢。这满后宫里头只有躲事儿的，还没见过自己招事儿的。你们一间房里统共三个人，两个人扎了堆儿，那另一位……"忽然想起什么来，囫囵一笑，"另一位不是吴尚仪的干闺女吗，怪道吴尚仪急得什么似的……回头瞧贵妃娘娘示下吧，没准儿也有请含珍姑娘过去问话的时候呢。"

领头的精奇说完了，扬手一示意，两位嬷嬷把银朱叉了出去，剩下两位一头钻进了屋子里。

颐行且顾不上其他，反正她们的荷包比脸还干净，不怕丢失什么，便在后面紧跟着，好让银朱安心。

银朱平时蛮厉害的人，这会儿也慌了手脚，哆哆嗦嗦说："我怎么了……我没犯事儿呀。姑爸，我行得端坐得正，从不干丧良心的事儿，您是知道我的……"

颐行说是："我知道。想是里头有什么误会，等面见了贵妃娘娘，把话说明白就好了。"

嘴上这么说，心里头到底还是没底。宫里到了时辰就下钥，为了把人带到永和宫，得一道道宫门请钥匙，要不是出了什么大事，大可以留到明天处置，做什么今晚就急着押人？况且来的又都是精奇嬷嬷，这类人可是能直接下慎刑司的，寻常宫人见了她们都得抖三抖，颐行嘴里不说，暗中也揣量，这回的事儿怕是叫人招架不住。

从琼苑右门穿过御花园到德阳门，这一路虽不算远，却也走出了一身冷汗。天黑之后夹道里不燃灯，只靠领路精奇手里一盏气死风，灯笼圈口窄窄的一道光从底下照上去，正照见精奇嬷嬷满脸的横肉丝儿，那模样像阎王殿里老妈子似的，透出一股瘆人的邪性。

终于进了永和宫正门，里头灯火通明，裕贵妃在宝座上坐着，两旁竟还有恭妃和怡妃并婉贞两位贵人，三宫鼎立，组成了三堂会审的架势。

领头的精奇垂手向上回话："禀贵主儿，焦银朱带到了。"言罢，又人的两个把银朱往地上一推，却行退到了一旁。

颐行膝行上前扶她，银朱抖得风里蜡烛一般，扣着金砖的砖缝向上磕头："贵妃娘娘，奴才冤枉，奴才冤枉啊……"

上头有人哼了一声，那声气儿却不是裕贵妃的，分明是那个专事寻衅的恭妃："还没说是什么事儿呢，就忙喊冤，这奴才心里有没有鬼，真是天菩萨知道。"

所以说恭妃这人不通得很，自觉不曾行差踏错却被拿来问话，世上有哪个人不是一头雾水，不要喊冤？

贵妃眉目平和，垂着眼睫往下看，殿上两朵花儿依偎在一起，大有相依为命的味道。

她叹了口气，从颐行身上调开了视线，只对银朱道："本宫问你，今儿你干过什么事儿，见过什么人，又说过什么话，自己好好回想回想，老实交代了吧。"

这种宽泛的问题，就像问你一碗饭里有多少粒米一样，让人无从答起。

银朱定了定神，强迫自己细琢磨，可是想了半天，脑子里还是乱糟糟的，便道："奴才一早就跟着琴姑姑上中正殿这片换竹帘子，半道上遇见了娘娘们，在夹道里站了一会儿。后来进春华门，一直忙到申正时牌，才和大伙儿一块儿回尚仪局。回局子里后做针线，做到晚饭时候……奴才实在没干什么出格的事儿啊，请娘娘明察。"

结果这段话，却招得怡妃嗤之以鼻。

怡妃坐在一旁的玫瑰椅里，栀子黄的缠枝月季衬衣上，罩着一领赤色盘花四合如意云肩。那鲜亮的装束衬托着一张心不在焉的脸，似乎不屑于和奴才对质，扭头对身边宫人道："叫她死个明白。"

身后的宫女应了声"嗻"，上前半步道："奴才今儿奉主之命，上宝华殿内室供奉神佛，刚点上香，就听见外头有一男一女说话。女的说'别来无恙'，男的抱怨'你不想我'，听着是熟人相见。奴才本以为是宫女太监闲话，没承想出门一看，竟是焦银朱和进宫做佛事的喇嘛。奴才吓了一跳，回去就禀报了我们主儿，这宫里宫规森严得很，怎么能容得宫女和外头男人兜搭。虽说喇嘛是佛门中人，但终究……不是太监嘛。宫人见了本该回避才是，这焦银朱反倒迎上去，两个人唧唧哝哝说了好一会儿话，最后大喇嘛还给了焦银朱一样东西，奴才没瞧真周，就不知道那究竟是个什么物件了。"

这话说完，所有人都一脸肃穆，恭妃冲贵妃道："这还了得？前朝出过宫女私通民间厨子的事儿，到这里越发涨行市了，竟攀搭上了喇嘛。那些喇嘛都是雍和宫请进宫来的，这么干可是玷污了佛门，够这贱奴死一百回的了。"

颐行到这时才弄明白来龙去脉，忽然觉得毛骨悚然，这宫廷里头要不出事儿，就低头当好你的奴才，要出事儿，那就是祸及满门的大祸。

银朱和喇嘛交谈她是知道的，也看见了，她虽不清楚他们先前说了什么，但以她对银朱的了解，银朱绝不是这样不知轻重的人。

银朱早就百口莫辩，号啕倒地，嘴里呜呜说着："神天菩萨，真要屈死人了！"

这时候没人能帮她，颐行庆幸自己跟来了。平时自己虽然窝囊，不敢和人叫板，但逢着生死大事，她还是很有拼搏精神的，便翻开自己的袖子，从里头掏出一截沉香木来，向上敬献道："贵妃娘娘，我知道大喇嘛给银朱的是什么，请娘娘过目。"

贵妃身边的宫女流苏见状，下台阶把东西接了上来，送到贵妃面前。贵妃凝神一打量："这是什么？"

"回娘娘，这是礼佛的檀香木，是银朱从高僧那里求来，送给我的。"颐行说着，磕了个头道，"娘娘明鉴，咱们才进宫不久，那些喇嘛又是偶尔入宫承办法事的，银朱哪来的机会结识他。我想着不光是民间，就算深宫之中也多是信佛之人，喇嘛在咱们凡人眼里就是菩萨，见着了，求两句批语，求道平安符，不都是人之常情吗？"

裕贵妃听完，将这截檀香木递给恭妃和怡妃，似笑非笑道："两位妹妹的意思呢？"

怡妃看罢，那双细长的眼睛移过来，乜了颐行一眼道："好尖的牙啊，她十六进宫，焉知不是在宫外头结识的？说句实在话，这种事儿换了旁人，早就躲得远远的了，倒是你，仗着自己比别人伶俐些，上这儿抖机灵来了。"

这话一说，可见就是刻意针对了，银朱昂起脑袋说："娘娘，奴才十六岁进宫不假，但奴才也是好人家的姑娘，家里头管教得严，这辈子就去过雍和宫一回，且家里有人陪着，我兜搭不上寺里喇嘛。尚仪局派遣人上宝华殿当差，姑姑选谁不由我定，怎么就弄出个早就约好的戏码，还编造出这些混账话来。奴才不服，仅凭这三言两语就判定奴才有罪，奴才死都不服。"

上头的恭妃怒而拍着玫瑰椅的扶手，直起身子道："满嘴胡吣，这深更半夜的，贵妃娘娘竟耗费精神听这奴才诡辩！咱们是什么人，冤枉你做什么？你要是身正，尚仪局那么多的宫女往宝华殿办差，为什么独你和那个喇嘛搭话？"

这个问题颐行知道，她眼巴巴地望向贵妃，委屈地说："贵妃娘娘，银朱和奴才好，这是人尽皆知的。奴才进宫至今，实在是沟坎儿太多，太不顺遂，银朱心疼我，给我请了根开过光的檀香木，盼菩萨能保佑我，这是她的善意啊。事儿要是真如怡妃娘娘跟前人说的，那位喇嘛也不至于这么不上心，随手拿根木头疙瘩来敷衍。人只有两个耳朵，总有听岔的时候，保不定银朱说的是'我佛无量'，大喇嘛说的是'阿弥陀佛'呢。"

这下子贵妃是恼也不好，笑也不好了。原本她就想着看那些嫔妃打压老姑奶奶，自己坐山观虎斗，要紧时候和一和稀泥，也不辜负了万岁爷所托。要问她怎么想，倒觉得老姑奶奶叫人揉搓，于她更有利，使劲儿的妃嫔在皇上面前必落不着好处，自己也不用脏了手。如今看来，这老姑奶奶也不是什么老实头儿，这两句辩驳有理有据，殿上这老几位，几乎只剩下干瞪眼了。

"唉……"贵妃叹了口气，"我原说这事儿唐突不得，真要是闹起来，可不是宫女太监结菜户，事关佛国体面，连皇上和太后都得惊动。这会儿人拿来了，一百个不认账，咱们又有什么话说？捉贼捉赃，捉奸拿双，莫说没什么，就算真有什么，两头都不认，又能怎么样？"

怡妃一听这个，气就不大顺了："宫里头无小事，但凡有点子风吹草动，宁可信其有，总不能养着祸患，等她闹大了再去查证，那帝王家颜面往哪儿搁？"说着朝底下跪地的人道，"你们也别忙，怕伤了雍和宫的体面，那就只有关起门来自己家里处置。既然有了这原因，照我说打发内务府传话给她家里，直接撵出去就完了。"

这判决对银朱来说无异于晴天霹雳，她惊慌失措地啊了声："贵妃娘娘，奴才不出去，求您开恩吧！奴才身正不怕影子斜，奴才是冤枉的啊……"复又拽颐行，哭着说，"姑爸，我不能出去，不能出去啊。"

一个进了宫的女孩子，不明不白被撵出宫，不光是内务府除名那么简单，是关乎一辈子名声的大事。通常这种女孩子，从踏出宫门那一刻起就死了，往后不会有好人家要她，家里头也嫌弃她累赘，到最后无非找个没人的地方一死了之，死后连一口狗碰头[1]都不能有，随意找个地方拿凉席一裹，埋了了事。

银朱从没想过，自己会有这种境遇，光是设想就已经让她浑身筛糠了。她哆哆嗦嗦欲哭无泪，这沉沉的夜色像顶黑伞，把她罩在底下，她忽然觉得看不见天日，也许今晚就要交待在这里了。

颐行则憎恨这所谓的"撵出去"，她那大侄女儿被废黜，不正是一样被"撵出去"了吗？

倒不是她非要替银朱出头，她争的就是个道理："为了一项莫须有的罪名，葬

1　狗碰头：一种粗劣的薄板棺材。

送一个姑娘一辈子，这就是娘娘们的慈悲？公堂上审案子还得讲个人证物证，娘娘们私设冤狱，那我就上皇上跟前告御状去，请皇上来断一断。"

哎呀，她要告御状，这种话要是从别的宫人嘴里说出来，无非是不知天高地厚，状没告成，先挨一顿好板子。可要是换成她，那就两说了，皇上还认尚家这头亲，她要是扛着老姑奶奶的名头出面说话，那今晚挑起事端的那个人不得善终不算，连怡妃也要挨一通数落。

结果就是那么巧，恰在这时候，两个留下搜查屋子的精奇嬷嬷进来了，先行了个礼，然后把搜来的东西交到了贵妃面前。

如同板上钉钉了似的，怡妃娇声笑起来："我就说，无风不起浪。这会子本宫倒要瞧瞧，这奴才还有什么可狡赖的！"

这些主儿显然是得到了分明的证据，但银朱和颐行却丈二金刚摸不着头脑。

贵妃这回也皱眉了，示意把物证拿给她们瞧，一瞧之下正是银朱带回来的，用以熏柜子的净水观音牌。

"看来私相授受还不是一回呢。"恭妃回眸，和贞贵人交换了下眼色，"这下子还有什么可说的，雕了一半的观音牌，这是心有所系，不得圆满之意呀。"

怡妃嗤笑："总不能是捡来的吧！再敢鬼扯，就打烂她的嘴！"

如今话全被她们抢先说了，真把银朱和颐行的路给断了。

银朱泪眼婆娑地望着颐行道："姑爸，您是知道的，我这回跳进黄河也洗不清了。"

颐行也算看明白了，她们就因为银朱和她交好，才一心要拔了这条膀臂，好让她落单。这深宫之中步步都是陷阱，并不是你想躲就躲得了的。

贵妃做出了一副不好说话的样子，横竖银朱那丫头牙尖嘴利她早有耳闻，把她打发出去，剩下一个尚颐行越发好操控。

"怎么办呢……"贵妃垂着眼睫道，"家有家法，宫有宫规……"

谁知颐行向上磕了个头，然后挺直了腰杆子道："不瞒各位娘娘，这块牌子是我捡的，银朱看它香气盛，随手拿去熏衣裳的。如今娘娘们既然认定了是贼赃，事儿因我而起，银朱出去，我也出去，请娘娘们成全。"

此话一出，不光主儿们，连银朱都呆了。

银朱拿眼神询问她：您不当皇贵妃了呀？

颐行扁了扁嘴，其实不当皇贵妃也没什么。

有时候人之命运，冥冥中自有定数，再高的志向架不住现实捶打，到了无可奈何的地步，不还得偏过身子，让自己从缝儿里钻过去吗？

　　两个人出去，比银朱一个人被撵出宫好，就算是摆摊卖红薯也有个伴儿。焦家是包衣出身，将为帝王家效命的名声看得尤其重，银朱这一回家，日子九成是要天翻地覆。尚家则不同，官场上算是完了，后宅里头女眷不充后妃，并不是多么扫脸的事。况且家里尚且有点积蓄，做个小买卖不为难，她就带上银朱，为这两个月的交情另走一条路，也不冤枉。

　　至于大哥哥和大侄女，她真在宫里混不下去了，也只好看各人的造化。说实话她心气儿虽高，想一路爬上去也难，从宫女到妃嫔，那可是隔着好几座山呢，恐怕等她有了出息，大哥哥和大侄女都不知怎么样了。况且年月越长，出头的机会越小，到最后役满出宫，这几年还是白搭，倒不如跟着银朱一块儿出去，回家继续当她的老姑奶奶。

　　颐行算是灰了心，对这深宫里的龌龊也瞧得透透的了，可她这么一表态，倒让裕贵妃犯了难。

　　怡妃和恭妃当然喜出望外，她们就巴望着这位祖宗出去，一则拔了眼中钉，二则也让裕贵妃不好向皇上交代。但作为裕贵妃，暂且保住老姑奶奶是底线。她本是很愿意把银朱打发出去的，却没想到颐行讲傻义气，打算同进同退。这么一来可就不成了，她要是真跟着走了，皇上问起来怎么办？自己这贵妃虽摄六宫事，毕竟不是皇后，也不是皇贵妃，后宫里头贵妃本来就有两员，万一皇上又提拔一个上来，这两年好容易积攒的权，岂不是一夕之间就被架空了？

　　贵妃攥了攥袖子底下的双手："宫里头不是小家子，说撵人就能撵人的，这事儿还得从长计议。"

　　"从长计议什么？"恭妃得理不饶人，"人证有了，物证也有了，难不成贵妃娘娘偏不信邪，非得拿了现形，才肯处置这件事？"

　　当然关于贵妃受皇上所托，看顾尚家人这件事是不能提及的，大家只作不知情，也不会去当面指责贵妃存在包庇的嫌疑。

　　怡妃凉笑："我们是没见过大世面的，宫女子和外头喇嘛结交，在咱们看来可是大大的事儿。贵妃娘娘要是觉得不好决断，那明儿报了太后，请太后老佛爷定夺，也就是了。"

　　恭妃和怡妃好容易拿住了这个机会，就算平时彼此间也不大对付，但在这件事上立场出奇一致，就是无论如何要让贵妃为难。谁让她平时最爱装大度，扮好人，皇上还挺倚重她，让她代摄六宫事。她不就是仗着年纪大点儿，进宫时候长点儿？要论人品样貌，谁又肯服她？

　　所以恭妃和怡妃半步不肯退让，到了这个时候，必要逼贵妃做个决断。

　　裕贵妃倒真有些左右不是了，蹙眉看着银朱道："你们小姐妹情深，互相弄个顶罪的戏码，在我这里不中用。你说，究竟这块牌子是哪儿来的，是那个喇嘛给你的，还是尚颐行捡的？你给我老老实实交代，要是敢有半句假话，我即刻叫人打烂了你！"

　　一向和颜悦色的裕贵妃，拉起脸来很有唬人的气势。银朱心里一慌，加上也不愿意牵连颐行，便道："回娘娘话，牌子真是捡的，是奴才前儿在供桌底下捡的，和颐行没什么相干。要是捡牌子有罪，奴才一个人领受就完了，可要说这牌子是和喇嘛私通的罪证，奴才就算是死，也绝不承认。"

　　这时候，旁听的贞贵人阴恻恻说了话："这丫头是不见棺材不落泪，娘娘们跟前，就由得她铁口？"

　　尚家老姑奶奶一时动不得，这焦银朱还不是砧板上的肉？恭妃经贞贵人一提点，立刻明白了，拍案道："来人，给我请笞杖来，扒了她的裤子一五一十地打。我偏不信了，到底是刑杖硬，还是她的嘴硬！"

　　恭妃毕竟位列三妃，是贵妃之下的人物，凭她一句话，边上立刻扑上来几个精奇，两个人将颐行拖拽到一旁，剩下的人用蛮力将银朱按在了春凳上。

　　宫女子挨打和太监不一样，平时不挨嘴巴子，但用上大刑的时候，为了羞辱，就被扒下裤子当着众人挨打。且宫女有个规矩，挨打过程中不像太监似的能大声告饶，拿一块布卷起来塞进嘴里，就算咬出血，也不许吱一声。

　　"啪！"竹板子打上去，银朱的臀上立刻红痕毕现，她疼得抻直双腿，把自己绷成了一张弓。

　　颐行心急如焚，在边上不住哀求："娘娘们行行好吧，她是清清白白的姑娘，不能挨这份打呀……"

　　可是谁能听她的，裕贵妃因有物证在不好说话，恭妃和怡妃面无表情，眼神却残忍，仿佛那交替的笞杖发泄的是她们长久以来心头的不满，不光是对这宫廷，对裕贵妃的，更是对死水般无望生活的反抗。

　　精奇嬷嬷们下手从来没有留情一说，杖杖打上去都实打实，银朱很快便昏死了过去。上头还不叫停，颐行看准了时机挣脱左右扑上去阻拦，精奇手里竹板收势不住，一下子打在颐行背上，疼得她直抽气，差点没撅过去。

　　裕贵妃终于忍不住了，腾地站起身，寒着脸道："够了！我见不得血，恭妃妹妹要是还不足，就把人拉到你翊坤宫去，到时候是接着上刑还是杀了，全凭你高兴。"

　　既到了这步田地，该撒的气也撒了一半，看看这半死不活的焦银朱，和乱棍之中挨了一下的老姑奶奶，恭妃心里是极称意的，起身捊了捊鬓边道："我不过要她说实话，打她也是为着宫里的规矩。才挨了这两下子，事儿也不算完，今儿天色晚了，先把人押进慎刑司，明儿再接着审就是了。"

裕贵妃恨得咬牙，和恭妃算是结下了梁子，不过眼下不宜收拾她，且这件事确实还没完，只好呼出一口浊气，扭头吩咐身边精奇："就照着恭妃娘娘的意思，把人押进慎刑司去。依着我看，消息压是压不住的，等请过了万岁爷示下，再做定夺吧。"

裕贵妃发了话，底下人便按着示下承办，把颐行和银朱都带走了。

恭妃和怡妃自觉占理，也不怕她上御前诬告，两个人俱朝裕贵妃蹲了个安道："今晚为了这两个奴才，让贵妃娘娘劳神了，娘娘且消消气，早些安置吧。"说完带上身边的宫人，摇摇曳曳朝宫门上去了。

裕贵妃瞪着她们的背影，气得直打战，抬手一拍桌面，手上指甲套飞出去，"叮"的一声打在地中间的错金螭兽香炉上。

翠缥一惊，忙把指甲套捡了回来，复去查看贵妃的小指，才发现养了好久的指甲也给折断了。

贵妃气涌如山，翠缥忙宽慰："娘娘何必同那起子小人置气，气坏了自己的身子不值当。"

贵妃咬着牙道："她们是有意和我作对，打我的脸呢！皇上今晚上又没翻牌子，这会子大抵还没睡，我这就上御前回禀了万岁爷，恭妃和怡妃恨不得活吃了尚颐行，我可护不住她了！"

贵妃待要走，到底被翠缥和流苏拦下了，好说歹说让她别着急："宫门都下了钥，您这会子闯到养心殿，万岁爷不但不会责怪恭妃和怡妃，反倒怪罪主儿不稳当。您且少安毋躁，等明儿天亮了再面圣不迟，今晚老姑奶奶在慎刑司，没人敢对她怎么样。倘或恭妃她们趁天黑使手段，老姑奶奶有个好歹，岂不对主儿有利？犯不上自己动手，只要一句话，连那两位也一块儿收拾了。"

就这么再三恳劝，才打消了贵妃夜闯养心殿的冲动。

可裕贵妃心里终究悬着，也不知皇帝是否会对她的办事能力心存疑虑。

她走到门前，隔着重重宫阙向养心殿方向眺望，天上一轮明月挂着，只看见黑洞洞的宫墙，却望不见皇上。

此时的皇帝呢，正坐在灯下扶额轻叹。

他养的那条蛊虫终究还是不成就，虽然殿上应对的几句话很有出彩之处，但人在弱势，始终是胳膊拧不过大腿。

怀恩垂着袖子道："主子爷，今儿夜里老姑奶奶要在慎刑司过夜了，要不要奴才打发人过去传个话，尽量让她们舒坦些？"

皇帝扶额的手转换了个姿势，变成了托腮。

"那地方再舒坦，能舒坦到哪里去。慎刑司的人不得贵妃的令，不敢对她们再用刑，今晚上不会有什么事的。只是……"他凝眉叹了口气，"朕怕是真看走了眼，为什么她据理力争之后又生退意，打算和那个小宫女一道出宫去了。早前她不是觉得紫禁城很好，愿意留下一步步往上爬吗？"

怀恩想了想，歪着脑袋道："老姑奶奶就算再活蹦乱跳，毕竟是个姑娘，受了这种磋磨，难免心里头发怵。"

皇帝冷笑了声："妇人之仁，难堪大任！朕本打算不管她了，可再想想，这才刚起头，总得给她个翻身的机会。"

怀恩说是："万岁爷您圣明，老姑奶奶毕竟年轻，在家娇娇儿似的养着，哪个敢在她跟前高声说话呢。今儿永和宫三堂会审，又是训斥又是笞杖的，她还能挺腰子替银朱说话，足见老姑奶奶胆识过人。万岁爷您栽培她，就如教孩子走路似的，得一步一步地来，暂且急进不得。老姑奶奶也须受些磨砺，不挨打长不大嘛，等她慢慢老成了，自然就能应付那些变故了。"

皇帝听了，觉得这些话确实是他心头所想，毕竟世上没人生下来就能独当一面，积淀的时候就得有人扶持着，等她逐渐有了根基才能大杀四方。原本他是想好了不出手的，让她自己摸爬滚打才知道艰辛，如今她出师不利，他适时稍稍帮衬一下，也不算违背了先前的计划吧。

"明儿派人出去彻查那个喇嘛，事关佛门，不许弄出大动静来。"

"嗻。"怀恩应道，"后头的事儿交奴才来办，保管这案子无风无浪就过去了。"

皇帝点了点头，心里暗自思忖，这是最后一次，往后可再也不管她了，她得自强起来才好。

其实她中途扬言要告御状的思路不错，真要闹到御前来，好些事也便于解决。可惜了，那些精明的嫔妃哪里肯给她这个机会，她们只敢暗暗下绊子，使阴招，老姑奶奶要出人头地，且有一段路要走了。

不过也不用担心，她背后有这紫禁城最大的大人物托底，总不至于坏到哪里去。

第二日怀恩领了圣命，打发人去雍和宫找了管事的大喇嘛询问，问明白昨儿留在宫里预备佛事的那个喇嘛叫江白嘉措，是后生喇嘛中最有佛缘的一个。据说他母亲在玛尼堆[1]旁生下他，当时天顶秃鹫盘旋，愣是没有降落下来吃他。他六岁就拜在活佛门下，今年刚随达赖喇嘛进京，照这时间一推算，压根儿就没有结交银朱的机会。

怀恩带着这个消息，直去了贵妃的永和宫。彼时贵妃梳妆打扮完毕，正要上养心殿面见皇上，前脚刚踏出门槛，后脚便见怀恩带着个小太监从宫门上进来。

贵妃站定了，含笑道："我正要上前头去呢，可巧你来了……想是万岁爷那头听见了什么风声，特打发总管来给示下？"

怀恩抱着拂尘到了近前，先打了个千儿，说给贵妃娘娘请安啦："昨儿夜里的事，慎刑司报上来了，万岁爷说事关佛门，必要从严查处。娘娘您瞧，今儿宝华殿就有佛事，这当口上不宜宣扬。万岁爷派奴才暗暗查问，查了一圈，这焦银朱和江白嘉措喇嘛分明是八竿子打不着的两个人，江白喇嘛今年三月才从西藏进京，焦银朱二月里已经应选入宫了，哪来的机会暗通款曲？"说罢一笑，慢条斯理又道，"主子爷的意思是，后宫娘娘们要是实在闲得慌，就陪太后多抹几圈雀牌，深更半夜劳师动众的，连大刑都上了，说出来实在丢了体面。"

贵妃一下子白了脸，这句话分明是敲打她的，皇上怪罪她镇不住后宫，才让那些妃嫔出了这许多幺蛾子。

思来想去，还是自己存着坐山观虎斗的心，才让事态发展成这样的。她只好放低了姿态向怀恩解释："昨儿入夜，怡妃急赤白脸跑到我这里议事，我想着事关重大，又不能干放着不管，就让人把焦银朱带到永和宫来问话。当时我听她们辩解，也觉得事儿不是怡妃想的那样，奈何怡妃和恭妃一口咬定了焦银朱触犯宫规，还弄出个什么物证观音牌来。总管是知道我的，我惯常是个面人儿，有心想护着尚家姑娘，也架不住怡妃和恭妃二人成虎。"一头说一头叹气，"唉，这可怎么好，倒叫主子爷操心了，也劳动你，一大清早就为这事儿奔波。"

怀恩干涩地笑了笑："贵妃娘娘这么说，昨儿事发突然，又牵扯了雍和宫，娘娘不好处置也是有的。现如今水落石出了，主子爷的意思是受冤枉的该放就放了，挑事儿造谣的该严惩就严惩。宫里人口多，最要紧一宗是人心稳定，像这种无风起浪的事儿闹得人心惶惶，往后谁瞧谁不顺眼了，随意胡诌两句，捏造个罪名，那这宫里头得乱成什么样呀，娘娘细琢磨，是不是这个理儿？"

---

1 玛尼堆：石头垒成的祭坛。

怀恩是御前太监首领，到了他这个份儿上，相当于就是万岁爷口舌，连贵妃也不能不卖他面子。

贵妃被个奴才晓以大义了一通，对怡妃和恭妃的恨更进一层，她烦躁地应付了怀恩，只说："总管说得很是，这事儿本宫是要好好掰扯掰扯。成了，你回去吧，禀告万岁爷一声，我一定从严处置。"

不过，一向不问后宫事的皇上，这回竟因为牵扯了尚家老姑奶奶而破例，难道小时候那一地鸡毛就那么让人耿耿于怀吗，实在古怪。

无论如何，贵妃觉得先把人从慎刑司弄出来是正经。自己不宜亲自出马，便派了翠缥和流苏并几个精奇嬷嬷过去领人。

翠缥她们进了慎刑司牢房，一眼就看见老姑奶奶和银朱凄惨的模样，头发散了，衣裳也脏了，银朱挨了打不能动弹，屁股肿起来老高，还是她们搬着门板，把人抬回他坦的。

待安顿好了银朱，翠缥好言对颐行道："姑娘别记恨贵妃娘娘，怪只怪怡妃和恭妃盯得紧，贵妃娘娘也是没法子。昨儿姑娘们受委屈了，今儿一早事情查明了，娘娘即刻就派咱们过来，娘娘说请姑娘们放宽心，回头自然还姑娘们一个公道。"

银朱趴在那儿起不来身，曲起食指叩响铺板，表示多谢贵妃娘娘恩典。

颐行回头看她一眼，愁着眉道："好好的人，给打了个稀烂，昨儿夜里疼得一晚上没阖眼，将来要是落下病根儿了可怎么办。"

翠缥忙道："姑娘别着急，贵妃娘娘说了，回头派宫值的太医来给银朱姑娘瞧病。或者姑娘要是有相识的太医，点了名头专门来瞧，也是可以的。"

颐行一听有谱："我知道宫值上有位好太医，没什么架子，医术还精湛。那姑姑，我能自个儿上御药房，请人过来瞧伤吗？"

翠缥笑道："那有什么不能的，既然贵妃娘娘放了恩典，你只管上御药房请就是了。"

颐行哎了声，说谢谢贵妃娘娘了，边说边在宽绰的春袍子底下扭了扭自己的肩背。

昨儿夜里她也受了祸害，精奇一板子下去，疼得她差点喘不上气儿来。当然自己的那点小病痛不算什么，要紧的是银朱。含珍那头已经在给她换衣裳了，昨儿一顿好打，屁股上头真开了花，皮开肉绽后有血渗出来，连颐行身上都沾染了。

流苏站在一旁幽幽叹气，轻声说："恭妃娘娘也忒狠了点儿，没经慎刑司断案，她先命人动了手，看看把个好好的人打得什么模样。"

翠缥哼了声："人之得意能有几时，今儿打人，明儿挨人打，瞧好了吧，总有她现世现报的时候。"说完了又体恤地安慰了两句，方带着精奇嬷嬷回永和宫复命去了。

那厢含珍替银朱擦拭伤口，银朱疼得直叫唤，倒把含珍吓得一哆嗦。

"忍着点儿，都肿成这样了，哪有不疼的。"含珍小心翼翼绞了手帕，替她擦干净污血，一面道，"昨儿我回来的时候你们已经给带走了，我提心吊胆了一整夜，怕这件事不能轻易翻过去。我也想好了，今儿少不得又是一番盘弄，料她们也不能放过我，没想到这么快就查明，把你们放了回来。这在往年可从来没有过，莫说是这等避讳的事儿，上年一个小宫女往宫外捎了二钱月例银子，都给拿出来作筏子，挨了好一顿打呢。阿弥陀佛，你们算是运道高的，竟还有命活着回来，想是佛祖看在你们打扫宝华殿的分儿上了。"

这倒是真的，宫里头宁肯错杀也不肯错漏，昨儿夜里颐行和银朱缩在关押她们的围房里，心里想的就是没准儿看不见明天的太阳了。

人折腾人，是世上最残忍的事，因为知道软肋，不把你弄个魂飞魄散，显不出人家的本事来。

颐行原是准备好的，这么一遍一遍盘问，少说也得耗上三五天，到时候银朱的伤口烂了，化脓了，就算最后真相大白，不死也得掉层皮。

可谁知道贵妃没耽搁，竟然这么快把她们捞出来了。自己如今想想，打一开头还怀疑贵妃的居心，实则是不应该。人家兴许真是看在了前头皇后的分儿上，才这么不遗余力地帮衬她。

至于贵妃那头呢，自然没有平白放过整治恭妃和怡妃的机会。

一切起因都是怡妃跟前大宫女挑起来的，裕贵妃拿住了那个宫女，狠狠罚了她二十板子，给贬到北五所办下差去了。怡妃管教宫人不力，恭妃听风就是雨，精奇嬷嬷奉命训斥，结果恭妃和怡妃不服，还想抗辩，最后裕贵妃请了太后示下，罚她们闭门思过半月，不得踏出寝宫一步。

"太阳打西边出来啦，为个小宫女，连主儿们都挨了罚。"
"总是瘦死的骆驼比马大，你也不瞧瞧，这事儿还关系了谁。"

颐行出门请太医，从长康右门上西一长街，夹道里经过的宫人未必认得她，彼此间窃窃的议论夹带在风里，全进了她的耳朵。

成为宫人们的话题，这对颐行来说并不是什么好事，恭妃和怡妃不过是闭门思过罢了，等将来解了禁令还是一条好汉。甚至别的小主们也因这回的事开始留意她们，那往后的路恐怕越发举步维艰。

老姑奶奶以前还爱出个风头，如今学会了夹紧尾巴做人，她这会儿唯一想的是赶紧上御药房找夏太医，请夏太医过去瞧瞧银朱的伤势。早前说宫女没资格请宫值的太医瞧病，这回她可是奉了贵妃的令，夏太医也不必再天黑后现身了，可以正大光明行医济世了。

西一长街的夹道又长又直，一路往前就是月华门，御药房设在乾清宫东南侧的庑房内，宫人是不能轻易出入月华门的，更不能打南书房前过，必要从乾清门下的老虎洞穿行，才能抵达御药房。

颐行是头一回来，不大认得路，在老虎洞里遇见了个穿抓地虎青布靴子的太监，便蹲身冲人家请安，说："谙达您吉祥，我要上御药房，请问您该怎么走哇？"

那太监看见她，瞪着两眼怔愣了好一会儿："您要上御药房？上御药房干什么呀？"

颐行觉得他问得稀奇，只是不好拿话回敬，便耐着性子道："我上御药房，找太医瞧病。"

那太监一听更发怔了："瞧病？您瞧病？宫值太医不给宫人瞧病，您不知道吗？"

颐行说知道："我有贵妃娘娘口谕，贵妃娘娘开恩，特许我来找御药房太医的。"

"啊……"那太监笑得讪讪，"贵妃娘娘真是菩萨心肠。那什么，您找哪位太医呢，还是随意哪位都可？御药房我熟啊，您报个名儿，我好给您指路呀。"

颐行见这太监热络，也没什么好隐瞒的，纳了个福道："多谢您了，我找宫值的夏太医，常在下钥后留职当班儿的那位。"

这下子太监脸上露出果不其然的神情来，喃喃说："夏太医呀……您可太识货了，他是宫值最好的太医，医术精湛，人品也贵重。可就是忙……嗯，忙得脚不沾地，您要找他，怕不能一下子见着哪。"

颐行到这时才算松了口气，原先她还怀疑，那位夏太医究竟是不是正经宫值上的太医，毕竟上别处打听，一向查无此人。这下好了，总算证实有这么个人了，她再也不用怀疑宫里头不干净，头几次是半夜里遇着鬼了。

"不要紧，我上御药房瞧瞧去，要是没见着人，请别的太医也不碍。"颐行含笑说，挺感激他的盛情，"不知道谙达怎么称呼，万一找不见人，我好仗着您的排头留句话。"

那太监摸了摸后脖子，一面答应，脑子里一面飞快盘算："我叫满福，在御前当差。姑娘要找夏太医……是这么回事儿，夏太医呀，是万岁爷跟前顶红的太医，每月圣躬请平安脉都是他。才刚我还听说，夏太医应万岁爷召见，上养心殿去了……要不姑娘等会子，我这就要回养心殿，正好替姑娘传句话。"

颐行忙不迭道了谢，进宫这么久，除了当初教习处的春寿，就数眼前这位大太监最有人情味儿。不过夏太医不是号称女科圣手吗，怎么还给皇上请平安脉呢？想来是夏太医医道深山，不光后宫小主儿，连龙体康健也一并能兼顾吧！

满福见她没有异议，哈着腰说："那姑娘且等会子，我这就回去。"走了两步发现还是不妥当，唯恐她先上御药房去，万一和别人说起了夏太医，御药房里压根儿没有这个人，那岂不要穿帮？

于是重又折回来，搓着手说："姑娘就在这里等着吧，乾清宫不像旁的地方，这是万岁爷理政的地界儿，那一圈尽是南书房、上书房什么的，一个不留神就冲撞了内大臣，还是留在这里最稳妥。"

颐行应了声："多谢谙达，那我哪儿都不去，就在这儿等着您的信儿啦。"

"好、好……"满福堆了个笑脸子，一手压着头上凉帽退后了两步，然后飞也似的奔出了老虎洞。

事儿太紧急了，谁也没想到，裕贵妃为了安抚她们，能答应让宫值给银朱那小宫女看伤。原本皮外伤没什么，无奈老姑奶奶尤其信任夏太医，这会儿直愣愣冲着夏太医来了，要是让她知道御药房没有这个人，那往后主子爷的小来小往岂不走到头了？

于是满福一阵风般旋进了养心殿，因走得太急，迎面和怀恩撞了个满怀。

怀恩"唉哟"了一声："抢着挨头刀呢，你忙什么！"

满福忙扶住了他，气喘吁吁道："老姑奶奶找夏太医来了！师傅，赶紧通传万岁爷，请万岁爷定夺吧。"

怀恩闻言也是一惊，忙回身进了东暖阁。

皇帝才刚接见完臣工，处置完政务，正挑了两本书打算研读，外头怀恩进来，压着嗓子叫了声"万岁爷"。

皇帝没应他，闲适地在南炕上坐定，就着袅袅香烟翻开了书页。

怀恩上前一步，小心翼翼回禀了满福带回来的消息，说："万岁爷，老姑奶奶上乾清宫，找夏太医来了。"

皇帝翻页的手僵在了半道上，惶然抬起眼来："什么？"

怀恩招满福进来回话，满福哈着腰说："奴才在老虎洞里遇上了老姑奶奶，老姑奶奶说贵妃娘娘放了恩典，准她找宫值太医给银朱瞧伤，她一下子就想到夏太医了。奴才唯恐她进了御药房，这事儿要穿帮，就哄她夏太医上养心殿给主子请脉了。这会儿老姑奶奶还在老虎洞里等着呢，是打发了她还是怎么的，请万岁爷示下。"

这下子连皇帝都有些慌神了，果真撒过了一个谎，就得以无数的谎来周全。

他直起身问："她请夏太医，给那个小宫女看伤？"

满福和怀恩耷拉着眼皮子，脸上都带着尴尬的神情，满福说："那个小宫女挨了板子，伤在屁股上。"

这就是说，堂堂的皇帝还要乔装打扮给宫女看屁股上的伤？这不是天大的笑话吗！

皇帝气笑了："果真好事儿想不起朕，这种事就摸到御药房来了。"

怀恩见皇帝不悦，犹豫着说："老姑奶奶是信得过夏太医，才遇着了事儿头一个想起他来。主子爷，要不奴才去会会老姑奶奶，就说夏太医正忙着，另派一位太医跟她回去看诊，这么着也好圆过去，您说呢？"

虽说大夫不挑病患，伤在哪里也没有贵贱之分，但让他去给宫女治屁股上的伤，实在令皇帝感到不满。

"就这么办吧。"皇帝蹙眉，调开了视线。

怀恩道"嗻"，脚下边挪步，嘴里边嘀咕："昨儿精奇行刑，老姑奶奶为了护住银朱，自己也挨了一板子……"

"回来。"皇帝改了主意，"朕想了想，瞒得了初一，瞒不了十五……"

怀恩道是："那万岁爷是打算和老姑奶奶开诚布公谈一谈了吗？夏太医的事儿，该交代也交代了？"

结果皇帝的视线扫过来，在怀恩和满福涔涔汗下的时候，启了启唇道："把朕的官服拿来。"

就是那件鹌鹑补子的八品官服啊？这么说还要接着装？

说实话，万岁爷能做这样的让步，实在令怀恩意想不到。为了促成老姑奶奶回尚仪局，他纡尊降贵给含珍治好了劳怯，如今又为了让老姑奶奶安心，还得去看银朱那血糊糊的伤。万岁爷这是为什么呀，养蛊养得自己七劳八伤，果然是执念太强了，开始变得不计代价了吗？

然而万岁爷自己有主张，这事任谁也无法置喙。

明海捧了那件叠得豆干一样的八品补服来，皇帝慢吞吞下了南炕。怀恩上前，仔细替他换上官服，扣紧纽子，戴上了那顶红缨子稀稀拉拉的凉帽。皇帝站在铜镜前端详了自己一番，这才扎上面巾，从遵义门上走了出去。

门上站班的小太监有点蒙，没瞧见有太医进来呀，怎么说话儿就出去个大活人？

"站着，哪个值上……"

小太监上来盘问，话还没说完，就见满福杀鸡抹脖子式地一摆手，小太监虽没闹明白是怎么回事，却也即刻退到了一旁。

皇帝大步流星出了内右门，直奔乾清门老虎洞。他是帝王，有些地界儿不该他去，上回通过老虎洞还是七八岁那年，和跟前伺候的太监玩躲猫儿的时候。后来年纪渐长，知道自己肩上的责任，太子也罢，皇帝也罢，都要有人君风范，因此便把孩子那种好玩的天性戒断了。只是没承想，时隔多年，在他稳坐江山之后，还有钻老虎洞的机会。小时候，那条甬道里装了他许多的奇思妙想，大了觉得不过就是奴才通行的过道罢了，可如今他重走一回，竟是为了那个小时候结过仇的丫头，可见命运轮转，有些人的存在，就是为了不断祸害你啊。

不过要说意思，还是有点儿的，从那条光影斑驳的长廊下走过，每行一步，时光就倒退一点儿。远远看见那丫头了，梳着长长的辫子，像根木头一样立在道旁。不知道为什么，别人看她都挺老实守规矩，在他眼里她却是根深蒂固的难缠。他是个记仇的人，小时候的那点不痛快，他耿耿于怀到今儿，说实话他觉得进宫为妃为后，只要不得皇帝宠爱都是件糟心的差事，所以他也想报复报复她，让她往后都只能在这深宫里，每天对着他，说一百遍"我错了，对不起"。

为了有那一天，当然首先得下饵，把她扶植上位再说，所以他现在冒充太医这事，分明是很有意义的。

夏太医走过去，相隔三丈远就叫了声姑娘："听说你找我？"

颐行看见他，立刻笑得花儿一样，说："夏太医，我可算大白天见着您啦。听说您还是皇上的御医，乖乖，真了不得，实在让我肃然起敬。"

夏太医听惯了她虚头巴脑的奉承，不过相较于小时候，这语气还是透着几分真诚。他也知道她所为何事，但显得太过神机妙算，就不免异于常人了，便道："姑娘大白天的找我，想是有什么要紧事儿吧？手上的伤都好了吗？"

颐行说都好了，抬起手背让他瞧："一点儿疤痕也没留下，多谢您啦。只不过今儿来找您，是另有一桩事儿求您，就是……"她绞了绞手指头，"我的小姐妹，昨儿蒙冤挨了打，如今伤得很重，您不说您是女科圣手吗，我想求您过去瞧瞧，给开几服药，让她少受点罪。"

夏太医因她那句女科圣手半天没回过神来，好一会儿才道："你还真当我是看女科的？"

颐行一愣："不是吗？"转念一想，没必要在这种细节上纠缠，便道，"不是女科，全科也成啊。她伤得太重了，下不来床，趴在那儿直哼哼。您心善，好歹帮着瞧瞧，这宫里我不认得别人，就认识您啦。"

这话倒可以，让夏太医略微感觉有点儿受用，不过他实在不愿意去看这种伤，斟酌了下道："我这儿且忙着，跌打损伤瞧不瞧的无外乎那样，上点药就成了。"

颐行说不成："银朱脸色发青，眼珠子里还充血。我看了她的伤势，屁股像化了的冻梨，皮还在，底下汪着水，恐怕有伤毒啊。"

这是什么形容，夏太医觉得都快闻着味儿了："就是肿胀了，躺两天，慢慢会消肿的。"

颐行见他推辞，自己也不好揪着不放，不由得灰心地叹了口气。大概牵扯上了背上的伤，忍不住咳嗽了两声。

夏太医有了松动："这个时节咳嗽，有旧疾？"

颐行拧过胳膊摸了摸肩头，说不是："昨儿挨了一下子，已经不怎么疼了。"

大概是因为几次打交道，多少有了点交情吧，夏太医终于改了主意，说不成："内伤瘀结，不得发散，闹不好会留下病根的。我今儿上半晌的差事办完了，走吧，我替你瞧瞧伤。"

颐行说："夏太医您真是个好人，那还等什么，咱们快走吧。"说着喜滋滋转过身去，走了两步回头问，"您有药箱没有？我帮您背吧！"

一位大夫，出诊总不带药箱，可能是因为艺高人胆大。虽说来去两袖清风，但药方子总要派人重新送来，总是件麻烦事。

"这宫里是没有宫女学医呀，要是像前朝似的有女医官署，我就拜您做师父，专给您当碎催。"

夏太医听了，心里很称意，那舒展的眉目掉转过来一瞥她："学医麻烦得很，你是嘴上说说，真搬上成摞的医典给你，恐怕你就改主意了。"

本以为她会反驳，谁知她静静思量了下，居然很赞同地点了点头。

"我不爱读书。"她笑了笑，跟在他身后，慢慢走过狭长的老虎洞，边走边道，"我擎小儿就不爱读书，人家姑娘十来岁读遍了四书五经，我连读个《三字经》都费劲。"

这话一出，着实惊着了夏太医，他回头瞧了她一眼，觉得不可思议："大家子的姑娘，不是自小就请西席教授读书写字吗，你们尚家也是书香门第，怎么出了你这么个不爱念书的？"

原本这种私事是不该说的，可颐行自觉见过他几回，他又屡屡出手相帮，确实心里有几分熟稔之感，因此就算至今没看真切他的面貌长相，也不拿他当外人看待。

她开始遥想当初："因为我辈分大呀。我阿玛死得早，后来哥儿几个分了家，我和我妈就随大哥哥去了江南。到了江南，我还是老姑奶奶，底下侄儿侄女学习，我就爱在边上干看着，反正谁也不敢教训我。我念书这么多年，最喜欢一句话，叫'女子无才便是德'，真是说到我心缝儿里去了。"她解嘲式的哈哈笑了两声，"不过您也别小瞧我，后来我还是念了好些书的。"

夏太医不解，问她怎么又读书了呢，她说："因为没办法。我针线又做不好，我额涅让我选，是挑绣花还是挑读书，我觉得读书比绣花还简单点儿，就情愿读书了。"

这时候走出了老虎洞，一脚从阴暗的地方踏出来，顿时感受到了重见天日的豁亮。颐行也是头一次在光天化日之下看清夏太医的眉眼，那长眉秀目，因下半张脸遮着，越发显得眼角眉梢都是诗。

原本她想问问，是不是因为他是太医里的大拿，所以给皇上看病都能戴着障面呀？天儿日渐暖和起来了，他脸上老蒙着纱布，不觉得憋得慌吗？

可是转念一想，又觉得不能问，兴许人家纱布底下有不愿别人瞧见的东西呢。譬如有人天生残疾，上半截挺好，下半截是个豁嘴也说不定。

这么一想，神通广大的夏太医，也有不为人知的苦恼，她得把话憋回去，知情识趣，别捅人伤疤。

那厢满福匆匆迎了上来，手里还提溜着一个药箱，到了近前，煞有介事地赔笑说："夏太医，您走得急，把药匣子忘啦，奴才特给您送来。"

颐行很有眼力见儿，上前接了过来，含笑蹲了个安道："谢谢谙达给我传话，夏太医没带苏拉，这匣子就让我来背吧。"

满福有点慌："那什么……姑娘客气了，不过举手之劳。要不匣子还是让我来……"可话没说完，就被夏太医一个眼神掐断了。

御前太监都是这紫禁城中数得上号的，平时拿鼻子眼儿瞪人，几时能这么客气对待一位八品小官儿，还要帮着送药箱？是万岁爷跟前不够忙，还是夏太医面子通天？好在老姑奶奶脑子不那么复杂，要是换个精明点儿的人，用不着特意拆穿，就这么一句话，人家就全明白了。

满福讪讪把话咽了回去："那就辛苦姑娘了。"

颐行点了点头，见夏太医已经迈过了内右门，便匆匆拜别满福，提袍赶了上去。

大太阳悬在半空中，照着紫禁城的青砖，微微泛起一层热浪来。

夏太医走在墙根儿的阴影里，也不着急，负着手慢吞吞道："你这会儿，能认得多少字？"

一位不识字的后妃，说起来够呛，连封信都看不明白，还怎么指着她翻手为云覆手为雨？

颐行说："我只是不爱看书，不是不识字，像《太公兵法》《上下策》，都被我额涅逼着看过。"

夏太医倒是一喜："你还看过这些奇书？"

颐行说是啊："就是看完不明白里头说了什么，字我全认识呀。"

说到最后，还是那个没什么大出息的老姑奶奶，整天就是念油书，书里写了什么，完全不往心里去。

所以将来是要弄出一位不爱读书的主儿，书画肯定是不行的，女红还不出挑，那她会干什么呢？夏太医边思量，边接过了她肩上的药匣子。

颐行出于客气，忙说："还是我来吧，这匣子不重。"

夏太医连看都没看她一眼："两边分量不对称会高低肩，将来压得不长个子，可就这么高了。"

颐行怔了下，发现夏太医对她的个头似乎不太满意。但这种事是相对而言的，他生得高，自己在他面前就显得矮，要是把她搁在宫女堆儿里，她虽是纤细了点儿，身量却也不比别人差。

这大概就是太医的桀骜不驯吧，谁还没个眼高于顶的时候。她这会儿只想快些把人带回去，好给银朱看伤，便委婉地催促着："天儿热了，真不好意思的，让您走在大太阳底下。等到了他坦，我给您打凉手巾把子。"

夏太医未置可否，但心里明白她的意思。自己每回出行都有九龙抬辇乘坐，如今在这西一长街上步行，也确实热得难耐，便加快了步子，往御花园方向去。

她们的他坦，是个不错的去处，就在御花园西角门边上。

颐行引夏太医上小径，这里的花架子上爬满了紫藤，照不见太阳了，初夏的暑气也略微淡了点儿。

"就在前头。"颐行向前指了指，随墙门上两间围房，其中一间就是她们的。

含珍今儿要当值，人已经不在了，只有银朱一个人趴在床上，推门进去的时候略微动了动脑袋，说："姑爸，找着太医了吗？"

颐行说"找着啦",接过夏太医肩上药箱搁在八仙桌上,引夏太医到了床前,小心翼翼地把薄被掀了起来。

银朱老大的不好意思,把脑袋埋在了枕头底下,呜咽着说:"真没脸,没脸透了……"

这么大个姑娘,屁股给打得开花,宫里又没个女医,只好叫男太医瞧。虽说紧要关头接生都不避讳太医呢,但真到了这根节上,还是迈不过心里那道坎。

至于夏太医,心里一头觉得倒灶,一头又看这宫女挺可怜。

确实就如老姑奶奶说的那样,打破了的地方伤口结了血痂,没破的地方像冻梨焐热了似的,皮下汪着水。有时候想想,万事皆有定数,他的嫔妃撒气打了人,他却要亲自来开药瞧伤,真是报应。

关于银朱那满目疮痍的尊臀,夏太医自然是不愿意细看的,随意瞥了一眼,便弯下身子,翘起两指替她搭脉诊断。

"体内有热瘀,伤是皮外伤,不必包扎,上点儿药勤换洗,保持伤处干燥。"说着从药箱里取出刀斧药来,交给颐行道,"这药能止血止痛,伤口也不会化脓,每日早晚各上一次就是了。"

颐行接过来,再三道了谢:"那她身上的热瘀怎么办呢?"

夏太医不言语,回身取笔墨出来,坐在桌前仔细开了方子。那一笔娟秀的小字写得那么工整,颐行不由得赞叹:"您的簪花小楷写得比我好,我额涅要是看见,又该说我连个男的都比不上了。"

这论调听着却很新奇,在这男人至上的年代里,尚家老太太竟有那么不同寻常的思想。

"连个男的都比不上",背后的隐喻应当是坚定认为她家姑奶奶是栋梁,合该比男人还强。兴许是有了那份宠爱和无条件的夸赞,才养出了这么个有格调、有理想的老姑奶奶吧!

夏太医写完收起了笔,让方子在风口上晾干,一面道:"我只当你在夸我了。"毕竟男人写簪花小楷的不多,这一笔一画,只是为了让她能看明白罢了。

眼下银朱的伤是瞧完了,这就该轮到老姑奶奶了。

夏太医说:"你昨儿也受了伤,听你刚才咳嗽,内伤居多,没准儿损及了内脏,我也替你瞧瞧吧。"

颐行原本觉得无关紧要,但一听可能伤及内脏,立刻就把腕子伸了过去。

结果夏太医的那双眼睛朝她望过来:"我要瞧了伤处,才知道是否伤及内脏。我是太医,姑娘不要讳疾忌医,有病就得看。"

颐行眨了眨眼睛，心说夏太医真是个有担当的好大夫，给银朱看病之余一客不烦二主，顺带把她的伤也看了。

可是不诊脉，要瞧伤处，这个有点不大好意思啊，大姑娘家家的，每寸皮肉都很金贵，怎么能随意让人看呢。于是支吾了两下，作势又扭了扭肩："没事儿，咱们做惯了粗活儿的人，皮糙肉厚得很，这点子小伤不要紧，真的……"

夏太医的眼神却不认同："夏某是御药房首席，姑娘知道吧？皇上圣躬若有违和，都是夏某一手料理，难道替姑娘看伤，还不够格？夏某常出入养心殿及三宫六院之间，每日都很忙，像今天这样抽出空闲来替你们看伤，已经是大大耽搁时候了。正好趁着得闲，一块儿瞧了，免得下回你万一发作，又来御药房找我，省了你南北奔走扑空的工夫，这样不好吗？"

啊，夏太医真是个心思缜密的人，就是对给她看伤，莫名显出一种执念来。

见颐行还在犹豫，他有些不悦："姑娘难道忌讳在太医跟前露肉皮儿？这怕什么，太医眼里无男女，再说……"一面拿眼神示意床上趴着的银朱，意思是你那小姐妹如此隐晦的部位我都瞧了，你倒在这里惺惺作态起来。

颐行摸了摸后脑勺，又抿了抿头发，相当不自在："我伤在背上……"

这回连银朱都听不下去了，艰难地昂了昂脑袋说："姑爸，没事儿，就露个肩头子，总比我强……"说到底又丧气起来，把脸埋进了枕头里。

夏太医一副"看吧，识时务的都这么说"的表情，也不再多言了，就这么揣着手，站在她面前低头乜着她。

看回来！心里一个声音在叫嚣，多年前吃的亏，不能就这么黑不提白不提了。

这尚颐行有多可恶，当年她的那张笑脸，到现在都时时在他眼前浮现，这是他儿时最惊恐的回忆，多少次午夜梦回，他都是被她吓醒的。

犹记得当初，他是先帝最得意的儿子，文韬武略百样齐全，结果，就是这稀奇古怪的毛丫头，破坏了他无瑕的名声，让所有人知道太子爷有随地撒尿的坏毛病。为了这事，他苦闷地在屋子里关了三天，没有人知道，当他再次鼓起勇气踏出房门时，那些看他的眼神有多复杂，他是顶着多大的压力，才假装这件事从未发生的。

后来娶了她的侄女，一个知道他底细的人，以至于皇后每次看他，他都觉得她在憋着笑，这是帝后不睦的导火索，一切根源全在这尚颐行身上。

风水轮流转，解铃还须系铃人，哪里栽倒了，哪里爬起来。因此看回来，是他现在的目标。不管用什么办法，让自己捞回一点本，你看过我，我至少也看了你，就不觉得那么亏得慌了。

颐行这厢呢，哪里知道夏太医此时的盘算。她还一心觉得他人品很好，对待皇帝也好, 小宫女也好, 都一视同仁。

于是她也没什么可扭捏的了, 背过身去解开了领上纽子, 一层绿绸一层里衣, 最后剥出那嫩笋芽一般的肩头, 往前递了递说: "您给瞧瞧吧, 究竟伤着我没有? "

有点儿晃眼睛, 这是夏太医看后的第一想法。本来咬着槽牙较劲, 可当她真的脱下衣裳让他过目时, 好像又变成了另一种感慨。

……当年的黄毛丫头长大了, 长出了女人的身条。不过十六岁确实还稚嫩, 这圆圆小小的肩头, 还不及他一握……

他忽然有点羞愧, 并没有大仇得报后的快活, 反倒觉得有点良心不安, 不该和个孩子认真计较。

"看着……没有伤及五脏六腑, 击打之后有瘀血, 不碍的, 修养两天就好了。"他的视线很快调开, 调到了药箱上, 过去胡乱一通翻找, 找出了舒经活络的药油递过去, "请人帮忙, 早晚揉搓进皮肉里, 瘀血慢慢就会散了的。"

颐行不疑有他, 阖上衣襟忙去接了药, 含笑道: "我原说是皮外伤来着, 您还不信, 不过瞧瞧好, 瞧完了我也放心了。"手忙脚乱把衣裳整理好, 又去案上搬了茶叶筒来, 说, "您且坐坐, 我给您沏壶新茶。我们这儿喝的是高碎[1], 慢待您了, 今儿多谢您, 大热的天气, 特特儿跑了这一趟。"

夏太医自然不能乱用别人给的茶, 就算是盛情款待, 也不便坏了规矩, 便道: "茶我就不喝了, 你细心照料她吧。记着别让伤口碰水, 要是有什么变化, 再来找我就是了。"边说边收拾起药箱, 往肩头一背, 头也不回地迈出门槛, 说: "走了。"

旗下人客套, 颐行当然也不例外, 她追出去, 扬声说: "夏太医, 我送您一程。"待追上去要给他背箱子, 他让了让, 没有接受。

不接受不要紧, 不妨碍颐行和他就伴儿。这一路上她也打自己的小算盘, 试探着说: "夏太医, 我早前没想到, 您竟还是御前的红太医哪, 难怪您行事那么磊落。我想问问您, 伺候皇上的时候, 是不是都捏着心? 皇上是天字第一号的人物, 脾气八成大得很吧? "

夏太医心头一蹦跶, 心说果然凤凰不落无宝之地, 一旦知道他和皇帝有牵搭, 她就开始琢磨自己关心的事儿去了, 总算还有点儿上进心, 这很好。

至于怎么形容皇帝呢, 他得好好斟酌一下。

---

1 高碎: "高碎"亦称"高末", 茶叶店筛茶时筛出的茶叶末。

"帝王执掌万里江山，人君之重，重如泰山。不过皇上是个和蔼的人，满朝文武不都说皇上是仁君嘛，要是惹得仁君震怒，一定是臣子做得太过分了。"他边说，边回头瞧了她一眼，"听说你那哥哥，早前是个巨贪啊。"

颐行摸了摸鼻子："也不能这么说，先帝爷几下江南，都是我们尚家接驾。您想想，皇上随行那么多的王公大臣，吃要吃最好的，用要用最好的，朝廷又不拨银子，那周转的钱打哪儿来？我们家自打头回接驾，就闹了亏空，那时候我额涅连多年攒的体己都拿出来了，家里挣了个风光的名头，实则穷得底儿掉。所以我说嘛，臣子一年的俸禄加上养廉银，就那么几千两，像御菜一顿就要一百零八道，赏你赏他的，皇上还不如省着点吃呢。"

夏太医摸了摸额角："帝王家吃的就是排场。"

"要排场也行，国库里头先拨银子嘛，像这么带嘴光吃，多大的家业也经不住啊，您说是不是？"

她善于用"您说"这一套，说到最后他就不知该怎么应对她了。

他思忖了下说："反正当今皇上体恤民情，也没打算下江南。"

颐行却不那么乐观："您不知道，是人总有个心血来潮的时候，要是哪天想不开了，那江南道又得出巨贪了。"

夏太医停住了脚："那照你这么说，贪官是给逼出来的？"

颐行理所当然地应道："别人家我不知道，反正我们家就是。"

当然朝堂上的事不该妄议，她还是懂规矩的。前头琼苑右门就快到了，她想了想，好容易有个行走御前的人，总得抓住时机，便道："夏太医，我们不议论那些了，我托您个事儿成吗？"

夏太医面罩上那双眼睛，望向远方天地开阔处，随口一应："你说。"

"往后您给皇上看病的时候，瞧准时机提我一嘴行吗？就说尚家老姑奶奶进宫了，长得又好，又仰慕皇上。"这话说完，自己先红了脸，反正这会儿也顾不得夏太医怎么瞧她了，她搓着手许了诺，"咱们认识也有阵子了，明人不说暗话，只要我爬上去，将来一定保举您当太医院院使。您再也不用穿这八品鹌鹑补子了，我让您穿五品白鹇补子，您细掂量，看看这桩买卖怎么样？"

"依你看，万岁爷要同我说什么？"珣贵人一步步走向东暖阁，越想越觉得悬心，便扭过头问满福，"你们常在主子跟前伺候，这两天没什么闹心事儿吧？前朝……我们家……"

嫔妃最怕的，就是娘家出纰漏。宫里后妃们的阿玛兄弟，几乎无一不为朝廷效力，像前头尚皇后，就是因为受了家里的牵连，才给废到外八庙去的。

珣贵人是个老实人，老实人胆儿小，也不出挑。事儿要是往那上头想，难免越想越害怕，到最后几乎把自己给吓着了。

满福见她那模样，也不好说什么，只道："小主儿别慌，主子找您说话，未必不是叙叙家常。前朝的事儿，我们做奴才的不好妄议，不过这程子并没听见您家里有什么消息。"说着一笑，"您知道的，在朝为官，没有消息就是好消息。所以您只管进去吧，主子爷这么温和的人，传您是您的体面，您怎么倒怕呢。"

珣贵人想了想，确实是这么个理儿，心里也就安定下来。迈进前殿后整了整仪容，站在东暖阁门前停住步子叫了声万岁爷："奴才图佳氏，求见。"

里头皇帝的声气儿依旧温暖平和，道一声进来，门上站班的宫女向一旁掀起了门帘。

珣贵人吸了口气，迈进这精巧的次间，见皇帝穿着一身月白云龙暗花袍子，腰间随意扣了条玉带，正站在案前翻看匣子里的奏折。书案上的料丝灯洒下柔和的光，皇帝人在其间，微微一回头，便有种家常式的温暖。

要说万岁爷其人，莫说后宫诸多的嫔妃们，就连如今统领六宫的裕贵妃，恐怕也看不透他。

说他严厉，他分明是这世上最和善的人，对待谁都没有疾言厉色的时候，仿佛和每个人都有过一段情。但要说他随和，其实也不是，他有人君之威，是高山是君父，是所有人赖以仰息的天。

这样的男人，总给人一种欲亲近而亲近不得的距离感。然而你见了他，又控制不住生出一种孺慕之情来，大概因为他生了一副好相貌，引得人飞蛾扑火，也是人之常情吧。

"奴才图佳氏，给万岁爷请安。"珣贵人敛神，抬手向上蹲了个安。金砖地面上朦胧倒映出顾长的身影，很随意地应了声"起喀"，甚至赐了她座。

皇帝还站着呢，珣贵人哪里敢坐，便站在一旁察言观色，见皇帝提起了笔，忙道："奴才伺候主子爷笔墨。"

皇帝唔了声，淡淡一笑道不必："有句御批要改一改，用不着研墨。"顿了顿又道，"朕近来政务冗杂，顾不上后宫，今儿翻你牌子，才想起懋嫔来，她怀有身孕，朕也没空去瞧她，她近来怎么样？好不好？"

皇上是位温情的天子，他对后宫嫔妃们没有突出的好，但时不时也会关切一下。懋嫔如今因为有孕，已经不需再在围房里候着了，皇帝因珣贵人和她同住一宫，顺便向珣贵人打听，也不是多突兀的事。

珣贵人叠着手，仔细思量了下："奴才早前每日都要给懋嫔娘娘请安，娘娘看着气色一向很好，只是偶尔孕吐，拿酸梅子压一压，便也缓解了。这程子倒和以前不大一样，说是人犯懒，想是月份渐渐大了，身子不便，咱们虽一个宫里住着，不得懋嫔娘娘召见，也不好随意登门请安。"

皇帝听了慢慢点头："懋嫔这人旁的倒还不错，只是脾气急躁，你们随她而居，难免要受些委屈。"

一位帝王，能说这样体贴的话，纵是句空话，也叫人心头温暖。

珣贵人的唇角微捺了下，可见平时没少吃懋嫔的亏，可她也不忙着诉苦，反而为永常在说了两句话。

"上回主子万寿节大宴上，永常在因和妃娘娘那只猫，被贵妃娘娘降了等次，原以为最坏不过如此了，没想到懋嫔娘娘在储秀宫大闹了一通，说永常在是她宫里的人，丢了她的脸，要上请贵妃娘娘，把她遣到别的宫去。永常在年纪小，没经过事儿，吓得直哭，在懋嫔娘娘跟前磕头谢罪，脑门上撞出那么大个包来，奴才瞧着，实在心酸得很。不过懋嫔娘娘想是有她的用意吧，永常在糊涂，是该好好长点记性才好，这么吓一吓，往后行事自然更熨帖些。只是……我想着娘娘毕竟身怀龙种，气性太大对龙种不好。再说有孕在身的人忌讳打打杀杀，上次那个叫樱桃的小宫女因不留神撞了懋嫔娘娘一下，就被打得皮开肉烂，最后竟打死了。这种事儿到底不好，一条人命呢，就算不为自己，也该为肚子里的龙种积点德。"

珣贵人说这些话的时候，脸上神情如光影移过窗屉子，透出瞬息万变的况味来。

其实她何尝不知道，在皇上面前应该收敛些，毕竟懋嫔怀着龙种，人家如今是后宫顶金贵的人儿呢。可好些不满，好些苦楚，一旦破了口子，就源源不断地流淌出来，堵也堵不住。

自己是个惯会做小伏低的，在储秀宫立足也不易，更别说永常在了。年轻孩子品性单纯，受了懋嫔不知多少的气。像永常在当初封贵人时，上头照例有赏赐，那些赏赐为了疏通，大部分都孝敬懋嫔了，确实换来了一时的太平。后来永常在不得宠，除了逢年过节大家都有的恩赏，再也没有别的进项，懋嫔那头没东西贿赂了，人家就不给好脸子，横眼来竖眼去的，全靠永常在心大，才凑合到今儿。

后宫妃嫔都是官宦人家的姑娘，纵使娘家门庭不显赫，自小也是捧凤凰一样养到这么大。到了年纪，送进宫去，被高了一级的嫔当孙子一样欺负，倘或家里知道了，该多心疼啊。

可世上就有这么没天理的事，恶人格外的好运，竟怀上了龙种。将来孩子落地，要是位阿哥，少不得母凭子贵再晋上一等，到时候她们这些低位的嫔妃，在储秀宫的日子恐怕更难熬了……竟是不敢想，只有走一步看一步。

皇帝听了她的话，半晌未语，慢慢在案前踱步，隔了一会儿方问："懋嫔多久请一次平安脉？"

珣贵人想了想道："储秀宫不常请平安脉，懋嫔娘娘不信那些个，说自己身体底子好，不愿意闻药味儿，也忌惮太医给各宫看病，万一带了病气，反倒传进储秀宫来。"

皇帝一哂："可见她并不关心孩子的长势。"

"这奴才就不知道了。"珣贵人斟酌了下道，"懋嫔娘娘的意思是横竖龙胎在肚子里，不论男女好坏都得生出来。反正如今吃得下睡得香，犯不着召太医，宁愿自己关起门来好好养着，说养好了，比什么都强。"

皇帝牵了下唇角，曼声道："看来朕是太过疏于关照后宫了，等明儿处置完政务，朕亲自去瞧瞧她。人总在储秀宫困着不是办法，也该活动活动才好。"

珣贵人道是："奴才回去，就把这个好信儿转达懋嫔娘娘。"

才说完，隔着门帘听见外头太监叫了声"回事"。皇帝回头望，怀恩从门上进来，哈着腰说："回禀万岁爷，军机值房收到一封金川战事的战报，请万岁爷过去瞧瞧。"

皇帝哦了声，打算移步出去，忽然想起什么重又站住了脚，在珣贵人殷殷期盼的目光里回身道："金川战事吃紧，朕要上军机值房，不知道多早晚回来。你别等了，让他们打发人送你回去吧。"说罢一提袍子，迈出了东暖阁。

珣贵人有些痴傻了，站在那里直愣神，直到跟前宫女进去搀扶她，她才醒过来："你看，这一说话，把侍寝都给说丢了……翠喜，我是不是说错了什么，惹得皇上不高兴了？"

翠喜能怎么说呢，只好宽解她："万岁爷是怕议政时候太长，让您白等一场，倒不如早早儿歇下……主儿，咱们回去吧。"

不回去又能怎么样，反正养心殿是不容她留下了。

满福挑来了一盏羊角灯，哈着腰道："奴才送小主回储秀宫，小主儿请吧。"

于是珣贵人主仆跟着那盏灯笼的指引，走在望不见尽头的夹道里。仰头看看，天上一线新月细得弦丝一样，迷迷濛濛挂在东方，和她现在茫然的心境很相像。

后来也不知是怎么走回储秀宫的，但一脚迈进宫门，就见懋嫔屋里的大宫女如意从廊庑底下走过。见她回来，有些意外，很快便转进宫门内通传了懋嫔。

珣贵人叹了口气，知道少不得还得应付懋嫔，眼下先向满福道了谢，说"有劳公公了"。

满福垂袖打了个千儿："小主儿早些歇着吧，奴才告退了。"说罢，退出了储秀门。

在这宫里生存，孬一点儿的真没有出头之日，珣贵人唏嘘着，和翠喜相携往回走，刚走了两步，就见懋嫔挺着肚子从殿门上出来，大夜里的还没卸妆，把子头上珊瑚穗子摇摆，捏着嗓子哟了声："这是怎么话说的，不是翻牌子了吗，怎么才这一会儿工夫，就回来了？"

珣贵人觉得丧气，面上却不能做出来，只好堆了笑脸子道："军机处忽然来了急报，万岁爷赶过去处置了，今儿不知忙到什么时候，我在养心殿等着也是空等，就让我先回来了。"

懋嫔听罢，忽然勾起些往日的回忆来，这种事自己好像也曾经历过，原本还想调侃珣贵人几句的，这会儿却没了兴致，摆手说算了："想是你没造化。时候不早了，回你屋里去吧。"一面扭头吩咐宫女，"把门关上吧。"

可是珣贵人却站着没动，什么叫没造化，是啊，全后宫就数她懋嫔最有造化，得了个龙子，人五人六都快横着走了。

多想痛快骂她几句，出了这些年的鸟气啊，可是不能够，人家怀着免死金牌呢，非但现在骂不得，往后的年月都得继续忍着她。

懋嫔见她不挪动，这模样倒像要生反骨，便道："怎么了，给钉在这儿了？"

珣贵人气血上涌，深吸了一口气才平复下来，重又堆起了笑脸道："才刚我临走，听万岁爷说明儿得闲要来瞧您来着。我给您递个话，好先预备起来，不至于万岁爷驾临，一时慌了手脚。"

懋嫔本来因她梗脖子的样子要发作，但一听皇帝要来，那份高兴立时就把心里窝的火冲散了。

"明儿真的要来？你听明白了？"

珣贵人说是："还打听您肚子里的龙种呢，万岁爷很记挂您和小阿哥。"

懋嫔这才称意，心情一好态度也和软了，摸了摸肚子，半带轻轻的哀怨，说："原就该来瞧瞧的，拖到这早晚……"眼波调过来一扫珣贵人，"行了，你今晚辛苦了，快回去歇着吧。"

接下来关上殿门后的那股欢喜劲儿，自是不用说了。

自打往上呈报了遇喜的消息，她的绿头牌就从银盘上撤了下去，像上养心殿围房等翻牌子这种局，就再也没有参加过。

少了面见皇上的机会，可惜，但比别人多了份底气，这是荣耀。皇帝不常走宫，这回要上她这儿来瞧她，高兴得她站不住坐不住，忙招呼跟前宫女来挑衣裳配首饰，直忙活到亥正时分，方才睡下。

第二天一早起来，睁眼又在等。打发小太监上养心殿探听，看万岁爷什么时候御门听政回来，可皇帝政务实在忙，上半晌在军机处又耗了两个时辰，连小食都是在军机处进的。

"今儿怕是不来了。"懋嫔怅然说，转头又恨珣贵人，"八成是她胡嚼舌头哄我，我竟拿她的话当了真，她背地里快要笑死了吧！"

如意一面扶她坐下，一面道："珣主儿的为人，您还不知道吗，借她两个胆儿，她也不敢来诓骗您。想是万岁爷叫公务绊住了脚，暂且没法子过来，等手上的事忙完了，焉有不来瞧主儿的？"

懋嫔虽这么听了，心里还是七上八下不得安稳。

后来等得没趣了，干脆不等了，瞧时候差不多，准备上里间小憩，谁知刚要转身，门上小太监进来通传，说万岁爷打乾清宫那头过来了。

懋嫔顿时一震，忙补粉抿头，急急赶到廊庑上候驾。不过多会儿就见那道身影从影壁后过来，懋嫔立时笑得像花儿一样，迎上前蹲身纳福，说奴才恭迎圣驾。

"你身子重，不必多礼。"皇帝这回破天荒地伸手将她扶了起来，"朕政务巨万，不便来瞧你，你近来可好呀？"

懋嫔道："奴才一切都好，只是如今行动不便，不能时时去给万岁爷请安。"

"请安不值什么，要紧的是你的身子。"皇帝的体恤大不同于往日，一路紧握着懋嫔的手腕，一同进了里间。

懋嫔心头的小鹿在扑腾，进宫一年多，从来没得皇上这样温存过。皇帝是君，她们为臣，君臣之间大多时候保持着彬彬有礼的距离，不是她们不愿意亲近，是皇上拒人于千里之外。

皇上啊，不拿架子，对谁都客气而疏淡，然而淡淡的态度最伤人，在得知她有了喜信儿之后，对她和对六宫也并未有什么不同。今儿这是怎么了，忽然变了个人似的，这份热络怪叫人受宠若惊的。

懋嫔心里一头激荡，一头又不大自在，将皇帝引到黄云龙坐具上，轻声细语说："主子爷，您坐。我得了两个新鲜的蜜瓜，让她们刨了瓤儿做甜碗子，您少待，这就叫她们端来。"

皇帝说不必："朕不爱吃甜食，你自己留着用吧。不过瓜瓤不好克化，仔细引得肠胃不适，还是少吃些为好。朕今儿是往中正殿去，顺道过来瞧你，看你气色很好，朕也就放心了。"

懋嫔说是："全赖万岁爷隆恩，小阿哥很好，太后昨儿还打发人送了新做的虎头帽来……"边说边让如意取来给皇帝过目，"您瞧瞧，是不是做得活灵活现的，比外头的可强了百倍不止。"

皇帝瞥了一眼，随意应了一声，又略坐了会儿，起身道："成了，你好好养着吧，朕得空再来看你。"

懋嫔没想到他来去一阵风，这么快就要走，惶然站起身道："主子才来的，怎么不多坐会儿……"可她话还没说完，皇帝充耳不闻，人已经到了前殿。

懋嫔只好送出去，扬袖蹲安说："奴才恭送皇上。"

皇帝负起手，沿着中路一直往前，将到影壁时回头看了看，这懋嫔撑着腰的样子，真像身怀六甲似的。

怀恩领着抬辇的太监们，在外头夹道里等候，见皇帝出来忙上前搀扶，待皇帝坐稳了，方抬手拍了拍示意动身。

抬辇稳稳上肩，怀恩在底下跟着，仰头瞧了瞧皇帝，轻声说："万岁爷，要不要给御药房下令，隔七日给懋主儿请一回平安脉？"

皇帝一肘支着九龙扶手，脸上神情淡漠："用不着，夏太医已经替她诊完了。朕看这储秀宫里好像缺了一段人气，屋子也有空着的，再添一员也未为不可。"

怀恩迟疑了下："主子爷的意思是……"

皇帝在辇上舒展了下手脚，华盖底下凉风透体而过，他笑了笑："夏太医向朕保举的那个小宫女，朕看很有潜质，把她搁到储秀宫来和懋嫔就伴儿，只要她够聪明，前头好大的功勋在等着她呢。"

越想越得意，简直是白送的功绩。将来老姑奶奶明白了他的苦心，一定会对他感激涕零的。

银朱屁股上的伤，因夏太医的诊治，日渐好了起来。三天之后，颐行替她上药时，她不再撕心裂肺惨叫了，大不了"嘶"地抽口气，由头至尾都能忍耐。起先也被打没了精神头儿，人快快地不肯开口，等到伤处基本结了痂，她才愿意昂起脑袋，和颐行说上两句话。

"依您看，我屁股上会不会留疤？"

颐行正收拾药盒，听她这么说，回头看了一眼，说不会的。

"真不会吗？我这伤口可大，就怕掉了疤一棱一棱的，像老虎纹。虽说藏在裤子里，但万一将来嫁人，夫婿瞧见了不好看。"银朱说罢，圆脸上挤出一个笑来，"姑爸，您的太真红玉膏，别忘了给我抹点儿。"

颐行失笑："你的屁股比脸还金贵呢，放心吧，早就给你用上了。只是你要使的地方大，一瓶药怕不够，横竖不要紧，今儿能领月例银子了，回头咱们有了钱，找夏太医再买一瓶。红口白牙讨要多丢人的，咱们不能老占人便宜，也得让人捞点儿油水。那夏太医，瞧着挺红，毕竟才八品的衔儿，月俸怕也不怎么多吧。"

所以大家都不容易，她们在后宫里头服役挨人欺负，夏太医在太医院当差，同僚间未必没有倾轧。要说未入流官员的俸银，应当不比她们高多少，每回有求于人光是张嘴要，人情总有淡泊的一天，只有亲兄弟明算账，许人家一点相应的好处，彼此才能客客气气处得长远。

银朱说起银子，人也显得精神起来，崴着身子问："咱们进来都快三个月了，上月没给咱们发，这个月应当领两个月的月钱了吧？一个月一两二，两个月二两四，咱们俩凑在一块儿，能有四两八钱，积攒上半年……够拿这银子贿赂上头，等六宫再提拔大宫女的时候，就把您填上去。"

银朱总是这样，有好事先想着老姑奶奶，反正自己不着急，老姑奶奶出息了，一定会拉她一把。

颐行倒没急着盘算这笔钱怎么积攒，想起那酱香大肘子，心里还是空落落的。

"银朱，你馋不馋？"颐行挨在她床边问，"你想吃肉？就那种酱肉，放在大酱大料汤里翻煮，捞起来晾凉了一切，肉丝儿里还夹着细肥油……"

银朱终于咽了口唾沫，被她描绘得馋虫肆虐。想当初在家时不难吃着的，甚至可说是不稀罕吃的东西，如今都已经成了可望而不可即的美食，想想这宫廷啊，真是个能让人调整胃口的好地方。

可是想归想，宫女子的菜色以素居多，偶尔夹两根肉丝儿已经是开荤了，怎么能奢望大口吃肉呢。

银朱摸了摸脸："我进来三个月，瘦啦，脸显见地小了一圈，就连这个……"她垂下眼瞧了瞧胸前，"都不累赘了，可见少吃肉还是有好处的。"

"唉……"颐行叹息，咂吧了两下嘴，"淡出鸟来，我想大鱼大肉胡吃海塞，不知什么时候才有这造化。"

银朱说："想辙在皇上面前露脸，您结交了夏太医，还认识了御前太监，再加把劲儿，没准哪天就在西一长街碰见皇上了。"

颐行笑了笑，光这么听着，好像皇上就住她们隔壁，一抬脚就能见着似的，其实哪有那么容易。这种事终究还得靠谋划，她在等待一个时机，机缘到了，没准儿一下子就撞进皇上心坎里去了呢。

不过眼下最要紧的还是领银子，没有银子，在宫里办不成事。银朱不能下床，颐行先在他坦里照应她，等安顿完了她，时候也差不多了。

今儿是初三，内务府在延庆门内发放月银，各处宫人按份领取。颐行拿上自己和银朱的名牌，让银朱且等着，自己便出了门。

延庆殿在雨花阁东侧，能通过雨花阁东北角小门进入，每年立春时节皇帝会在这儿迎春祈福，平时闲置，就作为内务府分发俸银，每季量裁宫女衣裳所用。

颐行捏着名牌，快步往雨花阁去，半道上遇见早前一道在教习处学规矩的宫人，彼此含笑打个招呼，也就错身而过了。等到了延庆门上，见人已经不多了，她算来得晚的，忙上前排在队伍之末。等列队到了长案前，内府官员隔桌垂眼坐着，一面翻看手上花名册子，一面询问："哪处当值的？叫什么名字？哪一年进宫的？"

颐行老老实实呈报上去："尚颐行和焦银朱，都在尚仪局当值，今年二月里进宫的。"

内府官员听了，眼皮子仍旧没有掀一下，在花名册上逐行寻找。终于找见两个没打过钩的名字，嘴里喃喃念着："尚颐行，焦银朱……"一手摸向边上装满银子的托盘，捡了两块碎银出来，放在小戥子上这么一称，少了，又拈一块更小的放进来，这回差不多了，便往她面前一倒，"二两四钱，收好了。下一个……"

颐行看着这小小的三块银子，倒有些算不过账来了，犹豫了下才道："大人，这银子是不是发放错了？咱们二月进宫，三月和四月的都没领……两个人，合该是四两八钱才对。"

这回内府官员的眼皮子抬起来了，也不和她算这笔账，只道："没错，就是二两四钱，大伙儿都是这么领的。"说完便不耐烦应付她了，又扬声传唤，"下一个。"

后面的人上来，顺势把她顶到了一旁，颐行站在那里，心里头的沮丧不知如何形容才好。宫女子太惨了，月例银子本来就不及太监高，结果到了领取的时候还要被盘剥，这么下来还剩多少？自己做宫女，一路走来真是看透了这底层的黑暗，等将来要是有出头的一天，可得好好整顿整顿这乱象。

眼下却没法子，再磨也磨不出银子来，还杵在这里做什么。于是灰心地转身朝角门上走去，刚走了两步，就听背后有人叫了声姑娘。

她纳罕地回头，待看清了来人，忙含笑蹲了个安："真巧，谙达也来领月银？"

来人正是那天替她传话的御前太监满福，满福迈着八字步过来，对插着袖子微微哈着腰，说："正是呢，巧了，进门就瞧见姑娘。姑娘的银子领完了？"

颐行说是："这会儿正要回去呢。"

满福点了点头："我才从养心殿来……姑娘要是有空，借一步说话？"

御前的人有话，那必定是要紧话，就算没空也得有空。

颐行忙道："今儿尚仪局容我们出来领月例银子，晚点儿回去也没什么。"边说边移到个背人的地方，"谙达有什么示下，只管说吧，我听着哪。"

满福讪讪笑了笑："我可不敢称示下，姑娘太客气了。找姑娘说话，是因着昨儿的事，昨儿万岁爷请平安脉，还是夏太医伺候的，当时我就在边上站着呢，听得真真的，夏太医和万岁爷提起了您。您猜怎么着，万岁爷果然想起您来，说'就是万寿宴上，浇了和妃一身汤的那个'，您瞧，姑娘算是在万岁爷跟前露脸啦。"

可这种露脸，听上去怎么怪别扭的呢？

颐行有点惭愧，并没有受皇上垂询的欣喜，无措地摸了摸耳上坠子说："我出的洋相，全叫皇上看见了，多丢人啊。"不过夏太医是真的仗义，那天她托付后，他居然这么快就行动起来了。

满福只管开解她："这有什么的，怨还是怨和妃的猫，和姑娘有什么相干。不过您和夏太医的交情，八成挺深吧？夏太医在皇上跟前不住地夸赞您，说尚家老姑奶奶人长得漂亮，心眼儿也好，还知进退懂分寸，且琴棋书画样样精通，尤其那手女红，绣的花鸟鱼虫，个个像真的一样。"

颐行半张着嘴，听得发怔："夏太医是这么夸我的？"

满福说是啊，言罢，理所当然地一笑："您是尚家出身，尚家那样的门庭，出来的小姐必定无可挑剔。万岁爷听了，对姑娘也有些好奇，只是忌讳前头皇后的事儿，不好轻易传召姑娘。不过万岁爷说了句话，说姑娘这样的人才，窝在尚仪局里埋没了。"

颐行听得一愣一愣的，半晌赧然道："我算什么人才，是夏太医谬赞了。不过皇上倒能听进夏太医的举荐，真叫人意想不到。"

满福龇牙笑道："这有什么意想不到的，我不是和您说过吗，夏太医是万岁爷跟前红人，万岁爷一向最信得过他的医术。夏太医为人审慎，也从来不爱议论后宫事，这回和万岁爷提起您，万岁爷觉得新鲜，自然也对姑娘另眼相看。"

幸事从天而降，像个天大的烙饼一样，砸得颐行有点发蒙。待回过神来，又觉得满福的做法令人不解。

"您是御前的人，万岁爷说过什么话，您怎么愿意告诉我呢？"

"那自然是下注呀。"满福毫不讳言，"不瞒您说，咱们做太监的，最爱琢磨主子的心思，也爱在后宫娘娘里找最有出息的那位倚仗。姑娘您是尚家人，虽说家里坏了事儿，不像早前了，但您家的风水还在，保不定有翻身的机会呢。我这会儿和姑娘交交心，往后姑娘要是升发了，也栽培栽培我，就尽够了。不过有一说一，姑娘您最该谢的是夏太医，人家可为了您，说得唾沫都快干了，又说您如何好，又说您如何不易。依着我常年在御前的见识，万岁爷算是听进去了，接下来姑娘只要瞧准机会使把劲儿，制造个和万岁爷的偶遇，万岁爷一上心，这事儿可就成了。"

颐行还晕乎着，脑子里只剩一句话——朝中有人好做官啊。这夏太医帮人帮到底，真是个神仙一样的人物。早前她顺嘴一提，虽然觉得这是最快速的手段，但可行性并不高，她实在没抱太大希望。结果夏太医如此靠谱，居然成了……成了之后应当怎么办呢，她一时却又有些彷徨了。

"谙达瞧得起我，这是我的福分，我也感激夏太医，能这么帮衬我。可偶遇这种事儿……怎么能够呢。我是后宫里头当差的，皇上在乾清宫往南这一片，两下里毫无关系啊。"

满福啧了声："这不是有我吗，我把万岁爷的行踪透露给您，您到时候想个法子惊艳亮相，皇上一瞧这姑娘深得朕意，晋位这种事儿，不过一句话的工夫。"

这么听来，好像果然如虎添翼了。但这种没来由的协助，背后会不会有什么猫腻？

颐行谨慎地说："您看我和您交情平平，您的这片盛情，我可怎么报答您呢……"

满福一副很大气的模样："说报答的话就见外了，姑娘这么聪慧的人儿，我帮姑娘攀上高枝，姑娘自然不能亏待我。我呀，也是瞧着夏太医，夏太医的人品我信得过，他举荐的人，能孬吗？再说您是名门之后啊，当初牌子没能到御前，已是大大的不应该了。人的运势是注定的，该是您的，到天上也还是您的，这不，兜兜转转万岁爷又留意您了，您往后就赡等着步步高升吧。"

颐行听了老半天，还是觉得好运气不能这么唾手可得。

其中怎么好像有诈呢……吃了太多亏，知道步步留心的颐行，对这只有过两面之缘的大太监露出个模棱两可的笑："您容我再琢磨琢磨。"

满福愣了下："还琢磨什么呀，后儿皇上要游御花园，这不是您冒尖的大好时机吗，回去预备上就成了。"

然而她这回并没听他的，反倒往后退了半步，说："谙达是为着我，我心里头有数，可面见皇上不是小事儿，闹得不好要掉脑袋的，我不敢胡来。再说我一个大姑娘，琢磨怎么和男人偶遇，实在没脸得很，您还是容我再细想想吧，等想好了，我再求您成全。"边说边往角门上挪动，又顺势蹲了个安，"我耽搁有阵子了，得回尚仪局去了，谙达您忙吧，回见了您哪。"

满福哎了两声，没等他说完，老姑奶奶已经穿过小角门，头也不回地跑了。

这是怎么话说的？满福有点儿纳闷，想挣功名不是她自己的意思吗，怎么这会儿有好机会，她又不想要了呢？

满福带着满腹狐疑回到养心殿，把对话经过和皇帝交代了，末了道："主子爷，老姑奶奶这是什么想头儿呀，是信不过奴才吗？"

那还用说吗，肯定是信不过啊。皇帝蹙了蹙眉："朕日理万机，哪来的闲工夫和她弄那些弯弯绕！你说了后儿要游园子，她听明白了吗？"

满福说是："奴才说得清清楚楚，让老姑奶奶回去预备预备，到时候好一举俘获圣心。"

皇帝面无表情，抬眸瞧了满福一眼："她说还要琢磨琢磨？"

满福讪讪道是："老姑奶奶分明不信，也难怪，奴才显得太热络了，让她生了戒心。"

皇帝心头有些烦躁，重又低下头写朱批，一面抱怨："女孩子就是麻烦，不给的时候偏要，给了又推三阻四……由她去吧，实在没那个命，也怨不得朕，就让她窝在尚仪局，当一辈子小宫女得了。"

然而嘴上这么说，未必真能做到不闻不问，以怀恩这些日子对他的观察，觉得万岁爷最后八成会改主意的。

漫长的帝王生涯，其实很无聊吧！天上地下唯我独尊，每天都是江山社稷、民生大事，自己的后宫虽充盈，那些嫔妃却一个都不得圣心。好容易小时候的冤家对头进宫了，爱恨就在一瞬间。万岁爷此刻的心情，不可谓不复杂，一方面觉得老姑奶奶麻烦，给脸不要脸，一方面又舍不下苦心经营了这半天的"虫局"，还想推波助澜，到最后形成个一生一世一双人的格局，好让他不必整天应付那一围房的女人。

老姑奶奶既然得了消息，心里也必定有了准备，如今只差一哕嗦了，怀恩愿意当那个劝谏的良臣，让皇上有台阶可下，便道："万岁爷，老姑奶奶受了好些刁难，宫里头恐怕只信得过银朱、含珍，还有夏太医三人。您让满福传话，哪里及夏太医亲自出马，来得令老姑奶奶放心呢。"

皇帝有些不悦："这么说夏太医还得再跑一趟，特意把这个消息传达给她？"

怀恩笑着说是啊："谁让老姑奶奶最信得过他老人家呢。"

皇帝哼了声，分明有嘲讽之意，复又低下头批阅奏疏，半天没有再说话。

殿里头安静下来，只有西洋座钟下的铁砣砣摇摆，发出"嘀嗒嘀嗒"的声响。

怀恩抱着拂尘站在一旁，眼观鼻鼻观心，一副要入定的模样。大概过了两炷香时间吧，皇上的公务办完了，成沓的题本收进皮匣里，怀恩哈着腰上前落锁，预备原路送还内奏事处。

才搬起匣子，听见万岁爷清了清嗓子，扭头看，见那明黄的身影负着手，在南窗前转了两圈，最后站定了吩咐柿子："上御膳房弄块酱牛肉来，要大点儿的。"

柿子应了个"嗻"，只是不明白，犹豫着问："万岁爷，您要酱牛肉干什么？"

皇帝目光流转，望向外面碧清的长天，叹了口气道："喂鹰。"

从养蛊到熬鹰，承载了皇帝无比的厚望，和对老姑奶奶成长为后宫一霸的坚定决心。

吃得苦中苦，方为人上人，治理后宫就像治理江山一样，须得懂得痼疾在哪里，才能对症下药，治得面面俱到。

以前的老姑奶奶狂妄而自信，比所有大家闺秀活得都要潇洒，她哪里懂得深宫中的不易。所以就得像熬鹰似的，让她经历磨难，然后从瓦砾堆里开出花来。

当然，要是有瓦砾压住了她的脑袋，皇帝是愿意考虑给她搬开的。毕竟成长需要扶植，他不是那么不通情理的人。就像这酱牛肉，熬鹰初见成效的时候，可以稍稍给点犒劳，这样她才会更有干劲。要不然紫禁城内人情太冷漠，万一把她练成了铁石心肠，那也不好。

柿子很快从御膳房回来了，带了块圆溜溜的牛腱子，拿珐琅食盒装着。

皇帝揭开盖子看了一眼，上头肥油给剔除得干干净净，御膳房的东西，向来精致无比。只是拿食盒装着不大方便，还是弄张油纸包起来更接地气。

怀恩搬来了药箱，把牛肉搁在里头，为了怕天热牛肉变质，敲来一块冰，小心在底下垫着，一面道："万岁爷且等会子，奴才知会尚仪局给老姑奶奶派个差事，调到雨花阁这儿来，方便万岁爷相见。"

皇帝想了想，说不必了："还是借口给那个圆脸宫女看伤，再跑一趟吧，免得让她起疑，怎么处处能遇见夏太医。"

怀恩说也对："处处能遇上，就显得刻意了。可是中晌过后天儿热，从养心殿过去大老远的，万岁爷也要保重圣躬。奴才想着，还是准备一抬小轿吧，先悄悄抬到葆中殿，万岁爷再从那里过御花园，这么着既避人耳目，路上也凉快，不知万岁爷圣意如何？"

西一长街确实怪长的，顶着大日头步行的岁月，自打当上皇帝后就再没有过，便松了口，说："就这么办吧。"

于是怀恩张罗了一架二人抬进养心殿，停在抱厦里头，等万岁爷亲临。抬轿的是御前抽调出来的站班太监，皇帝落座后稳稳当当上肩，一路从西二长街抬进了葆中殿。

葆中殿离御花园不远，穿过戏台子就是。皇帝这厢御驾启程，满福就去找了刘全运，让他想辙传话吴尚仪，命老姑奶奶回他坦照看银朱去。

刘全运不明白，一头应着，打发小太监过去传话，一头扫听："你们御前怎么关切起她来了？她不是给撂了牌子，当宫女儿去了吗？"

满福不便透露，囫囵一笑道："她是先头皇后的姑爸，这么大的辈分，怎么能不叫人关切！上回不还伺候万寿宴来着吗，太后和皇上，还有六宫主儿全看着她呢。"

"那万岁爷……"

"哎呀，我想起来了，还要上御膳房传小食呢。快快快，我不和您闲聊了，得赶紧去了。"满福怕言多有失，胡乱扯了个谎，压着凉帽脚底抹油了。

刘全运看着满福的背影，摇了两下脑袋："我就知道，一身凤骨没法子当鸡养，吴尚仪当初听人摆布，闹了这么一出，这才几个月啊，眼看棺材板都快压不住了。"

他身边的跟班也跟着朝满福离开的方向眺望："师父，您的意思是，尚家老姑奶奶入了万岁爷的眼？"

刘全运嘿了一声："男人瞧女人，一眼就够了。选秀时那么严，拿尺一寸一寸地量，真要是人到了眼前，兹要是胳肢窝里没味儿，脸上没麻子，谁管你胳膊有多长，鞋里是不是扁平足。"

跟班哦了声："那要是老姑奶奶上了位，吴尚仪岂不是头一个叫人摁死？"

刘全运哼笑了一声："谁知道呢，宫里头福祸相依，三言两语说不准。不过她真要晋位，后宫那些主儿们八成坐不住，才送走一位废后，又迎来一位老姑奶奶，这老姑奶奶和太后可是一辈儿，这么下去，岂不乱了套了！"越说越觉得有趣，竟然隐约盼望起那份热闹来。

那厢颐行得了尚仪的令，吴尚仪说："银朱卧床也有日子了，瞧着好得差不多了，就回来当差吧。你上他坦里再看一眼，伤势恢复了最好，恢复不了就再找太医瞧瞧。老这么养着不是事儿，我这里不说什么，底下人也要背后嚼舌头。"

颐行哎了声："那我这就回去瞧她。"

大辫子一甩，兴兴冲冲往他坦里赶，才走到琼苑右门上，就看见个戴着面巾的人从小径上过来。她一喜，站住脚叫了声夏太医："说曹操曹操就到，我正念叨您呢，不想在这儿遇上您啦。"

这叫什么？念念不忘必有回响？也许是吧！

夏太医扬眉说："姑娘念叨我做什么？我才刚上安乐堂去了，想起大脸……银朱姑娘的伤，特绕过来看看。"

颐行的笑容僵了僵，心道银朱姑娘前怎么还加个"大脸"呢，她是面若银盘，那叫饱满，结果到了夏太医嘴里，就成了大脸。

可她没法说什么，毕竟他给银朱治了伤，回头还打算再问他买瓶太真红玉膏呢，因此便按捺了道："银朱的伤已经好了大半，不过笞杖伤了经络，下地走道儿的时候，迈腿有点儿疼。横竖您到这里了，那就进去看看吧，给开两服药也成啊。"

可夏太医并没有挪步："受了那样的伤，伤筋动骨是免不了的，看了也没药可吃，拿我上回给你的药油，早晚揉搓，使其渗入痛处就行了。"

颐行哦了声，心里又开始彷徨，不知道上半晌遇见的满福，话里有几分真假。

其实干脆向夏太医求证一番，心里的结也就打开了。她吸了口气，刚想说话，见夏太医低头打开了药箱的盖子，从里头掏出一个纸包来，回手递给了她。

"拿着。"

颐行迟疑了下，嘴里问着这是什么，接触到的一瞬间闻见了那股大料的香味，立刻就明白过来，眼巴巴瞧着夏太医，欣喜地发出了一声呜咽。

夏太医瞧她那模样，心里鄙视得很，觉得这丫头还如小时候一样没出息。但见她那双水光潋滟的眼眸闪动着感激，也就不计较她的窝囊样子了。他有些倨傲地调开视线，只拿余光轻扫她，负着手说："不必谢我，要谢就谢皇上吧，这是御赐的，皇上赏你酱牛肉吃。"

颐行捧着那酱肉，听了他的话，有点回不过神来："御赐牛肉？我也没立什么功啊，皇上怎么能赏我呢？"无论如何肉确实在自己手上了，便朝着养心殿的方向恭恭敬敬长揖了下去，说，"奴才尚颐行，谢皇上赏肉吃。"

一国之君赏罚分明是必要的，夏太医说："其实也不算全赏你的，是我今儿给皇上请脉，皇上念我这阵子劳苦，问我有什么想要的，我就顺便提起了你。你上回不是托我给你美言吗，我美言了，皇上还记得你，说小时候就认得你。"

颐行啊了声："皇上是这么说的吗？说小时候就认得我？那您听他的声口，话里话外咬不咬槽牙？有没有分外急眼的意思？"

夏太医心说很好，居然还挺有自知之明。不过自己不反问她原委，难免引她怀疑，便明知故问："姑娘为什么这么说？你和皇上结过梁子吗？皇上为什么要冲你咬牙？"

这个不大好解释，颐行伸出拇指和食指，艰难地比画了一下："就是……小时候有过一点小误会，我得罪过当年的太子爷。但这么多年过去了，皇上大人大量，想必早就忘了……"可是她又不放心，低头瞧了瞧这块酱牛肉，"是您和皇上说，我想吃酱牛肉的？这牛肉里头不会加了什么料吧？皇上会不会借着这块肉，秘密处决我？"

夏太医显然不明白她为什么会有这样的想法："在你心里，一国之君就是这样的气量？他要是想处置你，还用得着在酱牛肉里下药？你也太小看皇上了。这酱肉是我在御前讨了，御膳房里拿出来送到我手里的，你只管放心就是了。再者，御前的满福和我提起，说姑娘不信我在皇上跟前说了你的好话，婉拒了后儿在皇上面前露脸的机会，是这样吗？"

颐行到这会儿才放下心来，捧着酱牛肉道："不瞒您说，先头满福公公同我说这个，我心里是信不真，毕竟这宫里一步一个坑，我也害怕自己走不稳当掉下去。如今您亲口和我说了，您的话我没有不信的，也谢谢您，真把我的托付放在心上。"

"那是自然，我也穿厌了这鹌鹑补子，想弄个四五品官当当。"夏太医说得毫不避讳，虽然话里带着点小小的调侃意味，但绝没有恶意，"皇上游园子的机会不多，你要是想往高处爬，想捞你的家里人，就铆足了劲儿照着你的计划实施。皇上也是凡人，凡人哪能不动凡心呢，你不是说自己长得漂亮吗，就凭你的相貌，在皇上面前狠狠走一回过场，成不成的总要试一试，才不辜负了自己的一片初心。"

是啊，不要临阵又退缩了。颐行原本还拿不定主意，但经夏太医这么一通推波助澜，忽然底气就足了起来。

她握着酱牛肉，豪迈地伸了伸自己的脖子："您看我这成色，真能成？"

夏太医仔细打量了她一遍，那细脖子像牙雕做成的，上头青色的血管隐现，那么一昂扬，很有狐假虎威的味道。

"我看行。"夏太医道，"你要相信自己，来日定能站上高位，俯瞰那些曾经坑害你的人。"

为了扬眉吐气，她也得振作起来，于是颐行用力点了下头："借您吉言，我现在想明白了，我不能继续趴在尚仪局当碎催，我得闯出去，让那些小看我的人，将来都给我磕头来。"

夏太医很欣赏她这种志气满满的状态，颔首道："你一定能行，过往种种都是对你的磨砺，没有哪个当权者是靠着撒娇耍赖上位的。你只有踩进泥潭，才知道水有多深，身边才会有实心跟随你的人。那后儿御花园之约，你还赴吗？"

颐行说："必赴无疑。您放心吧，我一定好好表现，绝不辜负您对我的栽培。"

夏太医说好样的："我能不能升官，全看姑娘了。好了，天儿热，姑娘回去避暑，吃酱肉去吧，我也该回御药房了。"

颐行对夏太医的感激，实在到了无法用言语表达的地步，唯有一径点头。

夏太医微微长出一口气，心道不容易，终于都说妥了，于是转身向琼苑右门走去。才刚走了两步，听见背后的老姑奶奶给他鼓劲儿，说："夏太医，您往后别蒙着脸了，天儿热，没的蒙出痱子来。其实容貌不是顶要紧的，要紧的是您有一颗良善的心！真的，咱们不以漂亮论英雄，就算您脸上有什么不足，我也照样待见您。"

夏太医顿住了脚，并没有因她这段荡气回肠的话热血沸腾，反倒是额角上青筋直蹦，因为他发现，这老姑奶奶说话还和小时候一样不着调。

什么叫脸上有不足？虽然全脸没露出来，至少眉眼耳朵她能看见吧！五官里头有三官已经生得这样匀停了，剩下的再差，又能差到哪里去！

恍惚地，一个稚嫩的声音在他耳边响起来："我年纪小，眼睛没长好，反正看不明白，您也别害臊……"现在的语气和当年多像，原来这老姑奶奶压根儿就没变过。

消消气，她的臭德行，自己不是没有领教过……

"我是怕你身上沾染了劳怯，把病气过给我，不是缺鼻子少嘴长成了怪胎，你用不着可怜我！"可惜他终究没能忍住，且很痛快地吼了回去，把小时候的怨气也一并抒发了出来。

颐行愣住了，没承想马屁拍到了马腿上，一方面因触怒了他感到心虚，一方面也因他样样齐全感到高兴。

"那成，那成……"她笑着压了压手，"我知道您没缺鼻子没缺嘴，别喊得这么大声，叫别人听见了不好。"

夏太医被她气得倒仰，待要和她理论，她又是一副"我都明白，你不用说"的态度，冲他挥了挥酱牛肉，说赶紧走吧："我就不送您啦。"

夏太医终是垂头丧气地离开了御花园，颐行捧着手里的牛肉，心头感觉很温暖。

甭管是谁送的，在确信这肉没毒后，她高高兴兴跑回去，进门就冲银朱宣扬："你瞧瞧，我弄了什么好东西回来。"

打开油纸包，真是……这圆溜溜的腱子肉，边边角角都修干净了，显得那么饱满，那么姿态喜人。

银朱一看，两眼直发亮："哪儿来的呀？"

"夏太医……不对，是皇上……皇上要赏夏太医，夏太医就替我讨了块牛肉。"她捧过去，捧到银朱面前，"御膳房的手艺，不是下三处伙房的大锅菜，你闻闻，上头不上？"

银朱果然拿鼻子来嗅，一嗅之后直接栽倒在枕席间："天爷，这也太香了！"

颐行笑起来，笑容里又透出哀伤的味道。

真是此一时彼一时啊，想当初在家，谁稀罕吃酱牛肉，酱牛肉色重，不及水晶看肉白粉相间，来得干净剔透。如今进了宫，寡淡了太久太久，唯有这种重口的菜色才能解其馋。

只可惜没刀子，宫里平时不许用利器，颐行没辙，只好找了把做针线的剪子，小心翼翼洗干净暂用。"咔嚓"一剪子下去，外头的肉膜绽开了，那肉的纹路丝缕，真叫漂亮！

留一半给含珍，颐行把半块牛肉重新包起来，压在案头上。回身剪下一片肉塞进银朱嘴里，然后自己也吃一块，和银朱一同倒在床上，边嚼肉边望着屋顶感慨："银朱，我将来一定让你顿顿吃肉，你想吃多少就吃多少，每天一大海搁在你面前，管够。"

银朱嘿地一笑："那您非得当上皇贵妃不可，小主们的月例银子可不够我吃的。"

颐行嗯了声："今儿夏太医来，带了个消息给我，我能不能出头，就看后儿了。"一面把详细经过都告诉了银朱。

银朱瞪大眼睛，撑起身道："那得好好筹备筹备，一定叫皇上一眼相中您。姑爸，您要是当上主儿，我就跟着您，忠心耿耿伺候您。将来我也不嫁人了，就在宫里做嬷嬷，您瞧那些精奇嬷嬷吃五喝六的，别提多神气。"

颐行笑她没出息："要是能出去，当然是出去嫁人好啊，留在宫里吃这些亏，多不上算。"

"所以就靠您了，将来您一人之下万人之上，我们也跟着抖威风，那多痛快。"

被压制了太久的人生，需要重新振作奋力向前。颐行翻身坐了起来，盘起两腿一脸肃容。

后天皇上要游园子，好啊，千载难逢的机会。她搓了搓手，已经迫不及待，要让皇上领教她的美色了。

一个好汉三个帮，光有银朱为她出谋划策，是万万不够的。

含珍病体康复后重新上值，因她已经是姑姑辈的了，有那么多小宫女要调理，因此日里总是不得闲，颐行要找她说话，非得等入夜不可，等她回了他坦，三个人围坐在油灯下，才能好好商议接下来的行动。

含珍说："那位夏太医要是真这么上心，愿意举荐您，那是天大的好事。您想想，您在选秀上栽了跟头，要想重新得皇上赏识，就得有个人把您往前推，推到御前去。皇上多忙的人啊，哪记得那么老些，说起尚家老姑奶奶，他必定知道，可又有谁愿意在他跟前提起您呢。贵妃娘娘嘴上倒是照应您，可实质的事儿一样没办过，这上头她还不如夏太医。既然有这机会，无论如何得搏一搏，这世道，没有杀孩子卖妈妈的心，甭想在世上存活。后儿一早就上御花园里候着，我来替您想辙，从琴姑姑那儿借调过来，派到钦安殿里办差去。这么着皇上一来，您就瞧见了，不至于错过了时机，追悔莫及。"

含珍是一心为着颐行的，像银朱一样，有了过命的交情，那种情分，和舌尖上说出来的不一样。

颐行虽是跃跃欲试，但真到了那种关头，心里也有点儿慌。

"我一辈子没在男人面前卖弄过，说起来怪臊的。"

含珍说："臊什么，您没瞧见那些后宫的小主儿，她们为了爬上龙床，多羞人的事儿都做得出来。这不叫卖弄，叫挣前程，拼运气。您要不想一辈子埋没在尚仪局，就得舍出命去，逮住一切机会往上爬。你们早前合计的，想花银子选进六宫当大宫女，其实这买卖我看得很清楚，阖宫除了那位把您筛下来的恭妃娘娘，没有第二个人愿意收留您。她们也怕，怕您在皇上跟前亮了相，将来爬到她们头顶上去，所以连贵妃娘娘都不松口让您进永和宫，就是这个理儿。"

颐行听含珍这么一分析，心里也明白了，除了这条道儿，确实没有其他出头之路。

后宫都是女人，女人心眼儿小，不像夏太医似的没有利害关系。她们防止她冒头都来不及，绝不会给她露脸的机会，所以都到了这个份儿上了，还说什么臊不臊的，简直矫情。

颐行吸了口气："那我怎么让皇上注意我呢？直愣愣走过去，怕还没到皇上跟前，就给叉下去了。"

含珍想了想问："您会乐器不会？像笛子、埙什么的。"

"那些都不会。"颐行说，"我会拉二胡。"

旁听的银朱嘻了一声："二胡这乐器，一拉就让我想起瞎子。况且这深宫之中，弹琵琶还可一说，拉二胡……不大入流。"

颐行觉得乐器不分贵贱，但要论优雅，确实差了点儿，那就算了。

含珍又盘算了一遍："您会唱歌不会？跳舞呢？"

"跳什么舞啊，我们尚家的小姐，不学那种取悦爷们儿的花招。至于唱歌……"颐行绞尽脑汁，"唱水姐儿成不成？"

这回含珍和银朱不约而同撑起了额头，银朱说："我真没想到，姑爸您什么都不会，这是您家太宠着您呀，还是您太懒，不肯习学？"

颐行终于有点不好意思了："两者都有，主要是我没想到，有用得上这些本事的时候。"

可不嘛，尚家的老姑奶奶，要是家门不倒，多少青年才俊哭着喊着要娶她，让爷们儿载歌载舞取悦她还来不及，哪用得着她要那些花枪。

老姑奶奶好好一颗响当当的铜豌豆，如今要她蹦跶起来，确实是难为她。可她什么都不会，会的东西又那么偏门，这就让含珍感到为难了。

"要不明儿想法子攀上满福，倘或皇上能忽然口渴什么的……"

银朱说不成："总不好让满福喂皇上吃盐吧！"

于是大家都沉默了，忽然发现就算人留在了御花园里，想接近皇帝也不容易。

颐行说："要不我扑个蝴蝶吧，没蝴蝶，扑棱蛾子也行。一个年轻小姑娘，跟着蝴蝶一块儿在花丛中翩翩，皇上一看，没准儿觉得我多清纯，和后宫那些花里胡哨的娘娘不一样，就此提拔我了，也不一定。"

其实扑闹蛾这种招数，实在俗气得很，但老姑奶奶能使的手段不多，也只好将就了。

含珍说："到了那天别擦粉，嘴上淡淡上一层胭脂就成了。您这样的年纪，越是自然越是好看，爷们儿就喜欢我见犹怜的姑娘。"

颐行说得嘞："你们就瞧我的吧，我别的不会，扑蝴蝶最在行，一中午能扑七八个。"

她这样自信，含珍就放心了，到了第三天一早，便找了琴姑姑，说："今儿要派些人上钦安殿里洒扫，我跟前的小丫头干活不利索，你手底下的几个收拾过宝华殿，把她们借我使使，成吗？"

琴姑姑虽然不大理解含珍为什么要管她借人，但彼此毕竟一直维持着表面的和睦，自然不好推辞。因笑道："今儿太阳打西边出来了，珍姑姑这么会调理人的，竟说手底下人干活不利索。"

含珍为了把颐行调出来，话头上也不好呲打她，只是含糊应了："要论调理人，谁不知道您是尚仪局一绝。现如今我是遇着难处了，您是帮我，还是不帮我呀？"

既然人家都服了软，还有什么可说的，琴姑姑扭捏了下："那成吧，只要她们愿意，我没说的。"

小宫女们是全凭姑姑调遣的，上哪儿当值都一样，说让去钦安殿，也就列着队，浩浩荡荡往御花园去了。

进了园子，谁该干什么活儿，由含珍指派。颐行被安排在殿前廊庑下做洒扫，往南正能瞧见天一门，眼下园子里花草长得郁郁葱葱，但门上动静全在眼底。

她已经事先瞧好了地方，万春亭前面有一丛月季，那里花儿开得正热闹，蝴蝶飞得也热闹。只等皇上一出现，她就提溜上她的小蒲扇，上那儿扑蝴蝶去。年轻的女孩子多灵动的，扑啊扑，扑到万岁爷跟前，扑进万岁爷怀里……那就再好不过了。

然而等了好久，皇上还是没来，等待的工夫犹如慢刀子割肉，让人十分难耐。含珍见她频频南望，知道她着急，便轻声道："皇上早晨要御门听政，散了朝要上太后跟前请安，听军机大臣的奏报，算算时候，得到巳时前后才得空呢。"话音才落，忽然低低轻呼了一声，"来了！"

颐行忙转头看，果然见宫门上进来几个太监，满福也在其列。太监开道后，就见一个穿着鸦青色便服，腰上束明黄缎绣活计的身影，伴伴走进了天一门。

那就是皇上？

颐行的心怦怦跳起来，之前的豪情万丈顿时像鱼鳔上扎了针眼，一瞬把气泄得干干净净。她犹豫了，艰难地看看含珍，说："这回准备不充分，要不下回吧！"

可含珍不容她退缩，把边上蒲扇接过来，往她手里一塞道："今儿就是最好的时机，要等下回，等到多早晚是个头？再等下去又该选秀了，皇上跟前还缺一个您？"然后轻轻推了她一把，把她推进了花丛里。

"都进去！"含珍压着声儿，把廊庑上干活的宫女全驱赶进了殿里。原本发现皇上该跪地磕头才对，但这会儿要是都行了礼，就剩颐行一个人扑蝴蝶，恐怕皇上会觉得她缺心眼儿，所以还是把人赶进去最合适，大家都没看见皇上，那么颐行的行为就不那么出格了。

颐行那厢呢，是赶鸭子上架，没准备好就被推了出来，这时候退路是没有了，只好硬着头皮上。

这儿有一只蝴蝶，我扑……那儿还有一只，我扑……胳膊扬起来，腰肢扭起来，脸上带着毫无灵气的笑，假装自己很快活的样子。

门上进来的皇帝果然停住了脚步，看那细胳膊细腿的身影僵硬地腾挪，原本他是做好准备，迎接老姑奶奶新鲜的惊喜的，结果……就让他看这个？

皇帝皱了皱眉，有点看不下去了："她好做作啊……"

满福熬出了一头汗："依奴才看，老姑奶奶把吃奶的劲儿都使出来了。"

确实是，一看就没练过，要是有些跳舞的功底，也不至于把扑蝴蝶演得老鹰捉小鸡似的。

怎么办，这半点美感也没有的撩拨，实在很难让皇上对她产生兴趣，进而见色起意晋封她。皇帝想着："朕是不是应该装得很陶醉，配合她的表演？"

老姑奶奶来了……带着她拙劣的演技来了……她扇动芭蕉扇，话本子里的铁扇公主都比她舞得好看。

不过那张脸，倒是为这项无聊的安排增色不少。老姑奶奶漂亮是真漂亮，这一番折腾，脸上出了一层薄汗，那粉嫩的脸颊，嫣红的唇瓣……皇帝心头微微趔趄了下，好像比夏太医看到的面庞更美三分。

满福看着老姑奶奶的动作，简直已经忍不住想叫"护驾"了。明明后宫小主儿个个身娇体软，这老姑奶奶怎么像根直撅撅的木头呢。她左奔右突，一扇子扇趴下一只蝴蝶，那只蝴蝶分明受了内伤，倒在地上扑腾翅膀，却怎么也飞不起来了。

老姑奶奶愣了下，假装没看见，继续若无其事扑其他的蝴蝶。

来了……来了……越靠越近了……

皇帝心头小鹿乱撞，心想她一定是要扑进他怀里来，到时候他顺势扶一把，或者缘分就可以从这里开始了。

不嫌她动作僵硬，也不嫌做法老套，因为扑蝴蝶的戏码皇帝至少见过七八回了，且每个人扑得都比她好看。那些笨拙的动作可以忽略不计，就等着她最后那一跳了，可不知怎么回事，她可能想转个婉约的圈儿吧，结果左脚绊右脚，意外却又毫不意外地，直接趴倒在了地上，就摔在离皇帝不远的地方。

满福听见了万岁爷的抽气声，想必把圣驾吓得不轻。不过老姑奶奶这回倒是出其不意，终于和以前那些完美收场的主儿不一样了。

而颐行这一摔呢，把全部的信心都摔没了，她恨不得挖个地洞把自己埋进去，反正这张养了十六年的脸已经丢完了，她以后也没脸见人了。

真是天知道啊，她为什么会在皇上面前摔个大马趴呢。这五体投地的姿势很标准，于是她灵机一动，冲着那双云缎缉米珠的龙靴泥首[1]下去，用坚强的语调说："恭请皇上圣安。"

皇帝吃了一惊，吃惊过后发现老姑奶奶的脑子其实还挺好用，从摔倒到请安，真是行云流水，一气呵成。

然后怎么办呢，是不是该暗暗感叹，这宫女的出场好特别，朕已经留意她了？

作为帝王，此时必须心静如水，于是皇帝定定神，抚平了满心的拧巴，寒声道："免礼，起喀吧。"

满福赶紧上前搀扶，笑着打圆场："姑娘对皇上的敬仰真如黄河，连绵不绝啊……姑娘快请起。"

颐行蹒跚站起身，脸上火烧一样，哪里敢抬眼看。

反正这回算是完了，精心谋划了两天，她觉得不光对不住自己，还辜负了银朱

1　泥首：以泥涂首，表示自辱服罪。

和含珍的殷殷期盼。自己难堪大任，这么简单的扑蝴蝶都弄得鸡飞蛋打，往后还是老老实实留在尚仪局干洒扫吧，再也别做当皇贵妃的梦了。

气氛着实有点尴尬，连皇帝都不知道该怎么办了。

历代君王瞧上一个宫女，最标准的反应应该是怎么样的呢……皇帝清了清嗓子，那嗓音自然要比夏太医低沉些，鬼迷心窍地说："你很有趣……哪个值上的？"

颐行都快哭了，很有趣，说白了就是很蠢。她现在什么念想都没有了，只想逃离这是非之地，可皇上发问她不能不答，便道："奴才……奴才叫尚颐行，在内务府尚仪局当差。"说完连脚趾头都烫起来，深深觉得自己对不起尚家列祖列宗，也对不起那个被发往外八庙的大佬女。

"哦，尚颐行，尚家的人。"皇帝的话意味深长，似乎忆起了往昔，忽然发问，"你还记得朕吗？"

颐行这时候脑子转得飞快，忙说不记得了："奴才记性不好，小时候的事儿全忘了……"

那些对皇帝来说不甚美好的记忆，该忘还是忘了吧，要说万岁爷我小时候见过你尿尿，那皇帝恐怕会有立时杀了她的心。

可她的机灵没能让皇帝满意，他微微扬起了声调，哦了声："可是朕却记得你。"

颐行头皮一阵发麻，心想怎么的，都过去十来年了，这是要秋后算账啊？

皇帝的声音很好听，低低的，像春风拂过青草地，和夏太医有莫名的相似。但要说一样，却又不大一样，夏太医的语调更轻快些，不像皇帝，处处透出沉稳和老练来。

皇帝说："按着辈分，你还是朕的长辈呢。"

颐行越发哈下了身子："不敢不敢，皇上跟前不敢讲辈分……"

"朕记得你有个乳名，叫槛儿。"皇帝笑了笑，"世上怎么有人叫这样的名字，可见你母亲和哥哥，对给你起名的事儿不大上心啊。"

就这一来一往几句话，颐行算是看明白了，贤名在外的皇帝，其实并不如她想象中那样宽宏大量。小时候的那点过节他一直记在心上，所以现在见缝插针地拿她的乳名取笑。

和皇帝对着干，她没那么大的胆子，只好窝囊地顺嘴说："民间都是这样，贱名好养活。奴才的额涅说，奴才无惊无险、无病无灾长到这么大，全赖取了这个好名字。"

皇帝轻蔑地一哂，复又问："你进宫有三个月了，起居作息可还习惯？想家不想？"

颐行道："回皇上，奴才进宫后进益了许多，在宫里一应都能适应，并不想家。"

不想家，就是愿意长久地在宫里生活下去了？他给了她退缩的余地，她放弃了，那就别怪他断了她回家的路。

皇帝负着手，暗暗长出了一口气："你回值上去吧，这两日，朕会给你一道旨意。"

颐行心头哆嗦了下，暗道不会是看她太傻，法外开恩让她回家养脑子吧！真要是这样，那也没法子了，不是她不愿意救哥哥和侄女儿，是命运弄人，老天不给她这个机会。

原想问问是什么旨意的，犹豫了一下，到底没好开口，只是哈下腰去，道了声"嗻"。

皇帝走了，衣袍翩翩向天一门踱去，边走边想，这是多大的恩典啊，就凭她表现得这么差，他还能装出饶有兴致的样子来，要不是事先就有准备，见她这样不得吓一跳吗？

颐行也是蒙头蒙脑的，皇上的正脸她压根没敢看，到这会儿才抬起眼来，见皇上身影一闪，已经走出天一门了。

含珍从钦安殿里追出来，问她情况如何时，颐行进出了两眼泪花儿："满砸，我刚才在皇上面前摔了个狗吃屎，皇上说有旨意给我，怕是要把我撵出宫去了。"

含珍也呆住了："怎么会这样呢……"

后来三个人在他坦里愁云惨雾，胆战心惊地等了两天。第三天上值的时候，那道旨意终于来了，是永和宫贵妃跟前女官流苏来宣的口谕，内容寥寥，说得很简短，说尚氏聪慧伶俐，性行温良，着晋封为答应，赐居储秀宫。

末了，流苏扬着笑脸，跪下恭恭敬敬磕了个头，说："小主儿大喜，往后平步青云，节节高升，奴才给您道喜啦。"

第八章·

兰之猗猗

这就晋位了？晋了个答应，这可能是尚家历代姑奶奶中位分最低的了吧！

无论如何，很合乎现在尚家的境况。官场上的祸事虽没有殃及后宅，但尚家败落了是不争的事实。能晋个答应，总比在尚仪局干杂务好，答应能升常在，常在能升贵人。颐行给自己制订了个计划，争取两年晋一次位分，算了算，从答应到皇贵妃相隔六级，也就是需要耗费十二年光景。如果一切顺利，当上皇贵妃那年，她应该二十八岁。二十八岁，好遥远啊，但愿哥哥命够长，能活到她有出息的那一天。

不过凡事也有例外，万一遇上什么高兴的大事，皇上下令后宫嫔妃各晋一等呢。再不济她多展示两回自己的拿手好戏，这回扑蝴蝶，下回拉二胡，只要皇上喜欢，就算学跳大神也可以。没准儿自己是员福将，就这么跌跌撞撞的，少花一半时间，就爬上了高位也说不定。

流苏还在地上跪着呢，颐行发过了一回蒙，忙上去搀她起来："姑姑别行这样的大礼，我受不起。"

流苏说要的："头前老皇爷跟前太监总管无礼，冲撞过后宫位分略低的主儿，老皇爷因此大发雷霆，狠狠责罚了那位总管。后来宫里就有定规，品级再高的太监女官，见了官女子以上的宫眷也得跪拜。小主儿今天晋了位，往后就是主子了，既是主子，怎么经不起奴才们叩拜呢。"

当然所谓的叩拜，也只是重大场合所行的大礼，平时还是以蹲安为主。不过这尚家老姑奶奶晋位，是皇上亲自下的口谕，这份殊荣和一般选秀随意记名不一样，里头的分量沉甸甸的，连贵妃娘娘都不敢不重视。

颐行才受了提拔，自然有点不好意思，手足无措地说："我这会子该怎么办呢，是该上永和宫去，给贵妃娘娘磕头谢恩吧？"

流苏颔首说："原该是这样的，如今贵妃娘娘摄六宫事，连晋位的令儿都是永和宫发的，小主向贵妃娘娘谢恩，这是小主的礼数。"说罢又一笑道，"小主才晋位，不知道接下来该怎么料理，奴才斗胆，向小主谏一回言。小主上永和宫谢完了恩，就该往储秀宫拜见懋嫔娘娘。懋嫔娘娘是储秀宫主位，下头随居着珣贵人和永常在二位小主。您——见过了礼，请懋嫔娘娘分派屋子，回头内务府送小主日常的用度过去，小主自便就是了。"

提起永常在这个名字，颐行是记得的，不就是万寿宴上撸猫闯祸的那位吗？自己和她，也说不上结没结梁子，如今被安排同住储秀宫，将来抬头不见低头见的，万一人家和她不对付，日子岂不是不好糊弄？

然而换宫是不可能的，答应只比宫女略微高一点儿罢了，要论体面，恐怕还不及各宫的管事大宫女呢。颐行只好诺诺答应，说："我回头就按着姑姑的示下去办……"

流苏忙道："示下万不敢当，小主往后千万别这么说，没的折了奴才的阳寿。还有一桩，按着各级宫眷的定例，尚仪局当派两名宫女为答应使唤，小主要是有合适的人选，和吴尚仪说了，请吴尚仪定夺就是。"

该说的话，流苏都已经说完了，跑这种差事是最没油水的，宫女都穷得底儿掉，也不指望这位新晋的颐答应能赏她金银瓜子儿了。

流苏又行一礼，却行退出了明间，带着随行的小宫女回永和宫复命去了。

这时左右探头探脑的众人才敢窃窃议论起来，对于颐行的晋位，很多人表示意外，一部分人觉得是早晚的事，当然更有一部分人流露出不屑却眼红的情绪来，认为犯官家眷凭什么登梯上高，要照着境遇，谁冒头都不该是她才对。

一直在旁等候的吴尚仪，这会儿终于上来向颐行行礼了，她带着几个掌事姑姑叩拜下去，说："给小主道贺，小主大喜。"

颐行早前和她是不大对付的，但自从中间有了含珍，和吴尚仪的关系也缓和了不少。

颐行上前虚扶了一把："尚仪不必多礼，快请起来吧。我不过晋了个小小的答应，不敢受您这样的大礼。"

"该当的，您如今是主，奴才等是奴，尊卑有别，不敢逾矩。"吴尚仪一头说着，一头转身环顾这些看热闹的小宫女，对颐行道，"按着定规，合该挑两个宫女伺候小主，小主瞧瞧，有没有合心意的，带着一块儿上储秀宫去。"

结果这些人里头，似乎没有一人愿意跟随位分低微的答应，颐行的目光转到哪里，她们便像被吹低了头的草一样，避让到哪里。

看了一圈，竟是一个自告奋勇的都没有，大概人人知道，答应是断乎难以再升一等的，很多答应一辈子连皇帝的面都没见过，更别提母凭子贵，往嫔妃位上攀登了。

颐行有点尴尬，果然自己混得很失败，连招兵买马的资格都没有。正在这时，听见风声的银朱从外面赶回来，进门就说："姑爸，我愿意伺候您。您要是不嫌我笨，就把我带上吧。"

众人又是一阵议论，听见银朱大庭广众管她叫姑爸，也有人私下取笑，这倒好，原来早就自备了奴才。

可就算有自己人充数，不还缺一个嘛，谁给点了名算谁倒霉，反正不会有人毛遂自荐的。

权衡利弊这种事，谁不会考量呢，留在尚仪局，将来还有进六宫伺候高位嫔妃的机会，最不济熬上三年熬出头，也是带班姑姑了。

不像跟了答应，主子位分低，身边宫女都没个人样儿，上哪儿都低人一头，挨人笑话。

颐行没辙，心说就算了吧，有银朱和她做伴，其实也够了。

这头正想和吴尚仪开口，门外含珍迈了进来，笑着说："这么大好的事儿，主子都亲自挑人了，怎么没一个愿意的？你们再想想，当真不乐意？"眼睛扫视了一遍，果然个个退让，她嗯了一声，"既这么，我就不客气了。小主挑我吧，我愿意跟着您，陪您上储秀宫，往后日日伺候您。"

此话一出，不光明间内外的宫女，连吴尚仪都惊呆了。

要论含珍的人品资历，将来必定接吴尚仪的班，成为下一任尚仪。众人不明白，为什么那么大好的前程唾手可得，却自己和自己找不痛快，偏要给一个小小答应做跟班儿。

吴尚仪这时候也顾不得了，忙冲她使眼色，一面道："你进宫年月长了，跟过去只怕让人说闲话。"

"谁也不能说闲话。"含珍气定神闲道，"先帝爷上谕说了，嫔以下不可挑官员世家之女为使令女子。我进宫年月虽长，却是出身包衣，给小主做宫女，没什么不合适的。"

众人哗然，颐行当然也不能坑了含珍，忙道："你一心向着我，我心里明白，可这件事关乎你的前程……"

"跟着主儿就没有前程？"含珍一笑道，"我瞧前程大着呢，今儿不识抬举的，将来才会悔断肠子。"

就是这份无条件的信任，哪怕日后真不能有大出息，为了彼此之间的情分，也是一条道走到黑。

颐行真的感激含珍，在这样的关头给足了她面子，不至于让她刚晋位就下不来台。但事后她也劝含珍："人前这么一解围就罢了，回头还是我和银朱上储秀宫去，你仍旧留在尚仪局。好容易熬了这么些年，千万别为我坏了道行。"

含珍垂手收拾东西，听了她的话回头望了眼："你们攀高枝儿去了，打算把我撇下，这么办事可不厚道。我跟着主儿，有福同享有难同当，将来主儿成了大气候，我不比窝在尚仪局风光？"说罢转过身来，唏嘘道，"我这么做，是为了还您过命的交情，要是没有您在安乐堂照应我，我这会子早过了望乡台了，还有命站在这里？再者，谋划在皇上跟前露脸的事儿里有我，将来主儿再有个什么计划，我也能给出出主意。说真的，您才刚晋位，位分也不高，后头的路只怕越发难走。我在宫里这许多年，多少各处也认得几个人，万一有用得上的地方，我走走人情，总比到处请安求人的强。"

颐行还是犹豫："留下你，对我是有百利无一害，可……"

"这就对了，甭想别的，就想着接下来怎么和那些主儿打交道，就成了。"

既然如此，盛情难却，颐行便也安然了，握着含珍和银朱的手道："你们放心，我一定给你们争脸，混出个人样来，给她们瞧瞧！"

只是就这么成了小主，心里又有些怅然，就像自己张罗张罗，把自己给嫁出去了，既没有父母之命，也没有媒妁之言，甚至家里额涅连个消息都得不着，因为这位分实在是太低了，可能连个报喜的人都不会派出去吧！

与此同时，慈宁宫里炸了庙。

皇上晋封尚家老姑奶奶为答应的事，一瞬传遍了东西六宫。各宫的主儿坐不住了，纷纷上太后跟前念秧儿[1]，说不知万岁爷是什么考虑，竟然抬举了尚家人。

"废后就在前头，这会儿不应当避讳些才好吗，这才多长时间，就晋尚家丫头做了答应，位分虽不高，要紧是个态度，叫朝中官员们知道了什么想头儿？就算自

1　念秧儿：没话找话，委婉表达自己的意愿、请求。

己犯了事，也不耽误家中姊妹闺女的前程，将来有样学样，岂不乱了朝纲了！"

太后听了，脸上也不是颜色："皇帝这事儿办得确实莽撞，先头不是没什么预兆吗，这究竟是什么时候牵上的线呀？"

这个问题却不大好回答了，皇帝早就托付裕贵妃照应老姑奶奶，这消息虽是六宫人尽皆知的秘密，却也是人人装作不知道，才好为难老姑奶奶，有意给贵妃难堪。

贵妃呢，心里巨大的失落没处可说，老姑奶奶的晋位，不知怎么，给她带来一种巨大的压迫感。

宫里这两年，一直是她在主持，好容易渐渐摆脱了前皇后的阴影，在她盘算着皇上晋封她为皇贵妃，甚至皇后的时候，那个尚颐行横空出世，蹦到了众人面前。

又是尚家人，尚家霸揽了几朝后位，说起尚家人就给人一种感觉，继后的人选又填上来了。其实也许是自己想得太多了，可心里有这种忌惮，却也是人之常情。

然而她是贤良的贵妃，一向小心翼翼不肯行差踏错，在太后跟前也好，皇上跟前也好，永远是不妒且大度的一号人物。所以即便她比众妃嫔更感觉到威胁，也不能像她们似的，满嘴酸话。

贵妃道："万岁爷一早就记着颐答应呢，前阵子还上我宫里说起，说毕竟尚家历朝出了那么些皇后，太过慢待了，叫人说起来人走茶凉，不好听。奴才以为，这回万岁爷就算晋了颐答应位分，也是瞧着老辈儿里的情分，和旁的不相干。大伙儿先别急，不过一个小小的答应，又能掀起什么浪来呢。"

和妃向来不服贵妃，这阵子恭妃和怡妃又因上回江白喇嘛的事给禁了足，如今只有她一个妃位上的，能和贵妃叫板。

"这不是掀不掀得起浪的事儿，前朝和后宫几时都沾着边，我就是不说，大家心里也明白。家里阿玛兄弟立了功，咱们在后宫跟着长脸，受晋封，得赏赐，这是万岁爷的抬爱。如今这颐答应是怎么回事？尚福海还在乌苏里江看船工呢，她倒好，给提拔成了答应。这会子能瞧老辈儿的面子，将来呢？是不是还要酌情晋封？不是我说，贵妃娘娘既然摄六宫事，就该劝谏着皇上点儿，总不好皇上说什么，您都点头称是，这么下去，可是不大妙。"

和妃说话没轻没重也不是一天两天了，贵妃听她这么呲打，心里很不称意，便转过头来，似笑非笑看着和妃道："妹妹喜爱仗义执言，那下回万岁爷再有晋封颐答应的决定时，我立刻派人过去知会你。"见和妃脸上悻悻，她傲慢地调开了视线，有些无奈地对太后道："奴才只是代为掌管六宫事宜，万岁爷做的决定，哪里能由奴才说了算。不过话虽如此，奴才并不觉得主子晋封颐答应，做得有什么出格之处。老佛爷想，尚家早年入宫的姑奶奶里头，就算最次一等也是嫔位往上，几时分派过答应的位分？主子爷这么做，焉知没有警醒前朝'一人犯事，满门遭殃'的意思？唉，主子爷还是心软，虽对福海所作所为恨之入骨，终究还是念着尚家祖辈的联姻。主子爷以仁治天下，这不就是彰显主子宽厚的佐证吗？"

裕贵妃向来这样，营造出个善解人意的假象来，善于笼络主子的心。在座的妃嫔个个对她嗤之以鼻，无奈太后还是愿意听她的。

太后沉思了半晌，敲着膝头说："我听了你的话，再细思忖，似乎是这么个理儿。尚家衔恩，自大英开国起就频出皇后，要是往细了说，哪一辈帝王的身上没有尚家血脉呢。你们主子念旧，办事也有他的考量，横竖那尚家丫头只是个答应位分，宠幸不宠幸的尚且两说呢，就这样吧。"

太后一刹火，这件事就没什么说头了，大家都有些意兴阑珊的时候，愉嫔道："奴才瞧着，那颐答应只怕不是等闲之辈。老佛爷想，还没晋位的时候，就已经让恭妃和怡妃两位娘娘禁了足，那将来……"

将来简直要人人自危了！

大伙儿都瞧向太后，怡妃是太后娘家人，难道太后一点儿都不上心吗？

果然太后的脸色阴郁下来，那发了腮的脸颊保养得虽好，也有往下耷拉的趋势。

众人一时有些心慌，见太后不称意，也没人敢再说话了。等了好一会儿，才听太后道："今儿不过给了个答应的位分，你们就蛇蛇蝎蝎如临大敌，要是一气儿晋封了贵人，晋封了嫔，你们又怎么样？"一面说，一面扫了众人一眼，"心胸且开阔些，在这后宫里头活着，掐酸吃醋哪里能得长远！皇上是大家的，皇上跟前争宠各凭本事，未见得他不宠别人就宠你，打压下去一个答应，就能留住爷们儿的心了？"

这话是在宫中多年，看透了生活本质的太后的教训，果真深达肌理，把她们心里的顽疾诊断了个明明白白。

于是众人都消停了，知道抗争也没用，既然放了恩典，皇上是无论如何不会收回的。

慈宁宫里的这场硝烟，最后还是悄无声息地散了，翠缥搀着裕贵妃往回走，裕贵妃望着潇潇的蓝天，哼笑道："她们也怕万岁爷，哪个不是在主子跟前装得温婉可人，哪个又敢直上御前叫板？不过背后在老佛爷跟前使劲儿，我瞧着她们，真是好笑。"

翠缥说是："所以主儿大可不必和她们一般见识，如今管理六宫的权柄在主儿手上，只要她们不犯事，百样俱好，可要是不消停，饶是怡妃那样在太后跟前得脸的，还不是说罚就罚了。"

贵妃听了，淡然笑了笑，皇上和太后这点上确实好，疑人不用，用人不疑，倒是从来没有在那些嫔妃面前驳过她的面子。

只是这尚家老姑奶奶……总让她觉得有些不安心。这种感觉说不清道不明，她想和翠缥商议，又觉得无从谈起，拿才刚自己对太后说的那些话来安慰自己，却发现其实连自己都说服不了，也难怪和妃那些人反驳。

唉，难办……贵妃长长叹了口气，提袍迈过广生左门。才进夹道，就见德阳门前站着三个人，遥遥冲她蹲安。

贵妃脸上立刻堆起了笑，大老远的便伸出手，温声道："快起来，你来得正好，本宫还没给你道喜呢。"

颐行赧然笑着，伸出手接了贵妃盛情，说："奴才何以克当，多谢贵妃娘娘栽培，特来向娘娘磕头谢恩。"

贵妃场面上一向做得漂亮，携着颐行一块儿进了永和宫。

"你不必谢我，这晋位的恩旨是皇上亲自下的，原该谢皇上才是。只是皇上眼下听政还没回来，过会儿我再领你上养心殿谢恩去。"一头将人带进了正殿东次间，指了指杌子道，"坐吧，在我跟前不必拘礼，往后一同侍奉主子爷，也不必在我跟前自称奴才。"

颐行道是，却没有顺应她的话坐下，待裕贵妃在南炕上坐定，自己率着含珍和银朱在脚踏前跪了下来，也没说旁的，恭恭敬敬磕了个头。

这是必要的礼节，因答应的位分实在太低，贵妃又摄六宫事，虽然两年了仍未晋皇贵妃位，但她的地位等同代后，有新晋的低等嫔妃，还是得向她行大礼。

贵妃"哎呀"了一声，忙示意翠缥和流苏将人扶起来，一壁笑道："你也太周全了，我不是说了吗，用不着这么见外的，这里又没有外人。"

颐行抿唇笑着，说应当的："我位分低，在这宫中立世不易，将来还有好些仰仗娘娘的地方，求娘娘顾念我。"

贵妃道："这话不必你说，我自然看顾你。我原和主子说，让你留在永和宫，我这里有空屋子，你住下了我好照应你。可不知为什么，主子执意要让你住进储秀宫去，想是因为懋嫔遇喜，储秀宫里运势正旺，你进去了，好沾染些喜气吧，也是万岁爷的良苦用心。"

颐行被她说红了脸，支吾着，不知该怎么回答才好。

贵妃看她尴尬的模样，倒笑了："这有什么的，后宫晋了位的，哪个不盼着得圣宠？你只管大大方方的，不必觉得害臊。只是……懋嫔这人不大好相与，你才过去，少不得听她冷言冷语，倒也不必放在心上，且看她怀着龙种，不要和她一般见识吧。"

颐行道是："我初来乍到，受娘娘们调理，本就是应当的。"

贵妃偏过身子，揭开炕几上青铜博山炉的盖子，翘着兰花指，拿铜签子拨了拨炉灰，垂眼道："都是皇上的嫔妃，没有谁该受谁调理一说。不过位分低的见了位分高的该守礼，位分高的也不该无故为难位分低的。"说完了一笑，"话虽如此，一样米养百样人，好些主儿生得娇贵，未必愿意听我一句劝，所以宫里常有主位刁难底下人的事儿发生，上纲上线又够不着，只好自己忍气吞声罢了。"

裕贵妃的话说得很明白，就是吃亏无可避免，大家都是这么过来的。那么点小事，不要妄图有人主持公道，自己忍一忍就完了。她口头上答应的拂照不过是顺嘴一说，听过了千万不要当真才好。

颐行早前真听不懂人家的话里有话，自打进了宫，见识了各种各样的人性，如今也明白人家嘴上客气，你不能顺着杆儿爬的道理。

她微微挪了下身子道："我以真心待人，想必人也以真心待我。"

贵妃笑了笑，没有接她的话茬。

视线一转，落在了她身后的人身上，含珍贵妃是认得的，也算尚仪局叫得上号的人，她会跟在颐答应身后，着实让贵妃有些意外。

"含珍姑娘这是送颐小主移宫？"

含珍听见点她的卯，微微低下头，叠着手道："回贵妃娘娘的话，奴才跟了我们主儿，往后就留在主身边伺候了。"

"哦……"贵妃意味深长地琢磨，最后道，"也好，你是宫里老人儿了，有你在小主身边照应，时时加以提点，你们主儿能少走好些弯路。"略顿了下，想起来和颐行拉拉家常，便问，"你进宫的时候，家里头可好不好？太福晋身子还健朗吧？"

颐行说是："我母亲身子一向很好，还是皇上恩典，前院的祸事没有累及内宅。如今家里头有我嫂子照应，几个侄子也能当事儿了，仕途往后虽受些牵连，所幸还能着家，照应老太太。"

"那就好。"贵妃慢慢点头，脸上浮起无限的怅惘来："要是你哥哥不犯糊涂，也不能累及前头娘娘。前头娘娘是真可怜，好好的正宫娘娘，给废到外八庙去……那地方多偏远，她一个富贵人儿，哪里经得起那些，要是心思窄了……"后面的话不便说了，拿手绢拭了下眼窝子，很快别开了脸。

颐行没看真周，心道她是哭了？她和她大侄女儿未见得有那么深的情义吧，皇后一被废，得益最大的就数她，要是现在皇帝说把皇后接回来复位，恐怕头一个跳起来的也是她吧！

不过这些话放在肚子里，脸上还要装得谦恭，颐行幽幽一叹："是她没这个福分……"

贵妃不置可否，顿了会儿才又道："不是我说，皇上也忒绝情了，终归是结发的元后，怎么说废就废了。"

这是要挑起她对皇帝的不满，说一千道一万，后宫那些主儿再蹦跶，也不及她自个儿和皇帝不对付来得治标治本。尚颐行对这紫禁城的恨，对皇上的恨，必然是有的，晋了位也不能忘记自己哥子和侄女儿所受的苦。就算皇上有心抬举她，万一她哪天和皇上犟了脖子，那么用不着谁动手，她自己就不得翻身了。

贵妃哀婉，轻轻拢起了眉头，颐行垂下脑袋，在思量她的用意。

以后要长心眼儿了，这是含珍对她的叮嘱。宫里没有一个是纯粹的好人，个个都为着自己的利益，要做到不败，第一是不和谁结仇，第二就是不和谁交心。

贵妃在她面前抱怨皇帝绝情，这话已经过了，任何时候过头的话都不是好话，须得小心。

颐行不能上套，更不能顺着她的话说，便道："是家里人不成器，触犯了律法，冒犯了天威，往后我自然越发惕惕然，绝不行差踏错，一心侍奉皇上。"

贵妃见她这么说，有些失望，心里鄙薄着，果真各人自扫门前雪，就算至亲的人又怎么样，进了宫是泥菩萨过江，自身都难保，哪还有那闲能保佑家里人。

成吧，横竖套不出话来，多说无益。

贵妃扭头让流苏瞧瞧时辰钟，流苏道："回贵主儿，已经巳正时牌了。"

于是贵妃站起身道："时候差不多了，皇上这会子也该得闲了，咱们上御前谢恩去吧。"

嫔妃晋了位分，上御前谢恩是必须，已经蒙过圣宠的可以自己过去磕头，还没开脸的，就得是主位或掌管宫闱的娘娘陪同前往。

如今颐行先到永和宫来，贵妃自然是当仁不让，后宫见皇帝的机会其实不太多，每个人都很珍惜这样的机缘，贵妃不带着去，难道让懋嫔挺着肚子带她去吗？作为善解人意的贵妃娘娘，哪里能让懋嫔受这番劳累。

贵妃抚了抚鬓边的点翠，微微回一下头，示意颐行跟上。从永和宫到乾清宫不远，经过龙光门，贵妃提袍子先迈进去，询问门上站班儿的小太监："万岁爷在吗？"

小太监哈着腰道："回贵妃娘娘话，万岁爷进了日讲，就从正大光明殿移驾了。"

贵妃朝乾清宫望了眼，仍旧带着颐行上了东边台阶，边走边道："南边那圈围房尽是内大臣值房，咱们宫眷不宜从那里经过。主子要是不在乾清宫，咱们就从凤彩门出去，沿西一长街往南，走不了多远就是遵义门，那是养心殿边门，道儿更近些。"

颐行恭顺地说是，脚下走过汉白玉的月台，眼睛却往南，一直望向东南角的御药房。

这会儿要能见着夏太医，可得好好谢谢他，他一通谋划，自己果然晋位了，世上还有第二位像他这样既治得了病，又治得了命的好太医吗？必然是没有了呀。自己能遇见他，实在是上辈子做了好事，所以现在越发觉得重任在肩，她得好好干，才能保得这些和她有牵扯的人吃香喝辣，升官发财。

贵妃昂着她骄傲的头颅，缓步走下台阶，穿过了西边的随墙门。颐行忙跟上去，随贵妃一同迈进了遵义门。

这是颐行头一回来养心殿，养心殿相较于乾清宫，规模要小得多，更像民间大户人家的二进院落，前面是正殿，后面左右围房，外带三间朝南的大屋。

听说后面的屋子，是后宫嫔妃们每天集结的地方，颐行悄悄瞥了一眼，心里犯嘀咕，每天如此啊，皇帝的肾怕不是铁打的吧！

这时养心殿前的抱厦里出来两个人，说说笑笑正要往宫门上去。抬眼一瞧，忽然瞧见了贵妃，忙上前来打千儿请安，说："贵妃娘娘吉祥。"

贵妃点了点头，问："万岁爷在不在？"

叫柿子的小太监说在，又瞧瞧贵妃身后，试探着问："这是新晋的颐小主不是？"见她颔首致意，忙又打了个千儿，"小主吉祥。请贵妃娘娘和小主稍待，奴才这就替您二位传话去。"

柿子一蹦三跳往明间去了，问了门前的明海，明海说皇上人在三希堂，忙又匆匆进了西梢间，在帘子外哈腰回禀："万岁爷，新晋的颐小主来啦。"

正站在桌前练字的皇帝一惊："她是来找夏太医的，还是来找朕的？"

边上的怀恩也转过脑袋看向柿子，柿子笑着说："是贵妃娘娘领着来的，想是来向您谢恩来啦。"

皇帝这才松了口气。

都怪这阵子两个身份颠来倒去地盘弄，已经让他有些混乱了，她忽然之间来养心殿，他头一件就觉得必定又是她身边的宫女受了伤，生了病，又得麻烦他慌里慌张换官服，扎面巾。

好在是来谢恩的，他这才从容搁下笔，整了整仪容，漫步走向明间。

待在御案后坐定，怀恩站在门前向外递话，说："贵妃娘娘，颐小主，万岁爷宣二位觐见。"

贵妃回头瞧了眼，老姑奶奶好像很紧张，鬓边的发丝成绺儿，弯曲贴在脸颊上，有种少女稚嫩的美感。

贵妃忽然神伤，想当初自己刚进宫那会儿，也是这样不谙人事的模样。如今好几年过去了，熬得人情练达，百毒不侵，却和以前的自己渐行渐远了。

"进去吧。"贵妃放软了语气说，"见了主子谨慎说话，千万别唐突了。"

虽然知道就算唐突了，皇上也未必真的怪罪，但告知的责任还是得尽到的。

颐行说是，低着头垂着眼，小心翼翼迈进门槛。上前两步便跪拜下来，伏在殿前金砖上道："奴才尚氏，叩谢皇上天恩。"

上首的皇帝端稳持重，略顿了顿，才压下嗓门道："起喀吧。"

满福上前搀扶，那满脸的笑靥，简直比他自己晋封了还要高兴似的。

颐行朝他望了眼，眼神间有谢意，只是不好在殿上显露。

满福往前比比手，引她上前一些，颐行在皇帝面前还是觉得丢脸，她甚至想不明白，为什么皇帝的口味如此独特，她摔个大马趴都能晋她的位。也或者人家本来要晋封她为常在的，就因为这一跤，摔掉了一个等级吧！

御座上的皇帝在琢磨，她头天晋封，应该给她个下马威才对，便道："你如今已经不是宫女了，行事要更加稳重才是，再不要毛毛躁躁的，不成体统了。"

颐行红了脸，知道他指的是那天扑倒的事，嘴里诺诺答应着："奴才谨遵皇上教诲。"

皇帝嗯了声，复又想了想："琴棋书画和女红，都要进益些才好。还有读书练字，朕会命人给你送些书过去，闲暇时看看，陶冶一下情操，对你有益处。"

这下颐行有点彷徨了，她不爱读书不爱做女红的事，看来夏太医一并和皇帝说了呀。那满福怎么还告诉她，夏太医把她夸得天上有地下无的，可见太监的话不能当真，听一半扔一半正合适。

不过这位皇上的兴趣倒真是高，明知她干啥啥不行，居然还破格提拔她，难道就是为了把她培养成人？

唉，这紫禁城实在不是个讲辈分的地方，要不然她堂堂做姑爸的，几时轮着侄女婿来栽培！

如今是老鼠和猫同辈啦，还有什么可说的，自己得仰仗他往上爬呢，毫无优点没关系，只要乖巧听话，男人还是会喜欢的。

颐行说是："奴才一定好好习学，那万岁爷……您会常来考我功课吗？"

……神天菩萨，老姑奶奶偶尔也会被自己的机灵吓一跳。这当下，如此水到渠成的邀宠勾搭，为将来的多多相处直接做好了铺垫，简直可说是完美。

边上的裕贵妃听了，袖子下的手不动声色捏紧了手绢。

真没想到，前皇后如此刚直的人，同宗里头竟然出了这么一个姑爸。小小的答应，看着挺老实，才一有起势居然就动了这样的心思，果然后起之秀不容小觑，自己那些不好的预感，怕是要应验了。

上首的皇帝却觉得挺满意，很好，老姑奶奶已经开始学着怎么壮大自己了，将来在宫中横行，指日可待。

他甚至想脱口而出，说"好啊"。但转念再思忖，不能这么轻浮，便沉声道："朕日理万机，唯恐没有闲暇……得空吧，得空会过去考你的。"

本来这就是话赶话里的一点捞头，能捞当然是好事，捞不着也没什么懊恼。颐行听完前半句话觉得没希望了，没想到他那后半句话，立刻又将盼头拉了回来。

她一高兴，忘了圣驾面前低眉顺眼的规矩，抬头往上看了一眼。这一看，皇帝的长相样貌可全看见了，深邃的眉眼，高挺的鼻梁，还和小时一样白净，但五官少了那种奶里奶气的味道，已经长成一个俊朗的青年男人模样了。

她的眼神直勾勾的，皇帝的视线没来由地避让开了。不知为什么，在没有遮挡的情况下被她看着，会生出难堪和狼狈来。还是小时候那段不堪的经历害的，在她面前，总有种自己衣冠不整的感觉。

皇帝不自觉挺了挺脊背，掖了下衣领，他是天子，难道还经不得一个小姑娘看？真是笑话！可有时候人的心理不足以强大到支撑起对往昔不堪岁月的回忆，他越想显得云淡风轻，周身就越不自在。

要脸红了……脖子上汹涌的热潮攀升上来，很快便会弥漫整张脸，皇帝心里有预感，于是急中生智站起来，转身到书架前随意翻找。当然并不知道自己要找什么，茫茫书海也扑不灭他颧骨上的滚烫。他东找找，西翻翻，等那片热浪终于慢慢平息下来，随手翻出一本诗集递给满福，让他交到老姑奶奶手上。

满福双手承托着送过来，颐行哈腰承接了，低头一瞅："《梅村集》"？

皇帝说对："这本诗集收录进《四库全书》了，如今称四十卷本，你拿回去好好研读，多读诗好，诗里有琴、有酒、有白雪红梅，能戒了你莽撞的毛病。"

颐行一凛，明白自己刚才那一抬眼又犯忌讳了。不过这小小子儿长了十来年，人虽大了，眉眼依稀还有小时候的影子。人之气运就是这么奇怪，明明自己还是他的长辈呢，说话儿就成了他帐下的小答应。

"成了，恩也谢过了，你们跪安吧。"皇帝摆了摆手，没等她们行礼，就转身往西次间去了。

贵妃上前来，带着颐行向上蹲安，然后却行退到了殿外。

廊庑上站着，贵妃低头瞧她手上的书："皇上爱读书，阖宫的嫔妃们人手一本诗集，你可别辜负了皇上的美意。"

不同之处在于，她们的诗集是为投其所好自己暗摸来的，而老姑奶奶这本是皇上亲自赏的。

颐行托着诗集，心里只管哀叹，晋了位虽不要做杂活儿了，却要读书，这差事越发不好干了。

贵妃见她沮丧，吸口气重新振作起了精神，笑道："恩谢完，该上储秀宫认屋子去了。早早儿收拾妥当了，回头承接雨露不慌张。"边说边招了招手，"走吧！"

要承接雨露？虽说晋了位，就应当做好这样的准备，但颐行乍然听见，心头还是"咯噔"了一下。

那个因她扫过脸的小小子儿，如今已经是顶天立地的皇帝了，自己一门心思要做皇贵妃，其实好像从来没有意识到，做的正是他的皇贵妃啊。

怎么有些别扭呢，颐行低头走在夹道里，地上一棱一棱的青砖铺叠，好像永远走不到头似的。上回在御花园里赶鸭子上架，一时来不及考虑太多，满脑子想着露脸，但刚才大眼瞪小眼的那一瞬间，发现自己其实对于晋位这件事就没有想明白过，只是意气用事地逼着自己上进，逼自己成为那个救全家于水火的老姑奶奶。

贵妃见她不搭话，偏过头瞥了她一眼："怎么了？想什么呢？"

颐行回过神来，说没什么："就是走到今儿，像做梦似的。"

贵妃的目光变得悠远，望向前面连绵的红宫墙，淡声说："有些事是命中注定，不是人力所能扭转的。当初恭妃使的那些个小手段，把你从三选里头剔出去，谁知道兜兜转转，你还是晋了位。往后啊，就要在这四方城里活下去了，你想好了吗？预备好了吗？"

想不想的，反正都这样了，颐行说："我人长得愚笨，家里头也没了靠山，左不过谨小慎微，在懋嫔娘娘宫里讨生活罢了。"

贵妃叹了口气："从进宫到现在，大小事儿也遇见了好几桩，什么人是为你好，什么人是有心害你，你可要分清喽。"

这么说，无非是在她跟前提一回醒，自己是实心向着她的。

　　宫里头的妃嫔们，除了今年的几个新人，剩下那些各人有几斤几两，贵妃心里门儿清。老人们是不会再有盛宠了，万一皇上来了一点兴致，也定是新人里头挑拔尖儿的。老姑奶奶日后出息大不大，暂且说不准，横竖像善常在之流，八成是入不了皇帝眼了，这会儿和老姑奶奶套好了近乎，将来也好有回旋的余地。

　　颐行现在很懂得审时度势，她听出贵妃话里的意思，立时就坡下驴："贵妃娘娘说得是，我心里都明白。这宫里主儿们……好像没有一个待见我。"她笑了笑，"只有您，几次三番看顾我，像上回春华门夹道里，要不是您，我这会儿只怕已经上贞贵人宫里伺候去了，也没有我晋位的造化。"

　　贵妃对于她的晓事尚算满意，抿唇一笑道："我说过的，看着故人的交情，也不能不护着你。你不知道，永和宫里发了你晋位的口谕，她们闹到皇太后跟前，一个个恨不得活吃了我。我这贵妃是个受气包，里外里夹攻，应付了这头应付那头，谁能知道我的不易。"

　　颐行忙道："贵妃娘娘能者多劳，少不得要受些委屈。"

　　"可不吗？"贵妃道，"早前我在宫里没几个能说得上话的，如今你来了，身边也能热闹些。"

　　说话儿到了储秀宫，翠缥早先行一步进去通传了，可懋嫔并没有因贵妃驾到出来相迎，只派了跟前掌事宫女晴山候在殿门上。

　　贵妃提袍迈进宫门，绕过影壁，晴山便疾步上来纳福，说："请贵妃娘娘的安。"至于贵妃身后的颐行等一行人，她并非不知道，却是假作不知情，没有加以理会。

　　贵妃的花盆底鞋踩在储秀宫的中路上，一手搭着流苏小臂，一头道："我来瞧瞧你主子，你主子怎么样，近来好不好呀？"

　　晴山说好："谢娘娘关怀。我们主儿听说贵妃娘娘来了，原本要亲自出来相迎的，无奈身子沉，只好慢待娘娘了。"

　　贵妃撇唇一笑，身子沉？当谁没生过孩子呢。当初她怀大阿哥的时候，七八个月了照常起卧，怎么到了懋嫔这里就分外金贵些，才五六个月光景，就已经下不得地了。

　　"不碍的，龙种要紧。"贵妃嘴里这么说，抬腿迈进了正殿。

　　懋嫔这会儿在东梢间卧着呢，听见贵妃的声音，没等人进去通传，便扬声告了罪："请贵妃娘娘恕我礼不周全。"

　　贵妃带着颐行绕过一架花梨木雕竹纹裙板玻璃隔扇，进去就见懋嫔歪在南边木炕上，穿一身粉白撒花金绲边的衬衣，头上戴抹额，有孕却当生病似的养着，有种说不上的，仗肚扬威的味道。

不过她还算知道尊卑，挣扎着作势要下炕，贵妃忙上前搀了一把，顺势将她重新按回炕上，笑道："你如今不似平常，谁还能计较你不成？我今儿是来瞧瞧你的，自打上回万寿宴后就没见过你，不知你和肚子里的龙胎好不好。"

懋嫔的目光从颐行身上轻轻划了过去，虽瞧着来气，却因为是皇帝给的示下，暂且不好发作。复转头笑着对贵妃说："我们一切都好，偏劳贵妃娘娘惦记了。只是近来胃口不佳，想是入夏的缘故，小厨房变着花样给我做吃食，我瞧着眼馋得很，却无论如何吃不下。"

贵妃和她闲话："那可不成，就算不为自己，为着孩子也得进东西。想当初我怀大阿哥的时候，倒和你不一样，每日要吃六顿，才撂下筷子就盼着下一餐。"

懋嫔听了这话，脸色顿时变了变。宫里人说话，哪个不留着心眼，贵妃早前得的是男孩儿，怀男胎贪吃，反之不爱吃东西的不就是女孩儿吗？可说一千道一万，大阿哥养到三岁上没养住，拿一个死了的孩子来比较，也许做娘的心里不觉得什么，旁人听了就不称意了。

不过人家终究是贵妃，怀念早夭的儿子也是情有可原，懋嫔不好说什么，不打算继续这个话题了，转头便去呵斥小宫女："贵妃娘娘来了这半天，怎么连杯茶都不奉上？"一头愧怍地对贵妃说，"自打我遇了喜，对宫人管教不严，弄得如今连奉茶都要我吩咐，实在对不住娘娘。"

贵妃牵唇哂笑了下，心道前两个月才打死了一个小宫女，这么着还说管教不严，倘或再严点儿，那这宫里岂不是都要被她杀光了？

成了，虚与委蛇了这半天也够了，贵妃招来颐行，对懋嫔道："颐答应晋位的事，想必你已经知道了，万岁爷下的恩旨，让颐答应随居储秀宫，我这就把人带来了，你瞧着安排屋子吧。"说罢招了颐行道，"这是储秀宫主位懋嫔娘娘，来给懋嫔娘娘见个礼吧。"

颐行道是，上前请了个双安，垂首道："懋嫔娘娘万年吉祥如意。"

懋嫔连瞧都没瞧她一眼，皮笑肉不笑道："安排到我这儿来倒没什么，只是我们储秀宫不红，怕耽误了颐答应的前程。"

这种令人难堪的话术，对付低位分的嫔妃最管用，储秀宫的珣贵人和永常在就是这么过来的，到如今还不是俯首帖耳，一锤子下去，连半个屁都不敢放。

贵妃原不想插话的，但见颐行垂首不答，便笑着打圆场："你过谦，这紫禁城中，眼下就数你储秀宫最红，万岁爷安排颐答应进来，分明是想让她沾沾你的喜气，你倒这么说，弄得人家多难为情。"

懋嫔听罢哼笑了声，也不说旁的了，转头问如意："后头屋子，还有哪间空着？"

如意微微哈了哈腰道："回主儿话，养和殿和绥福殿分住着珣贵人和永常在，后殿丽景轩早前端贵人住过，后来端贵人过身，就一直空到现在。如今剩下东西两个配殿，凤光室和猗兰馆还闲置着，请主儿指派一间。"

懋嫔倚着引枕，倨傲地打量了这位赫赫有名的老姑奶奶一眼，曼声说："东为尊，西为卑，储秀宫里头就数颐答应位分最低，将来万一再有贵人常在分派进来，只怕不好安排。我看这样，就住猗兰馆吧，等再晋位，重新安排就是了。"

当然这里头也有懋嫔的忌讳，尚家出了那么多皇后，要是一气儿把她分到凤光室，这又带着个"凤"字，万一借了运一飞冲天，那岂不坏事？

颐行是不在意那些的，给个屋子就行，反正睡过大通铺的人，不像她们生来做主子的人那么挑剔。

她盈盈拜下去："多谢懋嫔娘娘。往后我就依附娘娘而居了，若有不足的地方，请娘娘千万担待我。"

懋嫔不耐烦地摆了摆手，颐行到这会儿就不必继续戳在她们眼窝子里了，又行了个礼，从梢间退了出来。

含珍和银朱在廊庑上等着她，见了她便问："懋嫔娘娘分派哪间屋子给主儿？"

颐行说："后头猗兰馆。"

懋嫔并没有吩咐宫女领她们认地方去，横竖这储秀宫前后殿就这么多屋子，哪怕一间一间地找，也不是多难的事。

"走吧。"颐行冲着含珍和银朱说，无论如何，居住的环境越来越好，终归是件令人高兴的事。

她们结伴走下正殿前的台阶，才要往绥福殿方向去，半道遇上了两位嫔妃打扮的人，其中一个她记得很清楚，正是万寿宴上招猫闯祸，从贵人降级为常在的女孩儿。

至于另一位，含珍在她耳边轻声提点："高个儿的那位是珣贵人。"

颐行认明白了人，便上前蹲安，问两位小主吉祥。

其实晋了个答应，还是和以往做宫女时没什么分别。颐行甚至觉得有点儿亏，见了谁照旧都得请安，没感受到翻身的快乐，却充了皇帝后宫，说不定还要伺候龙床。可是能怎么办呢，事到如今，只有既来之则安之了。

珣贵人和永常在倒不像懋嫔似的高高在上，她们对新人还是抱着好奇且温和的态度，说往后一个宫里住着，要是有什么不便之处，大可以去找她们。

颐行含笑道了谢，嘴上热闹地应承了，彼此又寒暄了两句，这才拜别了她们，往后寻找猗兰馆。

说是称作"馆"，其实就是一间稍大的明间，带着两间小梢间罢了。颐行找到地方，里外转了一圈，家徒四壁，只有一套桌椅并两张寝床，那份简陋，和在他坦时没什么区别。

她冲含珍和银朱咧嘴笑了笑："你们看我千辛万苦晋了位，可还是一样地穷。答应的年例银子是多少来着？"

含珍说："三十两，要是有幸生下皇子或公主，能另得恩赏五十两白银。"

颐行苦了脸："生孩子才五十两，我那二百两要是没被偷，能折成四个孩子了。"

所以宫里有了位分的并不都风光，还有像她这样籍籍无名的。好在内务府没有克扣她的份例，什么铜蜡签、铜剪烛罐、锡唾盒都有，另外送了两匹云缎和素缎给她做衣裳。

还有答应的日用，每天有猪肉一斤八两，陈粳米九盒，鲜菜二斤。三个人蹲在这堆东西前精打细算，省着点吃，这点用度应该够了。

当然里头最好的，是每日有两支油蜡供她们使用。含珍小心翼翼把蜡烛插在蜡签上，又回身看那些缎子，喃喃自语着："主儿晋了位，得做两件像样的衣裳。这蜡烛够咱们夜里做针线用的了，晚上就把料子裁剪起来，得赶在皇上翻牌子之前做得了，主儿好体体面面去见皇上。"

此话一出，闹得颐行老大的尴尬，先前那种恍惚的感觉又回来了，她瘫坐在椅子上说："我想起皇上是我嫡亲的侄女婿，心里就过不去那道坎儿。"

银朱很意外："姑爸，您都晋位了，还没想明白要伺候皇上呢？"

没待颐行开口，含珍就先劫了银朱的话头子："往后可千万不能称姑爸了，主就是主，奴就是奴，没的叫人听见，说咱们屋里不讲规矩，惹人笑话。"

银朱哎了一声，讪讪道："是我糊涂，张嘴叫惯了，一时忘了改。打今儿起不会啦，我管您叫主儿——颐主儿。您得脸，我们风光，我们就是您的小跟班儿。"

三个人笑闹了一阵，虽说主仆有别，但在心里还是和从前一样。

含珍一面收拾屋子，一面开解颐行："其实啊，宫里哪来您的侄女婿呢，您这么认，皇上可不这么认。他是全旗上下共同的主子，就算娶过您家侄女儿也还是主子。辈分这种事是小家里的论资排辈，这紫禁城是大家，是整个大英王朝，讲的是地位。咱们这些人，不光您，连您家祖辈都是宇文氏的臣子奴才，这么一想，您的心境就开阔了不是？"

颐行咂摸了下，好像是这么个理儿。说来女孩儿怪可怜的，不能像男人似的驰骋沙场立功授爵，到了年纪，只剩这脸盘儿、身子能为主效力，后宫就是她们的战场。

含珍看她还发呆，只是一笑，回身把内务府送来的布匹摊在桌上，一头拿了尺子来给她量尺寸。

今儿受封，流苏倒是带来了一件衣裳，让她替换下了宫女的老绿袍子。只是这衣裳也寒酸得很，位分太低了，穿不了像样的锦衣，不过一件杏色素面的衬衣，镶上了灰蓝的绲边。这两个颜色相加，脸色易衬得暗淡，所幸老姑奶奶肉皮儿吹弹可破，能压得住，要不然面见皇上的时候灰头土脸，开局就失利了。

银朱把屋子内外都擦拭了一遍，待一切忙完了过来瞧，边瞧边啧啧："这么素净的料子，得往上添绣活儿才行。"

含珍有法子，说："尚仪局有绣线和以往做剩下的料子，我去要些回来，给衣裳做镶绲。主儿眼下这位分，不宜穿得过于扎眼，袖口领口绣些碎花点缀，也就差不多了。"

说干就干，猗兰馆里的人热火朝天忙起来，内务府送来的炭要收拾，屋子前后砖缝儿里的矮草要清理，她们统共就三个人，没有粗使婆子供她们使唤，因此晋了位的颐行也不能闲着，卷起袖子蹲在屋前，和银朱一块儿除草。

晴山和如意站在正殿台阶下，远远朝北望着，如意叹了口气道："位分低，也怪难为的，明明算是主子了，却还是要和奴才一块儿干活。"

晴山哼笑了一声："答应位分，半个奴才半个主子罢了……"

恰在这时，身后响起一个声音来："话倒不能这么说，晋了位分就是主子，宫里不认半主半奴这种说法，是个奴才，也不够格伺候皇上。"

晴山和如意吓了一跳，忙转头看，竟是含珍挎着筐箩回来了。

含珍大病得愈后，人慢慢养起了精神，只是还有些瘦，显得那双眼睛越发地大。她是尚仪局老人儿，分派进东西六宫的宫女，当初都是打她手上过的，她打量了晴山一眼："晴姑姑，您早前不是教习处的吗，多早晚调到储秀宫来的呀？"

晴山哦了声："我是三月里给拨到储秀宫来的……"

说完竟有些傻眼，奇了怪了，自己如今是储秀宫的掌事宫女，含珍的主子不过是个答应，要论品级，自己如今可是比她还高呢，凭什么她问一句，自己就得答一句！

然而没等她扳回一局来，含珍却说："往后我们主儿就在这储秀宫里了，好些地方要仰赖您，还请您多照应才好。"说完和气地笑了笑，绕过去，往猗兰馆去了。

晴山气得直喘气，如意劝她刹刹性子，一头往猗兰馆递了眼色："当初这位颐答应和樱桃有过结交，这裉节儿上，多一事不如少一事吧，要寻她们的晦气，将来有的是机会。”

晴山狠狠吐了口气，终究也不能怎么样，便转身往殿里去了。

那头含珍从笸箩里掏出好些尺头来，大大小小，色彩缤纷，三个人坐在八仙桌前展开了看，这块很好，那块也很好……

含珍有一双巧手，裁衣服做针线，样样在行。颐行看着剪子游龙一样裁开了缎子，只管感慨：“你不是做姑姑的吗，有底下小宫女给你收拾穿戴，怎么自己做起来比她们还熟练？”

含珍就着落日余晖穿针引线，一面笑道：“我做小宫女那会儿，不也得伺候姑姑吗？这是童子功，连干了好几年，到如今也生疏不了，拿起来就能上手。”

这里正商量绣什么花，银朱上案头取了烛台来，只等前边掌灯，她们屋里就能点蜡烛了。

结果烛台才放稳，廊庑上就传来一串脚步声，一个小太监过来传话，问：“新晋的颐答应在吗？快梳妆起来，上养心殿围房等着接福呀。”

颐行有点发蒙，转头瞧含珍，含珍站起身道：“咱们主儿是答应位分……养心殿围房里头候旨，不是得常在以上品级吗？”

小太监嘿地一笑：“内务府请太后示下，这阵子重整了规矩，答应位分也上绿头牌啦。横竖西围房空着呢，不多这一二十人……哎呀，别说啦，快些收拾起来，别宫的小主都去啦，你们猗兰馆可是最后一个，去晚了，仔细没地儿坐。”

第九章·

留云借月

那还等什么，赶紧收拾起来吧！

含珍和银朱忙把颐行拉到椅子上坐定，一人持着手把镜，一人给她梳妆。

可怜小小的答应，没有好看的衣裳和头面首饰，只有内务府例行给的几样钗环和一套通草花。含珍替她绾起了头发，晋了位，那就算是半个人妇了，大辫子再也不合时宜，得梳小两把才好，再简单簪上一朵茉莉，用不着多繁复的妆点，老姑奶奶生来俊俏，稍稍一收拾，站到人前就是顶拔尖儿的。

银朱拉着她，在地上旋了两圈，老姑奶奶梳起了把子头，颈后有燕尾压领，那细长的脖颈，衬得人越发挺拔。

银朱说挺好，取过粉盒来，照着她的脸上扑了两下，粉末子在眼前纷扬，把颐行呛得直咳嗽。

含珍失笑，拿手绢给她卸了多余的粉，又接过胭脂棍，给她薄薄上了一层口脂。待一切预备妥当了，忙牵起她的手说："走吧，再晚些，宫门一下钥，您今儿就缺席了。"

缺席对后宫主儿们来说，可不是一桩好事，除非是病了、来了月事或是遇喜，否则谁也不能错过这样的机会。皇上原本牌子就翻得少，自己要是再不上进，那还能指着有受宠发迹的一天吗？

"快点儿……"含珍牵着她催促，途经前头两座配殿时观望，珣贵人和永常在已经去了，正殿前只有预备给懋嫔上夜的晴山，带着小宫女们冷冷看着她们。

含珍也不管她，把颐行牵出了宫门后，将颐行的手搭在自己手背上。见颐行气喘吁吁，便安抚道："今儿是头一回，没打听明白新规矩，是奴才的不是，委屈主儿了。"

颐行说没事："才吃过了饭，正好活动活动……我以前看话本子上说，被翻了牌子的宫妃，梳洗完精着身子拿被褥一裹，等太监上门抬人就成了，没说要上养心殿应卯呀。"

含珍道："那是以前。早年大英才入关那会儿，确实是这么安排的。后来年月一长，抬来抬去的忒麻烦，到了成宗年间，就改在每晚入养心殿围房听翻牌了。这么着也好，您想，脱光了叫人抬柴火一样送进皇上寝宫，那还算是个人吗？如今这么安排，好歹能体面地来去，也算是对后宫嫔妃的优恤。"

能穿着衣裳来去，已经算是优恤了，这吃人的世道啊！

不过眼下且来不及感慨那些，颐行由含珍搀扶着，走过一道一道宫门。待进了遵义门，见养心殿各处都掌起了灯，一溜小太监正由满福带领着，站在檐下拿撑杆儿上灯笼。

"哟，小主这会儿才来？"满福眼尖，看见她，压着嗓子招呼了一声。

颐行笑着应承："谙达，我是才接了令儿，说要上围房候旨来着。"

"那快去吧，万岁爷正用膳，敬事房说话儿就要进膳牌了。"满福朝西边指了指，"上西围房，答应小主们全在那儿呢！"

颐行哎了声，忙拉着含珍往后殿走，才走了两步，被满福叫住了，他伸出一根手指直画圈："从这儿往西，这条道儿近。"

含珍犹豫了下，还没想明白养心殿前殿能不能经过，颐行就拽着她直奔西墙去了。

"主儿……"含珍捏着心地叫了颐行一声，"那太监该不是在坑您呢吧！"

养心殿前殿是皇帝召见军机大臣的地方，两扇巨大的南窗，一眼就能看见院里光景。那是万岁爷常待的地方，不管是暖阁还是书房，左不过就在这所屋子里……

得，好像也不必提醒了，她们飞奔过去的时候，眼梢瞥见了南窗里的人，正以一种惊讶的目光，看向窗外不知死活的两个身影。

颐行也发现了，后知后觉地问："那是谁啊，是皇上不是？"

含珍觉得天一瞬就暗了下来，颓然说："可不是吗，他老人家正用膳呢。"

东暖阁内的皇帝此时也很慌张："那两个人是谁？是老姑奶奶？"一慌嘴里说

秃噜了，竟然也跟着叫了老姑奶奶。

怀恩讪讪笑了笑："好像……正是呢。"

"她怎么打这儿过？"皇帝百思不得其解，"你说她看见朕的样子，会不会想起夏太医？"

怀恩说："应该不会吧，老姑奶奶眼神好像确实不怎么好……"

所以皇上真不必对多年前的事耿耿于怀，一个大活人，脸给遮起一半，打了好几回交道她都认不出来，还需要担心她瞧见了不该瞧的东西，掌握了什么所谓的"根底"吗？

皇帝点了点头，觉得言之有理。这时满福从外头进来，垂着袖子说："主子爷，颐答应刚来啦。才刚她打前边过，您瞧见没有？"

怀恩一下子竖起了眉头："她打殿前过，是你指使的？"

满福说是啊："东围房里已经坐满了主儿们，老姑奶奶从东边过，没准又要挨议论和刁难。倒不如直去西边，那里头全是答应位分的，谁也不比谁高一等，老姑奶奶进去不挨欺负，那不是挺好？"说罢谄媚地冲皇帝龇牙一笑，"万岁爷，您说是吧？"

皇帝瞧了他一眼，没言声。没言声就是默认了，满福暗暗松了口气，其实干完这事儿他就有点后悔，这算是妄揣圣意，闹得不好挨板子都够格。还好万岁爷对老姑奶奶的宽容救了他一命，要不这会儿连他师傅都保不住他。

怀恩对这鬼见愁算是无可奈何了，又不好说什么，只管朝他瞪了瞪眼睛。

满福知道自己犯浑了，缩着脖子冲他师傅讪笑了下，很快便道："时候差不多了，奴才瞧瞧敬事房的牌子来了没有。"

敬事房的牌子……说起这个，皇帝今天的感觉和以往有些不同。以前满满一个大银盘，里头密密麻麻码着嫔妃们的封号，那些名牌看得多了，他已经完全失去了兴趣。今天却不一样，以往不能上绿头牌的低等官女子也都有名有姓了，如今他的后宫，简直是一片欣欣向荣的盛况。

皇帝从来没有统计过后宫嫔妃的数量，要是全加起来，总有三四十之巨。果然的，今晚敬事房来了两个顶银盘的太监，进门就在金砖上跪定，搓着膝头，膝行到他面前，向上一顶道："恭请皇上御览。"

皇帝的目光直接落到了那些崭新的绿头牌上，一排一排地看过去，终于在角落里找到了眼熟的几个字，"颐答应"。下面一排小字写着她所在的旗别，和她的闺名尚氏颐行。

这牌子要是搁在几个月前的御选上，应当是看见也只做没看见吧！福海犯的是杀头的大罪，留着一条性命已经是法外开恩了，无论如何他的家眷不可能入宫晋位。要办成这件事，就得耐住性子来，其实他到现在都没有想明白，为什么小时候的执念会那么深。她是头一个看见他不雅之处的姑娘，那种感觉，说句丢脸的话，简直就像他的头一个女人。

当然小时候的想法没有那么复杂，只是又气又恼，对她衔着恨。现在也谈不上喜欢，养蛊熬鹰的心血花上去了，自然对她的关心也多些。

目光在那块绿头牌上流连，怀恩以为他会翻牌子的，谁知到最后并没有，皇帝懒懒收回了视线，今晚还是叫“去”。

徐飒只好顶着银盘，带徒弟退出养心殿，到了门外，满福追问，徐飒叹着气说：“又是叫去。万岁爷这是怎么了，都快三个月没翻牌子了，你们御前的人也该劝着点儿，每回太后打发人来问话，咱们都不知怎么交代才好。”

满福嗤笑：“这事儿怎么劝？圣意难违，你小子不知道？”

徐飒搬着银盘垂头丧气地走了，满福略站了一会儿，重又溜进东暖阁里，只听皇上吩咐怀恩，说明儿给储秀宫派个太医请平安脉。怀恩道是：“那其他主儿的，是不是顺便也派人一并请了？”

皇帝思忖了下：“也好。”

怀恩意会了，垂袖说是：“奴才这就安排下去，先遣一名太医给懋嫔娘娘和珣贵人、永常在请脉。倘或有遗漏，可以打发别的太医再跑一趟。”

皇帝说就这么办吧，搁下筷子拭了拭嘴。

满福见状立刻击掌，外头进来一队侍膳太监，鱼贯将餐盘食盒都撤了下去。皇帝起身到书案前坐定，就着案上聚耀灯，翻开了太医院呈来的懋嫔遇喜档。

那厢颐行随着一众嫔妃返回各自所居的宫殿，众人似乎习惯了皇帝的缺席，今儿夜里又没翻牌子，表示没有赢家，因此心情并不显得有什么不好。

她们把那份闲心，放在了颐行身上，前面走的回头，左右并行的侧过脑袋来看她。

“人靠衣装马靠鞍啊，这么一拾掇，果真和以前不一样了。”

“储秀宫在翊坤宫后头哪……说起翊坤宫，恭妃娘娘的禁足令，时候快到了吧？”

贞贵人和祺贵人由宫女搀着，一步三摇道：“快了，就在这几日。没承想闭门思过这半个月，外头改天换日，宫女都晋封做答应啦。”

善常在最善于说酸话，阴阳怪气道：“还忽然改了规矩，答应都上绿头牌了呢！原以为是有心成全谁，没承想今儿还是叫去，怕是扫了某些人的兴了吧！"

颐行当然听得出这善常在又在挤对她，心道你都晋位好几个月了，也没得一回圣宠，这样的情况，还好意思笑话别人！

本想还击她，冲她说一句"管好你自己"的，无奈话到嘴边翻滚了一圈，最后还是咽了回去。毕竟自己刚晋位，少不得做小伏低，等时候一长长了道行，她们自然就懒得搭理她了。

不过这一路刺耳的话真没少听，西六宫这帮人里除了康嫔厚道些，几乎没有一个不捧高踩低的。幸好储秀宫最远，她们到了各自的宫门上，便都偃旗息鼓回去了，最后只剩珣贵人和永常在，劝她别往心里去，说人人都是这么过来的，只是有些人熬成了精，忘了自己以前的狼狈罢了。

三个人一同进了宫门，珣贵人要往她的养和殿去，颐行和永常在蹲安送别了她，因猗兰馆在绥福殿之后，颐行便和永常在同路往西去。

转身的时候瞧见正殿廊庑底下站了个人，似乎正朝这里探看，待看明白回来的是谁，才一扭身子进了殿里。

永常在压声说："这懋嫔娘娘也怪操劳的，自己怀了身子不能侍寝，却每天打发跟前的人候着，唯恐咱们这些低位的给翻了牌子。"

颐行不大明白："宫里这么些人呢，她哪防得过来？"

永常在年轻，说话也没那么讲究，嗓门又压低半分，凑在她耳朵边上说："看家狗只看自己的院子，别院的事儿自有别院的狗，和她没什么相干。"

可见对懋嫔都是咬着槽牙地恨呢，颐行和含珍听罢扑哧一笑，却也不敢多嘴，到绥福殿前拜别了永常在，两个人方相携回到猗兰馆。

银朱一直候着，见她们回来，不由得有些失望："今儿不是您头天晋位吗，我以为皇上会翻您牌子呢。"

颐行却很松泛，大有逃过一劫的庆幸，到桌边倒了杯茶喝，笑着说："我今儿才算见识了，原来后宫有那么多主儿，一个个盛装坐在围房里等翻牌子，那阵仗，要我是皇上，也得吓得没了兴头儿。你们想，我原先觉得我们家爷们儿姬妾够多了，我阿玛留下五位姨娘，我哥子连带通房有八个，院儿里成日鸡飞狗跳不得太平。如今见了皇上的后宫，好家伙，都翻了好几番啦。他还能坐在暖阁里吃饭呢，要是换了我，愁得吃喝不下，光是养活这群人，得多大的挑费呀。"

含珍却笑她瞎操心："宇文王朝这家业，还养活不了几十个人吗？当今皇上后宫算少的了，早前几位皇爷，光答应就有好几十，更别说那些没位分的官女子了。"

颐行啧啧："做皇上不容易，说得好听是他挑拣临幸妃嫔，说得不好听，那是落进了狼窝里，每个人都等着消遣他呢。"边说边摇头，"可怜、可怜……"

她这想法引得银朱调侃："您早前不是说后宫人多热闹吗，这会子还这么想吗？"

颐行说是啊："还这么想。毕竟官儿当得大，手底下得有人让你管，那才叫实权呢。要是人全没了，就剩你一个，那不成光杆儿了？"

所以老姑奶奶还是那个无情且有雄心的老姑奶奶，三个人唧唧哝哝又说笑了会儿，方才洗洗睡下。

第二日一早，颐行洗漱完了上懋嫔殿内请安。只是懋嫔如今怀了身孕，压根儿就不赏她们脸，颐行在前殿站了一会儿，既然说叫免了，便转身打算回去。

才要迈过门槛，听见有人叫了声小主，回头看，是懋嫔跟前掌事的宫女晴山。

颐行顿住脚，哦了声道："晴姑姑呀，有什么事儿吗？"

晴山上前蹲了个安："今儿接了御药房的知会，说皇上下令，命太医来给储秀宫主儿们请平安脉。小主今儿别上外头逛去，就在自己殿里等着吧。"

一个宫女，借了懋嫔的势，说话怪不委婉的，颐行说是："我听您的令儿，一定不上外头去。"

她这么一说，晴山发现不大对劲了，虽说答应位分微乎其微，但好歹也是主子。主子说听您的令儿，那是暗示她不懂尊卑，逾越了。

晴山忙换了个笑脸，说："颐主儿折煞奴才了，奴才不过是顺嘴禀告主儿一声，没有旁的意思。"

颐行眨了眨眼说是啊："我也没有旁的意思，姑姑惶恐什么？"

晴山被她回了个倒噎气，脸上讪讪不是颜色，她却一笑，举步迈出了门槛。晴山没法儿，不情不愿送到了廊庑上，潦草地蹲了个安，也没等她反应，便转身返回殿内了。

颐行无奈地和银朱交换了下眼色，果然恶奴随主，懋嫔眼睛生在头顶上，身边的丫头也拽得二五八万似的。当初樱桃就是死在这里的，没准儿这位晴姑姑手上也沾着樱桃的血呢。

可惜位分低，管不了那许多，她只是好奇："我记得那会儿樱桃和一个叫兰苕的一块儿进了储秀宫伺候，樱桃死了，那个兰苕不知怎么样了。"

银朱说："还能怎么样，没准儿被贬到下处做粗使去了。咱们才来，还没摸清储秀宫的情况，等时候长一点儿，总能遇上她的。"

颐行点了点头，迈动着她的八字步，慢慢蹩回了屋子里。

这屋子面东背西，上半晌倒挺好，就是西晒了得，到晚间赤脚踩在地上，青砖热气腾腾，满屋子闷热。

颐行推开两扇窗，瞄了一眼桌上的《梅村集》，那是皇上给她布置的功课，她不想看，却也不得不看。

没办法，拽过一张椅子在窗前坐定，随手翻开了书页，定眼一看："我闻昆明水，天花散无数。蹑足凌高峰，了了见佛土……"

才刚看了几个字，就觉得脑仁儿突突地跳，不成了，坚持不下去了，于是将书抛到了一旁，一手搭在窗台上，下巴抵着胳膊肘，宁愿看外面日影移动，老琉璃[1]扇动着翅膀，忽高忽低地从那棵月季树顶上掠过。

哪儿都不能去，也没了干不完的活儿，一时间闲得发慌。颐行说："含珍，咱们打络子，拿到外头去卖吧，能换点儿钱，还能打发时间。"

可打完了络子怎么运出去也是难事，含珍劝她先不着急，等将来结识了其他答应，通了气儿，再搞副业不迟。

然而诊平安脉的太医迟迟没上她这儿来，想是她位分太低，人家把她给漏了吧！颐行倒想起了夏太医，早前在尚仪局的时候还自由些，夏太医去完安乐堂，能顺道过御花园来给她捎块酱牛肉。现在呢，被困在了储秀宫里，那么多双眼睛盯着她。她开始后悔，不该让夏太医举荐她的，这小答应当得没滋没味儿，担心穿小鞋不说，还得读书……

说起读书脑仁儿就疼，她摸摸额头，好像要得病了。

得病了能找夏太医吧？唉，这宫里除了含珍和银朱，好像就夏太医还带着人味儿。

唏嘘着，唏嘘着，时间到了晌午。颐行百无聊赖地四下观望，朝南一瞥，忽然看见一个挂着面巾，穿八品补子的人由小苏拉指引着，一路往猗兰馆来。

颐行的精神顿时一振，忙整理了仪容迎到屋外去，喜兴地叫了声夏太医，说："我正念着您呢，不想您就来了！快，外头怪热的，快上屋里来……"说着客气地将人请进了屋子。

这样的热情，其实夏太医心里有点不是滋味。

那天在养心殿里，天真地发问"您会不会时常来考我功课"的那个人，见了

1　老琉璃：蜻蜓。

夏太医就笑逐颜开，这是不对的。她好像并没有意识到，晋了位就和以前做小宫女时不一样了，要时刻警醒，记得自己的身份，见了皇上以外的男人要保持应有的庄重，不能这么露牙笑，更不能这样热情地招呼人进屋。

然而颐行完全没有这种觉悟，她只是觉得夏太医既给含珍和银朱瞧病，又帮着举荐她晋位，这么好的人，自己感激都来不及，没有任何道理不待人客气。

含珍和银朱也是，他们忙着沏新茶，请夏太医上座，嘴里虽不说，但对夏太医的那份感激之情，溢于言表。

认真说，这屋里的三个人都蒙夏太医照应过，他简直是所有人的救星。颐行请他坐定后，便笑着说："没想到给储秀宫请平安脉的就是您呀，我本以为我位分低，绕过我去了呢。"

夏太医垂着眼睫，淡声道："给储秀宫请平安脉的不是我，是另一位医正。你这里……还真是漏诊了，因此又派了我来。"

"那敢情好啊，要不是漏了，我还见不着您哪。"颐行欢欢喜喜说，"夏太医，您瞧我攀上枝儿啦，多谢您提拔我。说句实心话，我原没想着这么顺利的，那天御花园里……嘻，您是没见着，我有多扫脸……"

夏太医心道我怎么没见着，你扫脸是真的扫脸，天菩萨，从没见过四肢这么不协调，扑蝶扑得毫无美感的人，最后还能摔个大马趴……光替她想想就躁得慌。要不是自己早有准备，并且一心要晋她的位分，谁能受得了她如此地熬人！

可是暗里这么腹诽，嘴上还得顾全着她的面子，便道："小主别这么说，后来我给皇上请脉，皇上并没有鄙薄小主，还夸小主聪明伶俐来着。"

"那是瞧着您的面子。"颐行很有眼力见儿地说，"是您在皇上跟前有体面，皇上这才担待我。不瞒您说，我觉得别说我摔一跟头，就是脸着地滚到皇上面前，他也会抬举我的。毕竟有您，我这会儿对您，别提多敬仰了，您有求必应，面子还大，真是……"边说边瞄了他一眼。

就因为这一眼，夏太医心头咯噔了一下。

女孩儿这么看你，这是个旖旎的开头，就因为有求必应，她会不会由感激转为爱慕？"敬仰"和"仰慕"一字之差，其实也相隔不远，那时候她让他传话，说仰慕皇上，那是漂亮话好听话，他都知道。如今她含蓄地当面说敬仰，她想干什么？别不是对夏太医动了情，明明已经晋了位，还想勾搭别的男人吧！

夏太医正襟危坐，很想说一句"小主自重，你已经名花有主了"。可这话又出不了口，他也存着点坏心眼儿，想看看最后老姑奶奶到底是先喜欢上夏太医，还是先屈服于皇上。

于是夏太医清了清嗓子道："不过是举手之劳，不值什么，全赖皇上信任。如今小主晋了答应位，往后一心侍奉皇上就是了。我今儿来，是为给小主请脉……"说着取出一个迎枕放在桌面上，比了比手道，"小主请吧。"

颐行听了，抬起手搁在迎枕上，一旁的含珍抽出一块帕子，盖住了她的手腕。

这是规矩，就如高位嫔妃抱恙，人在帐中不露面一样，要是严格照着规矩来，嫔妃和太医即便有话要说，也得隔一架屏风。无奈低等答应，屋子里连张梳妆台都没有，更别提那些装面子的东西了。

夏太医伸出手指搭在老姑奶奶的腕上，这脉搏，在他指尖跳得咚咚的，夏太医咋舌，就没见过这么旺盛的脉象。

"怎么样？"颐行扶了扶额，"我今儿有点头疼。"

夏太医收回了手，低头道："血气充盈，脉象奔放，小主身子骨强健得很，将来子嗣上头是不担心的。"

啊，还能看出生孩子的事儿？夏太医果然不愧是全科的御前红大夫！

颐行笑着说："我擎小儿身体就好，伤风咳嗽都少得很，不像人家姑娘药罐子似的，打会吃饭起就吃药，还求什么海上方儿。"

这年月，不吃药的姑娘还不是家家求娶吗，她要是不进宫，也会有她的好姻缘。

夏太医看她的眼神意味深长："小主将来必有远大前程。小主上回说的，要赏我白鹇补子的话，我还记在心上呢，小主荣升，我才有加官晋爵的机会。既这么，我少不得再帮衬小主一回……"他说着，顿下看了银朱和含珍一眼，"请小主屏退左右，我有几句要紧话，要交代小主。"

屏退左右啊……颐行说："好、好。"

可这地方不大，真是连避让的去处也没有，含珍想了想，对银朱道："东边凤光室有个水盆架子挺不错，咱们过去瞧瞧，回头请了懋嫔娘娘示下，搬到咱们这儿来用。"

那两个丫头很识趣地出去了，屋里只剩颐行和夏太医两个，颐行说："门窗洞开着，不犯忌讳吧？"一头说，一头机灵地起身到门前张望，这个时候已经到了主儿们歇午觉的时辰了，南边偶尔有两个小太监经过，离这里且远着呢。

颐行回头道："外边没人，有什么话，您只管说吧。"

夏太医沉吟了一下，面巾上那双眼睛凌厉地朝她望过去："这件事，事关懋嫔娘娘。自打懋嫔腊月里遇喜，连着三个月，每十日有太医请脉建档。可今年二月里起，懋嫔却借着胎已坐稳不宣太医，遇喜档停在二月初一，之后就没动过。今天还是皇上发话，才重新建档……小主儿猜猜，里头可有什么猫腻？"

颐行的脑瓜子并不复杂，她琢磨了一下道："今儿御药房请脉了，那诊得怎么样呢？"

夏太医道："脉象平稳，没什么异样。"

"那不就结了。"颐行还挺高兴，"宫里又要添人口了，小孩子多有意思啊，我盼着懋嫔娘娘快生，最好到时候能抱给贵妃娘娘养着。贵妃娘娘面上待我还算和气，我上那儿看看孩子，她大概不会撵我的。"

夏太医忍不住又想叹气了："宫里添人口，你有什么可高兴的。况且这人口来历成谜，届时不管是生还是不生，终究有一场腥风血雨。"

颐行不明所以："夏太医，您到底想说什么呀？生小阿哥是好事，您这模样，怎么那么瘆人呢。"

夏太医不说话了，就那么看着她，像看一块食古不化的木头。

后宫嫔妃该有的灵敏，为什么她一点儿都不具备呢？要是换了另一个机灵点儿的，只要他说遇喜档断档了三个月，人家立刻就明白该从哪里质疑了。拿不定主意的，至少会试着套话向他求证，而不是老姑奶奶式的茫然，四六不懂。就这样的人，还想披靡六宫当上皇贵妃，她到底在做什么白日梦呢！

可话都到了这个份儿上了，他不能半途而废，得接着指引她："妃嫔有孕，却拒宣太医诊脉，你猜这是为什么？"

"因为太医身上没准儿也带着病气，就像您和我说话老戴着面罩，您怕我沾了含珍的劳怯再传给您，懋嫔娘娘也是一样，这您还不能理解？"

夏太医被她的话堵住了口，没想到她能如此设身处地为他人寻找理由，被她这么一说，居然觉得懋嫔不肯宣太医，十分情有可原……

不行，不能被她带偏了，夏太医正了正脸色道："宫里嫔妃遇喜，虽说没有不适可以不必传召太医，但每月一次号平安脉还是必要的。懋嫔不肯宣太医，说明她丝毫不担心肚子里的龙种，一个嫔妃不担心自己的孕期安危，这件事说得通吗？三个月不建档，可见是不愿意让人知道腹中胎儿的情况，这三个月里发生了什么，谁也说不准，如今的懋嫔到底是不是怀着龙胎，恐怕也值得深究。"

这下终于把颐行说蒙了："您的意思是，懋嫔没有遇喜，她的肚子是假的？"

总算没有笨到根儿上，夏太医蹙眉道："腊月里建档，这事做不了假，御药房的太医也没这胆子和她合谋谎称遇喜。唯一的解释是她二月初一之后滑了胎，却私自隐瞒下来，所以再没建遇喜档。"

"那今儿不是请平安脉了嘛……"颐行的脑瓜子转了转，忽然灵光一闪，"难道怀孕的另有其人，今儿伸出来诊脉的那只手，也不是懋嫔的？"

夏太医终于长出了一口气，好累啊，和笨蛋说话太费精神了。他也不知自己是怎么想的，觉得老姑奶奶会是那只横扫千军的蛊王。本来还觉得她挺聪明，其实她就是个光有孤勇没有盘算的假聪明。不过把一只呆头鹅培养成海东青，倒是件很有成就感的事，如今能支撑他的，也只有这股创造奇迹的狂想了。

而颐行真被惊得不轻，她白着脸，压着嗓门问："夏太医，您能吃得准吗？这可是掉脑袋的大罪啊，懋嫔有这胆子？"

"富贵险中求，要是能得个皇子，这辈子的荣华就跑不了了。最不济得个公主，皇上膝下还没有公主，皇长女所得的偏爱必定不比皇子少，这么算下来，冒一回险，一本万利，换了你，你干不干？"

其实他还是知道她的为人的，单纯是单纯了点儿，人并不坏，也没有偏门的狼子野心。

可就在夏太医笃定她会断然拒绝时，她想了想，说"干"。

夏太医大惊："为什么？你这么做，对得起皇上吗？"

颐行表示皇上很重要，前途也很重要。

"我就是这么畅想一下，谁还没点儿私心呢。不过我现在的想头儿，是因为皇上对我来说和陌生人一样，就算小时候打过交道，十年过去了，也算不得熟人了。"

"所以就能那么坑害皇上？这是混淆皇室血脉，没想到你比你哥哥胆子更大，不怕满门抄斩？"夏太医说到最后也有点动怒了，忽然体会到了孤家寡人的心酸，原来世上没有一个人愿意真心待他。

颐行见他悲愤，想来他和皇上交情很好，已经开始为皇上打抱不平了。

她忙安抚他："我不过逞能，胡言乱语罢了。您想，都能假装怀龙胎了，必然侍过寝。我这人最讲情义，做不出这种背信弃义的事儿来。放心吧，我不会这么干的，我还要立功，捞我哥哥和侄女呢。"

这就对了，立功，晋位，才是她最终的目标。

夏太医平息了一下心绪，言归正传："我今儿是冒了极大的风险，有心把我的疑虑透露给小主的，因为事关重大，连皇上跟前都没露口风。小主自己掂量着办吧，要是能揪出懋嫔的狐狸尾巴，那就是好大的功勋，莫说一个答应位分，就是贵人、嫔，都在里头了。"

颐行被他鼓动得热血沸腾，仿佛晋位就在眼前，这么算来不用等到二十八岁，今年就有希望连升三级。

买卖是好买卖，不过她思来想去，又觉得想不通："宫里戒备这么森严，懋嫔上哪儿弄这么个人来替她？难不成是皇上临幸过哪个宫女，连他自己都忘了，却被懋嫔给拿住了？"

夏太医脸都黑了："皇上不是这样的人，你想到哪儿去了。"

颐行转动起眼珠子瞅了瞅他："您和皇上私交再好，这种事儿，皇上干了也未必告诉你。"

夏太医毫不犹豫地一口否定："宫里那么多主儿，连你都能晋位，再多一个也不算多。皇上就算忘了，怀了身孕的那个能白放过大好的机会？尤其怀了龙种，那可是一步登天的事儿，怎么愿意白便宜了懋嫔，自己接着做宫女，为她做嫁衣裳！"

说得这么透彻了，这驴脑子应该能想明白了吧？

夏太医期待地望着她，颐行迟迟嘀咕："这么说……怀着孕的宫女是从宫外弄进来的，兴许就是钻了上回选秀的空子。"她忽然啊了一声，"樱桃的死，会不会和这件事有关？"

夏太医长出了一口气，心道阿弥陀佛，老天开眼，她总算想明白了，真不容易。一面深沉地点头："我也这么怀疑。事儿捋顺了，小主儿是不是觉得真相呼之欲出了？只要你拆穿懋嫔的骗局，你在皇上面前就立了大功一件，皇上要晋你的位，也好师出有名。小主节节高升，我便有了指望，只等你握住了实权，我的五品官位还用愁吗？"

果然，利益当前，人人都能豁出命去。

颐行脸上缓缓露出了开窍的微笑："夏太医，一切交给我，您放心。我一定想办法，弄明白懋嫔是真孕还是假孕。"

夏太医颔首："千万做得隐蔽些，别叫懋嫔拿住了你的把柄，到时候反倒受制于人。"

颐行说好，一副自信的样子，连胸膛都挺了起来："我机灵着呢，您就赌好儿[1]吧。"

要是换了一般人，这句话是完全可以信赖的，但从她嘴里说出来，就有点儿悬了。

他不得不叮嘱："万事三思而后行，人家是嫔，你是答应，隔着好几级呢，明白吗？"

---

1 赌好儿：北京方言，指等着好的结果。

颐行说明白："我会仔细的。先把那个有孕的宫人找出来，到时候看懋嫔肚子里能掏出什么牛黄狗宝来。"

夏太医说好："我来给小主问平安脉，不能耽搁太久，这就要走了。"边说边站起身，临走从头到脚审视了她一遍，"好好打扮打扮自己，收拾得漂亮点儿，这样才能引得皇上青睐。"

颐行嘴里应了，心里头哀叹，自己是个答应位分，每天的用度就那些，又没有上好的料子上好的首饰，漂亮不漂亮的，全靠自己的脸争了。

夏太医这就要走，颐行客套地送到了门前："大太阳底下的，您受累了。下回见您，不知又要等到什么时候。"语气里带着淡淡的不舍。

夏太医心里说不出的滋味，缠缠地迈出门槛，冲她拱了拱手："小主留步吧，臣告退了。"说罢又看她一眼，这才转身往宫门上去了。

这厢人一走，那厢含珍和银朱从凤光室赶了回来。

"照说不该任您二位独处的，可又怕夏太医有什么要紧的话要知会您。"含珍朝外望了一眼道，"幸亏这会儿都歇午觉了，料着没人瞧见……夏太医和您说什么了，还背着我们不叫我们知道。"

颐行细掂量了下，这么复杂且艰巨的事，不是她一个人能完成的，必要和她们商量，才能知道接下来该怎么办。

于是把夏太医的话仔仔细细都告诉了她们，银朱一拍大腿："难怪樱桃死得那么蹊跷，她千辛万苦才到储秀宫的，还没咂出滋味来，就送了小命。"

颐行坐在椅子里琢磨，想起那回上四执库遇见了樱桃，那时候见她欲语还休的模样，只以为她是亏心，不好意思面对她，现在想来她是有话不能说出口啊。

夏太医不在，颐行好像聪明了点儿，她说："兰苔是和樱桃一块儿进储秀宫的，樱桃死了，她不见了踪影，这里头也怪巧合的。我想着，她不是被懋嫔藏起来了，就是知道内情，被懋嫔给处置了。横竖这件事和她一定有关，咱们先想辙找到兰苔，只要她现了身，这件事就水落石出了。"

大家都觉得这个办法很有可行性，含珍道："教习处是尚仪局辖下，我可以托人，先查明她的底细。"

颐行却有些犹豫："倘或她是怀着身子进宫，当初三选的嬷嬷只怕难逃干系。"

含珍却说小主别担心："吴尚仪这人我知道，她把身家性命看得比什么都重，绝不敢接这样的差事。必定是底下人瞒着她行事，三选原不麻烦，过不过的，全在验身嬷嬷一句话。"

颐行点了点头："那就好。这回的事儿要是办成，咱们就不必守着这一斤八两的肉过日子了，好歹换他三斤。"

银朱拊了拊掌说是："没准儿皇上因此看重您，往后独宠您，夜夜翻您的牌子呢。"

说到这个，颐行就显得有些怅惘："其实我光想着高升，没想得圣宠……"她的目光望向屋外，喃喃自语着，"皇上要是一辈子不翻牌子……也挺好的。"

"不翻牌子，光晋您位分，天底下哪有那等好事！"银朱打哈哈，觉得老姑奶奶空长了这么大个儿，心思还是小孩子心思。

含珍也笑："我虽没经历过，但也听说了，两个人的情义，其实就打'那件事'上头来。要是没了侍寝，地位不牢靠，说到底宫女子就得有儿女傍身，才能保得一辈子荣华富贵。那些是根基，要是连根基都没有，人就成了水上的浮萍，今儿茂盛明儿就枯了，什么时候沉下去也说不准。"

话虽如此，老姑奶奶的心思如今却有点荡漾。

人啊，是经不得比较的，有些事要讲先来后到。撇开小时候"他在尿我在笑"的前缘不说，她打进宫没多久就结识了夏太医，这位虽整天蒙着脸，却是个医术高超、心地善良的活菩萨。皇上在夏太医的光辉笼罩下黯然失色，要不是老姑奶奶还抱着晋位捞人的坚定宗旨，她可要向夏太医那头倒戈了。

其实夏太医应该也是有点喜欢她的吧，要不然阖宫那么多女孩子，他为什么偏偏处处帮衬她？难道就为了一块五品的补子？不尽然。

人在做出什么违背本心却忍不住不干的事时，必要寻找说服自己的理由。于是夏太医一遍又一遍提及升官的事，实则是在麻痹自己，让自己不去觊觎不该觊觎的人。

思及此，老姑奶奶有些飘飘然。这辈子还没人喜欢过自己呢，那种心里装着甜，表面上一本正经的调调她最喜欢了。所以说将来皇上最好别翻她的牌，光晋她的位，好事她都想占着，如果能当上皇贵妃，一边和夏太医走影儿，那就是最完美的人生了。

当然这种事她也只是私下里偷着想，不敢告诉含珍和银朱，怕她们骂醒她。人在深宫，终究是需要一点精神调剂的，要不然漫漫人生，怎么才能有意思地度过啊。

"你们说，夏太医这个年纪，娶亲了没有？"她开始琢磨。

银朱傻乎乎地说："必定娶了啊，四九城里但凡有点子家底儿的，十七八岁就张罗说亲事了。夏太医瞧着，怎么也有三十了吧，而立之年，儿女成群是不必说的。"

颐行心头一沉："三十？我瞧他至多二十出头啊。"

"有的人声音显年轻。"银朱说，"上了年纪的人才整日间蒙着面巾，怕过了病气儿呢。"

是吗……颐行觉得有点失望，情窦开了那么一点儿，就发现夏太医年纪不合适，不知究竟是自己不会识人，还是银朱瞎蒙，猜错了人家的年纪。

含珍是聪明人，瞧出了些许端倪，也不好戳破，笑着说："能在皇上跟前挣出面子的红人，照说都不是初出茅庐的嫩茬，想是有了一定年纪吧！倒是皇上，春秋正盛。说句逾越的话，那天打养心殿前过，见他老人家好俊俏的模样，等将来主儿侍了寝，自然就知道了。"

女孩子们闺房里的话，说过笑过就完了，只是要知道分寸。主儿年轻，像她们这些做下人的，要时时提醒着点儿，以防主子走弯路。宫里头的女人，也只有皇上这一条道儿了，不走到黑，还能怎么样？

此时日影西斜，含珍安顿颐行歇下，自己和银朱就伴，一块儿去了尚仪局。

尚仪局里有每个宫女的身家记档，像哪个旗的，父母是谁，家住哪里，档案里头标得清清楚楚。只是含珍自打跟了颐行出来，局子里人事的分派便有了调整，琴姑姑作为老人儿，如今身兼二职，除了调理小宫女，也掌着宫女的出身档。

说句实在话，手底下一直没给好脸色的丫头鱼跃龙门晋了位分，作为管教姑姑来说，是件很尴尬且头疼的事。尤其同辈的掌事姑姑跑去跟了人家，作为直系的姑姑，心里头什么滋味儿？

因此含珍来寻琴姑姑的时候，琴姑姑不情不愿，坐在桌前不肯挪窝。她一面翻看小宫女做的针线，一面低垂着眼睫说："珍姑姑也是打尚仪局出去的，怎么不知道局子里的规矩？那些旧档，没有要紧事不能翻看，且别说一位答应了，就是嫔妃们打发人来，也不中用。"

银朱心里头不悦，觉得琴姑姑裤裆里头插令箭，冒充大尾巴鹰，气恼之余瞧了含珍一眼。

含珍被她回绝，倒并不置气，还是那副温和模样，心平气和地说："正是局子里出去的，知道那些旧档不是机密，小宫女们但凡有个过错，带班姑姑随时可以翻看。"

琴姑姑嗤笑了声："您也知道带班姑姑才能翻看？如今您得了高枝儿，出去了，再来查阅尚仪局的档，可是手伸得太长了。"

"凡事都讲个人情嘛。咱们共事了这么些年，谁还不知道谁呢，左不过你让我的针过，我让你的线过。"含珍笑了笑道，"我听说，宝华殿的薛太监老缠着您，您没把自个儿和明管事的交情告诉他……"

话还没说完，琴姑姑噌地站了起来，右颊面皮突突地跳动了几下，深吸了一口气道："你也别牵五绊六，不就是要看宫女档吗，咱们俩谁跟谁呀，看就是了……要我带着您去吗？"

含珍瞥了银朱一眼，你瞧，事儿就是这么简单。

宫人的存档房在配殿梢间里，含珍熟门熟道，哪里用得着劳动琴姑姑，便说不必啦："您忙您的，我自个儿过去就成了。"

从值房出来，银朱就跟在含珍身后打听："琴姑姑原来有相好的啊？"

含珍打开了档子间的门，低声说："要不是为着查档，我也不会提及那个。都是可怜人啊……琴姑姑和南果房的带班总管原是青梅竹马，后来琴姑姑到了年纪进宫，明太监家里穷得过不下去就净身了。两个人在宫里头相遇，自是背着人暗地里来往，这事儿尚仪局的老人都知道，只是没人往外说罢了。"

银朱听了有些唏嘘："这宫里头果真人人都有故事呢，没想到那么厉害的琴姑姑，也有拿不上台面的私情。"

"所以宫里最忌讳的，就是让人知道你的短处。今儿瞧着是小事，不过笑闹一回，明儿可就不一样了，拿捏起来，能让你受制于人。"

含珍说话间找见了今年入宫宫女的记档，统共两百八十多人，就算一个个查找，也费不了多少工夫。

两个人将总档搬到南窗前的八仙桌上，就着外头日光慢慢翻找，可找了半天，不知为什么，总寻不见兰苕的记档。

银朱有些灰心了，托着档本道："别不是已经被抽出去了吧？那头为了万全，怎么能留下把柄让咱们查呢？"

含珍却说未必："宫里头不能无缘无故少一个人，也不能无缘无故多出一个人来。是她的名额，必定要留着，倘或抽了，岂不是此地无银三百两……"说着一顿，忽然低呼了声，"找着了。"

银朱一喜，忙过去看，见档册上写着"舒木里氏兰苕，商旗笔帖式达海之女，年十七"。

有了姓氏和出处，要打听就容易了，含珍沉吟了下道："北边办下差的好些太监夜里不留宫，下钥之前必须出宫去。我认得几个人，没准儿能替咱们打听打听。"

这就是跟前留着含珍的好处，银朱说："好姑娘，您可立了大功了，将来夏太医升院使，您得升彤使，要不褒奖不了您的功绩。"

含珍红了脸："我留在原位上给主儿护驾就成了，彤使那活儿……"边说边笑着摇头，"专管后宫燕幸事宜，我好好的一个大姑娘，可不愿意见天记那种档。"

至于找太监托付，这事办起来容易得很。那宫女不过是个小吏的闺女，营房里头最低等的人家，太监这号人善于钻营，结交三教九流的朋友，各家不为人知的底细只要有心打听，针鼻儿一般大的事，也能给你查得清清楚楚。

银朱跟着含珍到了重华宫那片，找见一个叫常禄的太监。含珍在宫里多年，多少也有些人脉，常禄哈腰听了她的嘱咐，垂袖道："姑姑放心，我有个拜把子哥们儿就是商旗发放口粮的，回头我托他……"说着顿下来又细问，"姑姑要打听达海家什么事儿来着？"

银朱不好说得太透彻，只道："就是他家进了宫的闺女，当初在家时为人怎么样，和谁有过深交。你只管替我仔细扫听明白，一桩一件都不要漏了，只要办得妥帖，将来少不了你的好处。"

常禄一笑："替姑姑办事儿还要好处，那我成什么人了！您就瞧好儿吧，等我打听明白了，即刻给您回话。"

含珍颔首："那我就等着您的好信儿了。"复又说了两句客套话，带着银朱重新回到了储秀宫。

这时候临近傍晚了，回来见颐行正拿梳子篦头。内务府送来的料子含珍赶了一夜，已经做成了衣裳，这会儿穿上，虽不及那些高位的主儿精巧，却也是体体面面、有模有样了。

收拾完就上养心殿围房去，路上颐行和银朱说笑："这一天天闲着，就等夜里翻牌子点卯，难怪秀女们都想晋位当主子呢。"

银朱说："各有各的忙处，主儿们也不是吃干饭的，翻牌子，那是天大的事儿。"

不过今儿进养心殿，可再不能听满福的胡乱指派了。昨儿打正殿前过，害得颐行提心吊胆了好半天，唯恐皇上一拍筷子说"来呀，给朕赏颐答应一顿好板子"。

幸而皇上的心胸还是开阔的，或许因为小时候那么丢脸的事都被她撞破过，遇上用膳罢了，也没什么了不得。反正今天她学聪明了，跟着四面八方汇聚的主儿们一同从东边夹道进后院。常在以上位分的进东边围房，她则和剩下二十来个答应一起，移进了西边围房里。

等待的时候，大家都提心吊胆，不知道牌子会翻到谁头上。这种感觉说不上来，既期待又带着恐惧，脑子里白茫茫一片，好些事儿都想不起来了，不知道自己为什么在这里，甚至不知道自己为什么进宫来。

敬事房的徐飒顶着银盘去了，伺候了多年差事，练出了惯用的好本事，一手扶着盘子边缘，一手轻快地甩动起来，顺着东边廊庑往南，进了养心殿前殿。

"你们猜猜，今儿是谁？"

小答应们不像东围房里那些主儿沉得住气，因知道自己位分低微，皇上大抵是不会留意她们的，所以每天过来，都存着一份赶集般凑热闹的心。

有人说："一定是裕贵妃，她的位分最高，又代管六宫事，皇上也得让她几分面子。"

也有人说："九成是吉贵人，这些娘娘里头，就数吉贵人长得最好看。"

说起好看，那可是一人一个看法了，于是叽叽喳喳争执起来，有的说婉贵人长得秀致，有的说康嫔长得端庄，还有人说珣贵人长得如江南水乡……虽然颐行也不明白，所谓的江南水乡究竟是什么长相，琢磨了半天，觉得大概是因为珣贵人眼睛里头老是雾气蒙蒙的吧。在北方姑娘们的认知里，江南老下雨，老起雾，因此珣贵人那双略显委屈相的眼睛，就成了大家口中的江南水乡。

"要说好看，咱们里头有一位，怎么没人提起？"忽然有人说，只一瞬，二十来双眼睛便一齐望向了颐行。

颐行有点慌，直愣愣的目光在众人之间打转，心说，什么意思？这是一致认定她漂亮？

要说漂亮，臭美的老姑奶奶一直觉得自己还成，可堪一看。

当然也有人拈酸，捏着不高不低的嗓子揶揄："扑个蝴蝶都能晋位的人，能不好看吗！"

于是大家窃窃私语起来，大有瞧不上以这种手段勾引圣心的人。

颐行呢，不小心眼儿，反正那事确实是她谋划的，让人说三道四也是应该。因此她老神在在，光顾着她们说她漂亮了，那些不动听的话，完全可以过耳不入。

"敬事房的回来了！"忽然有人低呼一声。

大伙儿往东南方看，徐飒领着他的徒弟打廊庑上过来，先到东边围房喊了声"叫去"。这嗓门儿大家都能瞧见，因此当他再来西围房时，已经没人再存着期待了。

众人意兴阑珊地站起身，预备回各自的住处，颐行庆幸一天又无惊无险地度过了，离座带上银朱，准备打道回府。

可就在这时，门上来了御前太监柿子，冲屋里大声传话，说："颐答应昨儿御前失仪，皇上圣心不悦，特下口谕，命颐答应留下听训斥……颐主儿，谢恩吧！"

大家面面相觑，颐行也是一头雾水，昨儿御前失仪，想来就是她莽撞从前殿往西墙根儿闯的事。可听训就听训，又不是什么好事，怎么还要谢恩呢？

无论如何，皇上骂你也是恩赏，认准这点准没错。于是颐行膝头子一软跪了下来，趴在地上说："奴才叩谢皇上隆恩。"

看吧，老姑奶奶仗着辈分高晋了位，皇上八成还是不待见她。这才晋封第二天就挨了训斥，所以凭借那些狐媚子霸道功夫上位有什么用，尚家倒了就是倒了，姑奶奶们到了这一辈里，气数也该尽了。

身旁的绣花鞋一双双走过，步伐带着欢快和轻俏，人人似乎都乐见这样的结果。颐行叹了口气，只觉前路坎坷，万岁爷的脾性不可捉摸。

不过她聪明过人，老话说天威难测，一会儿的时辰，她就推演出了其中诀窍——皇上喜欢会撒娇，矫情又做作的女孩儿。

难怪大佷女当上皇后还是照样被废了，其中最大的原因就是知愿这孩子性子耿，不会讨巧。当初她在家时，和她阿玛闹别扭都能十天不说话，皇帝算老几，她照样不搭理。

因此哪里亏空了，哪里就得补足，老姑奶奶灵敏地发现，自己得从佷女的遭遇上吸取教训，一定得把功夫做好做足。就像上回似的，她那句"您会常来考我功课吗"，皇帝显然是受用的。看来天底下男人都一个鬼德行，有才有德有骨气的只配得到欣赏，无才无德满身媚骨的，他们才会无条件喜欢。

反正想明白了，一切就好办了，颐行定了定神，准备请小太监传句话，就说自己想亲自向万岁爷磕头忏悔，请万岁爷给个机会。

不料想什么来什么，柿子抱着拂尘，和颜悦色说："小主儿请起吧，请上前头暖阁里，听万岁爷御口亲训。"

啊，还有这种好事儿呢？颐行忽然觉得，小时候那点过节不至于那么不堪回首，起码皇帝连骂她都要亲自骂，她得到了面圣的机会，这不正是后宫所有嫔妃梦寐以求的吗？

她很快站了起来，给忧心忡忡的银朱递了个安慰的眼神，转身对柿子道："多谢公公。我准备好了，这就挨骂去吧。"

柿子笑了："主儿真是心宽哪，旁人听说要挨训，早吓得抖作一团了，还是您有大将之风，见过大世面。"边说边向外比手，"颐主儿，万岁爷就在前头呢，请小主儿跟奴才来吧。"

第十章 ·
瞒天过海

天已经暗下来了，养心殿前的滴水下，每一丈就挂有一盏宫灯。那宫灯和六宫常用的灯笼不一样，是结结实实以羊角炮制成的，灯罩上晕染了淡淡的水色，因此烛火照耀下来，地面便水波粼粼，别有妙趣。

颐行跟在柿子身后，踏着轻漾的灯火登上了前殿廊庑，那一重又一重的抱柱，把巨大的天幕分割开，让人恍惚回到在江南时，家里唱堂会戏台跟着戏目换景，人在其中走着，从一段人生，走进另一段人生里。

门前管事的正在分派小太监轮班值夜，见她来，脸上带着些微的一点笑意，就那么和煦地望着她。待人到了跟前，扫袖打了一千儿："给颐主儿请安。"

颐行才晋位，对御前的人不熟，倒是自己老姑奶奶的大名传遍了六宫，这养心殿里没有一个不认得她的。

她叫了声谙达："您别多礼，快请起吧。"

管事太监站起身来，卷着马蹄袖道："奴才怀恩，当着养心殿的总管事由，小主往后有什么事儿要经御前，只管吩咐奴才。"

颐行忙道了谢："那往后少不得麻烦谙达……"边说边瞄了殿内一眼，"皇上宣我训话呢，您瞧他老人家，这会儿震怒吗？"

怀恩轻笑了笑："天威凛凛，奴才不敢妄揣圣意。不过小主儿也别怕，万岁爷念着尚家祖辈上的功绩，不会过于为难小主。您只要说话软和些，脸上笑容多些，万岁爷瞧着心情好了，那些事儿不过小事儿，也不忍苛责小主。"

有他这句话，颐行的心放下了一大半，暗里悄悄感叹，果然自己刚才的思路没错，只要后头不跑偏，一步步稳扎稳打，至少今晚是可以糊弄过去的。便向怀恩颔首致意，复回头瞧了银朱一眼，让她安心在门外等她，这才直起了腰杆，提袍子迈进养心殿门槛。

皇帝在东暖阁里，东暖阁门前垂挂着纨绮做成的门板夹帘，上头用金银丝线绣双龙，透过细密的针脚，隐约能看见暖阁里头的光景。

里间站班的宫女见人到了门前，掀起堂帘子请她进去。皇上就在不远处了，颐行想起这个，心里头还是打了个哆嗦。

皇帝嘛，论头衔就有不怒自威的气势。虽说连带万寿宴上，她已经正经见过圣驾三回了，可这三回都是蜻蜓点水般的际遇，她到这会儿还是摸不清皇帝的路数，不知他是否还像小时候似的，不擅辩驳且容易脸红。

既到了这里，不容她退缩，颐行吸了口气，终于抬脚迈进了门槛。

很奇怪，说是暖阁，屋子里头却比外头还要凉爽得多。进门触目所及就是一排铜镀金珐琅五蝠风扇，那扇叶缓缓旋转着，把外头的暑气扇得消散了，果然皇帝还是天下第一会享受的人啊！

想当初，尚家没败落的时候，也曾有过这么漂亮的风扇，只是后来宅子被抄了，好些稀罕玩意儿没了踪迹，宫里再见，就像前世今生似的。

她看那风扇，看得有点出神，好像忘了是干什么来了。皇帝对她那种不上心的态度感到不快，于是用力清了清嗓子，把她的魂儿拽了回来。

颐行忽然一惊，才想起那位大人物在这屋里等着骂她呢，也没看清皇帝在哪里，慌忙跪了下来，扒着砖缝说："奴才尚氏，恭聆万岁圣训。"

皇帝的凉靴，从分割次间和梢间的屏风后迈了出来，走到她面前，那股子气还没消，寒声道："颐答应，看来你进宫几个月，规矩学得并不好，可要朕派遣两位精奇嬷嬷上储秀宫去，好好教你御前的进退规矩？"

一说精奇嬷嬷，颐行的头皮直发麻，上回收拾银朱，就是精奇嬷嬷们经办的。

宫里头不像外面，女眷多，约束女眷的老宫人也多。譬如宫女们犯了事，通常太监是不插手的，一应都由精奇嬷嬷承办。这群老货心硬手黑，奉命办事，但凡有她们瞧不上的，就算你是一宫主位，也照样不留情面地训斥你。

好在皇上并没有直接下令，看来还是以威吓为主。颐行知道有回旋的余地，便楚楚可怜又磕了一头，说："回万岁爷，奴才跟前的人，以前就是管教化的。怪奴才仗着脸儿熟一向不听她的，有了万岁爷今儿的训诫，奴才回去一定好好习学，再不让您为奴才操心了。"

这话说得很好，很会套近乎，什么为她操心，真是见缝插针地给自己脸上贴金。

皇帝轻轻哼了一声，略沉默了片刻，还是松了口："别跪着了，起来回话。"

颐行应了个是，拿捏着身段，娇柔地站了起来。

那些以博人怜爱见长的美人儿，连站立的姿势都有讲究，颐行依葫芦画瓢，手里绞着帕子，就那么柔若无骨地偏身站着，站出了一副腼腆又胆怯的样子。

皇帝起先没留意她，负手道："宫里不像尚府，你在府里散养惯了，那是早前的事儿。如今进了宫，就要讲宫里的规矩，不该做的事不做，不该去的地方不去。就像昨日，你进养心殿围房，不知道路径应当怎么走吗？就这么横冲直撞打殿前过，这是碰上朕正在用膳，要是逢着哪个内务大臣进来奏事，见了你这模样，心里怎么想？"

越说越上火，旧怨也涌了上来。平时人前要装大度，以显人君之风，今天好容易边上没人，果然报仇雪恨的机会来了。

皇帝深吸一口气，慢慢仰起了脸，一本正经道："君子有所为，有所不为，你空长到这么大，可见道理是半分也不懂。不过朕今日不罚你，不为旁的，是念在你晋位不久，还不懂得御前规矩。人嘛，总有走神不便的时候，万事上纲上线，那就活得没趣致了。像今儿，朕要训斥你，并没有当着人面，把御前站班儿的都遣了出去，总算是成全你的脸面了吧？你如今年纪也不小了，凡事要懂得进退，但若是经朕亲口训诫仍旧屡教不改，那就怪不得朕了，能晋你做答应，自然也能降你做回宫女……你怎么了？"

正说在兴头上，忽然加了最后那一句，听上去好像气势大减。但他实在不明白，她为什么歪着脑袋，拧着身子，摆出这么一个奇怪的姿势来。

颐行在咬牙坚持着，为了让皇上看见她的娟秀妩媚，也算铆足了劲儿。

不光姿势要漂亮，连声口也得和往常不一样，一定要把御花园里的失误，硬生生扭成姑娘扑蝶不胜体力。至少让皇上知道，她和小时候不一样了，终于长成了诗情画意的曼妙佳人。

"奴才省得，皇上的意思是人让我一尺，我让人一丈。"她眨了眨眼睛说，"昨儿乱闯一气，确实是奴才莽撞了，今儿来得早些，奴才已经摸清了往后院去的路，再也不像昨儿那样了。其实……皇上的话，其中隐喻，奴才心里都明白。"

皇帝一怔，自己含沙射影了一通，在痛快抒发完之后，又指望她没有听懂，这事该翻篇就翻篇了。可她忽然冒出一句心里都明白，可见所谓小时候的事全忘了，是明目张胆的御前糊弄。

皇帝有点生气，虽然十年前的旧事，不提也罢，可她印象分明那么深刻，没准儿到现在还在背后笑话他。

十年前的尴尬，一瞬又充斥了皇帝的内心，她面儿上万岁主子，心里又是怎么想他？她肚子里那么多弯弯绕，还会揣着明白装糊涂，这件事终究有个了结的时候，横竖话赶话都说到这里了，再说得透彻些，解开心里的结，以后就再也不必为这件事耿耿于怀了。

皇帝转过身来直面她："你明白什么，今儿说个清楚。"

颐行心道你比我还介怀呢，其实遮掩过去多好，只当是少不更事时的趣事不就好了？

结果人家偏不，远兜远转还是停留在这件事上。这是个坏疽啊，要是不挑破，压出脓血来，这主儿往后恐怕还得阴阳怪气个不断。自己这回面圣呢，是抱着处好关系的宗旨，也许推心置腹一番，把话都说开了，顺便表明自己的心意，那皇上往后就可以心无芥蒂地给她晋位分了吧！

于是颐行扭捏了一下，操着娇滴滴的声口说："就是那事儿……小时候您不是上我们家来玩吗，奴才那回不留神撞上您……奴才真不是成心的，那会儿才五六岁光景，什么都不懂，本来是好心提点您一回，没想到我错了，那事儿不能当着众人面说，我应该私底下告诉您才对。"

皇帝的脸黑了，看吧，明明在脑子里过了好几遍，还敢谎称忘了！

颐行有点怕，怯怯瞧了他一眼，本来还觉得他长大了，和小时候不一样了，没想到他此刻的表情就和当年一样，愤怒里透出心虚，心虚里又透出委屈来。

她那只捏着帕子的手忙摆了摆："您别……别动怒，气坏了身子不值当。您听我说，早前我兴许还偷着笑话您，现在可全然没有了。我晋了位，是您的答应了，我笑话我自己，也不能笑话您不是。"说罢又抛出了袅袅的眼波，细声细气说，"您别忌讳奴才，奴才对您可是实心一片的呢。往后您是奴才的天，奴才这一辈子都指着您，您要是因这件事和奴才离了心，那奴才往后在宫里的日子，可怎么过呀……"

她说完了，也不知真假，抬起手绢拭了拭眼睛，仿佛是真情实感的表达。

皇帝一方面感到自尊受挫，一方面又对她那些话，产生了一丝眩晕的感觉。

她能有那么单纯的心思吗？小时候不是有意使坏，当着众人的面让他出丑？奇怪得很，他原本是找她来训斥两句，顺便派遣两个精奇过去，名义上教她规矩，实则辅助她的，结果被她东拉西扯了一通，这件事好像就此搁浅了。

其实要看出她的内心，把她对夏太医的态度拿来对比就成了，一个语调真挚，一个矫揉造作。她是把皇帝当成衣食父母了，只有夏太医才值得她交心，就连许诺给人贿赂，也说得感人肺腑。

皇帝有些气闷，调开了视线："你太小瞧朕了，朕心里装着江山天下，没有地方容纳那些鸡零狗碎的事儿。"

颐行听罢，莲步轻移了两下，捧心说："您的胸怀宽广，装不下鸡零狗碎的事，那装下一个我，能行吧？"

又来了，简直是赤裸裸的自荐枕席！皇帝牙酸不已，颐行自己也熬出了一脑门子汗。

她本以为就是一个示好的态度罢了，谁知道说出来这么令人难堪。后来心也不捧了，一手忙不迭地擦汗，擦得多了，皇帝不禁侧目："你流那么多汗，是心虚还是肾虚啊？"

颐行还能说什么，难道说自己把自己生生尴尬出了一身热汗吗？看皇帝的样子，也许有些动容了，果然还是老法子最管用，御花园里得逞一次，养心殿就不能得逞第二次？

"奴才何至于心虚？就是……"她浮夸地叹息，把手挪到了太阳穴上，"天儿热，中了暑气的缘故，奴才头疼。"

皇帝出于习惯，差点伸出手来给她把脉，还好他忍住了，只道："明儿宣个太医瞧瞧。"

说起太医，颐行就想起了她的贵人，正愁往后相见机会不多，既然皇上提起，那就顺水推舟了吧！

"奴才在宫里，只认得夏太医。求万岁爷赏奴才个恩典，让夏太医替奴才诊治吧！"

皇帝心道好啊，果然要现原形了，当着正经男人的面，敢吃着碗里的，看着锅里的。

他哂笑了一声："你倒识货，瞧准了朕的御用太医。朕这几日正好奇呢，夏清川这人孤高得很，一向不肯结交宫女，你是怎么攀上他这条线，鼓动得他到朕跟前来说情的？"

颐行忽然有种被戳穿的感觉，又不能说夏太医老是偷摸去安乐堂给人诊治，自己是机缘巧合认识他的，那么只好现编一个说法应付过去，于是边计较边道："有……一回，奴才当值，上北五所办事，中途忽然心慌气短蹲坐在夹道边上，那时夏太医正好经过，顺道替奴才诊治了一回，奴才这就结交了夏太医。后来又因几次找他治伤，渐渐熟络起来，他在得知我的出身后，很为我感到屈才，就是……他说以奴才的资质，不该被埋没在尚仪局，应该有更大的出息，所以才上御前举荐我来着。"

皇帝听得直想冷笑："夏太医真这么说了？"

"当然。"颐行理直气壮地坚持，"要不我们非亲非故的，他为什么在皇上跟前提起我？"

果然女人善于睁着眼睛说瞎话，夏太医究竟遭遇了什么，他能不知道吗？

算了，和她计较这些没意思，眼下还有更要紧的话要叮嘱她，便道："你如今是后宫的人了，办事说话要有分寸，这点想必不用朕来告诫你。夏太医是老实人，一辈子正派，你召他看诊请脉没什么，但要谨记自己的身份，不可有半点逾越，记住了？"

那是当然，她暗中惦记夏太医的事，必定是要一辈子烂在肚子里的。可就算晋了位，向往一下美好的感情，也不是不可以嘛。

不过夏太医在皇上眼里竟是个老实人啊，颐行嘴上应是，眼睛不由自主地朝皇帝望了过去。

说句实在话，夏太医和皇上真像，从身形到嗓音，无一处不透出似曾相识之感。可要说他们之间必然有什么关联，这却不好说，一个是君一个是臣，一个穿金龙，一个穿鹌鹑。但是若撇开地位的参差……

颐行定眼瞧着，开始设想皇帝蒙起下半张脸的样子，再把这常服换成八品补服……真是叫人吓一跳，若说他们是同一个人，好像也没有什么可质疑的。

皇帝却因她的琢磨打量，感到了些许的不安。

他下意识偏过身去，只拿侧脸对着她，语气里带着点愠怒，沉声说："你做什么看着朕？从小就是这样，如今长大了又是这样！朕有那么好看，值得你不错眼珠地瞧朕？"

颐行忽地回过神来，暗想自己真是糊涂了，八成是见的男人太少，才会把夏太医和皇帝放在一起比较。

她讪讪收回了视线，飘飘忽忽地，看向了前殿屋顶的藻井，绞着手绢扭了扭身子："万岁爷真说着啦，奴才瞧您，可不就是因为您好看嘛。"一面说，一面又暗递了一回秋波。

皇帝只觉脸上寒毛都竖起来了，她这副模样简直像中了邪，明明和夏太医相处时不是这样的。

唯一可解释的，是她正在使尽浑身解数勾引他。那扭捏的表情，谄媚的话，无一不在叫嚣着"快看重我，快给我晋位"。可她手段不高超，就像那天御花园里闪亮登场一样，处处透出一种令人窒息的造作来。

皇帝深吸一口气，做好了单刀直入的准备："不必兜圈子了，实话说了吧，你是不是想侍寝？"

颐行五雷轰顶，终于噤在那里，说不出话来了。

颐行结结巴巴："我……我……我……"

爷们儿脸皮厚，可真敢问啊。这也是对她数度语言摧残的反抗，因此要起了横——"既然你这么执着，朕就成全了你"。

可颐行审视了一回自己的内心，她除了想邀宠，真没有侍寝的意思。

当然成了天子后宫，最首要的就是开枝散叶嘛，这些她都知道，也不是没有准备。然而真到了这裉节儿[1]上，她忽然觉得不大合适了，自己虽比他小了六岁，可辈分大着呢，这小小子儿想临幸她，真不怕有违人伦啊。

她无措地擦掉了鼻尖上的热汗，艰难地看了他一眼道："万岁爷宣奴才来，不是为了训诫吗？好好的，中途换成了侍寝，那传出去多不好听，奴才丢不起这个人。"

皇帝听了只想仰天一笑。侍寝是后宫嫔妃唯一孜孜追求的东西，她今儿要是上了龙床，明儿别人瞧她的眼光就不一样了。她果然还是个四六不懂的小丫头，这会儿没有顺杆爬，过了这个村，可就没这个店了。

"你的意思是不想侍寝？既然晋了位，哪有不侍寝的道理？让你空占个位分，让内务府养活一个闲人？"

皇帝嘴上毕竟还是得占上风的，就算他自己也没想明白，没准备好，但让她懂得该尽的义务，也是必须的。

颐行呢，有种刀架在脖子上的感觉，好像到了这个时候，没有什么推脱的道理了。皇帝罔顾礼法只想实行权力，当然不是不可以。自己走到这份儿上，一切都得向前看，得冲着捞人脚踏实地地奋斗。

反正早晚有这一遭，颐行甩了甩头发，意外地没甩动起大辫子来，心里一阵空虚。空虚过后便鼓足了劲儿，四下看了看道："要不奴才找个地儿先沐浴？"顺带提了提自己寝宫环境的艰苦，"奴才那住处，连个沐浴的桶都没有，原想着不会被主子翻牌子的，所以也顾不上擦洗。这会儿……"她刻意地撑起两臂，来回扯动了一下背后衣裳，"这会儿身上全是汗来着。奴才这就找怀恩总管去，让他给奴才现预备起来，皇上等我一会儿。"

1　裉节儿：北京话，指关键时刻。

她说话要走，皇帝心头倒一惊，心道她不会当真了吧？今晚就打算霸王硬上弓？那她先头那股子推三阻四的做派全是假的？是为了引他较劲，才刻意这么说的？

"等等……"皇帝心头有些不悦，"你这么邋遢，就上围房等翻牌子？这是对朕的不恭。"

颐行说："奴才不是有意不恭，实在是我宫里头没有浴桶，没有胰子，没有热水……什么也没有，这才有负圣恩的。今晚过后，您能赏我一个浴桶吗？往后我再上围房里来，一定收拾得干干净净的，以备万岁垂青。"

真是……好出息啊！侍一回寝，就想要一个浴桶，那等她爬上皇贵妃位，宫里的东西该装不下了。

但答应位分低，所用的份例委实有限，她是锦衣玉食作养出来的，这些必备的东西都没有，更别提擦身的香粉了，难怪她站在地心直流汗，皇帝看着她，看出了一副造作包裹下的可怜相。

"来人！"他唤了一声。

门外的怀恩立刻哈着腰，迈进了次间："听万岁爷示下。"

皇帝蹙着眉，拿手随意一指那个愣头愣脑的人："下令内务府，给猗兰馆送全套的浴具，另给她置办两身夏衣。"

怀恩道"嗻"，立刻却行退出次间，上外头传令去了。

颐行却很意外，没想到还没侍寝，浴桶就有着落了，不光洗漱不用发愁，还另赏了两套衣裳。她忽然感动得鼻子发酸，暗道小时候不打不相识，原来皇上并不是那么睚眦必报的人啊。

"您还打听过奴才住在哪儿……"她感恩不已，"储秀宫里头好几处屋子呢，您怎么知道我住在猗兰馆？"

皇帝怔了下，发现这事弄得不好要穿帮。

他上回去瞧她，是以夏太医的身份，脑子里存着的见闻也都是夏太医的，怎么这么不小心，脱口就说出来了呢。

现在只好尽力补救了，皇帝东拉西扯起来："是贵妃昨儿来回事，说起懋嫔把你安置在猗兰馆，朕听过就记下了。今儿侍寝……还是算了吧，改日……等你把自己刷洗干净再说，别弄脏了朕的龙床。"

说真的，到头来临阵退缩的是他。

明明帝王临幸后宫，是最简单不过的，不需要太多的感情，吹了灯唯剩男人女人那点事，所做的一切也只是为了瞬间欢愉和传宗接代罢了。可不知为什么，面对她时他却做不出那些事来了，究竟是因为小时候受到了她的惊吓，还是果真看重所谓的辈分，他也说不清楚。

瞧瞧她，青春正盛的女孩子，鲜活得像花一样。虽然为晋位动了很多心思，但他并不觉得她的所作所为有什么不好，比如刚才那些酸倒了牙的话和动作，都是她有心机的表现。她有心机不要紧，只要自己比她更能掌控大局，更能掌控她就行了。然而临幸的事，他觉得还是再缓一缓为妙，不为旁的，只为他现在也不敢确定，究竟坦诚相见后，自己能不能做到雄风不倒。

颐行这厢呢，却很不欣赏皇帝那种自负的态度。说不侍寝就不侍寝，反正也正是她巴望的，但说她会弄脏了龙床，这话可真不招人待见。

他还是小肚鸡肠的，虽然大是大非上公正，细微之处却无不想方设法捞回本儿来。

小心翼翼觑了他一眼，颐行想起老皇爷赐宴过后，她在无人之处又撞见了他，那时他气涌如山冲她指点，"你给我等着"，那调门之高，到现在还言犹在耳。

只是她一觑他，皇帝就敏锐地察觉到了，压着嗓子说："怎么？朕不叫你侍寝，你不痛快了？"

颐行说没有："明儿我一定收拾干净再来。那万岁爷，您明儿翻我牌子吗？"

这是来催命了？皇帝心想，朕高兴就翻，不高兴翻就不翻，你管我！口中却道："朕近来机务如山，翻不翻你，得看明日有没有机要大臣递膳牌。"说罢回头看她，"朕还没见过你这样的妃嫔呢，打听自己什么时候侍寝，你不知道害臊吗？"

颐行红了脸，说知道啊："那不是为了在您跟前争脸吗？况且我不是嫔妃，我是答应，答应一般都关心自己的前程，等我当了嫔妃，自然自矜身份，再也不和您计较这种事儿了。"

一句话，引发了两种感想，颐行的意思是快让我登高吧，往后我就不来烦您啦。皇帝的想法却不一样，她懂得自矜身份了，必不会那么黏人，也学得贵妃似的四平八稳，那就太无趣了。

所以得慢慢提拔，有理有据地提拔。皇帝偏过脸，微微冲她笑了笑："想升嫔、升妃，端看你的本事。朕也不瞒你，如今后宫只有三妃四嫔，那些位分都没满员，只要你有出息，封赏一个你，不过是朕一句话的事儿。"

这么大块烙饼扔在眼前，立刻激发出了颐行满身的斗志，她一仰脖子，说是："后宫之大，总有奴才出头冒尖的时候，您就瞧着我吧，奴才往后一定兢兢业业，为主子马首是瞻。"

这哪是床上争功名的态度，分明要把后宫当战场。

很好，皇帝很称意，后宫无后，这宫闱乱了两年了，贵妃能力不足，纵得储秀宫敢出那样的幺蛾子，再不整治，难成个体统。前皇后如今是过她想过的好日子去了，撂下的这烂摊子，她尚家人不来收拾，谁来收拾？

皇帝破天荒地，像对臣工委以重任似的，在颐行肩上拍了拍："愿你说到做到，朕就看着你，不要辜负朕对你的期望。"

颐行拱了拱手，道是："时候不早了，既然奴才不必侍寝，那就回去了，免得懋嫔娘娘跟前宫女巴巴守在门前，也怪可怜的。"

皇帝说好："宫门下了钥，叫个人送你回去。"

一场谈话，在祥和的气氛中结束了。

颐行领了旨意从东暖阁退出来，刚到殿门上，怀恩便笑着上来作了一揖，说："颐主儿不用传旁人，各道宫门上当值的都认识奴才，奴才送您回储秀宫，也免得下头小子们请牌子多费手脚。"

有御前总管护送，那是多大的面子啊，颐行忙哎了声道："多谢谙达了。"

怀恩哈了哈腰，转头上一旁提灯笼去了。

银朱到这时候才敢说话，细声说："主儿，真吓着奴才了。您在里头这半天，奴才真怕皇上治您的罪。"

颐行说哪能呢，一面回头瞧了一眼，凑在银朱耳边说："皇上和我相谈甚欢，就差没拜把子结兄弟了。"

说到这儿，刚才被他拍打的肩头还留着沉甸甸的分量呢，她如今不由得怀疑夏太医的话了，他说懋嫔假孕的事没告知皇上，可刚才看那位的意思，分明知道其中蹊跷啊。只是没点破，想必也觉得说穿了砢碜，就等着她给他打小鬼儿了，所以才有不负朕所望这类激励的话。

银朱呆呆啊了声："这怎么……还拜把子呢……"

颐行哧地一笑，见怀恩挑着羊角灯来了，也不便再说什么，和银朱互相搀扶着，走下了养心殿台阶。

"小主随奴才来……"怀恩趋身引路，复又吩咐银朱，"给主儿看着点脚下。"

银朱应了声"嗻"，搀着颐行迈过了遵义门的门槛。

打西一长街往北，夹道又深又长，白天往来的宫人很多，到了夜里两头截断了，夹道中一片寂静，只有一盏幽幽的宫灯悬浮着，照出一丈之内的光景。

怀恩有心和老姑奶奶攀谈，和声说："小主儿好福气，万岁爷亲自下令赏赐，这还是头一遭呢。奴才已经命人给内务府传了话，明儿一早东西就送到。"

颐行含笑说："谢万岁隆恩了，我不过厚着脸皮一说，没承想他老人家果真赏我，于我来说实在是意外之喜啊。"

"可不嘛，终究是瞧着往日的情分。"怀恩口中说出来，仿佛他们彼此间有多深的交情似的，见颐行迟疑，他又是一笑，"小主别怀疑，好赖的，总是小时候就结交，和宫里其他主儿不一样。您八成是不记得奴才了，其实老皇爷二回巡幸江南，奴才给主子爷随扈了，所以您和主子爷之间的过往，奴才知道一些。"

颐行怔愣了下，愣完了赧然道："说出来怪没脸的，唉，不提了。"

怀恩笑道："那有什么的，那年您不过五六岁，小孩儿家家明白什么，万岁爷也不能认真和您计较。"

颐行却讪讪的："您在外头，不知听没听见他挤对我，他嫌我没洗刷干净，弄脏了他的龙床。"

怀恩却有另一番解答。

"小主才晋位，想必还不知道养心殿的规矩。主子平时住在后殿，后殿东稍间是皇后主子的体顺堂，西稍间是嫔妃侍寝过夜的燕喜堂。寻常时候，主儿们被翻了牌子，就在燕喜堂里等万岁爷驾临，进幸之后万岁爷不留宿，仍旧回自己的寝室。您想想，才刚万岁爷说了，怕您弄脏了他的龙床，这叫什么？已然认了让您上他的龙床了，那还得了吗！"怀恩回身望了眼，做奴才的就是有这样敏锐的嗅觉，越瞧老姑奶奶越有椒房专宠的长相，便笑道，"小主福泽深厚着呢，往后前途不可限量。万岁爷垂治天下，人也深稳内秀，侍奉这样的主子，不能光听他字面上的意思，得往深了琢磨。"

颐行听得糊里糊涂，并不觉得皇帝有那样的深意，他只是为了呲打她，随意那么一说罢了。

银朱却是一万个听信的，呜了一声道："主子，您升发的好日子就在前头啦。"

当然那好日子得靠自己挣，皇上对她委以重任，听他那话头儿，恐怕不立功，他还不肯交代自己呢。

说话儿到了成和右门，怀恩上前敲门，里头人问了声谁，他压声说："是我。"只那一嗓子，就是通关文书。

站班的太监听了，忙拔下门闩打开了小角门。过了这道门禁，下一道是蠡斯门，仍旧只需一句"是我"，那么森严的宫禁，说开也就开了。

颐行跟着怀恩走在西二长街上，其实她一直对夏太医夜间穿行紫禁城的能耐存疑，却又不好求证，犹豫了下才向怀恩打探："门上禁卫森严，要是夜里有什么事儿，真是寸步难行吧？"

怀恩脑瓜子一转，就知道她在琢磨夏太医了。这话可不能凑嘴应声，得仔细掂量着来，便道："寻常宫人自然是寸步难行，不过凡事总有例外，像主子有令，调遣个谁啊，或是哪宫的主儿忽然抱恙，差遣宫人一道道宫门传话，也是可以暂时开启的。"

横竖就是有办法。在一个地方活得久了，多少能钻点空子，怀恩只差没有明说，从螽斯门夹道一直往西过寿安门，前头就到金水河畔。那地方直往北就到安乐堂，夏太医要是走这条道，可说是一路顺畅。

颐行心里也自是明白了，再没有追问。

前头就到长康右门了，怀恩引着她们进了夹道，敲响储秀宫门的时候，门内小太监絮絮叨叨地抱怨："又给打发回来了，早知道这么着，何苦上围房候着……"

结果一开门，看见的是怀恩的脸，那灯笼光照着青白的面皮，直把小太监吓得蹦起来："大……大总管……"

怀恩嘴角噙着阴冷的笑，因储秀宫奴才对老姑奶奶不敬怒火大盛："好小子，你当的好差，今儿不踹你个窝心脚，不知道马王爷长了几只眼。"说罢一脚丫子踹了过去，守门的太监不敢让，顺势一滚，脑袋磕着条凳的凳腿，磕托一声响。

边上另一个吓呆了，谁能想到小小的答应，是御前大总管亲自送回来的，忙不迭上前打圆场，说："他是个没寿元的混账小子，犯糊涂犯到您跟前来了，您大人不计小人过，千万别和他计较，小的替他给您赔不是了。"

怀恩哼了一声："你们冒犯的是我？冒犯的是颐主儿！发昏当不得死的狗东西，主儿抬脚比你们头还高，你们倒猖狂。再有下回，仔细熨平了你们！"

两个守门太监被训得孙子一般，紫禁城里自有一套上对下的章程。

这当口颐行朝正殿望过去，见门里有人迈了出来，想必察觉宫门上的动静了，仔细一分辨，来的是怀恩，忙避祸似的，重新缩回了殿里。

怀恩终于训斥完了，这才垂袖对颐行道："主儿受委屈，奴才替您教训他们。时候不早了，主儿快回去安置吧，奴才告退了。"

颐行颔首，冲他还了个礼，见他挑着灯笼原路返回了，这才和银朱相携走进了前院。

怀恩闹了这一通，各殿里应该都已经知情了，这回倒消停，正殿上没了阴阳怪气出来揶揄的人，她们顺顺溜溜返回了猗兰馆。

看家的含珍迎了出来，把人接进门后压声说："您到这会子才回来，奴才忧心得不知怎么才好。先头上永常在那儿打听，没听说今儿有人被翻了牌子……皇上留您做什么？别不是因为前儿走错了道儿，训斥您吧？"

颐行咂了下嘴："真让你说着啦。"

含珍吃了一惊，又呼天爷："您倒是全须全尾儿回来了，瞧您这模样，想必万岁爷还是容情了。"

颐行笑了笑："岂止是容情，要不是我今儿没洗澡，可就留下侍寝啦。明儿内务府给咱们送浴桶来，这可是咱们屋的大件儿，往后不愁没处洗澡喽。"

颐行没心没肺，对于此行的收获十分满意，上各处转一圈，琢磨浴桶该放在哪儿去了。

留下含珍和银朱面面相觑，心道听训斥听得差点儿侍寝，万岁爷对老姑奶奶，别不是觊觎已久了吧！

紫禁城说小不小，说大也不大，各人占着四四方方一块地方，天亮了睁眼，天黑了睡觉，不过仔细计较着时辰，守着那一点似是而非的荣宠，过着各自平淡的日子罢了。

今儿天不好，醒来的时候半边天幕乌云滚滚。懋嫔倚着她的双喜引枕，蒙蒙眬眬朝外看了一眼，轰隆隆——隐约有闷雷传来，滚地的动静，震得殿顶都有回响。

懋嫔撑身坐了起来，自打腊月里遇喜后，就再也不必早起请安了。习惯了胡天胡地地睡，如今不到辰时，断然是起不来的。

还是有孕了好啊，她慢吞吞扯了扯扭曲的衣襟，揉了揉惺忪的眼睛。宫里什么都好，就一宗不好，非要分出个高低贵贱来。原本皇后在时，她们这些嫔妃每日要上钟粹宫见礼问安，好容易熬到皇后被废，这后宫除了太后和皇上就没有旁的主子了吧，结果又抬举出个贵妃来，人五人六的，也敢坐在正位上，等着她们过去串门。

独自高居上首，看着下头一伙花花绿绿精心打扮的女人向自己俯首称臣，应当是很愉快的一件事吧，难怪个个都要往高位上爬。裕贵妃的优势在于资历深，可惜就可惜在没养住大阿哥，要不然这会儿，不论皇上喜不喜欢，太后八成是要赏她个皇后当当的。

幸而自己遇了喜，好日子就在前头。

懋嫔轻轻吁了口气，伸手扯过那物件，扣在了肚子上。

多不容易，隔一段时候就得比着大小做新的，如今天儿越来越热，腰上平白裹着一圈，真热得起疹子。好在用不了多久，再过三个月，就可不必做戏了。

闭着眼睛缠好了肚子，床前的烟罗帘子一重重打了起来。如意站在脚踏前，操着欢愉的声口道了声"主儿吉祥"，一面搀她下床洗漱梳妆。

懋嫔腾挪着身子道："今儿天色不好，回头上宫值传英太医来请脉。"

毕竟前头三个月断了档，眼看月份越来越大，糊弄不过去了，隔三岔五让太医来请个脉，装也得装得像样。

如意道是："等主儿用过了吃的，就打发人过去。"

懋嫔没言声，坐在妆台前，凑近了铜镜审视自己的肉皮儿，一面问："里头那个，今儿进得香不香？"

不必说得多明白，如意就会意了，忙道："回主儿，进了两个小馒首，一碗粳米粥，一碟子南小菜，奴才瞧进得香。"

懋嫔嗯了声："吃的上头不能短了，吃得越好，将来小东西越结实。"

这头正说着，外面忽然传来了喧闹的人声，懋嫔搁下手里的簪子往前殿看，扬声问："外头怎么了？"

晴山打外面进来，抚膝到懋嫔跟前回话："内务府一大早打发人来，送东西进猗兰馆。"

懋嫔一听站了起来："送东西？什么东西？"

晴山道："一架木桶，还有些沐浴的用度，并两套衣裳。"

懋嫔有些不悦，回身又坐了下来，拉着脸道："还当什么好物件呢……那些东西，是皇上赏的？"

晴山说是："奴才打听了，说是万岁爷亲下的恩典。"

"哧——"懋嫔讥笑，"不是我说，万岁爷真抠门儿，晋封只给个答应的位分，如今又赏赐个浴桶，打发花子呢……"说完脸上神情又显得有些哀伤起来，自怨自艾地说，"可我遇喜那会儿，也只有内务府例行的赏赉，没有一样是万岁爷亲赐的。"

皇上对待后宫，算得上一碗水端平，都是既客气又凉薄。即便你怀了他的孩子，他该给的奖励照样给，但来自他本人的关怀并不多，了不得偶尔来瞧你一回，说上两句话，屁股还没坐热，起身就走了。

所以说那个浴桶啊，听着那么好笑，又足以令人眼红哀伤。皇上亲赏，昨儿又命怀恩把人送回来，看来万岁爷对这位颐答应，是真的有些不同啊。

晴山瞧出了她的落寞，转身把次间里服侍的人都打发了出去，如意替她绾好发，晴山便从首饰匣子里挑出两支点翠发簪，小心翼翼地替她簪在了发髻上。

"主儿如今什么也不必想，后宫里头不管谁独得圣宠，也抵不过您肚子里的龙胎。一个浴桶算什么，两件衣裳又算什么，这些东西难道还能入了主儿的眼？主儿您如今什么都不缺，只等小阿哥一落地，后宫那些人，哪个敢不高看您一眼？"

是啊，有了孩子就是最大的保障，男人的恩宠说淡就淡了，只有孩子，是你在后宫生存下去的倚仗。

然而懋嫔又心虚，摸了摸这软绵绵的肚子，里头没有孩子，所幸皇上的关怀不多，才让她有了圆谎的可能。可她也有些怕，唯恐哪里出了差错，毕竟还有三个月呢。原本珣贵人和永常在早被她训得服服帖帖了，如今来了位老姑奶奶，不知她能不能消停窝在她的猗兰馆里，别出来惹是生非。

可世上的事，有时候就是那么巧合，她才想罢，那厢殿门上就有宫人通传，说颐答应来给娘娘请安了。

懋嫔原本不想兜搭她的，小小的答应，辈分再高也不过如此。可经历了刚才内务府送浴桶的事，懋嫔倒不这么想了，她坐在绣墩上，扭过头说："让她进来。"

低位嫔妃每日向一宫主位问安是例行的差事，如同她们给贵妃问安，贵妃再向皇太后问安是一样的。

懋嫔站起来，慢慢挪到了南窗前的木炕上。外头雷声阵阵，终于下起雨来，就着昏暗的天色，颐行带着贴身伺候的含珍从屏风后绕过来，扬起帕子蹲了个安："娘娘吉祥。"

懋嫔眯起眼睛来打量她的穿戴，果真是内务府送来的好东西啊，白色明绸蓝竹叶的常服袍，拿雪里金遍地锦做了镶绲，既不显得逾制，又显出年轻姑娘桃花样的绝佳气色。

"颐答应是人逢喜事，今儿看着，倒比往常利落了不少。"懋嫔有些拈酸地说，抬了抬手道，"起来吧，本宫可经不得你这份孝心。"边说边示意小宫女端了机子来让她坐。

颐行自是讨乖得很，低眉顺眼道："自打上回住进储秀宫，连着好几天想给娘娘请安，娘娘一直叫免，也不知是不是我哪里做得不周全。今儿原以为天色不好，娘娘要歇着呢，没承想容我进来请安，我自要向娘娘表一表我的心。"一面说，一面瞧了含珍一眼。

含珍领了示下，上前一步，将手里托盘敬献到了懋嫔面前："娘娘，这是我们主儿连赶了几夜做成的虎纹衣，纱料上的虎纹全是我们主儿一针一线绣出来的，留着明年端午，给小阿哥祛邪避毒用。"

给有孕在身的人送礼，大抵往肚子上使劲，送这虎纹衣正对路数。

颐行笑着说："我位分低，手上没什么积攒，就算有积攒，娘娘什么也不缺，拿那些俗物孝敬娘娘，反倒让娘娘笑话。这虎纹衣是我的一片心意，还请娘娘别嫌针脚粗糙，好歹收下。"

懋嫔的视线懒懒移了过来，那双目空一切的眼睛朝托盘上一瞥，旋即便调开了："多谢你费心。"复给晴山递了个眼色，"收下吧。"

就这样？连展开看一眼都懒？

颐行面上不动声色，心里却了悟，看来夏太医的话真没错，懋嫔这肚子八成是假的，否则不可能对孩子的东西如此不上心。就算往常有积怨吧，人家耗费时间特意做成的衣裳，也要说两句窝心的感激话，给还没降世的小娃娃积福。

可是显然，懋嫔对皇上那头的动静更感兴趣。她倚着竹簟引枕道："听说今儿内务府给你送东西来了？你也是的，既然同住在一个宫里，就是自己人，缺什么短什么，只管和本宫说就是了，何必绕那么大个弯子惊动皇上，倒叫人说是本宫不照应你，小小的浴桶、胰子都不肯赏你似的。"

颐行腼腆地笑了笑，说娘娘误会了："昨儿我受皇上训斥，皇上见我流了好些汗，问明了答应份例里头没有大浴桶，这才开恩命内务府赏我一个的。我原在御前不得脸，这不是仗着在家时辈分大吗，皇上也让我几分面子。既然娘娘才刚发了话，那我往后遇事儿，就要劳烦娘娘跟前两位姑姑了。"然后在晴山和如意略显鄙夷的微笑里，很快表明了立场，"自然的，我也不能不识趣，一味麻烦姑姑们。我既得娘娘照拂，就当为娘娘尽忠，娘娘如今身子沉，不便外出，我是两袖清风，可以到处打探。往后养心殿围房里什么人说了什么话，万岁爷有什么动向，我自比别人更衷心些，一应如实禀报娘娘。"

这么说来，她是愿意投在她帐下，当她的耳报神了？这可真是奇了，果真围房里走了两遭见过世面，知道尺寸长短了？

懋嫔的唇角抿出了一点弧度："这却不敢当，你不是一向和裕贵妃交好吗，我一个寻常的嫔，怎么能和贵妃娘娘相提并论呢？"

颐行听她这么推让，立刻就把想好的说辞填了上去。

"娘娘说笑了，我虽位分低，却也懂得审时度势。裕贵妃如今摄六宫事，可两年了也没能晋皇后位，往后的事儿，谁也说不好。娘娘则不一样，眼下怀着龙种，将来小阿哥一落地，可还有什么发愁的？我有现成的大树不抱，倒去依附贵妃，大没有必要。如今只求娘娘不嫌我笨，往后时时教导我，就是我的造化了。"

懋嫔听她这番话，大觉受用起来，即便不和她交心，却也觉得她比珣贵人、永常在识时务多了。

忽地一阵雷鸣，闪电划过天幕，那忽现的强光，照得屋里瞬间透亮。

颐行悄悄朝梢间瞥了一眼，上回来，那间屋子就一直门扉紧闭着。懋嫔的寝床在次间，里间关得那么严实，照理说是不应当的。也许症结就藏于那间屋子里，可惜她没有道理要求打开那门看看。也许再等等，等含珍托付的那个太监带回了消息，再想法子求证不迟。

不过这一等，确实等出了一点意外之喜，这时候门外小太监隔槛回话，说御药房英太医来给主儿请平安脉了。

颐行精神顿时一震，和含珍交换了下眼色。走得好不如走得巧，没承想御药房的太医这么尽职，下着大雨也赶了过来。

这回请脉，可作不了假了吧，只要她们赖着不走，懋嫔敢将袖子让太医切脉，那就说明是夏太医杞人忧天了。

懋嫔呢，先头吩咐了一声请太医，后来彻底把这件事给忘了。因外面下着大雨，宫门上的讯息也被阻隔了，等人进来回话的时候，英太医已经到了殿前廊庑上。

晴山见状脸色微变，见颐答应又没有要走的打算，那就只好开口轰人了。于是向颐行微哈了下腰道："颐主儿，我们娘娘要请平安脉了。"

颐行说没事儿："我可以等等。这两天我总是心慌出虚汗，娘娘请完了脉，我也托太医给我看一看。"说完无赖地笑了笑。

这就不招人待见了，懋嫔别开了脸，分明已经不大称意，如意忙堆了个笑脸道："小主儿不知道请脉的规矩，遇喜档一向不让外人瞧的，所以还请小主暂避，回头等娘娘请完了脉，再打发英太医上您的猗兰馆去。"

颐行有些失望，哦了声道："怪我不懂规矩，耽搁了这么长时候，娘娘也乏了，那我这就告退了。"一面起身福了福，从次间退了出来。

至于里头怎么布排，颐行走到廊下回头看了眼，却什么都没看着。

她们向西行的时候，东边的太医又略站了会儿，才被请进殿里。含珍轻扯了扯颐行的袖子，彼此心照不宣，也没说一句话，到了台阶前撑起伞，走进了飘泼的雨幕里。

"看来这懋嫔实在可疑。"颐行窜进猗兰馆后，盯着前殿的屋脊道，"她必定把人藏在了里间，这才能在太医进殿之前偷龙转凤。切个脉而已，多了不得的大事，这也用得着背人？还拿建档来糊弄我，欺负我没有建过遇喜档啊？"

含珍和银朱笑起来："可不，正是欺负您没有建过遇喜档来着。主儿也争气些，早早侍了寝，看她还拿什么理由来搪塞。"

说起这个就让人难堪了，侍寝这事儿，真不是自己想干就能干的。

颐行说："我怎么觉得，皇上希望我建功立业，在我没长行市之前，他是不会让我染指的呢。"

也许晋了位的人，想法是和一般人不一样吧！尤其老姑奶奶这种常挨挤对的，时候一长给挤对出了臆想，觉得女人要不立功，就得不到这后宫唯一的男人。

这件事，就像盘底里放了弹珠一样，一圈一圈地旋转，总没个头。不立功，就得不到皇上，得不到皇上，晋位就晋得艰难，没法子晋位，还怎么捞人呢，所以最终的症结就在立功上。

想是老天垂怜吧，在中晌雨停之后，进来一个小太监传话，说宫门上有人找珍姑姑，请姑姑出去一趟。

含珍应了，心里料是常禄有信儿了，便匆匆赶到宫门上。

遥遥一看，常禄正和值守的太监说笑，原来早前都是一块儿扛过扫帚的同年。

常禄见含珍来了，笑着说："姑姑托我趸摸的泥金笺，我找着了。采买的干事还运了一批徽墨进来，要不姑姑跟着瞧瞧去，看有没有小主儿喜欢的式样？"

都是宫里做惯差事的，有的是法子找出冠冕堂皇的理由来。

含珍说成，便随他走出了长泰门。西二长街上来往的人多，尚且不好说话，直到走出百子门，常禄方压低了嗓子道："姑姑，我兄弟替我打探清楚了，舒木里家的那个丫头，平时寡言少语的，主意却挺大。当初进宫之前和她表哥相好，两个人还偷着私奔呢，后来被她阿玛逮着回来。要不是旗主一家一家地探访，她原是打算划花了自己的脸，好逃避进宫的，她额涅都跪下求她了，怕她这么干会给家里招祸，最后也是没法子了，才硬给送进宫来的。"

这么一说，果然对上了。

含珍长出了一口气："舒木里家还有谁在宫里当值，你查明白了吗？"

常禄说："有个表姑奶奶在尚仪局办事，就是调理粗使宫女的苏嬷嬷。"

含珍回过味儿来，长长哦了声："原来是她呀……"

二月里选秀上，苏嬷嬷也是经了手的。果然朝中有人好办事，把个破了身了甚至怀有身孕的人悄悄放进来，要是料得不错，苏嬷嬷和懋嫔之间必然早有牵搭。

无论如何，事儿查得差不多了，心里就有根底了，不至于胡乱冲撞，当真顶撞了龙胎。

含珍冲常禄拱了拱手："这回的事儿，您可帮了大忙了，我都记在心里，将来一定还您这份恩情。"

常禄忙摆手："姑姑说什么呢，咱们认识好几年，姑姑也不是没关照过我，这点子小事儿，您别记在心上。"

含珍点了点头，复又道："兹事体大，我得嘱咐你，千万别往外头传，记好了吗？"

常禄说自然："咱也不是头天在宫里当值，姑姑嘱托的必定是要紧事儿，我往外头传，岂不是和自己过不去？姑姑放心，这事儿烂在我肚子里，就是天王老子来了，我也不敢泄露半个字。"

含珍道好，又说了几句好话，这才返回了储秀宫。

回来把经过告诉颐行，三个人坐在一起穷商量，这事打哪儿起头呢……

颐行一拍脑门有了主意："最直接的法子，就是逼她宣太医。她能打死樱桃，总不能打死我，倘或冲撞了她的肚子，她还能囫囵掩过去，那可助涨了我的气焰了，下回二话不说，直接动手就完了。"

这就是老姑奶奶神机妙算的好法子？

含珍和银朱都表示忧心："人家是嫔，您是答应，不说旁的，她跟前当值的宫女就有六人，这要是打起来，咱们恐怕不是人家的对手。"

颐行摊了摊手："那你们还有什么好计谋？她见天窝在寝宫里，看样子不等孩子落地绝不出门，跟前又有哼哈二将守着，除非给储秀宫放一把火逼她出来，否则她不挪窝，谁也不能把她怎么样。"

"要是直接面圣，上御前告发她呢？皇上是紫禁城最大的主子，只要下一道令，当面让夏太医诊脉，这事儿不就结了吗？"银朱想得很简单，所有的绕弯子都是脱裤子放屁。揭发不也是大功一件吗，扳倒了懋嫔，老姑奶奶就名正言顺晋位了，到时候封个嫔掌管储秀宫，然后再让皇上一临幸，用不了两年起码混个四妃之首，再加把子劲儿，说话就能取贵妃而代之了，多好！

可是含珍却说不成："宫里头不像外头，你拿不出确凿的证据来，皇上和太后都不会搭理你。如今皇上子嗣单薄，这一胎可是三年磨一剑，太后寄了多大希望啊，岂是三言两语就能说动的？原本下令让太医诊脉不是难事，难就难在上头不会信主儿的话，毕竟皇子的生母得抬举着，不能让个答应位分的诬告了。再说就算主儿检举了，懋嫔也当真为此获罪，一个靠背后敲缸沿上位的人，往后在宫里的口碑也坏了，将来还能指着下头人服气，号令六宫？"

银朱听得脑仁儿疼："所以就得不经意地发现，误打误撞戳破懋嫔的伎俩？"说着抚了抚脑门子，"天爷，这也忒麻烦了，我看凭借咱们主儿的莽撞，这件事还得从长计议。"

于是三个人继续围坐在八仙桌旁，继续纠结这恼人的算盘。

雨过天未晴，午后的猗兰馆里倒有一丝清凉，正百无聊赖的时候，外面小太监来，在门外叫了声"回事"。

银朱忙出去看，见小太监捧了个食盒上前，说："这是皇上赏赐，独给小主儿消闲的。"

皇上赏赐，当然得谢恩，颐行忙和含珍一起到了门前，跪在槛前恭恭敬敬磕了个头："万岁爷隆恩浩荡，谢万岁爷赏。"

小太监将食盒交到颐行手上，垂袖打了个千儿，复顺着小径往南去了。

颐行把食盒放在桌上，打开一看，满满一盒子樱桃，个个闪着丰润的光，那橙红相间的色泽，别提多招人爱了。

"樱桃……"颐行盯着食盒喃喃，豁然站起了身子，"皇上说这樱桃是独赏我的吧？储秀宫旁人都没有？"

含珍和银朱点头，不得不说，皇上好像知道很多事，比她们想象的更多。

颐行咬着唇琢磨了片刻，最后说："皇上是以此警醒我，别忘了樱桃的死啊。抛砖引玉给我盒樱桃，让我拿它当敲门砖，好好和懋嫔较量较量。"

说着盖上盖子，把食盒搬在了手里，昂首挺胸道："我这就上前头去。"

含珍和银朱来不及劝她三思，她已经迈出门槛，走上了通往正殿的甬路。

银朱在她身后提心吊胆："皇上是这个意思吗？"

颐行坚定地说是："皇上还等着我成器呢。"

可是皇上要是真知道懋嫔假孕，还不得雷霆震怒吗，有这闲心看猫捉耗子？反正银朱是百思不得其解，再要劝她三思，颐行已经捧着食盒，登上了前殿的台阶。

殿门上站班的宫人见她来了，微微俯首，请她稍待，一面向内通传。

颐行站在东次间的屏风前等了等，不多会儿见如意出来了，向她蹲了个安道："颐主儿，您怎么这会子来了？我们主儿正要歇下呢。"

颐行示意如意看她手上的食盒，赔着笑脸道："皇上差人送了一盒果子来，说懋嫔娘娘怀着龙胎，必定爱吃，命我从中挑最好的装盒，送来孝敬娘娘。"

这话其实不通得很，如意道："才刚养心殿打发小太监过来，娘娘是知道的。既是给娘娘的，何必转一道手，先送到小主那儿？"

这不是为了换来懋嫔的接见，不得已胡扯的借口吗？

颐行想了想道："昨儿万岁爷训诫我不懂宫中规矩，也知道我随居储秀宫，少不得要惹懋嫔娘娘生气。这果子让底下人挑，只怕手上不干净，还是我亲自选了送来的好……"实在编不下去了，便道，"姑姑知道我的心意，烦请替我向娘娘通传一声，我送了果子就走，绝不叨扰娘娘。"

如意原本就比晴山好说话些，老姑奶奶那份沾缠也不是没领教过，要是不通禀，没准儿她会一直等下去也不一定。

如意无奈，只好说："那请小主略等等，奴才进去再回娘娘一声。"说罢重新退回了次间里。

颐行托着食盒深吸了一口气，虽说懋嫔绝不待见她，但伸手不打笑脸人，总不好拒人于千里之外。况且皇帝两次赏东西，她都是心知肚明的，若是对无宠的嫔妃，不见也罢，可冲着这位眼看前途不可限量的颐答应，终归会人情留一线。

果然，如意很快回来了，欠了欠身子道："小主，我们娘娘传您进去呢。"

颐行欢快地应了声，捧着食盒绕过了屏风。

懋嫔真是到了歇午觉的时候，连头都拆了，满头青丝随意放下，垂挂在胸前。那身素白的里衣覆盖住隆起的肚子，全身上下没有任何妆点，只有手上两支赤金铜钱纹的指甲套一下下在发间穿行，有些无奈地瞥了颐行一眼，曼声道："我这儿什么都不缺，你们答应的份例本就少，自己留着就是了，何苦巴巴儿送到我这里，回头赏了下人受用。"

这话是真不好听，懋嫔傲慢惯了，现在又仗着遇喜越发娇纵，说话从来不肯留人脸面。

颐行却并不感到为难，反正又不打算和她交好，因此说的都是场面上话："娘娘赏了下人，是娘娘体恤跟前伺候的，我给娘娘送来，是我对娘娘的一片心。娘娘瞧瞧，好新鲜的果子呢……"一面转身让银朱掀开了食盒的盖子，往上一敬献，说，"娘娘，吃樱桃吧。"

这声吃樱桃一语双关，惊得懋嫔一怔愣。

其实此樱桃非彼樱桃，不该有心扯到一块儿，可不知怎么，这两个字从颐答应口中说出来，就针扎似的让人难受。

懋嫔当即脸色就不好看了，早知道这小答应存着别样心思，眼下果然应验了。

真是好笑得紧，她随居在储秀宫，自己一宫主位没难为她，她倒不依不饶起来。送这樱桃做什么？暗示她之前打死了她的小姐妹？那丫头吃里爬外偷了她的银子，后来落得那样的下场，不正好替她解了气吗，她还较什么劲！

"我不吃，拿走！"懋嫔向后让了让。

可颐行这会儿已经送到脚踏前了，平地上左脚绊右脚都能摔一跟头的，要装模作样起来，还不是驾轻就熟？

"娘娘何不尝尝，甜得很哪……"她脸上带着笑，越发往前敬献。

就在这时，时机恰到好处，颐行的脚尖往脚踏上一绊，手里食盒高高抛起来，人往前一扑，又快又准地，直接扑到了懋嫔肚子上。

"啊——"

懋嫔一声尖叫，响彻云霄，掉落的樱桃纷纷砸在了她脑袋上，她也顾不得了，一下将颐行掀在了一旁。

殿里的人，谁也没想到老姑奶奶会闹这出，怔忡过后才慌乱起来，伴着懋嫔的怒斥"贱人！你这贱人"，一窝蜂拥上去，七手八脚把颐行拽开了。

晴山和如意白着脸上前查看，颤声问："主儿，您还好吗？可有哪里不适啊？"

懋嫔惊魂未定，这时的怒气达到顶峰，一手护着肚子，一面指着那个冒失鬼怒骂："我就知道你没安好心！您想害我……想害我肚子里的龙胎！来人……把她给我拉下去，乱棍打死……"

懋嫔一声令下，左右的人果然摩拳擦掌要上来拿人，却被颐行高声的一句"不能"，喝得顿住了脚。

然而那句有气势的喝止之后，老姑奶奶还是服了软，战战兢兢说："娘娘，都怪我莽撞，您别搓火，仔细动了胎气……我是有了位分的，您不好随意打死我，还是先宣个太医瞧瞧吧，龙胎要紧啊……"

懋嫔到这时脑子里都是嗡嗡的，当然说乱棍打死也是一时气话，毕竟她尚颐行凭辈分就可傲视全后宫，和那个无依无靠的小宫女不同，要是晋位没两天就死在了储秀宫，只怕上头饶不了她。可她又拿捏不准她这一扑，到底感受到了多少，万一她察觉到自己这肚子不对劲，又该如何是好？

宣太医……怎么能宣太医，宣了岂不是不打自招？可不宣，必定让她越发怀疑，这时候是进也不是，退也不是，懋嫔被这种架在铡刀下的处境弄得火冒三丈，纵使边上人一径安抚，也赤红着眼狠狠瞪着这个魔障。

颐行呢，知道她不会请太医，心里也急切，扭头吩咐银朱："你守着我做什么，还不快去宫值请太医，上养心殿找怀恩大总管禀报！"

银朱被她一喝才回过神来，嘴里应是，刚要转身出门，却被身后的晴山连带几个大宫女拦住了去路。

"你好大的胆子，谁准你逃窜了？"晴山一把将银朱推了个趔趄，"懋嫔娘娘不发话，你们跪下磕头，求娘娘饶命就是了，忙什么！"

上首的懋嫔捂着肚子，看她们主仆被押得跪在跟前，心头那团怒火蒸腾了半天，终于慢慢消减下来。

眼下该怎么办呢，事儿总得解决，先把这个局面圆过去才好。

"如意，去请英太医来请脉……"她咬着槽牙望向颐行，"倘或龙胎有个好歹，一百个你也不够死的！"

先前在气头上，懋嫔是想着把她关在殿内处置了，反正她们插翅也难飞。可是目光在她们身上巡视了半天，忽然意识到一个令人无奈的现实，猗兰馆最得力的宫女含珍并不在跟前。

倘或她们是事先商量好了来的，这会儿消息恐怕已经到了御前，真把老姑奶奶怎么了，含珍大可以说主儿是好心给懋嫔娘娘送果子来的，最后竟落得这样了局，皇上知情后动不动怒暂且不说，势必要命人查验龙胎的安危，那事儿可就难办了。

所以眼下应该怎么处置她呢，白放过她，自己不甘心，处置又不好下重手，实在让人愤恨。

懋嫔想了一圈，寒声吩咐："传精奇嬷嬷来，教颐答应规矩。先去领二十个手板子，再禁足猗兰馆，半个月不许她踏出门槛一步！"

银朱一听要打，急道："娘娘，我们主儿也是有位分的，怎么能领板子呢。是奴才没伺候好我们主儿，这板子就由奴才领了吧，求娘娘开恩啊。"

懋嫔哼了一声："正因是你主子犯的，才打她二十手板，要是换了你，你以为你这会子还能活命！我是一宫之主，有权管教她，你要是再聒噪，就打她四十，不信只管试试！"

这下子银朱再不敢吭声了，惶然看了颐行一眼，那眼神明明白白："您这又是何必呢？"

可颐行觉得这是摸着石头过河，并且已经摸出端倪来了，挨二十记手板没什么，等十五天过了，她还敢这么干。

懋嫔的令既然已经下了，晴山便带着几个精奇嬷嬷，将人押回了猗兰馆。

精奇嬷嬷是不讲人情的，拉着鞋拔子脸说："小主，得罪了。"说完扬起一尺宽的戒尺，啪的一声抽打在她手心上。

颐行起先咬牙忍着，后来疼得直迸泪花，数到十五、十六下的时候，几乎已经麻木了，只剩下满手滚烫。

这当口含珍一句话也没说，待精奇打完了，忙拿冰凉的手巾包住了颐行的双手，转头对晴山道："我们主儿伤了手，得请太医诊治，否则这么上围房伺候万岁爷，万岁爷必定要问话的。"

晴山却一哂："你们想什么呢，既被罚禁了足，围房自是去不成了，还要被撤牌子。颐主儿，今儿算您运道高，娘娘的龙胎没什么大碍，倘或真有个三长两短，您且想想，怎么向太后和皇上交代吧。"

晴山放完了话，领着精奇嬷嬷们走了，含珍和银朱到这会儿才上来查看颐行的手，问："主儿怎么样了？疼得厉不厉害？"

颐行的心思哪在手上，她一心回味刚才那一扑，得意地说："那是个假肚子，我敢打保票。怀着孩子的肚子肯定不是那样，里头到底装着个人呢，必定瓷实，不像她，压上去软绵绵的，活像塞了个枕头。"

二十手板换来一份底气，颐行觉得一点儿都不亏。

储秀宫的这点事，自然很快传进了养心殿。

怀恩一五一十向皇上禀报，坐在御案后的皇帝听得直皱眉。

"她就这么冒冒失失上懋嫔宫里撒野去了？"

怀恩垂着脑袋说是："老姑奶奶说了，您赏的那樱桃是在给她提醒，别忘了樱桃的死，要为樱桃报仇雪恨。"

皇帝有些纳罕，仔细想了想问："朕是那意思吗？朕是提醒她引以为戒，千万别一不小心走上那小宫女的老路，她倒好，给朕来了个适得其反。"

就这样的脑子，当真能够放心让她完成一件事吗？她怎么不想想，万一懋嫔狗急跳墙要往死里整治她，那她的小命就交待在这里了。退一万步说，如果懋嫔自知穿帮，先发制人宣称龙胎被她撞没了，她想过到时候怎么招架吗？

皇帝扶着额，只觉头痛欲裂，不管是对夏太医也好，对他也好，她都信誓旦旦应承过的，结果怎么样？想来想去，想了这么个冒进的法子，要不是懋嫔忌讳闹大，她现在还有命活着吗？

怀恩觑了觑皇上，心知皇上眼下心力交瘁着，便道："依奴才看，老姑奶奶纯质得很，实在不是钩心斗角的材料。主子爷，要不还是算了吧，就让她安安稳稳在宫里活着，毕竟活着，比什么都强。"

原以为皇上会动容，会想通的，结果并不是。

他揣酌了半天，忽而仰天忽而顿地，最后自我开解了一番："这件事也怪朕，她小试牛刀，就让她接了这么棘手的案子，凭她的能耐，确实强人所难。不过她的思路是对的，逼懋嫔当众请御医诊脉，究竟有没有遇喜，一下就诊出来了。"

怀恩为皇上如此绞尽脑汁为老姑奶奶打圆场，感到唏嘘不已。

"事发在储秀宫，里里外外全是懋嫔的人，可惜老姑奶奶选错了地方……"

皇帝瞥了他一眼："懋嫔如今自珍得很，轻易不肯迈出储秀宫，连每日例行的问安都已经免了，想当着后宫众人面让她请脉，断乎难以办到。尚颐行错就错在撞了她的肚子，那是个假肚子，对她能有什么切身的伤害！"

怀恩迟疑了下："主子的意思是，要让懋嫔娘娘避无可避，不得不请太医？"

皇帝叹了口气，懊丧地喃喃："真没想到，最后还是得让朕来出主意，朕这是熬她呢，还是熬朕自己？"

怀恩只好宽慰他："老姑奶奶步子迈得大，难免有磕着绊着的时候，终究是万岁爷对她期望太高的缘故。奴才和主子爷说过，老姑奶奶这会儿像刚学走路的孩子似的，总要有人扶持才好。主子爷且耗费些精力，等将来老姑奶奶成了才，您还愁她不能独步后宫，所向披靡吗？"

可皇帝听得却想发笑，她能独步后宫，所向披靡？这事以前他还抱着希望，近来是越发觉得渺茫了。

还好老姑奶奶有颗上进的心，不管她干的事是不是靠谱，至少人家在努力着。

能努力就好啊，皇帝的要求算是一降再降，降得几乎忘了提拔她的初心了。

慢腾腾站起来，他揉了揉太阳穴："请'夏太医'过去给她支支招吧，只要劲儿用对了地方，成效还是有的。"边说边颓然地摇头，"懋嫔忌讳樱桃，她偏拿樱桃过去触霉头，这不是明晃晃地和懋嫔作对吗？"

"是，"怀恩道，"老姑奶奶这招失策了。"

皇帝说不对："她八成有自己的考虑，这叫置之死地而后生。"

反正您总有替她开脱的说头，怀恩缩着脖子想。男人宠女人，就打这上头来，斜的都能说成正的。自己本以为皇上记着小时候的仇，要好好整治老姑奶奶的嚣张呢，不想最后弄成了这样。万岁爷真是操碎了心啊，政务如山还不够忙的吗？这又是何苦来！

第十一章·清川夺梦

不过既说要请夏太医出马，那还有什么可迟疑的。

看看天色，到了晚膳时分，各宫主儿也纷纷从东西六宫赶来，上围房候旨了。今儿天色混沌，不像平常似的一场大雨过后就放晴，天灰蒙蒙的，乌云罩顶直到现在。也是巧得很，在怀恩伺候"夏太医"穿戴完毕之后，天上又下起了雨，雨点子砸在瓦楞上，噼里啪啦直响。

怀恩瞧了外头一眼，轻声道："主子爷，这会子打伞过去正好，既有遮挡，也不需经珣贵人和永常在的眼。"

"夏太医"嗯了声："后头围房里暂且稳住，等朕回来再让她们散了。"

这是正巧钻了个空，人全聚集在了围房里，储秀宫只有懋嫔一个，倒也不难应付。

怀恩道是："奴才让徐飒晚些进来，只说万岁爷正和机要大臣谈公务，先拖住主儿们。"一面说一面招来满福，"奴才就不伺候主子爷过去了，让满福应付储秀宫门上当值的，奴才要是现身，反引得懋嫔娘娘起疑。"

满福麻溜上前来，哈着腰呈上了夏太医的面巾，伺候夏太医出了养心殿，撑着黄栌伞一路护送着，向北直往西二长街上去。

咚咚咚——

打更的太监穿着蓑衣，从尽头的百子门上慢慢移过来，苍凉的嗓音在夹道里回荡："下钱粮啦，灯火小心……"

满福偏身挡住了擦身而过的打更老太监，到长泰门前哈腰引路，护着夏太医到了储秀宫宫门上。

门前站班的太监要过问，夯着嗓子道："站着，下钥了还往里闯……"

满福把伞面微微向上抬了抬，拿捏着御前太监倨傲的调门道："奉皇上旨意，引宫值太医来给颐答应看伤。"

但凡东西六宫当差的，就算不认得自己爹妈，也不能不认得御前那几张脸，一看是养心殿二号人物，立刻堆起了笑脸子垂袖打千儿："是满福公公呀，给您老请安啦。"

满福随意摆了摆手，向内一比，请夏太医进门。

中路是往储秀宫正殿去的，夏太医熟门熟道上了西路，打廊庑一直往北是绥福殿，再往北，就是猗兰馆了。

宫门上的动静，储秀宫里自然已经察觉了，懋嫔扒着南窗朝外看，心里起先有些惶恐："这么晚了，哪里来的太医？"

别不是自己被颐答应冲撞的消息传了出去，惊动了皇上，御前派太医过来请脉了吧！

晴山和如意面面相觑，真要是御前派来的，那可就糊弄不过去，大家的脑袋都得搬家了。都怪尚颐行这个扫把星，要是没有她，一切都顺遂得很，反正皇上那头过问得少，哪里用得着如此胆战心惊！

晴山没辙，壮了壮胆道："主儿别慌，奴才上外头支应着去。倘或真是来请脉的，就说主儿一切都好，已经睡下了，把人劝回去就成了。"

可正要出去，朝外一瞥，却又发现来人从西路一直往北了。如意松了口气："看来是往猗兰馆去的。颐答应的手还肿着呢，不能白放着不管，想是含珍不放心，上宫值请来的吧。"

懋嫔到这会儿心里才踏实下来，然而危机一旦解除，那份刁难的劲儿又上来了，愠声道："问问门上的，不经奏报，谁让他们放人进来的！"

话音才落，外间传话的小太监到了殿门上，隔着帘子回禀，说御前打发人来给颐答应瞧伤了，是满福亲送过来的，宫门上不敢阻拦，才让人直进了储秀宫。

懋嫔听罢，倚着锁子锦靠垫出了会儿神，半晌苦笑着喃喃："我叫人冲撞了，也没见御前打发个人过来瞧瞧，老姑奶奶不过打了二十记手板子，值当这么急吼吼地差遣太医来吗？尚家这是怎么了，才送走一个，又来一个，这是坟头上长蒿子了？怎么圣宠不断呢……"

如意见她失落，只好宽慰她："这宫里头的主儿，哪位没得过皇上一时的温存？就算圣宠不再，您往后有阿哥爷呢，还愁什么？"

也对……懋嫔落寞地想，宇文熙是这世上最寡情的人，他看着对谁都好，其实对谁都没有真情实意。如今尚颐行晋了位，多少总要赏几分颜面，等时候一长，新鲜劲儿过了，还不是落得她们一样下场，枯守着寝宫打发一辈子。

那厢夏太医沿着廊庑一直向北，天色暗得早，檐外已经沉沉一片，储秀宫中悄无声息，只有瓦当上倾斜而下的雨，浇出了满耳热闹喧哗之声。

猗兰馆里那个人呢，如今被禁了足，门扉关得严严的，唯剩窗口透出橘黄的光，偶尔有人影从窗屉子前经过，也不知是不是她。

满福送到门前，刚想抬手去敲，却见夏太医冲他递了个眼色，立时便会意了，将伞交到夏太医手上，自己冒着雨，重又退回了廊庑上。

笃笃——

门上传来叩击的声响，颐行正坐在桌前研读《梅村集》，银朱过去开门，才一见人，立刻发出了惊喜的低呼："夏太医来了！"

里间铺床的含珍闻讯，出来蹲了个安，忙扫了桌前条凳请他坐。

因为常来常往，彼此间有了熟稔之感，颐行站起身冲他笑了笑："含珍原说要去请您来着，前头人拦着没让。我挨打的消息传得那么快，这就传到您耳朵里了？"

夏太医就那么望着她，那双眼睛如碧海清辉，微微一漾，就让人心头一窜。

颐行忽然有些不好意思，那种感觉和闯了祸心虚不一样，不是因为某种心情，是因为这个人。

想来有点儿喜欢一个人，就是这样吧，一方面因劳烦人家过意不去，一方面又因再次见到他，心存欢喜。那种心境也和以前不同，以前四平八稳缺心眼儿，还能以自己辈分高，没见过世间黑暗来搪塞。如今却因为自己鲁莽挨了打，担心夏太医会笑话她，觉得她笨，瞧不起她。

该说些什么呢……干脆自揭其短，说自己又崴泥了？颐行想搓手，谁知抬腕就是一阵胀痛，她只好难堪地比了比胳膊："夏太医，请坐吧。"

夏太医并没有谢座，视线一转，落在灯下打开的书页上，心道总算还把皇上的话放在心上，懂得禁足时看书陶冶情操。原本他是打算挤对她两句的，但见她上进，火气便逐渐平息了下来。

"储秀宫里的消息传进养心殿了，皇上说小主信得过臣，特命臣过来看看。"

颐行哦了声，语气很平淡："多谢皇上隆恩，没因我冲撞了懋嫔娘娘治我的罪，还派您来瞧我……"

夏太医挑了下眉，朝她伸出手："小主眼下还疼吗？"

颐行觉得挺尴尬，把手背在身后，支支吾吾道："就是挨了二十板子而已，以前在教习处也挨过打……没什么，过两天就好了。"

然而夏太医的手却没有收回，那青白的，骨节分明的长指向她探着，重复了一遍："臣奉命为小主看伤，请小主不要为难臣。"

颐行没有办法，讪讪瞧了银朱和含珍一眼，慢吞吞托起双手，送到了夏太医面前："我说了不要紧的，您瞧……"

确实除了红肿，并没有破损的地方，夏太医看后点了点头："皮肉受苦没有旁的办法，只有小主自己忍着了。至于药，无非消肿的药剂，回头上了药晾干双手再上床，没的弄脏了褥子。"

颐行嘴上诺诺应着，心里此刻却在大声感慨，夏太医的手真有力，真温暖。

原本瞧着那样骨节分明的十指，触上去应当是清冷的，谁知她料错了，他的掌心明明很柔软。一双清瘦却柔软的手，和寻常人不一样，这是颐行头一回和他指尖相触，虽然自己的指腹肿胀着，相形见绌，却不能削减她此时内心的小鹿乱撞。

她红了脸，一向老神在在的老姑奶奶，在夏太医面前露怯了，扭捏地收回手道："替我谢谢万岁爷……我这程子被禁了足，不能上围房里去了，您在您老人家面前多提起我，千万别让他忘了我。"

在春心荡漾的时候，老姑奶奶依旧没忘了谋前程，夏太医心里说不出的滋味，这人真是凉薄他妈给凉薄开门，凉薄到家了。

女人在男人面前的娇羞，果然和做作的讨好不一样。他想起前一晚她在养心殿的刻意逢迎，再对比眼下，现在是鲜活的，灵动的，有血有肉的，她对夏太医的感情，显然和对皇上的不一样。

自己输给自己，真是件悲伤的事。

他涩然望了她一眼："小主放心，就算臣不提及，皇上对小主也是十分关心的。"

颐行胡乱点了点头，反正刚才已经谢过恩了，接下来可以撇开皇上，谈谈正事了，便扭过头吩咐含珍和银朱："到门上瞧着点儿，我和夏太医有话说。"

她把人遣开了，孤男寡女的，倒让夏太医心头打了个突。其实明知她不会逾越的，可还是隐隐感到忐忑，不知她葫芦里卖的什么药，会对他说些什么。

老姑奶奶那双碧清的妙目移过来，谨慎地盯住了他："夏太医，今儿储秀宫里发生的事，您已经听说了吧？以您对我的了解，八成能猜出我这么做的用意，是吧？"

是啊，他已经很了解她了，莽撞、冒进、缺心眼儿，任何糊涂的词用在她身上都不为过。

颐行见他不说话，心里有点着急，怕他误会她，忙道："上回您和我说的那些，我时刻记在心上，前两天含珍打发人出去查了那个兰苕，原来她在宫外时和她表哥有私情，没准儿把私货夹带进宫了，只等孩子落地，好让懋嫔抱着邀功。今儿我撞了懋嫔一回，发觉她的肚子果然是假的，这就印证了我的猜测，足见我今儿做对了。"

夏太医听完沉默，略顿了会儿才问："那么小主接下来打算怎么办？这次的教训，能让小主三思而后行了吗？"

"这次是打前锋，下次我还敢。"颐行笃定地说，"主要我人手不够，要是再多几个人，干脆冲进正殿东梢间瞧瞧去，兰苕一定被她藏在里头呢，否则太医请平安脉，她哪里来得及换人。"

这就是老姑奶奶的一腔干劲儿，不懂得借力打力，只会一味蛮干。

夏太医的手指在八仙桌上点了点："小主确定撞开了东梢间的门，一定能找到那个宫人？退一步说，就算被你找见了，储秀宫人多势众，懋嫔会不会反咬一口说你得了失心疯，以下犯上？"

他的一串反问，让颐行有点彷徨，于是眨巴着大眼睛，犹像地问："那您给我出出主意，我究竟该怎么办？"

夏太医叹了口气："小主打算逼她宣太医，这个想法是对的，但你得换个路数，强行冲撞她的肚子，万一她破釜沉舟，只怕小主吃罪不起。要达成一项目的，不能只靠蛮力，得使巧劲儿……"

颐行看见夏太医那双眼睛里流露出一丝狡黠来，心里不由得感叹，夏太医治病救人功德无量，使起坏来却也当仁不让啊。

这回八成又有什么妙招了，颐行紧张地吸了口气："您接着说。"

夏太医瞥了她一眼，从怀里摸出一个小瓷瓶搁在桌上，然后屈起一根细长的食指，将瓶子推到了她面前。

"这是什么？"颐行问。灯火下的密谋，两个人都虎视眈眈。

夏太医说："泽漆。"

可泽漆又是什么？对于不通药理的颐行来说，不解释清楚，难以实行。

夏太医的调门又压低了半分："泽漆加入玉容膏，能使皮肤红肿，痛痒难消。"

这下颐行彻底明白了，立刻对夏太医肃然起敬："您果然替我想好对策了，早知如此，动手之前应该先问过您的意思，有了您从旁指导，还愁我栽跟头吗，必定所向披靡，百战百胜啊哈哈哈哈……"

她居然还有脸笑得出来，他的脑仁儿又开始隐隐作痛了。但夏太医是温和的夏太医，他平了平心绪道："要晋位的是小主，不是臣啊，你不能事事依靠我，终须凭借自己的手段往上爬。你是尚家出身，皇上有皇上的难处，就算要提拔你，也得讲究个循序渐进。前皇后被废，你哥哥遭贬，论理你应该不计一切代价，让那些拦路虎成为你脚下的泥才对，可是小主是怎么做的呢……宫里不是尚府，没有一心为你的人，所有人都在为活得好而苦苦挣扎，小主也应当自强才是。"

他虽然已经极尽温和，颐行也还是被他这通话说得羞愧不已，低头道："没错，我确实不会使心机，耍手段……可您有一句话说得不对，我得反驳您。"

夏太医很意外："小主要反驳臣什么，臣愿闻其详。"

颐行理不直气也壮，挺胸道："没有一心为我的人，这句话不对。明明有您啊，您就是一心为我的人，您把您自己给忘了。"

夏太医原本正因她的冥顽不灵感到气闷，结果被她这么一说，所有的失望瞬间都消散了，居然还有一丝老怀得慰的庆幸，感慨着老姑奶奶总算没有傻得不可点拨，她糊涂归糊涂，还是知道好歹的。

任何人受了恭维，态度应该都会有所缓和，夏太医也一样。

他显然没有受过女孩子如此不讲技巧的夸奖，一时有些难以适应，别开了脸含糊敷衍："我……我也是为着自己，小主登了高位，才好拉扯我，升我的官儿。"

关于这一点，颐行总有些想不通："您说您这么好的医术，皇上又那么器重您，为什么不把您的官位再往上调一调呢，您到如今还是个八品。"

夏太医没好说，因为他只有这一件鹌鹑补服。要是升官，得上内务府讨要新的官服，养心殿是什么地方？皇上又是什么身份？老去要那些低等的行头，叫内务府的人怎么看？

因此他的理由冠冕堂皇："万事都得讲章程，臣资历浅，又是汉军旗人，原本擢升就比五音旗的人慢。"

颐行趁势又问："您资历浅？我瞧着不像呀……"边说边龇牙笑了笑，"那您是哪年入仕的，今年春秋几何呀？"

显然她是对夏太医本人产生兴趣了，他心里有点不大称意，却还是不得不应她："臣是景和三年入仕的，今年……二十八了。"

二十八？恰好大一轮啊！

要说年岁，确实是不相当，但万事逃不开一个情字，只要喜欢一个人，这点子小差距，还是可以迈过去的。

颐行只需一瞬便想开了，很庆幸地说："您也属羊啊？咱们俩一样，真是有缘……"

她说有缘的时候，脸上带着一点少女羞赧的神情，那是三月里的春光，是枝头新出的嫩芽，是长风过境下颤动的细蕊，要不是夏太医心念坚定，简直要沉醉于那片温柔海里了。

她说得对，曾经向他列举自己的长处时，说自己温柔，他那时差点笑出来，就老姑奶奶这股子横冲直撞的劲头，也敢说自己温柔！可如今见识了，原来温柔用不着刻意表达，它无处不在，一转身、一低头，一颦一笑都是温柔。

可惜这份情义不是冲着皇上，夏太医心动之余颇感无奈，想提醒她妇道要紧，却又无从说起，只得胡乱点头："臣比小主大了一轮，难怪和小主一见如故……原来咱们都属羊。"

看看，都是些什么胡话，夏太医一辈子从未这么没章程过。

可是颐行却自作多情地一通胡思乱想，原想问一问夏太医有没有娶亲的，但终究没好意思问出口，便将那瓶泽漆紧紧握在手心，腼腆地又望他一眼道："您放心，这回我一定把事办成，绝不辜负您的期望。"

两下里越来越尴尬，就连在门前站班儿的含珍和银朱都发现了。

两个人对望了一眼，提心吊胆回头，只见老姑奶奶和夏太医站在蜡烛两侧，烛火照不见夏太医的面貌，却清楚照出了老姑奶奶酡红的脸颊。

含珍心知要坏事了，忙回身上桌前张罗，笑道："夏太医来了这半日，坐下喝口茶吧。"

戴着面巾自然不好饮茶，这意思是要逐客了。

夏太医方回过神来，哦了声道："不必了，臣这就要回去，向皇上复命。"

他背上药箱转身出门，烛火杳杳散落在他身后。颐行搁下药瓶相送，但又怕懋嫔跟前的人监视，不好送到外头，便紧走两步向他福了福："夜深了，又下着雨呢，夏太医路上留神。"

不知为什么，似乎离别一次比一次意味深长，他说好，迈出门槛又回头望了眼，站在檐下道："小主伤势不重，仔细作养两天就是了，倘或有什么不适，再打发人来御药房传话。"说完复拱了拱手，"小主保重，臣告退。"

颐行领首，眉眼弯弯目送他一路向南，身影没入了浓稠的黑暗里。

可能是做得太显眼了，连银朱那样粗枝大叶的人都发现了，待颐行坐回桌前看书，她小心翼翼挨在她身旁，轻声问："主儿，您是不是喜欢上夏太医了？你们俩眉来眼去的，奴才看着心里直打鼓呢。"

颐行吓了一跳，小九九被戳穿的尴尬，让她心里头七上八下。

"没有的事儿，你说什么呢！"

可是真没有吗？没有对着人家脸红什么？两个人含情脉脉你瞧我一眼，我再瞧你一眼……连年纪都打听明白了，一样属羊，老姑奶奶表示缘分妙不可言。

银朱见她不承认，直起身叹了口气："您这会儿可不是宫女了，晋了位，位分再低也是皇上的女人，您可不能动歪心思。"

外面雨声铺天盖地，冲击着人的耳膜，也搅乱了老姑奶奶的心神。

颐行起先是不承认的，后来人就快快的，趴在桌上，扭过脑袋枕着臂弯问银朱："真被你给瞧出来啦？我这模样很显眼吗？"

银朱望了含珍一眼，压声道："就差把那两个字写在脸上了。"

颐行听了很惆怅："我这会儿……后悔晋位了。"

人总有倦怠自私的时候，原本颐行觉得升发捞人是她下半辈子活着的全部目标，可一旦春心萌动，就生出二心来了。

当夏夫人，应该比充后宫强，她算是想明白了，觉得后宫人多热闹，那是因为她压根儿不稀罕皇上。可夏太医不一样，他一瞧就是好人家出身，兴许家里头有小桥流水，有漂亮的小院和药庐，每天在宫里稀松地当着值，夜里回家，枕着诗书和药香入睡……

颐行脸颊上的余温，一直盘桓着没有散尽。她扭过头来对银朱说："你瞧夏太医多好，人又正直，性情又温和，和皇上可不一样。"

含珍正要把泽漆收起来，听她这么说，不由得低头看了手上的瓷瓶一眼，心道真是情人眼里出西施了。

银朱还得规劝着她，说："皇上不好吗？您瞧还送了您浴桶和衣裳呢！您今儿怎么能香喷喷坐在这里会见夏太医，不全是因为皇上给您送了一大盒子香粉吗？"

说起香粉，颐行回头瞧了案上一眼，天爷，这辈子就没见过那么大的桶装香粉，别人的都是拿雕花银盒子装着，里头搁一个精巧的丝绒粉扑，便于一点点扑在脖子、腋下、周身。内务府可好，送来的珐琅罐子足有水井里吊水的桶那么粗壮，往案上一搁，活像个骨灰坛子。

这不是侮辱人吗，言下之意就是她身上有味儿，而且是好大的味儿，必须以厚厚的香粉掩盖，因此用量奇大。内务府向来是个抠门儿的衙门，要不是皇上这么吩咐，他们怎么舍得给她送来一大桶！

她懒懒收回了视线，继续窝在臂弯哀伤着，自己给自己挖了个坑，晋位的事儿还是托付夏太医办成的呢，谁知道这么快，自己就改主意了，果然女人都是善变的。

颐行还在苦恼，含珍的开解却一针见血："少女怀春总是有的，别说您对夏太医，咱们十五六岁时候，见哪个太监长得眉清目秀，也忍不住多瞧两眼呢。可夏太医再好，也没有皇上好，皇上是您的正主儿，和您怎么着都是顺理成章的。夏太医呢，要是听说您对他动了心思，能把他活活吓死。"

这话很是，毕竟和妃嫔走影儿，那可是剥皮抽筋的罪过，谁能甘冒性命之虞做一场美梦。

颐行长吁了口气："我就是自个儿怀个春，你们全当没瞧见，让我一个人瞎琢磨去吧。"

含珍笑了笑道："瞎琢磨自然是可以的，只是人前人后要仔细，埋在自己心里就成了。千万不能告诉夏太医，别让人为这事儿头疼，就是对夏太医多次帮衬咱们的报答了，成不成？"

含珍最善于好言好语开解人，她从不疾言厉色冲谁吆喝。在宫里这些年，和各式各样的人都打过交道，尤其知道，对年轻的主子，你得顺了她，不能一揽子"不许""不成"。再说老姑奶奶其人，大抵是有贼心没贼胆的，不过嘴上感慨几句过过干瘾，真让她去和夏太医如何，她又思前想后迈不开步子了。

颐行迟疑了下，最后当然得点头应承。

人家回回帮她的忙，她不能恩将仇报啊。就是心里头悄悄地喜欢他，皇上后宫佳丽如云，自己在没人知道的角落里装着这么个人，各取所需，互不干扰，其实也挺好。

银朱呢，则是比较单纯，考虑不了那么多，瞅着老姑奶奶说："人家二十八啦，比您大一轮呢，照我说有什么好的。早前老辈里，十四五岁生儿子的大有人在，差了十二岁，说句打嘴的，人家都能当您阿玛了……"

结果引发了颐行的不满，跳起来便追赶她。银朱一路逃窜，窜进了次间，最后被追上了，照准屁股抽了一下子。

可怜老姑奶奶忘了自己手上的伤，这一记下去疼得龇牙咧嘴。银朱一径讨饶，含珍来劝架，大家扭在一起笑闹了一阵子，最后仰在床上，望着细纱的帐顶直喘气。

颐行唉了声："我想家了，不知道家里老太太怎么样了。"

含珍翻个身道："主儿要是怕太福晋惦念，我还去找常禄，让他帮着往府里去一趟。不过信是不能写的，免得落了有心之人的眼，将来借这个生出事端来。就传口信儿吧，说您在宫里一切都好，让太福晋不必担心，您瞧怎么样？"

颐行一喜："真的能传口信儿吗？"

含珍说自然能啊："别人家里私事，他们都能想法子查出来，不过上您府里传句话，又不是什么伤筋动骨的大事，怎么就不能呢。"

颐行高兴了，刚才苦恋夏太医的煎熬都抛到了脑后，一心琢磨给老太太捎什么口信儿去了。

只可惜这会儿禁了足，主子不能走动，跟前伺候的也不能离开猗兰馆半步，想做的事暂且都得容后再议。

第二天雨终于下完了，重又晴空万里，内务府一早送了定例的用度来，银朱和含珍逐一清点了归置好，接下去无事可做，三个人看书的看书，打扫屋子的打扫屋子，蹲在滴水下抠砖缝除草的除草，不必想那些钩心斗角的事，倒也难得轻松。

时间一点一点流淌，颐行坐在窗前看院儿里风景，对面的凤光室前栽了好大一棵西府海棠啊，这时节抽条抽得生机勃勃。那间屋子朝向好，地势也高，将来不知会不会分派给哪位主儿。那里要是住了人，门对门的，大眼瞪着小眼，好些事就不方便了。

正胡乱思量呢，看见窗前蹲着的银朱站了起来，朝南站着，扬着笑脸说："姑姑怎么来了？"

颐行好奇地探出脑袋看，原来是贵妃跟前的流苏，正从南边廊庑上过来，边走边道："今儿天真热，太阳照在身上火烧似的，你怎么不避避暑，还蹲在这儿除草？"说罢瞧见了颐行，忙止步蹲了个安，扬声道，"颐主儿，奴才来给您请安啦。"

颐行哎了声："劳您记挂着。"心下思量，八成是贵妃听说她被禁了足，特派流苏过来的吧！

流苏打从滴水下一路行来，银朱引她进了明间，她进门便又是一蹲安，含笑说："委屈小主儿了，困在这屋子里不能出去走动。昨儿的事，贵妃娘娘都听说了，这会子娘娘在懋主儿宫里呢，让奴才请小主过去，或者打个圆场，解了这禁令，事情就过去了。"

颐行一听能解禁令，顿时来了精神，站起身道："这怎么好意思的，惊动了贵妃娘娘。"

流苏一笑："贵妃娘娘帮衬小主也不是一回两回了，难道多这一回吗？小主儿快收拾收拾，随奴才上前头去吧。懋嫔娘娘昨天在气头上，今儿有人斡旋，兴许气就消了。"

能有这种好事，当然是求之不得。含珍忙替颐行重新抿了头，傅了粉，待一切收拾妥当，伴着颐行一起进了储秀宫正殿。

今儿懋嫔挪到西次间来了，和贵妃一起在南炕上坐着。炕桌上绿釉狻猊香炉里香烟袅袅升腾着，懋嫔的脸色不大好，贵妃和她说话，她也是有一搭没一搭的。

裕贵妃见颐行来了，这回没给好脸子，寒声道："颐答应，原以为你晋了位，好歹会持重些，谁知你毛脚鸡似的，竟冲撞了懋嫔娘娘。你不知道娘娘肚子里怀着龙胎吗？得亏大英列祖列宗保佑，没伤着小阿哥分毫，倘或有个好歹，你怎么向太后，向皇上交代？"见她还畏惧地站在屏风前，便又一叱，"愣着干什么，还不快过来，给懋嫔娘娘磕头赔罪。"

颐行听了裕贵妃招呼，在脚踏前跪了下来，这时候膝头子受点罪没什么要紧的，要紧是先解了这禁足令，后头才好施为。

"娘娘，是我莽撞了，害娘娘受惊，我回去后细思量，自己也唬得一晚上没敢阖眼。"颐行尽量把那不甚有诚意的话说得婉转一些，搜肠刮肚道，"其实我心里头想讨好娘娘，娘娘是知道的，可我又驽钝，只会那些蠢法子。结果我笨手笨脚，弄巧成拙……娘娘，求您别恼我，我对娘娘一片赤诚，是绝没有半分坏心思的呀。"

懋嫔对她们一唱一和那套，很是瞧不上眼，尚颐行的说辞她是半分也不想听，只想让她快滚回她的猗兰馆，别戳在她眼窝子里惹人嫌。

裕贵妃见她傲慢地调开了视线，顺带没好气地瞥了自己一眼，就知道她嫌自己多管闲事。可有什么法子，她原也不想来的，这不是架不住皇上早前托付过，让她照拂老姑奶奶吗？

"你瞧，她也是一片好心。"贵妃干笑了一声道，"明知你肚子里的龙胎金贵，倘或她存心使坏，怕也没这个胆子。先头我劝了妹妹这许多，不知妹妹听进去没有，一个宫里住着，牙齿总有磕着舌头的时候，彼此谦让些，事儿过去也就过去了。"

可贵妃的这些话，懋嫔并不认同。

她直起了身子道："不是我不让贵主儿面子，实在是这贱人可恨，我说了不吃，她偏送上来，若说她不是成心，我是无论如何不相信的。贵妃娘娘既然如此偏袒她，那也容易，把她接到您宫里去就是了。您和她多处，就知道她是个黑了心肝的，能担待她，是贵妃娘娘的雅量，横竖我这儿容不得她，请贵妃娘娘想个两全的法子吧。"

这是明晃晃的叫板，裕贵妃被懋嫔顶撞得下不来台，一时也有些恼火了，哼笑道："我倒是想呢，可万岁爷当初下令，就是言明了把颐答应指派进储秀宫的，我有什么法子。既然妹妹觉得颐答应随居，让你心里头不快，那就请上御前回禀，只要万岁爷发话，我即刻便将人安置进我的永和宫，还妹妹清净就是了。"

懋嫔见裕贵妃摆了脸子，终究还是有些畏惧的。一个是嫔，一个已然是贵妃，且贵妃还摄着六宫事，当真得罪了她，对自己没有半点好处。

可话虽如此，有时候骨子里的那分傲性难以压制，懋嫔也有些赌气，扭过身子不说话，以此作为对贵妃的反抗。

裕贵妃见她执拗，轻慢地调开了视线："颐答应才晋位，这会子就抹了牌子，万一皇上问起，我不好应答。妹妹的龙胎虽要紧，可眼下不是好好的吗，为人留一线，也是为孩子积德。倘或真有哪里不适了，传太医过来随时诊脉，或开两剂安胎的药吃了，心里也就安了，何必这样不依不饶，倒显得你这一宫主位没有肚量，专和底下人过不去似的。"

懋嫔被这话戳了痛肋，气急败坏道："贵妃娘娘是觉得龙胎还在，就不是大事吗？她有意冲撞我，倒成了我和底下人过不去？"

裕贵妃道："上回也有人冲撞，你不是已经打死了一个吗？因着你怀的是龙胎，上头没计较，我也替你掩过去了。要论着大英后宫的律法，妃嫔打杀宫女是什么罪过？轻则罚俸，重则降等子，你不是不知道。如今颐答应不是宫女，她是有位分的，你禁了她的足，养心殿那头等着翻牌子，倘或皇上找不见她的绿头签，就请你亲自向皇上回话，这事本宫再也不管了。"

裕贵妃说完，愤然站起了身，冲底下还跪着的颐行道："你起来，仍旧回你的猗兰馆去吧。懋嫔娘娘做主罚你，是储秀宫的家务事，我这贵妃自是管不着。成了，你的禁令能不能解，全看你个人的造化，万一皇上想起你，自会有御前的人来领你。"

贵妃说罢便下了脚踏，翠缥和流苏上来搀扶，说话儿就要往外去。

懋嫔到这会儿才真有些畏惧，她是怕事越闹越大，倘或当真惊动了皇上，自己要是实打实怀着龙子倒也罢了，可如今……不是空心儿的吗！便忙给跟前人使眼色，让她们拦住贵妃，自己则拭着眼泪哭起来："贵妃娘娘息怒，我这不是没转过弯来吗？她冲撞我，我认真和她计较了一回，现在想来是我小肚鸡肠了。罢了，既然贵妃娘娘发了话，我也没什么好说的，这就解了颐答应的禁足令，照旧让她上牌子就成了。"

颐行在一旁听她们唇枪舌剑了半天，最后终于等到这个令儿，暗里长出了一口气。可懋嫔的委屈她也瞧在眼里，这后宫的等级真是半分不能逾越，平时大家姐姐妹妹叫得欢畅，真遇着了事，高位就是高位，低位就是低位，裕贵妃一句话，懋嫔就算再不服气再厉害，也得乖乖照办。

横竖裕贵妃的目的达到了，脸也争足了，面上神情才又缓和下来，复说了两句体恤的话，让懋嫔好好养胎，便带上颐行从正殿里挪了出来。

"往后可要好好警醒着点儿了，宫里不能行差踏错半步，你知道这回一莽撞，于自己的前途有什么损害吗？"贵妃站在廊庑底下说，并不背着人，有心让众人都听见，拖着长腔道，"懋嫔娘娘这回啊，是对你手下留情了，要是一状告到太后跟前，你这答应怕是当不成了，贬到辛者库浆洗衣裳都有时候。且在心里感激着懋嫔娘娘吧，总算今儿我来替你说一回情，人家还听我的，倘或打定了主意整治你，那就算我面子再大，人家也未必肯让。"

颐行蹲安说是："都怪我莽撞，险些伤了懋嫔娘娘，也惊动了贵妃娘娘。"

裕贵妃道："惊动我是小事，冒犯了懋嫔娘娘肚子里的龙胎却是大事。打今儿起沉稳些吧，夜里上围房的事也不能耽搁。你才晋位，自己可得珍惜主子爷给的荣宠，别一不小心自断了前程，到时候后悔可就晚了。"

贵妃训诫完这些话，便由左右搀扶着下了台阶。天儿热，大太阳照得地面都反光，翠缥打起了一把厚油绸制成的红梅白雪伞，护送着裕贵妃一直往南，登上了影壁前停着的肩舆。

窗内人一直瞧着窗外动静，见裕贵妃去了，颐答应也返回了猗兰馆，一口浊气憋闷得吐不出来，直捶打炕头上的福寿方引枕。

晴山上来劝慰，说："贵妃不过仗着当了两年家，言谈里尽是主子奶奶的横劲儿，宫里谁不在背后议论她。主儿暂且消消气，这会子且忍着，等小阿哥落了地，娘娘的好日子就来了。"

可懋嫔却悲观得很，心里的落寞一再加深，背靠着靠垫喃喃："生了阿哥又怎么样，皇上未必喜欢。到时候恐怕孩子还留不住，要抱去给贵妃养着，那我白忙活一场，岂不是为他人作了嫁衣裳？"

晴山和如意对望了一眼，其实她担心的情况大抵是会发生的，若要劝，却也不知道拿什么话来劝，一时殿里静悄悄的，时间像被凝固住了一样。

隔了许久，懋嫔抚摩着这高挺的肚皮自言自语："裕贵妃和猗兰馆那位交好，昨儿这一扑没那么简单，恐怕是她们合起伙来，存心想试探……难道她们已经察觉什么了？"说着瞪大眼睛，朝东梢间方向瞥了一眼，"若是哪天借口宫里遭了贼，再挑出个人来声称贼进了储秀宫，贵妃下令彻底搜查储秀宫，那该怎么办？"

她的设想，把跟前的人生生吓出一身冷汗来。

"主儿……"

"不成……我越想越不对劲儿。"懋嫔急喘着，好半晌才平息下来，脸上露出了惊恐过后的茫然。抚着肚子的那只手，慢慢揪紧了衣料，痛下决心似的长出了一口气，"真要逼到那个份儿上，也不能怪我。舍了一个孩子，拽下一位贵妃来，皇上为安抚我，未必不晋我的位，这么着……我也值了。"

解了禁足令，人就活过来了。将夜之前往浴桶里注满了温水，请老姑奶奶沐浴。

老姑奶奶脑门上顶着纱巾，这时候是念着万岁爷的好的，后脖子枕着桶沿，闭着眼睛喃喃祝祷："老天爷保佑我主耳聪目明，我吃的上头有点儿短，想吃莲花羹，还想吃灌粉肠……要是皇上他老人家听得见，保佑明儿御膳房给我送这两样吃食来……"

边上的含珍不由得嗤笑："您啊，平时心里头不挂念皇上，轮着想吃什么了，就惦记他的好了。"

颐行龇牙笑了笑；"其实在宫里头啊，就得这么活着才舒坦，你瞧那些主儿，一个个争脸争宠，还是因为她们喜欢皇上。这么多女人呢，皇上从了哪个好？幸而有宫规约束着，要不她们该打得开了瓢啦，真是一点儿体面也不讲。"

外间预备青盐的银朱听了，伸长脖子探进梢间来，压声道："听说皇上长得比主儿们还漂亮呢，漂亮的爷们儿谁不爱，就算天威难测点儿，冲着那张脸也带了。"

颐行想起皇帝让她读书的模样，就并不觉得他长得好看了。掬起水往自己脸上扑了扑，嘀咕道："什么漂亮不漂亮的，在世为人，人品好心性好才是头一桩。"

这是又拿夏太医来比较了，果真姑娘心里装了人，眼里就不揉沙了。

银朱打外间捧了擦身的巾帕来，帮着含珍把人伺候出了浴桶，展开架子上那件玉兰色柿蒂纹的衬衣晃了晃："能赏这么好看的衣裳，人品心性还能不好吗，主子您可真是个白眼狼。"

颐行鼓着腮帮子，作势举起一只手："你再混说，看打了！"

银朱忙把衣裳交给含珍，吐了吐舌头道："我上外头瞧瞧去，主儿的清粥炖好了没有。"

答应的寝宫不像那些高品级的妃嫔，宫里并未预备小厨房，她们只有一盏茶炊，闲时用来熬一碗粥，泡一壶茶。

颐行夜里吃得清淡，主要还是预备侍寝的缘故。虽然牌子不一定翻到她头上，但预备起来是必须的。不光她，各宫主儿都一样。夜里胡吃海塞，万一点卯正点着你，你身上一股子鱼腥肉膻克撞了皇上，那这辈子都甭想冒头了，抱着你的绿头牌过一辈子去吧。

一碗粥，一份小菜，颐行咂咂嘴，真是一点味儿也没有。没法子，将就着吧，匆匆吃完了漱口上口脂，等一应收拾停当，就可以迈出宫门，上养心殿候旨去了。

可巧得很，今天一出长泰门，没走多远就遇上了解禁的恭妃。想是这程子面壁思过也熬人吧，恭妃白胖的脸盘儿小了一圈，穿着一件蜜蜡黄折枝牡丹的单袍，鬓边戴着白玉镶红珊瑚珠如意钗，一手让宝珠挽扶着站在宫门前，面带冷笑地望着她们。

颐行心想倒灶，这是又遇上仇家了。人和人交际就是这么的怪诞，即便自己没错，但对方因你受了惩处，再见面，自己好像也有些亏心似的。

反正这回是避不开的，颐行认命地上前纳了个福："给恭妃娘娘请安。"

恭妃眯着眼，就那么瞧着她，忽而哼了一声："我当是谁呢，原来是颐答应啊。我这程子被贵妃娘娘禁了足，外头世道是全然不知了，没想到连你都晋了位。想是使了好手段，听说上御花园跳舞来着，看来我早前小瞧你了。"

"回娘娘，不是跳舞，是扑蝶。"颐行压根儿没把她那些夹枪带棒的话听进耳朵里，还有闲心纠正她的错漏。

恭妃一怔，心下鄙夷起来，扑蝶就扑蝶，又不是什么光彩事，还特特儿重申一遍呢，可见是个听不懂人话的榆木脑袋。皇上竟让贵妃看顾她，别不是皇上嫌贵妃人老珠黄，有意给贵妃小鞋穿吧！

思及此，恭妃不由得嗤笑，宫女承托着她的胳膊一路向南，精美的花盆底鞋，走出了花摇柳颤的味道。

"你们做答应的，见天儿都干些什么呀？"恭妃侧目瞥了她一眼，"这身行头倒秀致得很，全后宫的答应，恐怕没一个像你这么会打扮吧！"

颐行低眉顺眼道："回恭妃娘娘的话，这身衣裳是皇上赏赐，既是御前赏赉，我不敢不穿。至于平常干些什么，倒也无事可做，左不过练练字，看看书罢了。"

恭妃越发瞧不上了："做答应的，不得帮衬主位娘娘做些杂事吗，怎么你们储秀宫倒和别人不同？想来是懋嫔遇了喜，如今要做菩萨了……这样吧，我宫里这程子正要预备太后寿诞用的万寿图，你上我翊坤宫来，帮着理理绣线吧！"

这却有意思了，恭妃虽然是翊坤宫主位，但各住不同的宫阙，怎么也轮不着她来调度别宫的人。

颐行瞥了含珍一眼："我才晋位，不懂宫眷的规矩，恭妃娘娘要我帮着理线……这么着，等回了懋嫔娘娘一声，懋嫔娘娘若是应准了，明儿咱们就上翊坤宫去吧。"

含珍却很为难的样子，小心翼翼道："这事儿回了懋嫔娘娘，只怕要吃挂落儿，回头懋嫔娘娘说您眼里没她，到时候可怎么好……"

恭妃听得笑起来："也是，你昨儿才冲撞了她，这会子她必不待见你。算了，我也不难为你了，这事儿就作罢了吧。"

说话到了遵义门上，敬事房的人正在东侧廊庑下候着，见恭妃来，遥遥打了一千儿。

恭妃此刻自然没有心思再去理会老姑奶奶了，架着宝珠直往北去。等着上银盘的妃嫔都这样，就算万岁爷夜夜叫去，她们也对银盘上争个好位置乐此不疲。

颐行这厢走得慢些，反正西围房里的位置是固定的，你不来就空着，没有谁占谁的座一说。

她脚下挪动，心里正盘算，怎么才能把夏太医给的泽漆物尽其用，不经意往南瞥了一眼，见满福和柿子过来，嘴里正议论着："内务府那帮狗东西是越发懒啦，说什么懋主儿脾气不好，怕挨骂，我倒是不信了，给送东西过去，懋主儿还能吃了他们不成……"

柿子一抬头，视线和老姑奶奶撞了个正着，忙哟了声，垂袖道："颐主儿来啦，给您请安。"

颐行听他们说要往懋嫔那头送东西，自是存了个心眼儿，便问："内务府的人怎么了，惹得谙达们动了好大的怒。"

满福歪着脑袋，讪讪瞧了她一眼道："这不是……就您上回冲撞了懋嫔娘娘嘛，皇上得知后，体恤懋嫔娘娘怀着皇嗣，好歹要安抚懋嫔娘娘一回。这会子高丽国刚进贡了些人参炮制的香粉香膏，皇上下令给懋嫔娘娘送去来着。内务府办差的不愿意上储秀宫去，说懋嫔娘娘动辄拿龙胎来压人，这不好那不好的……今儿晚膳前把东西交给总管了，说偏劳总管分派人送进储秀宫，懋嫔至少让着养心殿的面子，不至于存心挑剔。"

颐行长长哦了声："是这么回事儿……"

其实她真不傻，当然看得出满福他们是存心在她面前提起这个的。夏太医刚给了泽漆，这头养心殿恰巧就要往储秀宫送香粉香膏，这么巧合的事，怎么能让人不怀疑，其实夏太医早和皇上串通好了，有心给她提供这样的机会。

一个臣子，能和皇上做到如此交心，看来彼此间关系不一般……颐行想了一通，越想越觉得蹊跷，夏太医和皇上身形肖似，皇上看着他，是不是像看见了另一个自己？

自爱自恋的人，从根儿上来说最喜欢的还是自己，这要是有个人和自己神韵差不多，那么……

颐行脑子里忽然嗡的一声，接下去可不敢想了，平了平心绪才问："这会子都下钥了，你们这是要往储秀宫去？"

柿子说哪能呢："也不急在这一时半会儿，明儿……"一面说一面瞧满福，"明儿什么时候来着？"

满福想了想道："明儿中晌过后，先要伺候主子爷临朝听政，再伺候主子用膳，哪来的闲工夫，做这份例之外的差事。"

颐行心想很好，既然都已经替她预备好了，那顺水推舟就是了。当然嘴上不可说，全当没听明白，朝北指了指，说："我也该上值啦，谙达们忙吧。"便拉着含珍的手，径直向西围房去了。

人坐在围房里，两眼茫然朝外望着，见小太监们将宫灯一盏一盏高高送上房檐。正是明暗交接的时候，太阳下了山，天色却仍有余光，只是那光不再明朗，数十盏灯笼一齐上阵，就被无情地比下去了。

徐飒去了又来了，不出所料，今儿还是叫"去"。大家不敢当着人面议论，心里却犯嘀咕，万岁爷这是怎么了，这阵子是彻底不近女色，难道要修炼成佛了吗？

围房里的人都无趣地散了，近来点卯最大的乐趣，可以升华为看皇上什么时候破戒。

颐行拽着含珍快步赶回储秀宫，路上那些主儿还想借着她冲撞懋嫔的事调侃她，她都没给她们机会。

进了猗兰馆直接关上门，盘腿在椅子上正襟危坐。抬了抬手，把左膀右臂都招呼过来，老姑奶奶提出了一个大胆的想法："皇上该不是正和夏太医密谋什么吧！"

银朱一头雾水："这是什么……意思？"

含珍也不解地望着她。

颐行的嗓门又压下来半分，她说："皇上老不翻牌子，八成是有人给了他不翻牌子的底气。我这会儿觉得，自己在受他们利用来着，一个给我药，一个让我钻空子，他们就是想借我的手，铲除懋嫔。"

银朱被她说得一愣一愣的："就算是这么回事儿，铲除完了呢？这么干对他们有什么好处？"

"好处大着呢。"颐行说，灯下一双眼，闪烁着智慧的光，"借机抬举我，做出我受宠的假象。因为知道我志不在侍寝，皇上就可以放心大胆不翻别人牌子了。"边说边啧啧，"好啊，这是拿我当枪使呢，不过没关系，只要让我晋位，这些小事我都可以包涵。"

她越说越玄乎，含珍迟疑道："主儿的意思，难道是……"

颐行又露出哀伤的神情来，仰脖子枕在椅背上，每一个字都是心碎的声音："否则我这样不起眼的小宫女，怎么值得夏太医来接近？我是尚家人，他明知道我对皇上处置我哥哥和大侄女儿不满，却还是帮我晋了位，为什么？因为他们需要一个不会争宠的人，好让他们……"越说越伤心，最后捂住眼睛哭起来，"双宿双栖。"

银朱和含珍被雷劈了似的，呆站在原地回不过神来，好半晌才发出统一的质疑："主儿，您撒什么癔症呢？"

这话犯上，可也只有这句感慨，才能解她们心中的震惊。

老姑奶奶的意思是，皇上和夏太医之间有不可告人的秘密，皇上爱上了另一个自己。这这这……简直是一派胡言啊，皇上是一国之君，宇文氏入关多年，从没出过有断袖之癖的帝王。皇帝沉迷男色，那可不是好预兆，古来哪个养男宠的帝王有好下场，皇上真要是那样，大英岂不是出现亡国之兆了！

"真的……"颐行启了启唇，还没说完，就被银朱捂住了嘴。

"主儿，可不敢乱说。"银朱道，"您不要命啦？万一叫别人听了去，那还得了！"

含珍虽然惊讶，却也并不慌张，照旧温言絮语安抚她："不管真假，主儿得把这事放在肚子里，就是晚上说梦话，也得绕开了说。主儿，您如今所求是什么呢，是那点子私情，还是晋位？"

颐行毫不犹豫说晋位："原先我还琢磨那些嘎七马八的，自打今晚想明白了，就什么也不图了，我得往上爬，捞人。"

"这就对了。"含珍道，"一门心思只能干一件事，皇上也好，夏太医也好，爱谁谁，成不成？"

颐行说好，君既无情我便休，谁还不是个当机立断的人呢。

只是这一夜不得好睡，在床上翻来覆去烙饼，这辈子头一次喜欢一个人，没想到这人名草有主了，细思量真叫人心伤。

不过第二天老姑奶奶又活蹦乱跳起来，梳妆打扮完毕，等到巳时前后，就带上含珍出了门。

为了显得一切如常，她在永常在门前停留了片刻，热情地招呼着："我要上贵妃娘娘跟前请安，您要一道去吗？"

永常在看她的眼神像在看一个傻子："我才请了安回来不多久。"

宫里常在以上的位分，须得每天给贵妃问安，没办法，谁让如今贵妃最大。答应则不一样，因位分太低，向各宫主位问安就是了，一般没有面见贵妃的荣幸。

颐行哦了声，憨笑道："我竟糊涂了……既这么，您歇着吧，好热的天儿啊，我也早去早回。"

说完携着含珍一起迈出了储秀宫的宫门，却没有向北进百子门，而是一路往南，往螽斯门上去了。

大夏天里，这个时辰太阳已经升得老高，那些善于保养的主儿是无论如何不会出来的，因此颐行顺顺当当往南，路上除了几个办事太监，没遇见一张熟面孔。

终于到了遵义门上，一脚迈进去，心里还有些不可思议，怎么自己能有这么大的胆，一个小小的答应，不得传召就敢冲到这里来。

横竖就是倚老卖老吧，仗着辈分横行。所幸御前的太监也买她的账，明海上前打千儿，说："小主怎么这个时辰来啦，万岁爷这会儿正传膳呢。要不您等会儿，奴才上里间给总管捎信儿去？"

颐行道好："劳您大驾了。"嘴里说着，朝东配殿看了眼。

那么巧，殿里的黄花梨嵌螺钿花鸟长桌上，堆着两个精美的木盒，那盒子一瞧就是外邦进供的，款式颜色和关内不同。榉木的盖子上盖着白底黑字，那些字是一圈套着一圈，横看竖看，都不是大英地界上通行的文字。

颐行冲含珍努了努嘴，示意她瞧。含珍点了点头，表示有我在，您放心。

干坏事一般都是这样，两个人得有商有量，精诚合作。通常一个打头阵冲锋，一个躲在人后施为，加上这件事大概率已经是养心殿默认的了，所以干起来基本不会冒生命危险，只要别做得太过显眼，绝没有人会来过问你。

那厢上殿内通传的明海很快回来了，垂着袖子到了跟前，哈腰道："小主儿上殿里去吧，万岁爷传见呢。"

颐行迟迟哦了声，装模作样对含珍道："我去面圣，你就在外头等着我吧。太阳大，仔细晒着，找个背阴的地方猫着，啊？"

含珍哎了声，一直将她送到抱厦里。

进了殿门的颐行，着实是有点慌张，但为了给出现在养心殿找个合适的理由，不得不硬着头皮面见皇上。

里头怀恩迎了出来，打起了夹板门帘，笑着招呼了声颐主儿："请入内吧。"

颐行朝他微微欠了欠身，这才迈进门槛。

这一进门，可了不得，看见皇帝坐在一张铺着明黄龙纹缎子的长桌前，桌上摆着各式各样的菜色，少说也有二三十样。可看看时辰钟，这不是还没到进正餐的时候吗，这个点儿应当进小餐啊，就是全糕点，弄个花卷、三角、豌豆黄什么的。

颐行已经忘了此次是干什么来了，魂魄离体般给皇帝蹲了个安："皇上万寿无疆。"

餐桌后的皇帝面无表情看着她，这时候说什么万寿无疆，他又不是在摆寿宴。但见她两眼不住瞄着桌上，他就觉得有点儿可笑。

"朕并未召见你，你这会子求见，有什么要紧事？"

颐行说没有："有也是小事……万岁爷，您大中晌的吃这么多菜色，不怕腻得慌吗？"

"御前的事你不懂，朕想中晌吃硬菜，自有朕的道理。"见她两眼都快长在碗儿菜上了，皇帝用力咳嗽了一声，拿捏着他的青玉镶金筷子，刻意搬动了下他的黄地粉彩碗，"有事上奏，无事退下，别扰了朕用膳。"

颐行听了没辙，从袖子里抽出那本《梅村集》来："我习学有阵子了，来请皇上考我功课……别的不多说，我先背上一段，请皇上指正？"

皇帝点了点头，这时侍膳太监往碗里布菜，油光瓦亮的樱桃肉在筷头上，泛出琥珀般饱满的光泽。

颐行看着那肉，心下生出许多煎熬来："净洗铛，少著水，柴头罨烟焰不起。待他自熟莫催他，火候足时他自美……皇上，您缺试菜的人吗？奴才忠肝义胆，让奴才为您试毒吧！"

一旁的侍膳太监惊恐地望向她，这是怎么话说的？后宫娘娘还打算抢人营生？于是愁眉苦脸地叫了声主儿："奴才伺候着呢，奴才就是专管这项差事的。"

颐行有点失望，但仍旧做最后的挣扎："要不然，你带着我一块儿试？"

就这点出息，皇帝无情地撇了撇嘴："侍膳一个人就够了，两个人一块儿吃，到最后还能剩下吗？"

确实，侍膳用不着那么多人，但颐行看着那满桌的佳肴，就觉得嘴里的诗书没了味儿，人生变得越发苍茫起来。

皇帝见她意兴阑珊，并不理会她，点了点鸡丝拌黄瓜，侍膳的立刻舀了一小勺，搁在他碗里头。

"你才刚背的那是什么？不是《梅村集》，是苏轼的《猪肉颂》吧？"他一面说，一面瞥了她一眼，"储秀宫短你油水了？见了碗儿菜就这副样子，一点没有后宫嫔妃的自矜自重。"

颐行被他说得讪讪，垂着脑袋嘀咕："可不是吗，每天猪肉就一斤半，十天半拉月不见一回红烧肉，全切成丝儿，混在菜里头提鲜了。不瞒您说，我常疑心膳房没给足分量，每回我得在菜里头扒拉，扒拉半天，才能找见一根肉丝儿……"

说得好生可怜，皇帝看了她一眼，发现小时候油光水滑的老姑奶奶，最近好像确实不复往日风采了。肉皮儿缺了红润，眼睛也显得无神，只有在看着樱桃肉的时候才不打蔫儿，眼睛里头金光四射，比御案上聚耀灯还亮堂。

唉，果然是个爱吃酱牛肉的丫头啊，在宫里寡淡地活着，本以为晋了位能吃口好的，其实答应位分，比起宫女也强不了多少。

皇帝细嚼慢咽着，吃了碗里的菜，再一抬眼，她忧伤地望着自己，倒弄得他不好意思下咽了。

想了想，把边上一碟子蟹饺往前推了推："赏你了。"那语气，像打发一只可怜的猫狗。

颐行对于自己不爱吃的东西，向来有不吃嗟来之食的骨气，她说谢皇上："可我不爱吃蟹饺。"

皇帝觉得纳闷："在江南那会儿，你吃起螃蟹来不比别人少。你那奶妈子剥得手上都起皮了，你还说没吃够。"

皇上日理万机，没想到对于江南的事记得那么牢，难怪时隔十年还要回来寻仇。

颐行暗里腹诽着，嘴上却答得情真意切："我爱吃刚蒸出笼的螃蟹，蟹肉夹进饺子里再蒸一回，鲜香都蒸没了，反而腥得慌。"

皇帝说："蘸醋。"

颐行叠手曼妙地站着，瞥了他桌上的山珍海味一眼："我不爱吃醋，不管是宴醋还是老醋，我都不爱吃。"

这算是一语双关了吧，坚定地表明了立场，就算他当真和夏太医有什么规划，自己也不会妨碍他们分毫的。

不过身为帝王，抠门儿成这样也真少见，这么多好吃的，就赏她一碟蟹饺，这是打发叫花子呢？以前他和先帝上江南来，尚家可是好吃好喝款待过他们，如今尚家被他收拾了，自己寄人篱下讨生活，果然矮人家一头，只配得他三五个蟹饺。

皇帝呢，心想老姑奶奶好气性啊，都混得糊家雀儿[1]了似的，还挑肥拣瘦呢。这蒸饺不是御菜？御菜都不入她的眼？女孩子果然捧不得，一捧就在你头顶上做

---

1 糊家雀儿：对处于弱势的人的谑称。家雀儿，方言，鸟类的通称。

窝啦。

爱吃不吃，皇帝心平气和地进了一口火腿炖白菜，就喜欢看她挠心挠肺的样子。

颐行到这会儿，悲伤的倒不是不能分他桌上的菜色，是难过夏太医真的很好，上回还特地给她捎了酱牛肉。这皇帝和人家比起来，真是差了十万八千里，要是夏太医心里能够接纳她，对于他和皇帝的事，也不是不可以通融……

皇帝看她目光涣散，便搁下筷子拭了嘴问："你在想什么？"

颐行喃喃说："我怎么从来没在养心殿遇见过夏太医呀？"

她忽然拐了个弯，皇帝猝不及防，不由得怔愣了下。

怔愣过后就有点儿不高兴了，难道她上养心殿来，就是为了遇见夏太医吗？果然贼心不死，他这辈子还没见过这样猖狂的妃嫔呢，便寒着脸道："一个太医，常在御前做什么？自然是朕要召见，他才能奉命入养心殿。你这回来，请朕查验你课业是假，来寻夏清川才是真吧？"

皇上显然已经不豫了，颐行也不傻，忙道："奴才只是顺嘴一问，我暑天常胃口不好，想着找他诊治一回，看有什么药能好好调理调理。"

怎么又胃口不好了呢，刚才看樱桃肉那副模样，可不像胃口不好的样子。

究竟是真话还是假话，试一试就知道。于是皇帝偏头给了怀恩一个眼色，一面问她："你来前，进过东西没有？"

这个问题不能问，一问就触发她饥饿的机关，还没等她回话，肚子先响亮地代她答了。

唉，东暖阁里一室静谧，这点子动静简直像晴天里打雷一样。她分明看见皇帝叹了口气，无奈地垂下了眼。颐行正感到羞耻，怀恩捧着一只剔红的漆盘进来，漆盘上放着一副赤金碗筷，到了近前冲她笑了笑，一面张罗底下人搬来一张小桌摆放，一面哈腰道："颐主儿，皇上放恩典，准您搭桌用膳呢。"

颐行笑得尴尬："这怎么好意思呢……"

皇帝的目光懒懒移过来，在她脸上转了一圈又移开了："午膳时候空着肚子串门，不让你搭桌，倒显得朕不明事理，吃着你家的饭，不知道还人情似的。"

这可又说到她心缝儿里了，既然如此就不必客气了，她向上纳了个福，自己扭身在小桌前坐了下来。

皇帝示意侍膳太监给她拨了一品鸭条溜海参，她翘着兰花指，姿态优雅地把菜进了，又拨了一例云片火腿，她照旧细嚼慢咽着，把那个也吃了。

女孩子能吃当然是好事，吃得多身子健朗，将来没病没灾的，好替皇家繁衍子嗣。可她……好像忒能吃了点儿，什么鸡髓笋油榨鹌鹑、梅花豆腐，来者不拒。最后待膳太监的布菜显然跟不上她的速度了，皇帝无可奈何："算了，你挪到正桌上来吧。"

这就是说能随意吃了？颐行内心一阵雀跃。自打进宫起就缺油水，一气儿缺了四个月，这会儿恨不能闷死在肉堆里。真的，她早前在家时挑食，这不吃那不吃的，现在回想起来，简直是作孽。所以进宫真不错，让她知道粒粒皆辛苦，珍惜大鱼大肉的机会，也治好了她挑嘴的毛病。当然必要的端方还是需要的，不能像几辈子没见过肉似的，便款款坐在皇帝下手的绣墩上，抿唇笑了笑："主子爷，那我就不客气啦。"

樱桃肉入口，满世界的花都开了，此刻说不上是感动还是委屈，她呜咽了下："真好吃。"

可怜见儿的，皇帝心里也涩涩的，她这样子，像只护食的猫。随手把自己跟前的清蒸鹿尾儿送到她面前，却也不忘叮嘱："御前用膳，每品菜色不能超过三口，这个你应当知道吧？"

颐行自然是知道的，毕竟早年间接过驾，皇帝有多奢靡她见识过。一餐下来几十道菜，都是只尝两口就撂下，随扈的王公大臣得赏菜，吃得都快吐了，那可全是白花花的银子啊！

只是紫禁城里的浪费她管不着，先顾上自己的口腹要紧，边吃边问："万岁爷，我往后肚子里要是没油水了，上您这儿蹭一顿，行吗？"

皇帝看着她，活像看见了怪物："朕这儿又不是外头饭馆，馋了就来吃一顿。你难道不畏惧天威凛凛？在朕跟前还吃得下去饭？"

颐行心道，为什么吃不下？真要吃不下，也不能塌腰子落座呀。就像上人家做客去，进得香是对主人家的赞扬，要是坐在桌前什么都不吃，那这顿饭就没意义了。

可惜和皇帝理论着实犯不上，她找了个最简单直接的理由："您这儿御膳好吃。这么老些菜呢，先贤说不能暴殄天物，我替主子分忧是我分内，不敢在主子跟前邀功。"

皇帝终于被她气笑了："你可真有脸啊。"

颐行手里举着筷，这会儿已经不需要待膳太监来伺候了，正想夹那例芽韭炒鹿脯丝，忽见皇帝的笑脸，一瞬不由得有点晃神。

皇帝的长相确实俊俏，眉眼精致。他有个好名声，世人都说皇上是温和洁净真君子，撇开他偶尔发作的帝王病，骨子里确实有种令人难以忽视的清正之象。

"怎么不吃了？"皇帝见她发愣，言语间带了三分讥诮，"难道胃口不好的毛病又犯了？"

……颐行决定收回刚才的臆想，君子不为五斗米折腰，不过一顿饭而已，不能轻易对这人改观。

她把御前的菜色都尝了个遍，饭后还不忘来一盏冰糖百合马蹄羹，吃完了由人伺候着漱口喝了茶，优雅地擦擦嘴，轻声细语说："奴才今儿来着啦，多谢皇上赐膳。"

皇帝没说话，细瞧她脸色，吃饱喝足了果然气色绝佳。本以为这样已经能令她满足了，没承想那双眼睛照旧在满桌珍馐上打转，不好意思地说："万岁爷，那份蟹饺，能不能赏奴才带回去？奴才下半晌的小食还没着落呢……"

这意思是吃不完，还打算兜着走？

皇帝愕然张了张嘴，怀恩露出了个臊眉耷眼的微笑。

"算了，你想带什么，自己挑吧。"皇帝托腮坐在御桌前，满脸的生无可恋。

在不喜欢的人面前，通常是不需要顾忌太多的，颐行得了令，指指没动过筷子的八宝甜酪和藕粉栗子糕："就这两样吧。"说完腼腆地冲皇帝眨了眨眼，"奴才这么着，是不是太不见外了？"

皇帝把手撑到了额头上，说还好："颐答应真是天真俏皮，性情率直。"

反正自己提拔的人，闭着眼睛都要夸赞。

颐行谦虚地表示皇上谬赞了，见怀恩将点心装进食盒里，她这会儿终于有了告退的打算，含笑说："万岁爷放心，奴才绝不会告诉别人，今儿在您这里蹭吃了，免得别的主儿眼红嫉妒。好了，时候不早，皇上也该歇午觉了。皇上好好安置吧，睡得好，下半晌才有精神，奴才就不叨扰主子了，这就告退了。"

她说完，却行退出了夹板门帘，待她的身影慢慢走过暖阁前的南窗，皇帝才想起问怀恩："她干什么来了？不是说背书的吗，胡言乱语一气，这就走了？"

怀恩讪笑："回万岁爷，正是。"

那厢含珍接过小太监手里的食盒提着，一手打起了伞道："主儿，咱回吧。"

颐行点了点头，路过东配殿的时候特地留意了下里头的盒子，这时候桌上空空如也，含珍凑在她耳边说："已经送过去了。"

那么事应当也办成了吧？颐行望了含珍一眼，含珍微微颔首，什么也不需再说，只这一颔首就尽够了。

第十二章 · 醒时观花

　　两个人顶着大中晌的日头返回储秀宫，进了宫门便见永常在和珣贵人凑在绥福殿前说话。她经过殿前小径，笑着蹲了个安道："这么大日头的，二位怎么不歇觉呀？我才打贵妃娘娘宫里回来，贵妃娘娘赏了两盒糕点，二位娘娘也尝尝？"

　　诸如点心之类的东西，常在以上的就不稀罕了。永常在降等子之前也受贵人的份例，眼皮子没那么浅，只是示意颐行瞧正殿方向："御前送赏赉来了，不知是个什么稀罕玩意儿，竟是皇上跟前人亲送的。"

　　颐行和含珍对视了一眼，颐行道："八成是因我前儿冲撞了懋嫔娘娘，皇上少不得要安抚一回。"

　　对于这个原因，大家当然是没有异议的，永常在心直口快："总算你命大，要是换了早前，就是打死也不稀奇。"

　　女人大抵小心眼儿，见御前赏赉往正殿里送，心里头都有些酸酸的。可有什么法子，人家是主位，又怀着龙胎，她们这类低等嫔妃也只有羡慕的份儿。

　　"总归是皇上不翻牌子，要不说句打嘴的话，人人都有接福的机会。"珣贵人怅惘地说，她倒是在前不久被翻牌子了，结果皇上找她聊了一会儿天，就把她给打发了。如今见懋嫔得宠，心里不是滋味，又站了一会儿，横竖都是如此，便快快返回养和殿了。

　　颐行向永常在福了福，往北回到猗兰馆，银朱刚擦了凉席出来，见老姑奶奶回来，忙把人迎进屋子里，打了凉凉的手巾把子来，让她们擦洗。

颐行欢欢喜喜把食盒搬到桌子上："你们还没吃饭，快，拿这些吃食点补点补。"

银朱问哪儿来的呀，颐行朝南指了指："我厚着脸皮，讨来的。"

银朱说您真行："还说我贼不走空，您才是啊！过去一回，必定顺点东西回来，再过个一年半载，养心殿都得被您搬空喽。"

话虽这么说，高兴也是真高兴。答应位分一日三餐能维持已经很不错了，哪有造化吃上这么好的点心。

她们在吃喝的时候，颐行坐在椅子里，很有成就感地摸了摸自己圆润的小肚子。

含珍起身给她倒了杯茶，含笑说："主儿没察觉，皇上对您宽宥着哪。照说您只是个答应位分，哪里来的面圣的体面，皇上却照例见了您，还留您用了御膳，这是何等的荣耀啊，别的小主想都不敢想这种好事儿。"

所以就算跟了皇上也不亏，至少这位有权有势。自己这辈子找夫婿是不由自己说了算了，勉强和这样的人凑合凑合，一辈子眨眼也就过去了。

反正大家吃得很欢，吃完了小睡个午觉，待日影西斜的时候起身梳妆打扮，收拾完了，上绥福殿等着永常在一块儿入养心殿，不为别的，就为绥福殿距离前殿最近，这里能探得懋嫔的动向。

果然不负所望，檐下站立的晴山被如意唤了进去，那匆忙的样子倒惹得永常在一笑，"哟"了声道："今儿这是怎么了？晴山不是得了懋嫔娘娘的令儿，见天儿地站在外头瞧着咱们出门应卯，又瞧着咱们败兴回来吗？今儿别不是出了什么事吧，这么急吼吼地进去了。"

颐行想了想道："八成是肚子疼。"

永常在扶了扶小两把上的绢花，窃窃一笑："兴许是吧。"也不说旁的了，招呼颐行，"快走吧，可别误了点。"

各宫嫔妃，从各自居住的东西六宫向养心殿汇聚，这个时候通常是宫里最热闹的时候，颐行喜欢看那些高位的嫔妃争奇斗艳。她们有各色漂亮的衣裳和首饰，倒腾出无数种不一样的搭配来，每天的款儿都不同。所以她就很不明白皇帝，为什么总是叫去，其实后宫的主儿们各有千秋，享尽齐人之福不挺好吗？

如果她是皇上，就每天让小主们列着队，在面前来回走过场，这才是拥有三宫六院最高的享受啊，光让她们坐在围房里，皇上真是不懂情趣。

正当她胡思乱想的时候，御前的怀恩来了，站在门前谦卑地说："小主们，万岁爷有机务，已经赶往军机处了，膳牌今儿就不翻了。才刚万岁爷有示下，下月初一是先帝忌辰，皇上打明儿起斋戒半月，宫中不作乐，不饮酒，忌辛辣，请小主们安分守常，这半月不必再上围房候旨了。"

众人领了命，齐齐蹲安道是，待怀恩抱着拂尘去了，才各自叫上随侍的丫头，重新返回住处。

半个月不必再来点卯，西围房里的小答应无可无不可，东围房里高阶的嫔妃们则不怎么称意，一头走，一头拖着长音喃喃："半个月啊……"

才散出围房，还能见着贵妃等居住东六宫的主儿，婉贵人偏头对贵妃道："早前几年也不过是忌辰前三天斋戒，这回时候倒长。"

贵妃则淡然笑了笑："想是天儿热，皇上图清净。既发了令，大伙儿这半月谨守本分就是了。"

众人齐声应了是，挪动步子缓缓出了遵义门，回程的路上再没人阴阳怪气了，大概是因为没了盼头，一个个都失去了内斗的精神。

颐行回到储秀宫的时候，朝北一望，正见一名太医从殿内出来，忙招呼了珣贵人和永常在："懋嫔娘娘看来果真违和啦，咱们上前问问吧，纵使见不着娘娘，和太医打探一回情况也好。"

珣贵人和永常在呢，其实对于懋嫔的好歹并不关心，但因住在一个宫里没法，只好被鼓动着，一同上前问平安。

珣贵人是三人中位分最高的，自然是她出言询问，打量了面前太医一眼道："怎么不是英太医来请脉？看你面生得很，是才进御药房的吗？"

那太医哈了哈腰道："臣吴汀白，在御药房办差已经两年了，原是伺候景仁宫差事的……"

晴山忙抢了话头儿，笑道："主儿们不必担心，并不是给我们娘娘看诊，是跟前带班的芰荷身上不舒坦，特召吴太医来瞧瞧的。"

颐行心下明白，看来又是隔帘瞧病，懋嫔的脸自然是不肯露给太医瞧的，否则一把脉，岂不是原形毕露了，除了暗杀太医灭口，没有别的办法。

永常在颔首："不是娘娘有恙，那再好不过。"

"吴太医瞧真周了吗？芰荷姑姑还好吧？脉象上可有什么异样？"颐行一派天真模样，含笑望向吴太医。

吴太医道："回小主的话，没什么异样，不过有些血热，五志过极化火，调理上三五日的也就好了。"

晴山脸上神情有些晦涩，唯恐她们继续打探下去，便匆忙向吴太医比了比手送下台阶，一面道："时候不早了，今儿有劳太医，太医请回吧。"

回身的时候，她们竟还没散，没有办法，晴山只得上前向她们蹲安，说懋嫔娘娘一切都好，偏劳小主们费心了。

珣贵人见她有些异样，知道这位晴姑姑是懋嫔爪牙，一向比懋嫔更会看人下菜碟，便一笑道："娘娘果真体恤底下人，竟请了景仁宫的太医过来给底下人瞧病。"

永常在到这会儿才想起来，哦了声道："对，宫人病了，明儿上外值看诊就成了，眼下都下了钥，难不成芰荷病得很重吗？"

晴山有点懒于应付她们了，宫里头女人就是这样，平时闲暇惯了，凑到一块儿没话也得找点儿话出来，便皮笑肉不笑地道："小主儿，才刚吴太医的话您也听着了，太医说就是血热，没有旁的毛病，病势也不重，小主就别操心了。"

晴山说完就要返回殿内，刚要迈步，听见颐行幽幽说了句："既然不是懋嫔娘娘不舒坦，那咱们就不必愁了。只是娘娘宫里有了病气总不好，明儿我要上殿里请个安，还请晴姑姑代为传话。"

晴山霍地转回头来望向颐行，老姑奶奶脸上带着老奸巨猾的笑，这副神情分明是察觉了什么，开始有意作梗了。

难不成她果然窥出了懋嫔娘娘遇喜的骗局吗，今儿还上贵妃的永和宫去了，别不是商议怎么戳穿这件事吧！晴山一瞬白了脸色，她不敢断定，但这种预感越来越强烈——以前满以为蜜罐子里泡大的老姑奶奶四六不懂，原来并不是的，一切她心里门儿清。

是啊，大家大族，哪户门头里没有后院争斗，怎么能误以为她糊涂呢？

晴山惊愕之余，强自定下神来，这种随居宫眷给主位娘娘请安的事儿，她不便替懋嫔回绝，只好讪讪道是："明儿娘娘精神头也不知怎么样，这两天人越发倦懒了……主儿来了，我替主儿通传，见不见的，再听娘娘示下。"

说完蹲了个安走了，珣贵人望着她的背影一哂："这晴姑姑随主子，懋嫔娘娘的做派学了个十成十。"

永常在道："她没来的时候，储秀宫倒也自在，她一来，弄得整日鬼鬼祟祟的，懋嫔娘娘连人都不见了，也不知在盘算些什么。"

颐行笑道："所以才得去给懋嫔娘娘请安啊，我位分低，不说日日晨昏定省，逢着初一十五探望一回，也是应当的。"

三个人又商议了一会儿，方慢慢散了。

东暖阁里头隔窗看着的懋嫔又惊又急，脸上刺痒难消，又不敢拿手去挠，只好一遍遍用湿手巾拭脸降温。

"主儿，明早她们怕是要来请安，到时候可怎么办？"

因着把脉的时候谎称是宫人，才在吴太医跟前糊弄过去。关于吴太医那头，倒是不用担心，景仁宫和妃与懋嫔交好，也正是因为这层关系，她们才绕开了英太医，特地找吴太医来诊脉。可如今看样子是被宫里随居的那几个盯上了。懋嫔心里头琢磨，一个巨大的网子编织起来，越织越大，几乎要将她整个盖住了……再延挨下去，恐怕难以支应，还有三个月呢，这三个月怎么经受得住这磋磨？她已经生了退意，一日比一日觉得当初这件事办错了，弄得如今有恙，连太医的面都不敢见，怎么能够对症下药！

痒……好痒……懋嫔百爪挠心，那罐引发她起疹子的人参膏早被她砸了。手指摸过脸颊，隐约觉得脸肿了起来，她慌忙让如意拿镜子，一照之下险些吓得她丢了三魂七魄，只见每一片疹子都有指甲盖大小，红且胀地分布在额头和两颊。

那种痒，是触摸不着的，肉皮儿最深处的痒。

她焦急起来，实在受不住这煎熬，摘了指甲套就要往脸上抓挠，可如意和晴山拽住了她的手，一迭声说主儿不能。她哭起来："我难受！难受啊……痒死我了……快敲冰来！敲冰来……"

只有用冰，才能压下那份燥热，热气消散了，剧痒方可暂时得以缓解。

如意拿手巾包起冰块，让懋嫔压在脸颊上，一面忧心忡忡地嘀咕："主儿，可怎么才好啊……奴才细想想，往年也常用高丽进贡的人参膏子，从没出过这样的差池。如今事儿全堆在一块儿了……别不是有人往这膏子里加了什么吧！东西是经内务府再到养心殿的，谁能有这么大的本事动手脚？思来想去，恐怕也只有永和宫那位了。"

懋嫔听她这么说，恨得直咬牙："这老货，我早就知道她包藏祸心！她的大阿哥没养住，也不许别人有孩子。现如今是逼得没法了，我只好破釜沉舟，得赶在裕贵妃有所行动之前，把这事儿了结了。"

晴山叹了口气："那主儿预备怎么办？奴才明儿把裕贵妃请到储秀宫来，越性儿把罪证坐实了，拽下个贵妃来，也不枉担惊受怕了这几个月。"

懋嫔却说不成："今晚宫门下钥了，她传见不着太医，可明儿天一亮，就不知她会做出什么来了。我得抢在她动手之前，先上慈宁宫去一趟，在太后跟前吹吹风。只要太后对她生了嫌隙，那她这代掌宫务的差事，也就做到头了。"

说办就办，第二天一早，懋嫔就顶着纱巾出了储秀宫。这回是冒险行事，抢的就是个时间。脸上红肿略消，已经不再痒得那么厉害了，于是趁着六宫向贵妃问安的当口，懋嫔直进了慈宁宫。

太后对她一早到来很意外，这是坏了后宫规矩的，且她脑袋上顶块茜纱是什么意思？难道戏瘾犯了，要扮回疆女子？太后皱了皱眉，正要训斥她不成体统，可还没开口，懋嫔就跪在了太后跟前，哭哭啼啼地请太后为她做主。

"这是怎么了？"太后因她怀着身孕，忽然见这么大的礼，也有些丈二金刚摸不着头脑。忙让身边宫女把人搀起来，"有什么话好好说就是了，一大清早的，何必这样哭天抹泪儿！"

懋嫔抽抽搭搭说是，到这时才揭开头上的纱巾，那脸庞露出来的一瞬，连太后都惊了，盯着她看了好半晌："才一个月没见……富态了？"

懋嫔越发惨淡了，哽咽着说："太后，奴才这不是富态，是用了昨儿御前送来的人参膏，脸一夜之间红肿得这样。求太后为奴才做主，奴才近来诸事不顺，前几日被新晋的颐答应冲撞了肚子，奴才罚她禁足，裕贵妃来说情，软硬兼施地让奴才解了禁令。隔了一天御前送高丽进贡的东西来，这些后宫用度原本都是贵妃娘娘分派的，为什么到我手里就变成了这样？太后老佛爷，这桩桩件件，分明都和裕贵妃有关，老佛爷要是不救奴才，恐怕奴才肚子里的龙胎，哪天就要保不住了。"

龙胎保不住，那可是天大的事，懋嫔这番话，倒让太后心头一阵急跳。

可跳过了，又觉得她小题大做，便一径安抚："你如今担着身子，少不得胡思乱想，贵妃代摄六宫事，里里外外一向井井有条，害你做什么？先头尚家那丫头闯的祸，贵妃也上我跟前回禀了，既没什么大事，不追究是你宽宏大量。至于这人参膏子，有的人用着不熨帖，起疹子了，红肿都是有的，怎么也成了贵妃要害你！"

懋嫔听了太后的话，脸上露出巨大的失望来："奴才只是……心里头觉得不妙，这才犯糊涂，清早来叨扰太后的。如今想想，恐怕真是奴才杞人忧天了，贵妃娘娘为人宽厚，怎么能做出这等残害皇嗣的事儿来呢。"她捏着帕子拭了拭眼睛，"过会子贵妃娘娘就要来了，奴才在这儿反惹得贵妃娘娘不悦。那奴才就告退了，太后权当奴才没来过吧。"

太后点了点头："朝中这程子治水治贪，你主子也辛劳得很，后宫要紧一宗就是和睦，别叫你主子操心才好。如今你的月令越来越大了，好生作养，保重自己，来日替咱们大英添个小阿哥，到时候我做主晋你的位分，犒劳你十月怀胎的辛苦。"

懋嫔委委屈屈道是，重又蹲了个安道："谢太后，奴才记住了，奴才这就回自己宫里去，奴才告退。"

从慈宁宫出来，坐在肩舆里，回想刚才太后许诺晋她位分的话，心里便浮起无限的感伤来。

"三年前我进宫就封嫔，三年后我还在嫔位上。"她笑了笑，唇角牵扯起脸颊的肿胀，连笑容都显得扭曲。

如意是她的陪房丫头，从小伺候她的，这一路主儿是怎么过来的，她都瞧在眼里。

宫里女人看上去锦衣玉食，其实都苦。几十个人争一个男人，争来也是不完整的，要是能选，大概没谁乐意进宫吧！如今一步错，步步错，走到今儿，反要冒那么大的险，实在有些悔不当初。

如意在外不便多说什么，仔细扶舆行走，只道："您的好日子且长着呢，这回咬咬牙撑过去，往后也就顺遂了。"

懋嫔没有再说话，抬起眼，透过茜纱看向天幕。纱是红的，天也是红的，仿佛浸染了血，在她眼前荡漾成一片。

晴山办事去了，不知一切是否能顺利，原本还想再拖延一阵子碰碰运气的，可她赌不起。这些天连着做梦，梦见皇上和太后坐在正大光明殿里，她被押在堂上，皇上把整个御药房的太医都传来了，一个个列着队地给她把脉。

"懋嫔娘娘并未遇喜……"

"懋嫔诈孕，罪该万死……"

无数声音在她耳边回荡，她已经成了惊弓之鸟，现在什么都不图，只想让这噩梦一样的日子快点过去。

这一路，好像无比漫长，好容易回到储秀宫，忙匆匆进了正殿，只有回到这熟悉的环境，才会让她觉得安全。

略等了会儿，晴山终于回来了，俯在她耳边回禀："已经拿碎骨子煎了汤药，让她服下去了，佟嬷嬷在那头看着呢。"

碎骨子是淡竹叶的根，有堕胎催生的功效。六七个月的孩子不知打下来能不能活，就算能活，恐怕也不能让他喘着气进储秀宫来了。

懋嫔问："那地方僻静吗？不会有人过去吧？"

"主儿放心。"晴山道，"那间屋子是早前的皮影库，后来宫里不常演皮影了，一向用来堆放杂物，除了一个看屋子的老太监，没人会上那儿去。"

懋嫔长出了一口气："她怎么样呢？顺从吗？"

还能怎么样，这要是抖搂出去，可是抄家灭门的罪过，不从也得从。

晴山道："奴才对她许了诺，只要无风无浪过去了，等事儿平息后，就给她一笔银子，放她出宫去。"

懋嫔紧张地绞着手指喃喃："也是她没造化，倘或不遇上那两个煞星，将来这孩子一生有享不尽的荣华富贵。所以这事儿不能怪我，我也是不得已……"

晴山忙宽慰她道："主儿千万定住神，回头孩子下来了，还有好些事儿呢。太后那头要过问，御前怎么着也会派人过来的。"

想起这些懋嫔就瑟瑟打哆嗦："我这是在做梦吧……这么可怕的噩梦……"

这会子大家是拴在一根绳上的蚂蚱，谁能不怕，谁又敢临阵脱逃？

如意紧紧握住了懋嫔的手："今儿过后，一切就如常了，主儿还可以上围房等万岁爷翻牌子，还能留在御前侍寝，还会有自己的孩子……主儿，您一定要挺住啊。"

懋嫔呆坐在那里，好半晌才彻底冷静下来，脸上的惶恐逐渐褪尽了，倚着引枕道："幸好早就备了碎骨子，要不这一时半会儿的，上哪儿弄那好药去。"

人办大事，总要留两手准备，当初把兰苔弄进宫来的时候，这药就存在她寝宫里，以便随时作最坏的打算。如今时衰鬼弄人，果然越不过这个坎儿，只好把药拿出来用了。碎骨子比之榆白皮、虻虫之类的，药效来得更快更凶，掐着时候算，再过个把时辰，胎就该下来了。

等待总叫人难耐，懋嫔坐在东次间内，半阖着眼，人像入定了一样。如意不住地看时辰钟，眼看着时候该到了，也没见佟嬷嬷回来。

倒是三位主儿在门外回禀，说要进来给懋嫔娘娘请安。懋嫔没言声，静静听着，听晴山出去回绝，说："今儿娘娘不豫，谁也不见，小主们请回吧，等明儿娘娘好些了，再邀三位主品茶。"

那些人没办法，又不能硬闯，只得说几句客套话，返回了自己的寝宫。

屋子里静谧无声，只有座钟底下的大铁砣摇摆，发出嘀嗒的声响。

这回等的时间有点长，估摸得有两个多时辰，佟嬷嬷方提着食盒从外头进来。入了东次间，慢慢揭开食盒的盖子，里头是一条沾满血的巾帕，底下盖着一具巴掌大的男婴尸首。

懋嫔顿时哭起来，颤着声说："是个男孩儿……"

晴山问佟嬷嬷："兰苔怎么样？"

佟嬷嬷那张铁青的脸紧紧绷着："血出不止，没了。娘娘放心，奴才暂且把人藏在皮影箱子里，等风头过了，再想辙把人装进泔桶，运出宫去。"

懋嫔听说兰苔死了，人都木了，失魂落魄道："局越做越大，接下来可怎么收场……"

晴山见她这样，心里越发着急，压声道："主儿，说句不该说的，死无对证，对咱们更有利。如今也别说旁的了，主儿正在信期里，样子也好做，还是快些决断吧，无论如何，戏总得演下去。"

如意那厢已经开始预备床上的铺排了，沾了鸡血的床单和手巾扔在脚踏前，大铜盆里的血水也和上了，回身望着懋嫔道："主儿，是时候了。"

懋嫔下定决心，从南炕上站了起来，扯散头发，踢了脚上软鞋，在床上躺了下来。晴山默默替她解了下衣，安排出个凌乱的景象来，方向如意点了点头。

如意转身奔走出去，那惊人的喊声像油锅里投入了一滴水，平静的储秀宫一下子就炸开了："不好了，娘娘见红了……娘娘见红了……"

珣贵人才用过午膳预备歇觉，听见这一声喊，吓得从床上蹦起来，问身边的翠喜："外头喊什么呢？"

翠喜有些迟疑："像是在喊……懋嫔娘娘见红了？"

珣贵人说不好，忙翻身趿鞋下床，赶到正殿的时候大门紧闭着，里面人来人往已经乱做了一团。

永常在也赶了过来，两个人面面相觑，心道老姑奶奶这回是要完啊，上回一撞，撞掉了龙胎，这次就算天王老子，恐怕也保不住她了。

懋嫔一声声地喊疼，把廊庑上的人惊得不轻。

殿门忽然打开了，一盆血水端出来，铜盆里荡漾起赤色的涟漪，珣贵人和永常在吓得往后一退，忽然听见里头嬷嬷懊丧地大喊起来："娘娘，我的娘娘啊……可怜小阿哥……"

永常在越发瞪大了眼，惶然望向珣贵人："姐姐，龙胎没了？"

宫门上如意领着英太医进来，一阵风似的冲进了殿内，这时候佟嬷嬷双手捧着一样东西从次间出来，声泪俱下痛哭哀号："我的天爷啊，奴才没伺候好主儿，愧对太后，愧对万岁爷啊……"

珣贵人忙携永常在进去查看，只见一块巾帕被血染红了，上头卧着一个小婴孩，周身赤红，脐带上甚至连着紫河车。

永常在年纪小，没见识过，吓得躲在珣贵人背后直打哆嗦。

佟嬷嬷还在叫喊，珣贵人叱道："住声！你这么大喊大叫，懋嫔娘娘听着心里好受来着？"

那厢得了信儿的太后终于也赶了过来，佟嬷嬷见了，哭得越发大声，边号啕边蹲安："太后老佛爷，您瞧瞧吧……咱们娘娘可遭了大罪了，血流了满床，才刚还在哭，说没替皇上保住小阿哥，这会子伤心过度，厥过去啦。"

太后瞧着佟嬷嬷手里捧着的孩子，脚下踉跄了下，若不是左右搀扶着，就要栽倒下去。

"这是造了什么孽啊！"太后捶胸顿足，"好好的阿哥，怎么说没就没了！"

皇帝子嗣不健旺，登极五年，养住的也只两位阿哥。如今好容易盼来一个，怀到六七个月又没了，怎么不叫她这个做母亲的急断了肠子！

太后当然也自责，今早懋嫔来慈宁宫说那通话，她本以为她是耍性子闹脾气，实在没有放在心上，这才过了几个时辰而已，就传来了滑胎的消息，让人不得不重新审视懋嫔那番话——毕竟世上没有谁会拿肚子里的孩子赌气。

早知道应该把人留在慈宁宫的，万一有个什么也好照应。如今悔之晚矣，太后懊悔之余举步要入内，被佟嬷嬷和边上的人拦住了，说："太后虽心疼懋嫔娘娘，也要保重自己。血房里不吉利，太后万金之躯就别进去了，横竖有底下人料理。"

太后无法，怅然地在原地站着，又瞥了佟嬷嬷手里的婴尸一眼，哑声道："回万岁爷没有？总算是件大事，万岁爷若是没有机务在忙，就请他过来，瞧瞧懋嫔吧。"

边上人道是，领了命出去传话。佟嬷嬷问："太后老佛爷，这小阿哥……"

"娘肚子里夭折的孩子没有生根，找个好地方埋了吧。也不必叫皇上过目了，免得徒增悲伤。"

佟嬷嬷应了声"嗻"，躬身带了几个人出去了。

恰好走到宫门上，正遇见匆匆赶来的裕贵妃，裕贵妃顿住脚，见佟嬷嬷手里承托着血糊糊的巾帕，也不需掌眼，便什么都明白了。

她摆了摆手，让佟嬷嬷领差办事去，自己赶进了正殿里。进门就见太后虎着脸，心头倒有些畏惧，勉强壮了胆上前来行礼，低声道："太后节哀吧，出了这样的事儿，真是社稷之大不幸。"

可这话触着了太后的痛处，想起之前懋嫔上慈宁宫控诉她，这会儿再见裕贵妃，就觉得处处不叫人称意。

"社稷之大不幸？一个没落地的孩子，且牵扯不上江山社稷，不过是我们宇文家的损失罢了。我问你，你是怎么看顾六宫的？懋嫔遇喜，本就应当小心仔细，你对储秀宫的关心有多少？"太后转身在宝座上坐了下来，冷冷望着贵妃道，"你摄六宫事，这两年办事也很熨帖，可唯独对储秀宫，着实是疏忽了。尚家那丫头冲撞了懋嫔，是谁说并无大碍的？如今可好，人命官司都闹出来了，你还说并无大碍吗？"

贵妃因太后责怪，吓得面色苍白，战战兢兢道："太后明鉴，当时奴才问了总管遇喜档的太医，太医也说懋嫔脉象平稳，所以奴才也就放心了。至于颐答应，奴才原本和她并没有什么交情，不过是因万岁爷一句嘱托，才处处帮衬她些罢了。"

太后拍桌说混账："皇帝做什么要嘱咐你帮衬她？前朝机务巨万，他倒来关心一个答应，可见你在扯谎！退一万步，就算果真是皇帝交代了你，你也应当分得清轻重缓急，该处置就要处置，而不是一味地讨好皇帝，纵得后宫不成体统。"

裕贵妃因太后这一喝，吓得魂飞魄散，扑通一声跪在太后跟前，眼泪走珠一样滚落下来，哽咽着说："奴才辜负了太后的重托，也辜负了皇上的栽培。今儿太后老佛爷训斥奴才，奴才不敢为自己辩驳，一切都是奴才的不是，但颐答应为何要害懋嫔，奴才确实不知。她只告诉奴才，是敬献樱桃时不留神绊了脚，奴才是个一根筋的，竟被她糊弄了。"

贵妃才说完，里头晴山走了出来，身上还沾着血点子，向太后蹲了个安道："贵妃娘娘不知道，奴才知道。早前我们主儿处罚过一个叫樱桃的宫女，樱桃是颐答应在教习处的小姐妹，颐答应是为了给樱桃报仇，才有意冲撞我们主儿的。只是我们主儿滑胎前，曾和奴才们说起过，颐主儿不过是位分低微的答应，若没人给她壮胆撑腰，她是万万不敢做出这种莽撞事儿来的。"

这就又把矛头对准了裕贵妃，裕贵妃闻言，回头狠狠盯住了晴山："你这是什么话？照你的意思，还是我指使颐答应的不成？"

晴山冷冷扯起了一边唇角："奴才并未这么说，贵妃娘娘愿意将罪名揽在自己身上，那也是贵妃娘娘的肚量。"

结果话才说完，就被贵妃身边的大宫女翠缥狠狠扇了一巴掌。

翠缥打完了晴山，并不和她理论什么，转身提袍在贵妃身旁跪了下来，昂首对太后道："奴才在太后面前放肆了，今儿教训晴山，是为了维护我们贵主儿的体面。我们贵主儿受太后委任，掌管六宫事务，晴山无凭无据剑指贵主儿，是以下犯上，论罪当受笞杖。奴才不能见我们主儿受这委屈，若是太后责罚，奴才愿意一力承担。"

这话说得铿锵，太后听了，心里也逐渐平静下来。

是啊，后宫无后，贵妃是代后，这两年统领六宫，没有功劳也有苦劳。如今要说她指使尚家那丫头残害龙胎，罪名不小且没有真凭实据，如果等闲就让一个宫女随意诬告了，那往后还有什么颜面可言。

太后叹了口气："你们先起来。"一面转头下令，"颐答应人在哪里，把她带过来，我要当面审问。"

两个精奇嬷嬷应了个"嗻"，快步往猗兰馆去了。

这时听见东梢间里传出懋嫔的哀哭，这情境，确实怪叫人难受的。

精奇嬷嬷很快回来了，却是两手空空："回太后，奴才们过去时，猗兰馆里空无一人，想是颐答应带着跟前伺候的人出去遛弯儿了吧。"

太后一听，越发搓火："出了这么大的事，她还有心思遛弯儿？"

正说着，御前的击掌声到了宫门上。太后抬眼看，皇帝从影壁后疾步走过来，到了太后面前拱了拱手："皇额涅，懋嫔怎么样了？"

太后站起来，牵着皇帝的手道："你定定神，少安毋躁，懋嫔的这胎……没保住，你春秋正盛，懋嫔也还年轻，往后自会再遇喜的。孩子……我已经命人处置了，横竖没有父子缘分，你也不必见。只是如今有一桩，一定要严惩那个小答应！是她莽撞害了懋嫔肚子里的龙胎，若是不重重治她的罪，谁来还懋嫔母子公道？"

皇帝道是："儿子一定从重处罚。"

话才说罢，里头负责诊治的英太医出来了，哈腰到了太后和皇帝面前，先扫袖子打了个千儿。皇帝问懋嫔眼下如何，英太医虽觉得脉象有异，却因遇喜档一向是自己记录，不敢随意妄言，便战战兢兢道："懋嫔娘娘血气亏损、脉动无章，臣已经开了补血益气的药，另用羚羊角烧灰取三钱，伺候娘娘以豆淋酒[1]服下了。"

太后一手扶住了额，喟然长叹："可怜见儿的，好好的阿哥，怀到这么大没了，做娘的怎么能不肝肠寸断？"

皇帝脸上没有什么表情，略沉吟了下道："等懋嫔作养好了身子，请皇额涅做主晋她个位分，以作抚慰吧。"说罢吩咐怀恩，"把颐答应给朕带来。"

太后本想说她遛弯儿去了，正打算派人四处搜寻她，却听怀恩回了声万岁爷："奴才先头倒是瞧见颐答应了，她带着几个人从隆宗门往南，想是逛十八槐去了。"

怀恩奏完，皇帝就冷笑了一声："大中晌的逛十八槐，真是好兴致！打发几个

1　豆淋酒：一种药酒。

人，把人找回来应训，死就在眼前还有心思逛，真是个没心没肺的东西！"

皇帝怒骂了两句，趸身在一旁坐了下来，一时殿里寂静无声，贵妃并珣贵人、永常在在边上侍立着，贵妃因刚才太后的训斥，心中耿耿于怀，便凑过去，犹犹豫豫叫了声主子爷："这回的事儿，是奴才疏于对懋嫔的关照……"

"朕也是这么想。"贵妃还没说完，皇帝就截了她的话头，"好好的宫闱，如今弄得这样乌烟瘴气，贵妃难辞其咎。"

裕贵妃愣住了，她本以为能够从皇上那里听得几句暖心窝子的话，谁知他一下就把人撅到姥姥家去了。

有时候想想，到底做这贵妃干什么，揽这份掌管六宫的大权又干什么。帮衬家里父亲兄弟谋得了高位的肥差，那自己呢？整天和后宫这些主儿扯些鸡毛蒜皮的事，但凡有点什么，好处轮不着自己，吃挂落儿倒是第一个，真叫人越想越不是滋味。

东次间里无声无息，懋嫔近身的人收拾了好半晌，才把屋子清理干净。

太后进去瞧了一回，懋嫔挣扎着伏在枕上磕头："奴才对不住太后，辜负了皇恩……"

太后见她头发尽湿了，很是可怜她，拿手绢替她擦了鬓边的汗，一面道："你主子说了，等你大安了，就颁诏书晋你的位分。你要争气些，早日养好身子，这么年轻轻的，滑了一胎不要紧，往后再怀就是了。"

懋嫔却因太后这几句话，想起了自己真正滑胎那时候。

寒冬腊月里，褥子都湿透了，两条腿冷得没了知觉，却怕人笑话，不敢让人知道。

那会儿亏空的安慰，隔了多时才又填补上，她痛哭流涕是真情实感，也说不上来是为什么，或者是长久的委屈得到了慰藉，也可能是因为顺利蒙混过了这一关，劫后余生般的庆幸吧。

可惜皇帝并未进来，他就在正殿里，也没肯迈动步子入内瞧瞧她，男人大概就是这样薄情。

太后不能在次间逗留太久，怕扰了懋嫔休息，重又退到正殿来。本想让皇上回去，接下来审问尚家丫头那事由自己来处置，不想御前的人带着她回来了，赫赫扬扬七八个人，拽着佟嬷嬷，还抬着口箱子，真是好大的阵仗。

太后心下不悦，重新在上首落座，等着颐行上前扬起手绢行礼。

皇帝的神情依旧淡淡的，凉声责问她："懋嫔因你冲撞滑胎，这件事惊动了太后，尚氏，你可知罪？"

颐行说是："奴才前几天确实冲撞了懋嫔娘娘，且这件事是奴才有意做的，奴才供认不讳。"

太后怒火中烧，直起身子道："竟然还振振有词，你是得了失心疯了！"

颐行向太后欠了欠身："奴才并未疯，奴才胆敢冲撞懋嫔娘娘，是因为奴才知道懋嫔娘娘怀的是个假胎，不过拿枕头垫在肚子上，鱼目混珠罢了。"

此话一出，殿上的人都傻了眼，东次间里听见动静的如意和晴山忙追了出来，当看见被左右架住的佟嬷嬷，还有那口贴着皮影库封条的箱子，一下子血冲上了头，人险些瘫软下来。

颐行叫了声万岁爷："奴才打从住进储秀宫，就发觉懋嫔娘娘似乎刻意躲闪，不愿召见随居的宫眷们。偶然一次，奴才听说懋嫔娘娘三月未建遇喜档，且当初从教习处拨调的两名宫女，一名被打死，另一名下落不明，奴才就命跟前人往尚仪局查调宫女档，查出那名失踪的宫女在家时曾与人私订终身，选秀之前私奔过，经家里人四处追缉才把人抓回来。"

太后听得一头雾水："照你的意思，经过了三回大选，还是有不贞的秀女混进宫来了？"

颐行说是："不光如此，奴才还怀疑这名宫人身怀有孕，且孕期和懋嫔相近。"

皇帝看向她，这时候的老姑奶奶侃侃而谈，那脸上的神情，居然和之前赖在养心殿蹭吃的人毫无关系似的。他甚至从她的眼神里，发现了一点异样的光芒，仿佛她平时的憨蠢只是刻意营造出来的假象，真正的老姑奶奶其实很聪明，是个扮猪吃老虎的高手。

可是皇太后认定了她是一派胡言："越说越玄乎，大英立世三百年，还没有宫人出过乱子。你一口咬定那个宫女和懋嫔遇喜有关，那这宫女现在哪里？今年二月里选秀，到如今已经四个月了，就算有孕，也已经显了怀，把人找出来一对质，就知道你是不是为了脱罪，编造出这一派混话来了。"

颐行的眉眼间却涌现出了悲伤："太后要对质，恐怕已经晚了……"她转头看了殿门前的箱子一眼，"奴才不敢贸然开箱，怕吓着太后老佛爷。倘或皇上准许，那奴才就把人证请上来，就算她不能开口说话了，有这具身体，也好做一番理论。"

皇帝顺着她的视线看向木箱，蹙眉道："你是说……人在箱子里？"

颐行点了点头："奴才不敢细看，找到她的时候听谙达们说，人已经死了。"

"什么？"太后惊得不轻，"死了？"

皇帝终究要判定个子丑寅卯，便下了令："开箱！"

站在箱子旁的高阳应了声"嗻"，他是老姑奶奶上安乐堂借调来的救兵，答应手下是没有听差太监的，只好想法子请了他和荣葆，来办这件棘手的差事。

箱子打开了，颐行早就蹦到含珍她们身后去了，皇帝站起身看，这宫女趴跪在箱子里，后背的衣裳浸透了血，甚至连箱子的一个角落，都因为积攒了血而隐约变了颜色。

太后惊恐地捂住了脸："阿弥陀佛……阿弥陀佛……"

皇帝长出了一口气，望向颐行道："尚氏，把事情经过，向太后细细阐明。"

颐行应了个是，从含珍身后挪出了半爿身子，畏惧地觑觑箱子里的兰苕，向太后欠了欠身道："回太后，人是在皮影库里找到的。今儿懋嫔娘娘一出门，她跟前伺候的晴山和佟嬷嬷就出了储秀宫，奴才知道她们今儿必会有所行动，因此打发了身边的人悄悄跟在她们身后，一直跟到了三座门以南。起先咱们没料到她们会下黑手，直到如意四处宣扬懋嫔见红了，我才断定兰苕的孩子已经被打下来了。后来便趁乱往皮影库去，想找出兰苕逼懋嫔认罪，结果到了皮影库，并未见到兰苕，这屋子就那么大，高谙达他们不信人能凭空飞了，于是开箱一个个检查，最后确实找见了兰苕的尸首。"

她的话方说完，晴山和如意就扑到太后跟前哭诉起来："颐答应这是刻意陷害！杀了一个宫女嫁祸我们主儿，还编造出这么一大通歪理来。可怜我们主儿才刚小产，就要被人如此诬陷，求太后为我们主儿主持公道啊！"

颐行居高临下看着她们一把鼻涕一把泪，漠然道："你们到这会儿还蒙事儿，恐怕不是为了替你们主子申冤，是真相大白，连你们也人头不保till！尸首虽出不了声，却也能为自己辩白，要证明事实究竟是不是我说的这样，容易极了，找个事外的太医来。"一头说，一头向太后哈了哈腰，"英太医的话不可信，奴才知道万岁爷最信得过夏太医，那就请万岁爷传召夏太医并一个产婆，来给兰苕和懋嫔娘娘各自诊断吧。"

座上的皇帝不自在地挪了挪身子，心道朕给你出头冒尖的机会，你倒好，打算当着众人的面，把朕给卖了？

皇上在时，哪里来的夏太医，这老姑奶奶真是又蔫又坏。

她别不是察觉了什么吧，这么长段的陈词能够说得纹丝不乱，可见平时在他面前的呆蠢和做作，全是她装傻充愣的手段。

皇帝仔细盯着她的脸，她傲然昂着脖子，一副斗胜了的公鸡模样。他忽然觉得太阳穴突突地跳动起来，最近老有这种忽来的心悸头疼，全是因她不按章法胡来一气而起。

太后知道皇帝专属的太医有两位，却从来没听说过什么夏太医，想是新近又提拔的吧！这会儿细究那个没有必要，便对皇帝道："既这么，把太医传来，当面验明了就知道了。"

皇帝却皱了皱眉，并不认同这个说法。他偏身对太后道："皇额涅万金之躯，验尸之类的事儿，总不好当着皇额涅的面来办。还是先把这宫女运送到安乐堂，命仵作勘验最为妥当。至于懋嫔，才刚除了她身边的宫人，可有产婆在场？"

结果殿内所有人都默不作声，没有一个人应答。

颐行有点失望，好容易逮住一个提拔夏太医的机会，皇上这么三言两语敷衍过去，难不成觉得验尸晦气吗？万般无奈，她掉转视线瞥了瞥晴山："皇上问你话，你怎么不答？昨儿芰荷姑姑脸上出了疹子，不是还召吴太医来诊脉吗，今儿懋嫔娘娘小产，这么大的事儿连个产婆都没有，竟是你们自己料理的？"

晴山白了脸，到这时候还在狡赖："昨儿确实是请了吴太医来给宫人诊脉，却不是起疹子，不过是血热罢了，小主别牵五绊六的。"

颐行哦了声："既然如此，那就把吴太医也请来，事儿不就一目了然了吗，也免得无端让产婆验身，折损了娘娘的体面。"

晴山支吾起来，不好作答，边上珣贵人和永常在站了半天，像听天书似的，到这会儿才终于理出点头绪来，纷纷说是，"昨儿咱们从养心殿回来，正遇着吴太医从正殿里出来。咱们还上前搭了话，不明白为什么宫女得了不要紧的病，偏一道道宫门请牌子找太医诊治，原来竟是给懋嫔娘娘自己治病。"

太后听得却越发糊涂了，脸上起疹子的不是懋嫔吗，今儿还入慈宁宫来控诉，说贵妃要害她来着。可见其中弯弯绕多了，不好好对质一番，实在解不开里头的结。

"什么芰荷？什么吴太医？把话都说明白，不必藏着掖着。"

颐行道是，待高阳他们把箱子搬出去，她才敢从含珍身后走出来。

此话从何说起呢，她想了想，自然得把往人参膏里加泽漆的内情掩过去，只道："昨儿懋嫔娘娘用了御赏，脸上起了好些疹子，却谎称是宫女得病，请了专管景仁宫的吴太医来请脉。吴太医既然搭过脉，有没有遇喜一探就知，问问吴太医，一切自然真相大白。"

矛盾的焦点一下子从夏太医转移到了吴太医身上，皇帝表示喜闻乐见。既然如此还等什么，便沉声下令："去御药房，把昨儿给储秀宫诊脉的太医传来。"

满福得了口谕，麻溜儿去办了。皇太后到这时才闲下心来打量尚氏丫头，暗里只顾感慨,福海家到了这辈,总算歹竹里头出了好笋。

都是皇帝后宫,不免叫人把她们姑侄俩放在一处比较。先头皇后为人怎么说呢,看着挺有钢火的模样,但处置起宫务来,总是缺了一点火候。那种手段,搁在宅门府门里头倒是将将够用了,但拿来掌管整个宫闱,却还是差了一截子。前皇后当家的时候,朝令夕改常有,以至于后来贵妃代摄六宫事,太后都觉得已经很好了。但今天看这丫头,好像蛮不错的模样,这么大的事一点不慌张,比起前皇后来,可说是出息了不少。

那厢吴太医很快便奉命来了,这么大阵仗,见英太医都跪在一旁,自己忙撩了袍子跪了下来:“臣叩见太后,叩见皇上。”

皇帝端坐在官帽椅里,一面转动着手上扳指,一面吩咐吴太医:“把昨儿来储秀宫看诊的经过说明白。”

吴太医咽了口唾沫道是:“昨日臣正预备值夜交接,储秀宫宫女来宫值上,请臣过储秀宫瞧病。臣应召前往储秀宫,诊脉发现病患血热,喜、怒、忧、思、恐五志过度而累及脏腑,开了些凉血的药物,便交差事了。”

皇帝点了点头:“朕问你,她们请你,所看的是什么病症?”

吴太医趴在地上道:“回皇上,是丘疹。”

太后倒吸了口凉气,话到了这里,似乎已经看得出端倪了。

皇帝望了太后一眼,复又问:“是当面诊脉,还是障面诊脉?”

吴太医道:“是隔着帘缦,臣断过了脉象,只能瞧见半边脸颊,确实是斑块红肿密集,看样子像药物引发所致。”

皇帝复沉吟了下:“那么你诊脉的时候,是否诊出了孕脉?”

“没有。”吴太医笃定道,“病患除了血热,并无其他异样脉象,臣不敢妄言,请皇上明鉴。”

事到如今,好像也没什么可继续追究的了。皇帝显得有些意兴阑珊,转头对太后道:“打发产婆进去验身吧,既然她自作孽,也就顾不得她的脸面了。”

于是殿外待命的产婆跟随太后身边嬷嬷进了东次间,里头乒乒乓乓一顿乱响,伴着懋嫔的呜咽呼喊:“混账奴才,你大胆……”

皇帝乏力地扶住额,喃喃自语着:“真没想到,朕的后宫,如今竟弄得这副模样。连混淆皇室血脉的事儿都出来了,再过程子,恐怕还要闹一出狸猫换太子的戏码呢。”

皇帝这话,抽打的是裕贵妃,裕贵妃心里有数,羞愧地垂下了脑袋。

皇帝百无聊赖转开了视线，如今殿上真是一派众生相，有忧愁的、有窃喜的、有穷琢磨的，也有吓得面无人色抖作一团的。有时候想想，这些嫔妃真是闲得发慌，懋嫔大概仗着是和硕阿附[1]的侄女，才敢做出这种事来吧！

没消多会儿，派进里间的产婆出来了，太后问怎么样，产婆子为难地说："奴才查验了懋嫔娘娘的产门，并未见产子的迹象，且小腹平坦不似有妊。娘娘时有血流，是因为尚在信期的缘故。"

这么一来，事情可算是盖棺定论了，颐行松了口气，心道终于把这件事彻底办妥了，既没拖累夏太医，又在皇上跟前立了功。赶明儿事态平息了，总该晋她的位分了，这么算来真用不着二十八岁当上皇贵妃，再熬上个三五年的，恐怕也够了。

次间里的懋嫔终于被拖了出来，和晴山、如意、佟嬷嬷一起，被扔在地上。

太后已经彻底放弃她了，怒道："你好大的能耐啊，弄个野种进宫来，难道打量我宇文家能被你玩弄于股掌之间吗？你们这些人，个个该死，不单你们自身，还要株连你们九族！"

吓得面无人色的佟嬷嬷到这时才回过神来，在青砖上咚咚磕着响头，哆哆嗦嗦道："太后……太后，奴才全是……全是受了懋主儿和晴山的唆使，一切都不是奴才本意啊。晴山说，奴才既已知道了内情，要是不帮衬，奴才也活不成，奴才是没法……太后……太后……"

地上的懋嫔露出灰败的笑来，并没有急着向太后讨饶，而是转头望向裕贵妃，咬着槽牙道："贵主儿，还是你技高一筹，我到底栽在你手里了。"

裕贵妃忽然一激灵，一个新鲜的念头冒了出来，懋嫔到这会儿还认定她是幕后主谋，那她何不顺水推舟？便道："我早瞧出你的伎俩来了，可惜我心软，一直给你机会，没想到你不知悔改，终于走到这样了局。你说我指使颐答应，我也认了，这宫里妃嫔众多，也只有颐答应蕙质兰心，一点就透。你要是有颐答应一半的聪明，也不至于弄得今天这么狼狈。"

贵妃说罢，亲亲热热牵起了颐行的手，温声道："这回的事你辛苦了，戳穿了懋嫔的诡计，总算大功一件。"

颐行有点发怔，没想到贵妃会来这一手黄雀在后，她忙活半天，功劳的大头竟被她抢去了。

"不是……"颐行眨了眨眼，"贵妃娘娘，您也知道懋嫔诈孕的事儿？"

1　阿附：指宗室、贵族女婿的封号。

裕贵妃脸上一僵："这事儿你我不是早就心知肚明了吗，否则我何必特意跑到储秀宫来替你求情？"

所以姜还是老的辣，只要你脸皮够厚，什么好事都能算你一份。

太后弄不清她们里头的弯弯绕，也不愿意过问，眼下只一心要处置这胆大妄为的懋嫔。

"为了一己私欲，做出这样伤天害理的事儿来，那可是两条人命啊！皇帝，这毒妇不能留，还有这些为虎作伥的贱奴，也一并都要处置了。"

皇帝应了个是："图尔加氏混淆皇室血脉，着即褫夺封号，押入颐和轩听候发落，宫内知情者助纣为虐，皆令处死。礼部尚书崇喜一门降籍，交刑部彻查。待仵作验出那名宫女死因，若果真怀有身孕进宫，则该宫女阖家流放宁古塔。建档太医敷衍，来来回回请脉多次都未看出异象，尤其今日，竟说什么血气亏损，可见无能至极，着令革职查办，永不录用。"

这是对冒犯皇权最起码的处罚，但卷入其中的人显然都觉得惩处过重了。

晴山、如意、佟嬷嬷的哭喊求饶响彻整个储秀宫，可又有什么用，人还是被强行押解了出去。懋嫔虽暂时没有被下令处决，但已然被打入了冷宫，等案子查清了，终究逃不过个死。

她倒并不惧死，说实话今天经历的所有慌张和恐惧，其实都比死还让她难受。她只是不愿意拖累家里，一径哀声求告："万岁爷，奴才是当真怀过龙胎的啊，只是后来不留神滑了……奴才也难过啊！万岁爷，您为什么不愿意多看奴才一眼，难道您对奴才就没有一点情义吗？看在奴才伺候您一场的份儿上，您就饶了我全家吧，奴才一人做事一人当，奴才去死，只求从宽处置图尔加氏，万岁爷……"

她搬出的那些旧情，最后并没有起任何作用，皇帝摆了摆手，她还是被左右侍立的太监拖了出去。

储秀宫里终于安静下来，除了正殿再没了主人，倒也没有别的不同。皇帝站起身来搀扶太后："皇额涅，儿子送您回慈宁宫。"

太后离了座，脚步也有些蹒跚了。皇帝扶她走出正殿，将到门上时对皇太后道："皇额涅，尚氏这回有功，且是大功，不宜再随居猗兰馆了。儿子想着，永寿宫如今还空着，是否让她挪到那里，听皇额涅示下。"

这话太后听见了，殿内的人也都听见了，众人一时面面相觑，只等皇太后的答复。

然而皇帝既然出了口，太后总不好拂了他的面子，便颔首道："一切你看着办吧。我今儿真是受了惊吓，腿里也没了力气，谁能想到大英后宫能出这样的荒唐事。幸而没让懋嫔得逞，否则我将来死了，也无颜见列祖列宗。"

皇帝搀着太后往中路上去了，烈日炎炎，一点风也没有，华盖当头罩着，底下的镶边却是纹丝不动。

众人蹲安送驾，人群里的裕贵妃像是忽然想起什么来，匆忙赶了上去，随驾一起离开了。

大事过后，这宫殿显得出奇地空，珣贵人对老姑奶奶投去了艳美的目光："颐答应如今要移居永寿宫了，改明儿必定会有晋位的诏书，多好！可怜我们，还得继续住在储秀宫里。一想起懋嫔做的那些事儿，我心里就打哆嗦，两条人命啊，就被她这么白白祸害了。"

永常在拽住了珣贵人的袖子："今晚多上几盏灯笼……姐姐，咱们做伴儿吧，才刚看见那宫女被塞进了箱子，我怕……"

饶是大中晌，也觉得这殿里阴风阵阵，令人不寒而栗。

大家很快都散了，珣贵人和永常在目睹了事件全部经过，得回去缓一缓。颐行带上含珍和银朱返回猗兰馆，该收拾的收拾起来，不多会儿必有内务府的人来张罗她们移宫。

一路上谁也没说话，进了屋子伺候颐行坐下，含珍道："主儿今天辛苦了，但这份辛苦没有白费，万岁爷终于要论功行赏了。"

可是颐行却惘惘地，坐在椅子里说："我这一立功，是拿那么多条人命换的，想到这里就不觉得是件好事了。其实要是咱们能早点儿察觉人被送进了皮影库，兴许能救兰苔一命。"

银朱道："主儿不必自责，储秀宫每日进进出出那么些人，咱们又住在后院，哪里能时时察觉她们的动向。这回也是懋嫔狗急跳墙，才让咱们逮住了狐狸尾巴。是她们心术不正，撒了这样要命的弥天大谎，哪里能怨别人戳穿她。至于那个兰苔，任谁也救不了她，就算不被懋嫔害死，也会被皇上处死的。"

颐行还是蔫头耷脑，完全没了刚才的斗志，含珍知道她需要时间自己缓和过来，便转移了话题道："主儿，永寿宫就在养心殿之后，翻过宫墙就是皇上的后寝殿。"

颐行哦了声："那往后上围房，咱们就是最近的。太好了，用不着走那么多路，可省了我的脚程了。"

老姑奶奶的志向真不在侍寝上，别人听说住永寿宫，头一件想的就是与皇上比邻而居，能沾染龙气，老姑奶奶想的则是道儿近，优待了她的那双脚。

横竖不管她怎么想，晋位是板上钉钉的事了。

含珍道："主儿，永寿宫没有主位，您知道吗？"

对于这点，颐行可说是一点就通，立刻两眼发光："难道皇上要晋我当嫔？"

不过也是一乐而已，从答应到嫔，步子未免迈得太大了，晋个贵人的位分应该差不离。自己这回不光兑现了对皇上的承诺，还在太后跟前露了脸。虽说裕贵妃最后想抢头功，皇上心里是门儿清的，为了达到他的目的，日后必定在太后跟前多说她的好话，这么一来二去，前途可谓一片光明。

一将功成万骨枯，后来她也想开了，能搬出猗兰馆换个大点儿的地方住，挺好的。

只是在一个地方住的时候长了，零碎家当也置办了好多，她们足足打了五个包袱，连那个红泥小火炉也想一并带走。

内务府来办事的太监只是发笑："哎哟我的主儿，永寿宫什么没有，还稀罕这些个？"

颐行想了想也是，便把炉子搁下了："那永寿宫有浴桶没有？有的话里间那个也不必带上了。"

含珍一惊："主儿，那桶可是皇上的赏赐。"

内府太监听说是皇上赏赐的，再没有劝她撂下的道理，忙招呼了人来，把老姑奶奶那些家当一应装了箱，全运到永寿宫去了。

甫入永寿宫，触目所及就是两棵巨大的海棠，虽然这个时节错过了最佳的花期，但枝干上仍有花芽零星开得热闹。

颐行站在永寿门前，回身望了眼养心殿方向，这里正能瞧见燕禧堂和体顺堂的后墙。自己一步步登高，总算到这儿了，再使点劲儿，当初入宫时的念想，总会达成的。

那厢东西全运到院子里了，颐行重又换个了笑脸，快步赶了上去。

"谙达，我住哪个屋，上头没吩咐。"

内府太监笑着说："没吩咐您，吩咐咱们啦。永寿宫如今空着呢，既让您住进来，为什么呀？自是让小主儿当家。"

这话其实已经说得很明了，上头的意思也是明摆的，只是小小的答应，不敢往大了想而已。

众人张罗着，把她们的包袱用具全搬进了正殿。这永寿宫和储秀宫是一样规格，前后各有正殿，东西也各有配殿，不过永寿宫不常有人居住，配殿并没有正经取名字，太监们布置的时候，也大抵是喊"前头的""后头的"。

搬家要归置好一会儿，等到收拾得差不多了，也迎来了礼部颁旨的官员。

随行前来的柿子昂首鹄立在正殿槛前，向内大声通传着："皇上有旨，答应尚氏听旨。"

颐行忙率含珍和银朱从次间里出来，面向南方高呼万岁，跪了下来。

"上徵旗故中宪大夫尚麟之女，敏慧端良，助襄宫闱，兹奉皇太后懿旨，立为纯嫔。"

短短几个字，就是一个后宫女子升发的见证。

礼部官员将黄绸卷轴卷起来，恭恭敬敬送到颐行手上，哈着腰道："娘娘请起，恭喜娘娘。"

颐行到现在还有些不敢置信，明明先头是个答应，这一下就晋封为嫔了？一二三……好家伙，连升三级，这也太快了。

柿子看出了她的彷徨，笑道："娘娘别不信，您着实是晋升嫔位啦，要不万岁爷怎么让您搬到永寿宫来呢。"

含珍和银朱忙膝行上前搀起了她，两个人都是喜形于色，轻声道："给主儿道喜了。"

颐行站起身，方缓缓长出了一口气，看来这一大功，果然一步登天了。不过这会儿惦记的还是家里，便问柿子："打发人给我们家太福晋报喜了吗？"

柿子说自然有的："您如今是嫔位娘娘啦，礼部的人才刚已经往盛丰胡同去了，照着时候算，再过会子太福晋就该得着消息了。"

颐行点了点头，虽说自己是历辈姑奶奶里头最没出息的，但只要耐下性子往上爬，总有出头的一天。

柿子一摆手，身后穿着葵花礼服的太监手托漆盘，鱼贯进了殿内。那是太后和皇上给的赏赐，有白银二百两，金银角子一盒，金簪、金镯、金面簪各一对，东珠耳坠、翠顶花钿各一副，还有绣绸蟒袍八团龙褂两件，以及各色精美大卷八丝缎子和大卷纱料。

柿子报菜名似的一样样诵读了一遍，最后笑道："这些都是春夏的份例，等入了秋，还有大毛和小毛皮料等，到时候自会送进永寿宫来。主儿用度要是缺什么短什么，再打发人上内务府申领。还有一桩，您跟前伺候的宫女如今是六名，另有宫中管事太监及办事太监四名，粗使婆子两名。万岁爷放了恩典，说娘娘要是有往常看得惯的，大可知会刘总管和吴尚仪，调拨到永寿宫来。"说罢退后一步，啪啪扫了袖子扎地打千儿，"娘娘现如今水涨船高，奴才还没好好道喜，这就着实给您行个礼吧。"

颐行忙让银朱搀了一把，说："谙达太客气了，我才晋位，往后还要靠谙达们多照应……"一壁说，一壁回头瞧了含珍一眼。

如今也是有闲钱赏人的了，含珍立刻抓了两把银瓜子，一把给了礼部宣旨的官员，一把放进柿子手里。

颐行含笑说："大热的天儿，诸位都受累了，谙达拿着这些小钱儿，给大家买口茶喝吧。"

新晋位的纯嫔娘娘客气，大伙儿得了赏赍都很欢喜，又纷纷给她道了喜，方回各自值上复命去了。

人都散了，颐行回身看着这满桌的赏赐和份例，有些心酸。漂亮的衣裳和首饰在家时不稀罕，这些却是自己挣来的，瞧着分外有感情。还有那二百两白银，把先前闹贼的亏空填补了，她说挺好的："这么算下来我没亏，皇上地界上丢的银子，他又赔给我了。咱们如今也是有私房的人了，快替我仔细收着，这回千万不能弄丢了。"

含珍应了声"嗻"，搬来个紫檀的匣子，把银票和金银瓜子都装进去，待落了锁，大家才觉得这钱飞不走了。

眼下钱是有了，缺的是人手，含珍道："万岁爷给了恩典，准您自个儿挑人呢，您想没想过，把安乐堂的人调到永寿宫来？"

颐行说："我正有这个意思，早前我混成那样，高谙达他们也处处照应我，可见都是实心的人。你替我跑一趟，问问他们的意思，要是他们愿意，就一块儿过来吧。"

至于剩下的空缺，照着含珍以前对各人的了解，从各处抽调就成。

含珍领命去了，银朱一面收拾东西，一面啧啧道："凤凰就是凤凰，那些人使了大劲儿想摁住您，有什么用，您还是出头了。"

颐行叹了口气："才爬到嫔位上，就见识了宫里头的腥风血雨，再往上可怎么办？是不是还得接着查案立功啊？"

"应该用不着了。"银朱说，"您往后就靠侍寝吧，早日开脸，早日怀上龙胎，到时候仗着皇上的宠爱和小阿哥，见天儿地一哭二闹三上吊，事儿就成了。"

其实静下心来想想，还真是如此，倘或得不到皇帝的宠爱，那就生个儿子，将来皇帝死了，没准儿子能继位……

想到这儿，不由得愣了下，似乎能明白懋嫔的想法了。原来在后宫里头活着，没有皇帝的宠爱好像真没有什么指望，指不上男人就指儿子，这也是唯一稳当的退路。

颐行崴身在南炕上坐下，直望着院子里的海棠树发呆，心道还好这深宫里有个夏太医，一路扶持她走到今儿。如今她是嫔位了，可以自由行走，待挑个黄道吉日，上御药房瞧瞧夏太医吧，顺便说两句感激的窝心话。

正想着，见含珍领着高阳等人从宫门上进来，她忙起身移到正殿里，高阳带着荣葆并两位嬷嬷跪了下来，朗声高呼着："奴才等，恭请纯嫔娘娘万福金安。"

颐行忙抬了抬手："不必行大礼，快请起吧。"

众人站起身，个个脸上带着笑，荣葆道："娘娘当初离开安乐堂时就说过，将来升发了要来拉扯我们，如今我们可真沾了娘娘的光啦。"

颐行笑着说："都是旧相识，大家在一处也好彼此照应。只是叫你们听差，怕有些对不住你们。"

高阳垂袖道："娘娘哪里的话，咱们这些人，本就是干伺候人的差事的。娘娘不嫌我们从安乐堂来，身上沾着晦气，愿意留用我们，我们还有什么可说的，往后一心侍奉娘娘，以报答娘娘的知遇之恩吧。"

所以啊，莫欺少年穷，这句话是真在理儿。尚家姑娘们不会在这后宫籍籍无名一辈子，她们身上有那股子劲儿，天生就是当主子娘娘的。

含珍又带了一造儿人进来，让颐行坐在上首，好好受了他们的叩头。这下子人满员了，各归其位，各自该领什么差事也都知道了。人手一多，一切便都有了着落，这永寿宫终于也有了寝宫的样子，各处都忙碌起来，到了申正时牌，一应也都准备得差不多了。

【未完待续】

Staread
星 文 文 化

尤四姐 著

下

长江出版社
CHANGJIANGPRESS

目录

第十三章 · 风送青云

　　宫中有人晋位，且一气儿晋到了嫔，这么大的消息只需须臾就会传遍东西六宫。

　　头一批来道贺的，是翊坤宫的贞贵人和祺贵人，还有长春宫的康嫔和善常在。

　　善常在自不用说，平时就和老姑奶奶不对付，虽来道喜也是不尴不尬，周身不自在。至于贞贵人和祺贵人，在老姑奶奶没升发前多番挤对她，尤其贞贵人，甚至曾经讨要她当宫女。如今人家翻身了，位分在自己之上，也闹不清她是否得知了当初三选落选的因由，横竖就算是不知情吧，总之自己在人家面前没落过好儿，因此她含笑请自己坐时，贞贵人也是战战兢兢，如坐针毡。

　　还是康嫔一向保持着表面的和睦，来去都不拘谨，只是笑着说："妹妹如今晋了嫔位，咱们两宫又离得近，将来互相照应的时候多了。妹妹要得了闲，上我的长春宫来串个门，彼此常来常往的，也热闹些。"

　　颐行自然客套应对，都是些场面上的好听话，含糊敷衍过去，谁也不得罪谁，一场会谈便愉快地结束了。

　　看看时候，将要酉初了，皇上这半月斋戒，不必上养心殿应卯，但晋位后的谢恩还是必须的。

　　颐行盛装打扮，戴上了御赏的钿子，由含珍陪同着，往养心殿去。

　　迈进遵义门，便见怀恩在抱厦前站着。太阳快下山了，半边堪堪挂在西面的宫墙上，余晖映照了东暖阁前的鱼缸，里头两尾锦鲤游弋着，不时顶开水面的铜钱草，吐出个巨大的泡泡。

御前站班的，都是眼观六路耳听八方的主儿，见老姑奶奶驾到，立刻"哟"了声迎上来，垂袖打了个千儿："给纯嫔娘娘请安。"

颐行抬了抬手："谙达快别客气。我来向主子谢恩，不知他老人家这会儿在不在？"

哪能不在呢，怀恩心道，都在东暖阁等了好半天了，先前还不悦，说老姑奶奶眼里没规矩，受封第一时间，想的居然不是上御前来谢恩。

底下人呢，伺候起来自然战战兢兢，他们比皇上更盼着老姑奶奶能早点儿来。

如今人到了，怀恩也把心放进肚子里了，一路引着人到了东暖阁前，隔着夹板门帘，拿捏着嗓门通传："回万岁爷，纯嫔娘娘来向万岁爷谢恩啦。"

里间的人为显沉稳，略顿了顿才应声："进来吧。"

门上站班的宫女打了门帘，颐行提袍进去，走了两步才发现含珍没跟进来，心下只觉得好笑，这撮合得不是时候啊，皇上正在斋戒呢。

反正先不管那许多了，她低头瞧着皇帝袍角的八宝立水，屈膝跪了下去："奴才尚氏，叩谢皇上天恩。"

皇帝先前不称意她拖延了这半晌，但人既然来了，那些不满也就随即消散了。

拿乔是必不可少的态度，皇帝带着挑剔的目光审视了她一遍……衣裳穿得得体，燕尾梳得纹丝不乱，跪地的姿势也很好，可以看出确实是心怀虔诚的。

于是皇帝随意说了句起喀："今儿这件事，你办得很好。"

颐行道："谢万岁爷夸赞，奴才受着主子的俸禄，就应当为主子分忧。"

她说这些话的时候句句铿锵，如果不是那张脸还稚嫩着，他简直要对她今日的种种刮目相看了。

是不是他哪里算错了，还是老姑奶奶确实慢慢学出了门道，已经可以无师自通了？其实今天发生的种种，在他预料之外，至少比他推算的时间快了好几天。他想过懋嫔会破釜沉舟，但没想到她会把人送到南边皮影库去，要不是老姑奶奶突来的聪明，以懋嫔的布局，足以令她百口莫辩了。

很好，慢慢成长，按着他的想法成长，现在已经是嫔了，离贵妃、皇贵妃，还差多远？

此时的皇帝欣赏老姑奶奶，就像在欣赏自己的大作，充满越看越满意的情怀。他的唇角噙着一点笑意，缓声道："朕也是个说话算话的人，你立了功，自然晋你的位分。不过这回有些逾制，你知道吧？"

颐行说知道："从答应一下子升了嫔位，恐怕会惹得后宫非议。"

"朕不怕非议。"皇帝道，"不过一个小小的嫔位，若换了你们尚家没坏事的时候，封嫔还委屈了你……"

他说了半晌，见她一直跪着，心里忽然升起了一点彷徨："朕让你免礼，你还跪着干什么？难道对朕不满？还是想以此强迫朕答应你别的请求？"

别不是立了这么一点现成的功劳，就想要求赦免福海吧！皇帝升起了戒备之心，得寸进尺的女人可不讨人喜欢，但愿她不是。

颐行呢，像被撅了腿的蚱蜢，扑腾了好几下也还在原地。

皇帝看她的眼神充满了怀疑，她原想着晋了新的位分，一切都是新的开始，从今天起她要竖立一个矜持端庄的新形象了，可谁知出师不利，一到御前就崴了泥。

这该死的花盆底，真是害人不浅。祁人没出阁的姑娘在家时是不兴穿这种鞋的，进宫后做宫女做答应，又都是最低微的身份，也穿不了那样中看不中用的东西。直到今儿封了嫔，老姑奶奶才头一回认真把这鞋套在脚丫子上，下地走两步倒挺稳，可谁知跪下就起不来了，害得皇上龙颜忐忑，以为她又起什么非分的念头了。

怎么才能不叉腿、不扶地，让自己优雅地站起来？颐行试了好几次，最后都以失败告终。或者把鞋脱了？有一瞬她竟然兴起了这个可怕的念头，然而转念一想，自己刚坐上嫔位，屁股还没热，要是这会儿御前失仪，皇上不会一怒之下重新把她罚回储秀宫吧？

好像怎么都不成，这时她忽然灵机一动，缓缓向皇帝伸出了一只手，也不说什么，就那么含情脉脉地睖住他。

皇帝看看她，又看看那只手，终于弄明白她的战场暂时移到了养心殿，她又要开始她做作的表演了。

"你自己站不起来吗？"皇帝问，"朕以前看那些嫔妃，不要人搀扶也起得很快。"

嫩笋芽一般的柔荑，依旧不屈不挠地向他招展着，因肉皮儿过于剔透，露出底下青绿的血管来。这样的手最适合戴指甲套，镏金累丝嵌上两三颗红玛瑙，和她的一耳三钳交相呼应着，别有一番韵味。

颐行唇角的笑都快坚持不住了，楚楚可怜道："奴才今儿是头一天穿花盆底鞋，不得要领，下去了就起不来……万岁爷要是愿意，就当我是撒娇也成啊。"

话倒是直爽得很，但对于这位从小不按章程办事的老姑奶奶，皇帝总觉得心里有越不过去的坎儿。

要不要伸手拉她一把，他有点犹豫。说实话作为帝王，三宫六院见识了那么多女人，倒不至于毛头小子似的，但看见她的笑脸，就有种芒刺在背的感觉。

无论如何，拉总要拉一把的，不能让她一直跪下去。于是皇帝想了个折中的好办法，拿起桌上的螭龙镇尺冲她挑了挑。

颐行呆住了："斋戒的时候连手都不能碰？"

皇帝红了脸："朕知道，你是在暗示朕该翻牌子了，但朕有自己的主张，暂且不可动妄念。"

颐行心道好会曲解啊，皇帝果然是世上最自信的人。不过他脸红什么？难道还纠结于小时候的事？十年都过去了，他的身量和面貌虽然已经让她觉得陌生，但难堪时候的表情，却和当初一模一样。

看看这把螭龙镇尺，宽不过一寸，雕出个昂首挺胸的龙的形状，身体滚圆，尾巴霸道地翘着，显得豪迈且雄壮。

皇上把那龙尾递到她面前了，不接似乎不好，她犹豫了下，一把握住，就这么一使劲儿——人是站起来了，尾巴也被掰断了。

颐行托着手，看雕铸精美的龙尾躺在她手心，无奈但庆幸："还好没有割伤我。您这镇尺是什么材质的，怎么这么脆呢？"

皇帝手里握着那半截龙身，吁了口气道："芙蓉冻石。"

芙蓉冻石是寿山石的一种，质地本来就酥软，这么块石头想拽起个大活人来，此时不断更待何时？

只是御案上的东西弄坏了，这事比较难办。颐行把龙尾小心翼翼地放回了皇帝手里，心虚地说："您自己拿它来拽我的，我是无辜的，也没钱赔您。"

皇帝瞥了她一眼，觉得她真是小人之心："朕说了要你赔吗？朕只是在想，为什么你那么沉，能把石头拽断。"

原本正愧疚的老姑奶奶一下子就被他说得活了过来，结结巴巴道："这……这怎么能怪我沉呢，您要是拿块檀木镇尺来，掰断了才算我的本事。再说……再说我都是您的嫔了，这儿又没有外人，让您扶一把，就那么为难吗？您还拿个镇尺来让我借力……"

皇帝的耳根子发热，不自觉地抬手摸了摸："朕刚才是没有准备好，不知你会对朕做出什么来……要不然你再跪一回，这次朕用手来拽你？"

结果换来老姑奶奶质疑的眼神，可能在他眼里，她就是个如饥似渴的女人，借着那一扶的劲儿，会依偎进他怀里吧！

至于再跪一回，她又不傻，反而是这位万圣之尊，怎么和她原先认识的不一样，以前还会放狠话，如今怎么瞧着，色厉内荏不大机灵的样子。

算了，计较这些没意思得很，颐行现在关心的是另一样："万岁爷，您说我往后还有立功的机会吗？"

皇帝瞧了她一眼："再让你立功，那朕的后宫成什么了？"

想想也是，哪有那么多的功可立。不过颐行还是要对他表示感激，认真地捧心说："万岁爷，谢谢您提拔我。我原想着得个贵人就差不多了，没想到您给我晋了嫔。我如今也是一宫主位了，虽然比不上我们家历代的姑奶奶，但奴才会争气的，往后一定好好伺候您，听您的话，您让我干什么，我就干什么。"

皇帝听了这番话，人不动如山，眼神却在游移："这是太后的旨意，不是朕的意思……今儿宫门快下钥了，太后歇得早，你不必过去，等明儿晚些时候上慈宁宫磕头，谢过了太后的恩赏要紧。"

颐行应了声是："那奴才这就回去了。"正待要退下去，忽然想起个问题，便站住了脚问，"万岁爷，才刚的赏赉里头有二百两白银，嫔位每年的年俸也是二百两。那这二百两究竟算赏赐呢，还是算预支的年俸？"

皇帝真有些受不了她的斤斤计较，负着手别过脸道："是对你晋位的恩赏。后宫领的是月例，时候到了，自然有内务府的人送上门去。"

颐行这下放心了，高高兴兴哎了声，蹲了个安才打算走，皇帝说等等，把那个拽断了尾巴的螭龙镇尺交给了她："东西弄坏了，一句赔不起就完了？拿回去修，是重新雕还是粘上，看你自己的本事。"

皇帝要想给你小鞋穿，那真是天要亡你。颐行没法，烫手山芋似的，把这条断龙捧出了养心殿。

含珍以为颐行这回又从皇上那里顺了东西，结果凑近一看，是闯祸了。

含珍惶惶："这是万岁爷赏您的？"

颐行臊眉耷眼说不是："是我给弄断的。"然后把前因后果告诉了含珍，"品相都坏了，我可怎么补救才好啊。"

这是个难题，含珍叹了口气道："怪奴才，要是奴才跟进去伺候，就不会出这种事儿了。"

颐行却说不怪你："你也是为了撮合我和皇上。可惜人家斋戒期间不近女色，这回的心是白操了，还弄坏了这镇尺……"

含珍也没办法："等明儿我上古董房问问那里的总管事，他们常接手那些古玩珍宝，有坏了品相的他们也会修补。"边说边安慰她，"主儿别急，总会有办法的。实在不成，您就安生向皇上告个罪，皇上是仁君嘛，总不至于为这点子事儿为难您的。"

颐行点了点头，暂时也只能这样了。

夹道里头敲梆子的声音隐约传来，好在已经迈进了吉祥门。只听身后无数门臼转动的声响错综，把这寂静的宫闱串联了起来。这时脑子里勾勒出这紫禁城的深广，原来平时只说它大，从南到北走得乏力，但看见的也只眼前的几丈远。如今一个声音的世界，就能感受它的恢宏，颐行从未试过下钥的当口静下心来倾听这座皇城的叹息，就这么站住脚，边上一个往来的人都没有，仿佛它是一座空城，心里豁然升起一片巨大的苍凉来。

含珍见她停住了步子，奇道："主儿怎么了？"

颐行笑着说："听一听紫禁城……这座城里，曾经有咱们祖辈姑奶奶的哭和笑呢。"

老姑奶奶很少有这么感性的时候，含珍便陪着她一块儿驻足，略过了会儿道："主儿，晚膳的时候到了，今晚可是您升嫔后的头一餐……"

话还没说完，老姑奶奶立刻挪动了步子："哦，是头一餐来着，不知道有什么好吃的……"说着便迈进了永寿门，再也不管祖宗们的哭和笑了。

然而期望越大，失望越大，她看着面前的七八个素菜，感到心力交瘁。

皇上斋戒，阖宫都得跟着斋戒，今晚吃罗汉斋、炒三鲜、熘腐皮……恍惚又回到了尚仪局时候。不过菜色是全素，味道却挺好，厨子毕竟不敢糊弄。到了嫔妃位分上，东南角廊庑底下设置铜茶炊，深夜的时候还能喝奶子茶，有简单的糕点小粥，日子不可谓不舒坦。

只是饭后还得为这块螭龙镇尺伤脑筋，颐行把它放在炕桌上，你看着我，我看着你，看久了，螭龙的脑袋上浮现出了皇帝的脸，她一气恼，把它塞进了引枕底下，眼不见为净。

不过一宫主位，确实是个好差事。颐行背着手，巡视领地般横跨整个正殿，从东梢间走到了西梢间。这里的布置处处华贵，有精美的落地罩和宝座，有各种漂亮的香几、宫扇、帐幔、摆设，不像先前住猗兰馆，家徒四壁只有两把椅子。一个嫔的份例已经到了这样的地步，不知道皇贵妃的，又是何等富贵辉煌的气象。

野心勃勃的老姑奶奶得陇望蜀了一番，听见银朱招呼，方乖乖上床安置。只是夜里做了梦，梦见懋嫔拿着绳子要勒死她，她气喘吁吁跑了大半夜，第二天起来人还有些发蒙，却很快被含珍架到了妆台前，边替她洗脸扑粉边说："打今儿起您得上贵妃的永和宫请安，别误了时辰，叫人背后议论起来不好听。"

　　一说到贵妃，颐行打起了精神，原先她倒觉得贵妃宽和，为人很不错，可经过昨天的事，她那种明晃晃抢功的做法，实在让颐行对她喜欢不起来。

　　自己没有依附她的心，所以并没有顺她的意，要是换个懦弱一点的默认了，戳穿懋嫔的经过岂不是全成了贵妃的运筹帷幄？

　　横竖现在晋了位，往后还有很多照面的机会，去会一会也好。

　　于是很快收拾完，出门赶往永和宫。颐行又开始计算脚程，这可比当答应的时候麻烦多了，做答应只需向主位娘娘请安，如今做了嫔，反倒朝有贵妃，夕有皇帝。

　　不过能穿越乾清宫，是件很让人高兴的事。路过丹陛前广场的时候，她会朝南观望，希望什么时候夏太医正从御药房出来，即便远远看一眼心里也喜欢。

　　于是不免走得慢，含珍不住催促着："主儿，先上永和宫应了卯再说。"

　　颐行回过神来，忙穿过了龙光门。再往前一程就是永和宫，早前她也来过，因此熟门熟道，进殿的时候人来得差不多了，贵妃正和那些妃嫔说起懋嫔的事，见颐行进门来，笑着望了她一眼："正说你呢，你就来了。"

　　瞬间十几双眼睛齐齐望向她，今儿是老姑奶奶第一天以嫔位亮相，穿一身竹青色月季蝴蝶衬衣，披一领千岁绿四喜如意云肩。白净的脸颊因这青绿色映衬显得越发玲珑，果真人靠衣装佛靠金装，早前并不拿她放在眼里的人，如今也不得不对她刮目相看。

　　颐行从来不管别人怎么看她，大大方方上前行了个礼："给贵妃娘娘请安。"

　　裕贵妃说好，一面给她指派了座儿，笑道："往后都是自家姊妹，一个紫禁城里住着，和睦最要紧。"

　　和妃因和懋嫔交好，这次懋嫔落马，自己虽尽力撇清了，但对颐行也存着恨，便捏着手绢拭了拭鼻子，阴阳怪气道："一气儿从答应晋升到嫔，这怕是开天辟地头一遭呢吧。纯嫔妹妹圣眷隆重，往后前途不可限量啊。"

　　颐行在座上欠了欠身："总是我运气好罢了，谈不上圣眷隆重。和妃娘娘和懋嫔有些往来，要是早早儿发现她的异样，凭着和妃娘娘对万岁爷的一片赤诚之心，也会像我一样的。"

　　和妃被她回了个倒噎气，脸红脖子粗，一时竟不知道怎么回敬她。众人到这时才看明白，这位老姑奶奶和先头皇后不一样。先头皇后是个懒政的娘娘，对底下人爱答不理，也由得她们大喘气儿。这位却不同，一旦她得了势，可当真是要收拾人的。加之皇上一早吩咐贵妃照应她，可见她的飞速擢升是因为上面有人，且这个人就是皇帝，实在叫人眼红都没处下手。

大家都讪讪的，端起杯子来喝茶，以解目下的尴尬。

贵妃笑了笑，对颐行道："你昨儿才晋位，可向皇太后谢过恩了？"

颐行道："昨儿天色晚了，只上养心殿谢了恩，皇上说太后歇得早，让我今儿再过慈宁宫来着。"

贵妃点了点头："太后辰时之前礼佛，要去请安，得在辰时之后。过会子我正好要过去，你随我一块儿去就是了。"

颐行迟疑了下，并未应准贵妃，上太后跟前谢恩还要贵妃带着一块儿去，岂不坐实了和贵妃交好？可找个什么法子才能推脱呢……颐行想了想，装模作样道："这可怎么好，昨儿皇上还说让我等他散了朝，陪我一块儿过慈宁宫呢。要不娘娘晚些个？咱们一块儿上养心殿等皇上散了朝，再同去慈宁宫？"

气氛立刻变得凝重起来，可了不得，皇上要陪她一块儿去呢。这尚颐行看着没心没肺的，原来勾搭男人的本事都生在骨头缝儿里了。

贵妃讨了个没趣，只好自己找台阶下："我一向是辰时二刻过去，这些年都养成习惯了，不好随意更改。既然妹妹有皇上陪同，那我也就放心了……"话题实在尴尬得接不下去，便转而拿昨天的事做筏子，向后宫嫔妃们训话去了。

早晨的请安，其实就是贵妃向各宫贯彻思想的一场朝会，会上言者谆谆听者邈邈，毕竟大家都不怎么服她。

好容易挨到散场，贵妃直出宫门上慈宁宫请安去了，待她前脚一走，后脚就有好事之人打听："听说妹妹揭发懋嫔是贵妃娘娘授意的？"

颐行问："是贵妃娘娘亲口说的吗？"

大伙儿摇头，但风言风语早就传开了，只因贵妃一向好大喜功，所以才有她们好奇的一问。

颐行笑了笑："既然贵妃娘娘都不居功，这事儿还提它做什么呢。"说罢向三妃肃了肃[1]，转身回永寿宫去了。

路上含珍握了握她的手："主儿，我瞧您和往常不同了，再不是任她们揉捏的性子了。"

"此一时彼一时嘛。"颐行道，"我现在有钱有位分，又能摆我老姑奶奶的谱了，一味做小伏低，她们也不能饶过我。"

含珍瞧着她越发自强，心里自然是高兴的，待穿过凤彩门，就要引她往南去。

---

1 肃：做恭敬状。

颐行刹住了脚道："回永寿宫啊，你要带我上哪儿？"

含珍诧然道："您不是说了嘛，皇上要陪您一块儿上慈宁宫……难不成刚才是唬她们的呀？"

颐行龇牙一笑："果然连你都糊弄过去了，说明我是真机灵。"一面拽着含珍进了咸和右门，一面道，"往后不能和贵妃走得太近，这人不实心。我是有意这么敷衍她的，也好叫在座的都知道，我和她从没有一条心过，免得这回抢我的功劳，下回捅了娄子让我背黑锅。"

不过无端牵扯上皇帝，有些尴尬罢了。没受宠，倒先做出个受宠的样子来，那些嫔妃不免把她当成靶子，往后还不知道怎么挤对她呢。

含珍却看得开："您是从答应升上来的，受过冷遇也吃过白眼，还有什么可惧怕的。"

说得对，她是冷桌子热板凳一步步走过来的，日后兵来将挡，水来土掩，总会有办法应付。

于是回去重新收拾一番，点了口脂抿了头，估算着时候差不多了，方从永寿宫出来。

这里离慈宁宫也着实是近，出了启祥门一直往南，穿过养心殿夹道进永康左门，再往前就是慈宁宫正门。含珍替她打着伞，这个时辰暑气已经全来了，走在夹道里，就听见南边慈宁宫花园传来一阵阵的蝉鸣，那份聒噪，心像扔进了沸水里，载浮载沉着，要被这蝉海灭顶。

烈日照得满世界白光，夹道里的柳叶砖地面都油光锃亮似的。半空中浮着一层扭曲的热浪，从这里望过去，人像立在了火焰里……

人？颐行使劲眯起了眼，确实见三个身影站在永康左门前。为首的那个穿佛头青便服，腰上挂了一串活计，起先她还以为是办事的臣工，但走近了细看，发现原来竟是皇帝，就那么站在宫墙边的小片阴影里，看见她来，很不好意思的样子，又想装从容，于是散漫地调开了视线。

"万岁爷，您在这儿干吗呢？"颐行脱口而出，说完才发现可能又戳着他的痛肋了，毕竟他们首次攀谈，她说的就是这句话。

小心翼翼觑着他，果然他的脸上闪过了一丝尴尬："朕在这里，等内务大臣。"

什么内务大臣这么大的脸面，值得皇上顶着烈日站在门前静候？不过这是前朝的事，后宫女子不得干政，颐行哦了声："那您接着等吧，奴才要上慈宁宫向太后谢恩。"

她蹲了个安，说着就要绕过去，皇帝没法，只好作势和怀恩说："看来嵩明是被户部绊住脚了，叫朕这一番好等！算了，不等了……既然人在这里，那就上慈宁宫给太后请安去吧……"

怀恩道"嗻"，这时候老姑奶奶一只脚已经迈进门槛了。听见他们这么说，回了回头，娇俏的脸庞被伞面笼得蒙上了一层柔纱似的，后知后觉道："您也要上慈宁宫啊？那顺路，一块儿走吧。"

老姑奶奶有时候真不懂什么叫君臣有别，她对皇帝也并不是常怀敬畏之心，经常忘了自称奴才，一口一个"我"啊"我"的，但这并不妨碍皇帝包涵她。毕竟她生在尚家，是天字第一号姑奶奶，从小散养着长大。上了年纪的对老来子格外宠爱，因此她眼里没有那么多的条条框框，虽然刚进宫还知道恪守规矩，但相处一旦日久，她自然而然就忘记了。

美人盛情相邀，君子从善如流。皇帝颇有威严地嗯了一声，举步迈进了随墙门。

这时候的怀恩和明海都是有眼力见儿的，远远在后随行着。含珍亦是聪明人，绝不会夹在皇上和主儿中间。她将伞塞进了颐行手里，哈着腰向后退，退到墙根儿下，于是夹道里一下子空旷起来，最后只剩下并肩而行的那两位。

颐行倒没有什么不自在，她把伞面匀出一半来给皇帝，一面说："这大日头底下，太阳晒在身上多疼啊，叫他们准备一把伞多好。您是不是觉得男人打伞女气，所以宁愿晒着？"

皇帝负着手，挺着胸，有些骄傲地说："我们大英的儿郎自小风吹日晒，出门要打伞的，那是养在玻璃房里的盆栽。"

颐行似懂非懂地点点头："你们爷们儿可真爱和自己过不去。"

皇帝觑了她一眼："爷们儿的骨气你不懂。"

颐行眨巴了两下眼，心说也许是吧。努力地高擎着手臂，到这会儿才发现皇帝是真高，原来自己才将将到他肩头。

遥想当初，他在墙根撒尿那会儿，好像也不比她高多少啊。疏忽十年，自己的个头没见长，他却出落得长身玉立朗朗青年模样，岁月真是厚此薄彼。

"那您在我这伞下，凉快吗？"颐行问。

皇帝嘴上应着："还可以。"抬头看了看，见伞面内里画着一只巨大的蝴蝶，便一晒道，"你对蝴蝶倒是情有独钟。"

颐行也随他的视线仰头看，嗯了声道："毕竟我和您结缘就是因为蝴蝶嘛。"

她大言不惭，完全不觉得扑蝶扑成那样有碍观瞻，不好的记忆要快点忘记，忘记了，才能愉快地笑对人生。

皇帝却因她突如其来的撩拨，有点心不在焉。暗里只管腹诽，是啊，两次结缘都充满尴尬，下次得找钦天监算算，两个人是不是八字不合。

不过老姑奶奶是外表大大咧咧，内心铁桶一般。她在贵妃那里扯的谎，并未想过去圆，所以看见他也不觉得有什么庆幸，要不是他自己说要上慈宁宫请安，她就老神在在地绕过去了。

可能她的热情只对夏太医，皇帝无奈地想，得找个机会把夏太医派遣到外埠去，否则他的纯嫔就要有非分之想了——必须将这种懵懂的春心，扼杀在摇篮之中。

颐行呢，哪里知道皇帝在琢磨这些，走到慈宁门前略顿了顿步子，扭头一看长信门，发下了宏愿："等天儿下雨，我要上池子里捞蛤蟆骨朵儿[1]。"

皇帝对此嗤之以鼻："你都多大了，还玩儿那个。"

颐行说怎么了嘛："在家的时候我每年都捞，养上半个月再放生。那时候蛤蟆骨朵儿都长腿了，还拖着一条大尾巴呢，游起来一摇一摆，别提多好玩儿。"

所以还是个没长大的孩子，皇帝摇了摇头，对她的喜好只觉得迷茫。她也没有找玩伴的意思，现如今晋了嫔，身边伺候的人也多起来，反正不管什么时候都不会落单。

要进慈宁门了，颐行收了伞，交给守门的太监，自己抚抚鬓角整了整衣冠，提袍迈上了中路。

这时候的老姑奶奶一脸肃容，很有经历过大风大浪的气度。皇帝在一旁冷眼旁观着，发现人的地位不同了，果然底气也见长。

行至宫门上时，站班的宫人都俯身行礼，里头大宫女很快迎了出来，先向皇帝蹲安，又向颐行纳福，笑着说："奴才笠意，请纯嫔娘娘万福金安。"

颐行赧然点了点头："姑姑客气了，我来向太后老佛爷谢恩。"

笠意道是："先前贵妃娘娘说了，万岁爷会陪您一道来，太后已经等了有程子了，万岁爷和娘娘快请进吧。"

颐行心头不由得蹦跶了一下，心道这裕贵妃真不是盘儿好菜啊，有意在太后面前提起，到时如果不见皇帝，可知她在扯谎，那叫太后怎么瞧她？不过笠意当着皇帝的面把话说破了，也足够叫她难为情的了，只是这会儿不便说什么，只好装作无事，视线轻轻扫过皇上。

1　蛤蟆骨朵儿：蝌蚪。

皇帝目视前方，毕竟是帝王，喜怒不形于色，也没有存心让颐行难堪，举步迈进了正殿。

太后正坐在东暖阁里，看身边大宫女春辰剪花样子。见他们过来，便正了正身子，笑着说："今儿不是有外邦使节入京朝见吗，皇帝这么忙，怎么这会子有空过来？"

人不能扯谎，因为不知什么时候，就会被无情地戳穿。

皇帝之前还在暗中耻笑老姑奶奶，没想到刚一见太后，自己很快也落了马。还好有他帝王的威仪支撑着，即便糊弄人的时候，也像很有说服力的样子，正了正神色道："早朝时已经见过了，底下的事儿，无非那些疆域、戍防、进贡事宜，有军机大臣分忧，朕就不必事事亲力亲为了。再过半月是皇额涅寿诞，朕这程子忙于政务，没有好好向皇额涅请安。恰好纯嫔晋位要向皇额涅谢恩，朕就陪着一道过来了，一则替她壮壮胆，二则也是儿子看望母后的孝心。"

太后笑道："我一应都好着呢，你机务要紧，不必时时惦记着我。"边说边望向这位新晋的嫔，虽说重又扶植了尚家人，她心里并不十分称意，但昨儿见尚颐行杀伐决断的样子，倒也对她有了几分好感。

颐行终于等他们母子叙完了家常，太后也给了她见礼的间隙，便上前请了双安，然后跪地匍匐下去，朗声道："奴才尚氏，叩谢皇太后隆恩。"

太后说起喀吧，又叫人搬了绣墩来赐座，一面道："到底是一家人，还是进了一家门啊。早前废后时，我原想着从今往后这大英后宫不会再见尚家人了，没承想时隔两年，终究还是来了个你。昨儿揭穿懋嫔罪行那件事，你办得很好，合该赏你个嫔的位分，皇帝赐你封号'纯'，也是瞧着你天质自然。往后你要勤勤勉勉侍奉主子，这深宫之中行路难，须得步步谨小慎微，切要戒骄戒躁，不可张狂。"

太后这番话是例行的训诫，颐行听了，在绣墩儿上欠着身子道是："太后的示下，奴才字字句句都记在心坎儿上，绝不敢辜负太后和皇上的厚爱。"

太后颔首，长叹了一声道："好好过日子吧，人这一生，说长并不长，倒也不必纠结于娘家的种种。依着福海贪墨的数额，你们尚家够得上发配了，但因念着老辈儿里的功勋，皇上还是网开一面了。其实你早前参选，我这儿也有一本账，因着你哥子坏了事，那些曾经盘根错节的亲戚也怕受牵连，没有一个人愿意相帮，你在尚仪局做宫女，心里大抵也怨恨吧？"

颐行说不敢："奴才从未怨恨，三选上头被筛下来，也是奴才自身不足，不配伺候皇上。"

太后笑了笑，验身这种事，好赖只需验身嬷嬷一句话，就像那个怀着身孕混进宫的宫女，不也顺顺当当留下了吗？

瞧瞧这尚颐行，生得着实花容月貌，先前皇帝的万寿宴上看见她，一眼便觉得和周遭宫人不一样，就是周身的那种气度，把宫女们衬得黯然失色。这样的人，终究是会出头冒尖的，想压也压不住，不过能到哪个份儿上，还是得看将来给皇帝添了几位阿哥。女人有了孩子才生根，才愿意实心为着男人着想。怡妃是太后娘家侄女，太后原倒是想扶植她来着，无奈这些年能力平平，故端贵人留下的阿哥交给她养，她也养不好，太后便对她没了指望。如今后宫来了新人，又是如此有渊源，皇帝也喜欢，横竖先生个孩子吧，也好补了懋嫔遇喜的空欢喜一场。

说起生孩子，太后将视线转到了皇帝身上："我听敬事房的人回禀，皇帝已经长久不翻牌子了？这是什么缘故啊？"

颐行一听便竖起了耳朵，终于有人提出了她的困惑，心里那簇小火苗立刻噌地往上升得老高。心道太后老佛爷，我知道啊，皇上他是志不在后宫啦，兴许他有了念念不忘的人，不过八成不会老实向您坦白的。

皇帝倒是镇定如常，那张年轻的脸上透着矜重端稳，微微偏着身子，南窗外的天光照着他的侧颜，那面颊清透洁净，浓长的眼睫低垂着，在眼下铺出一排淡淡的灰影。

"儿子两个月前练习骑射……"

"什么？"太后失态高呼起来。

母子两个面面相觑，皇帝张口结舌，太后满脸尴尬。

略顿了顿，太后才道："伤了……有没有让太医好好诊治？太医怎么说？"

颐行低着头，乖顺地盯着自己的膝头，耳朵却一伸再伸，只差没贴到皇帝嘴上去了。

最后皇帝道："太医诊治后，说儿子的腿伤不严重，只需安心静养就成了。"

原来是腿伤？太后长出了一口气，怨怼道："既受了伤，怎么没有一个人来回我？"

皇帝笑了笑，和声道："额涅吃斋念佛，心神安宁，儿子不过受了点小伤，何必扰了额涅清净。再说如今都已经好了，走路没什么妨碍，额涅就宽怀吧，不必为儿子担心。"

旁听的颐行心下感慨，皇帝真是普天之下第一大忽悠，这话也能唬得太后相信？

太后大概也有所察觉，曼声道："既伤了腿，也不是什么要紧事儿，何至于几个月不翻牌子。你要知道，后宫女人盼你雨露均沾，活着就为这点子念想。再说你如今二十二了，子嗣上头也不健旺，倘或能再给我多添几个皇孙，我倒也不那么着急了。"

皇帝一径低着头说是："懋嫔这回诈孕，伤了皇额涅的心。"

"你知道就好啊。"太后叹息着说，"早前听说她遇喜，我高兴得什么似的，谁知最后白操了那份心，想来实在不甘。"

皇帝略沉吟了下道："仵作验过了那个宫女，死胎确实是她产下的。如今一干有牵连的人，儿子都已经发落了，懋嫔赐死，当初三选经手查验的嬷嬷也一并处死了。"

太后一手搁在炕桌上，指尖慢慢捻动佛珠，沉默了下方道："她是自作孽，怨不得别人。倒是你，天儿热，保重圣躬要紧。让太医好好请个脉，开几帖龟龄集滋补滋补。你跟前那个什么夏太医，早前并没听说过这个人，是新近提拔上来的吗？"

皇帝一顿，提起夏太医他就浑身发麻，尤其还是在老姑奶奶跟前。

果然，老姑奶奶听见夏太医就抬起眼来，那双眼睛水波潋滟，直勾勾瞧着皇帝。

皇帝暗暗咽了口唾沫，道是："他是两年前入职的，儿子瞧他医术精湛，提拔到御前正合适。"

太后却有些犹豫："还是资历深些的太医用着放心，一个才入职两年的，恐怕医术尚且不精湛。"

关于这点，颐行有话说。她谨慎地叫了声太后："奴才也知道这位太医，医术比之外值太医，确实高深得多。当初奴才身边的宫女得了重病，外值太医已然放弃了，走投无路下求了夏太医诊治，他几根金针下去，人就活过来一大半。"

太后哦了声："那医术倒确实过得去。"一面又问皇帝，"他师从哪位泰斗啊？你小时候也爱研读医书，曾吵着要拜乌良海为师，你还记得吗？"

皇帝简直有如坐针毡之感，他苦心经营了这么久，太后和颐行一照面，眼看就要轻易被戳穿了。

"那都是儿时的戏谈，额涅不是说了吗，略懂些皮毛，对自己身子有益处就是了，不可沉迷，荒废了学业。"皇帝干涩地笑了笑，"至于夏太医师从何人，儿子倒是没问，民间高手如云，想必他拜得了好师父吧。"

太后点了点头："既这么，下回让他来我这里请个平安脉。你是万乘之尊，跟前用人千万要仔细才是。"

皇帝连连道是："他这两日休沐，等回了值上，儿子再打发人过御药房传话。"

反正现在什么都不想，皇帝只希望关于夏太医的话题快些结束，来回一直拉锯，他的心也有些受不住，便僵硬地转移了话题："这趟车臣汗部使节带了好些上等皮子和毛毡，儿子命人挑最好的，给额涅送来。"

太后是个乐天知命的人，倚着引枕笑道："你上年给的我还没用完，今年分发给贵妃和怡妃她们了。我一个人，能消耗多少，不必往我这里送了，倒是给纯嫔预备几样，她才晋的位分，想必还没有这些过冬的好物件儿呢。"聊得好好的，远兜远转话又说了回来，"那个太医叫什么名字？你机务忙得很，用不着你打发人过去，我派个太监走一趟就是了。"

皇帝的心都凉了，此刻就想找个地洞钻下去，也好过这样痛苦的煎熬。

颐行眨巴着眼，看皇帝不回答，自己就想着让夏太医在太后跟前露一回脸，将来对他仕途升发必然更有益。于是热心地应了太后："奴才听说，夏太医名叫夏清川。"

皇帝脑子里嗡的一声，这天儿已经让他聊出了行尸走肉之感。

"夏清川？"

太后奇异地看向皇帝，只见他无措地摸了摸额角，最后强打起精神来，笑着道是："正是夏清川。"

天底下能有这么巧的事吗，太医竟和皇帝重名了？当初先帝给他起名，这"清川"二字是有来由的，先帝喜欢晁补的那句"晴日七八船，熙然在清川"，因此皇帝名叫宇文熙，表字清川。如今又来个夏清川……太后忽然回过神来，自己可不是姓夏吗，这么一拼凑，才有了这个所谓的"夏清川"吧！

头疼，年轻人的想法真叫人琢磨不透。看纯嫔一副认真的样子，皇帝的眼神又闪躲着，也不知道他们究竟在闹什么幺蛾子。当然皇帝的体面还是要成全的，太后无奈，点着头道："夏清川，这名字……一听就是杏林圣手。"

颐行不疑有他，笑着说是："夏太医的医术着实精湛，等太后见了他就知道。"

然后太后把她的不解全集中到了颐行身上："你……眼神怎么样？"

颐行怔了下，不明白太后为什么要这么问，但也得认认真真回话："奴才眼神还成，灯下能穿针，十丈之外能辨男女。"

太后想了想，这样好像还不错，那怎么能分辨不清皇帝和夏太医的长相呢。

太后也来了兴致，偏头又问："这夏太医，长得什么模样？"

颐行摇了摇她单纯的脑袋："奴才没见过夏太医的样貌，他每回看诊都戴着面巾，毕竟御用的太医要伺候皇上，万一把病气儿过到御前，那就不好了。"

"哦……"太后喃喃,"原来是这么回事儿。"

皇帝已经坐不下去了,抚了抚膝头站起身道:"朕还有些奏折要批,就先回养心殿了。外头暑气大盛,皇额涅仔细身子,儿子这就告退了。"

太后说好,转头吩咐颐行:"你主子要回去了,你也去吧。记着谨守自己的本分,好好伺候主子,闲时多替我上养心殿瞧瞧,就是在我跟前尽孝了。"

颐行道是,见皇帝先行了,自己便也却行退出了慈宁宫正殿。

他走得很快,像身后有人追赶似的,颐行只好一路在后头尾随,气喘吁吁道:"万岁爷,您走慢些,奴才追不上您啦。"

皇帝踏上慈宁门的台阶,乏力地顿住脚,闭上眼睛喘了口气。他在考虑,下回再见太后的时候,应该怎么向太后解释夏清川这个问题。

好在老姑奶奶并未察觉异样,依旧一脸纯质地望着他,皇帝勉强挤出个笑脸来:"你回去吧,朕也要回养心殿了。"

颐行哪里知道皇帝此时的心潮澎湃,接了守门太监递过来的伞,迈出宫门时撑开了,扭头对他说:"还是我送您回去吧,大热的天儿,没的晒伤了脸。"

说完也不多言,提着袍子,花盆底鞋轻巧地踏上了细墁地面。

有风撩动了她的袍角,那番莲花的镶绲在足尖轻拂,像月下海边拍打的细浪。她举伞的胳膊衣袖下坠,露出一截嫩藕一样的手腕,腕上戴着一只绞丝银镯,颇有小家碧玉的灵巧秀美,就那么眉眼弯弯看着他,说:"您别不好意思呀,我送您一程又不犯斋戒,大不了我不挨着您就是了。"

皇帝没法推脱,怀恩那几个奴才也不知躲到哪儿消闲去了,他只好迈下台阶,挤进了那片小小的伞底。

颐行照旧还是松散的模样,一面走一面道:"我才刚瞧您和太后说话,透着家常式的温情,以前我老觉得帝王家聊天,也得之乎者也做学问似的,原来并不是这样。"

皇帝渐次也从刚才那种悬心的状态下游离出来,负着手踱着步道:"寻常说话自然不必咬文嚼字,谁也费不起那脑子。倒是你,那么殷勤地向太后举荐夏太医,难道还指着他伺候太后平安档?"

颐行暗中啧啧,这小皇帝,对夏太医还十分具备占有欲,伺候御前可以,伺候太后平安档就不行?

"奴才是想着,夏太医这么好的医术,应该多为宫中造福。他如今官职不是很低微吗,上太后跟前伺候伺候,多个结交多条路,俗话说丑媳妇总要……嗯……的嘛,他先前向皇上举荐我,我如今向太后举荐他,也算我知恩图报,还了他这份人情。"

是啊，拿他还人情，好事儿全被她占了，老姑奶奶真是独步天下从不吃亏。

皇帝有些气闷，又抒发不出来，便问她："朕的那个螭龙镇尺，你修得怎么样了？"

颐行一阵心虚，想起来那东西还塞在引枕下呢，便道："万岁爷，断都断了，我瞧是修不好了，就算修好也不美观，要不您就当是赏了我的，别再追究了，成吗？"

皇帝说不成："那条龙尾可以赏你，龙身子朕还要。不管你用什么法子，把它雕成一个完整的物件。"边说边严肃地看了她一眼，"记着，不许假他人之手，你自己闯的祸，自己想办法补救。"

这也算刻意的锤炼吧，颐行本来还打算讨价还价一番，但见皇帝一脸肃容，也不敢再聒噪了，小声嗫嚅着："奴才尽力而为，可是最后这镇尺会变成什么样，奴才不敢下保。"

皇帝漠然瞧了她一眼，没有说话，大抵意思是你自己看着办，要是修复得不好，提人头来见。

所以这就是伴君如伴虎啊，先前不还好好的吗？颐行也觉得不大高兴了，走出永康左门夹道后就站住了脚，笑道："奴才忽然发现，原来和万岁爷不顺路。您要走隆宗门，我往北直达启祥门，要不就在这里分道儿吧。"说着蹲了个安，"万岁爷好走，奴才恭送万岁爷。"

她还是那么笑嘻嘻地看着他，那模样一下让他想起小时候，不管干了什么缺德事，她都有脸笑着。

皇帝气恼，迈出了伞顶笼罩的方寸，果然由奢入俭难，大日头晒着脑门，晒得他几乎睁不开眼。

男人嘛，练骑射的时候可没什么遮挡，这是万岁爷自己说的。他也很有气节，转身大步朝隆宗门走去，颐行瞧着他的背影，终于能放下伞柄挑在自己肩头上了。心道好心好意撑了这半天伞，结果一点情面都不讲，一块寿山石罢了，值当这么急赤白脸的嘛！

她扭转了身子，举步朝夹道走去，皇帝行至廊庑底下回头看了一眼，那蝴蝶伞面罩住了她的上半截身子，大概因为穿不惯花盆底，松散起来走路送胯，因此屁股和腰扭得特别厉害。

他嗤了一声，四六不懂的小丫头，一回又一回地在他面前抬举夏太医，这是作为嫔妃的行事之道吗？还使起性子来，说好了要送他回养心殿的，半道上居然反悔

了。什么不顺路，她把帝王威仪当成什么，还以为这是她江南尚家，他是上她们家
做客的太子吗？

一路不知躲到哪里去的怀恩和明海终于露了面，从隆宗门值房里弄了把伞过
来，忙在槛外撑起，以迎接万岁爷。

怀恩心里还在犯嘀咕，刚才不是并肩走得好好的吗，怎么说话儿就分道扬镳了
呢。又不敢打听里头内情，只道："奴才瞧纯嫔娘娘的鞋穿得不称脚，想是在主子
跟前不好表露，所以急着回永寿宫去吧！"

皇帝经他这么一说，似乎才想起来，前后一联系，那份气恼就消散了，想了想
道："再赐她几身行头吧，还有头面首饰……别弄得一副寒酸模样，叫人笑话。"

怀恩忙道了声"嗻"，老姑奶奶的这份荣耀，可说是特例，就连早年的贵妃也
是按份发放，可没有今儿册封，明儿再追加赏赐的恩典。

皇帝漫步走进了养心门，走到抱厦前时，看见那缸鱼给移到了阴凉处，也没人
给他们喂食，鱼脑袋一拱一拱，纷纷顶出了水面。

皇帝回身看了看外面天色，若有所思——鱼浮头，要下雨了。

那厢颐行回到永寿宫，就把引枕底下那块断了的镇尺掏了出来。

搁在炕几上看，龙首高昂着，要是倒过来看，是个月牙的形状。

其实这东西搁在雕工了得的玉匠手里，大可以给它改头换面，变成另一款精
品，可那位刻薄的万岁爷发了话，不许别人帮忙，只能自己想辙，这就难为坏了老
姑奶奶。

怎么办呢，她颠来倒去地看，木匠弹线似的闭起一目，对着窗外天光观察龙首
和断裂处的水平。银朱在一旁看着她，说："主儿，实在不成咱们上如意馆找位师
傅画个草图来，您就对着草图雕，就算手艺蹩脚些，万岁爷瞧在您已经尽力的分儿
上，也不会怪罪您的。"

颐行却说别慌："我小时候，家里头有一座睡佛，就是这么头枕在高处，身
子弯弯的像月牙一样。"边说边转动手腕，把袖子转到臂弯处，振臂一挥说来呀，
"给我找刻刀来。凭着我的记忆，我也能把它给雕出来。"

老姑奶奶信心满满，自觉读书不怎么样，动手能力一向很强。底下人虽然认为
她不甚靠谱，但如今也没有别的办法了，只好死马当成活马医。

刻刀很快就找来了，含珍千叮咛万嘱咐："千万小心些，别划伤了自个儿。"

干活儿的阵仗得铺排开，桌上摆设一应撤走，老姑奶奶盘着腿舔着唇，把螭龙
的两个耳朵先铲平了。

寿山石作为制作印章惯用的原石，质地是真的松软便于雕刻。颐行决定先雕个佛头，铲出了个圆溜溜的脑袋，五官不太好拿捏，那就留到最后。身子想象中是最容易完成的，睡佛偏衫落拓，只需雕出衣服上的褶皱就行了……

廊下往来的人看着主儿那份执拗，都替她捏了一把汗，她还不许人在边上旁观，把含珍和银朱都赶了出来。

午后的永寿宫是最惬意的，没有人走动，也没有什么差事承办，除了几个站班儿的，大伙儿都可以寻个地方眯瞪一会儿。高阳如今是宫里的管事，他要留心的地方远比别人多，便抱着拂尘坐在海棠树下。一阵风吹树摇，落了满头芝麻大的小果子，他也不管，只是阖上一盏茶的眼，便起来四处溜达一圈。回回经过窗前，见老姑奶奶还在较劲，心想当主子也怪不容易的，皇上要是刁难起来，连午觉都不得睡。

终于将近傍晚的时候，老姑奶奶出关了，银朱追问雕得怎么样了，老姑奶奶茫然看了她一眼："甭管怎么样，反正我尽力了。"

当然东西不好意思拿出来给大家过目，因为实在太跌份子了，留给皇上一个人看就成了。晚膳的时候又是好几样斋菜，草草打发了一顿，就开始琢磨夏太医什么时候上值，皇上说他休沐两天，那后儿就能见到他了吧！

见到他，得好好感激他，要是没有他那瓶泽漆，恐怕她现在还在狷兰馆伤脑筋呢。颐行在半梦半醒间念叨着那个人，就算晋了嫔位，她也没能收心。

不知是不是老天要给她提个醒，忽然天地间震颤起来，窗外电闪雷鸣下起了大雨，从后半夜一直下到了第二天。

早上颐行起床的时候站在门前看，天色正朦胧，院子里两棵海棠因被雨浇淋了一通，枝叶越发青翠欲滴。

嫔妃不好当，鸡起五更的，后宫也像前朝一样作息。皇上在太和门上听政，她们得上永和宫听示下。好在管事的向内务府申领了代步，这着雨的早晨，总算不必涉水往贵妃宫里去了。

颐行到时，正遇上永和门前停着两抬肩舆，下来的是吉贵人和谨贵人。因位分有高低，她们见了颐行都需行礼，帕子往上一甩，说："请纯嫔娘娘的安。"

颐行笑了笑："你们也才来？"一面比手，"快进去吧。"

路上听吉贵人说，今儿八成要议太后寿诞的事，果然进门请了安才坐定，裕贵妃便开了口："再有半月就是太后万寿，不知各位妹妹的寿礼预备得怎么样了？"

和妃懒懒别开了脸，贵妃最善于张罗这些，每逢皇上和太后的万寿节，最卖力的就数她。因着又是在主子跟前讨巧的机会，她从来不肯错过半分，总爱事先探听，你送什么她送什么。低位分的贵人常在总归不能没过她的次序，至于那些高位的嫔妃，要是盖住了她的风头，那接下来几日少不得念秧儿，绵里藏针地一通挤对。

就是这么小心眼儿，真叫人觉得不大气。今儿又来探听，偏身问穆嫔："你预备了什么？"

穆嫔虽然和她交好，却也不大喜欢她这样，又不好不答，便道："我这程子都快闹饥荒了，预备不得什么贵重物件，左不过一座寿字古铜双环瓶罢了。"

贵妃点了点头，又问愉嫔："你呢？"

愉嫔道："我没什么拿得出手的，绣了一床万寿被，给老佛爷助助兴。"

听了半天的颐行心里有点发虚，暗道贵妃不会来问自己吧！昨儿才刚晋位，钱还没焐热，这就要送礼？难怪以前总听那些姑奶奶进宫当娘娘的人家说，娘娘在宫里闹亏空，还得娘家往里头接济。实在是因为寿诞太多送不过来，自己领的那点子月例银子除了送人情，还得打赏，说是风风光光的娘娘们，日子过得紧巴巴，没人知道罢了。

往后缩着点儿吧，别让贵妃点着她的名。可惜最后还是没能逃脱，贵妃有意皮笑肉不笑地问她："妹妹可预备了什么？"

颐行只好老实交代："我是昨儿才听说皇太后万寿将至，实在没来得及预备。"

这话正落了恭妃口实，于是冷笑道："纯嫔多会讨乖的，就是预备了也不愿意透露半分。毕竟东西是向皇太后表心意的，太后还没见着，倒个个比太后先知情，弄得大伙儿串供似的，什么趣儿！"

这就已经矛头直指贵妃，暗喻她多管闲事了。上首的贵妃一哂："不过说出来，大家做个参考，都是自己姐妹，怎么倒成了串供？"

怡妃早就和贵妃不对付了，也仗着是太后娘家人，不把贵妃放在眼里。崴身撑着玫瑰椅扶手，一手抚着另一手上的镂金莲花嵌翡翠护甲，漫不经心道："既这么，贵妃娘娘多早晚把自己预备的东西先叫我们见识了，再来打听别人的礼，那才说得响嘴呢。我竟不明白了，各人凭各人的心意，做什么要事先通气儿？难不成咱们送的上不得台面，贵妃娘娘愿意帮衬咱们，替咱们把礼补足吗？"

这番话说进了众人的心坎里，但因贵妃如今掌管六宫，大家不好明着附和，一个个强忍着笑，也忍得怪辛苦的。

贵妃冷冷看着怡妃道："妹妹也别说这样的话，一个宫闱里住着，总有互通有无的时候。像早前你领着二阿哥，摔得二阿哥鼻青脸肿，太后要责罚你，还不是本宫替你求情，才勉强让你继续养着二阿哥的吗？"

这下子怡妃被戳了痛肋，脸上挂不住了，霍地站起身一蹲道："我身上不适，先告退。"说罢也不等贵妃发话，转身便走出了正殿。

颐行旁观了半晌，觉得整日看她们斗嘴，其实也挺有意思。

最后这场朝会不欢而散，外头雨渐小，嫔妃们各自回自己的寝宫去了。

回程颐行没乘舆，慢悠悠穿过了乾清宫，往养心殿去。这个时辰皇帝御门听政恐怕还没结束，不要紧，上他宫里等着他，把该赔他的寿山石还给他，自己就无债一身轻了。

从西一长街往南进遵义门，绕过两重影壁，就是养心殿正殿。皇帝果然还没回来，站在门前和人闲聊的满福不经意回了回头，见她来了忙迎上来，笑着说："纯主儿怎么这会子过来了，还下着雨哪。"边说边往里头接引，"前头听政差不多也快散了，娘娘上暖阁里头等会子，万岁爷说话儿就回来。"

颐行道了句偏劳，让含珍在外候着，便跟着满福进了东边。

满福搬了杌子来请她坐，一面又上茶，含笑问："娘娘来前进过吃的了吗？奴才给您上些点心吧，有翠玉豆糕和香酥苹果，娘娘吃着，等万岁爷回来？"

颐行到这会儿才算品尝出了辈分大的好处，御前的人也拿她当老姑奶奶似的，不像别的嫔妃来，别说吃点心，不吃闭门羹就不错了。

上御前总要吃要喝的也不好意思，颐行便道："我吃过了来的，多谢谙达了。"

满福偏头琢磨了下："那您喝茶，且等会子，奴才上外头替您瞧着去。"说罢打了一个千儿，退出了东暖阁。

这就剩下颐行一个人了，因天色昏暗，屋子里也不大敞亮，炕几上的青花缠枝香炉里香烟袅袅，飘出浑厚的迦南香来。她转头四下瞧瞧，来了好几回，都没能放大胆儿打量这屋子里的陈设，究竟是爷们儿起居的地方，不像女孩寝宫里那么多的装饰，只有御座扶手上的一架铜镀金牛驮瓶花钟，显得贵重精美，与墙上悬挂的珐琅轿瓶相得益彰。

视线往下移了移，在南炕旁的角落里看见了一盏灯笼，这灯笼和养心殿常用的宫灯不一样，分明简朴得多。再细细打量，下端一角居然还写着安乐堂字样……

颐行迟疑了下，安乐堂的灯笼怎么会在这儿？正纳闷，见南窗外皇帝带着随行的太监回来了，忙站起身到门前相迎。

因满福早就通禀的缘故，皇帝见了她也并不显得意外，随意地一瞥，沉声道：

"这么一早就赶了来，想必有什么要事吧？"

颐行应了个是，吞吞吐吐道："就是因着前儿那块寿山石……"

皇帝嗯了声："怎么样？修补好了吗？"

"奴才手艺不佳……"她讪笑了下道，"昨儿在寝宫雕琢了半天，也没能把镇尺雕琢好。"

皇帝皱了皱眉："这么说来，这镇尺是有去无回了？"

"倒也不是。"她眨巴了两下眼睛，摸了摸袖子，"就是……奴才想了好些办法，想把它雕得不辜负万岁爷，不辜负这养心殿，可惜自己能耐不够，只好愧对主子了。"

皇帝一听，倒觉得尚可，只要有心补救，不拘手艺怎么样，都是值得夸赞的。

"朕的初衷，是想让你懂得担负责任，朕富有天下，难道还在乎这一方镇尺？"他带着点鼓励的口吻怂恿她，"来，拿出来让朕过目。手艺不佳没什么，谁也不是出娘胎就样样都会的。"

既然他这么说，颐行也就放心了，便鼓足勇气掏了掏袖子，从里头掏出了那个镇尺，搁在了皇帝的御案上。

……这是什么？皇帝打眼一看，险些一口气上不来。

边上的怀恩探头瞧了瞧，忙偏过头去，冲着门外憋住了笑。

颐行也有些不好意思，扭着手绢道："我原想雕个卧佛的，可惜雕脖子的时候给凿断了……"

"所以你……"皇帝拿手指着这寸来长的东西问，"给朕雕了根茄子？朕还能拿它当镇尺吗？"

颐行终于红了脸："我不是说了自己手艺不好嘛，您偏让我雕！我如今是把吃奶的劲儿也使出来了，就做成这个东西，我也嫌自己笨，可又有什么办法，它就是雕成了这样嘛。"

所以错处还在他身上，是他勉强她干了不擅长的活？

皇帝气不打一处来，撑着腰在地上转了两圈，然后停在南窗前望着窗外直匀气儿。可是细想想，也是他强人所难了，虽然她还回来的东西和他预想的差了一大截，但终归也是人家一刀一刀雕出来的。

走近了瞧瞧，茄子上有把儿，茄身上为了显示光亮，还凿出一条小沟来，说明并不是敷衍了事，人家确实是用了心的。

皇帝长叹了一口气："算了，茄子就茄子吧，横竖弄成这样，再也补救不回来了。"

　　颐行毕竟还是有些愧对他的："要不然……那块寿山石值多少银子，从我的月例银子里扣，我一点儿一点儿还给您，成吗？"

　　皇帝回头瞧了她一眼："能上御前的东西，你猜值多少银子？恐怕你不吃不喝三年，也还不清。"

　　那就得再斟酌斟酌了，颐行悄悄嘟囔："三年都还不清，可见不是寿山石太贵，是嫔位的月例银子太低了。"

　　这话分明就是有意让他听见的，皇帝偏头道："什么？你还有脸嫌月例银子少？"

　　这下她可不敢嘀咕了，赔着笑脸道："是您听岔了，我可没这么说。奴才如今到这位分，全是万岁爷恩赏，哪还敢挑肥拣瘦呢。"一面说，一面壮胆挽着他的胳膊往南炕上引，说，"皇上您请坐，我还有件事想和您商量商量。"

　　皇帝虽心存怀疑，但见她如此殷勤，心里到底还是受用的。待在南炕上坐定，方端严道："什么事儿，只管说吧，朕还有政务要忙，没那些闲工夫和你周旋。"

　　颐行站在脚踏前忸怩了下："奴才先前上永和宫给贵妃娘娘请安，后宫主儿们聚在一块儿，说再过程子就是太后寿诞了，纷纷商议自己送什么寿礼。奴才如今虽晋了嫔位，可手里头没积攒，也不知道该孝敬太后什么。所以奴才想着，是不是找万岁爷商议一下，您和太后最贴心，一定知道太后喜欢什么。"

　　皇帝侧目看她，她脸上带着虔诚的笑，真是一点儿都不见外。

　　所谓的商议一下，之前为什么还要阐明手上没什么积攒？这是诚心要商议的态度吗？打从他继位起，就没有哪个后宫嫔妃跑来和他讨过这种主意，也只有这老姑奶奶，仗着自己已经混得脸熟，不拿自己当外人。

　　皇帝没好气道："打听这个有什么用，所剩不到半个月了，你又不会书画，绣活儿又拿不出手，能为太后准备什么寿礼？"

　　颐行被他说得挺扫脸，讪讪道："您也别这么说，我可以学下厨，给太后老人家下碗寿面。"

　　可惜很快被皇帝否决了："朕怕太后吃了你的寿面，回头闹胃疼。"

　　说完上下打量了她一眼，可真是个肩不能担担、手不能提篮的宝贝疙瘩啊，姑娘家该会的她一样不会，身家又不富裕，一到送礼就犯难。得亏她脑子好，知道找他来商量，皇帝无奈地说："罢了，这件事你不用操心了，朕来替你预备就是了。"

　　颐行等的就是这句话，一听之下大喜："真的？您没哄我吧？"

　　皇帝的目光在她脸上转了一圈，又闲闲调开了："你觉得朕有这闲情来哄你吗？"

颐行立时眉开眼笑，说自然不会的："万岁爷是金口玉言，怎么能来哄奴才呢。既这么，那就一言为定，等您趸摸着好东西了，记着送到永寿宫来，等太后万寿节那天，我好借您的东风争脸。"说完冲他肃了肃，"万岁爷政务如山，那我就不叨扰您啦，这就回永寿宫去，等您的好信儿。"

她就那么走了，皇帝看了看桌上的茄子，又想想刚才应准她的话，发现自己真是亏到姥姥家去了。

朝外望一眼，天上下着蒙蒙细雨，从南窗斜看出去，映着赤红的抱柱，能看出雨丝的走势。

怀恩将人送到廊庑下，含珍打起伞，主仆两个相携着走进了烟雨迷蒙的世界。红墙、黄伞、美人，倒像一幅精美的仕女画。

皇帝叹着气，捏起那只茄子，收进了炕桌的抽屉里。

门外脚步声传来，怀恩打起门帘进了暖阁，哈腰道："万岁爷，奴才想起上年回部敬献了一座白玉仙山，料子好，雕工寓意也好，拿来给皇太后做寿礼正合适。"

皇帝沉吟了下，觉得不妥："纯嫔穷得底儿掉，太值钱的东西不像她的手笔。还是上库里找找去吧，让她自己挑……"

怀恩道："纯嫔娘娘这会儿上慈宁宫花园去了，那奴才把她追回来？"

皇帝一听，心道好啊，把难题扔给了他，自个儿上御花园捞蛤蟆去了。气恼之下站起身说不必："朕倒要看看，她是如何玩儿得不顾身份体统的。"说罢一拂袍角，追出了养心殿。

第十四章·如花照水

大雨已过，天上飘着毛毛细雨，是捞蛤蟆骨朵儿最好的时候。

颐行把自己的行程安排得满满当当，早上临出门就吩咐了高阳，让他预备一口大缸，里头蓄满水，她要养那些零碎小东西用的。另吩咐银朱做个网兜子，先上慈宁宫花园等着她。

从养心殿出来，一路直奔隆宗门，穿过造办处后门再往西，就是慈宁宫花园。

早前做宫女做答应的时候，是没有闲情上这个花园来溜达的，如今进了揽胜门，就见前头郁郁葱葱满是翠柏，那临溪亭是临池的水榭，只要蹲在平台上，随手就能够着水面。

颐行和含珍一进园子，就见银朱拄着长柄的网兜，站在亭子前的廊檐下，那眼观六路的样子，活像个凯旋的将军。忽然发现她们来了，用力挥了挥手："主儿快来，这儿有好些呢。"

颐行拽着含珍快步过去，登上平台一看，蛤蟆骨朵儿是不少，一团团在水面上旋转，就着深蓝的池水，像零星分布的黑色漩涡。

可惜离得远，就算探手去够，也未必够得着。不过这满池荷花倒真是漂亮，这样微雨的时候，花叶在水面上轻颤，恍惚让她回到了在江南时，尚府后园子就有个六七亩的荷塘，每年夏天她都在荷塘边上消磨，荷花荷叶占据了她大半的少年时光。

老姑奶奶忽然有了赋诗的情趣，撑着腰清了清嗓子："山中不闻管弦音，静听雨落竹叶声。"

结果招来银朱的质疑："主儿，这里没有山，也没有竹子。"

颐行咂了下嘴："我说的就是个意境，意境懂不懂？"

银朱似懂非懂地点了点头，朝北一看："那儿有好些殿宇，主儿先上那儿逛逛去？"

含珍到底是宫里老人儿，对这慈宁宫花园一应也都熟悉，哦了声道："那是咸若馆，是太后和太妃们礼佛的地方。主儿还没逛过那里，奴才陪您过去瞧瞧？"

反正那些蛤蟆骨朵儿离得远，一时半会儿还捞不着，进了花园不到处逛逛白来了一场，颐行便携着含珍和银朱，一块儿往佛殿方向去了。

其实宫里头建筑都差不多，只是屋顶分高低等级，形制不大一样。咸若馆有正殿五间，进门便见一尊巨大的文殊菩萨像，三面墙上高悬着通连式的金漆毗庐帽梯级大佛龛，每个佛龛中又有小佛一座，自上向下俯视着，乍见像走进了佛国，果真比宝华殿里更加考究堂皇。

因是专属太后太妃礼佛，颐行进香逾制，便每尊大佛前合十参拜了一番。从咸若馆出来，两侧有东西配楼，漫步在其间，倒真有置身佛寺的庄严气象。

"其实宫里后妃们都怪可怜的。"颐行从正殿前的台阶上下来，喃喃说，"一辈子困在这深宫里，没有皇上宠爱，大多也无儿无女……"

正说着，不经意抬头一看，远远见临溪亭前站着两个人，那个高个儿的正挥舞着她们的网兜，在水里划拉。颐行充分发挥了十丈之外能辨男女的眼力，看出那人是皇帝。

她惶然扭头问含珍："皇上撒什么癔症呢？那是我的网兜！"

含珍则认为主儿现在该关注的不是谁拿了她的网兜，而是皇上移驾花园，陪她玩儿来了！

快快快，不能叫皇上等急了，忙脚步匆匆赶到临溪亭前。

颐行招呼了声万岁爷："您这是干吗呢？"

皇帝怔住了，他刚来的时候并未见到她的踪影，以为她们已经回去了。这网兜撂在这里，他原本是不想碰的，但瞧瞧水里成团的蛤蟆骨朵儿，他也动了心思，想捞几尾回去养养。

结果他胳膊刚伸出去，她就出现了，一副惊诧的样子望着他，那眼神紧紧盯着网兜，仿佛宝贝落入了歹人之手。

皇帝迟疑了，手上忘了使劲儿，一头杵进水里，打得那小小的黑漩涡四散。

颐行唉哟了声："我好容易等得它们靠岸，就被您这么一搅和，全乱套了！"

皇帝无措地回头看了眼水里："这么多还不够你捞的吗？"

颐行蹲在水边看，见那蛤蟆骨朵儿像敲进热汤里的鸡蛋，一瞬就变成蛋花分崩离析了。她沉沉叹了口气："您不知道吃瓜子，攒成一把扔进嘴里才有意思吗？"

"这东西又不是瓜子……"皇帝还在试图辩驳，"大不了朕帮你捞，什么时候捞够了，你说话。"

他们你来我往闹别扭，身后的怀恩冲含珍和银朱招了招手，示意她们退下。

临溪亭里早就预备好了两张小马扎，万岁爷和纯主儿要是累了，大可以在那儿歇歇脚。他们做奴才的最要紧一宗就是审时度势，这时候再戳在他们眼窝子里，就显得不讨人喜欢了。

可银朱还是有些担忧，边走边回头，小声嘟囔着："咱们主儿这直脾气，回头别和皇上打起来吧！"

含珍说不会的："其实咱们主儿比谁都聪明，平时看她闲散，不过是她不愿意认真计较罢了。"

怀恩引她们远远站到含清斋前的廊庑下，笑着说："这话正是呢，主儿小时候虽皮头皮脸的，可聪明着呢。咱们万岁爷，有时候脾气……那什么些，遇上小主这种单刀直入的劲儿，比遇上夏太医还管用。"

怀恩作为御前总管，不好把话说得那么明了，其中意思大家可以意会，不可言传。

"那什么"，无非是有点小矫情，帝王嘛，生来就是娇主子，打小只要闹上一闹，乾清宫都要抖上三抖的人物。虽然如今年长了，说话办事都有分寸，但帝王威仪背后总有一股少年般的天真气，即便到了今日，还是没有完全消磨殆尽。

不过也是，才二十二岁罢了，若没有如山的重压，寻常人家这个年纪的少爷，大抵还在背靠父母考取功名呢。老姑奶奶是皇上少年时光的见证，两个人在一块儿，就还原成了一个六岁，一个十二。

多好的年纪，还拥有相同的回忆……嘿，这是皇城里头任何一位嫔妃都没有的殊荣，万岁爷是属于老姑奶奶一个人的少年郎，想想都美。

怀恩眯觑着眼，怀抱拂尘远远望着亭子前的两位。看，他们在一块儿捞蛤蟆骨朵儿多和谐，一个执杆儿，一个拿桶预备接着，有说有笑的……咦，怎么好像拉扯起来了？

是的，怀恩没有看错，皇帝是个从未捞过蛤蟆骨朵儿的人，明明骑射很厉害，但对于这样孩子都能玩儿得很好的活动，却如缺了一根筋般手脚不协调。

颐行终于忍不住了，她说："您到底会不会？"

一网兜下去，捞着区区两条，皇帝大言不惭道："这不是捞着了嘛。"

就这？老姑奶奶式的鄙夷毫无遮挡地挂在了颐行的脸上："您是不是没有政务可办了？要不您回养心殿去吧，或是找军机大臣聊聊边关？这种小事儿不该劳您大驾，让我来就成了。"

她要接过网兜，可皇帝不让："朕的政务办完了，军机大臣也没有战事要回禀，朕就要在这儿捞蛤蟆。"

颐行觉得他简直是马不知道脸长："可您捞得不好啊，您身为帝王，应该知人善任，让我这个行家来捞才对。"

皇帝瞥了她一眼："身为嫔妃，一点都不知矜重自己的身份，还捞蛤蟆，叫人看见像什么话！"

在没有外人的时候，颐行觉得他们是平等的，因为人之所谓的身份，不就是靠底下奴才烘托的吗？皇帝光杆儿的时候又比谁了不起些？于是哈哈笑了两声："您说我？您可是垂治九重的人间帝王，您在这儿捞蛤蟆就合乎身份了？我劝您尽早给我，让我来捞给您看。"

您啊您的，敬语倒说得挺溜，但内容全不是那么回事。

皇帝有些不可思议："你大胆！"

颐行乜了他一眼，这个时候就别摆皇帝的谱了，捞蛤蟆的当口，不是谁的身份高贵，谁就应当执掌网兜的。

知道兵器就在眼前，却不能尽兴舞上一舞的难受吗？要不是看他是皇帝，颐行早就冲他吆喝了——别抢别人的器具，想捞自己找工具！

真是没见过这样的人，鸠占鹊巢还那么蛮横。她伸手想去够，他却一下子抬高了胳膊，很嚣张地告诉她："你胳膊短，何必自讨没趣，还是朕来吧。"

颐行气得跺脚："您捞了半天，才捞上来五尾，这要捞到多早晚？"

皇帝哼了一声："你很忙吗？朕都愿意在这里陪你耗费一整天了，你倒拿乔起来。"

天爷，真是不要脸，谁愿意让他陪了！况且这哪是陪，分明就是抢夺别人的乐趣。

颐行气喘吁吁，又抢不过他，心里很不服气。忽然计上心来，向揽胜门方向一指："看，太后来了！"

就这一声，成功哄骗了皇帝，他一惊，忙把胳膊放下来，颐行瞅准机会一把夺过了网兜，嘻嘻笑着："万岁爷怕太后，万岁爷怕太后……"

皇帝目瞪口呆，那手举在半空，嘶地吸着口凉气："杆儿上有刺，扎着朕了！"

颐行只当他在骗人，并不理会他，自己探着网兜在水面下一顿釜底抽薪，成功捞上来十几尾，说："看吧，这就是行家和三脚猫的天壤之别。"

所以她还是和小时候一样顽劣，之前还愿意在他面前卖呆装娇柔，这下可好，才熟悉了几天，她就原形毕露，恶劣得令人发指了。

"朕说了，朕被刺扎着了！"他又重申一遍，"纯嫔，你别忘了自己的本分，朕晋你的位，不是让你来捞蛤蟆的！"

颐行翻了翻眼，觉得他仗势欺人。无可奈何地下放了杆儿过去瞧，边瞧边问："哪儿呢？"

皇帝的手，是养尊处优的手，有专门的宫人呵护他的肉皮儿，每回沐浴完，他护肤的工序不比后宫嫔妃们少。颐行眯着眼找了半天，终于在虎口处看见了隐匿在表皮之下的木刺，当即茫然看向他："真扎着了，要不您回去吧，找个宫女给您把刺挖出来就好啦。"

皇帝蹙眉看着她："那朕要你有何用？"

颐行想了想道："您要我，也不是为了给您挖刺的呀。"

皇帝说好啊："那你明儿就回储秀宫去，继续当你的答应吧。"

话才说完，她立刻就变了一副嘴脸，殷勤地说："刺在肉里，那多难受呀！您别着急，我给您想法子挖出来，啊？"边说边朝含清斋喊话，"银朱！银朱！回去找根绣花针来。"

银朱起先没听明白，但怀恩提点了一句"绣花针"，她忙应了声"嗻"，很快便跑出了花园。

颐行觉得皇帝负了伤，就该好好歇一歇，拽过小马扎来安顿他坐下，外面小雨虽稀疏得几乎停下了，她还是打开一把伞让皇帝自己撑着，说："您别乱动，别叫刺跑了。我再捞会儿蛤蟆骨朵儿，您瞧我的。"

行家出马，果然身手了得，皇帝看着面前桶里黑豆般的小东西越来越多，有些惧怕，一再和她说："够多了吧……行了，别捞了。"

其实他不懂，她享受的就是捞的过程，像钓鱼不为吃鱼一样。

不过近处能捞的确实不多了，颐行转身朝桶内看了眼，颇为成功地挺了挺腰："这还不算多呢，换我以前的身手，能满满捞上一大桶。"

皇帝觉得她当真是个怪胎，看着挺好的姑娘，不知怎么会有那样奇怪的爱好。这东西看着多恶心，将来长了腿，简直是个四不像。皇帝好奇地问："你捞了这许多，究竟要干什么？"

颐行骄矜地看了他一眼："爆炒。等我让小厨房做得了，给您也匀一碗。"

皇帝的脸都绿了："你疯了吗？"

颐行大笑，觉得他真有些傻。早前瞧他好好的皇帝，往那儿一站满身帝王气，让人不敢直视。如今处了两天，其实还是以前那个尿墙根儿的小小子儿，个头长高了也没用，还是个缺心眼儿。

可皇帝看着她，却看出了艳羡的感觉。

她笑起来，真比阳春三月的春光还要明媚，仿佛这深宫所有的压抑在她身上都没有留下痕迹。她是一员福将，胡天胡地闯荡到现在，虽然受过皮肉苦，挨过板子，但她不自苦。这大概得益于小时候的散养，天底下除了吃不饱饭，没有任何事能够令她忧愁了吧！

颐行开怀了一通，忽然发现他正不错眼珠瞧着自己，心下疑惑，下意识地摸了摸脸颊，她说："您瞧我做什么？我脸上沾着东西了？"

皇帝这才回过神来，难堪地别开脸道："没什么，朕瞧你有些缺心眼。"

好嘛，相看两相厌，都觉得彼此不机灵，这天是聊不下去了。所以啊，人和人还是有区别的，要是换了夏太医，必定温言絮语相谈甚欢，不像这位皇帝，说话直撅撅，捅人心窝子。

那厢银朱很快跑了过来，气喘吁吁地把一根绣花针交到颐行手里，也不问旁的，照旧退了下去。

颐行捏着针，冲皇帝扬了扬："万岁爷，让奴才来伺候您。"

皇帝有些信不过她的手艺："你成不成？"

颐行说成啊："这刺儿都能瞧见了，怎么能挖不出来呢。"边说边在另一张马扎上坐下，拖过他的手搁在自己膝头上，然后弓着身子凑近他的掌心，嘴里絮絮说着，"别乱动……"照准那木刺挑了上去。

皇帝轻轻缩了缩，实在是因为她动手能力不怎么样，自己竟被她挑得生疼。

可他越是缩手，颐行越是蛮横地拽住他，甚至警告式地冲他瞪了瞪眼："万岁爷，您要是再乱动，给您捅出个血窟窿来，您可不能怪我。"

皇帝被她威吓住了，果然不敢再动，她越发凑近了，专注于那根刺，一点一点轻轻拨弄，那温热的气息喷洒在他掌心，有一瞬他竟忘了那根刺的存在，一厢情愿地感受她的温情去了。

不擅女红的老姑奶奶，要论挖刺的本事，确实也不怎么高明。被挑破的肉皮儿毛糙了，起先能看见的刺儿也不见了踪影。怎么办呢，她想了想，手指头往嘴里一叼，蘸了点唾沫，然后擦在了皇帝的虎口。

皇帝惊叫起来："你干什么！"

颐行说别吵。

湿润了的肉皮儿重又变得剔透，这时距离针尖只有微毫，轻轻这么一挑……

颐行把针举到了他面前："瞧！"

针尖上沾着褐红色的木刺，皇帝摁了摁，确实不再刺痛了，但她刚才拿唾沫抹那一下，让他耿耿于怀。

"纯嫔，你是有意埋汰朕吗？"他不满地责问她。

颐行说："刺儿挖出来了，皇上就打算杀功臣吗？"

皇帝室了下："倒不是要杀功臣，只是给你提个醒儿，朕是皇帝，你须得对朕存畏惧之心，明白吗？"

颐行心想挖刺之前你要是这么说，我才懒得管你，可嘴上必须应承着："是，奴才记住了，往后一定战战兢兢，如履薄冰。"边说边提起了她的木桶，回身道，"万岁爷，我此来的目的达成了，这就要回永寿宫了。爆炒蛤蟆、油煎蛤蟆、凉拌蛤蟆，您都不吃？"

皇帝说："混账，让你再恶心朕！朕可告诉你，斋戒期间不得杀生！"

颐行赧然笑了笑："和您闹着玩儿，您别当真呀。既然不吃，那我就不勉强您了，让怀恩伺候您回去吧。"说罢蹲了个安，转身往堤岸上去了。

含珍和银朱迎上前，遥遥向皇帝行礼，三个人说说笑笑，出了揽胜门。

怀恩过来接应，轻声道："万岁爷，咱也回吧。"

皇帝轻舒了口气："你说在纯嫔眼里，朕是什么人？她到底是拿朕当一国之君，还是当她的侄女婿？"

怀恩笑了笑道："万岁爷，纯嫔娘娘是个识时务的人，如今自己都晋了位，还把您当侄女婿，她情何以堪呢。您不是给了她纯字做封号吗，她的为人就如您所见，纯良得很，心里想什么，脸上就做什么，没有那么些弯弯绕，像这池子里的水似的，清澈见底。"

皇帝听了细琢磨，似乎满是这个理。

抬起虎口看了看，那个针挑的痕迹还在那里，湿润的一片也尤在那里，便若有所思地背过手去，在衣袍上擦了擦。

老姑奶奶捧回了一桶蛤蟆骨朵儿，放在廊庑下的大缸里养着。

高阳和荣葆围在缸前看，荣葆挠了挠头皮："主儿弄回这么些个小蛤蟆干什么使？等它们长大了吃蚊虫？"

颐行表示没有想得那么长远："池子里有大鱼，兴许一口就把它们吃了，养在我这儿多安全，多热闹。"

老姑奶奶爱热闹，就连养蛤蟆都冲这个。荣葆讪笑着说："是热闹来着，等它们将来亮了嗓子，咱们永寿宫指定是紫禁城最热闹的地方。"

银朱捧来一卷稻草铺在缸沿上遮阴，让荣葆别瞎说："养上十天半个月的，等它们长出腿来就放回去，到时候大鱼想吃它们不容易，连游带蹦跶，大鱼赶不上它们。"

这就是打发枯燥岁月生出来的办法，不像别宫主儿们以琴棋书画做消遣，他们主儿对那些雅致东西全没兴致，她更爱上河滩，捞蛤蟆。

老姑奶奶虽说长在尚家，却没学着大家闺秀的半点气韵，她就爱吃喝玩乐，就爱高高兴兴过一辈子。宫廷圈住了她的身子，放飞了她的梦想，她要在女人能使劲儿的地方争功名，紫禁城对她来说不算家，算战场。野生的老姑奶奶在战场上也能想尽办法安逸地过一辈子，这份开阔的胸襟，真是其他后宫主儿拍马也赶不上的。

荣葆说："得，到时候提溜着一大包蛤蟆放生，也是功德一桩啊。"

颐行笑着说可不，一面接过宫女呈上的帕子擦手。

回到暖阁里略坐了会儿，就到了吃点心的时候。今儿小厨房送来的饽饽很可口，有甜雪、花盏龙眼、果酱金糕和单笼金乳酥。她一样样尝了一遍，觉得这花盏龙眼好吃，便吩咐人去小厨房传话："让厨子再仔细做一份，送到养心殿请万岁爷也尝尝。"

万岁爷缺什么呢，宫里小食还有他没吃过的吗，不过表表心意，讨他个好罢了。

含珍笑着说："咱们主儿如今也知道拐弯儿了，这宫里头依附谁都没用，只有依附皇上才是依附到根儿上的。"

银朱给她沏茶，一面道："早前咱们没这个造化见皇上，总觉得他老人家像庙里的菩萨，见了磕头总没错。如今跟着主儿有幸得见天颜，才知道皇上人不赖，对咱们主儿也很好。"

颐行听她这么说，立刻就不赞同了："他对我好？哪里对我好来着？抢我的网兜子，还非让我雕那个镇尺。我这会儿大拇哥还疼呢，全是拜他所赐。"

含珍和银朱听了相视一笑，明白老姑奶奶这是还没开窍。皇上那头是显见的看重她，要不一位万乘之尊，能撂下机务陪她干这种无聊的事儿吗？只是如今劝她她也不会听，便由得她去吧，等过阵子，她自然就明白了。

那厢万岁爷也有回礼，打发柿子送来了蜜饯四品，饽饽四品。柿子叠着手道："万岁爷还让问纯嫔娘娘，今儿要不要上养心殿搭桌进晚膳？"

颐行想了想道："这程子斋戒吃素，御前的菜色也差不多，就不去了。"她关心的另有其事，便向柿子打听，"夏太医休沐完了没有？应当回来述职了吧？"

柿子哦了声道："回娘娘话，想是明儿回御药房呢！夏太医这回是休沐纳妾，这是他纳的第四房姨太太，皇上特准了三天假，今儿是最后一天，明儿应当一早就回来上值啦。"

颐行起先是笑着打听的，可听见柿子这么说，顿时天都矮下来了，脸上笑容陡失，喃喃自语着："哦，是这么回事儿……"

欲哭无泪，这么好的人，怎么也学人三妻四妾呢。颐行本以为他是男人里头的异数，甚至觉得他可能还没有婚配，可谁知道已经收了四房姨太太，没准孩子都有好几个了吧！

可怜，梦碎，颐行失魂落魄地摸了摸额头，总不好失态，便重新拉扯出笑脸对柿子道："替我谢万岁爷的赏。没什么旁的事儿了，你回去吧。"

柿子道了声"嗻"，垂袖打千儿退出了正殿。

柿子一走，颐行就推说自己身上不适，要进去歇会子。待银朱把她安顿上床，她蜷在锦被里头哭了一通，少女怀春了一场，终究落空了。

其实也知道自己瞎胡闹，都晋位当了嫔，已经是皇帝后宫了，怎么还能对一个太医念念不忘。可有时候人心总那么难以自控，就是自己悄悄难受一番，也不碍着谁。

后来哭着哭着睡着了，这一梦梦见自己对皇帝老拳相向，梦里吓得一激灵，醒过来的时候天已经黑了。

人倦懒，不想起床，就倚在枕上看窗外光景。窗上绡纱薄，外面的世界隐约像起了雾一般，她看见东南角的那棵海棠树上，不知是谁拴了一根细细的红绸，那红绸迎着晚风温柔地款摆，此时的惘然，已经是她在这深宫中唯一触动心弦的感伤了。

含珍见她醒了，打起帐幔挂在银钩上，趋身道："主儿，晚膳预备好了，起来进些燕窝粥吧。"

颐行摇头说不想吃，顿了顿问："含珍，我如今还能去见夏太医吗？"

其实只要有此一问，就说明她还是惦记那个人的，感情这种事越压抑，回弹的劲儿就越大。年轻的女孩子，谁没有憧憬美好的愿望呢，含珍道："主儿去向夏太医道个谢，也是人之常情。"

颐行有了底，心道对啊，晋了位，向他道个谢是应该的，做人不能忘本。于是可又高兴起来了，下床进了一小碗珍珠翡翠汤圆，三块玫瑰酥，饭后还在院子里溜达了一圈，看看她的满缸蛤蟆骨朵儿，倒也觉得生活照样惬意非常。

第二天上永和宫请安，天天聚在一块儿能有什么话说，无非姐姐的衣裳真好看，妹妹的花钿一般，闲聊了几句家常，不多会儿就叫散了。

从永和宫出来，怡妃显得意兴阑珊，边走边道："天天儿的请安……逢着初一十五聚上一聚就完了，又不是正经主子，摆那么大的谱做什么！往后要是重新册封了皇后娘娘，贵主儿心里该多不是滋味儿呀。"

恭妃扯了下嘴角："人家贵主儿，八成觉得自己就是下任皇后娘娘。这会子还没上位，先过瘾也好。"

说得听者一阵窃笑，一行人结着伴，复往宫门上踱去。

"对了，昨儿纯嫔上慈宁宫花园捞鱼去了？"怡妃回头看了颐行一眼，"听说皇上还陪着一块儿捞来着？"

立时四面八方酸风射眼，只差没把颐行射成筛子。

新晋的嫔妃总是比较招人妒恨，颐行干脆一不做二不休，颠倒黑白了一番："是皇上要捞鱼，非让我作陪。我原不想去的，架不住那头人一直催，只好舍命陪君子了。"说罢脸上还做了个无可奈何的表情。

这下子更叫人牙根儿痒痒了，愉嫔凉笑着，幽幽说了句："这会子还在斋戒，等先帝爷的忌辰一过，皇上八成头一个就翻纯嫔妹妹的牌子。"

颐行笑了笑："那可未必。到时候要是不翻，还望诸位姐姐妹妹不要笑话我，晋了位不开脸的不独我一个，毕竟谁也料不准皇上的心思嘛。"说完甩着帕子，架着含珍的胳膊，花摇柳颤地走出了永和宫夹道。

身后的善常在气得直咬牙："她这是在影射我，别打量我不知道。"

石榴只得安慰她，轻声道："主儿别这么想，宫里头嫔妃多了，个个都指着皇上。这程子皇上不翻牌子，这大英后宫谁不遭冷落？她这么说，无非是先发制人，给自己找台阶下罢了。"

话虽这么说，善常在终归心里衔着恨。

是啊，三十年河东，三十年河西，当初老姑奶奶还在尚仪局当差的时候，因送错彩悦的事被她刁难过。如今她屎壳郎变知了了，就想着把这笔债讨回去，果然小人得志。

也怪自己当初气盛，要是煞煞性儿，也不至于公然和她为敌。如今人家正红，自己又不得宠，要不忍着，要不就得想辙逮住她的小辫子。宫里后妃荣辱只在一瞬，像懋嫔，早前可是个风光无限的人物，最后还不是落了马，一索子吊死了。

只是一时半会儿，想治住她有些难……灰心地穿过乾清宫，正要往凤彩门上去，忽然听见石榴压声叫主儿。善常在迟迟瞧了她一眼，石榴示意她往南看，这一看之下疑窦丛生："纯嫔这是往哪儿去？"

"那个方向是上书房和御药房，要是料得没错，纯嫔是往御药房去。"石榴说着，将善常在拉到了铜鹤底下巨大的石座后，咬着耳朵告诉她，"主儿有没有听说，纯嫔和万岁爷跟前御医走得很近？据说她还在尚仪局当差的时候，就结识了夏太医，后来她搬进储秀宫做答应，那位太医也是常来常往，交情颇深的样子。"

善常在有些意外："你是说……"

石榴讳莫如深地一笑："这宫里头常和嫔妃有接触的，除了太监就是太医。纯嫔晋了位，原该审慎些的，没承想还是这么不知避讳，竟追到御药房去了。"

善常在这回恍然大悟了："要论罪行，这可是剥皮抽筋的大罪。"

"谁说不是呢。"石榴道，"所以奴才才劝主儿看开些，别瞧她一时得意，将来怎么样，谁又说得准。"

善常在笑了，忽然觉得晦暗的前路一下又敞亮起来。这事儿应当在贵妃跟前提一嘴，不知贵妃得知了，会做何感想。

早前听说贵妃和纯嫔交好，自己居然信以为真了，后来再瞧她们相处，可全不是这么回事儿。

深宫里头，哪来真正的好姐妹，嘴上热闹的不过是没有利益牵扯的，当真争起宠来，谁又认得谁。

"走吧。"善常在慢悠悠踱起步子，嘴角噙着得意的笑。尚颐行才进宫，不知道人言可畏，不过等她明白，恐怕为时也晚了。

那厢颐行站在廊庑底下，等着含珍上里头通传。

含珍迈进御药房探看，里头太医有五六位，却并未见到夏太医的踪影，便蹲了个安，扬声问："大人们，请问夏太医在不在？"

御药房里的人纷纷扭头朝门上看过来："夏太医？你是哪个宫的？找夏太医有什么事儿？"

含珍道："我是永寿宫的，上回夏太医治好了我们娘娘的病症，今儿路过这里，娘娘特来向夏太医道谢。"

里头的人听了，默然交换了下眼色，照着上回御前来人的吩咐，说："夏太医这会子不在值上，往养心殿去了。"

门外的颐行听见这话，心里不由得失望，果然夏太医还是和皇上最亲啊，休沐刚一结束，就急着见皇上去了。

"含珍，走吧。"她叹了口气，"等日后有了机会，再向夏太医道谢。"

含珍退出了御药房，复来搀扶她往西边去，一面道："主儿，出了前头月华门，就是遵义门。或者咱们越性儿去给皇上请安，见了夏太医，顺便道了谢就完了。"

颐行一想也成，横竖说不得太多话，表达了一回谢意，让他知道她没忘了对他的承诺，自己也就心安了。

于是直往养心殿去，结果又是扑了个空，皇上不在，夏太医也不在。

颐行觉得纳闷："今儿万岁爷不上朝？"

明海道上啊："想来臣工们奏事多，早朝拖得比往常长些。"

"那怎么没见夏太医？"

明海眨巴了两下眼睛："夏太医……夏太医才刚来过，但见万岁爷没在，又走了。"顿了顿道，"要不小主先回永寿宫，回头夏太医再来养心殿，奴才给您传个口信儿，让夏太医上您宫里替您请脉，您看成吗？"

颐行点了点头："那就劳烦谙达了。"

明海恭恭敬敬哈了哈腰，送她出了养心门。

不多会儿皇帝散朝回来，明海便回禀了老姑奶奶来找夏太医的事。怀恩觑着皇帝的脸色，见龙颜有些不悦，也不敢多言，伺候着进了东暖阁。

皇帝在御案后坐下，百思不得其解："她怎么总惦记夏太医呢，一个连正脸都没见过的人，真有那么好吗？"

这个怎么说呢……怀恩抱着拂尘道："纯嫔娘娘是个念旧情的人，因着夏太医一路扶持她到了今儿，她心里感激夏太医来着。"

皇帝一手横在御案上，扭头盯着地上的金砖叹息："她哪里光是感激他……"

分明是对人家起了觊觎之心。

当真喜欢一个人，不必嘴上说出来，一道眼波就能让人察觉。她对夏太医的感情比对皇上深，这个糊涂虫好像不明白一个道理，不管夏太医帮衬了她多少，最后让她晋位的是皇上。她最该感激的应当是真正的他，而不是那个遮着脸，刻意扬着轻快语调的夏清川。

怎么办呢，是去见她，还是往后索性不见了？当初一时兴起的玩笑，没想到如今竟让他感到苦恼。

怀恩道："万岁爷，要不再让夏太医去一回吧，长痛不如短痛，让娘娘断了这份念想也就是了。"

皇帝忖了忖，到底无奈，站起身道："就这么办吧。"

约莫过了两炷香时间，背着药箱的夏太医踏进了永寿宫的大门。

院儿里的荣葆请他稍待，自己麻溜儿上廊下通报，站在殿门前垂手说："主儿，夏太医来啦。"

颐行忙从次间出来，外头银朱已经引人进门了，夏太医还是那个不卑不亢的样子，拱了拱手道："给纯嫔娘娘请安。"

颐行见了他很高兴，笑着说："我先头上御药房找你，他们说你去养心殿了，追到养心殿，你又不在……"

夏太医说是："臣上外值去了一趟，不知娘娘找臣，有什么吩咐？"

颐行愣了下，发现今天的夏太医和以往不一样。以前的夏太医虽然谨守本分，却不像今天这样拒人于千里之外。她本来有满腹的话要和他说，可他这模样，她不得不开始反省，是不是自己哪里做得不妥当，引得他反感了。

"我……听说您前两日迎了如夫人，还没向您道喜呢。"颐行勉强笑道。

夏太医微微颔首："多谢娘娘。"

话好像不能愉快地谈下去了，彼此之间忽然筑起了无形的高墙，颐行不明白，为什么纳了一房妾，性情就大变了呢。

"夏太医这是怎么了，怎么待人这么疏离呢？"颐行是个直肠子，到底没忍住，直接问了出来，"是我有哪里做得不好，惹您不高兴了，所以您不爱搭理我了？"

夏太医低着头，因凉帽压得低，连眼睛都看不见了，只道："娘娘何出此言，我是大英的臣子，您是大英的娘娘，尊卑天壤之别，臣对娘娘只有恭敬听令的份。"

颐行倒有些迷惘了，这么说来晋了一回位，反让彼此间闹了生分。

"我有今儿，都是您的成全，您不是也盼着我登高枝儿吗？如今我办到了，坐上了嫔位，您怎么不替我高兴，反而对我爱答不理的？"她琢磨了下子，恍惚明白了一点儿，"您是不是催我想辙兑现承诺，让您尽早穿白鹇补子？您别急，等我在皇上跟前得了脸，一定替您美言。"

嗬，还要接着哄骗皇上，贴补别的男人，想想真是心酸。

夏太医垂头丧气说不是："臣这件鹌鹑补子穿惯了，倒也不急着升官儿。臣不妨和您明说了吧，是家里头管得严，不让臣和旁人乱搭讪。臣纳的新人，原是臣小时候的青梅竹马，当年因为父母阻挠才没能成婚。如今她受了许多委屈跟了我，新婚之夜和我约法三章，自此臣眼里没有第二个人，一心一意只对她好。"

颐行听了，艳羡之余又感到惆怅，叹息着说："夏太医真是个重情重义的人啊，能和青梅竹马再续前缘也是幸事。不过您那如夫人有点霸道，您在宫里当值，和后宫打交道也是寻常，要是连这都不许，那您往后可怎么经营？不升官儿啦？"

夏太医略沉默了下，斩钉截铁道："为了她，臣就是干一辈子八品也认了。"

这下子颐行也无话可说了，明明那么睿智的夏太医，怎么洞房了一回好像变傻了？难道是中了新夫人的迷魂药？他自己就是太医，应当不至于吧！

可夏太医的反应是真有些反常，最后又向她拱了拱手："娘娘晋位是喜事，臣向娘娘道贺。若娘娘没有旁的吩咐，那臣值上还有差事，就告退了。"

颐行张了张嘴，发现不知道应该说什么了，只好目送他离开。

银朱也觉得不大正常，望着他的背影嘀咕："这夏太医别不是中了暑气吧，往常不是这样的呀。"

颐行呼了口浊气，哀伤地说："夜明珠变成鱼眼睛了，真可惜。"

那厢夏太医从永寿宫出来，直奔养心殿。

这一路蒙着脸，身上还背着个药箱，趁着这大热的天，弄得淋漓一身热汗。

夏太医出场的时候，御前的人不能跟随，都在抱厦里候着，怀恩见皇上回来，忙说了声"快"，明海上前接过药箱，满福过去替他摘了帽子。怀恩将人迎进东暖阁里，伺候他把这身鹌鹑补服脱下，一面小声询问："主子爷，事儿都妥了吧？"

皇帝嗯了声："她要是不傻，应当能明白夏太医的意思了。"

可不知为什么，自己过去作了断的时候，难过的竟是自己。仿佛一段上头的妃嫔与太医的暗情，因迫于形势不得不断，自己假扮夏太医太多回，生出了另一种身份和人格，另一个自己正和老姑奶奶情愫渐生，可惜没有开始就结束了。

真是疯了，皇帝接过怀恩递来的凉手巾，狠狠擦了一把脸，一面吩咐："把这件补服好生收起来吧，往后应该用不上了。"

怀恩道是，心里也按捺不住好奇，小心翼翼地打探："纯嫔娘娘怎么样呢？没有挽留夏太医吗？"

皇帝摇头："傻了眼，还没等她出声，朕就告辞了，至于她后头怎么想，不由朕管。"

怀恩歪着脑袋琢磨了下，说这样也好："快刀斩乱麻，您不必大热天的再受那份累了。娘娘难过上两日，必定会把这事儿抛到脑后，万岁爷要是这个当口再适时给予关怀，让她懂得了皇上的好处，那何愁她将来不与万岁爷一条心。"

皇帝听后哼笑了一声："眼神差，脑子也不好使，换身衣裳就不认人了，要她和朕一条心，简直糟蹋了朕。"

怀恩蹙着眉，脸上挂着笑，心道您难道还不愿意被人家糟蹋吗？兴许自己当局者迷，他们这些旁观者可看得真真的，皇上您从十二岁那年被老姑奶奶窥了去，老姑奶奶就在您心里埋下了阴暗的种子。这就是典型的因恨生爱啊，枯燥的帝王生涯中有了这个调剂，您其乐此不疲，就别装了。

怀恩将那件鹌鹑补服收起来后，转身哈腰笑道："其实不是纯嫔娘娘不认人，是不敢往那方面想罢了。"

谁能料到堂堂一国之君那么无聊，会去假扮一个八品的小太医呢。

不过往后夏太医确实不能再出现了，随着皇上和老姑奶奶的相处日深，她总有回过神来的一天。与其到时候被她戳穿，还不如现在及时抽身，可以最大限度地让万岁爷保住脸面。

当然，作为御前第一心腹，他也得替主子出谋划策，便道："万岁爷，纯嫔娘娘这会儿八成正难受，要不要奴才将人请来，主子爷陪她上库里挑拣皇太后寿诞的贺礼？这么着娘娘散了心，就不会一味念着夏太医了，主子爷和她多多亲近，娘娘很快就会移情别恋的。"

皇帝从奏折中抬起眼来瞥了瞥他："你一个太监，懂的倒挺多。"

怀恩觍脸笑道："奴才一心为主子分忧，除了这个，没有别的想头。"

皇帝没有再说什么，重又低下头去，隔了好半晌才道："昨儿请她过来搭桌用膳，她挑三拣四不愿意，朕难道还要巴结她？太后寿礼的事，让她自己想办法，实在不成了，她自会来求朕的，用不着巴巴儿去请她。"

这就闹别扭了，两个人各自惆怅各自的，这份情毫无共通，认真说来也怪叫人哭笑不得的。

罢了，既然皇上不应，做奴才的也不便多言，怀恩站在一旁替他研墨，毕竟一国之君除了那点子小情小爱，还有好些政务要处置。

皇上忙起来，通常一连好几个时辰不得歇息，批完了奏折召见军机大臣，谈税务，谈盐粮道，谈周边列国臣服与扰攘，这一消磨，大半日就过去了。

怀恩从东暖阁退出来，立在抱厦底下眺望天际，他很少有放空自己什么都不想的时候，只是感慨着今儿的天好蓝啊，蓝得像一片海子。他想起了村头那个不知名的湖，每天有那么多的人在里头浆洗衣裳，洗菜淘米，它却一直沉寂，一直清澈。

正满怀着诗情画意，忽然瞥见木影壁后有人进来，定睛一看，是贵妃。

贵妃带着贴身的宫女，提着个食盒款款走来，怀恩心下哼笑，后宫这些嫔妃啊，想见皇上一面，除了这种法子就没别的花样了。

既来了，就堆笑恭迎，他忙迎上去，垂袖打了个千儿："给贵妃娘娘请安。"

贵妃嗯了声，转头朝东暖阁的南窗上瞧，见窗内影影绰绰站着几个人，便问："万岁爷这会子正忙呢？"

怀恩道是："万岁爷召见军机大臣议事，已经议了一个时辰了，不知多早晚叫散。娘娘这会子来，恐怕见不成万岁爷。"

贵妃轻吁了口气，说不碍的："我让小厨房做了盏冰糖核桃露，送来给万岁爷解暑，没什么旁的要紧事。"边说边示意翠缥把食盒交给怀恩。

怀恩上前接了，哈腰道："等万岁爷议事散了，奴才一定替贵妃娘娘带个好儿。"

贵妃点点头："偏劳你了。"说罢转身便要离开。

怀恩刚要垂袖恭送，谁知贵妃忽然又回过身来，迟疑着问："上回在储秀宫，我记得纯嫔说万岁爷跟前有个姓夏的太医，最受万岁爷器重，这太医究竟是何方神圣，我怎么从来没听说过？"

怀恩略怔了下，笑道："太医院的太医每年流动颇大，难怪贵妃娘娘没听说过。这位太医也是新近到御前的，替万岁爷请过两回脉而已，谈不上多器重，是纯嫔娘娘弄错了。"

贵妃哦了声："我就说呢，万岁爷跟前有两位御用的太医，怎么忽然间又多出这么一位来。"言罢含蓄地笑了笑，"成了，回头替我向主子爷请安，另回禀一声，太后的寿诞已经预备得差不多了，正日子恰在先帝爷忌辰之后，到时候可以不忌荤腥，席面也好安排。"

怀恩应了个是："奴才一定替娘娘把话带到。"

贵妃架着翠缥的胳膊，四平八稳地走了，不多会儿里头议事也叫散了，怀恩便提着贵妃送来的食盒进了暖阁。可惜皇帝对这些甜食不怎么上心，摆手叫搁到一旁，又去看外埠的奏疏了。怀恩到这时才看清楚，万岁爷手里一直盘弄着老姑奶奶还回来的芙蓉石茄子，照这么下去，那玩意儿用不着多久就该包浆了。

唉，真是，也只有万岁爷不嫌弃老姑奶奶的手艺，雕成这样还当宝贝似的。可能看够了人间的富贵繁华，身边都是机灵非常的人，偶尔来这么一个干啥啥不行的，反倒物以稀为贵。

又过了半个时辰，终于万岁爷该忙的都忙完了，可以抽出空来和老姑奶奶周旋了，便搁下御笔道："去永寿宫，把纯嫔叫来，就说太后的寿礼让她自己挑选，方显得她有诚意。别老把事儿扔给朕，自己当甩手掌柜。"

怀恩应了声"嗻"，顶着下半晌热辣辣的太阳，顺着夹道进了永寿宫。

甫一进宫门，永寿宫管事高阳就迎了上来，客气地垂了垂袖子道："总管怎么这会子来了？"

怀恩道："这不是奉了万岁爷旨意，来请纯嫔娘娘过养心殿吗？"边说边往正殿方向眺望，"娘娘起了没有？难不成还在歇午觉？"

高阳笑了笑："咱们娘娘向来起得晚。"但皇上召见是大事，半刻也不敢耽搁，便将人引到廊庑底下请他稍待，自己进殿门找班儿的含珍通传。

怀恩闲来无事，站在滴水前看那满缸的蛤蟆骨朵儿，黑黢黢地一大片，还拿铜钱草妆点着，老姑奶奶真好兴致，把这玩意儿当鱼养。他正想伸出手指上里头搅和一下，高阳出来回话，说娘娘请总管进去。于是忙把手收回袖底，亦步亦趋地，跟着高阳进了正殿。

颐行才起来，因睡的时候有点长，一个眼泡肿着，问怀恩："万岁爷打发谙达来召见我，有什么事儿吗？"

怀恩道："回娘娘话，您上回不是托万岁爷给您预备太后寿礼吗，万岁爷怕他挑的不合乎您的心意，故请您过去掌掌眼。"

这事要是不提，颐行险些忘了，便哦了声道："谙达先回去吧，等我收拾收拾，这就过去。"

怀恩道是，从殿内退出来，先回御前复命了。

颐行坐在妆台前，还有些犯困。含珍和银朱七手八脚替她梳了头，换上衣裳，临出门的时候她才清醒些。这一路虽不长，但热，总算让她彻底醒神了，到了养心门前重又换上个笑脸子，经满福引领着，迈进了东暖阁里。

见礼，请安道万岁爷吉祥，皇帝面上淡淡的，启唇让她起喀。

视线不经意划过她的脸，发现她的眼睛肿着，觉得她八成为情所伤痛哭流涕过，皇帝的脸色立时就不好看起来。

颐行有些纳罕，偏头打量他："您拉着脸子干什么？是不是反悔了，不想替我张罗寿礼？要是这么着，您说一声，我不为难您。"

皇帝觉得她是罕见的驴脑子，堂堂的皇帝，会吝啬这么点东西吗，况且寿礼还是给太后预备的。可他心里的不悦没法说出来，便没好气地道："朕见了你非得笑吗？朕不笑，自有不笑的道理，你管不着。"

行吧，皇上就得有皇上的调性，嫔妃做小伏低就可以了。于是颐行谄媚地问：

"万岁爷，您手上的刺眼儿还疼吗？昨儿我让人送来的花盏龙眼，味道正不正？"

皇帝抬起了那只手，瞧了虎口一眼，想起她曾经往那上面抹唾沫，就生出一种奇怪的感觉来。

总算她还不傻，知道拿这话题打开局面，皇帝的面色稍有缓和，淡声道："点心还不错，刺眼儿也不疼了，不过朕希望你以后审慎些，要懂得规矩体统，朕没有答应给你的东西，你不能硬抢，明白了吗？"

这还倒打一耙呢，颐行心道究竟是谁抢了谁的东西，那网兜子本来就是她的，是他不经她同意擅自使用，自己只是拿回自己的东西而已，他还委屈上了呢。

可惜人家是皇帝，皇帝就是有颠倒黑白的特权。颐行只得垂首道："往后我玩儿什么，一定给您也预备一份。没的您到时候眼热我的，让给您玩儿我难受，不给您玩儿我又欺君罔上。"

皇帝说混账："朕会眼热那种小孩子的玩意儿？"

颐行笑了笑，意思是您自个儿好好想想。

皇帝有些尴尬，讪讪把那份怒火憋了回去，只是竖着一根手指头指点她。

颐行知道他又要放狠话，忙含糊着敷衍过去，说："万岁爷，我听怀恩说，您传我来是为了给皇太后挑寿礼？那咱们就别耽搁了吧，东西在哪儿？我挑一样过得去的就行。往后这样的喜日子年年都有，打一起头就送得太好，将来我怕您承受不起。"

她这么说，终于引来了皇帝的不满："朕是瞧你第一年晋位，手里不宽裕，才答应帮你一回，你还打算年年赖上朕了？"

颐行说是啊："我可能每年都不宽裕，那不得年年倚仗万岁爷您吗？"

所以她是打算把先帝游幸江南的花费，一点点赚回去吧？蚂蚁搬山总有搬空的一天，果真是处心积虑啊。

皇帝哼了一声："只此一次，下不为例。明年的礼你得自己想辙，趁着还有时间苦练绣功，学她们似的弄个万寿图，值不值钱另说，要紧的是你的一片心意。"

颐行没答应，含糊道："大伙儿送一样的东西有什么意思，照我说还是金银玉器最有诚意，看着又喜兴。"

就是这样俗气又实际的一个人。

皇帝拿她没辙，知道和她谈论美，相当于对牛弹琴，便也不费那个口舌了。从御案后缓步走出来，回头看了她一眼，示意她跟上。

这时候将要下钥了，天色慢慢暗下来，他带她顺着慈宁宫夹道往北，进入慈祥门，再往前略走几步便到了三所殿。

这三所殿是个独立的二进院落，皇帝自小就把这里经营成了他的私人库房，每年先帝给的赏赐，或是秋狝得的殊荣，他都一一藏进这里。后来年纪渐长，太子监国了，即位做皇帝了，得到一些他觉得有意思的好东西，也还是爱存到这里来。

颐行跟在他身后，看他掏出钥匙打开门锁，熟门熟路地引她进去，心里就在感慨，果然是做皇帝的人啊，女孩子藏私房拿匣子装，皇帝拿屋子装。

迈进门槛，里头的景象越发让她叹为观止，只见一尊尊造型奇特的西洋座钟林立，仿佛一个镏金打造的世界，她啧啧称奇："万岁爷，您喜欢收集这些西洋玩意儿啊？我原觉得养心殿里那座漂亮，没想到这里的更漂亮。"她在钟林间好奇地穿行，"它们都能转吗？指针怎么都指着午时呢？"

皇帝说能转，一座一座上了发条，底下垂坠的钟摆就有节奏地摇动起来，满世界都是滴滴答答的声响。

颐行笑得孩子一样，这里摸摸，那里看看。看见一座做成鸟笼形状的钟，顶上爬满金丝的蔷薇花枝蔓，里头小门开开，忽然窜出一只孔雀来，哗地开了屏，然后发出"当"的一声巨响，把颐行吓了一大跳。

皇帝瞧她那没见过世面的样子，嘲讽地嗤笑了一声。领她看自己的收藏，是充满骄傲的，这地方可从来没有别的嫔妃有幸踏足，连当初的皇后也不知道他有这样一方视若珍宝的天地。虽然老姑奶奶这么个俗人，未必懂得钟表的玄妙，但这些钟大多是金子做成的，她看见金银就喜欢，也很符合老姑奶奶的品位。

"前头还有玉石。"皇帝向深处比了比，"你上那里挑件东西，给皇太后做寿礼。"

皇帝收集的玉石，必定不同凡响，颐行顺着他的指引往前，看见满眼的羊脂白玉和绿翡黄翡，每一座都雕工精美，敦实厚重。

挑那些好东西送太后，显然不合乎她的身份，颐行最后在里头踅摸了一只寿意白玉碗，捧在手里说："就是它吧！万岁爷这里没有不值钱的东西，这只碗必定也价值连城。"边说边蹲了个安，笑嘻嘻道，"谢皇上给我在太后跟前充人形的机会，后宫主儿们都等着瞧我笑话呢，这回我可又要长脸啦。"

她很高兴，也许已经把和那些嫔妃的明争暗斗，当成了终生奋斗的目标。这样很好，皇帝的扶植初见成效，听说她几次在向贵妃请安期间，和那些主儿交锋都没落下乘，这点让皇帝感到欣慰，总算不用手把手教她怎么和人过招了，他像一个好不容易将徒弟培养出息的老师，充满了功德圆满的骄傲。

"走吧。"他长出了一口气，负着手往殿门上去。待她出来后重新落锁，还得记着叮嘱她，"不要同别人提起这三所殿里所见的东西，免得别人有样学样，个个上朕这里讨要。"

果然还是个小气的皇帝，不过颐行自己解决了难题就够了，哪管得着别人怎么样。

反正那些主儿晋位都有年头了，大多家里富裕，也常会给些接济。不像尚家，外头大的产业都被抄没了，剩下内宅里几个钱还得支撑家眷们的日常用度，自己当真是所有嫔妃里头最穷的，要是没有皇帝，这回怕是要两手空空，招人笑话一辈子了。

所以某些时候，她还是很感激皇帝的，虽然小时候结下的梁子让他对自己一直心怀戒备，但果真遇着了难题，他也不会袖手旁观，算得上有求必应。

颐行已经不计较他抢她网兜的事了，甚至很好心地问："您养蛤蟆骨朵儿吗？我明儿捞两尾送给您。"

皇帝直皱眉："谁稀罕那东西！"一壁说，一壁抬手去开宫门。结果拽了两下，没能拽开，便回过头，惊恐地望向颐行。

颐行的眼睛瞪得比他还大："咱们被关在里头了？"

三所殿本就是个小院子，一向没有人站班守夜，宫门也是白天开启晚上下钥，想是上值的太监锁上门，就往别处当值去了吧！

颐行说："怎么办？要不咱们叫吧！"

她刚吸了口气想放声，却被皇帝捂住了嘴："这里和慈宁宫一墙之隔，你愿意惊动太后，让她知道寿礼是朕替你预备的？"

颐行苦了脸，发现此路确实不通，两个人站在宫门前对望了一眼，沉沉叹息。

天上一轮圆月高悬，几丝流云飘过，好个星河皎皎的良夜。

"失策。"颐行说，"早知道就该让怀恩他们跟着，您这库房又不是见不得光，要是有人在外等候，下钥的太监就不能把咱们关在里头了。"

皇帝心道怀恩多机灵的人儿，不跟着不是为了撮合他们吗？虽说自己对这老姑奶奶感情也平平，但架不住底下人认为他们是一对儿。奴才虽是奴才，也有自己的所思所想，作为皇帝总不好事无巨细地管束他们，总之……这回是个意外。

看看天色，不死心地再拽拽门闩，确实是从外面锁死了，出不去了。皇帝说："不要紧，略等会子，怀恩他们不见朕回去，自会找来的。"

颐行表示怀疑："真的吗？万一他们认为您今儿走宫，住在我那儿了，我跟前的人以为皇上殷勤留我，我留宿养心殿了，两下里误会，那可怎么办？"

老姑奶奶真是什么都敢说，某些方面她比皇帝看得开，倒闹得皇帝红了脸。

好在有月色掩护，皇帝挺了挺腰，鄙夷地对她说："姑娘家不矜重，什么走宫留宿，真是一点儿不害臊。"

颐行说："为什么要害臊？我晋了位，是您的嫔嘛，绿头牌天天搁在您的大银盘里，您翻牌子都不害臊，我有什么可害臊的！"

皇帝张口结舌，奇怪世上竟有这样的人，把自身的不利全谦让给了别人，她闲云野鹤般跳出三界看待这件事，也可能因为根本没有上过心，所以什么都可以拿来议论。

也许今天是个好时机，两个人被关在这小院儿里，有些话可以开诚布公地谈一谈。

皇帝最好奇的，还是自己在老姑奶奶眼中是个什么身份。

"朕问你，你觉得朕和你，往后应该怎么相处？"

黑灯瞎火的，耳边总听见蚊子嗡嗡的叫声，颐行拿手扇了扇，随口应道："就这么相处啊，难道咱们不是经常相谈甚欢吗？"

没错，这是在他一直吃亏的基础上。

皇帝说不是："朕的意思是辈分的事，你心里看得重不重？"

颐行说："辈分当然重要，按理您该管我叫老姑奶奶，谁让您娶过我侄女儿呢。"

皇帝又被她说哑了口，娶过她侄女的事当真是不可扭转的，所以他的辈分也被钉得死死的，就是比她矮了一辈。

"可如今……朕和知愿已经分开了，那这所谓的辈分，也该不作数了。"

颐行说不："按着祖辈里的排序，我的老姑奶奶是您玛法[1]的端懿贵妃，不管您有多不甘心，您还是我的晚辈，得管我叫老姑奶奶。"

皇帝有些气闷："朕原觉得你是个不拘小节的人，没想到不声不响，辈分算得这么清楚。"

颐行笑了笑："您错了，我能占便宜的事，从来不含糊，长辈就是长辈，晚辈就是晚辈，不能因为您身份高贵，就不把辈分当回事儿。"

皇帝这就苦闷起来了，既是长辈，那往后还怎么翻牌子，到床上一口一个老姑奶奶地叫，难道还能成为一种情趣吗？

忽然"啪"的一声，打断了他的臆想，颐行嘟嘟囔囔地抱怨："蚊子真多，咬了我好几下。"

1　玛法：祖父。

这地方没人给熏蚊子，也没有天棚，好容易开荤的那些蚊蝇，可不得挑嫩的上嘴吗？

她说不成，得活动起来，于是绕着小院转圈儿，边走边招呼皇帝："您不是会骑射吗，这么一堵墙难得倒您？您一个鹞子翻身上墙，翻过去再找人给我开门，这不就都出去了吗？"

皇帝简直不想搭理她："你是话本子看多了吗，这宫墙是能随便翻上去的？再说朕堂堂的皇帝，翻墙算怎么回事，闹出去让人笑话。"

所以男人有时候就是死要面子，难道被关在这三所殿里就不招人笑话吗？可你非要和他讲道理，这条路是走不通的，颐行想了想道："要不这么的吧，我在底下给您当垫脚石，您踩着我的肩头上墙，要是墙外没人您再翻过去，有人您就缩回来，这总行了吧？"

结果皇帝说不行，并且十分鄙视她的异想天开："你也太高估自己了，给朕当垫脚石，朕能一脚把你肠子踩出来，你信不信？"

天爷，这做皇帝的说话可真恶心人，她又不是条虫，这么轻易就能踩出肠子。颐行也有点恼火了："这不行那不行的，实在不成您在底下，我来上墙。我不怕丢人，只要见了人，不拘是谁，能给我开门就成。"

可惜这位万岁爷还是说不行："朕在底下……朕的帝王威仪还顾得成吗？"

这就没办法了，只好硬等，等怀恩或是含珍他们察觉人不见了，才有指望从这儿出去。

只是得等到多早晚，实在说不准。清辉倒是皎洁，就是蚊虫太多，墙根儿还有虫鸣，颐行站在台阶上侧耳听："这是蝲蝲蛄叫唤不是？"

蝲蝲蛄叫唤，庄稼就要歉收了，皇帝没好气地道："朕看你才是蝲蝲蛄呢，那是油葫芦和蛉子，宫里头夏天最多的就是那个，连一只蝈蝈都没有。"

颐行也不在乎他的挤对，只是追问："您怎么知道呢？"

"因为朕小的时候，每个宫苑的墙根儿都翻过，那些叫声一听就能分辨出来，还用得着细说？"

他似乎挺自豪，颐行觉得他实则没有长大。堂堂的皇帝跳墙可耻，翻墙根儿倒很光荣，便不留情面地嗤了一声："要蝈蝈不会让人出去买吗，费那老鼻子劲儿，还一个都没逮着。"

终于也有蚊子开始咬他了，他"啪"的一声拍在自己的脖子上，还要抽空告诉她："买的不及逮的好玩，你懂什么。"

颐行冲那黑乎乎的身影翻了个白眼，挪动了半天有点儿累了，一屁股坐在台阶上，喃喃自语说："要是有把扇子就好了，这会子没家伙什赶蚊子，我都快叫它们咬死啦。"

皇帝听了便问："内务府没有给你宫里分发团扇？"

颐行唔了声："倒是有三把来着，样式不大好看，我不爱带着。"

老姑奶奶是大家子出身，好东西见得多，稍次一点儿的不能入她的法眼。皇帝叹了口气道："等出去了，朕命他们给你预备几把好看的。"说着和她并肩一起坐在台阶上，让她把马蹄袖翻下来盖住手背，自己悄悄捋高了袖子。

颐行嘴里说着谢皇上，却还是意兴阑珊的模样。

把玉碗搁在一旁，蔫头耷脑地坐着，看上去像庙门前乞讨的，趁着月色感慨人生际遇，长吁短叹。

皇帝偏过头看了她一眼："纯嫔，到了今时今日，你后悔进宫吗？"

就算后悔，当然也不能承认啊，颐行觉得他有点儿傻，嘴里应着："我如今不是当着娘娘呢吗，锦衣玉食地受用着，后悔岂不是不识抬举？再说了，不进宫怎么结识您呢，这可都是缘分啊万岁爷。"

她太会说好听话了，虽然显得那么假，但皇帝依旧觉得很受用。

胳膊上被蚊子咬了，他抬手拍打了一下，转头看向天上月色，喃喃道："可不是缘分吗，如果先头皇后还在，你就不会应选入宫……冥冥中自有定数，做人得认命。"

还好，她长大之后和小时候不太一样，至少不再一头黄毛，有些地方也知道收敛了，将就将就也可以凑合过一生。自己呢，天之骄子，九五之尊，虽然爱面子些，但脾气不算坏，也许假以时日，也能让她五迷六道，如痴如醉吧！

当然这些都是皇帝的想法，对于颐行来说，不去琢磨大侄女儿受的苦，就没有那么痛恨他。

一个年轻的女孩儿独自在外八庙修行，整日青灯古佛的，心里会是怎样一种失意的况味，他高高在上，又怎么会知道，女人的年华多宝贵，最初几年跟了他，将来剩下的十年、二十年要在庙宇里虚度，那份委屈和谁去说呢。

其实她想问，有什么法子能让他网开一面，放知愿重回红尘，可是话还没问出口，他就一巴掌拍在了她脸上。

"您干吗？借机报复？"颐行气恼地问，就算这一巴掌不疼，也还是让她觉得有点生气。

皇帝没说话，拇指从她脸颊上擦过，然后在她面前摊开手掌，掌心老大一摊血，不屑地说："蚊子咬了你半天，你怎么没有知觉？"

颐行这才抬手挠了挠，为了和他叫板，不情不愿地说："谁让您打它了？我爱养着它，等它吃饱了，自然就飞走了。"

这下皇帝无话可说了，她不讲理起来，简直就是个浑人。

算算时候，他们困在这儿有半个时辰了，底下伺候的人再不来，他就打算带她进殿，实在不行今晚就住这里了。

然而他正要开口，忽然听见宫门上有钥匙开锁的声响，两盏灯笼映照着怀恩和含珍的脸，见他们坐在台阶上，倒吸了口气道："天爷，奴才们来晚了。"

上前各自查看自己的主子，怀恩道："万岁爷，是奴才糊涂，应该早来接应您才是。"

银朱卷着帕子给颐行擦脸上残余的血迹，愧疚地说："主儿您受苦了，喂了这半天的蚊子……"

颐行说不要紧，把玉碗抱在怀里，反正不虚此行。要回寝宫去了，向皇帝蹲了个安道："奴才谢万岁爷帮衬，明儿得闲，再上养心殿给您请安。"临走不忘叮嘱怀恩，"回去拿药好好给万岁爷擦擦，野蚊子多毒的，千万别留了疤。"

怀恩连连道是，弓着腰目送老姑奶奶迈出了宫门，方回身伺候皇帝回养心殿。

第十五章·
晚来堪画

先前昏暗看不真周，等进了暖阁才查看明白，皇帝两条胳膊上星罗棋布被咬了十来个包。怀恩都惊了："三所殿的蚊子好厉害的口器，能扎穿袖子，咬着您的肉皮儿。"

皇帝没说话，自己拿薄荷膏细细擦拭被叮咬处，擦完了盖上盖儿，冲柿子吩咐："把这个给纯嫔送去。"

大夜里递东西，其实是件挺麻烦的事，好在御前的人有腰牌，来去能省了记档的手续。

柿子将薄荷膏送到的时候，银朱刚伺候颐行出浴。含珍替主子谢了恩，将柿子送出殿门，回身便见主子脸上顶着个大包，懵头懵脑地说："咬着我的脸啦，明儿肿起来，可怎么见人哪。"

含珍忙把她拉到灯下，小心翼翼地替她上了一层药，再问她怎么样，只说是凉凉的，不痒了。

后来上床倒头便睡，迷迷糊糊间做了个梦。梦里自己和皇帝为爬宫墙的事争执不休，皇帝说"朕在上，你在下"，她一脚踹了过去，"本宫在上，你在下"。后来拉扯，又发展成了互殴，她把对皇帝的怨念全都发泄出来了，手脚并用拳打脚踢，嘴里大喊着"我忍你很久了"，把皇帝揍得披头散发，鼻青脸肿。

上夜的含珍听见动静，忙打帐过来看，老姑奶奶已经滚到床沿，就差没摔下去了，忙压声喊："主儿……主儿……您给魇着了吗？"

颐行这才醒过来，哦了声道没事："打架来着。"说完扭身滚到床内侧，重又睡着了。

第二天起来，脸上那个蚊子包已经不肿了，只剩芝麻大的一个红点，拿粉仔细盖上两层，基本看不出了。含珍替她收拾停当，银朱陪着上永和宫去请安，路过乾清宫的时候她还是习惯驻一下足，可是再看御药房方向，心境已经和从前大不一样，无端透出一点感伤来。

银朱牵了牵她的袖子："主儿，别琢磨了，走吧。"

颐行笑了笑："就是觉得欠了人情，没能报答，怪对不住人家的。"

银朱说："其实凭夏太医和皇上的交情，用不着您报答，皇上提拔他不是一句话的事儿吗？"

这么想来也对，皇上之所以不给他加官晋爵，也许是有旁的原因。夏太医既然和她划清了界限，那往后她就不操那份心了吧！

吸了口气，快步赶往永和宫，人已经来得差不多，就差她一个了。颐行进门笑着向贵妃蹲安："我今儿来迟了，请贵妃娘娘恕罪。"

贵妃颔首，微扬了扬下巴让她落座，不过视线却停在银朱身上，笑着说："今儿不是含珍伺候？永寿宫如今有几个大宫女来着？要是人手不够，再让内务府添置两个。"

其实贵妃的用意她明白，哪里是要给她添人手，分明是想把众人的注意力都吸引到银朱身上。

这是银朱头一回陪她上永和宫，既来了，少不得要和恭妃、怡妃碰面。那两位主儿可是因责罚银朱挨过禁足的，仇人相见分外眼红，自然会想尽法子给她们上眼药。

颐行在座上欠了欠身："多谢贵妃娘娘，我跟前人手够了，再添乱了规矩，我可没那么大的胆儿。"

怡妃哼笑了一声："依着妹妹的荣宠，就是再升一等也是眼前的事儿，说什么大胆不大胆的，听着多见外似的。"

颐行含笑望向怡妃："娘娘这话我可不敢领受，我在宫里没什么倚仗，凭我的资历，要晋妃位难得很，哪像您似的平步青云呢。"

这就戳着怡妃痛肋了，她进宫即封妃，本来就是瞧着皇太后的面子，这些年没得擢升，说明她本身的人品才学不怎么样。颐行绵里藏针，她自然不受用，边上旁听的也是掩嘴囫囵笑，横竖宫中岁月无聊，不管谁出丑，都是众人喜闻乐见的。

怡妃脸红脖子粗，恭妃看不过眼，尖酸道："纯嫔妹妹这张嘴，如今是越发厉害了，当初才进宫的时候可不是这样。"

颐行轻慢地瞥了她一眼："恭妃娘娘说得是，我原以为自己会一辈子当小宫女儿呢，能有今天，也是托了恭妃娘娘的福。"

其实恭妃指派吴尚仪把人从三选上筛下来，这已经是众人皆知的秘密了，老姑奶奶兜兜转转还是上位了，可见恭妃枉作小人。眼下又拿话激人家，人家不痛快回敬，岂不辜负了她的这番好手段？

贵妃乐呵呵地看了半天热闹，终于还是出声了，说明儿是先帝忌辰，后儿就是皇太后寿诞，各宫回去预备预备，明天要随太后上钦安殿进香祭拜先帝。

众人站起身道是，复行了礼，从殿内退出来。

一行人往宫门上去，大抵都是一个宫女搀扶一个主子。但不知是不是恭妃有意的，在迈过永和门的时候忽然偏让身子，银朱避让不及，偏巧撞在了她身上。恭妃借机发作起来，喝了声"站住"，倒把其他主儿吓了一跳，纷纷回头观望。

"你冲撞了本宫，连一句致歉的话都没有，是谁教你的规矩？"

这种摆明的寻衅，要是换了以前，银朱早就顶她个四仰八叉了，但因如今颐行有了位分，自己又是她跟前大宫女，怕自己唐突连累主儿，只好忍气吞声，打算上前蹲安认错。

可她刚要挪步，颐行却暗暗拽住了她，含笑对恭妃道："姐姐怎么了，谁冲撞了姐姐，惹得您发这么大的火？"

恭妃跟前的宝珠也不是吃素的，扬声道："纯嫔娘娘这是有意偏袒吗，您的人冲撞了我们娘娘，我是亲眼见着的，纯嫔娘娘何必装糊涂，倒不如叫她出来给我们娘娘磕个头认个错，这事儿就过去了。"

银朱跟了颐行这么久，可说是心意相通，只消一个眼神，立时就明白了她的策略，死不承认就对了。因道："奴才早前虽得罪过恭妃娘娘，可事儿已经过去了，贵妃娘娘也给了论断。今儿是奴才头一天陪我们主儿过永和宫请安，恭妃娘娘何必借机生事，咄咄逼人呢。"

恭妃本想压她们一头的，没想到遇见了这样无赖的主仆，当下气得脸色发白，厉声道："这狗奴才不知尊卑，胆敢对本宫不敬。宝珠，给我狠狠掌她的嘴，教教她规矩！"

宝珠应了个是，果然高扬起了手，谁知老姑奶奶上前一步，笑着对宝珠说：

"掌她的嘴不痛不痒，难解心头之恨，倒不如掌我的嘴，才叫恭妃娘娘痛快。"

这下宝珠是万万不敢将巴掌落下去了，讪讪举着手，看向自家主子。

恭妃气恼，咬着牙说："纯嫔，你别以为晋了个嫔位，就能无法无天了。"

颐行笑着说彼此彼此："恭妃娘娘早前也打过咱们，横竖咱们是挨打惯了的，再多打一回又怎么样呢。"

嫔妃之间撕破了脸还是头一遭，边上看热闹的窃窃议论着，有人成心撺掇："恭妃娘娘可是位列四妃的……"

恭妃一听越发觉得自己颜面受损了，一时怒火中烧，心道教训个嫔还有资格的，宝珠打不得，自己打得，于是嘴里呼着放肆，扬手便向她捆去。

岂知颐行身手比她灵活，一把便抓住了她的腕子，皮笑肉不笑地道："让你打，你还真打呀？我如今可不是尚仪局的小宫女了，恭妃娘娘请自重！"说罢顺势一推，将恭妃推了个趔趄，自己扑了扑手道，"恭妃娘娘，今时不同往日了，您再打人，咱们可是会还手的。您是金尊玉贵的娘娘，咱们是十粗使的出身，万一哪里伤着了您，不是咱们本意，您可别往皇上跟前告御状啊。"

恭妃的腕子被她捏得生疼，又不能把她们怎么样，气得手脚乱哆嗦："你……你……"

颐行含蓄地微微一笑："娘娘保重凤体，为咱们气坏了身子不值当。"说罢忽然抬起手来，吓得恭妃往后退了一步。

没想到她笑了笑，转身把手架在了银朱的小臂上，在众人惊诧的目光下，摇曳生姿地往德阳门上去了。

"主儿，您这样，得多招人恨啊！"银朱满面春风地说。

颐行眯着眼睛，望向夹道的尽头，唇角带着一点自得的笑："那你说，是这么着痛快，还是夹着尾巴任她们欺凌痛快？"

银朱挺了挺胸膛："自然是这么着痛快。横竖早就和恭妃结下梁子了，面儿上装得再和睦，她们也不和您一条心。"

颐行说是啊："我算看明白了，在这宫里要想活得滋润，就得不停地和她们较劲。这帮养尊处优的娘娘，平时说一不二的，上我这儿也要横来，我才不怕她们。"

只是银朱也有些担心，迟疑着说："旁的倒不担心，只怕她们背后使坏，上太后跟前，上皇上跟前告状。万一太后和皇上听信了她们的话，那咱们往后的日子多难挨啊，您得留神。"

　　这话很是，也确实让银朱说着了，第二天祭拜完先帝之后，恭妃和怡妃就结伴去了慈宁宫。

　　彼时太后刚换了衣裳，正坐在南窗底下逗她那只巴儿狗，听见春辰通传，说两位娘娘来了，太后起先倒没在意，只说请她们进来。因着她们常来常往惯了，进门先请安，怡妃便蹲在榻前和巴儿狗闹着玩儿，一面说："福爷养得越发好啦，瞧瞧这身板儿，结实得粮袋子一样。"

　　太后自打不理宫务后，闲暇时光都和这巴儿狗消磨度过，心里头拿狗当孩子一样看待，是怎么喜欢都不够。她们待见福爷，太后也高兴，跟着说说福爷这两天的趣闻，三人闲坐，午后时光倒也悠闲。

　　恭妃因心里藏着事儿，脸上虽堆着应付的笑，到底有些心不在焉。

　　太后是深宫中的过来人，一眼便瞧出来，嘴里冲云嬷嬷吩咐着："云葭，今儿有新鲜的甜瓜，给她们上两盅甜碗子。"一面向恭妃道，"上我这儿来，怎么倒心事重重的模样？想是有话要说吧？"

　　太后这么一提，恭妃立时泪眼抹泪起来，梨花带雨般拭着眼睛道："太后老佛爷，奴才心里委屈，要向您诉一诉苦来着。"

　　太后还是笑呵呵的，妃嫔们能有什么大不了的事，不过都是鸡毛蒜皮，就闹得天一样大似的，便道："这怎么还委屈上了，倒是说说吧，我来给你断一断。"

　　于是恭妃止住了抽泣，用脆弱的声口怯懦地说："老佛爷，还不是因为那个新晋的纯嫔！早前咱们是错怪过她身边那个叫银朱的宫女，那咱们不也为此禁了足吗，奴才只当这事儿过去了，就可不必再提了。可昨儿，纯嫔有意带着银朱上永和宫寻咱们的衅，起先是在贵妃娘娘跟前和怡妃姐姐针锋相对，后来出永和门的时候，银朱刻意冲撞奴才，奴才要讨一个说法，纯嫔倒好，当着阖宫众人的面，竟和奴才动起手来。"

　　恭妃说着，显然是受了莫大的屈辱，再一次泪盈于睫，轻声抽泣起来。

　　"倘或是背着人的，倒也罢了，奴才也不和她斤斤计较，可底下那些贵人常在都瞧着，叫奴才的脸往哪儿搁！奴才知道她是尚家出身，原就性傲，可也不能这么作践奴才呀。奴才好歹是皇上封的恭妃，老佛爷也知道奴才为人，奴才是宁可少一事，也不愿意多一事的。如今遇上了这么块滚刀肉，主仆两个一唱一和耍赖，奴才这辈子没见过这样的人，往后还要在永和宫照面，可叫奴才怎么好啊！"

　　这时候怡妃也站出来说话，叹了口气道："太后是没瞧见，这纯嫔仗着万岁爷喜欢，如今是张狂得没个褶儿了。不光是挤对咱们，对着贵妃娘娘也敢不恭。贵妃娘娘好性儿，不和她计较，却纵得她属了螃蟹似的，在这后宫横行霸道，见谁不称意，就给谁小鞋穿，咱们可向谁喊冤去。"

太后哦了声，奇道："上回她来慈宁宫谢恩，我瞧她端稳得很，并不是你们说的这样。"

恭妃道："知人知面不知心，她在您跟前哪敢造次，也只有欺负欺负咱们的份儿罢了。"

这时候云嬷嬷带着宫女进来敬献甜碗子，恭妃和怡妃谢了恩，却也是没有胃口，搁在了一旁的香几上。

太后呢，其实惯常做和事佬，宫里头那么多嫔妃，只有皇帝一个爷们儿，争风吃醋也是常有的，为了这么点子小事，总不好拂了谁的颜面，便道："你们是后宫老人儿了，她才晋位，一时娇纵些，也是有的。倘或上纲上线理论，争论出个上下高低来，让她向你们赔罪，又能怎么样呢。一大家子和睦最要紧，你们都是官宦人家的女儿，只当她是个小妹妹，能带过则带过了，也是你们容人的雅量。"

怡妃和恭妃交换了下眼色，听这话头，太后是完全偏向纯嫔的，不怪她放肆，竟让她们容忍。

其实要单是这么点子事，她们也不至于到太后跟前告状来，如今最大的由头，还是她们抓住了老姑奶奶的把柄。

这事打哪儿说起呢，还是得从贵妃请她们过永和宫喝茶叙话说起。

起先她们对贵妃并没有好感，不得已应了卯，还有些不情不愿。后来远兜远转地，也说起了纯嫔在宫门上公然反抗恭妃的事，恭妃气不打一处来，又苦于没法子收拾她，越发郁结于心，长叹连着短叹。

贵妃却笑了笑："打蛇须打七寸，言语间得了势，又有什么益处。"

恭妃和怡妃一听有缓，便试探着问："听贵妃娘娘的意思，难道纯嫔还有什么见不得光的事儿，可让人拿捏吗？"

贵妃喝着茶，高深地笑了笑："这事儿我原不想说的，可如今瞧她越发蹬鼻子上脸，也替你们不值得很。上回懋嫔事发当天，我得了信儿就上储秀宫去了，由头至尾的经过我都瞧见了，纯嫔出了好大的风头呢，太后说要给那死了的宫女和懋嫔验身时，纯嫔举荐了一个姓夏的太医，当时我就觉得不对劲儿，过后才知道，她果然和那太医过从甚密，如今这事儿，恐怕整个西六宫都知道了。"

贵妃这番话，引得恭妃和怡妃面面相觑，当然信儿是好信儿，但从贵妃口中说出来，还是让人不由得怀疑她的用意。

怡妃定了下神，呷了口茶："娘娘和纯嫔不是一向私交甚好吗，怎么今儿和我们说起这个来？"

贵妃却哼笑了一声："私交甚好？有多好？你们也瞧见了，她上位后并不把我放在眼里，假以时日，恐怕我这贵妃也要被她踩在脚底下了。"

果然天底下没有永远的敌人，平时再不对付，遇着了共同的对头，还是可以短暂结成同盟的。

恭妃道："这可不是小事，总要有凭有据才好。"

贵妃低头盘弄着甲套上的滴珠，抬眼道："有凭有据？总不好叫你们捉奸在床吧！这种事儿，但凡有点子风吹草动，就够她喝一壶的了。他们之间纵使没有猫腻，背人处拿个正着，不也触犯宫规吗？"

这么一提点，二妃就明白过来了，要收拾一个人，没有条件创造条件，也能把事儿办得圆圆满满。

所以她们就上太后这里来了，这心思大抵同当初的懋嫔一样，先打个前战，才好让事态和后头即将发生的一切作呼应。

恭妃敛起神，几次欲语还休，弄得太后纳闷得很，哎呀了一声道："有话就说吧，要不今儿也不上慈宁宫来了。"

恭妃汕汕看了怡妃一眼，便把从贵妃那里听来的消息添减添减，告诉了太后。

当然，这里头隐去了贵妃，没得让太后觉得高位嫔妃们容不下纯嫔，一个个拉帮结派刻意针对她。末了恭妃道："我听人说，纯嫔在尚仪局的时候，就和那人有私情，只等皇上翻了牌子，未必不越雷池。懋嫔混淆帝王血胤，总还是外头弄个孩子进来，倘或纯嫔当真……太后想想，那是何等滔天的大罪。"

太后被她们说得发晕，最近宫里头太多这种鸡鸣狗盗的事儿了，实在让她恼火。

"你们总说那人那人，那人究竟是谁，总要有名有姓才好。"

恭妃和怡妃对视了一眼："据说姓夏，是新近提拔到宫值的太医。也不知纯嫔用了什么狐媚子手段，引得皇上对那个姓夏的也甚为器重。"

太后起先还怒火高涨，结果她们这么一说，顿时就偃旗息鼓了。

"夏太医……"太后无可奈何，"既是皇帝器重的，又有什么可说。你们不必整日间蛇蛇蝎蝎，听风就是雨，一个女人的名节，多要紧的事，倘或坏了，拿什么补救回来？"

怡妃不甘心就这么罢了，焦急道："太后……"

太后抬了抬手："成了，别说了，这种捕风捉影的事儿，闹起来对你们未必有益。听我一句劝，冤家宜解不宜结，过去的小过节，退一步也就算了。一个紫禁城里过日子，抬头不见低头见的，果真闹红了脸，往后照面岂不尴尬？"

恭妃和怡妃听了，终是一口气泄到了脚后跟，从慈宁宫退出来后，怡妃喃喃着说："太后也老了，后宫的事是再不愿意过问了，不像年轻时候有钢火，如今只想当个无事的神仙。"

恭妃不是没动过去御前面圣的心思，可是同怡妃一说，就遭怡妃泼了冷水。

"这会子确实无凭无据，上太后耳边吹吹风尤可，上皇上跟前闹去，没的给轰出来。"怡妃沉吟了下又道，"如今最好的法子，就是捉贼捉赃，那个什么夏太医神出鬼没的，上御药房问，着实是有这个人，可要见，却又无论如何见不着，不知是何方神圣。"

恭妃咬了咬牙："无论他是何方神圣，要他现原形，却也不难。明儿不是太后寿诞吗……"说着俯身过去，凑在怡妃耳边窃窃低语。

怡妃听得直点头，笑道："苍蝇不叮无缝的蛋，这要是拿了双，可浑身长嘴也说不清了。"

转过天来，就是万寿节。

大英有这样的规矩，太后及皇上寿诞都叫万寿节，皇后称千秋。因着不算整寿生日，太后为节约用度，只下令后宫之中自己庆贺。当日设宴重华宫，饭罢便在漱芳斋前戏台听戏。

颐行晋位到现在，还没遇上过重大节日，也没机会穿上嫔位的吉服。今儿是个好时机，一早起来便梳妆打扮，披挂上那件香色缎绣八团云龙袍，戴上了点翠嵌宝石花的钿子。

站在镜子前搔首弄姿一番，边上含珍和银朱只管捂嘴笑。说实在的，老姑奶奶长着一张稚嫩的脸，这样端庄沉稳的吉服在她身上，总显出一种小孩儿偷穿了大人衣裳的感觉。

她还要装样，咳嗽了一声道："笑什么，难道本宫不威严吗？"

银朱忙说威严："只是见了万岁爷请安见礼之外再别多话，话一多，您的威严就全没了。"

颐行哈哈笑了两声，心道这世上有比她地位更高，更幼稚的人，不过外人没瞧见罢了。接过银朱递来的龙凤金镯戴上，她抚了抚鬓角，镜子里的人年轻是年轻了点儿，再长两年自然就老到了。

今儿不必向贵妃请安，却要给太后磕头贺寿，一切准备停当后，便由银朱伺候着直奔慈宁宫。因为位分较低，平时也没有什么要紧的由头去见太后，因此颐行鲜少有向太后请安的机会。今儿来得却早，笠意在殿门前迎了她，笑道："小主儿竟是头一个。"说完热热闹闹将她迎进了殿里。

太后在南炕上坐着，颐行进门便请了双安："今儿是太后老佛爷寿诞，奴才给您贺寿啦，愿老佛爷芳华永驻，多福多寿。"

太后笑着抬了抬手，让小宫女搬了绣墩儿赐她坐。

想起头一天恭妃和怡妃来告状的事，趁着这会子没人，太后便有意问她："你才晋位不多久，和各宫的姊妹们相处得如何呀？"

颐行在座上欠了欠身："回太后，奴才是新人，对各宫娘娘们没有不恭顺的道理。不过……人人不同，里头冷暖也没什么可说的，左不过我日后更审慎些，不惹姐姐们生气，也就是了。"

这就高下立现了，太后是绝不相信一个低位的嫔，敢无缘无故去寻衅高位妃子的。她没有趁机倒苦水，反倒显得比那二妃更有肚量些，遇事先检点自己，总比哭哭啼啼只管告状的好。太后起先并不十分待见她，如今瞧瞧，却是越发欣赏她的为人了。

当然，她和皇帝能够和谐才是最要紧的，太后道："先帝的忌辰已经过了，皇帝也出了斋戒，打今儿起又该翻牌子了……纯嫔，你明白我的意思吧？"

颐行愣了下，立刻说明白："但凡有奴才效力的机会，一定兢兢业业伺候好皇上。"

太后听了，略有些别扭，她那措辞古怪，但又说不上哪儿不对，可能皇帝就喜欢她的跳脱吧。

只是再想说话，却不得机会了，后头各宫嫔妃接连从宫门上进来，不多会儿皇帝也到了，太后便升了座，看皇帝领着三宫六院，齐齐向她磕头祝寿。

太后很喜欢，瞧一大家子人聚在一块儿多热闹。待儿辈们行完了礼，便轮着两位阿哥了，怡妃和穆嫔各自牵着一个孩子，引到太后脚踏前让他们跪下。小小的人儿，奶声奶气地祝祷皇阿奶福禄双全，满屋子人都含笑看着，对待孩子们，起码个个都显出了足够的耐心。

只是阿哥们太小，皇帝也不知该怎么和他们交谈，端着君父的做派吩咐"好好听你们奶妈子的话，好好吃饭"，就没有旁的了。

天儿热，小阿哥们照旧被带回去照料，大人们则移到了重华宫。这一整天，无非吃吃喝喝听听戏，坐累了再往御花园散散，场面上的应付，远比在各自宫里歪着躺着疲乏得多。

台上唱着《刘二当衣》，咿咿呀呀的昆曲唱腔，咬一个字都得拖得老长。

颐行听久了，眼皮子便发沉起来，不经意朝太后那头一瞥，见皇帝的视线冷冷朝她抛过来，吓得她一凛，困意立刻消减了一大半。

这时恰好伺候宴席的宫女上来斟茶，蹲了个安道："娘娘，外头有个小太监，自称是御药房苏拉，说来给娘娘传句话。"

颐行迟疑了下："御药房的？"一面回头看了银朱一眼，"你上外头瞧瞧去。"

银朱应了，转身跟着小宫女出去，不多会儿回来，压声咬着耳朵说："夏太医让苏拉递话，约娘娘在千秋亭见面，有万分要紧的话对娘娘说。"

颐行很意外："万分要紧？"

银朱点了点头："这夏太医也真怪，上回不是说他那姨太太不叫他和后宫主儿多兜搭吗，这才几天啊，难不成把姨太太给休了？"

颐行心里却有另外的想头。

其实她一直觉得夏太医那天来说那通话，并不是出于他的本意，大抵是因为她晋了位，怕彼此走得太近，妨碍了她的前程。要是照着礼数来说，敬而远之确实对谁都好，可既然是要紧话，也许关乎身家性命，就不得不去见一见了。

看看外头天色，太阳将要落山了，今晚因是太后万寿，各处宫门并不下钥，夏太医也可以自由往来。她心里头突突地跳，挪了挪身子，似乎没人注意她，便悄悄站起身，悄悄从大殿内退了出去。

外头热浪滚滚，一丝风也没有，颐行问银朱："约在千秋亭？"

银朱说是，心里却七上八下："做什么要在阖宫眼皮子底下见面，大大方方上永寿宫请脉，多少话说不得。"

颐行却认为夏太医向来办事靠得住，这么着急见她，没准又有晋位的好事儿在等着她了。

这么一想，热血沸腾，天底下没有什么比升发更让她心动的。她拉着银朱，说快快快："别让夏太医等急了。"

可是到了千秋亭，里里外外找了一圈，也没见夏太医的踪影。颐行回身问银朱："是不是弄错地方了？究竟是千秋亭还是万春亭？"

银朱说没错，就是千秋亭："奴才听得真真的。"

既这么，那就等会子吧，便在御花园里兜了两圈。走到天一门前，忽然想起钦安殿前扑蝴蝶的事，自己倒尴尬地笑了。

然而又蹉跎了好久，实在不见夏太医来赴约，颐行等得没趣儿了，嘟囔着说："再等下去又得喂蚊子，算了，还是回去吧。"

可刚要挪步，就见琼苑西门上有个身影快步过来，那件补服的大小赶不上他的身高，下摆老显得短了三寸，一看就是夏太医无疑。

夏太医的步伐，走出了气急败坏的味道。边走边咬牙，真是个不知死活的东西，大庭广众之下，皇上也还在，她竟敢打发人上御药房传话，说有顶要紧的事要见夏太医，让夏太医务必来千秋亭一趟。

怀恩当时将话传到他耳中的时候，他简直有些难以置信，一再地问自己，难道那天话说得不够明白吗，为什么还没有断了她的念想？这老姑奶奶是吃错了药，还是这世界乱了套？明明是后宫嫔妃，却一心想着别的男人，难道她是觉得尚家的罪名还不够大，没有满门抄斩，所以急着要再送全家一程吗？

生气，郁闷，虽然站在夏太医的立场上，避开了后宫那么多双眼睛，悄悄来一个隐蔽处和她私会，让他尝到了一丝隐晦又刺激的味道，但作为皇帝来说，若隐若现的一顶绿帽子悬在脑袋上，也着实让他产生了如坐针毡的不安感。所以他一气之下，要来听听她究竟要对夏太医说什么，如果她胆敢在今天捅破窗户纸，那他非处死夏太医，罚她闭门思过三个月不可。

脚步匆匆赶往千秋亭，终于在玉石栏杆前发现了她的身影。多刺眼，他看见她穿着嫔的吉服，那是正统嫔妃才有的打扮啊，可她却穿着这身衣裳，一门心思私会情郎。虽说情郎是他，丈夫也是他，可他就是不高兴，后宫的女人竟对皇帝之外的男人有情。

一个箭步冲上了千秋亭，站到她面前。他走得气喘吁吁，那天蚕丝的障面因他一呼一吸间隐现了脸颊的轮廓，她怔忡地盯着他，像盯着一个完全不认识的陌生人。

他下意识地回避她的目光，只道："纯嫔娘娘找臣，究竟有何贵干？"

颐行有些纳闷："我找您？不是您找我吗？"

他讶然回过身来："娘娘究竟在开什么玩笑，今儿是太后寿诞，臣怎么可能在众目睽睽之下，约娘娘在这里碰面？"

颐行也是一头雾水："对啊，今天是太后寿诞，我怎么可能避开所有人的耳目，约您在这里会面？是我永寿宫的地方不够敞亮，还是蚊虫比这儿多？"

那究竟是怎么回事？难道是有人故弄玄虚，两头传话吗？

银朱表示："奴才是真的听那小太监说，夏太医有要紧的话传达主儿，绝不会弄错的。"

颐行说："看吧，我没骗您，我也没有打发人去御药房给您传话。"

夏太医沉吟了下，说不好，匆促道："你快回重华宫……"

可是话还没说完，琼苑西门上就出现了无数盏灯笼。火光之后人影幢幢，先是几十名太监将千秋亭团团围住，然后便是各路嫔妃簇拥着皇太后，出现在了亭前的空旷处。

"太后老佛爷，您可瞧见了吧。今儿是您圣寿，咱们都在重华宫给您贺寿呢，纯嫔却悄没声儿地溜出来，跑到这地方吊膀子来了。"恭妃的嗓音又尖又利，在这深寂的御花园里荡漾开来。

众人起先并不知道究竟出了什么事，只听恭妃和怡妃说，要请太后看一出好戏，便随众跟了来。结果竟目睹了纯嫔和一个官员打扮的爷们儿在这里私会，瞬间这事在人堆里炸了锅，众人窃窃私语起来，这可是天大的罪过啊，难道这紫禁城坏了风水吗，怎么怪事层出不穷呢？

怡妃上前一步，冷笑道："早前纯嫔逮住了懋嫔的马脚，咱们原以为这样的聪明人儿，不能犯这种过错，如今大家亲眼见证了，倘或他们两个人清清白白，何必跑到这背人的地方会面来。"

亭子上的颐行早明白过来了，这是中了她们的奸计了。事到如今，就算辩解没有作用，她也得再争取一把，便道："太后，奴才是受人陷害的，有人刻意把奴才引到千秋亭来，再请太后移驾拿人。世上怎么会有这么巧的事儿，奴才的行踪竟被人掌握得一清二楚。"

恭妃扯着唇角一哂道："若要人不知，除非己莫为。你们俩要是没鬼，旁人下套你们就往里头钻？孤男寡女，四下无人，就是大白天夹道里见了还得避讳些呢，你们倒好，约到这黑灯瞎火的地方来，究竟要做什么？"

"恭妃娘娘这话不对，奴才也在，怎么就四下无人了！"银朱将颐行护在身后，"是奴才听信了先头小太监的话，把我们主儿引到这里来的，不想你们事先设好了圈套坑害我们主儿。有什么错处，奴才一个人承担，我们主儿清清白白的人，不能被你们栽了赃。"

结果这话招来了贵妃的蹙眉呵斥："这么大的事，是你一个奴才能承担的吗？快给我夹住嘴，别再胡言乱语了，没的帮了倒忙，害了你们主儿。横竖太后老佛爷在呢，孰是孰非，太后自会论断。"

被众人簇拥着的太后这会儿脑仁儿都疼了，看着面前的儿子，叹了口气大摇其头。好好的皇帝穿成这样，和自己的嫔妃唱了这一出《西厢记》，倘或当着众人被拆穿了，看看这九五之尊的颜面往哪儿搁吧。

"依着我，里头八成有什么误会……"太后试图打个圆场敷衍过去，可自己也觉得这话说不响嘴。

果然贵妃并不买账，趋身道："太后，眼下东西六宫的人全都在呢，个个都是亲眼所见。若是不重重责罚以儆效尤，将来其他嫔妃有样学样，那这宫闱可成什么了！"

怡妃也不依，扬声道："大英三百年，后宫里还没出过这样的丑事呢。纯嫔，皇上爱重你，抬举你，如今瞧瞧你的所作所为，你对得起皇上吗！"

"就是！"善常在也趁乱踩了一脚，对太后道，"老佛爷，纯嫔早就和这太医有私情了，奴才几次见她往御药房去，竟是不明白了，究竟有多少悄悄话要说，弄得这副难舍难分的模样。还有这姓夏的，藏头露尾不肯以真面目示人，倒是叫他把面巾子摘了，让大家见识见识这张嘴脸。"

善常在的这番话，引来太后愤怒的注视，她却毫不察觉，甚至扬扬自得地望着亭前的人，一副扬眉吐气的胜利者姿态。

太后没辙，叹了口气道："兹事体大，还是先将人押下去，等皇上裁决吧。"

可是恭妃得理不饶人，嘴上却说得冠冕堂皇："这样腌臜的事儿劳动皇上，岂不是辱没了皇上！如今后宫全由贵妃娘娘做主，请贵妃娘娘裁夺就是了。"

太后听她们鸡一嘴鸭一嘴，发现自己竟是做不得主了，便寒着脸问恭妃："那依你之见，应当怎么料理？"

恭妃眼里露出残忍的光来，咬着后槽牙道："这事儿终归不光彩，不能大肆宣扬。依着我，奸夫充军，淫妇赐死，事儿就过去了。"

她们喊打喊杀，颐行也知道有嘴说不清了。只是可惜，哥哥和侄女等不来她的搭救了，还有夏太医，帮了她这么多忙，最后落得这样的下场，她实在觉得对不起人家。

回过身去，她凄然望着他，好些话说不出口，只是嗫嚅着："我对不起您。"

夏太医却镇定得很，那双视线停留在她脸上，一副看透了世事的洞达泰然。

颐行忍不住鼻子发酸，这回栽了跟头，少不得连累很多人。这宫廷真是口黑井，她只看到了表面的热闹繁华，却没料到自己会落进别人设下的陷阱里，最后死得不明不白。

雍容华贵的主儿们，恶毒起来真令人胆寒，恭妃和怡妃的话，一声声要把人凌迟一样。贵妃也死死盯住了夏太医，终于向左右发令："把人给我拿下！"

听令的太监应了声"嗻"，如狼似虎地要扑将上来。

怀恩和满福见状，知道这事儿是蒙混不过去了，上前叱了声放肆，将人都隔在了白玉石台阶之下。

凛凛站着的夏太医，这时终于抬起手，将脸上的面罩扯了下来。煌煌的灯火映照着他的眉眼，在场众人顿时像淋了雨的泥胎，纷纷呆立在当场。

太后无奈地抚了抚自己的额头，长吁短叹着："让你们不要较真，偏不听我的，这会子好了，都消停了吧？"

御花园里陷入了无边的沉寂，隔了好久，忽然一声号啕响起，众人都看向老姑奶奶，老姑奶奶哭得涕泗滂沱，口齿不清地说："万岁爷，她们捉咱们的奸……还要处死我啊……"

皇帝的目光掉转过来，从贵妃、恭妃、怡妃、善常在的脸上扫过，哼笑了声道："朕是灯下黑，竟没想到，朕的后宫之中还有你们这样的能耐人，把朕都给算计进去了。你们两头传话，弄出这么个局面来，打一开始就是冲着夺人性命来的，你们好黑的心肝啊。"

众人到这时才回过神来，参与其中的人就算想破了脑袋也绝想不到，她们一心要捉拿的奸夫，竟然是皇帝本人。

这回天是真塌了，这尚颐行如有神助，本想一气儿弄死她的，谁知她这影儿走得正正当当，叫人无话可说。三妃和善常在小腿肚一软，便跪了下来，接下去无非是狗咬狗，一嘴毛，恭妃和怡妃说是听了贵妃指派，贵妃说是受了善常在挑唆。

皇帝已经不想听她们狡赖了，下令将她们押回各自寝宫等候发落，复又向太后拱手赔罪："今儿是圣母寿诞，儿子不孝，未能让母后尽享天伦，反倒弄出这么一桩奇事来，让母后受惊了，一切都是儿子的过错。"

太后看着皇帝，只是不好说，堂堂的一国之君玩这种小孩子的玩意儿，如今穿了帮，阖宫嫔妃都看着呢，他可怎么下这个台！

千错万错，都是恭妃和怡妃的错，昨儿她们上慈宁宫来特意提起这事儿，原来就是憋着今天的坏。好好的一个万寿节，被她们的处心积虑给毁了，太后喟然长叹："二阿哥不能再放在承乾宫养着了，回头送到慈宁宫来吧，我们祖孙两个就伴儿，也好。"

笠意和云嬷嬷搀着皇太后回去了，今晚的寿宴，也就这么不欢而散了。

东西六宫的嫔妃都识趣儿地走了，最后只剩下颐行和皇帝跟前的人。

皇帝翕动了下嘴唇，想同她说些什么，可是场面太过尴尬，心里话无从说起。

老姑奶奶泪眼汪汪对着他看了又看，撇着嘴说："您怎么这么闲呢？打从一开始您就骗我啊……"说着又仔细瞧他两眼，流着泪摇头，"气死我了……气死我了……"狠狠跺了跺脚，拽着银朱往长康右门上去了。

含珍这两天因身上不方便，没有陪同老姑奶奶出席皇太后的寿宴，原本算好了时间，总得再过一个时辰，寿宴才能叫散，她指派小太监上好了窗户，正要回身进殿，却见宫门上银朱扶着颐行进来了。

细打量她的神情，含珍吓了一跳，忙上去接了手问："这是怎么了？主儿脸色怎么这么难看？"

颐行定眼瞅瞅含珍，像是不敢确定她究竟是不是真的她，待看明白了，一把抱住她，放声痛哭起来。

含珍如坠云雾，忙揽住她，把人搀进殿里。老姑奶奶只管哭，什么也说不成了，含珍只得问银朱："究竟出了什么事儿，你们要急死我吗！"

银朱讪讪的，觑了觑老姑奶奶，对含珍说："你知道夏太医是谁吗？天爷，我到这会子都不敢相信，他竟是皇上。"

含珍怔忡了下，却并不像她们似的慌神。老姑奶奶哭得眼睛都肿了，她只得好言劝慰："主儿，其实回过头来想想，夏太医就是皇上，也没什么不好。您不是仰慕夏太医吗，如今晋了位，是注定和夏太医有缘无分的，可夏太医要果真是皇上，那岂不是顺理成章的好事吗，您再也用不着一边惦记夏太医，一边应付皇上了。"

颐行哭的是自己被人当猴儿耍了。

从安乐堂初次遇见夏太医开始，她就觉得他是个实心的好人，和那个高高在上的皇帝不一样。自己煞有介事地感激他，向他举荐自己，甚至一本正经地单相思，他都看在眼里，是不是背后都快笑得抽过去了，觉得她是天字第一号的傻子？

世上为什么会有这么无聊的人，一国之君穿着鹌鹑补子浑水摸鱼，换取她口头承诺的五品官衔儿。如果这一切都是出于他的玩笑，那么在得知懋嫔假孕后不去直接戳穿，而是兜了这么大的圈子来成全她，难道也是为了成就夏太医在她心里的威望吗？

想不明白，实在想不明白，冒充好人也有瘾？明明夏太医和皇帝是截然不同的两种脾气秉性，为什么最后他们竟是一个人，实在让颐行觉得难以接受。

银朱绞了手巾把子来给她擦脸，说："主儿，您换个想法，原来您顺风顺水一路走到今儿，是皇上在给您托底，您不觉得庆幸吗？"

颐行说庆幸个腿："在我心里夏太医今儿晚上已经被她们害死了……我的夏太医，他死了……"

含珍虽然很同情她的遭遇，但她哭鼻子的样子实在太可笑了，一时忍俊不禁，嗤地笑出了声。

颐行立刻刹住了，红着眼睛看向她："你还笑？你是宫里老人儿了，其实早知道皇上就是夏太医，就是憋着不告诉我，是不是？"

含珍被她搓磨起来，连连哀告求主儿饶命："说句实在话，奴才确实疑心过，可奴才也不敢下保啊，毕竟皇上和夏太医身份差了十万八千里呢。奴才虽险些上御前伺候，到底最后没能成事，我也是远远瞧见过皇上几回，连话也不曾和皇上说过半句，要是告诉您夏太医就是皇上，您能信吗？"

颐行听完，泄气地拿两手捧住了脸。回想起先前他摘下面罩的那一瞬，她真是惊得连嘴都合不上了，现在想起来依旧觉得不堪回首，自己究竟是蠢成了什么样，才从未看出他们俩是同一个人。

"一点儿也不像……"她抱腿坐在南炕上，失魂落魄地嘟囔，"宇文熙，夏清川……真是骗得我好惨啊……"

她说话儿又要哀号，却被银朱劝住了，坐在炕沿上同她忆苦思甜："其实皇上和夏太医还是有相似的地方，您瞧，先前您缺油水，夏太医还给您捎酱牛肉来着，后来您又上养心殿蹭吃蹭喝，万岁爷不也让您搭了桌子吗？您细琢磨，夏太医要不是皇上，他哪能和您这么亲近，您说是不是？"

颐行饱受打击，那些细节处不愿意回忆，也不想说话了。过了好一会儿才略有些力气，胡乱擦洗了两把，便蹬了鞋，一头栽倒在了床上。

经过昨儿那一闹，最大的好处就是再也不必上永和宫请安去了。贵妃不再摄六宫事，降为裕妃，恭妃及怡妃降为嫔，善常在降为答应，各罚俸半年，着令禁足思过三个月。绿头牌自然也从银盘上撤了下去，将来还有没有机会重新归位，也说不准了。

这场风波初定，最庆幸的还是和妃，在景仁宫抱着她的白猫直呼阿弥陀佛："得亏我和她们走得不近，要是昏头昏脑牵扯进这件事里，这会子也降为嫔了。"

和妃跟前的大宫女鹂儿说可不："宫里头福祸都是一眨眼的工夫，这程子天儿热，主儿懒于理会她们的事儿，反倒明哲保身，逃过了一劫。主儿，如今这局势，对咱们可大大的有利，阖宫只有二妃，裕妃是不成事了，您一家独大，没准儿太后过两天就下口谕，让您协理六宫也不一定。"

和妃听了，抛开窝窝倚着引枕打了个哈欠，嘴里说着："宫闱里头的事儿，一地鸡毛，谁爱协理谁协理吧，我才懒得过问。"可心里终归也隐隐期盼着，兴许要不了多久，太后就会打发跟前云嬷嬷，来请她过慈宁宫叙话了吧！

不过如今阖宫最出风头的，要数永寿宫纯嫔，走影儿走到皇上头上去了，可不是奇闻吗！早前说皇上看重她，带着一块儿捞鱼什么的，无非是碰巧的消遣罢了，谁知掀开了遮羞布，竟玩儿得这么大！

尚家也是怪了，废了一位不得宠的皇后，又来一位老姑奶奶，这位据说打小就和皇上有渊源。和妃其实看得也开，有时候啊，人就得认命，万一尚家这位平步青云登了顶，自己就守着这二把手的位置，勉强也成。

当然，后宫位分有了变动之后，直接影响的就是侍寝的名额。原先东围房里坐得满满当当，现如今一下子空出来四个席位，银盘上也显得空荡荡了。

今儿是皇上斋戒过后头一天翻牌子，盛装的主儿们按着位分高低安然坐着，大家虽不说话，眼神却都在老姑奶奶身上打转。然而老姑奶奶似乎兴致并不高昂，也没有一气儿斗垮了三位高阶妃嫔的得意，坐在那里耷拉着嘴角，一副怏怏不快的样子。

徐飒顶着银盘去了，大伙儿的心都悬起来，惴惴地等着前头的结果。

徐飒又搬着银盘来了，大伙儿飞快地往盘上瞄了一眼，灯火昏昏看不清楚，心就落下来一半，似乎今儿又是叫"去"。

可正当大家意兴阑珊的时候，徐飒朝着老姑奶奶的方向哈了哈腰，满脸堆笑说："纯嫔娘娘接福，万岁爷翻了您的牌子，奴才这厢给您道喜啦。"

颐行原本已经准备起身回去了，听他这么说，心中顿时一黯，只得塌腰子重新坐回了绣墩上。

"主儿，"含珍轻轻唤了她一声，"过燕禧堂去吧。"

颐行嘴里嘟囔着："没见过这么不要脸的人，都快势不两立了，还翻我牌子做什么。"

含珍道："事情已然出了，总是想法子说开了为好。万岁爷还是有这份心的，倘或把您撂在一旁，那您将来还求什么晋位呢，在嫔位上蹉跎一辈子吗？"

是啊，她的野心他已经知道了，好些心里话她也和夏太医说过，虽然两下里少不得尴尬，但既然身在其位，翻牌子的事终归无法避免。

颐行站起身，带着大义凛然视死如归的气度，两眼空空望向前头殿宇。含珍帮着归置了身上衣裳，头上钿花，待怀恩接引的灯笼到了门前，轻声叮嘱："主儿，今儿是您的喜日子，您得带着点笑模样，有话好好和皇上说，啊？"

颐行苦着脸看了看含珍："你瞧我这心境，哪里还笑得出来。"

门前的怀恩听了，少不得劝慰上两句，说："小主儿，您别的都莫思量，就想着万岁爷是爱您，才做出这么些怪事来的，就成了。"

颐行脸上火烧一样发起烫来，还爱她呢，这哪里是爱她，分明是把人当猴儿耍。

"我和他早前又没有交情，就是小时候看见他尿墙根儿，也是十年前的事了，他就记仇到今儿，你别替他说好话。"她虎着脸道，"谙达，我如今脸都没处搁了，你知道不知道？今儿我坐在这里，浑身针扎一样的难受，他还翻我牌儿，竟不知道他是怎么想的。"

怀恩叹了声道："小主儿，您听奴才一句劝，夫妻没有隔夜的仇，早前那点子事，不过是万岁爷的玩性，您量大一些，过去就过去了。"

夫妻？这会子还论起夫妻来，谁和他是夫妻。

料着御前的人对皇帝的做法也是透着无奈，连怀恩那么善于开解人的，这回也有些理屈词穷，不知回头见了皇帝，又是怎么个说法。

横竖到了今时今日，硬着头皮扛过了今夜再说，可心里闹着别扭还要侍寝，听上去就是莫大的折磨。

说怕嘛，心里终究觉得怕，人家是九五之尊，是个男人，男人女人那点事儿，在她晋位之初就已经看过图册，妖精打架似的，叫人好奇又惶恐。实则她还是没有做好准备，虽然在太后跟前一口一个兢兢业业服侍皇上，真到了这种时候，也还是忍不住腿打哆嗦。

怀恩见她怯懦，笑了笑道："主儿别怕，万岁爷是个温存的人，您心里怎么想的，大可以和他细说细说，就是一张床上聊上一整夜也是有的……"边说边眨巴了两下眼，"没事儿。"

反正伸头是一刀，缩头也是一刀，绕是绕不过去的，于是颐行深吸一口气，举步迈出了围房。

嫔妃们侍寝一般都在燕禧堂，她朝西望了一眼，廊庑底下宫灯高悬，那回旋的光晕照着细墁的地面，让人微微产生了晕眩之感。怀恩引她上了台阶，本以为一路往西稍间去的，没承想走到正路后寝殿前忽然站住了脚，怀恩回身笑了笑："小主，主子爷在寝殿等着您呢，请主儿随奴才来。"

这就是待遇上的差别，西稍间每位嫔妃都过过夜，皇上例行完了公事并不留宿。中路正寝则不一样，还没有哪位嫔妃登过龙床，在万岁爷心里这也是头一回，是他坚守的最后一寸净土，不管老姑奶奶意会到了没有，反正怀恩是感动坏了。

就如同引领正宫娘娘一样，怀恩的身腰躬得越发像虾子，小心翼翼把人引到了殿门前，轻声道："纯嫔娘娘请入内，好好伺候皇上。"

颐行扭头望了含珍一眼："你找个围房歇着，我进去了。"

含珍点了点头，放开搀扶她的手，看着她走进那扇双交四椀菱花门。自此年轻的主子就该不情不愿地长大了，含珍和怀恩交换了眼色，心头有些涩然。

皇帝的寝宫，一应都是明黄绣云龙的用度，屋内掌了灯，看上去满目辉煌。

颐行穿过次间的落地罩，一步步走进内寝，金丝绒垂帘后便是一张巨大的龙床，床上人穿着寝衣正襟危坐，显然已经准备妥当了。

颐行伶仃站在地心，两下里对望，都有些尴尬。昨晚千秋亭的境遇仍旧盘桓在心头，如今夏太医已经坐在床头等着她了，此情此景，实在令人难以适应。

想好了不难过的，和皇帝相处就要学得脸皮厚，然而却一时没忍住，眼泪又流了出来。忙拿手擦，可是越擦越多，擦得满手都是泪花。

皇帝看着她吞声饮泣的样子，终于坐不住了，站起身走过来，也不说话，卷着袖子胡乱给她擦脸，她又嫌他擦得不好，一把将他推开了。

他知道，她还在怀念她的夏太医，于她来说温柔的夏太医就像凭空消失了一样，她最初的心动也随风散了。

她不待见他，也不要他靠近，可是总有一方要主动一些，不然好事也成不了。所以他忍辱负重又上前给她擦泪，当然再一次被她推开，世上真没有比她更倔的丫头了，她推他的力气一回比一回大，最后冲他怒目相向，从牙缝里挤出三个字："你再来！"他没辙了，只好站在那里看她曲肘擦脸，最后还十分不雅地擤了擤鼻涕。

其实总有一天会穿帮，这个预感他早就有，本以为永寿宫那回说开了，往后夏太医和她再无交集，这事儿就算完了，没想到最后竟被那几个好事之徒重新挑起，果然计划赶不上变化。如今恭妃她们虽被处置了，老姑奶奶却也彻底蒙了。他永远忘不掉她不敢确信夏太医就是皇帝，一遍遍看他的眼神，少年的清梦就这么断了，这种感觉他明白。

可是要怎么解释呢，他开不了口，怏怏退回了床上。她还在那儿挺腰站着，最后他不得不提醒她："纯嫔，时候不早了，你打算就这么站一夜吗？"

颐行这才回过神来，对了，嫔妃侍寝不能木头一样，皇帝可不是夏太医，未必能容忍她的任性。现在该干什么来着，她想了想，得先脱衣裳，于是抬手摘下了纽子上的十八子手串，搁在一旁的螺钿柜上，然后解了外衣拆了头，就剩一身中衣，清汤寡水地站在龙床前的脚踏上。

毫无旖旎可言，皇帝看着她，心里没有半点喜悦，僵硬地往床内侧让了让。

颐行见状，摸着床沿坐下来，略顿了顿，直挺挺地躺倒，一副任人宰割的模样。

皇帝垂眼看着她，心里五味杂陈。那蜿蜒的长发散落在他手旁，他无意识地掭在指尖捻弄……自己不是初出茅庐的小子，三宫六院那么些人，从没一个侍寝像她这样的。仿佛一盘热菜供在他面前，他无从下手，心里也有些气恼，如果她面前的人换成了夏太医，她还会是这个样子吗？

越想越气恼，他也仰身躺倒下来，两个人齐齐盯着帐顶发呆。

可怕的沉默将整个空间都凝固住了，他憋不住先开了腔："是朕不好，朕不该骗你。你不是爱晋位吗，朕明儿给你个妃位，这总可以了吧！"

颐行没有搭理他，心道皇上真了不起，做错了事只要拿位分来填补就好了。自己一步步走到今儿，在他眼里像看杂耍似的，什么扑蝶，什么揭穿懋嫔假孕，现在回想起来都是闹剧，是他刻意的成全。

她不说话，皇帝越发气恼，忽然翻身撑在了她上方。

颐行吓了一跳，戒备地交叉起两手护在胸前，暗里做好了准备，他要是敢霸王硬上弓，她就赏他一个窝心脚尝尝。

然而设想很好，办起来有点难，他紧紧盯着她，那双清亮的眼眸，逐渐变得烟雨凄迷起来。颐行有点迟疑，不知道他又要搞什么鬼，等她察觉的时候，他已经掣住了她的双手，飞快地在她唇上亲了一下。

啊……这个不要脸的！颐行面红耳赤，没想到他会来这手。可是他的嘴唇很软，想必他此刻的感觉也一样，所以食髓知味，又低头追加了一记。

颐行终于忍不住了，愤怒地说："你再亲一下试试！"

如她所愿，他趁人不备又啄了一下，她磨牙霍霍落了空，气不打一处来。

他咧了嘴，欠打地调笑："你是朕的人，朕想亲你就亲你，你又能怎么样！"

她怒火高涨，两条腿不安分起来，试图踢他，可惜皇帝是练家子，顺势一压便将她下半截压住了，然后挑衅地哼笑："就这点子能耐，还想反朕？"

颐行自然不服，使尽浑身的力气试图挣脱，他又怎么能让她如愿，对峙间手脚力气越用越大，他也怕弄伤了她，便恫吓道："你再乱动，朕就不客气了！今儿为什么上了朕的龙床，你还记得吗？"

果然她一下子偃旗息鼓了，只是气喘吁吁眼神狠戾，像只发怒的幼兽。

那又怎样，皇帝向来有迎难而上的决心，两个人眈眈对视着，谁也不肯服软。

可是皇帝看着看着，看出了心头的一点柔软，他从未对一个女人有过这样温暖的心思，他是喜欢她的，即便有时候不知道怎么表达，但心里装着一个人，心就是满的，就算她头顶生角撞出个窟窿来，里头藏的也还是她。

窃玉偷香，是个男人都爱干，她对他怒目相向他也不在乎，又在她唇上亲了一下："不服气就亲回去。"

颐行说你想得美："我这辈子没见过你这么不知羞耻的人。"

皇帝蹙了蹙眉："你好大的胆子，不想当皇贵妃，不想捞你哥哥和侄女了？"

颐行越发唾弃他了，用另一种身份窃得了她的心里话，然后又换个身份来威胁她，这算什么？小人行径！

她一副宁死不屈的桀骜样子，他口头上警告，实则并不生她的气。

她年纪还小，好恶都在脸上，这样单纯的性子，比起那些惯会奉承他的妃嫔，更让他觉得心头敞亮。那种感觉，像在烈日下走了好久，忽入山林，忽见清泉，老姑奶奶就是他梦寐以求的栖息地。其实他没有告诉她，很久以前他就惦记她了，或者说从十二岁起，那张狡黠的笑脸就挥之不去，甚至慢慢长大，他偶尔也会打听她的境况，直到他克承大宝，直到他到了大婚的年纪，那年他十八，她才十二岁……

算了，前尘往事不必想，总之她现在在他身边，慢慢当上他的妃，他的皇贵妃，他的皇后。也许她一时受不了暗里喜欢的人变成了冤家对头，但时候一长，有些事总会逐渐习惯的。

他叹了口气，崴下身子靠在她肩头："纯嫔，你是不是脑子不大好使？朕的小字叫清川，夏是太后的姓……"他郁塞地嘀咕，"进宫这么久，连皇上的名字都弄不清，你整日到底在琢磨什么？还有脸生气，可笑！"

颐行拱了拱肩，把他的脑袋顶开了，气恼道："圣讳是不能提及的，我不打听反倒错了？至于夏太医的名字，我是怕人知道他逾制给安乐堂的人瞧病，怕连累了他……终究是我心眼儿太好，我要是混账一些，早就戳穿你了，还等到今儿让你笑话！"

说着说着又难过起来，呜呜咽咽地抽泣："夏太医，那么好的人，怎么变成了你，我不甘心……"

他被她哭得没了脾气，大声道："朕就是夏清川，你要是愿意，继续把朕当夏太医也不是不可以。"

可以吗？终究是不能够了！

她挣脱了他的钳制，转过身去不再看他，虽然他长了一张漂亮的脸，但比起这张脸，她宁愿面对夏太医的面罩。

他没办法了，两手蒙住了下半张脸，轻扬起声调说："纯嫔娘娘，你瞧臣一眼。"

颐行忍不住回了回头，果然看见那双熟悉的眼睛，好奇怪，只要他遮住了脸，她就觉得夏太医还在。可他就是这么可恶，在她晃神的时候挪开了手："这下子看明白了吗？不糊涂了吧？"

一张大脸又戳进她眼窝子里,她扁了嘴:"你就笑话我吧,反正我也不在乎了。"

一个破罐子破摔的女人,一个心有所属仿佛死了情人的女人,简直比治理江山更让人感到棘手。皇帝叹息着,在她身后躺了下来:"朕该拿你这缺心眼儿怎么办呢,你小时候也不是这样的人啊,为什么长大就变成了这样……那个夏太医,真有那么好吗?"

他从背后抱上来,像小圆外面套了个大圆,手法十分的老到。颐行扭了扭,没能挣脱,心道床上又亲又抱,他再也不是那个会脸红的少年太子,也不是彬彬有礼的夏太医,他就是满肚子花花肠子的皇帝,就算平时装得再清高,也掩盖不了一肚子的男盗女娼。

又是漫长的沉默,热血一点点变凉,喜欢一个人,天生就有想要靠近的渴望,也许在她看来很不屑,觉得皇帝人尽可妻,其实他从未对一个女人有过这么多碰触的动作,甚至亲吻,也从来没有过。

"过了今晚,就把夏太医忘了吧。"他闭着眼睛说,"但凡你留心些,仔细推敲过他的话,就能明白朕的心意。"

他这么说,颐行才回忆起夏太医最后一次来永寿宫说的那番话。

他说纳了第四房姨太太,那位姨太太是他的青梅竹马。难道这个所谓的青梅竹马是她?不对呀……

颐行喃喃自语:"一个人碰见过另一个人如厕,就算青梅竹马?"

皇帝噎了下,不明白这么尴尬的过去,她为什么总爱拿到台面上说。不答她,恐怕这个问题会一直盘桓在她脑子里,这辈子都是个解不开的结。于是他灰心地放开她,茫然仰天躺着,斟酌了下道:"少时不打不相识,总比没有交情的强。说青梅竹马,不过是觉得这个词儿美好,不这么说,难道要说你小时候见过朕撒尿吗?"

也对,过于直白就不美了,正因为他的刻意美化,才让她生出了无限的怅惘。

如今夏太医真的已经不见了,就像人生长河中匆匆的过客,她难过了一阵子,不甘了一阵子,似乎也该淡忘了。眼下倒有另一件事,得好好和这位万岁爷谈一谈,便一个鲤鱼打挺坐起来,盘腿望着他道:"皇上,奴才有件事一直瞒着您,今儿要对您说道说道。"

皇帝心头咚地一跳,不知接下来会有多令人失望的消息在等着他,便撑起身,迟疑地问:"你又想说什么?"

颐行无措地磨蹭着自己膝头的寝裤,吞吞吐吐了好半天,才含糊道:"我……十六了,这身量看着长全了……可我还没来……那个。"

"那个？"皇帝不大明白，"没来哪个？"

颐行红着脸，嫌弃地看了他一眼："就是那个……月事……"

"越是什么？"皇帝越发糊涂了，艰难地理解了半天，忽然灵光一闪，"月事？"

颐行轻舒了口气，起先的难堪在看见皇帝脸上的震惊后，奇迹般地消散了，忽而感觉到一丝解气的畅快，说对："其实奴才还没长大，没法子侍寝，也没法子和您生儿育女，您说这可怎么办？"

这下子当真让他傻了眼，他一直拿她当大人看待，没想到等了多年，直到今天她还是个孩子。

皇帝迷茫了："朕居然还翻了你的牌子……是朕肤浅了。"

颐行讪笑了下："那您往后……应该不会再翻我了吧？"

不翻她，就得去翻别人。他想了想，垂下头叹了口气："朕还是会翻你的，咱们可以抹一夜雀牌。"

颐行顿了下，为难地挠了挠头皮："可是我不会抹雀牌。"

皇帝说朕也不会："咱们可以比大小。"

然后两人大眼瞪小眼，没想到居然会出现这样的局面。

颐行这会儿倒不怪他假扮夏太医了，自己实则也有欺骗他的地方。原本她这种情况，应该知会敬事房，暂且不上绿头牌的，可她又怕好不容易得来的晋位机会就这么白白错失了，因此连含珍和银朱都没有告诉。

小心翼翼觑觑他："您生气吗？"

皇帝抚着额头喟然长叹："朕应该羞愧。"

"那这件事和夏太医那件事就算相抵，咱们两清了，行吗？"

皇帝苦笑了下："不两清还能怎么样？朕发现你这辈子从来没吃过亏，果真步步为营，令人防不胜防。"

既然谈妥了，那就可以相安无事了。

颐行往床沿边让了让，凭空划了道天堑："以此为界，我睡外面您睡里面，从现在起不许越界，不许言语挑衅，互不相干直到天明，万岁爷可以做到吧？"

皇帝瞥了她一眼："黄毛丫头而已，就算朕再饥不择食，也不会动你分毫的，朕有这气度有这雅量，等你长大。"

话说得很好，也表明了决心，颐行相信君王的一言九鼎，便安然躺了下来，指指枕头道："您也别坐着了，睡吧。"

她反客为主，皇帝觉得有点气闷，不得不摸着枕头威身躺下。长夜漫漫美人在侧，其实要睡着，还是有些难。

他侧过身来，一手枕在颊下，眼睛虽闭着，却能闻见她身上幽幽的香气，不似花香果香，是一种无法言说的味道，他问她："朕送你的那桶香粉，你还在用吗？"

颐行端端正正仰天躺着，两手交叠搁在肚子上，连瞧都没瞧他一眼："那么一大桶，得用到猴年马月。用的时候长了，就不新鲜了，我如今升了嫔位，内务府也给我预备了别的香粉，我自然要换着用。"

"那你身上的味道，是用的哪种香粉？"

颐行好奇地抬起胳膊闻了闻："今儿我心情不好，没擦香粉呀。"

皇帝哦了声："难怪有股怪味儿，朕知道了，是乳臭未干。"

她生气了，转头瞪着他："我可告诉你，如今就咱们俩，你不要以为自己是皇帝，我就不敢打你。"

皇帝讪讪住了嘴，是啊，万一她恶向胆边生，对他报以老拳，自己作为皇帝，又不能让人知道自己挨了打，那这个哑巴亏就吃大了。

睡不着，还是想说话，他像得了个新玩意儿，看她离自己这么近，就想逗弄她。

"哎，你为什么要睡外侧？女人不是应该睡里面吗，万一有个好歹，朕能保护你。"

颐行拿眼梢瞥了瞥他："睡在外面，便于逃跑。"

皇帝哼笑了一声："小人之心，难道朕会对你不轨吗，你也太小看朕了。"

会不会不轨，这种事谁说得准。后宫那么些嫔妃，侍寝当晚究竟是自愿的还是被迫的，如今已经无从考证了，但她相信总有一部分人是出于无可奈何。

所以说皇帝真不是人啊，譬如永常在，看着就很年轻，还不是被他糟蹋了。眼下自己虽和他约法三章，却也不敢真正相信他的人品，还是随时做好逃跑的准备，这样才最保险。

不过天是真热，夜里门窗紧闭，就算冰鉴里头搁着大块的冰，也还是觉得屋子里怪闷的。

"有扇子没有？"她一面问，一面撑起身子四下看看，终于在一张紫檀三弯腿小几上发现了一把蒲扇。忙探身过去拿，重新倒回床上悠闲地摇动起来，屋子里有空气缓缓流动，也带来了地心冰鉴上的凉意。

她独自一个人受用，皇帝觉得这人真是不上道："朕也热，纯嫔，你竟不知道伺候朕吗？"

颐行听了没办法，只好右手换左手，顺势把风送到床内侧，摇了两下扇子问："万岁爷，这下您舒坦点儿没有？"

皇帝威严地嗯了声："就这么伺候。"

她无声地翕动着嘴唇腹诽，顿了顿道："奴才和您说个事儿，往后没人的时候别管我叫纯嫔了，显得多生分似的。"

皇帝的眼睛睁开了一道缝，从那道缝里乜着她："不叫纯嫔，那叫什么？"

"叫我老姑奶奶啊。"她理所当然地说，"我是您长辈，背人的时候还是讲些俗礼为好，显得您知道人伦。"

人伦？他哼笑了两声："讲人伦，你就不在朕的龙床上了。朕只知道你是朕的嫔，帝王家不讲辈分，讲身份，你又不是朕的亲姑奶奶，别在朕跟前充人形。朕以后就叫你槛儿，你不受也得受着。"

老姑奶奶偷鸡不成蚀把米，气得把扇子一扔，扯过丝棉盖被来，结结实实把自己盖了起来。

那多热的，皇帝无奈捡起了蒲扇，顺手把她的脑袋挖了出来："朕可告诉你，你要是把自己弄得中了暑，朕是不会给你治的。"他一边说，一边闭上了眼睛，喃喃自语着，"朕这医术向来不示人，连太后都不知道朕学成了这样。为了抬举你，朕受了多大的委屈啊……"简直不堪回首，替她把脉治伤也就算了，还看过她身边宫女那血赤呼啦的屁股，皇帝做成这样，实在跌份子。

不过还好，这事是不会有人向外泄露的，他放心地长出了一口气。

案上座钟滴滴答答地运转，他慢慢摇动蒲扇，老姑奶奶鼻息咻咻不吭声了，自己倒成了给她上夜的，还要伺候她入睡，给她扇风纳凉。

后来是怎么睡着的，不知道了，只是睡到半夜忽然听见"咚"的一声闷响，把他吓了一跳。

忙撑身坐起来看，只见老姑奶奶捂着额头咧着嘴，呆呆坐在脚踏上，看来是睡迷了，摔下去了。

这时候也不便说什么，过去把她拽上床。拉下她的手看，额角撞着了，鲜嫩的肉皮儿上留下了一片红痕，里头有星星点点的血点子，到了明儿八成要青紫。

她咕哝了两句："你踢我，把我给踢下去的……"

皇帝有理说不清，明明自己的小腿隐约挨了两下，她倒恶人先告状起来。

这会儿和她理论，睡得懵懵懂懂哪里说得清，便把她推到内侧，自己在外沿躺了下来。

后来倒还睡得踏实，直到天亮也没出幺蛾子。皇帝五更起身听政，颐行又睡了个回笼觉，这一觉睡到辰时，含珍都在外头催促了，她才迷迷糊糊坐了起来。

"我的主儿，头一天这么睡，要招人笑话的。"含珍边说边取了衣裳来伺候她穿戴，见她额角多出块淤青来，讶然问，"这是怎么了？昨儿还好好的呢……"

颐行抬手摸了摸，隐约有点疼，便道："夜里摔的。"

含珍却笑了笑，没有说什么，只是这笑看上去意味深长得很，她急起来："真是摔的，我半夜从床上掉下去了。"

其实认真说，自己也有些不相信，当初她们做宫女那会儿可是练过睡姿的。可不知为什么，晋位后这些好习惯全没了，大概人一旦出息了，就没了约束，要把以前的憋屈都发散出去吧！

皇上的寝室里，没有主儿们用的胭脂水粉，含珍便先替她绾了发，等回到永寿宫再重新打扮。

"按着老例，后宫嫔妃开了脸，得上皇后娘娘跟前敬茶。"含珍边替她梳妆边道，"如今后宫没有皇后，贵妃也不问事了，主儿上慈宁宫给太后磕个头吧，也算对昨儿侍寝有个交代。"

银朱搬着铜镜，站在她身后给她照着燕尾，一面道："主儿，您如今和皇上冰释前嫌了吧？夏太医的事儿，往后就不提了吧？"

她们似乎很为她的侍寝庆幸，颐行却慢慢红了脸，低着头犹豫再三，才把真相告诉了她们。

含珍和银朱听完都呆住了，银朱是个直肠子，合十拜了拜道："阿弥陀佛，皇上没降您个欺君之罪，是您祖坟上冒青烟了。"

含珍瞧着她，不由得叹气："您的胆子可真大，得亏了万岁爷包涵，还让您睡到今儿早晨。这事儿皇上既然不提，您就一切照常，还是得上太后跟前磕头请安去。皇上翻牌子的消息，敬事房一应都要回禀太后的，绕也绕不过去。既这么，壮着胆子过去，只要万岁爷不在太后跟前戳穿您，您就将错就错吧。横竖侍寝是早晚的事儿，您如今都到这个岁数了，料着用不了多久了。"

颐行觉得很不好意思："我当着这空头的娘娘，心里头也有些不安来着。"

含珍笑了笑："没事儿，奴才也是十六岁上才长成的。这种事，有的人早些，有的人晚些，像家里头议亲，也不带问您家闺女来信儿没有的，难不成为这个，两家子就不结亲了？"

颐行听她这么开解，心里头也踏实下来，当初一味地想往高处爬，实则没想到她的位分升得这么快。不升位分，自然也没人告诉她，得来了月事才好侍寝。当时初封答应，绿头牌已经上了银盘，人也上西围房里点了卯，再要撤也来不及了，所以这事儿就含糊着，一直没提。

还好，昨儿夜里皇帝没追究，可算糊弄过去了。像含珍说的，反正信儿早晚会来，总不见得她是个怪物，一辈子不来信期吧！

这么一想，顾行脸上重又有了笑容，昨儿那小小子儿翻了牌子，不管成没成事，至少不会让人笑话，说她跟善常在似的，只晋位分不侍寝了。从这点上想，皇上还是挺够意思的，说往后翻她牌子和她玩雀牌，也着实让她感动了一把。

打扮好啦,这就上太后宫里请安去。颐行穿上一件蜜蜡黄的折枝牡丹氅衣,梳着精巧的小两把,把子头上簪了珍珠流苏,迈一步就是一派主位娘娘的沉稳风度。

笠意早就在滴水下等着了,见她来,喜兴地向她福了福:"给小主儿道喜。"

颐行抿出笑靥,羞怯地说:"接姑姑的福了。"

到了今时的位分,还称大宫女为姑姑的不多见,笠意也有些受宠若惊,上前接替了含珍把人搀进殿内,一面向东次间回禀:"老佛爷,纯嫔娘娘来给您请安了。"

皇太后坐在南炕上,一手搭着引枕,含笑看人从门上进来。跟前早就预备好了跪垫,笠意搀扶着颐行长跪下来,春辰将茶盘送到了她面前。

颐行端起茶盏,向上敬献,红着脸说:"奴才来给太后老佛爷请安,请太后饮了奴才的茶。"

太后连连说好,端着茶盏抿了一口,笑道:"这在民间叫媳妇茶,咱们帝王家和民间不同,可我的心境是一样的。如今你开了脸,是正经的嫔妃了,愿你将来尽心伺候皇帝,早日抱上小阿哥。咱们家,三年没有添人口了,我心里急得什么似的,只不好说出口。头前懋嫔闹的那出,叫我伤透了心,如今可就指着你了,皇帝看重你,你也要争气才好。"

太后简直如同委以重任似的,颐行嘴上应着,心里却露怯。这要是叫太后知道她昨儿压根没有侍寝,那还不得炸了庙吗?眼下她和皇帝这样,可从哪儿弄出个孩子来，让太后享儿孙绕膝的福呢。

恰在这时，檐下通传说皇上来了，不多会儿就见皇帝穿着石青的夹纱袍，从门上迈了进来。

他今儿倒是一副意气风发的样子，进门便摘了缨冠向太后见礼，嘴上嘘寒问暖，说："天儿热得厉害，儿子唯恐额涅耐不住暑气，又命内务府添置了几套风扇，回头就运进慈宁宫来。"边说边瞧了跪在地上的颐行一眼，"可巧纯嫔也在，儿子听说额涅这两日身上不大好，就让纯嫔代儿子尽孝，在额涅跟前伺候吧。"

太后见他说得煞有介事，心里倒好笑，明明知道纯嫔今儿要上慈宁宫磕头，才火急火燎地赶了来，说担心母后身子是假，唯恐纯嫔因三妃的事受迁怒才是真吧！

唉，谁没年轻过呢，这种事心里都有谱，皇太后笑道："昨儿进东西老嗳气，今儿已经好了，我跟前人手够了，倒也不必她特特儿伺候。"说着冲颐行抬了抬手，"我知道你们的孝心，快起来吧。"说着向云嬷嬷使了个眼色。

云嬷嬷很快便捧了个象牙嵌红木的盒子来，和声道："纯嫔娘娘，这是太后赏您的。"边说边打开了盖子让她过目。

颐行一瞧，里头有金项圈一围、金凤五只、东珠坠子一副，另有一对金镶九龙戏珠手镯，一时有些惶恐，哈腰道："奴才何德何能，敢领太后老佛爷这样贵重的赏赉。"

太后笑吟吟地说收着吧："皇帝昨儿翻了你的牌子，这是我的贺礼。该说的，我先头都说过了，只盼你早早儿替宇文家开枝散叶，也不枉我疼你一场。"

颐行是问心有愧的，口中称是，暗地里悄悄瞥了皇帝一眼。他仍是那样八风不动的做派，脸上微微带着一点笑意，温煦地同皇太后回禀前朝那些无关痛痒的琐事。

话说了一大圈，太后终是谈及她寿诞那天发生的事，言语里有些怅然，倚着引枕曼声说："她们仨，终究是跟了你多年的老人，尤其贵妃……哦，如今该叫裕妃才对，当初她怀大阿哥，九死一生才保住了一条命，这几年协理六宫事务，没有功劳也有苦劳，就为么点子事降了她的位分，我后来细想想，着实过了。"

好些事，终是当时看着严重，事后再思量，就忽然变得淡了。

太后为顾及皇帝颜面，没好明说，其实由头全打他身上起。要不是他假扮太医，那几个糊涂虫也不至于把事情闹大。如今站在皇帝的立场，确实恨她们算计，让他当众失了颜面，但站在裕妃她们的立场上，后宫嫔御¹和太医过从甚密，她们怎

1　嫔御：古代帝王，诸侯的侍妾与宫女。

么能不想着拿个现形？女人嘛，嫉妒起来就没了脑子，其实起根儿上说，无非两头传话，把人凑到了一块儿，倒也并不当真有多恶劣。

太后是想着，宫里四妃六嫔都没满员，如今又裁撤下三个，人丁越发单薄了，所以思量了许久，还是打算和皇帝好好详谈。

"依着我，给她们一个教训就是了，冷落上十天半个月的，还是让她们回到原位上吧！贵妃呢，你就瞧着大阿哥早殇，她心里那份痛到今儿也没能填补，给她个起复的机会。恭妃家里头阿玛兄弟都是朝廷股肱，西北战事频发，还需鹿林效力平定。至于怡妃……你外祖母听见消息唬得昏死过去，托人传话进来，我也没计奈何，她身子不好，总要顾念顾念她老人家。"

颐行听了半晌，发现皇帝确实不好当，这么些嫔妃，大抵背后都有根基，有功的，沾亲带故的，处置了哪个都难以交代。

皇帝自然也不称意，冷笑道："满朝文武都是朕的大舅哥、丈人爹，朕连处置自己后宫事务，都得瞧着前朝脸色。皇额涅，大英开国三百年，到如今社稷稳定，朕是天下之主，废黜几个嫔妃，罢免几名官员的权力还是有的。"

太后见他决绝，也十分为难，自己儿子的脾气自己知道，别瞧他平时一副温和面貌，当真处置起政务来，极有雷霆万钧的手段。

她只好将视线掉转到颐行身上，说到底解铃还须系铃人，皇帝如今痴迷她，太后也有心瞧瞧她的气度，便道："纯嫔，这件事你怎么看？"

颐行被点了名，不得不仔细斟酌用词，太后等着她的答复，这答复不光关系三妃的命运，也关乎自己的前程。

太后喜欢人丁兴旺，如果妃位上空缺过多，未必不会动脑筋填充新人进来。自己做生不如做熟，几番和恭妃、怡妃较量后，摸清了她们的斤两，就算她们复位，自己也并不畏惧。

于是转头瞧了瞧皇帝，他眼里分明带着鼓励的波光，她忽然明白了，他的有意作梗，说到根儿上是又一次的成全。

于是颐行向太后欠了欠身："依奴才的浅见，太后老佛爷说得很是。三宫六院和前朝多有牵连，社稷稳定，也需上下安危同力，盛衰一心。皇上虽统御四海，一人励精图治终有不足，这次处罚已然震慑了前朝，倘或能慈悲心宽宥获罪嫔妃，也是建亲的良机。"说着复又一笑，"奴才不懂政务，也不知驭人之道，只晓得枝叶扶疏，则根柢难拔，股肱既殒，则心腹无依。皇上圣明，必定比奴才更明白其中道理。"

太后这回算是彻底对她刮目相看了，她没有恃宠而骄，一味地打压其他嫔妃，就足以说明她的眼界超乎那三妃了。

皇帝也松了口气，老姑奶奶能有这样的口才，不枉他刚才使了半天眼色。

毕竟嫔到妃虽一步之遥，这一步却得积攒许多修为，若是贸贸然向太后提起封她为妃，太后是绝不会答应的。但若是拿那三妃的前程来换她一人的前程，这事可就好办多了。

做一件事前，先得弄清什么是手段，什么才是目的。有时候一个唱白脸，一个唱红脸，是最有效的捷径。

果然太后松了口："难为纯嫔晓大义，这些话说到我心坎儿上了。我想着，妃位上头总缺一员也不好，若是恭妃和怡妃复了位分，把纯嫔抬举上去，四妃就满员了，后宫人心也安定些，皇帝你瞧，这么安排可好不好？"

皇帝还有些犹豫，低头道："皇额涅，不是儿子拂您的意，纯嫔才晋嫔位不久，这就又抬举上妃位，于礼不合。"

太后却说："后宫女眷擢升不像前朝当官，要会试殿试，要有政绩，还不是瞧着哪个好，就升哪个的位分吗？我瞧着纯嫔是个好的，这事儿就这么定下了，回头知会内阁，把旨意颁布了就成了。"

颐行一听，觉得这又是天降的一个升位机会，说实在的脑子里晕晕乎乎，觉得不大真实似的。

反正没什么可说的了，跪下谢恩吧，便提袍在太后脚踏前俯首下去。

太后说起来吧，其实哪能不知道皇帝的算盘，不过借着恢复三妃的由头再抬举下尚颐行，也不显得那么突兀罢了。

当然，有些话还是得叮嘱皇帝的，便微微抬了抬下巴，示意皇帝瞧颐行额头的淤青。

"后宫那么多双眼睛瞧着，往后晋了位分越发要当众人的表率，再这么毛毛躁躁的，没的叫人笑话。皇帝也要温存些才好，弄得这么大的幌子挂在脸上，好看来着？"

皇帝噎住了，又无从辩解，只得站起身，别别扭扭道了声是。

总之算是双赢，太后保全了那三妃的地位，作为交换，颐行也顺顺当当晋了妃位。

其实细想想，她这一路走得太过顺利，虽然最初因为恭妃作梗，短暂在尚仪局受了些调理，但后来自打遇见夏太医，就平步青云到如今。

二月里入宫参加选秀，六月里晋了答应，当月晋嫔，七月里晋妃，这样的速度，大英开国以来从未有过先例。当然一切都有赖万岁爷，这是一位有情怀的皇帝，就因为做不雅之事时被人窥见了，于是贞洁烈女般执拗到今日。

有时候颐行也庆幸，好在是自己撞破了他，结下这段孽缘，要是换了别人，他八成惦记着给别人晋位去了，这好事也轮不着自己。反正进宫了嘛，所有的目标就是尽可能向着最高位分进发，只要皇帝的执念一天不消，她就有扶摇直上的机会。不过若是哪天他能开恩，一气儿赦免了她大哥哥和大侄女，那她就是放弃这宫里的一切回到民间去，也是极乐意的。

内阁的人捧着诏书来了，照旧是奉皇太后懿旨，说纯嫔淑慎素著，质秉柔嘉，著晋封为纯妃，一切应行事宜，各该衙察例具奏。

有这诏书上的最后一句话，就说明这回的册封礼不像早前封嫔时从简，须得经过很正经的一轮大礼，方显得名正言顺。

永寿宫里等着钦天监瞧好日子，最后定在七月初二举行。这天一早，含珍和银朱就替老姑奶奶打扮上了，受册封得穿吉服，四执库送来的服色，也从嫔的香色，换成了妃的金黄色。

银朱替她围上批领，戴上了镂金珊瑚的领约，一面躬身整理背后的垂绦，一面喃喃说："我跟着主儿，可开了眼界了。真的，阖宫那些宫女，大多到出宫时也没机会伺候上主儿们一天。我却好，体会过答应的穷，也见识了妃位娘娘的阔，将来就算回去，也够我吹一辈子的了。"

这是真话，一人得道鸡犬升天，在这高墙环立的后宫之中得到了最好的验证。

早前谁把她焦银朱当回事儿啊，资历老些的宫女个个能使唤她，干着最累的活儿，吃着最差的伙食。如今迈出去，谁敢不叫她一声"姑姑"？别人苦熬上三五年才能达到的境界，她跟着老姑奶奶，半年就做到了。当初在家姥姥不疼舅舅不爱的三丫，如今可是争脸透了，这是家离紫禁城远，要是就在城墙根儿，她非上角楼号上一嗓子不可。

含珍呢，比之银朱更有内秀，她倒是没那么些感慨，只是仔细叮嘱着回头授册时须注意的事项，然后为老姑奶奶戴上了碧玺的朝冠。

一切收拾停当了，把人推到全身大铜镜前看，老姑奶奶虽显得年轻，却也真有容色冠后宫的气度。

颐行自觉美得很，挺了挺腰，摸了摸胸前五花大绑似的朝珠，气派看上去确实气派，但热也是真的热。

大暑天里受封，是件熬人的事，尤其册封礼还是在太和殿进行，早知道这么受罪，推后两个月多好。

可惜吉时已经定下了，她只好硬着头皮上了肩舆。一行人浩浩荡荡穿过后右门、中右门，直达太和殿丹陛前，这身朝服是真沉啊，颐行一步步登顶，觉得身上如同套了层硬壳，朝冠也重，脖子仿佛都快被春短了。

好容易进了殿门，这大得没边儿的殿宇正中央设了节案和香案，内阁大学士和礼部左侍郎为正副使，颠来倒去好一通繁复礼节后，将册宝放置在了节案上。

那厢女官唱礼了，引领着新晋的纯妃行六拜三跪三叩礼。颐行终于松了口气，到这时，前朝册封的大戏才算结束了。

至于回到后宫的礼节，就不像前朝那么烦冗了，皇太后在慈宁宫正殿升座，颐行照着先前的礼数参拜，皇太后赏了一柄紫檀玉石如意给她，说："打今儿起就位列四妃了，往后要越发谨慎为人才好。"

颐行道是："奴才谢太后老佛爷恩典。"

太后颔首，让人把她搀起来："如今后位悬空，回头只要上乾清宫行礼就成了。大热的天儿，这么妆点多热得慌，这就过去吧！"

颐行应了个是，方退出慈宁宫重上肩舆，一路往乾清宫方向去。

因着今儿有妃嫔的册封礼，皇帝在乾清宫升了座，御前女官引颐行进殿，皇帝在上首端坐，满脸肃容，一副煌煌天子威仪。

颐行在跪褥上跪定，行三跪九叩大礼，礼成后皇帝道了声起喀，一本正经地向下训话："皇太后和朕虽都认可你擢升，但相较后宫嫔御，你晋位过快，必定招人非议，切要戒骄戒躁，不可恃宠生事，太后跟前常尽孝道，与朕一心，为社稷早添皇嗣。"

底下的颐行晕头晕脑道是，应完才回过神来，皇上这是说的什么鬼话！"早添皇嗣"这词从太后嘴里说出来顺理成章，哪有皇帝亲口叮嘱的。还"与朕一心"，真是死不要脸。

见她古怪地看了自己一眼，皇帝这才发觉，好像不小心把心里话说出来了，一时有点尴尬。但这样的场面，脱口的话也不能收回，便强装镇定清了清嗓子，淡声道："礼已成，今儿你也辛苦了，回去歇着吧。"

颐行谢了恩，站起身又福了福，正要退出止大光明殿，忽然听见皇帝哎了声，还是那么威严的语调，额外赏赐般扔了一句话："朕今儿过你宫里用膳。"

还有这种事？颐行心想，今儿不是她晋位吗，他一样赏赐都没有就罢了，还要上她那里蹭饭？

当然腹诽归腹诽，断然拒绝是不成的，便道："万岁爷来永寿宫用膳是赏奴才脸面，奴才求之不得。不过奴才小厨房里厨子手艺寻常，怕招待不周，还请万岁爷见谅。”

皇帝说："朕不计较，都是朕宫里的厨子，手艺差不到哪里去，朕知道。"

唉，皇帝要是有夏太医时期的一半温存，也不至于把人回敬得无话可说。颐行嘟囔了下，没辙，只好勉强堆了个笑，装作受宠若惊的样子，欢欢喜喜回去预备了。

皇帝松泛地吁了口气，就因为今儿有这件正事，昨儿连夜把政务都处置完了，上半晌无事可做，就等着中晌上永寿宫吃饭去了。算了算，下半晌也闲着，最好能在她那里歇个午觉，两个人虽不能做什么，说说话，斗斗嘴也好。

就是等待的时间太漫长，总不能她前脚走，自己后脚就跟过去，所以在殿内连转了好几圈，复看看西洋钟，也只过去了一刻钟而已。

怀恩毕竟是御前老人儿，见万岁爷这样，便提了提自己的看法："今儿是纯妃娘娘正式册封的喜日子，主子爷登永寿宫的门，还要在娘娘那里用膳，可准备了贺礼呀？"

皇帝迟疑了下："吃一顿饭，还要准备贺礼？"

怀恩笑了笑，说自然："譬如民间，人家成个亲，过个寿，亲朋好友串门子吃饭，都不好空着手。眼下娘娘妃位虽说是您赏的，但娘娘她自立门户呀，您过她宫里，就该有所预备。礼多人不怪嘛，见您带了东西，娘娘就得客气善待您，这么一来两下里透着美，何乐而不为呢。"

皇帝一听，这话很是，他生在帝王家，和人走交情的机会不多，民间的俗礼自然也不了解。既然带点贺礼就能换来老姑奶奶的好脸子，那还犹豫什么，遂吩咐怀恩预备，想了想又道："还是朕自己挑吧，你找几件过得去的，送到乾清宫来。"

怀恩应了声"嗻"，顶着大日头，亲自往四执库跑了一趟。进门时汗水顺着帽檐往下直流，姚小八见人来了忙从案后走了出来，一面打千儿，一面上前接了他的凉帽，笑道："今儿是吹了什么风，把大总管给吹来了。"

边上小太监打了手巾把子来，怀恩接过来擦了擦，转身往官帽椅里一坐道："前头办纯妃娘娘册封礼呢，万岁爷要赏娘娘头面首饰，我怕底下人办不妥当，只好自己跑一趟。你去，把顶好的拿出几套来，我要带回去请万岁爷亲选。"

姚小八哟了声："这还要亲选啊？"

"你以为呢。"怀恩灌了口凉茶道，"纯妃娘娘圣眷隆重，要的东西自然也得是最好的。"

姚小八应了，回身打发人去取首饰，自己则是一副欲言又止的样子，挨在怀恩边上道："大总管，和您打听个事儿，如今的纯妃娘娘，就是前皇后的娘家姑奶奶，人不会有错吧？"

怀恩说是啊："尚家能有几位老姑奶奶，就是那位，一点儿没错。"

这回姚小八搓起手来，支支吾吾道："我得求您个事儿……不瞒您说，当初纯妃娘娘在尚仪局当小宫女儿的时候，上四执库来领花样子，我成心刁难过她一回，如今她高升了，不知记不记往日的仇。您瞧，我这人没什么坏心，就是有时候欠点儿，是我有眼不识泰山。万一将来纯妃娘娘要和我过不去，您看在咱们自小一块儿扛扫帚的分上，可得拉我一把。"

怀恩讶然回头看了他一眼："你们还有这过结？"边说边摇头，"你啊……我说过你多少回，莫欺少年穷，你就是不听。不过纯妃娘娘也不是那么小心眼儿的人，没准儿早把你忘了，你先把心放在肚子里吧，出不了大事儿的。"

姚小八连连说是，底下把首饰匣子送来，他躬着身送到怀恩手上，一再托付好几回，才把人送出院门。

怀恩匆匆赶回了乾清宫，命宫女捧着首饰匣子一字排开，打开盖子，哈腰道："都是四执库最新的花样子，请万岁爷过目。"

皇帝一盒一盒地看，女人的首饰花样繁多，什么步摇发钗，什么点翠碧玉，直看得他脑仁儿疼。最后背着手踱开了，蹙眉道："朕也挑不出好坏来，全带过去得了。"

怀恩道是，忙一盒一盒重新盖上，看时候也差不多了，便伺候皇帝出了凤彩门，直奔永寿宫。

永寿宫里正为皇帝来蹭饭，不得不大肆安排。

颐行站在殿门前指派："把那张榆木酒桌搬到西边去，那儿更凉快……"

回身一看，皇帝已经到了宫门上，他在前面走着，身后跟了好几个手捧匣子的太监。原本颐行是不怎么欢迎他的，但看在他带了礼的分儿上，只得打起精神来支应他。

"外头多热，万岁爷走在大日头底下……"说着上前两步表示恭迎，一壁扭头吩咐银朱，"准备茉莉凉茶来。"

皇帝也照着怀恩的叮嘱，说了两句好话："今儿是你喜日子，朕来给你道贺，特预备了点小东西，望你笑纳。"

老姑奶奶看了看那些盒子，果然笑得像花儿一样，嘴里说着"那怎么好意思"，把人迎进了西次间里。

"万岁爷略坐会子，说话儿就开席了。"颐行殷勤地给他献上了茶水，让人把匣子都收进了寝室。

"哎，天儿越发热啦。"她开始没话找话，"早知道册封礼过阵子再举行多好。"

皇帝正襟危坐，压着膝头道："着急办了，是因为过两天要上承德。原本这行程去年就定下了，可惜今年漠北战事频发，一直耽搁到今儿。如今困局解了，正好陪太后过去避暑，这一去少说要逗留两三个月，你的事儿不加紧办，就得等到回京之后，朕怕你等得性急。"

颐行一听，顿时来了精神："要上承德？外八庙的承德？"

皇帝瞥了她一眼，知道她在想什么，漠然道："行宫虽然依山傍水，但规矩也如宫里一样严明，嫔妃无故不得外出，你可不要以身试法。"

颐行说明白："奴才只是有点儿高兴罢了。"顿了顿问，"万岁爷，上那儿去能不能带家眷呀？"

她还在惦记家里老太太，知愿被废后据说一直在外八庙修行，家里头大哥哥坏了事，剩下俩哥哥都在外埠承办差事，一则路远，二则也受了牵连，谁也顾不上这个大侄女。老太太见天地念叨知愿，只恨朝廷监管着，没法子赶到承德去。这回既然正大光明过去避暑，要是能带上老太太，让她见一见知愿，也就安了老太太的心了。

皇帝却很不满意她的话："带家眷？你的家眷是谁？进了宫，自己都是别人家眷，还容得你带家眷？"

颐行这下可不大受用了："我进了宫，家里头亲人都不要了吗？我说的家眷，自然指我额涅。"

皇帝说不行："没有妃嫔拖家带口的先例，规矩也不能打你这头坏了。"当然太过强硬难免伤感情，自己也退了半步，说，"这么的吧，为了庆贺你晋位，朕打算赏你额涅五百两银子以作家用。承德她就别去了，毕竟见了太后也尴尬，这辈分乱七八糟，到时候怎么称呼都不好。"

说起辈分，确实也够乱的，姑侄先后都入了宫，皇帝现在八成对自己产生了怀疑，都闹不清自己是什么辈分的了。颐行倒也不是那么胡搅蛮缠的人，在对待皇帝的态度上，预备尽可能地做到恭敬。毕竟两个人之间几番误会，虽说她曾对夏太医动过心，后来夏太医现了原形，这份感情就喂了狗，在面对皇帝的时候，还是谨守本分比较合适。

她嗤了声："您也忒客气了，不让带就不带嘛，何必赏银子呢。"

皇帝听了点头："不赏也成……"

她脸上的笑立刻绽放得更灿烂了："不过不领受，倒显得不识抬举似的，那奴才就替额涅谢过万岁爷了。"

所以和她说话，得多拐几个弯儿，你要是照着她的意思顺嘴回话，可能什么事都得弄砸。

皇帝有了这个领悟，立刻觉得神清气爽，迷茫的前路也看得透透的了，因此当老姑奶奶说午膳都准备得差不多了，皇帝表示现在还不饿，再坐会儿，说两句窝心话吧。

颐行一早忙着册封事宜，早膳胡乱用了两口，并没有吃饱，就指着中晌好好吃一顿了，可皇帝不慌不忙，她也只好忍饥挨饿，恭顺地坐在一旁奉陪。

"那么万岁爷，您想听什么窝心话，奴才可以现编。"结果招来皇帝一个白眼。

皇帝想了想道："今儿朕依着太后的意思，赦免了贵妃她们，这回去承德，你看应不应该让她们随扈？"

颐行心不在焉："既然赦免了，有什么道理不随扈？"

皇帝沉吟了下，慢慢颔首："皇太后和朕虽都移驾承德，但宫中琐事繁多，还有留京的嫔御要人照应，让她们留下也好。"顿了顿又问，"那依你之见，她们的绿头牌该如何处置呢？是留，还是去？"

他问这些话的时候，目光灼灼看向她，仿佛她的意见很重要似的。颐行忽然感觉重任在肩，十分慎重地忖了忖道："位分恢复，就说明万岁爷已经既往不咎了，金口玉言既出，万不能反悔，皇上还是应该照着原先的规矩让她们的绿头牌重上御前，才不辜负了太后的一番苦心。"

这段话总算深明大义了吧，帝王家不是最爱冠冕堂皇这套吗？然而正当颐行坚信皇帝会就坡下驴时，他却用那带着点羞涩的眼神瞧了她一眼："朕知道了，往后再也不翻她们的绿头牌了，让她们知道触犯天威不可饶恕。倘或这次的事儿这么轻易翻篇，那日后嫔妃们便有恃无恐，人人可以设圈套，施诡计，天长日久，这后宫岂不没了规矩方圆！"

颐行呆住了，纳罕地望着他道："我说什么您反驳什么，您还问我干什么呀？"

皇帝恍若未闻，慢吞吞转动着手上扳指道："旁的不多说了，朕再问你一桩，你觉得朕该不该夜夜翻你牌子，制造出个你椒房专宠的假象？"

这回颐行想都没想，当机立断说该："毕竟头一回已经将错就错了，奴才以为就应该一错到底。横竖万岁爷您都好几个月不翻牌子了，说句实在话，奴才觉得您一定是有什么难处。既然如此，求万岁爷夜夜翻我牌子，我为主子肝脑涂地，不打诳语。"

又是一段顾全大局的话，比先前更透彻了，果然皇帝眯了眯眼："你是认真的？"

颐行坚定地说是："老姑奶奶一言既出，驷马难追。"

皇帝嘲讽地扯了下嘴角："你果然是个贪慕虚名的女人。"

颐行点头不迭，反正她不想被他翻牌子，当真夜夜抽雀牌比大小，那也太无聊了。先前她曾一度怀疑皇帝和夏太医有染，结果后来发现他们俩竟是同一个人，那么皇帝为什么不翻牌，就变得匪夷所思了，没准儿他有什么难言之隐也说不定。

本以为这回她反其道而行，他八成又要反驳，可谁知她彻底错了。

皇帝露出个老谋深算的笑来："朕仔细想过了，既然你如此有诚意，那朕就勉为其难，恩准你的奏请吧。"

颐行呆住了："您怎么不反驳我了？不对啊，您应该拒绝我才对，说后宫雨露均沾方是家国稳定的根本。您到今儿只有两位皇子，连公主都没有一位，自己不着急吗？您有什么道理让我椒房专宠？我……我……"她脸红脖子粗地比画了两下，"我眼下这情形，什么都不能给您，您不知道吗？"

皇帝却镇定自若，淡淡地看着她，淡淡地问："那么尚槛儿，你到底什么时候成人……"

颐行一慌，急忙来捂他的嘴，四下里看看，好在边上没有侍立的人。如今怀恩和含珍他们彻底养成了不在近前伺候的习惯，仿佛她和皇帝不定什么时候就会欲火焚身，光天化日干出什么羞人的事来，因此一般都在距离很远的殿门上站班儿，等候里头召唤。

这样也好，皇帝有时候有脱口而出的毛病，跟前没有外人，谈话内容传播出去的风险就会降低许多。

然而皇帝是个见缝插针的行家，老姑奶奶忽然感觉掌心糯糯一阵濡湿扫过，惊讶地移开了手，同时看向他。只见他微红着脸，轻轻低下了头，仿佛刚刚品咂过惊人的美味，抬起那只青葱般鲜嫩修长的手，餍足地擦了擦嘴角，然后朝她瞥了一眼："竟敢对朕不恭，你大胆。"

颐行感觉脸上的寒毛一根根都竖了起来，她无措地抬着自己的爪子，惶恐地看了看，掌心明明已经干了，但那种滑腻的感觉依旧还在。

她终于忍不住了，说："万岁爷，您散什么德行[1]？好好的，伸什么舌头？"

这下惊恐的轮到皇帝了，他朝门上看了眼，以确定站班的人有没有听见，一面还要教训她："别信口胡说，朕是皇帝，会在这种不合时宜的当口伸舌头吗？"

那是怎么回事，难道自己饿糊涂了？颐行呆呆盯了自己的爪子半天，还是想不明白。最后也不去琢磨了，蔫头耷脑地说："万岁爷，咱们还是传膳吧。"

皇帝没言声，懒懒地从南炕上移下来，移到膳桌旁，这就算是恩准了。颐行这才回身一击掌，侍膳的太监搬着各色精美的盖盅，从殿门上源源不断进来，菜色一件件搁在皇帝面前，揭开盖儿，前菜七品，一等官燕五品，还有一鱼四吃、烧烤二品等。纯妃娘娘今儿下了血本，皇帝很是感动，不无感慨地说："朕这一顿，吃了你大半个月的俸禄。"

颐行举着筷子，冲他笑了笑："那什么……我怕小厨房做得不合您口味，传旨给了御膳房，让他们往永寿宫运菜来着。"

皇帝愣住了，好嘛，天下第一聪明人诞生了，她竟敢假传圣旨！那这顿怎么能算她做东，不过是借永寿宫一个地方，把皇帝的御膳全搬到这儿来了。自己还乐颠颠准备了好些头面首饰，里外里一算，皇帝亏得底儿掉，怒而冲怀恩喊了声："把朕刚才带来的贺礼……"

颐行夹了一块八宝莲藕，眼疾手快塞进他嘴里，笑着说："万岁爷您尝尝，这个好吃。"

皇帝不情不愿地嚼着，郁塞地看了她一眼。

送进永寿宫的东西再带回去，那也太小气了，她讨乖地说："您别恼，晚膳您还在奴才这儿用，奴才给您预备些精致小菜，管叫您吃得高兴。"

这么说来也成，皇帝的火气稍减了半分，寒声道："今儿试菜用不着别人了，你给朕亲自来。"他一下子点了好几个菜，"这些都试了，不许有遗漏。"

颐行说好嘞，逐个尝了一遍，指指熘肉片，又指指火腿蒸白菜："这个好吃……那个也好吃……"

皇帝心满意足地瞧她大吃大喝，其实哪里真要她试菜，不过希望她胃口大开罢了。

"打小儿就一副面黄肌瘦的模样，长到十六还是个孩子了，说出去多硌碜。"皇帝优雅地进了一口烩鸡蓉，垂着眼睛道，"多吃点儿吧，你为妃的责任还没尽，延续香火全指着你了。"

---

[1] 散德行：指起腻的作秀，丢人现眼的表现。

颐行不可思议地乜他，心道全指着我？您是成心让我吃不下吗？

"话不能这么说。"她擦了擦嘴角道，"譬如树上长了颗梨，您见天儿地盯着它，想吃它，您说它知道了，还能好好长大吗？您应该看见满树的梨，挑熟了的先吃，等到最后那颗长全了，您再下嘴不迟，您说呢？"

皇帝连瞧都不瞧她："朕爱怎么吃，用得着那颗半生不熟的梨来教？它只要赶紧给朕长大就行了，别和朕扯那些没用的。"

颐行没计奈何，讪讪地嘟囔："这种事儿急不得，又不是想长大就能长大的……"

"那就多吃点儿，肥施得足，长得自然就快。朕想了个好办法，往后你一日没信儿，一日就打发人给朕送一锭金锞子，等哪天来了好信儿，就可以不必再送了，你看这个主意怎么样？"他说完，很单纯地冲她笑了笑。

颐行觉得这笔账算不过来："那我要是一年没信儿，就得送一年，两年没信儿，就得送两年？"

皇帝点了点头："一年三百六十五锭，两年七百三十锭。"最后由衷地说，"纯妃娘娘，你可耽搁不起啊，两年下来用度大减，到时候活得连个贵人都不如，想想多糟心。"

对于一个爱财的人来说，没有什么比损失金银更让人痛心的了。快乐使人年轻，痛苦使人成长，就看老姑奶奶有没有慢慢拖延的本钱了。

果然她连咀嚼都带着迟疑，斟酌再三道："不带您这么逼人的，我哪来这么些金锞子啊……"

"你还真想长上三年吗？"皇帝意味深长地说，"三年沧海桑田，朕算过了，你已经没有再接连擢升的机会了，唯一能让太后松口的，就是遇喜，诞育皇子皇女。你想当皇贵妃吗？"接下去又抛出了个更为巨大的诱惑，"你想当皇后吗？一个嫔妃想爬上那样的高位，就得有建树，不过凭你，朕看难得很。那么最后只剩下这条捷径了，要不要走，就看你自己的意思，朕不逼你。"

如今的皇帝，可真像个诱骗无知少女的老贼啊，颐行虽然唾弃他，但他作为曾经的夏太医，有些话还是十分在理的。后宫女人都是这么过来的，讨得太后和皇帝欢心，对晋位大大有益。但如何讨得欢心呢，无非就是生儿育女，毕竟到了妃这样的高位，再靠扑蝶、捉假孕是没有用了，最后就得拼肚子，看谁人多势众，谁在后宫就有立足之地。

可是颐行却犹豫了，满桌好菜索然无味，搁下了筷子道："万岁爷，我和您打听打听，我大侄女已经被废两年多了，您什么时候能放恩典让她还俗？还有我大哥哥，您能不能瞧着往日的功勋，让他离开乌苏里江，哪怕去江南当个小吏也可以。"

"然后呢？"皇帝紧紧盯着她，"这些都做到了，你打算怎么安排自己？"

颐行说："我不当嫔妃了，您让我接着做宫女也成，等二十五岁就放我回去。"

皇帝的笑容忽然全不见了，咬着牙哼笑了一声："世上好事儿全让你占尽了，你想晋位就晋位，想出宫就出宫，你当朕的后宫是你家炕头，来去全由你？"

当然这种气闷并没有持续太久，他进了一口姜汁鱼片，慢腾腾告诉她："想让有罪之人得到宽宥，只有靠大赦天下。你猜，怎么才能令朝廷下令大赦天下？"她木然看着他，他囫囵一笑，"无非国有庆典。"

国有庆典指哪些，皇帝大婚、战事大胜、帝王六十整寿、太子降生。前头三样要不已经没机会了，要不就得等很久，算来算去只有最后一项容易达成……颐行瞅了瞅他，皇帝老神在在，扔给她一个"你自己体会"的眼神。她叹了口气，牵着袖子给皇帝布菜："万岁爷，您吃这个。"

皇帝不慌不忙，举起酒杯等她来碰撞。

颐行会意了，两手端着酒盏同他碰了碰，那样上等的瓷器，相交便发出"叮"的一声脆响。

"朕说的金锞子的事儿，你考虑得怎么样了？"

颐行认命了，说："奴才一定砸锅卖铁缴上，万岁爷就放心吧。再者，奴才会尽力让自己快快长大的，您不是会医术吗，给我把脉瞧瞧，有什么十全大补的好东西适合我的体质，这就安排上吧。"

皇帝想了想，冲她使个眼色，让她把手腕子放在桌上。三指压住她的寸口，真是不得不说，老姑奶奶这样旺盛的血脉，一如既往挑不出毛病来。

他的唇角微微浮起一点轻笑，似乎看见了将来幸福的生活。这年头女孩儿大多三灾六难不断，今儿晕眩明儿咳嗽，后宫里头拿药当饭吃的也不少。只有老姑奶奶，像个小牛犊子似的，果真老辈儿里的健朗是会传续的，她额涅五十岁上都能生她，她到五十岁上不说生孩子，身板儿一定健健朗朗，能长长久久陪着他。

颐行还在等着，问怎么样："吃点儿阿胶行不行？再不成，我拿人参泡饭？"

皇帝说不必："你的脉象不浮不沉，和缓有力，用不着药补，多吃些好的吧，食补才是最见效的。"

颐行哦了声，连吃了两块片皮乳猪。当然也不忘给皇帝布菜，一面往他碟上夹，一面问："我的手什么味儿？"

皇帝连想都没想："咸的。"说完忽然醒过味来，气恼地追加了一句，"猪手自然都是咸的，难道还有人做成甜的吗？"

颐行又被他挤对了，到底不能拿他怎么样，气呼呼地端起酒杯和他撞了撞："干杯！"然后一仰脖子，把酒一口闷了。

皇帝嗤笑了声，端起他的酒盏，优雅而闲在地轻嘬了一口："明儿各宫会通传随扈的名单，你让跟前的人预备预备，把要带的东西都带上，没的半路上少了这样，缺了那样。"

颐行随口应道："没事儿，不还有您呢嘛……从北京到承德，四五百里地，咱们得走多久？"

带上皇帝就是带上了所有，这笔账她倒会算！他没好气地掰了掰指头："行军一般走五六日，但因队伍里有太后，每日行程必定要缩短些，约莫十日就能抵达。"

"那咱们一路是住皇庄，还是在野外搭营过夜呀？"

皇帝忖道："朕往年秋狝也好，往热河避暑也好，向来是走到哪儿算哪儿。京城内外皇庄还多些，走得渐远了，庄子也稀疏，未必那么赶巧，夜夜有瓦片遮头。"

他其实倒是有些担心，娇生惯养的老姑奶奶怕是住不惯荒郊野外，本打算放个恩典，让她随居他的行在，结果她一听便活蹦乱跳："那敢情好，我这辈子还没露天住宿过，这回我跟您去承德，下回您要秋狝一定也带上我，我不能打猎，但能给您扛猎物。要是走饿了，生一堆火，扯下一条腿就能果腹……"她说得兴起，站起身大手一挥，"茹毛饮血，才叫痛快！"

她说到高兴处，眼睛会放光。皇帝艳羡地望着，他就稀罕她这副永不言败、朝气蓬勃的模样，仿佛她的生途上没有困难，抄家受牵连也好，进宫做最低等的宫女也好，都没有让她感觉有多苦难。

他慢慢伸过手，像怕她会就此飞走一样，紧紧扣住了她的手腕。

颐行正说得高兴，被他这么一搜，疑惑地问："您干什么呀？"

皇帝说没什么："替你把个脉，看看这会子血脉怎么样。"

她倒是信了，一股小孩儿气地继续抒发她的畅想，他在她的豪言壮语下喃喃说："槛儿，你就这么陪朕一辈子吧，哪儿也不许去。"

她的名字叫得好，槛儿……真是他命里注定的坎儿。小时候不对付，他盘算着把她弄进宫来，好好挫一挫她的锐气，结果因她侄女当了皇后，这个计划就搁浅了。后来福海犯事，皇后被废，她终于得应选了，他想这回总可以报了小时候的一箭之仇，却不知自己怎么又创造出个夏太医来，保驾护航般，一路将她扶植到今日。

其实少时的爱恨都很懵懂，恨得咬牙切齿，有一天也可能忽然变成喜欢。

那天他在金水河边看见她烧包袱，火光映照着她玲珑的眉眼，他甚至没有看清她的整张脸，就觉得味儿对了，味儿一对，自然诸事顺理成章。

她还在为去承德高兴着，这里头最大的原因，当然是因为能够见到她的大侄女。皇帝想不明白，好奇地问："你和前皇后差了好几岁，她虽是你侄女，但比你大，你们当真有这么深的感情吗？"

颐行顿下来，漠然看了他一眼："我和知愿从小一起长大，说是差着辈儿，但平常相处，就和姐妹一样。我还记得她进宫做娘娘那天，临出门给我磕头来，我那时候就觉得再也见不着她了，心里别提多难过。后来她被您废了，家里老太太哭得什么似的，我却觉得她能从宫里出来是件好事——当然要是不必被圈禁在外八庙修行，那就更好了。"

皇帝蹙了下眉："为什么你觉得她被废是好事？"

颐行脱口而出："因为她本来就不爱留在宫里……"还好后面的话刹住了，并没有一股脑吐露出来。然而皇帝若有所思地望着她，她必须给自己找个台阶下，便厚着脸皮龇牙笑了笑，"正因为她出宫了，才有奴才进宫的机会。她不爱在宫里，奴才爱呀，您说，这事儿不是巧了嘛！"

她大概也自觉尴尬，哈哈干笑了两声。皇帝听了，脸上浮起一点温和的颜色来，心道不管她说的是不是实话，反正自己爱听就行了。

不过认真说，老姑奶奶确实比前皇后更能适应这宫廷。深宫岁月寂寥，春花冬雪转眼便是一年，要想在这里活下去，顺应比什么都重要。也可能心无旁骛，就百毒不侵吧，有时候没心没肺反而活得更好。

颐行呢，觉得皇帝一本正经起来，还是不大好亲近。

早前和夏太医打交道的时候，就没有这种感觉，可能因为大家地位都不高，所以可以松泛地相处吧。如今面对皇帝，人家高高在上，虽然她大多时候对他不敬，但心里一根弦儿总绷着，不能像对待平常人那样对待他。

总之一顿饭顺顺利利吃下来了，能吃到一块儿也是件值得高兴的事。颐行起身到门前招呼侍膳的把东西撤下去，顺便又传了两盏杏仁豆腐来，自己端了一盏，另一盏给皇帝。

爷们儿不怎么喜欢这种甜食，他摆手道："朕吃饱了，不要。"

她不说话，就这么递着手，态度有点强硬。皇帝没法子，只得接过来，勉强把碗里的都吃尽了。

颐行说这就对了："好东西不能浪费，宫里这些吃食的挑费比外头大，外头一碗杏仁豆腐几个大子儿，宫里就得花费几两银子。"她笑了笑，"您瞧，我又替您发现了我的一项美德，将来册封的诏书上可以说我节俭，这可比什么聪慧、端良新鲜多了。"

皇帝没好意思给她上眼药，暗里腹诽，叫免才是真节俭，像她这种酒足饭饱还要再来一碗甜点的，就别给自己脸上贴金了。

饭后在屋子里踱踱步，有助于克化，于是皇帝背着手，从玫瑰椅里站了起来。颐行以为他终于要走了，很殷勤地唤来怀恩，仔细叮嘱着："路上千万要打伞，回去后替主子预备温水擦洗擦洗再歇觉。今儿中晌吃得丰盛，回头身上带了味儿倒不好……"

怀恩迟疑地觑了觑皇帝："万岁爷，您不歇在纯妃娘娘这儿吗？"

皇帝脸色不佳，原本他是这么设想的，可现在看样子，老姑奶奶是不打算留他啊。

颐行眨了眨眼，想不明白既然饭都吃了，为什么还要留在这里歇觉。她僵硬地笑着，冲怀恩道："按规矩，皇上不能在养心殿外的地方歇午觉吧，回头会不会有人上皇太后跟前告发，说我媚主，把皇上弄得五迷六道的，大白天都睡到我永寿宫来了……"

皇帝算是听出来了，她一点都不欢迎他睡在这里。自己堂堂的皇帝，居然会被人嫌弃，一时自尊受不了，拂袖道："你不必巧言令色，朕走！"大步走向殿门，将要迈出去的时候回头提醒她，"别忘了，欠朕的金锞子准时派人送到，要是敢耍赖，你就等着吧！"

他放了一通狠话，气愤地迈出了永寿宫正殿。

颐行蔫头耷脑地行礼，扬起调门说："恭送万岁爷。"

御前的人簇拥着他，一阵风似的走了，众人待那身影彻底走远，才慢慢直起身来。

含珍纳罕道："主儿，金锞子是怎么回事呀？"

颐行叹了口气："世上不讲理的人多了，我就遇上了这么一个。"边说边摇头，里头详情就不必提了，不过眼下要往承德去的消息足以令她振奋了，便吩咐银朱赶紧把日常要用的东西都预备起来，复又让含珍把她积攒的现银归拢，做个小包袱装起随身携带。

含珍笑道："主儿给偷怕了吗，上哪儿都要带着。"

颐行说不是："先头皇后不是在外八庙吗，我想着那儿日子清苦，她靠几个香油钱怎么过活？我手上还有些体己，都给她吧……"如果能够，帮她逃出那个禁地，让她带上钱远走高飞，也不枉自己入宫一场了。

说起前皇后，也着实可怜。

尚家最年轻一辈的贵女，落地没有吃过任何苦，不像老姑奶奶还经历了家族式微的过程。前皇后在家时家族繁荣达到鼎盛，出嫁又是顺风顺水当上国母，原本无可挑剔的人生，一夕之间变得面目全非，旁人看来尚且唏嘘，搁在她自己身上，怎么能够不痛苦？

所以人之运势，真是三十年河东三十年河西，谁也不敢把话说满，才活了半截子，就有胆声称"我这一辈子"。

老姑奶奶说起大侄女儿就伤怀，含珍只好尽力劝慰："宫里头荣辱瞬息万变，先头娘娘要是个不在乎名利的人，去外八庙青灯古佛修身养性，倒也未必是苦难。"

可话虽这么说，好好的年华全浪费在礼佛上，终归心有不甘。老姑奶奶对着院里的海棠树长吁短叹，含珍好歹把人劝进了屋子里。窗户开开，又扫了扫红酸枝镶贝雕的罗汉床，伺候她躺下，自己便坐在一旁替她打扇。

颐行想起来问："吴尚仪如今怎么样了？"

上回因为兰苕怀着身孕入宫的事，吴尚仪作为尚仪局掌事，结结实实吃了一通挂落儿，都给贬到东筒子管库房去了。含珍是她侄女又兼认了干妈，对她的境遇不能不关心。

"且在那里凑合着吧，这么多年的道行全毁了，到了这个年纪，也很难再官复原职了。"含珍带着点遗憾说，"终究是她调理底下人不谨慎，要不是瞧着您的面子，贬下去做粗使都有份儿呢，还挑什么。奴才前儿瞧过她一回，虽说失意，气色倒还好，主儿不必操心她。她也和奴才闲聊，说幸亏我有远见，跟着您出了尚仪局，要是这会子还留在那儿，不定给打压成什么样了。"

这倒是，一朝天子一朝臣，当初吴尚仪在职时，含珍毕竟得了许多便利，到了秋后算账的时候，自然也没有不受牵连的道理。

"再瞧瞧吧，或者将来有起复的机会。"

含珍却说不："早前她也干了不少错事，恭妃下令把您从三选上头刷下来，是她承办的，您不怪罪她已经是便宜她了，就让她往后守着库房吧，那地方轻省，就这么安安稳稳到老，也是她的福分。"

颐行笑了笑："还提这事儿做什么，没有恭妃，御选上头也得把我刷下来。我算看明白了，尚家虽不至于全家充军流放，我进宫就想晋位分，实则是异想天开，到底皇上还要顾一顾明君的名声呢。"

含珍叹了口气："真是您福大量大，倘或换了别人，不是个惦记一辈子的仇吗？"话又说回来，"奴才瞧，万岁爷待您是真心，今儿送来的头面首饰，就是赏皇后都够格了。"

颐行闭着眼睛咂了咂嘴："那是当然，有了我，他就找见玩伴啦。小时候我让他当众出丑，他一直憋着坏，想报复我来着。"

可是报复到最后，就变成宠爱了。含珍微微笑着，笑主儿年纪小，看不透人家的心，自己对小时候的事耿耿于怀，才觉得皇上总想报复她。

作为贴身女官，她得给主子提个醒，便靠在她枕边说："您也喜欢皇上吧？您瞧他长得多俊朗，这么年轻，又当着天底下最大的官儿，先头还装太医给咱们瞧病，多好的人哪！"

开导小女孩，你得拿最质朴的东西来打动她，要是晓以大义，她可能很快就睡着了，但说得浅显，应对当下择婿的门槛儿，譬如相貌家境什么的，她就能明白皇上的好了。

果然颐行睁开了半双眼："人是个好人，就是别扭了点儿。我说不上喜不喜欢他，看见他我就闹头疼，这是喜欢？"

"是啊。"含珍睁着眼睛说瞎话，"您这就是喜欢他，先头疼，后心疼，就成事儿啦。"

颐行说："你就蒙我吧！我这会子真心疼上了，他每天要我一锭金锞子，我不光心疼，肉也疼。"说着招呼她，"哎，把我的钱匣子拿来，我得数数。"

含珍应了，上寝室里头翻箱倒柜，把那藏得深深的剔红匣子抱了出来。

颐行盘腿坐起身，圈着两手让含珍把金锞子倒出来。"哗啦"一声，金灿灿的小元宝在掌间堆积起来，一个个都只有指甲盖大小，看着多富贵，多喜人！

"一、二、三……"颐行逐个数得仔细，数到最后有五十七个，她扁了扁嘴，"两个月都不满，这可怎么办哪。"

到了婚嫁年纪的女孩子，没长大的都愁自己的好信儿，但像老姑奶奶愁得这么厉害的不多见，毕竟耽搁一天就是一天的钱，如皇帝所说，她耽搁不起。

含珍也没有办法，想了想道："横竖有这些，没准儿金锞子用得差不多了，时候也就到了。这程子先吃好喝好，船到桥头自然直，发愁也没用。要是当真数儿不够了……"她讪笑了下，"您就和皇上要要赖吧，他也不能把您怎么样。"

　　然而耍赖未必管用，颐行撑着下巴喃喃："他先头说了，让我耍赖试试，他非治我不可。"忽而灵光一闪，"这么的吧，我把雀牌学会了，和后宫那些主儿组牌局。她们手上必定也有皇太后赏的金锞子，只要把她们的赢过来，我就不愁了。"

　　"那万一要是输了呢？"含珍耷拉着眼皮笑了笑，"五十七个变四十个，您所剩的时间就越发少了。"

　　老姑奶奶果然愣住了，摸着额头倒回了玉枕上。这不行那不行，到最后无非要命一条，皇上要是下得去手，就随他吧。

　　反正死猪不怕开水烫，颐行也想开了，让含珍把金锞子装回匣子里，自己翻个身阖上了眼睛。

　　午后的时光倒是清闲得很，又喁喁说了两句话，后来就沉寂下来。

　　含珍偎在她枕边也睡了会儿，因皇上预备要上承德，动身前两天不翻牌子，看看将到酉时了，便携了一锭金锞子上养心殿，替主儿交差。

　　七月里的天，就算路不远，也走出一身热汗来。含珍拿扇子挡着日头快步走进遵义门，绕过木影壁，就见满福在抱厦前鹄立着。她上前蹲了个安，说："谙达受累了，这会子还站班儿哪？"

　　满福见她来了，笑着拱了拱手："姑姑您也不清闲呀，顶着老爷儿[1]过来办差。"一面又笑问，"纯妃娘娘打发您来，有什么示下？"

　　含珍笑了笑，有些难以开口，便含糊着问："总管在不在？这事儿说来话长，我给总管送件东西，请他转呈皇上。"

　　满福扭头朝东暖阁瞧了一眼："总管在里头伺候呢，这会子怕是出不来……"说着压低了嗓门，一手掩口道，"贵妃求见万岁爷，八成是为着上承德的事儿。我才刚还听见哭声来着，不知道这会子闹完了没有。"

　　含珍迟迟哦了声："都到这个位分上了，怎么还兴这一套？"

　　满福一哂："位分再高也得争宠啊，不像前头皇后娘娘，知道福海大人贪墨查处了，上养心殿来和皇上彻谈了一个时辰，不哭也不闹的，第二天就被废了。"

　　这话说的……含珍略一琢磨，意思就是会哭的孩子有奶吃，先头皇后要是能撒撒娇，兴许如今还在位吧！

　　探身朝东次间看看，里头静悄悄的，说话的声音传不到这儿来。满福说："天儿怪热的，要不您把东西给我，我来转呈御前得了。"

1　老爷儿：太阳。

含珍有心留下看事态发展，便推说再等等，和满福一道立在抱厦底下，有一搭没一搭地闲聊。不多会儿，翠缥搀着贵妃出来了，贵妃果真哭过，两只眼睛肿得桃儿一样，脸上精致的妆也哭花了，却还要端出矜重的气度，目不斜视地往宫门上去了。

满福摇了摇脑袋："这位跟前就没个出主意的人吗，才恢复了位分，将功折罪还来不及，倒跑到主子爷跟前哭来。"

含珍略沉吟了下："您说万岁爷能网开一面吗？"

满福说不知道："换了早前没犯事儿，兴许还能念她素日的功劳，现如今嘛……"后面的话就不说了，皇上恨她们弄得他在阖宫妃嫔面前丢了面子，小惩大诫并不能撒气，她还自己送上门来，结果好不好，几乎是可以预料的。

恰在这时，怀恩闷着脑袋从里间出来，抬眼看见含珍，抱着拂尘上前，打趣道："纯妃娘娘的晚膳预备好了？让你来请万岁爷移驾？"

这话不好推脱，甭管皇上过不过永寿宫，都得放出一副恭迎圣驾的态度来，便道是："我们主儿让我来瞧瞧万岁爷得不得闲，才刚我见贵妃娘娘在，所以在这儿等了会子。"言罢将金锞子交到怀恩手上，"这是我们主儿叫给皇上的，劳烦总管转呈。"

怀恩也不知道里头内情，盯着手掌心的金锞子看了半天："纯妃娘娘这是……什么意思？"

含珍赧然一笑："我们主儿只让送，也没告诉我因由，想必万岁爷见了就明白了。总是我们主儿和万岁爷之间的约定，咱们外人哪里能知道。"

怀恩会意了，心道纯妃娘娘真会玩儿，你翻我牌子，我给你金锞子，这叫什么？等价交换，谁也不欠谁？反正……好大的胆儿呀！

他托着金锞子进了东暖阁，皇帝因先前贵妃的哭闹余怒未消，其实怀恩心里也有些怵，唯恐皇上见了这东西要恼，只得先挑皇帝爱听的，说："万岁爷，纯妃娘娘打发含珍过来，请您上永寿宫用晚膳来着。这是娘娘让转呈的，不知是个什么意思。"

皇帝垂眼看着面前的金锞子，心里倒慢慢平静下来："纯妃的意思是，和朕情比金坚。"

啊，万岁爷果然是万岁爷，能有这番深刻的理解，实在令人拍案叫绝。

怀恩脸上立刻浮起了大大的笑："那主子爷，这就预备预备，过永寿宫去吧。"

皇帝颔首，换了件玄青云龙的常服，这件衣裳颜色他穿着最显肤白，腰上再配琉璃蓝百鸟朝凤活计，手里摇上象牙折扇，站在镜前端详端详，一个翩翩佳公子从天而降，对于眼光世俗的老姑奶奶而言，应当会感受到忽来的惊艳吧！

皇帝很得意，收拾了一番便心满意足往永寿宫去了。一进宫门便见老姑奶奶弯着腰，站在檐下的大水缸前，穿一身蜜合色竹节纹夹纱袍，因身腰纤细，显得那袍子空空的，有风一吹，衣裳便在身上摇曳。

大约感觉到背后有人，她不经意回头瞥了一眼，就是那一眼，清冷出尘，有看破红尘的疏离感，皇帝一下子就被这神情击中了心房，如果老姑奶奶不开口，他可能会觉得遇见了世上顶好的姑娘，会有一段顶妙的尘缘。

然而老姑奶奶开口了，她说："快来看我的蛤蟆骨朵儿。"

就像一面琉璃忽见裂纹，皇帝的端稳一下子破了功，要在老姑奶奶面前端出人君之风来很难，这大概就是近墨者黑吧！

皇帝不情不愿地走过去，往缸里一看，那些小东西的身子颜色逐渐变浅，隐约浮现出浅灰色的花纹来，他吓了一跳："怎么和先前不一样了？"

老姑奶奶对他的欠缺常识感到些许失望："黄毛丫头还十八变呢，蛤蟆骨朵儿自然也会长大，它们已经长腿了，您没看见？"

皇帝忍着恶心又看了一眼，看完觉得今晚的晚膳可以省下了："真难看，黄毛丫头越长越好看，它们越长越丑。"

颐行说不啊："圆眼睛大嘴，一脸福相，哪里难看！"

皇帝已经不想和她讨论这东西了，扇着扇子转身往殿里去，边走边道："既然长腿了，就放生吧。离京之前千万记着处置了，要不然回来就是一大缸蛤蟆，多恶心人的。"

颐行只得跟在他身后进了殿内，本来今晚没准备他过来，没想到含珍带回了消息，她没辙，只好吩咐小厨房现预备起来。

他在南炕上坐定，颐行站在一旁伺候他茶水，喜滋滋地告诉他："奴才把东西都收拾妥当了，只等后儿开拔。"顿了顿问，"才刚含珍回来，说看见贵妃上您那儿去了，出来的时候两只眼睛肿得桃儿似的……她怎么了？难不成想跟着一块儿上承德去？"

皇帝提起贵妃，就觉得无可奈何，一个在深宫中浸淫了多年，惯会打太极的人，因为她资历相较别的嫔妃更深，皇后被废后就将六宫事务托付给她料理。原本她在细碎处利己的作为，他可以睁一只眼闭一只眼，但自打上回处置懋嫔那事，她追到养心殿黑白颠倒的一顿邀功，他就彻底将她看轻了。

如果一切不是他亲身经历，或许真被她骗了，她一口一个是她知会老姑奶奶戳穿懋嫔，在他听来简直像个笑话。后来又因太后寿诞那出好戏，他是下定决心惩治她了，要不是为了让老姑奶奶晋妃位，她这辈子都不可能有重新起复的机会。

结果她今儿又到御前来哭诉，是恭妃和怡妃诬陷了她，她可以不要摄六宫事的权柄，也要换得跟随万岁爷左右的机会。

搁在炕桌上的手紧紧攥起了拳头，他咬着牙道："朕最恨人要挟，也恨她搬出大阿哥来求情。大阿哥要是泉下有知，知道自己有这样的母亲，只怕死了也不得安宁。"

贵妃为人怎么样，其实颐行也知道，可是有什么办法，一样米养百样人嘛，后宫不就是各路人马大显身手的地方吗？

她也不知道怎么劝他，半天蹦出这么一句话来："齐人之福不好享。"结果换来皇帝郁闷的瞪视。

咦，好像说错了……她顿了下，忙又补救："您翻她牌子的时候不知道她是这样的人，现在后悔也来不及了。"刚说完，就发现脖子上多了一只手。

干什么呀，他想掐死她？处境非常危险，她应该立刻跪下求饶才对，可她忍不住拱起肩，把他的手夹在脸颊底下，又惊又痒大笑起来："快拿开……快拿开……"

皇帝对这样的人真是一点办法都没有了，想骂她不知死活，却被她笑得自己也忍俊不禁。

"你这糊涂虫！"他忽然将手抽开，飞快移到她背后，顺势一收，把她收到怀里，然后紧紧扣住了，说，"别动，让朕抱一下。"

颐行笑不出来了，身子拗出一个扭曲的弧度，使劲昂着脑袋说："万岁爷，我今儿刚给您送了金锞子……"

他说闭嘴，一手摁在她脑后，强势将她的脑袋压在肩头，这样方便自己靠近她……小小的人，令他心潮澎湃，那种心境像是一夜回春，忽然喜不自胜。

颐行还在试图抵抗："您别乱来……"

"就抱一下，只要你让朕抱一下，朕就准你去外八庙。"

他知道什么最能笼络她，果然这话一出，她立马老老实实抱紧他，说："万岁爷，我多让您抱一会儿，您答应让我们家知愿还俗，再嫁个好人家，成吗？"

结果当然是不成，他垂下两臂，启了启唇道："放开朕。"

颐行听了松开他，奇怪地打量了一下他的脸："您怎么了？"

皇帝的脸颊微微发烫，垂下眼睫道："你不要轻薄朕，朕是不会从的。"

哇，这可真是颠倒黑白，指鹿为马。颐行立刻松开两手，难堪地收了回来，然后抿了抿鬓角，转身若无其事地踱开了："我去瞧瞧，晚膳准备好了没有。"

站在檐下，她尽情红了脸，怪自己太容易轻信人，反着了他的道。

殿内的皇帝轻轻扬起了唇角，才刚她抱他了，虽然是他使了手段换来的，但原来强扭的瓜也很甜啊。

只不过后来相处难免有点别扭，最直接的表现，就是晚膳的丰盛程度大幅缩减。

老姑奶奶弄了两碗粳米粥，一碟酱萝卜，两个咸鸭蛋。怕他吃不饱，还另外添加了一盘翠玉豆糕，一份糖蒸酥酪。

"吃吧。"她端着粥碗，举着筷子说。

皇帝纳罕地看看桌上菜色："你不是说，晚膳要好好款待朕的吗？"

她嘻了声："整天大鱼大肉什么劲儿，您两顿吃了普通百姓家一年的嚼谷，心里难道不觉得有愧吗？还是这个好，我们做妃嫔的晚上就进这个，因为怕身上带味儿，对主子不恭，连条鱼都不敢吃，这下您知道咱们有多不易了吧？"

各行有各行的难处，皇帝琢磨了下，勉强端起了碗。

反正老姑奶奶很满足，她吃咸鸭蛋，敲开一头，筷子挖进去一通撬，把里头蛋黄掏了出来。

腌得入味的蛋，顶破了蛋清，金黄色的油花就一股脑儿涌出来，看着令人胃口大开。皇帝也学她的样子把蛋黄掏出来，本想自己尝一尝的，可见她吃得眉开眼笑，犹豫了下，还是把蛋黄放进了她碗里。

颐行意外地看向他："您怎么不吃？"

皇帝咬了口蛋清，神情冷淡："朕不爱吃那个。"

她忽然有点心酸："我额涅也是这样，不喜欢吃咸蛋黄来着……"

那圆圆的小太阳浮在粥碗上，油花慢慢扩散，她搁下碗筷，想家了。

皇帝疑惑地看看她，不明白一个咸蛋黄而已，怎么会把她感动成那样。

难怪怀恩说世上女孩子都很好骗，只要你放下身段，做出一点点让步，她就会心甘情愿为你沉沦，陪你度过漫漫余生。

他起先其实并不相信怀恩的话，一个一天男人都没当过的太监，十三岁入宫，跟随先帝跟前总管学徒，就算见过宫里各式各样的女人，和他也无甚关系，他懂个什么儿女情长！然而现在看来，好像这话不无道理，至少老姑奶奶这样的小姑娘已经完全被他感动了，也许正盘算着，什么时候回报天恩，以身相许。

皇帝一个人想得四外冒热气，不自觉地挪动了一下身子，舔了舔唇。

"其实朕温存起来，比寻常男人要窝心得多……"

"我额涅她并不是不喜欢吃咸蛋黄，她是有意让给我吃的，是吧？"老姑奶奶完全沉浸在母女情深里，想到动情处眼泛泪花，抽泣着说，"世上还是只有额涅对我最好……我离家这么长时候，不知道她老人家怎么样了。"

她淌眼抹泪，直起嗓子就要号啕。皇帝脑仁儿都胀了，不可思议地望着她，发现她的感动完全不是因为他。

这人是个瞎子吗？没看见这个蛋黄是他挑进她碗里的？她能想到她额涅不是不爱吃，怎么就想不到他也是刻意省下来的，只是为了成全她？她那样丰沛的感情没有一分用来感激她，这个白眼狼，自己真是白疼她了。

可是这个当口，他还不能凶她，毕竟人家正伤怀想妈。他只好耐着心劝慰她："成了成了，住在同一个四九城，晒着同一个太阳，有什么可想的。"

她一听，立刻就不称意了："您说得轻巧，一道宫门就把我们娘俩隔开了。太后这辈子都和您在一起，您压根儿就不知道离开额涅的痛苦。"

皇帝被她一通数落，没有办法，细想想她说得也有道理，自己当年学本事的时候离京闯荡，男子汉最怕长于妇人之手，所以出去之后天大地大心思开阔，是因为知道自己随时可以回来。后来即皇帝位，再也没有离开过太后，母慈子孝一直到今儿，确实不懂得她的苦闷。

他放下筷子想了想："谁让你是姑娘，女孩儿都得嫁人，也没个天天住在娘家的道理啊。"

"别人能回娘家，我呢？"她自怨自艾地捧住了脸，大有后悔进宫的意思。

皇帝叹了口气："紫禁城东北角有个兆祥所，你知道吧？那是嫔妃省亲的地方。等咱们承德回来，把你额涅接进宫住几天，或是在兆祥所，或是进你的永寿宫，都行。"

她这才平复下心情来，只是仍旧不开怀："这一去又得好几个月……"

皇帝沉默了下，忽然转头朝外下令："取文房来。"

门外候旨的满福得了令，忙道了声"嗻"，冲银朱比画示意她预备。银朱明白了，飞快上老姑奶奶书房去取笔墨，虽然老姑奶奶不怎么爱读书，但这些该备的东西还是必须有的，没的让内务府办差的说纯妃娘娘不识字，有貌无才。

东西很快来了，满福弓着身子将漆盘端进去，安置在黄花梨罗锅平头案上。

颐行不明白，见皇帝站起身过去，扭头问："您干什么呀？"

皇帝撩袍在案前坐下，拿镇纸压住了泥金笺，提起毛笔蘸了蘸墨，气定神闲道："你写信，朕代书。说吧，想对你额涅说什么？"

他一面问，一面先写下了六字漂亮的小楷："母亲大人安启"。

颐行一想这也行，皇上代书，那可是很大的面子，至少能让额涅放心。于是踱步转了两圈酝酿，一忽儿仰天，一忽儿俯地，搜肠刮肚道："女儿离家已有半年，不知母亲大人身体是否安康，嫂子和侄儿们是否一切顺遂……"

皇帝端正坐着，奋笔疾书，颐行回头瞧了一眼，她自小就觉得一本正经做学问的男人很有魅力，就算皇帝有时候神憎鬼厌，但办起正事来，还是十分讨人喜欢的。

因为担心他书写的速度跟不上她的诵读，便有意停顿下来，等他写完。结果等了半天，他蘸了好几回笔，连信纸都换了第二张，颐行就有些糊涂了，迟疑着问："您写到哪儿了？"

这一问，他终于将笔搁在了笔架上，抬起手优雅地扇了扇信纸上的字迹，助它快干，复抬眼一笑："写完了。"

"写完了？"颐行目瞪口呆，"我才说了一句话！"

皇帝表示你的才情差了点儿，朕好心替你润笔，不用谢。

颐行腹诽着取过来看，写的这是什么？女儿在宫中深蒙皇上照顾，太后待我如待亲生。人一辈子何其短暂，得遇知己幸甚至哉，女儿必一心一意爱重皇上，一如皇上爱重女儿？

她讶然问他："您写这些的时候，不觉得脸红吗？"

皇帝说："有什么好脸红的，朕写的就是你将来的生活。出了阁的姑奶奶，哪个不是报喜不报忧，况且你在宫中确实如鱼得水，朕又没有坑骗你母亲。"

颐行噎住了，咕哝了半天，指着那字问："'女儿日后必与皇上琴瑟和鸣，儿孙满堂'，这又是什么东西？您怎么整天想着生孩子，还把这个写在信里，让我额涅看见了像什么话，我还做不做人啦？"

皇帝不悦地挑起了眉毛："怎么？夫妻恩爱让你觉得丢人了？朕往后对你不理不睬，和别人儿孙满堂，你就高兴了？"

她再一次脸红脖子粗，思量了半晌嗫嚅："那也不是……"

皇帝哼了声："这不就行了！你们姑娘家最爱口是心非，朕把你的心里话写出来，安你母亲的心，有什么不好！"边说边将信接过去，小心翼翼叠好装进信封，也不等她说话，扬声叫了声"来人"。

满福麻溜进来了，抚膝道："听主子爷示下。"

他把信顺手递了过去："打发人送到尚家太福晋手上，另告诉她，纯妃要随朕往承德避暑，三个月后回京，再接太福晋进宫会亲。"

满福道是，两手承托着信退出去，皇帝干完了正事，重回小饭桌前喝粥，因时候耽搁了会儿，粥有点凉了，但大热的天儿，这样温度最为适宜。

颐行没办法，跟着坐回膳桌旁。

外头檐下掌灯了，含珍也将案头的蜡烛点燃，扣上了灯罩。两个人促膝而坐，灯火可亲，颐行掀起眼皮看了他一眼，就着这寻常的吃食，倒很有家常的温暖。

皇帝进得优雅，一点响动也不闻，吃饭上头能看出他良好的教养。待用罢了，放下筷子拭了拭嘴，说多谢款待，似乎甚满意今晚的清粥小菜。

颐行也放下筷子，在椅上欠了欠身，说："我今儿吃了两个咸蛋黄，心里很高兴。万岁爷，往后您常来我这儿用膳吧，我顿顿请您吃蛋白，怎么样？"

皇帝呆住了："你怎么老吃咸蛋？"

颐行说："因为喜欢啊。我吃蛋黄您吃蛋白，一点不浪费，往后写进《大英书》中亦是段节俭的佳话，难道不好吗？"

皇帝看了她半晌，终于泄气地点头："很好，朕会万古流芳的。"

她端庄地扣着两手，笑得成全。皇帝嘴角一抽，起身道："朕回去了。"

颐行心说终于要走了，他在这儿真是太会搅和了，年轻男人有这股旺盛的生命力，想一出是一出。她还在为送出去的那封信懊恼，不知额涅看见了会是什么感想，和侄女婿相处得那么好，还要子孙满堂……额涅八成更为知愿难过了，人人都有好结局，唯独苦了知愿。

暗暗叹了口气，她做小伏低把人送到殿门上："万岁爷您这就走啊？明儿还来呀。"

皇帝回头瞧了她一眼："朕明儿要召见随扈大臣，没空来吃你的蛋白。你仔细收拾包袱，预备两套行服，路远迢迢，万一要出门，穿行服方便些。"

她哎了声，恭敬地将他送下台阶。御前的人挑着羊角灯过来引路，他被人簇拥着往宫门上去了，颐行看着他的背影，看出了一点眷恋的味道。其实他不犯浑的时候，很有夏太医的风采，有时候她也难免爱屋及乌，觉得宇文熙的为人还是过得去的。

银朱上来说笑："皇上怎么跟老妈子似的，什么都不忘叮嘱您。这种小事本该奴才们操心才对，怎么好劳动他老人家。"

颐行有点不好意思，摸了摸后脑勺道："老婆子架势，以前也没觉得他这么啰唆……"

第十七章·

宜室宜家

两个人走得近了，相处好像稀松平常，但这样的皇恩对于刚复位的那三妃来说，是天上够不着的太阳，连定眼瞧，都觉得光辉不容逼视。

所以她们上皇太后跟前哭去了，恭妃说："万岁爷既然宽宥了咱们，就应当让咱们随扈，戴罪立功。这会子阖宫除了吉贵人和安常在身子不好留下，其余有了位分的都去了。咱们好歹是妃，总不好跟着答应们一道留宫，这要是叫人笑话起来，脸是顾不成了。"

贵妃话倒是不多，只管低头擦泪："奴才这贵妃当得，连个常在都不如。往后也没脸摄六宫事了，还是请太后另请贤能吧。"

怡妃因是太后娘家人，比之旁人更亲近些，坐在绣墩上直撕帕子："总是纯妃的主意，不叫万岁爷带着咱们。眼下万岁爷正抬举她，把她能得竟不知道自己是谁了。他们尚家自己一身的官司还没料理明白，倒有这闲心来弹压我们。"

太后应付了她们半天，实在觉得头大，怡妃这么说，瞬间让她来了脾气，怒道："你果真是个不知好歹的，听你这意思，还要接着和她过招？自己犯了事儿，一点不知悔改，错全在别人身上，我看你是吃错了药，得了失心疯了！上回因你们一闹，皇帝颜面尽失，没有把你们打入冷宫已经是天大的恩典了，后来念着你们身后娘家的情面，恢复了你们的位分，你们如今是想怎么样呢，又来闹什么？想是日子过得太从容了，还要受一受降级禁足的苦？"

三妃起先带着点闹脾气的意思，原以为太后会担待的，没承想竟惹得她大发雷霆，一时惶然都站了起来，怯怯道："太后息怒，是奴才们不懂事儿，惹太后生气了……"

太后板着脸，严厉的目光从她们脸上逐个扫过，寒声道："耍小性子，争风吃醋，这些原是可以担待的，人嘛，谁还没个转不过弯来的时候。可钻牛角尖这种事儿，一回两回倒也罢了，要是当饭吃，那就错打了算盘。你们是内命妇，是天子枕边人，不是市井间泼妇，见天儿地一哭二闹三上吊。要是传到那些低等嫔御耳朵里，你们的威严还顾不顾？往后人在前头走，身后人捂嘴囫囵笑，脸上倒有光？"

这下子三妃再也不敢多言了，都讪讪低下了头。

其实她们明知在皇帝跟前讨不着好处，皇太后素日又慈爱，因此也是抱着碰运气的态度，上慈宁宫来闹一闹的。倘或皇太后耳根子软，在皇帝面前提了一嘴，不拘皇帝答不答应，总是个机会。如今连太后都打了回票，就知道承德是去不成了，在宫里吃冷锅子，倒有她们的份儿。

正落寞，外头宫门上有人传话，说纯妃娘娘来了，这下子个个面面相觑，毕竟有过节，两下里相见分外尴尬。

裕贵妃惯会审时度势，向皇太后蹲了个安道："既然太后有客，奴才就不打扰了。今儿奴才犯了糊涂，万望太后恕罪。奴才也想好了，宫里确实得有人留下主事，那奴才就替万岁爷守好这紫禁城，等着太后和主子爷荣返吧。"

太后这才点了点头，恭妃和怡妃也顺势都请了跪安，在颐行进殿之前，纷纷迈出了门槛。

可惜院子里还是得相遇，三妃冷眼打量她，毕竟是升了妃位的人，和以往果然不一样了。穿着白底蓝花的八团锦氅衣，鬓上簪着一套海棠滴翠的头面，神情模样显见地从容起来，越是无可挑剔，便越扎人的眼睛。

好在她还知道礼数，与她们擦肩前停下步子纳福，道了声："请姐姐们的安。"

贵妃站住了，勉强堆出个笑脸来，和声道："恭喜你高升。前头的事儿请你见谅，我也是一时猪油蒙了窍，听信了善答应的话……"

她抬了下手，那镂金菱花嵌翡翠粒的护甲，在大太阳底下金芒一闪，很快掩在了手绢之后，微微笑了笑："过去的事儿不提也罢。三位姐姐好走，我上里头给太后请安去。"

她不愿意和她们纠缠，三言两语就打发了，贵妃道好，颊上笑得发酸，看她昂首阔步往正殿去。那厢太后跟前的春辰早就在门上相迎了，见她一到便蹲了安，搀着人往里间去了。

"走吧。"脸上肌肉一寸寸放下来，贵妃叹了口气，将手搭在了翠缥小臂上。

好热的天儿啊，不打伞，人热得恍恍惚惚。有时候细想想，自己可有什么呢，要是大阿哥还在，总算有个儿子有一份指望。如今儿子都死了两年了，皇上对她的关爱也一点点消散……说句心里话，她也有向往宫外的心，也想跟着自己的男人走出这四面高墙的城，走到外面，去呼吸一下山野间的空气。可惜，这份心愿是不能成了，自己做人做得这样失败，昨儿皇上的那句"朕看见你就不适"，像一个耳光重重抽打在脸上。何以让自己的男人如此讨厌自己呢，原来高人一等的天潢贵胄，不讲情面起来也可以出口伤人。

当然，如今正红的纯妃娘娘完全没有这方面的苦恼，她可以很轻松地和太后攀谈，说一些宫外的趣事，说一说早年间在江南时的见闻。

太后喜欢听她轻快的语调，喜欢看她脸上时刻带着的笑意，她和大多数宫里的女人不一样，没有沉重的心思，也不会苦大仇深。太后问她才刚见了那三妃是什么想头儿，她笑着说："万岁爷都原谅她们了，奴才随万岁爷。横竖可以共处，不可深交，见了她们该遵的礼数照样遵循，就尽了奴才的本分了。"

这话没有那么冠冕堂皇，但却是实心话，太后笑着颔首："别人打你左脸，你再把右脸贴上去，那可真是傻了。敬而远之，面上过得去就行，早前我也是这么过来的，明白你的想法，你做得对。"

后来她去了，笠意侍奉太后盥手喝茶，一面道："纯妃娘娘圣眷隆重，听说万岁爷近来常流连永寿宫，您这回倒是不去叮嘱万岁爷了，想来您也极喜欢纯妃娘娘吧？"

太后自在地捧着茶盏轻啜，曼声说："我喜不喜欢在其次，要紧的是皇帝喜欢。儿子是我生的，什么脾气秉性我知道，他们自小乌眼鸡似的，长大了投缘，不打不相识嘛。我如今高居太后之位，享尽了儿子的福，他喜欢的我偏瞧不上，倒伤了皇帝的心，母子之间为此生嫌隙，大大的不上算。"

云嬷嬷在一旁听着，笑道："太后惯常是个通达人，奴才瞧着纯妃娘娘，那品格倒有几分您年轻时候的风采。"

太后也笑："可不是，才进宫那会儿也是四六不懂，横冲直撞的。"

那都是几十年前的旧事了，自己和先帝爷曾经也是这样深情。如今看着小辈，心想他们有他们的缘分，人生苦短，只要彼此间相处融洽，做长辈的都该乐于成全才对。

无论如何，离开紫禁城，上承德玩儿去，是件特别让人高兴的事。

第二日，车马銮仪都预备好了，随行的人员列着队，从东边撷芳殿一直往南延伸，先导的豹尾班¹都排到东华门外去了。

皇帝率领着随扈的官员及后宫到了车队前，这时候天才蒙蒙亮。

颐行像众多宫眷一样，站在自己的马车旁待命。要出远门啦，这份高兴，昨晚上都没睡好，三更就醒了，直愣愣看着窗户纸上的深黑逐渐转淡。

黎明前的空气里，带着清冽的泥土芬芳，她深深嗅了口，悄声问含珍："怎么还不走？"

含珍踮足向前张望，压声道："在等吉时呢，皇上离京可是大事儿，半点不能马虎。"

颐行轻舒了口气，按捺住雀跃的心情，安然等着前头发令。

忽然"啪"的一声，东华门前的广场上传出破空的脆响，她好奇地偏身探看，只见两个司礼的太监抡膀子甩动起几丈长的羊肠鞭，那身段手法，看得她直咋舌，要练成这种身手，得是多少年的道行啊！

响鞭为令，就如前朝听政一样，皇帝登上了他的龙辇，御前的太监一路小跑着，边跑边击掌，示意队伍后列的妃嫔们登车。

银朱和含珍将颐行搀进车内，才出紫禁城的时候她们只能扶车，等到了城外，就能随车伺候主子了。

那么老长的车队，逶迤穿过筒子河，途经的地方都扫了路，地上洒清水，大道两边拉起了黄帷幔。

颐行打起轿帘朝外看，她来京城这些年，勉强也识得四九城的路，原想瞧一眼那些熟悉的景儿，看看路旁的商铺和门楼，可惜视线被无尽的黄幔隔断了，那条通往盛丰胡同的路，也瞧不见了。

本着不扰民的宗旨，车队行进的路程刻意绕开了城镇。

从京城出发往通州，再到三河，并未顺道去蓟州，而是走山林，直达将军关。路上的用度在出发前就装满了二十辆马车，这些储备足够支撑整个队伍的所需，皇帝带着宗室子弟上外头打猎所得的野味，成为额外的惊喜，按着后宫品阶高低逐级赏赐下去。颐行头一天得了一块獐子肉，第二天得了半只烤雁，第三天则是一整只兔子。她坐在自己的帐篷里，嚼着兔肉长吁短叹："到底不是宫里，架在火上就烤，有股子怪味儿……"

银朱听了，有意和她抬杠："您上回不还和皇上说，茹毛饮血才叫痛快吗？"

---

1 豹尾班：随驾出行的近侍官员，因天子乘舆有豹尾车而得名。

她噎了下，有点气闷："坐在帐篷里吃现成的，多没意思……"边说边走了几步探出脑袋，朝皇帝的行在方向眺望了一眼，"皇上这会子在干什么呢？不会又上外头打猎去了吧？"

他们在一个山谷间安营扎寨，随扈的侍卫和禁军散落在各处，顺着溪流，四面八方零星生了好多火堆。

皇帝的大帐无疑是最气派的，周围由红顶子的御前侍卫八方镇守。帐门前两列守卫钉子一样站立着，这架势，比在宫里时更森严。

所以家常的相处，她并不觉得他有多唬人，一如小时候独个儿逛园子，太子殿下就像管家那个傻儿子似的，没有对她造成任何心理上的震慑。直到后来进宫干碎催，知道万岁爷高高在上，便认定人家现在出息了，肯定和小时候不一样。结果自己一步步高升，和他打交道的机会也越来越多，那份敬畏又逐渐淡了，觉得他也不过是个寻常人罢了。

如今出宫在外，那份威严倒是重建起来，果真身份高不高贵，就看伺候的人多不多。

从京城到将军关，一连走了四天，这四天皇帝也找到了新乐子，男人那份弯弓射雕的雄心空前高涨，和宗室子弟们结伴跑马窜林子，完全把后宫的人抛在了脑后。

颐行本以为趁他高兴，没准儿可以含糊过去，金锞子也不用再送了，结果头天拖到亥时，满福还是上门来了，觍脸笑着说："万岁爷叫来问问，娘娘是不是有什么东西忘了给。万岁爷说一桩归一桩，御前概不赊账。"

没辙，她只好把金锞子交给满福，让他带回去。这程子皇帝倒是玩儿得很高兴，女人们困在车轿里，每天除了赶路就是睡觉，实在难耐得很。老姑奶奶其实也有颗爱扑腾的心，她记得走前曾和他说过，想跟他一块儿狩猎的，当时他也应允了，就是不知道这会儿还算不算数。

于是她拿上一锭金锞子揣在小荷包里，就着远近篝火和漫天的繁星，从自己帐里走了出去。

两下里离得并不远，不过十几丈距离，因此颐行没让含珍和银朱跟着。长途跋涉不像在宫里，没那么多时间梳妆打扮，她只穿一身行装，随意梳了条大辫子，大概瞧着像随扈的宫女吧，这一路过去，竟没有一个人留意她向她行礼。

山谷里坑洼多，碎石也多，虽说不远，却也走得蹒跚。

隐约听见大帐里传出的笑声了，皇帝身边都是年纪相仿的兄弟子侄辈，年轻人嘛，到一块儿就相谈甚欢。颐行倒也不是要见皇帝，就是想乘着夜风走一走，把金锞子送给门前站班的太监就成了。

晚上和白天真不一样，入了夜的山坳间暑气全消，就这么走过去，还有些寒浸浸的呢。她轻舒了口气，大帐就在不远处，她看见柿子在门前鹄立，御前的宫女送了酒菜进去，柿子调笑着，悄悄在人家屁股上薅了一把。

嗬，真大胆，御前还有这种歪的斜的！她只管盯着远处，脚底一滑，眼看就要栽倒，忽然边上伸出一只手拽住了她。这八成是个练家子，手臂力量很惊人，轻飘飘就把她提溜了起来。

颐行惊魂未定，待站稳了连连道谢："多亏您啦，要不今儿就摔着我了……"

转头看，那是个俊秀的青年，穿一身石青的便服，没有戴官帽。那头鸦黑的辫发在夜色下越发显得浓密，微微冲她笑了笑："没摔着就好。"

颐行迟疑了，他的眉眼和皇帝有几分相像，想必也是宇文家的人吧！不知为什么，脑子里忽然蹦出了夏太医，明知道夏太医就是皇帝，可还是把这人和夏太医联系到一起了。

禁不住一阵小鹿乱撞，她赧然抻了抻自己的衣角，冲他欠身："我进宫不多久，没见过您，不知怎么称呼您呀？"

那人倒也大方，坦言说："我是宗室，官封荣亲王，是先帝第四子。"

颐行对宗室不甚了解，只知道先帝爷统共有五个儿子，最大的那个早殇，皇帝序齿最末，这位荣亲王瞧着略比皇帝年长两岁，眉目间尚有年轻人意气风发的热烈，也不端王爷的架子，说话一副平常模样，这点倒十分讨人喜欢。

颐行哦了声，照着俗礼给他纳了个福，一面朝大帐方向望了眼："您这是往御前去？"

荣亲王唔了声："先前倒是在御前的，因着接了奏报出去处置公务，这会儿才回来。"说罢复一笑，"黑灯瞎火的，走道儿留神些，万一磕着了倒不好。"

年轻灵动的姑娘，生得又貌美，在这朦胧的光线下，仿佛美人雕上飞了金，看上去别有一种柔和的美。

荣亲王细瞧了她一眼，问："你是哪个值上的？叫什么名字？"

颐行支吾了下，人家是拿她当宫女了，要是自己没有晋位，说不定还能和这位年轻的王爷发生一段美好的感情呢。

她悄悄肖想，脸上一副腼腆神情，琢磨了下，正想委婉地自报家门，边上一道清冷的声线响起，有个人煞风景地插了一杠子："她叫尚槛儿，门槛的槛，二月里选秀进宫，如今是朕的宠妃。"

颐行脸上的笑僵住了，好不容易遇见一个温文尔雅的皇亲贵胄，不说怎么样，总得给人留个好印象吧。结果这位万岁爷不知什么时候冒了出来，居然不报她响亮的大名，非得说那么埋汰的乳名。

她回头乜了他一眼，复对荣亲王重新扮起笑脸："我有大名儿，叫尚颐行。《周易》中有颐卦，乃是雷出山中，万物萌发之象……"

"就是'颐指气使'那个'颐'。"皇帝一针见血，她修饰半天也没用，直撅撅地告诉荣亲王，"目中无人，指手画脚那个'颐'。"

荣亲王呆愣在那里，没想到半道上随手一扶，就扶着了皇上的宠妃。关于尚家老姑奶奶的名号，他早有耳闻，尚家女孩儿辈里的独苗，多少人都说尚家的凤脉要断在她身上，没承想她一路披荆斩棘，进宫短短半年，已经位列四妃了。

果真出挑的女孩子，到哪儿都不会被埋没。只是心里有些怅然，却也不能说什么，重新收拾出个端正的态度来，肃容拱手向她行礼："参见纯妃娘娘。"

一段颇具传奇色彩的初遇，就这么硬生生被皇帝给掐断了，主要是柿子发现了匆忙进去传话，那些正陪皇帝饮酒作乐的人也都跟着皇帝跑了出来。一时间周围个个大眼瞪小眼，荣亲王也感到了一丝惶恐。

皇帝将这不安分的老姑奶奶扣在手里，脸上方浮现出平和的微笑："时候不早了，明儿还要赶路，你们都跪安吧。"

众人齐声道"嗻"，齐齐向他们打千儿，然后垂袖却行，各自散了。

皇帝到这时才咬着槽牙瞪她："怎么？人没大，心倒大了？朕要是不来，你打算和荣亲王怎么样？还要细细报上家门，相约下回再见吗？"

颐行没有正面回答，抬着胳膊说哎哟："您捏疼我啦。"

皇帝这才发现下手是有点儿重了，忙松开了钳制，但两只眼睛依旧故作凶狠地盯住她："看来朕这两日冷落了你，你就打算另谋出路了，是吧？"

颐行咧着嘴说哪能呢："我如今什么位分，另谋出路您不依，人家也不敢呀。您这人哪，什么都好，就是心眼子有点儿小。我再浑蛋，心里头想入非非，行动上也不敢。"

皇帝气不打一处来："你还想入非非？"

"我错了。"颐行说，"我真的错了。才刚我一见您哥子，就想起您了，我这不是和荣亲王寒暄，是透过您哥哥，思念您呢。"

天晓得，她是如何硬着头皮说出这么腻歪的话的。她和皇帝原该是相看两厌，她哥哥是巨贪，她侄女儿又是他的废后，他该见天儿冲她置气，看见她就大动肝火才对。

结果呢，他们之间的相处出了点问题，这皇帝简直是个嗜甜的病患，爱听那些駒死人的话。只要你愿意说，说得越入骨他越喜欢。你的嘴越甜，他的气消得越快。这种人倒也好，没有那么深刻的爱恨，只要当下过得去就行了。

颐行从荷包里掏出一个金锞子，搁在他手掌心上："您瞧，我是为了给您送这个，才摸着黑过来的。遇见荣亲王是个意外，要不是人家，我准得摔个大马趴。我还想谢谢人家来着，没想到您一来，就把人赶跑了。"

皇帝迟疑地看看手上的金锞子，又看看她："不把他赶跑，还让他留下来，和你互诉衷肠吗？"

颐行耷拉下嘴角："我说了挺多好话，您可别油盐不进。"

皇帝瞥了瞥她，有些得意地说："刚才朕向宗室里的人介绍了你，往后你就别想那些不该想的了，他们一个都不敢招惹你。"

颐行嘟囔了声："我多早晚胡思乱想来着，您老冤枉我，难怪贵妃她们要捉我的奸。"

说起这个，就比较丧气，皇帝一直在避免回忆当天的尴尬，谁也不知道他扯下面罩的时候，心里是何等的纠结。

将黑不黑的天色，当着满宫嫔妃的面，他把真面目暴露在众目睽睽之下，前一刻还冠服端严陪着皇太后看戏说笑的帝王，转眼穿着八品的补服和自己的嫔妃私会，这么巨大的落差，那些宫人怎么想？是不是觉得她们一直巴巴儿盼望的皇帝原来不正经，有那种摆不上台面的癖好？他的威严瞬间扫地，再一次重温了尚家花园窒息当场的噩梦。他不明白，为什么遇见老姑奶奶就没好事，她一定是老天爷派来克他的，一定是的！

如今她还要一再捅他的肺管子，皇帝郁闷地攥紧了金锞子，恫吓式地说："你再聒噪，罚你每日缴两个！缴不上来就到御前伺候抵债，你自己掂量掂量。"

这下子她不说话了，规规矩矩垂手站着，像他跟前俯首听令的太监。

他缓缓吐了口气，嫌弃地打量她一眼："往后还是打扮打扮，别叫人拿你当宫女。"说着视线在她头顶上打转，挑了个好地方伸手一捅，"这儿插根簪子，挑名贵的，明白吗？"

颐行歪了歪脑袋，说是，一面抚着身上坎肩，哀怨地说："是您让我带上行服的，说路上方便，这会子又嫌我不打扮……"

皇帝啧了声："朕让你带行服，是打算到了热河带你去打猎，谁让你赶路途中穿了？"边说边摇头，"朕发现，咱们说话老是鸡同鸭讲，你猜这是为什么？"

颐行说："必然是奴才太笨，没有领会主子的意思。"

皇帝说不是："是你还不了解朕，也没有和朕一心。你只顾眼前，朕要的是长远，所以咱们想不到一块儿去，常背道而驰。"

他说完，似乎有些失望，背着手，慢慢向开阔处走去。

颐行听了他这番话，倒也有些感触，其实他看待事情比她透彻。大多时候她觉得他还是挺聪明的，但因为年轻，时不时也会缺心眼儿。

他在向前走，她没有跟上来，他又叹了口气，回头瞧她："你还傻站在那里干什么，不想和朕一块儿走走？"

颐行迟疑地看看四周："荒郊野外，蛇虫怪多的。"

皇帝哼了声，心道你连那么恶心的蛤蟆也敢整缸地捞，世上还有比你更五毒俱全的人吗？这会儿他想散散，她倒拿乔起来，要是换了旁人，他一定撂下不管了，可对象是她，自己就想让她伴着，既然稀罕人家，退一步也是没有办法。

"禁军早把周围肃清了，方圆百丈以内不会有那些毒物的，你只管放心。"

颐行这才勉强挪动了步子，他在前头走，自己在后面跟着。

山林间树影婆娑，凉风习习。抬头望天，天上一轮明月高悬，皇帝喃喃说："深宫锁闭，朕从没有踏着月色四处闲逛的机会，如今离开了紫禁城，方觉天地宽广。"

颐行听他这么说，抱着胸道："您早年不也上外头学办差吗，天南地北到处跑，又不是没离开过紫禁城，有什么好感慨的。"

皇帝此刻满怀柔情，正抒发感想，结果她忽然蹦出这么一句来，立刻引得他枯了眉："你可真是个不解风情的人。别人家姑娘看月亮，能看出两行泪来，你是通条[1]做的吗，一句话就捅人一个窟窿眼儿？"

颐行被他一通指责，委顿下来，讪讪说对不住："我不是成心的。那什么……今儿晚上月色真好。"

皇帝不理她，眯着眼负手仰望，话语里透出对往日的追忆，唏嘘道："其实在外办差，苦恼的事儿很多，为了得先帝一声夸奖，多苦多累都要咬着牙硬扛。"

颐行没好意思说，心道你五岁就封了太子，到哪儿不是众星拱月，你吃过多少苦！这会儿对着月亮伤怀，真是闲得你。从没见过这么矫情的男人，就该面朝黄土背朝天，让你下地干两天活，插两天秧。

可是嘴上不能这么说，说了这辈子就完了，他一气之下罚她去黑龙江砸木桩，

1　通条：军中用以通洗枪管、炮膛等的铁条。

自己这辈子荣华富贵还没享足，可不能轻易糟践了自己。

于是颐行讨乖地说："天下第一家，看着多么煊赫，可是家大也有家大的难处。凤子龙孙们不受磨砺不能成才，先帝爷就算舍不得您吃苦，也还是得让您出去学本事。正因为早年的锤炼，如今您才把国家治理得这么好，总算不枉费先帝爷一片苦心。"

这回皇帝受用了，说："这才像句人话，长在帝王家，也有长在帝王家的苦恼，既然你能理解，将来孩子到了年纪出去历练，不许你哭天抹泪，要死要活的。"

颐行傻了眼，发现这位万岁爷之未雨绸缪，已经达到一种无中生有的境地。

"将来孩子……"她艰难地咽了口唾沫，"还不知道在哪儿呢，您怎么想得这么长远呀？"

他回了回头："怎么？难道你不打算生孩子？生了孩子是一重保障，将来能当太后，不好吗？"

好是好……可当太后的时候，他不就龙驭上宾了吗？

这么一思量，有点悲伤，颐行垂首道："我就是不当太后也能活得很好，您不用为了激励我生孩子，拿那个来引诱我。"

皇帝就着皎皎月色看着她，叹了口气道："帝王家最缺的就是孩子，早前宇文氏在南苑时，不生儿子连爵位都不能袭，所以祖辈上好些十四五岁就生儿育女的。如今几百年过去了，这个陋习倒是没有了，但孩子照样紧缺，多少个都不够。朕不想为了生孩子，翻那些女人的牌子，都说皇帝三宫六院享尽艳福，可那些人不知道，这件事上朕受委屈了，还不能和别人说，说了要招人耻笑。"

颐行一听来劲了："您怎么受委屈了，和我说说？是不是像唐僧落进盘丝洞似的，妖精们个个想吃您的肉？"

皇帝有些扭捏，眼神飘飘望向月下闪着银芒的溪流，支吾道："那倒不是，朕是皇帝，她们不敢那么对朕。"说着顿了顿，"你年纪还小，和你说，你也不明白，等你长大自然就知道了。"

她认真思忖了下："奴才也是您的嫔妃呀，您不喜欢和她们生，倒喜欢和我生，为什么？"

她还是没开窍，皇帝觉得她笨，但又怀疑她是不是装傻充愣，有意引他说实话，便道："为什么，你自己琢磨。"

她想了半天，豁然开朗："因为我们尚家总出皇后，认真说，您身上也流着尚家的血。您觉得尚家的后代还不错，所以您愿意抬举我。可我如今还在天天缴金锞子，您这么独守空房，得守到多早晚啊？"

皇帝有些尴尬，红着脸说："这事儿不用你操心，你只要好好养身子就成了。"

颐行嘿了一声："天底下像您这么能忍的不多见，说句不怕您恼的话，我还以为您身上有暗疾，不方便呢。"

她不着四六，他也堵了一口气，成心要吓唬她。于是足尖一挑，把一根枯枝踢到她脚边，大呼一声"有蛇"！

颐行连看都没敢看，吓得一蹦三尺高，霍地蹦到他身上，凄厉的惨叫在山谷间回荡，一重重，传出去老远。

吃了饭，刚想走两步消消食的太后听见了那声尖叫，吓得心头一阵哆嗦。

骇然看向云嬷嬷："这是谁在叫唤？"

云嬷嬷摇了摇头，随扈那些女人，就凭这一嗓子，当真分辨不出来。

四周的御前侍卫和禁军都压着腰刀，飞速向一个方向移动，太后由云嬷嬷和笠意搀扶着，也匆匆赶去看个究竟。然而火把子围了一圈，中心站着的竟是皇帝和纯妃……不对，应该是只站着皇帝，因为纯妃像个八爪鱼似的，死死挂了皇帝身上。

大伙儿显然不能理解他们出现的方式，也弄不清荒郊野外的，他们究竟在干什么。不过那二位都是尊贵人儿，就算干点子出格的事，也没人敢说什么。

皇帝搋了她两下，没能把她拽下来，穿着行服就是好，两条腿多自由，可以紧紧圈住他的腰。大庭广众又现眼了，他已经逐渐适应了这种状况，面子丢了，威严不能丢，便道："没什么，纯妃看见蛇，吓坏了。"

众人压抑的好奇心终于得到了告慰，便有些意兴阑珊。太后什么也没说，搋了搋云嬷嬷，转身离开了，走了老远才嗟叹："现在的年轻人啊……"

那厢火把都散了，重又是一个月华皎皎的清明世界。

颐行因为不好意思见人，选择将这个姿势保持到最后，皇帝只得无可奈何地，托住了她的尊臀。

"人呢？"她悄声问。

皇帝说走了，柔软的触感和沉甸甸的分量落在他掌心，他对着空空的山谷笑起来。

"蛇呢？"她又问，扭头朝地上看，鬓边的垂发擦过他的脸颊，痒痒的。

皇帝说："朕也不知道，才刚还在，可能人一多，把它吓跑了吧。"

颐行松了口气，嘟嘟囔囔道："我就说嘛，黑灯瞎火别上外头瞎跑，瞧瞧，遇见蛇了吧！"

皇帝负载着这温柔的重量，却并不后悔这次扯谎。老姑奶奶这么不解风情的人，头一回主动投怀送抱，不管是出于什么原因，反正她现在正赖在他身上，如此贴近的接触，让他的身心都感受到了无比的舒爽。

颐行扭动了一下："我要下来。"

皇帝承托着她，听她这么说，只好慢慢放下她。

她顺着他身体的曲线滑落，如今是盛夏季节，穿得薄了些，滑落的过程难免碰到磕绊……待站定了，朝他腰下看了眼，奇怪，明明什么都没有。

皇帝不解："你在看什么？"

颐行说没什么："看看您腰上有没有挂荷包。"

皇帝越发迟疑了："荷包？"自己低头看看，正巧一阵风吹来，衣下的"荷包"倒显了形状。

他忙转过身去，结结巴巴道："朕的用度都是内务府预备的，你……你给朕做一套葫芦活计吧，看在朕送你那么些首饰的分儿上，你也应当回礼，才是做人的道理。"

颐行倒也大方，拍胸说："我做衣裳不行，做荷包很在行。您等着，等我做完了送您。"当然这邻水的潮湿地方不敢再站了，挪动两步说，"夜也深了，咱们回去吧！才刚我那嗓子惊动太后了，恐怕明儿还要找我训话呢。"越说越担心，不禁垮下了双肩。

皇帝却说不会："太后是天底下第一开明人，至多叮嘱你，不会敲打你的。万一她不喜欢了，说你两句，你就推到朕身上吧，就说是朕捉弄你，一切和你不相干。"

颐行听了发笑："把罪过推到您身上，太后一听，那还得了！这个挂落儿还是我自己吃吧，反正我皮糙肉厚，不怕挨数落。"

皇帝想了想，说也成，走到边上时问了句："你今晚要不要侍寝？"

颐行古怪地打量他一眼："您天天骑着马到处乱窜，您不累吗？我要是再侍寝，太后该担心您的身子了，叫人说起来也不好听呀。"

所以还是得作罢，皇帝微有些失望，却也不得不点头，说："走吧，朕送你回你的住处。"

可她却说不必，因为含珍和银朱候在帐前，看见她的身影，早已快步迎过来了。

她回身冲皇帝蹲了个安："您甭送我了，快回去吧。"

含珍和银朱上前来行了礼，搀着老姑奶奶往回走，皇帝便站在那里目送她，直到她进了牛皮帐，方转回身来。

月光如练，照得满世界清辉，皇帝茫然踱步，负着手喃喃："朕瞧纯妃，越瞧越喜欢……君王溺情，不是什么好事，其实朕也知道，就是管不住自己，像个少年人似的，常会做出一些不得体，不合乎身份的事来。"

怀恩是绝对体人意儿的，哈着腰道："万岁爷正是春秋鼎盛的时候，人一辈子能纵情几回呢，遇见喜欢的人，不是一场风花雪月的造化吗？纯妃娘娘如今是您后宫的人，您爱重她原是应当，不像早前皇后娘娘在时，老姑奶奶没法子进宫应选，如今一切顺风顺水，就连太后老佛爷也乐于成全您二位，这是多好的事儿啊。"

皇帝听罢，长出了一口气，向着顶天立地的行在走去，边走边一笑："当初她封妃时，内阁不是有人向朕谏言，说尚家获罪，才两年光景就破格提拔尚氏女为妃，是在向臣工们昭示，触犯律法并无大碍，只要家里姑奶奶争气，一样有东山再起的机会。"

怀恩有些心惊："真有这样的浑人，来触主子逆鳞？"

皇帝说有："这叫良臣直言，就如早年的言官一样，越叫皇帝不自在，他们就越有功勋。可惜朕不吃他们那一套，朕偏要册封她，让她痛痛快快晋位，今儿当朕的纯妃，明儿就是朕的纯皇贵妃，朕的皇后……"他慷慨激昂说了一通，忽然又低落下来，"朕可能是疯了，先后册封姑侄两个当皇后，大英开国以来还没有过，将来会被后世耻笑吧！"

怀恩说哪能呢："万岁爷您多虑了，头前成宗皇帝那会儿，还有姑侄俩一块儿入宫，一个当皇后，一个当贵妃的呢。只是后来定宗爷改了规矩，那也是因为一家子在宫里反目成仇，弄得水火不容，伤了人伦亲情。如今前皇后被废两年有余，老姑奶奶进宫并未违反定宗的遗训，主子爷有什么可让后世指摘的。"

皇帝忖了忖，说也是："后世皇帝还是朕的子孙，朕有何惧哉！"这么一想心下顿时敞亮了，大步流星迈入了行在。

夜也深了，天幕高远，繁星如织。兵士驻扎生起的篝火渐次熄灭下来，山林间夜风萧萧，沟渠间虫蜚鸣叫。人定了，几匹顶马不时刨刨蹄子，打个响鼻。山坳间营帐连绵延伸出老远，这也许是沉寂的将军关，最热闹的一夜了吧！

次日天微微亮，随扈的厨子们是头一批醒来的人。颐行躺在帐中，听外头刀切砧板的动静，笃笃地，仿佛就在耳畔。还有就地掏挖出来的土灶里燃烧的柴火，蒸腾出一蓬蓬的烟火气，使劲嗅一嗅，那种气味是活着的阳世的味道。

她撑身坐了起来，这时含珍从帐外进来，含笑道："主儿醒了？快起来洗漱洗漱，太后打发笠意姑姑来传话，说请主儿过去用早膳来着。"

颐行哦了声，这可是大事，从紫禁城出发到今儿，在太后跟前请安的机会不多，更别提赏早膳了。以前她也有些惧怕太后，毕竟听说太后对前皇后诸多不满，自己也怕捅那灰窝子，回头自讨没趣。可如今看来，太后倒是个好相处的人，对后辈也有慈爱之心。自己依附在她座下，至今没有受过什么委屈，因此听含珍一说，便忙蹦下床，由银朱伺候着擦牙洗脸，绾了头发，照着皇帝的示下，在髻子上插了一支累丝嵌宝的发簪，换上了一身丁香仙鹤纹的氅衣，就往皇太后行在去了。

进门见皇帝已经到了，端坐在膳桌旁，一脸矜持的模样。颐行上前给太后请了安，又向皇帝行礼。

太后才盥了手，擦着手巾笑道："外头不像宫里，随意些的好。坐吧，我只叫了你和皇帝，咱们娘三个一同用个早膳，我也有话要对你们说道说道。"

这下子颐行心悬起来了，想必就是因为昨晚上的事，惹得太后不高兴了。

暗暗瞧了皇帝一眼，帐门上垂帘打起来半边，蔓延进的天光薄薄洒在他一面肩头，那团龙昂首奋鳞，他却渊默深稳，从容一如往常。

有他在，颐行的心忽然又落了下来，一面应是，一面体贴地从云嬷嬷手里接过太后的手，小心翼翼伺候她落座。

外头侍膳太监不断将盖碗呈上来，就算行军在外，膳桌上的饮食也不能从简。燕窝粥、各色饽饽点心摆放了满桌，太后笑着说："这是皇帝继位后，头一回陪我用早膳呢。来，都是你爱吃的，快吃呀。"复又招呼颐行，"纯妃也吃，这么些好东西，可别糟蹋了。"

皇帝为人子，自然要亲自服侍母亲用膳，站起身取了碧玉箸来呈给太后，一面道："是儿子疏忽了，这些年一直忙于朝政，欠缺了在额涅跟前尽孝的机会，儿子有愧。额涅放心，往后儿子一定多陪额涅用膳，或是儿子尽不着心的地方，让纯妃多替儿子伺候额涅。"

颐行道是，牵着袖子为太后布膳夹点心："奴才日日闲着呢，往后太后要是想招人解闷子了，打发人给奴才示下，奴才一准儿立刻上您跟前来。"

她是灵动的姑娘，不似后宫多年的嫔妃，一个个死气沉沉的。太后瞧着佳儿佳妇在左右服侍，虽说自己才四十出头，却也似乎受用了儿孙绕膝的快乐。

"你们不必忙，坐下吧。"太后笑着说，"你们有这份心，我就高兴了，只是今儿请你们来，是有话要叮嘱皇帝。你是一国之君，千万要自省，随行的臣子扈从们，那么多双眼睛盯着，虽是小两口要好，也要背着点儿人。纯妃年纪小，忖你凛凛天威，没有不听你的，你要是瞎胡闹，叫自己失了颜面不算，也带累纯妃的名声。如今世道，爷们儿刁钻，挨骂的是女人，你需懂得这个道理。倘或自己身子正了，外头人无从说起，提及纯妃也道不出错处来，这样岂不好？"

颐行没想到，太后传他们来，竟然说了这番话。

原本她以为自己少不得要碰几个软钉子，毕竟就如太后说的，男人做了错事，女人顶缸挨骂，尤其这男人还是皇帝。可太后没怪她，由头至尾都教训皇帝，对面的人被数落得低下头，讪讪说是："儿子谨记额涅教诲。"颐行瞧着却鼻子发酸，没想到这天家，倒比市井人家更公正。

让皇帝一个人背锅，终究不磊落，她吸了口气道："太后，昨儿那桩事不怪万岁爷，是奴才没个体统……"

皇帝说不是："是儿子哄骗纯妃说有蛇，才把她吓得蹿起来的。"

互相推诿的常见，互相揽责的倒不多。太后一瞧，心道好嘛，再追问可要伤和气了，恰巧侍膳的送羊奶进来，便含笑招呼："话说过便罢，那些且不提了，趁着热乎的，把羊奶先喝了吧。"

宫里常年有喝奶子的习惯，即便长途跋涉，寿膳房也不忘带上两头羊。可颐行打小儿并不爱喝那个，就算小时候一头黄毛，她额涅捏着她的鼻子灌，她也会一股脑儿吐出来。

如今可怎么办呢，太后跟前，不喝是不识抬举，或许人长大些，已经能够适应那种口味了也不一定啊。

于是硬着头皮端起来，那么漂亮的羊脂白玉盏装着，上头还漂着杏仁粒呢。宫里头御厨手段高超，倘或做得顺口，喝下去应当也没什么要紧。

横了一条心，颐行低下头，将盏沿贴在唇上。然而还没喝，一股膻味扑面而来，她顿时头昏眼花，胃里翻江倒海，幸好今儿还没进东西，这一嗓子吊起来，吊得眼泛泪花，忙搁下玉盏，拿手绢捂住了嘴。

太后和皇帝都吓了一跳，皇帝问："怎么了？身上不好？"

太后琢磨的却是其他，直向皇帝摆手："快快快，你不是会诊脉吗，瞧瞧她这是怎么了。"

有些话不便说出口，太后心想你们以前还玩儿太医和嫔妃那一套，瞒着众人早翻了牌子也不是不可能。算算时候，尚颐行进宫都半年了，这会儿要是有了好信儿，那可真是意外之喜。

太后两眼晶亮，兴冲冲望着皇帝，皇帝要伸手过去，颐行讪笑着婉拒了："奴才没病，就是喝不惯羊奶，在太后和主子面前现眼了。"

太后听了有些失望，但仍旧不死心，非要皇帝替她诊脉不可。颐行只得把腕子搁在膳桌上，让皇帝望闻问切都来了一遍，最后皇帝向太后回禀："纯妃一切如常，并未遇喜，额涅就安心吧。"

这么一来太后和颐行都很尴尬，所幸太后机敏，笑道："我哪里是叫你瞧这个，大暑天里，万一要是受了暑气，问过了脉也好及时调理。"

至于吃不惯的羊奶，当然立时撤了下去，皇帝蹙眉冲颐行道："各人都有忌口的东西，不爱吃的别硬吃，回太后一声，总不至于逼你。"

颐行道是，红着脸说："我是个没造化的，原不想扫了太后的兴，您赏我脸，我再推诿，多不识抬举。"

太后叹了口气："我常说你聪明，原来也犯傻，不爱吃的东西混吃，吃进了肚子里多难受。好在你主子是半个太医，要不这会子还得宣人请脉呢。"

这一箭双雕，是太后偶尔的调侃俏皮。

后来早膳用得还算愉快，颐行走出太后的大帐时，周围已经开始预备开拔了。

和妃和谨贵人碰巧四处溜达，见了她，便有些拈酸地说："如今纯妃妹妹可是大英后宫的红人喽，不只皇上宠信，连太后都格外器重。"

颐行站住脚，笑了笑："那下回太后赏膳，我向太后举荐您吧，人多吃饭才热闹呢。"

这下子和妃脸上没了笑模样："倒也不必，自己觍脸靠上去的不香，还是谢谢您的好意了。"

颐行不爱和她沾缠，复一笑，转身走开了。

和妃看着她的背影直咬牙："小人得志，如今可好，都爬到我头顶上来了。"

谨贵人有些怅然，长吁了口气道："后来者居上，自古宫里头成败不看资历，只瞧谁能笼络君心。娘娘和我，都不是惯会撒娇邀宠的人，人家昨儿夜里那出，换了您，您做得出来吗？既是技不如人，索性认命得了，咱们比上不足比下有余，虽是不能和纯妃较高下，比之留宫的那几位，可算体面多了。"

和妃起先也气愤，后来听谨贵人这么说，心头的火气一霎倒也消了。

她说得对，比不了纯妃，还比不了贵妃她们吗？本以为那三妃复了位，大抵还和以前一样，没想到这回连热河避暑都没她们的份儿，将来在宫里也抬不起头来了。

要说和爷们儿兜搭，自己是真没那手段，后宫的女人，哪个见了皇上不存敬畏？像纯妃那么挂在他身上，就算借几个胆儿，自己也不敢尝试。早前在万寿宴上，倒也曾暗中和她过不去，总算交过手，没得便宜，也没损失什么。如今有了贵妃她们的前车之鉴，越发要谨慎些，毕竟一个正红的人，还是不招惹为妙，等将来她过了气，自有撒气的机会。

横竖车队重又整顿起来，沿着山林里的路向承德进发。一切的爱恨情仇，在这火辣辣的天气里，都显得不那么重要了。

大家闷在车辇上，纵使打起帘缦，也还是觉得热。好在中途下了一场雨，好大的雨点子，浇得黄土道上泥星飞溅。苍黑的天边闪电撕裂天幕，像蛋壳上敲出了裂纹，那古怪的走势，谁也摸不清老天爷的路数。

后来行行复行行，第十天傍晚的时候，才终于到达承德。

迎接的官员们早就预先跪在道旁了，老百姓山呼万岁，皇上下定决心的不扰民，终于还是在当地官员的积极组织下破了功。

长途跋涉，大家都很疲惫，皇帝却要打起龙辇的门帘，像个佛像一样穿着厚重的衮服端坐在里头，接受黎民的朝贺。

"看看，热河的百姓多热情！"颐行挑起窗上一角朝外观望，"顶着大日头见皇上，就像咱们小时候赶庙会似的。"

小地方的老百姓得见天颜的机会很少，虽说天子头上戴着双层红缨结顶的凉帽，帽檐把脸挡去了一大半，却也没让他们的热情有任何削减。

乱哄哄，人声震天，车队走过了最繁华的路段，直到进入避暑山庄正门，才将那份热烈远远甩在身后。

大伙儿终于能下车了，脚踏实地的感觉可真不错，颐行的脚尖在地皮上搓了搓，环顾四周的景儿，山峦中的避暑胜地，果真凉爽宜人，像走进了一个新世界。朝北眺望，不知自己的住处被安排在哪里，最好能依水而居，就是盛夏时节最惬意的馈赠了。

这厢正琢磨，前头怀恩压着凉帽疾步过来，到了面前一打千儿，压声说："纯妃娘娘，主子爷圣躬违和，召您去一趟。"

颐行怔了下，心道这可好，看着那么结实的万岁爷，受不住承德百姓的热情，中暑了。

这是个千载难逢的表忠心的好机会，千万不能错过，于是颐行表现出了空前的积极性，说："那还等什么，快着，领我过去吧！"

皇帝的住处，在这避暑山庄最中心的位置，四面碧水环绕，有个好听的名字，叫如意洲。

颐行随着怀恩从长堤上过去，进了最前头的无暑清凉，皇帝就在后面的延薰山馆。果真是天子驻跸的宝地啊，不似宫里雕梁画栋，这里的建筑更为古拙，处处能见参天的大树，和岑蔚的花草。

颐行这一路走来，美景倒是看了不老少，当然不能忽略皇帝的病情，便问怀恩："传过随行的太医没有？太医怎么说呀？"

怀恩一面引她进正殿，一面道："太医见主子爷发热心烦，且有苔少脉虚的症状，说是得了暑伤津气之症，请主子爷务必清暑泄热，开了老长的方子，已经命人熬制起来了。"

颐行哦了声，提着袍角进了西边的凉阁里，进门就见皇帝仰在一张罗汉榻上，肚子上搭着清凉毯，一手搁在额头，果真脸色不大好，白里泛着青。她原以为怀恩有意骗她来，故意把症候说得重些，没想到果真抱恙了，心里顿时忐忑起来。

赶紧上前叫了声万岁爷："您怎么了呀？难受得厉害吗？"

皇帝听见她的声音，两眼微微睁开了一道缝，哀声说："朕病了。"

颐行点了点头："奴才知道您受累，这一路上胡天胡地打猎，野味儿都快把我吃吐了。"

皇帝白了她一眼："和打猎有什么相干？是热河百姓盛情难却，朕不能避而不见！可巧冰又用完了，外头一阵阵热浪扑面而来，朕险些热死在车辇里头。"

他带着委屈的声口，字字句句都在控诉做皇帝有多不容易。

是啊，大热的天，百姓能穿个汗褡儿，摇个蒲扇，皇帝却只能里三层外三层地穿紧他的龙袍，一点不能松懈。不过生了病的人，难免有点小脾气，听他喋喋不休的抱怨，颐行就知道，万岁爷矫情的毛病又要犯了。

她只能顺着他的意，边给他摇扇边宽解他："老百姓为嚼谷奔忙的时候，您在吃山珍海味；老百姓解暑嚼冰的时候，您顶着大日头受人参拜，各有各的难处嘛。一味享受的不是明君，咱们大英立世几百年，每一朝的皇上都是夙兴夜寐，殚精竭虑。您今儿受的苦，老祖宗能瞧见，他们八成聚在一块儿，正夸您好呢。"

皇帝迟疑地看了她一眼："你这么说怪瘆人的，朕身上不好，你可别吓唬朕。"

颐行忙笑了笑，说不能："我在这儿陪着您，您就安安心心的吧！"言罢回头瞧了门上一眼，怀恩正在外头忙着，便扬声问，"那个解暑的药，熬得了没有？"

怀恩远远哈哈腰，说快了："奴才正催着呢，要紧是才到行宫，有几味药欠缺，是打发了人出去现买的，因此耽搁了点儿时候。"

这么着也没辙，只好先用土法子。御前侍奉的小太监端了清水来，颐行便摘了护甲打手巾把子，控干了水给他递过去。

可这人自觉有了撒娇的底气，越发蹬鼻子上脸起来，并不接她的手巾把子，只是拿眼睛一乜，示意她伺候。

瞧在他正病着的分儿，颐行只好弯腰细细给他擦拭。皇帝的肉皮儿那么细嫩，沾了水，越发像才出锅的虾饺似的，透出如缎如帛的色泽来。就是眼下苍白了些，可怜见儿的，一副好欺负的柔弱相。

颐行替他仔细擦了面颊耳朵，见他领口扣得紧紧的，便道："万岁爷，把您的纽子解了吧，脖子也散散热气儿，才好得快呢。"

皇帝嗯了声，闭着眼睛，抬高了下巴。

这可真是当爷的人啊，干什么都得别人替他动手。颐行不得已，捏住了他颌下的寿字镏金纽子，一颗颗给他解开，罩衣外头还有里衣，待把交领敞开，就看见皇帝清爽的脖颈，没有寻常男人的浊气，那线条带着斯文，又白又纤长。颐行不由得感叹，这要是个女人，进了宫一定是班婕妤那样清秀又富有才情的佳人啊，倘或自己是皇帝，非被他迷得神魂颠倒不可。

她咽了口唾沫，虽然自己也不知道为什么要咽唾沫，反正看着他玲珑的喉结，很有叼一叼的冲动。

他大概是察觉了，从一开始的老神在在变得警惕，最后掩住了自己的胸道："别想趁朕病中，做出什么犯上的事来。"

颐行闻言嗤了一声："您见天儿老想那些不该想的东西，难怪别人不中暑，就您中了暑气。"

皇帝被她回敬得气恼，拔高了嗓门道："你别打量朕好性儿……"

帝王一怒流血五步，颐行忙安慰他："别上火，越上火症候越重。"说着重新打了手巾，卷成卷儿替他擦脖子，哄孩子似的说，"万岁爷，您这会儿舒坦点儿没有？回头吃了药好好歇下，中暑不是什么大不了的事儿，只要凉快着，病症一会儿就散了，啊？"

皇帝颓然偏过头，闭上了眼睛。

颐行也不管他，拿扇子悠闲地摇着。夕照落到了东边的房顶上，慢慢下移，又落到了墙根儿上，一点点渗透，一点点又淡下去。她倚在榻头，不时拿手试一试他额上的温度，先前烫手，这会儿渐次平和下来，她知道他受用些了，也就放心了。

不多时怀恩搬着托盘进来，银碗里盛着黢黑的汤药，送到罗汉榻前。

颐行唤万岁爷，请他起来吃药，他不情不愿撑起身，接过药碗。结果才喝一口，立刻皱着眉推了八丈远，厌弃地问："这是什么方子，怎么这么苦？"

怀恩哈着腰道："回万岁爷，丁太医开的是清暑益气汤。"

皇帝懂医术，关于这个方子里有些什么料，心里自然明白，寒声道："有黄连，朕不吃，撤下去吧。"

颐行顿时惊诧："万岁爷，您还讳疾忌医哪？"

皇帝没好气地瞥了她一眼："明明有别的汤剂能替代，为什么要用这么苦的药？"

这就是蒙骗不了内行的难处，那些太医也怪不容易的，闹得不好还要因此被怪罪。颐行只好打圆场，说良药苦口，一面从桌上果盒里拈了一颗蜜饯海棠来，在他眼前晃了晃："赶紧喝了，喝完含上蜜饯，就不苦了。"

那糖渍的小果子，在灯下发出诱人的光，皇帝没有再推脱，端起药碗一口饮尽，在老姑奶奶喂他吃蜜饯的时候，顺便含了一下她的爪尖。

她红了脸："您又来……"

皇帝面无表情："今儿还用得着给朕送金锞子吗？"

多希望她说不必再送了，她不知道，他每天看着面前逐渐增多的金疙瘩，心情有多复杂。

可惜老姑奶奶说："钱袋子在含珍那里，我先回去，过会儿打发人给您送来。"

皇帝叹了口气，希望再次落空，天也忽然黑了。

怅然若失，他垂下眼睫说："你回去吧，朕已经大安了。"

颐行道是，但走了两步又顿住了脚，回身问："万岁爷，您一个人寂寞不寂寞？奴才再陪您说会儿话，好吗？"

事出反常必有妖，皇帝戒备地看了她一眼："你又要说什么？"

她重新坐回他榻前，端庄地抿唇而笑，顿了顿问："万岁爷，这儿离外八庙远不远啊？"

他就知道，一到承德，她必定满脑子都是这件事，便漠然道："外八庙是八座寺院的统称，在避暑山庄东北方。远倒是不远，只是嫔妃无故不得外出，行宫里的规矩和紫禁城没什么两样，你别以为离开了京城，就可以为所欲为。"

颐行说不敢："奴才知道规矩，这不是问您来着吗，等您哪天得了闲，带我出去逛逛，成吗？"

皇帝没言声，看上去其实并不愿意。

颐行当然明白，废后对于帝王来说是件自损八百的事，不到万不得已，是绝不会走这条路的。其实她一直想不明白，这样一位守成的皇帝，怎么会去做历代帝王都不会做的事。当初大英开国，太祖皇帝的元后犯了谋逆的大罪，最后也是幽禁至死，并未真正褫夺封号。如今国丈不过贪墨，他就痛下狠心废后，想必里头还有不为人知的内情吧！

扭身瞧瞧，御前的人都在外面候令，要说心里话正是时候，便又往前靠了靠，轻声说："万岁爷，这儿没外人，咱们吐露一下内心，可好不好？"

这是黄鼠狼给鸡拜年了，皇帝往后缩了缩："你又在打什么算盘？"

她两手压在榻沿上，两眼发着玄异的光，窃窃道："您废后的真正原因，能告诉我吗？"

皇帝蹙眉看了她半天，从气愤到不满，又到缴械投降，态度在他脸上出现了鲜明的转变，最后勾了勾手指："附耳过来。"

颐行顿时精神振奋，伸长脖子把耳朵凑到他唇边："您说吧，我一定不外传。"

结果他煞有介事地告诉她："一切都是因为你。你那侄女在位，朕就不能册封你，只有她让了贤，你才能留在朕身边。"

颐行愕然，觉得他简直恬不知耻，便撇开身子嫌弃地撇了撇嘴："我和您说正事呢，您能不能正经点儿？"

皇帝靠着竹篾的靠垫，无声地笑起来："你想从朕这儿探听虚实？朕的嘴严着呢，不会轻易告诉你的。"

她一定觉得他又在糊弄她，其实不尽然，前皇后被废，她顺理成章进了宫，这些都是事实。只是她一心想探究更深的玄机，反而忽略了浅表的东西，也许等将来她知道了一切，才会恍然大悟吧。

颐行则有些灰心，果然帝王家的秘密，没那么轻易打探出来。他不肯说，那也没办法，她眼下的目标很明确，也不兜圈子了，直截了当地告诉他："既然来了承德，我想见见我们家知愿，她在哪座寺院修行，您能不能带我过去？"

皇帝没有应她，闲闲调开了视线。

她伸出一根手指，捅了捅他："您不理我，我可要在太后身上打主意了。"

皇帝说："朕不知道，知道也不告诉你。太后那头不许去问，别惹得太后生气，对你自己没益处。"

她生气了，河豚一样鼓起了腮帮子，霍地站起身蹲了一安："奴才告退。"说完转身就朝外去了。

本以为皇帝会出言挽留她的，结果并没有，身后静悄悄的，只有檐下灯笼摇曳，发出吱扭的轻响。

好在含珍一直在院子里等着她，见她出门便迎上前，细声说："住处都安排妥当了，太后老佛爷住月色江声，主儿们随万岁爷而居，全在如意洲附近。咱们分派在东边'一片云'，奴才过去瞧过了，好雅致的小院儿，独门独户的，离万岁爷也近，从跨院穿过去就到了。"

颐行随口应了声，还在为没有撬开皇帝的嘴感到沮丧。

含珍仔细分辨她的神色，问："主儿这是怎么了？瞧着怎么不高兴？"

颐行懒散迈动着步子，有些气闷地说："我想去瞧瞧前皇后，皇上不答应。我想着，要是没上承德来也就罢了，既然来了，好歹要去见一见。知愿这是被废了，不是出宫上这儿过好日子来了，怎么能叫我不悬心。可皇上不懂我，我这不光是为自己，也是为我们家老太太。当初城根儿的府邸被抄了，哥哥被罚到乌苏里江，老太太都没那么伤心，只说自己造的孽，自己该承担。可就是知愿被废，老太太哭得什么似的，心疼孩子受了牵连，一辈子就这么毁了。"

含珍搀着她慢慢过跨院，听她这么说，也跟着叹息："毕竟是一家子，那么亲近的人出了变故，操心是应当的。不过主子也别急在一时，前脚才到行宫，万岁爷还违和着，您就向他打听前头皇后的事儿，他自然不受用。且再等两天，等一应都安顿妥当了，您再和万岁爷商议。今儿不成有明儿，明儿不成还有后儿，横竖要在热河逗留两三个月，就算最后万岁爷不松口，咱们凭自己打听，也能打听着先头娘娘的下落。"

颐行听她这么说，转过弯来："是我太急进了，打铁爱趁热，倒弄得皇上不高兴。你说得对，御前打听不着，还能自己想法子。到底她是前皇后，这么大的人物给送到外八庙来，不可能瞒着所有人，明儿让荣葆出去查访查访，总会有消息的。"

第十八章·
慰 心 一 梦

　　毕竟路上连着走了十天，所有人都累坏了，当晚连进吃的都是潦潦打发。颐行没闲心观赏这"一片云"的景致了，吃过晚膳便紧闭门窗，一觉睡到了大天亮。

　　出门在外，规矩虽要守，却也并不像宫里那么严苛。皇上乏累了，皇太后也乏累，请安便推迟了一个时辰，将到巳时才过太后居住的月色江声。

　　皇太后见了颐行，头一件事就问昨儿夜里睡得好不好。颐行神清气爽，笑着说："很好，谢太后垂询。这园子不愧是避暑胜地，山里头过夏，真是暑气全消……"

　　然而说着，却发现太后面色有些萎靡，忙殷切地问："您呢？奴才怎么瞧着没歇好似的？"

　　太后摇了摇头："想是换了地方，睡不惯吧，昨儿后半夜不知怎么的，老听见有人哭……"说罢闭上眼，抚了抚额道，"是这程子赶路太累了，人也糊涂起来。这话我只和你说，别同旁人提起，倒弄得众人神神道道的，不好。"

　　颐行说是，忖了忖道："行宫里长久没人居住，且山野间风大，吹过檐角瓦楞，动静像狐哨，让您听成哭声了。您住在这里，清净虽清净，就是离万岁爷远了点儿。奴才斗胆谏言，何不住到乐寿堂去，地方开阔，人多也热闹，您瞧呢？"

　　太后转过头，打量这庭院内外，眼神里透出无限的眷恋来："早年间我随先帝爷来承德避暑，那会儿还是个小小的贵人，没有资格随居左右，就被安排在了月色江声。有时候缘分这东西，真叫人说不准，先帝曾翻过我的牌子，可是连我长得什么模样都没记住，后来机缘巧合下相遇，才对我'二见钟情'……"

太后追忆往昔，说起和先帝的感情来，脸上还残存着少女的羞赧。

颐行最爱听这个，像自己家里额涅和阿玛的过往，她也打听得清清楚楚。老辈儿里的情，总有种陈年深浓的味道，历时越久，越是醇厚。谁没有年轻过啊，那种心事藏在记忆里，故去的人虽然走远了，但偶尔想起，仍旧有震动心魄的力量。

她仰着脸说："那多好，横竖已经是一家子了，没有那些艰难险阻。"

太后说是啊，"我也没想到自己有这样的福气，原以为进了宫，就这么糊里糊涂过一辈子呢。"见颐行坐在小杌子上，偎在她身旁，那模样像嫁到外埠去的固伦昭庄公主。太后含笑将了捋她的鬓发，复又娓娓道，"人在世上，总能遇见那么一个实心待你的人，也许这人是贩夫走卒，也许这人是天潢贵胄，端看你的运气。咱们宇文家的爷们儿有一桩好处，最是长情，这样的心境对后宫的其他女人来说，未尝不是一种残酷。可怎么办呢，先帝爷说过，我只有一颗心，不能分成八瓣，一辈子只能对一个人好，这话我爱听。后来先帝爷干脆不住意洲了，夜里自己夹着一条小被子，来敲我的门，我永远记得他站在我门外的样子，蓬头鬼似的，一只裤管卷着，一只裤管放着，别提多逗趣……"

话到最后，以一个悠长的叹息作为结尾，这一叹里有太多逝去的幸福，听得颐行两眼迸出泪花儿来。

"先帝爷晏驾有五年了。"颐行偎在太后膝头说，"这五年您多难呀。"

"我和先帝缘浅，只做了十八年夫妻，他才走那会儿我就想着，留我一个人干什么呀，我也死了得了。可再想想，舍不得你主子和昭庄公主，那会儿昭庄公主才十一，你主子又刚即位，众兄弟中数他最年轻，我担心那些异母的哥子欺负他，总得瞧他坐稳了江山，才不辜负先帝临终的重托。然后就这么好死不如赖活着，一直到今儿。如今是享尽了荣华富贵，儿子也争气，我就这么糊涂过着日子，只是不能细想过往，想起来就伤心。"

边上云嬷嬷绞了帕子来给太后擦脸，温声说："您瞧您，又伤怀了不是！早前说来承德避暑，奴才就担心您触景生情。"

太后听了，重又整顿起了笑脸，对颐行道："年纪大了，不定什么时候就哭哭啼啼的，不过如今瞧着你们，我心里也略感安慰。皇帝遇见你后心境开阔了些，笑脸也多了，你要好好珍惜他，千万别叫他伤心。"

这头才说罢，那头皇帝就打宫门上进来了。颐行扭头看向他，年轻的帝王，带着一身秀色和清气。不知怎么的，忽然像头回相见似的，今儿打量他，和以往不大一样。

"额涅昨儿夜里歇得好不好？才刚到承德，就接了京里送来的奏报，儿子不得闲来瞧额涅，还望额涅见谅。"

皇太后说一切都好，向他伸出手，邀他坐到身边来，问："皇帝早膳用过没有？进得香不香呀？"

宫里一向四季平安，最关心的，无非就是吃和睡了。皇帝中暑没同太后回禀，太后晚间听见夜哭，也隐瞒了皇帝，母子间都是尽力不让对方操心，这大概就是天家惯常的温存吧。

皇帝抿唇笑了笑，不吆五喝六的时候，很有一副读书人的悠然气韵，温声道："儿子用过了来的，进得也香，请额涅放心。"一头说，一头看向颐行，"朕先前进来的时候，见纯妃正和额涅说得高兴，究竟在聊什么，怎么朕一来，就停下了？"

颐行向他蹲了个安道："太后正和奴才说起以前的事儿呢。"

太后含笑点了点头："说起你阿玛啦，还有早前我当贵人时候的事儿……那么些回忆封存在心里，到了这行宫，就一股脑儿全涌出来了。"

皇帝听后也是莞尔，抚膝道："朕记得，是阿玛对您一见钟情，也是在承德，您怀了儿子。"

太后有些脸红，叹了声道："承德是个好地方，气候适宜，山水丰沛。正因为在承德怀的你，我也盼着你们俩能有好信儿。咱们不是打算十月里再回北京吗，三个月呢，要是有信儿，也能瞧出来了。"

这下子颐行就很尴尬了，一个还没长大的小丫头片子，上哪儿给太后怀皇孙去啊。

还是皇帝比较老练，熟门熟路打起了太极，只道："儿子也有这个想头儿，倘或能遇喜是最好，咱们大英后宫已经好久没有喜事了，社稷也盼着再添几位皇子。不过……纯妃年纪尚小，这会子要是有孕，怕对她身子不好。"

这两句话，说出了老姑奶奶满心的感激。虽说他在她面前整天孩子长孩子短，充分体现了对生孩子这项"事业"的渴望，但在应对太后的时候，也表现出了男人的体贴和担当。

然而他口中的尚小，太后并不认同："十六岁，不小啦。像珍、豫两位太妃，都是十四五岁生你哥子们，如今还不是一个赛一个的身子健朗？"

皇帝没好说，那是太妃们成人早，哪像跟前这位，直眉瞪眼挺高的个头，就是赖着不愿意长大，有什么办法！这事还不能和太后说，说了该轮到太后着急了，都升到妃位上头了，还是个孩子，这叫人怎么处呢。

皇帝只得勉强应付："这种事儿，急也急不得，想是父子的缘分还没到，且再等等吧。"

太后只好点头，想了想又冲皇帝道："你不是会诊脉吗，替她好好瞧瞧，该滋补的滋补起来，把身子养得壮壮的，往后不愁没有皇子皇女。"

皇帝诺诺应是："儿子正瞧呢，不过她身强体壮，像个牛犊子……"发现一不小心把心里话说出来了，忙顿住口，清了清嗓子道，"横竖她一向在儿子身边，儿子会时时看顾她的，额涅就不必操心了。"

这头话才说完，外面嫔妃们都结伴进来了。这是入行宫的头一个整日子，本就是来游山玩水的，太后便下令在烟雨楼设了宴，有民间的梆子和升平署早就预备好的曲目。就着青山绿水，听着悠扬的小调，远处开阔的水面上，还有太监们假扮的渔夫，一个个摇着小舟，穿着蓑衣赶着鸬鹚，一瞬让人有身处江南水乡的错觉。

帝王家设宴，不像寻常家子般一张满月桌，阖家都围坐在一块儿。宫里也好，行宫也罢，讲究一人一张膳桌，皇帝和太后在上首，两掖照着品级依次安排，就算再得宠的，都得老老实实在自己的膳桌前坐着。

颐行心不在焉，也不瞧戏，看着远处的水面直走神。皇帝瞥了她好几眼，她都没有察觉，最后还是银朱轻轻叫了声主子，才把她的魂儿给喊回来。

"怎么？"她扭头问。

银朱垂着眼睫，压声道："您走神儿啦，万岁爷老瞧您呢。"

她哦了声，好在隔了好几步，他没法儿挤对她，有时候保持点距离就是好啊。她捏起桌上酒杯朝他敬了敬，他显然是不高兴了，没搭理她，倨傲地调开了视线。颐行讨了个没趣也不恼，自己优哉地抿了一小口，慢腾腾吃了一个玫瑰酥。

其实她不爱听戏，在江南时家里唱堂会，她最喜欢的环节就是往台上撒钱。一把把的铜子儿，全是用来打赏那些角儿的，你撒得越多，孙悟空翻筋斗就翻得越带劲。哪像宫里，咿咿呀呀都是文戏，她又听不懂他们在唱什么，坐久了不免要打瞌睡。

银朱看她悄悄打了个哈欠，有意调动她的兴趣，说："您瞧那花旦唱得多好，唱词儿也编得巧妙。"

颐行叹了口气："这唱的都是什么呀，咬着后槽牙，像跟谁较劲似的。与其在这儿听他们唱，还不如让我上湖里摘菱角呢。"说到高兴处，偏头对银朱道，"你没上江南去过吧？要是在秦淮河上游过船，就知道老皇爷为什么爱下江南了。早前我哥哥在金陵当织造，逢着有朝中同僚来办差，就在秦淮河上包画舫，设船宴。我还小的时候，他准我跟着出来玩儿，那两岸灯火，别提多好看。还有漂亮的姑娘，住在邻水的河房里，梳妆的时候开窗抖粉扑子，有风一吹，满河道都是胭脂香味，那才是人间富贵窝呢。"

银朱听她描述，又是向往又是遗憾："奴才没去过江南，咱们这等出身的人，家里阿玛兄弟做着小吏，哪有带上阖家游江南的闲情呀。都是落地就在营房待着，眼睛盯着脚尖那一亩三分地，哪知道外头的开阔。"

颐行也有些怅然："可惜我去得不多，只有一两回。长到八岁以后哥哥就不让我跟着了，到底那不是好地方，女孩子得避讳些。"

"为什么呀？"银朱纳罕，想了想道，"难不成像八大胡同似的，那些漂亮姑娘全是粉头儿？"

颐行点点头，做了个噤声的手势。聊那些上不得台面的东西犯忌讳，这是背着人，主仆两个私下里议论，要是被旁人听见，可就有失体统了。

她们俩交头接耳，频频相视一笑，边上的皇帝看着，白眼也抛了不只一回。

其实这靡靡之音他也不爱听，可架不住太后喜欢。大英后代的帝王，都是以仁孝治天下，自己的喜好并不重要，重要的是承欢父母膝下，一切以长辈的喜乐为主。

她们在聊什么？细乐吵闹得很，他听不见她的声音，只知道必定比戏台上精彩得多。

大概是瞧久了，她偶尔也会感受到他的怨念吧，所以不时朝他这里看一眼，视线一旦对上，她就举盏敬酒，熟练非常。

出于帝王的骄傲，不能见她一讨好，立刻就给予回应，那多没面子。于是他一脸肃穆，装出毫不在意的样子，后来晚膳结束之后，终于可以各自游园分散行动了，可是一眨眼的工夫，她就不见了。

他呆站在那里，体会到了一种被遗弃的失落感。往常一直是嫔妃们盼着他，如今风水轮流转了，果然人不能亏欠这世道太多，到了一定时候，总是要还的。

那厢走出了烟雨楼的颐行，终于能够松快地吸上一口气了。和太后及皇帝私下相处，倒不是多让她难受的事，唯独和三宫六院一起端着架子守着规矩，格外让她煎熬。她愿意带着银朱，两个人四处走走逛逛，天色将晚不晚，天顶上还有红霞漫步，不用提灯，也不用打伞，就在这青山绿水间游走，真是件惬意非常的事。

顺着一条水榭一直向东，也不知会通往哪里。这避暑山庄实在是大得很，大宫门进来后，宫阙集中在南片，往北是连绵起伏的山峦。

横竖到处是供人游玩的景儿，今天走过这里，明儿就换个地方。颐行向前看，水榭穿过一个巨大的月洞门，院墙上有各色漏窗，颇具江南园林的风骨。她越发来了兴致，携着银朱，一路往前查探。

等过了第一重院门，才发现是个套院，约莫一箭远的距离就是下一处小院，每个院子里都种着精美的花草，想必有人专门侍弄，开得分外繁茂喜人。

颐行到处走走看看，感慨着："要是能让咱们住到这儿来多好，这园子比'一片云'还要漂亮。"

银朱却道："虽说是行宫，到底建在山野间，平时只有留守的宫女太监看管。皇上机务忙，先帝爷那朝，只带着大臣和后宫来过四五回。这地方人气儿不够旺，像先前太后说的，半夜里听见有人哭，那多吓人，没准儿是山精野怪也说不定，您还想住到这儿来哪！"

颐行嗤笑了声："太后不让传出去，就是防着你这种人啊！天道煌煌，哪来那么多的妖精，要是有，叫她出来让我看看……"

可是话才说完，银朱就捅了捅她，示意她瞧远处。颐行望过去，见一个宫装的身影站在花圃前的台阶上，一个打扮寒素的女人背身正同她说着什么。说到激动处，扑通一声跪了下来，那身影哀告着，匍匐着，扭曲着，像有天大的冤情，乞求别人为她做主似的。

颐行这才看清，原来受人跪拜的是和妃。她垂眼看着面前的人，脸上神情凝重，犹豫了下，才让鹂儿把人搀扶起来，又略说了几句话，便匆匆转身离开了。

银朱觉得奇怪："和妃娘娘多早晚变得这么好相与了？那个人必定是不留神冲撞了她，这才吓得跪地求饶的。依着和妃娘娘的脾气，应当一脚把人踹翻才对，怎么这回这么轻易就放过她？难不成换了个地方换了副心肠……"结果话才说完，就被转过身来的那个宫人吓得噤住了口。

那是一张被火烧灼过的脸，半边面颊上遗留着陈年的伤痕，像浮于地表的树根，隐约能看见虬曲和斑驳。年纪五十开外吧，穿着一件看不出颜色的氅衣，头发也花白了。要说是行宫里承办差事的粗使嬷嬷，穿着打扮上不像，且她站起身来，身段笔管条直，不似那些常年躬身侍奉人的。况且相貌被毁了，行宫里的总管也不可能留她……

颐行纳罕地瞧瞧银朱："那是个什么人？"

银朱摇摇头。

忽觉一道视线向她们投来，那目光既阴冷又呆滞，把颐行和银朱唬得愣在当场。原以为她会来给她们个下马威之类的，没想到那人只是呆呆转了个身，行尸走肉般一步步朝套院那头去了。

大热的天，生生被吓出一身冷汗来，颐行哆嗦了下："这处院落瞧着有点儿怪，咱们快回去吧。"

回到"一片云"，和含珍说起刚才的见闻，含珍思量了下道："想是先帝爷后宫的人吧！我早前听说，先帝爷的嫔妃们不光在紫禁城，也有养在热河行宫的。当然那些都是不得宠的，位分又低，年月一长就被人遗忘了。先帝驾崩后，皇上曾下过恩旨，愿意离开的赏以重金，不愿离开的仍旧留在行宫颐养天年。主儿看见的，应当就是无处可去的人吧，在行宫守了几十年，家里人早不愿意收留她们了，如今没名没分的，就图口饭吃，也怪可怜的。"

颐行恍然，才知道这行宫里除了前来消夏的贵人们，还住着这么一群身份尴尬的苦人儿。怪道太后说听见哭声呢，没准儿就是她们在感慨人生际遇吧！也正因为这个，她越发地牵挂知愿，养在行宫里的女人们尚且如此，一位被发往古刹修行的落魄废后，又会是怎样令人不忍耳闻的满身苦难呢。

长叹了口气，定定神，她问含珍："今天的金锞子送过去了吗？"

含珍说是："才刚已经送到总管手上了。"

"那牌子呢？"

因为这回随行的嫔妃都环居在如意洲，用不着再像养心殿围房里点卯那样，敬事房照旧递膳牌，皇上翻了谁的牌子，谁上延薰山馆西配殿侍寝就是了。

不必坐班，就不知道御前的情况，颐行在其位，总要谋其政，虽说万岁爷早就向她表明过不会翻别人牌子，但适度关心一下总是应当的。

含珍不愧是她跟前最得力的心腹，办事一向妥帖，只要问她，她没有答不上来的："奴才先前已经替主儿打探过了，今晚上万岁爷还是叫去。"

颐行站在地心想了想，进屋子里翻找出了她做的葫芦活计来。托在手心打量，针脚确实算得上细密，这是一路上忍着颠簸赶出来的，手艺不能和内务府正经绣娘比，但相较于她以往的战绩，已经好得万里挑一了。

仔细抚抚，瞧瞧上头的对眼儿扑棱蛾子，长得圆头圆脑多喜兴，皇上看了都不好意思挑她错处。

于是满心欢喜合在掌心，快步过了小跨院。一片云和延薰山馆至多隔了十来丈距离，比永寿宫到养心殿还近些呢。可就是那么赶巧，一脚踏出跨院的小门，便见满福正弓着身子迎人进去。廊下抱柱挡住了那人的身影，只看见一片飘飘的袍角一闪，人便进了正殿。

她有些犹豫了，捏着活计站在院门前，进退不得。

含珍最是体人意儿，轻声道："主儿且站一站，奴才找人打听去，可是临时又翻了哪位小主的牌子。"说完快步赶往前殿。

颐行便在一盏宫灯底下孤零零站着等信儿，不知怎么回事，心里慢慢翻涌起细碎的酸涩，那种惆怅的心境，像说好了踏青又不能成行，充满了委屈和失落。

复低头瞧瞧手里的活计，这回看上去怎么又欠缺了呢，针脚不够扎实，扑棱蛾子的膀花也不那么美观，宇文熙那么挑剔的性子，没准儿又要奚落她了。

要不然还是藏起来吧，下回问起就说忘了，没做，他也不能怎么样……

老姑奶奶愁肠百结，葫芦活计被她揉捏着，都快捏成瓢的时候，抬眼见怀恩和含珍一块儿过来了。

怀恩到跟前打了个千儿，说给娘娘请安："主子爷先前还在念着您呢，说想去您的'一片云'瞧您来着，可巧正要走，和妃娘娘求见，说有要事回禀，主子爷没法儿，只好先召见她。"边说边回身比了比，"要不您上西边凉亭子里等会儿，料着和妃娘娘不会停留多久的，等她一走，奴才就替您通传。"

"要是和妃不走了呢？"颐行打趣，心里还是莫名负气，只是不能上脸，便笑了笑道，"算了，我也没什么要紧事儿，明儿得空再来向万岁爷请安吧。"

怀恩却有些着急，垂着袖子说："小主儿来都来了，何必白跑一趟。还是略等会子吧，嫔妃求见万岁爷，一向都是几句话的工夫……"

可老姑奶奶还是摇头："怪闷的，外头蚊虫又多，我就不等了，您也不必向御前回禀。"说着招呼含珍，"咱回吧。"

含珍道是，上来搀着她原路穿过小跨院，怀恩只得目送她们的背影渐渐走远。

说是不让通传皇上，可这种消息谁敢昧下啊，这当口一日不见如隔三秋的，懒说这一句，明儿御前总管就该换人了。

太监惯会看人下菜碟儿，他们也一样。于是快步到了前殿，柿子正在次间门前站班儿呢，低垂着眉眼一副快要入定的样子。怀恩拿手里拂尘抽打了他一下，他忙抬起眼来，迈着那两条长腿鹤行到西次间前，压声咬耳朵说："和主儿跟中了邪似的，进来说了一车怪话，提起先帝爷早年留在热河的一位常在，说那常在知道好些老辈儿里的内情，托和主儿传话，求见万岁爷一面。"

怀恩一听，从牙缝里挤出几个字来："和主儿真是闲得发慌了！"

老辈儿里的内情，什么内情？如今河清海晏，社稷稳定，所谓的内情全是搅屎棍，不论真假都不该听信。和妃原就不得宠，如今恭妃和怡妃都成了空架子，正是她立身讨巧的时候，谁知在这褃节儿上来传这些妖言，瞧着吧，怕是要挨骂了。

果然，皇帝冷冽的声音从里间隐约传出来："锦衣玉食作养得你，脑子都转不过弯来了。你是什么身份，竟给行宫里的老宫人传话，叫朕拿哪只眼睛瞧你！你觉得先帝后宫会有什么内情？是先帝爷身不正，还是太后行不端？换了朕是你，就该问她的罪，悄没声把人处置了。你倒好，大夜里巴巴儿跑到朕跟前传话来了。你是觉得朕和你一样犯了糊涂，还是政务不忙，闲得无事可做了？"

和妃吓得不轻，结结巴巴说："是……是奴才的不是。奴才瞧她说得可怜，才想着斗胆……上御前求见您……"

皇帝哼了一声："看来是太后哪里做得不称你的意了，有人要掀动后宫的风浪，你乐得瞧热闹。"

后头的话，几乎不用再听了，大抵能想象出和妃面无人色的样子。

怀恩安然退到台阶上，开始默数，看皇上什么时候把人轰出来。数到五，东次间门上的珠帘被打起来，发出清脆的声响。回身看，和妃白着脸红着眼快步从殿门上出来，他大惊小怪哟了声："和主儿，您这是怎么了？"

和妃没搭理他，急赤白脸地走了，怀恩略顿了会儿，转身进殿内回禀，说："万岁爷，才刚纯妃娘娘来了，在小跨院门上正撞见和妃娘娘觐见，脸上不大高兴似的。奴才请她稍待，她不愿意，让别告诉您她来过，又回'一片云'去了。"

皇帝脸色依旧不佳："一个个都不叫朕省心，让她等会儿也不愿意，她如今是反了天了，仗着朕抬举她，越发使小性儿。"越说越生气，把手里盘弄的把件拍在了桌上，"你去，传她今晚侍寝。她不爱等，朕偏要她等，调理不好她的怪性子，朕白做这皇帝！"

这是多大的怨愤呢，都牵扯上当皇帝的资历了。怀恩一听事态严重，忙插秧打了一千儿，快步上"一片云"通传去了。

过了小跨院，就是老姑奶奶的住处，院儿里只留一盏上夜的灯，迷迷滂滂照亮脚下的路。

想是刚熏过蚊子不久，空气里还残留着艾叶的香气，怀恩进了院门，就见廊庑底下一个小太监正提着细木棍各处巡视。山野间活物多，像那些刺猬啊、野兔啊，还有纯妃娘娘最怕的蛇，都爱往有人气儿的角落里钻，因此入夜前四处查看，是各宫例行的规矩。

荣葆发现了一只松鼠，挥舞着棍子冲上去驱赶，那松鼠身手活泛，还没等他到近前，就一溜烟跑了。

"得亏你跑得快，要不逮住你，非烤了你不可。"荣葆嘟嘟囔囔，正琢磨烤松鼠不知道什么味儿，一回身就见怀恩到了院子里，忙上前打千儿，"大总管，您怎么来啦？"

怀恩和这小小子儿没什么可说的，抬眼朝寝室方向望了眼："纯妃娘娘歇下没有？你赶紧的，给里头人传个话，就说万岁爷翻主儿牌子了，请主儿收拾收拾，移驾延薰山馆吧。"

侍寝这种事，是后妃们毕生追求和奋斗的目标，荣葆一听顿时振奋起来，轻快地道了声"嗻"，上正殿前敲窗棂子去了。

里头有人应："什么事儿？"

荣葆说："姑姑，万岁爷翻咱们主儿牌子啦，快通传主儿，过延薰山馆去吧。"

怀恩放下心来，口信传到，他的差事就交了。正要回去复命，听见老姑奶奶在里头咋呼："我的鞋呢？还有我的荷包……"

怀恩听见荷包，了然地笑了笑。万岁爷说纯妃娘娘要给他做荷包来着，这件事念叨好几天了，如今真做得了，只要恭送御览，先前和妃带来的晦气就会烟消云散。

其实有时候啊，万岁爷还是很好哄的。

屋子里的颐行本来已经拆了头，打算就寝了，没想到御前这会子传话过来，少不得一通忙，重新梳头绾发，穿上体面的衣裳。

晚膳后回来问过含珍，说是已经把金锞子送过去了，这会儿召见，八成是怀恩把她去过的消息传到了御前。召见就召见，非说侍寝，那今晚八成又得留宿在他寝殿里，否则堵不住悠悠众口。

银朱双手承托着，把那只扑棱蛾子荷包送到她面前，她转过眼瞧了瞧："这会儿又觉得，做的好像也还行，是不是？"

银朱说是："您把您会的针法全使出来了，万岁爷最是识货，一定能明白您的苦心。"

要说苦心也不敢当，终究答应了人家，不好反悔罢了。

颐行把荷包接过来，仔细整理了底下垂挂的回龙须，这时含珍已经替她收拾停当了，便侍奉着她，一路往延薰山馆去。

好在路途不远，这么来来回回折腾，也没惹她不高兴。说句实在话，她原以为和妃今儿夜里打算自荐枕席来着，所以识趣地先回去了。没承想皇上一口唾沫一个钉，果真那么清心寡欲着……唉，这可怎么办呢！这会儿身心自在的老姑奶奶坦然操起了闲心，别人辟谷，皇上辟色，长此以往皇嗣单薄，于家国社稷不利啊。

一面想着，一面长吁短叹进了延薰山馆的前殿。

可是没见皇上人影儿，倒是怀恩上前来，说："万岁爷这会儿忽来机务，可能要略等会子才能安置，命奴才先伺候小主儿上东边寝室里去。"

颐行断不是那种恃宠而骄的人，听怀恩这么说，大大方方道好。也不需人伺候，轻车熟路进了皇帝的寝室，然后掩上门，拆了头发脱了氅衣，这就上床躺着了。

料理政务，那可是忙得没边儿的活计，不知要拖延到多早晚呢。自己与其坐在床沿上等，不如躺下从容。

也是皇帝纵着她，养成了她的大胆放肆，要是换了别人，就说贵妃吧，恐怕也是战战兢兢等候，冠服丝毫不敢乱吧！

颐行仰天躺着，看着帐顶一重重漂亮的竹节暗纹，想起太后先前描述自己和先帝爷的故事，那种情，似乎并不让人感到陌生。

她也是见过先帝爷的，十年前，先帝爷来江南巡幸，尚家负责驻跸事宜，男丁女眷们都没有错过给先帝爷磕头的机会。虽然那时候额涅叮嘱她，不许把眼儿觑天颜，让人知道要剜眼珠子的，可她还是看了。五六岁的孩子，分辨不出成熟相貌的美丑，但先帝爷搁在同样年纪的男人堆里，绝对是最拔尖的。宇文氏出美人，这话不是说说而已，她哥哥算是保养得挺好的，每天喝着燕窝，吞着养容丸，但站在先帝爷面前，那容色气度，不只差了一星半点。

她还和额涅说呢："我哥子怎么跟个太监似的。"说完天灵盖上顿时挨了一记凿。

反正老皇爷是个漂亮的人，现在的皇上和他有七八分相像。父子间那种传承，可真让人艳羡。难怪后宫里头的女人皇上谁也瞧不上——反正谁也没有朕漂亮，他八成是这么想的。

自己呢，还是沾了小时候的光，暂且被他另眼相待。她也有些羡慕太后和先帝爷的感情……只是不敢想，尚家在他手里败落于斯，知愿说废就废了，天威难测，要是心念动了，将来被撂在一旁，岂不越发可怜吗。

不过这龙床是真香，他不用龙涎，不用沉水，是那种天然的乌木香气，熏得厚厚的，躺下去便觉香味翻涌，一直渗透进四肢百骸里。

翻个身，她有些昏昏欲睡，时候真不早了……等不了，她得先睡了。

皇帝呢，勉强在书房蹉跎着。

说好了要锤炼她的耐心，结果自己却熬得油碗要干。看看座钟，将要亥时了，让她干等两刻钟，这段时间够让她反省了吧？懂得伺候君王需要耐心了吧？

怀恩在边上看着，双眉耷拉，嘴角却拱出了笑。

"万岁爷,东边寝室里一点儿动静都没有,纯妃娘娘不会睡着了吧?"

皇帝说不会:"朕还没就寝,她不敢私自先睡下。"

"万一娘熬不得夜,先眯瞪了呢?"怀恩成心戳人肺管子。

皇帝听了不受用:"她也是学过宫廷规矩的,朕想她不至于那么没体统。倘或真睡了……朕非叫醒她,好好教教她什么是为人妻的道理不可。"

然而话显见的越说越没底气,最后自己都说不下去,拂袖道:"算了,朕去瞧瞧。"说罢负着手穿过正殿,推开了寝室的门。

结果打眼一看,还以为眼花了,老姑奶奶果然毫无意外地自己睡下了。别的嫔妃就算是躺着,也得拗出个楚楚的身形来,她偏不。上半身侧睡,下半身扣在那里,一个膝盖拱得老高,几乎要贴近自己的下巴。鬓角垂下一绺头发,正随着她的呼吸,十分有规律地飘拂着。

皇帝看了半天,气得没话说,心道眼里如此没人,当这龙床是什么,上来就睡大头觉?

越想越恼,忍不住上前打算推醒她,可是走近了一瞧,发现枕边端端正正放着一只荷包,虽然绣的是个对眼的蝴蝶,却也是丑得可爱,丑得讨巧。

这人……总算有心,这种绣活儿一看就是她亲手做的,这么厚的裱衬,得一针一针穿透,拿绣线绷紧,实在很不容易。

先前气她先睡,变成了心疼她手指头受罪。他几乎能够想象出,她的车辇围子上贴满花样子的情景了。老姑奶奶虽然是个不解风情的姑娘,但她也有心,懂得礼尚往来,不占人便宜的道理。这种人,你得长期对她好着,"源源不断"地善待她,她就会"源源不断"地回报你。感情不就是这么回事吗,你敬我一尺,我敬你一丈。倘或只知索取不知回报,那就真成了白眼狼,时候一长就不招人待见了。

皇帝盘弄着这荷包,大有爱不释手之感。老姑奶奶毕竟是大户人家出身,审美毫不含糊,栀子黄配赤色,翠绿配朱砂,两面四个颜色,不挑衣裳。他站起身,提溜着往自己腰上比比,看吧,果然十分相配。还有明天的行头,他又把荷包搁在了那件佛头青的单袍上,左看右看,越发相得益彰。

于是眉眼间都含了笑,轻轻踩上脚踏,轻轻坐在她身旁。

不忍心叫醒她了,自己小心解开纽子,把罩衣放在一旁的榆木山水香几上,然后崴身躺在她身旁。

多奇怪,两个人并没有夫妻之实,却也让他欲罢不能。心里想着就这么一直到天荒地老,天天有她在身边,睡醒之后第一眼看见的就是她,人生也因此变得无可挑剔了。

她咕哝一声，终于调整了睡姿，应该做梦了，忽然睁开眼说："主子，奴才给您侍疾。"

皇帝吓了一跳："朕好好的，侍什么疾！"

她没有应他，重新闭上眼睛，但一只手紧紧抓住他的衣襟，像怕他跑了似的。

皇帝心里涌动起柔软的感觉来，尚家大败，落难那会儿她一定也曾害怕，却还是自告奋勇进宫来了。这是她糊涂半辈子，做得最正确的抉择，反正她就算不愿意，也还是会被薅进来的。

他探过手臂，试图让她枕着入睡，这才有恋人之间的感觉，即便不去想肌肤之亲，也会觉得满足。只是她睡得正香，他尝试了几次，想从她脖子底下穿过去，都没有成功，难免觉得有些沮丧。

可能是因为不够小心吧，还是弄醒了她，她啧了一声道："您这手法要是有治理江山一半的娴熟，也不会招我笑话了。"边说边拖过他的手臂，倒头压住，喃喃说，"别折腾啦，快睡吧。"自己背过身去，睡意却全没了。

皇帝很失望，想搂着她睡，不是为了看她的后脑勺。而且她压根儿不懂怎么枕人手臂，耳朵像个支点，结结实实压住了他的小臂，不消多会儿他的手就麻了。这回不用她拒绝，他自己把手抽了回来，然后认命地闭上眼，什么旖旎的想头都没有了。

唉，这就是她的侍寝，两个人同睡一张床，什么都干不了，其实也怪无聊的。

颐行睁着眼，茫然拿手指头扒拉枕头，这是玉片和竹篾交叠着编织出来的，中间有细缝，她的一根手指往里钻呀钻，起先勒得爪尖疼，后来不知怎么忽然一松，枕头就塌了。

心头一蹦跶，暗道完了，她把皇上的枕头弄坏了。忙翻身坐起来，悔恨交加地看着散了摊子的玉枕，无措地拿手拨拨，一副闯了祸的亏心样。

皇帝终于掀开了眼皮，瞧瞧枕头，又瞧瞧她："你脑袋上长刀了？"

颐行说没有："我就这么睡着……摸了两下，它就散架了。"

皇帝叹了口气，盘腿坐起来打量："怎么办呢，赔吧。"

"又要赔？"颐行讪讪道，"我每天往您这儿送一个金锞子，荷包里已经没多少现钱了，就不赔了吧！"

皇帝漠然看了她一眼："你打从进宫就哭穷，直到升了妃位，你还哭穷，就算把国库都给你，你也改不了这个毛病。"顿了顿道，"朕不要钱，你想想自己有什么拿得出手的，另外补偿也不是不行。"

其实皇帝的想法很简单，看在她女红还不错的分儿上，他想再要一个扇袋子，一条汗巾子。不过自矜身份不好开口，给她递了个眼色让她自己体会，如果她能领悟，那么就相谈甚欢了。

结果不知这老姑奶奶哪根弦儿搭错了，眼疾手快捂住了自己的嘴："您别想亲我！"

皇帝不由得感到迷惘，难道他的眼神让她产生错觉了？自己压根儿没往那上头想，她胡乱曲解，难道是……

"你想勾引朕？"

好一招请君入瓮啊，颐行唾弃地想，他明明就是在设计引她自己说出来，还装出一副正人君子的模样，这是要恶心谁呢！

嘴捂得越发严了："我是不会为这点小事出卖色相的，而且我也没钱，了不起把这枕头拿回去，等修好了再还回来，您看行不行？"说到最后，无赖的做派尽显，"要是不行，那也没办法，要钱没有，要命一条，您随意吧。"

皇帝觉得这种人就得狠狠收拾："你这是在逼朕下死手啊！枕头不要你赔了，明儿朕就让人宣扬出去，说纯妃腰疼，这阵子要好好歇息，然后把这枕头挂在'一片云'的大门上，让整个行宫的人都来瞻仰。"

果然她迟疑了，眼神戒备地看着他道："什么意思？腰疼和枕头坏了有什么关系？"

年轻姑娘四六不懂，但她知道皇帝既然能拿这个来威胁她，就说明肯定不是好事。

那位人君得意地笑起来，笑容诡异，什么都不说了，跷着二郎腿仰身躺倒，过了好半天才道："你就等着阖宫看你的笑话吧。"

这下子真让她着急了，嘴也不捂了，探着脖子说："到底是什么意思，您说明白啊。难道要让人知道枕头是被腰压坏的，这就惹人笑话了？"

其实她挺聪明，只是缺乏点过日子的常识，姑娘家毕竟不像爷们儿见多识广嘛。看她急得鼻尖上冒汗，他也不好意思继续捉弄她了，只是含蓄地瞥了她一下："枕头的用处多了，平常睡觉枕在脑后，夫妻同房可以垫在腰下。你瞧枕头都给压坏了……你宫里精奇嬷嬷不教你怎么伺候吗？还要朕说得多明白？"

老姑奶奶像听奇闻轶事一样，目瞪口呆，半天没回过神来。待想明白了，越发坚定地认为，这人真是坏到根儿上了。

可是事总得解决，枕头都散了架了，要是他明儿真这么宣扬出去，男人脸皮厚不要紧，自己在太后面前可怎么做人呢。

"那咱们……再打个商量？"她犹豫地说，"您出个价，看看我能不能凑出来。"

皇帝优雅地冲她笑了笑："你觉得，朕缺这一二百两银子？连这江山都是朕的，朕一抬手，挥金如土你懂吗？"

颐行一径点头，说懂："您不缺金银，也不缺美人，那您到底想要什么呀？"

"朕缺一人心啊。"他支起身子，灼灼看着她，"你别揣着明白装糊涂，刚才那脑子转得，比朕都快。"

这么说来人家就是不达目的不罢休，她无可奈何，也放弃了抵抗，看着他丰润的唇说："我也豁出去了，一口两清，怎么样？"

皇帝说可以，并且摆好了架势，一副任君采撷的模样。

颐行瘟头瘟脑盯着他看了半天，没好意思说，其实她也想亲他。

犹记得头天侍寝那晚，他强行亲了她三下，当时虽然气愤，但嘴唇留下了对他的记忆，那种软糯的触感，细细品咂挺有意思。不可否认，自己是有些喜欢他的，早前还把他和夏太医分得清清楚楚，可时候越长，和他相处越多，夏清川就开始和宇文熙重合，到现在已经无法拆分，她终于清楚地认识到，他们是同一个人。

因为有顾忌，所以只能淡淡喜欢。她靠过去一些，伸手捏住了他的下巴，他的呼吸逐渐急促起来，那双眼眸也烟雨凄迷。可是老姑奶奶还是你老姑奶奶，在他满心绮思的当口，响亮地在他嘴上来了一下。

越响表示越有诚意，她是这么理解的，可皇帝脸上流露出一点遗憾来："你不能悄悄地亲朕吗？那么大动静干什么？"

反正怎么都不称意，她忽然没了耐心，觉得他又开始穷矫情了。

懒得和他兜搭，她把坏了的枕头掸到了床内侧，崴身倒下的时候顺便把他的枕头拽了过来，嘴里愉快说着："夜深了，该睡觉啦。"重新滋滋润润躺了下来。

皇帝干瞪眼："那朕怎么办？"

她伸出了一条胳膊："不嫌弃就枕着吧。"

他这才有了软化的迹象，眉眼间带着一点赧，虽然那胳膊太细，搁在他脖颈下恍若无物，他也还是心满意足地躺了下来。

"万岁爷，先前和妃娘娘来干什么？怎么才说了一会儿话就走啊？"她尽量显得从容，完全是随意拉家常的口吻。

皇帝悠闲地合着眼道："没什么，说了一车不着调的闲话，被朕打发回去了。"

颐行听罢，想起了先前的见闻："奴才今儿逛园子，走到上帝阁的时候，看见有个宫人和她说话。那宫人模样好吓人，半边脸都给烧坏了，想必和妃来找您，就是为了这件事吧？"

皇帝嗯了声，喃喃叮嘱她："先帝后宫留了些老人儿，在这行宫里颐养着，多年不得面圣，逢着京里来人，难免会出些幺蛾子。你要小心，别让她们接近你，一则提防她们心怀叵测，二则万一闹出什么事儿来，你不参与，太后就不会怪罪你。"

颐行来了兴致："难道和妃来禀报的事儿，还和太后有关？"

皇帝原本打算入睡了，听她语调昂扬，蹙眉睁开了眼睛："越不让你干的事儿，你越爱打听，这是什么毛病？"

颐行见他不高兴，立刻萎靡下来："奴才就是闲的。"

他哼了声："既然闲着，那就亲嘴。"

这下她不敢说话了，心想枕在人家胳膊上，还一副桀骜不驯的样子，又想亲，又要大呼小叫，软饭硬吃的模样，看起来真滑稽！

不过用这种姿势睡觉，枕和被枕的都不会太舒服。起先还咬牙坚持了一刻钟，后来实在难受得慌，就各睡各的了。

反正老姑奶奶是不会吃亏的，她一个人占尽天时地利，睡得很舒坦。可苦了万岁爷，山野间后半夜很凉，得盖上被子才能入睡，结果呢，枕头被霸占了，被子只能搭一个角，一夜接连冻醒好几回，勉强匀过来些，一会儿又被卷走了。

后来实在困得不行，也就顾不得那些了，于是第二天醒来的颐行看见了这样一幅景象，高高在上的万岁爷穿着单衣，蜷缩在床沿。那种落魄又无助的可怜相，饶是老姑奶奶这样的铁石心肠，也生出了一点愧疚之感。

她伸手拍了拍他："万岁爷，您怎么睡成这样呀？快挪过来，要摔下去啦。"

今天的皇帝分明有起床气，都没正眼瞧她，气呼呼翻身坐了起来。

颐行讪笑了下："怎么了嘛，天光大好，万物复苏，您有什么道理不高兴啊？来，笑一笑，整日心情好。"

皇帝别过了脸："朕笑不出，朕这会儿浑身都疼，心情很不好。"

颐行自然知道他为什么不高兴，一向一人独霸龙床，某一天开始和另一个人同床共枕，而且被欺压得无处可躲，这种委屈的心情，简直无从抒发。于是她想了个辙："下回让他们多预备一条被子，咱们分着睡，就不会打起来了。"

皇帝觉得她纯粹瞎出主意，召她来就是侍寝的，两个人各睡各的，还怎么体现琴瑟和鸣？有些事你知我知，他身边的人一个都不知，这是关乎男人颜面的问题，千万马虎不得。

只是这一夜的煎熬，让他不再想说话，他蔫头耷脑地迈下床，谁也没传，自己穿鞋，自己穿衣裳。

颐行一看这不成，哪能让万岁爷亲自动手呢，忙上去伺候，殷勤地替他披上了单袍。一排纽子扣下来，复又束腰带，临了看见她那个荷包了，倒有些不好意思，捏在手里支吾着："做得不好，万岁爷可别嫌弃。"

皇帝从她手里把荷包抠出来，蹙眉道："好好的，你捏它做什么，都捏得走样了。"一面说，一面低头挂在行服带上，复又整整衣领举步迈出去，然后回身，重新替她掩上了门。

皇帝早晨有机务，要会见臣工，和在紫禁城里没什么两样。不过不用鸡起五更，可以延后到辰时，再在前头无暑清凉升座。

颐行透过门上菱花，看外面伺候的人迎他上西次间洗漱，心里慢慢升起一点温存来——这样一个尊贵人儿，好像也有寻常男人待自己女人的那份细致劲儿呢。

出门不忘关门，因为她身上只着中衣，不能让那些奴才看了去。她有时候细品咂他的言行，窝里横常有，但对外一向有大气的人君之风。其实遇上这样的男人，若没有那些心结和将来不可预测的变故，就看当下，算得上是极窝心的吧！

那厢含珍和银朱也从殿门上进来了，站在寝室门口轻唤："主儿，该起了。"

颐行应了声"进来"，自己穿上氅衣，随意拿簪子绾了头发，打算回"一片云"再洗漱梳妆。

出门遇见了御前司帐的女官，她顿住脚，气定神闲地吩咐："昨儿一个玉枕散了架，请匠作处的人想法子修一修吧。"那女官听了，神情倒没什么异样，低眉顺眼道了声是。可颐行却有种做贼心虚的感觉，再也不好意思停留，匆忙往自己小院儿去了。

到了没外人的地方，才叫浑身舒坦。含珍伺候她擦牙洗脸，先拿温水给她浸了手，再用松软的帕子包起来。后妃的那双柔荑是第二张脸，必要仔细养护着，用小玉碾子滚，再拿玉容膏仔细地按摩。老姑奶奶晋位三个月了，做过零碎活儿的双手，如今作养得脸颊一样细嫩。那纤纤十指上覆着嫣红的春冰，末尾两指留了寸来长的指甲，小心翼翼拿累丝嵌珠玉的护甲套起来，她还要做作地高高翘起，翻来覆去地看，好一派富贵闲人的烂漫。

银朱在一旁奉承拍马："主儿今天气色真好，面若桃花不为过。"

含珍听后心照不宣地一笑。

颐行明白她们的意思，翻眼儿说："我可什么都没干。"

含珍说是："是行宫的山水养人。"

这回颐行没辩驳，她们取笑，她也不以为意，待一切收拾完，该上太后那儿串门子了。

从前位分低，没有在太后跟前说话的份儿，现在位列四妃，发现太后是位温和仁厚的长辈，便很愿意上她身边多陪伴。

人说爱屋及乌，想来就是这样，自己不嫌弃皇帝了，连着他的额涅也觉得可亲。

进了月色江声，太后刚做完早课，正由云嬷嬷伺候盥手。见颐行来了便招呼："才刚做得的莲叶羹和金丝小馒首，来来，陪我再进点儿。"

于是一同坐在南窗下进吃的，促着膝，也不需人伺候。太后往她碗里加一勺子花蜜，她眉眼弯弯说谢谢太后，这倒引发了太后的思念，怅然说："瞧着你，我就想起昭庄公主了，她和你同岁，上年才下降，如今跟着额驸在外埠呢。"

颐行抬起眼问："公主是和亲去了吗？"

太后说："不算和亲，嫁给了察哈尔亲王。头前也是不高兴得很，又哭又闹的，后来打发人回来送信，说额驸待她好，她也不想家了，今年三月里遇喜，过程子就该生了。"顿了顿问，"我听说你母亲五十岁上才生了你，今年她该六十六了吧？身子骨还健朗？"

颐行说是："奴才也打发人回去探望过，说我额涅一切都好，只是记挂我。"

太后点点头："老来得女，必定宝贝得什么似的，送进宫来连面也不得见，可不叫人惦记！"

颐行抿唇笑了笑："奴才是个有造化的，万岁爷和太后都瞧得起我，我在宫里活得好好的，写信回去告诉额涅，请她不必忧心了。"

太后说好："能在宫里住得惯，那是好事儿，毕竟要消磨一辈子呢。像我，早前先帝在时，男人孩子热炕头，后来先帝没了，就参禅礼佛，日复一日的，倒也不自苦。"

颐行听了，萌生了一个念头："我跟着您一块儿礼佛吧，还能给您抄经书。"

太后的金匙优雅地搅动汤羹，笑道："礼佛是好，能助你戒骄戒躁，修身养性。不过你偶尔抄写经书尤可，日日礼佛却还没到时候。佛门里头有讲究，倘或不留神触犯了反倒不好，横竖心中有佛处处佛，也不急在这一时半会儿。"

颐行心下明白，这才是真心待你的长辈，要是换了不真心的，随口让你入了门，后头的事全不管，倘或触犯了忌讳，往后就大不顺了。

这头说得正热闹，不经意朝门上看了一眼，见和妃由贴身的宫女搀扶着，正款款从宫门上进来。颐行便搁下碗站起身，待和妃进来向太后请过安，她也朝她蹲了蹲，说："姐姐万安。"

和妃虽和颐行不对付，但在太后面前还是得装出一副姐妹情深的样子来，一面还礼，一面相携坐下，笑着说："行宫里头果然凉爽自在，妹妹夜里来去可得多添衣，没的着了凉。"

不满的心思全在里头了，昨晚皇上明明没翻牌子，后来却还是召纯妃侍寝，这个消息早就在随扈的嫔妃里头传开了。

有人唏嘘："尚家出身，还是命好啊，皇上不计前嫌照旧抬举她，咱们有什么办法。"

所有人都认了命，自打老姑奶奶进宫，宫里就没消停过。先是懋嫔，假孕栽在她手里，后来又闹出个捉奸的闹剧来，连带贵妃、恭妃、怡妃全折在里头，一切都因她和皇上"暗通款曲"而起。

起先大家都勉强安慰自己，皇上待谁都一样，她们有一个算一个，都曾得过万岁爷的青睐，想必老姑奶奶也正处在这个时候。但后来那件事一出，所有人都明白过来，这回和以往不同，万岁爷是动真格儿的了。要说不羡慕，那都是漂亮话，暗地里还不是个个眼红得出血！但即便是如此，她们照旧看不上善于和男人吊膀子的女人，就算那个男人是皇上。

颐行呢，哪能听不出她话里的锋棱，不被人妒是庸才，自己既然占了便宜，就得容别人上上眼药。尤其在太后面前，更圆融些，更大度些，才能投太后所好。

所以她只是含蓄地微笑，并不作答，和妃一拳打在棉花包上，大觉无趣。

于是又将视线掉转到太后身上，太后虽有了点岁数，但风韵犹存，还能看出年轻时是个怎样的美人。可惜美人有蛇蝎心肠，多年的富贵荣华盖住往事，就觉得全天下都被糊弄住了。要是没有遇见先帝的彤常在，和妃倒是对太后存着敬畏的，可自打听说了二十多年前的旧事，这心境又变得不是滋味起来。

原来不管多尊贵的人，暗里少不得有些脏的臭的。现在看着太后，再也找不到那种高山仰止的感觉了，只知道大家都是人，个个都有私心，太后再了不得，年轻时候不也就那样吗？

可惜还要来请安，面上谨小慎微，心里头却满含轻慢。

和妃装出一副不知情的模样，继续谈笑风生："这行宫风水就是好，早年间也算龙兴之地，到底树挪死人挪活，换个地方，人的运势也大不一样。"一面又兴致勃勃提议，"太后，您曾来过热河好几回，奴才们却是头一遭。听说这里有两处景儿，一处叫锤锋落照，一处叫南山积雪，都是景色顶美的地方，您多早晚带奴才们逛逛去？"

太后轻蹙了下眉，不知怎么，平常还算讨巧的和妃，今儿看着这么碍人眼。

有的人可能不知道自己的习惯，心里装着事儿的时候，眉眼就欠缺坦荡，变得精细，工于算计，连每一回眨眼，都透出一股子处心积虑来。只不过都是皇帝的嫔妃，太后也不能太过厚此薄彼，便道："那两处景致好是好，就是距离行宫有程子路，且这么老些人，过去不方便，我看不游也没什么，横竖看景儿的地方多了。"

和妃听了有些失望，复又一笑："那瞧着什么时候得空，咱们上外八庙进香吧！来了承德，没有不逛外八庙的道理。"一头说，一头瞧了颐行一眼，"纯妃妹妹自小长在江南，八成没见识过，我外家就在承德，常随母亲逛来着。外八庙是太祖那会儿筹建的，专供外埠王公贵族观瞻居住，因此建得格外壮阔。"

和妃虽是笑着说的，但话里话外的意思很明白，只差提点老姑奶奶，你家那位被废的皇后就囚禁在外八庙呢，你来了这两天，怎么一丁点儿也不牵挂？

可颐行大事上脑子还是清醒的，虽说在皇帝面前她经常犯浑，但太后和皇帝不一样，长辈的喜恶也许就在一瞬，没有那么多理所当然的包涵。便在绣墩儿上微微欠了欠身，含笑向太后道："这会子正是大暑天，走出去多热的。等凉快些了，太后爱挪动了，奴才再陪您上外八庙进香去。"

这就是人和人的不同，和妃憋着坏似的挑唆，太后哪能看不出来。她是瞧着纯妃受宠，心里不受用，这才想尽法子搬弄是非。不就是因为前皇后在外八庙修行嘛，太后凉凉地从和妃身上调开了视线，转而对颐行道："拜佛进香看的是虔诚，天儿虽热，也不是不能去。不过寻常日子不及初一十五好，今儿二十，等再过上十来天的，看看皇帝得不得闲。到时候我带上你们，好好给菩萨磕头，求菩萨保佑咱们大英国泰民安，你呢，早早儿遇喜得个小阿哥，这回避暑就算来着了。"

你啊你，太后眼里除了纯妃，就没旁人了。挑起了话头子的和妃全然被排除在外，在这里待着也是难受，又略坐了会儿，便借故辞了出来。

园子里古木参天，走在底下倒是阴凉，但心境也像前头假山石子上流淌的水一样，凉到了根儿上。

"你都瞧见了吧？人比人气死人，太后的心哪，都偏到胳肢窝去了。"和妃望着远处的景致，喃喃自语着，"什么位分不位分的，在她们眼里算个什么呀。我如今是体会到了贵妃她们的难处，纯妃一个人，把咱们这群老人儿全打趴下了，真是好厉害的角儿啊。"

主子置着气，奴才自然得挑她爱听的说。鹂儿挽着她的胳膊，轻笑了一声道："如今的纯妃，不就是当年的太后吗，怪道她们投缘，这种做派您学不会，宫里头那三位娘娘也学不会。早前奴才还说呢，那三位倒了台，好歹该把您挑在大拇哥上了，谁知竟是这样了局。皇上宠爱谁不按资历，后宫里头排位也不讲究位分资历，说出去还不如大家子有体统。"

是啊，这可太叫人不平了，本以为自己好歹熬出了头，谁知道一个犯官家眷，短短两个月从答应升到了妃位，简直小孩儿过家家一般儿戏。

究其根本，还是这宫廷本来就荒诞，见过了先帝爷彤常在的和妃怀揣着一个惊天的秘密，原想告诉皇上的，没承想刚开口就给撅回姥姥家了。皇上稳稳主宰这江山，自然一切静好，可他哪知道灯下黑，都黑得没边没沿了。

和妃频频摇着脑袋，为这事，昨儿一晚上没睡好，想得都快魔怔了，又不能和旁人提起，只好再三问鹂儿："你说，我究竟该不该信彤常在的话？"

信不信，其实全在对自己有没有益。倘或有好处，那自然得信，纯妃立了一回功，青云直上，试问后宫哪个嫔妃不羡慕她的好运气？如今一个妙哉的机会放在自己眼前，用不着她做太多，只要把人引到皇上面前就成了，何乐而不为呢。

不过细想起来，昨儿上帝阁的经历像个梦似的，至今还让人背上一阵阵起汗。

宫里头晚膳进得早，一般申正时候开始，逢上有赐宴，酉时前后也就结束了。夏季昼长夜短，酉时太阳还在天上挂着呢，宴散过后她百无聊赖，没有男人伴着，自己总得开解开解自己，便和鹂儿做伴，一直顺着水榭往东逛逛。

然而走到上帝阁的第三重院落时，花圃后闪出个人影来，穿着破旧的宫装氅衣，低着头毕恭毕敬向她行礼，口称"恭请皇后娘娘万福金安"。

和妃恍惚了，这还是头一回有人管她叫皇后娘娘呢，就算认错了人，也还是让她短暂地受用了一下。

可是当那个宫人抬起脸的时候，她吓得心头一咯噔，因为那张脸被火烧过，半边姿容娟秀，另半边却面目全非了。

这回皇后也不想当了，匆匆说："你认错人了。"转身就要走。

结果那宫人拦住了她的去路，惆怅地说："您这相貌，竟和先皇后一模一样，想是先皇后转世投胎，又回热河来了。"

和妃起先听得疑惑，后来才弄明白，她所谓的先皇后，是先帝爷早逝的元后。

得知自己和前人长得一模一样，这点引发了她的好奇，甚至有种茅塞顿开之感，太后对那三妃都不错，唯独对自己淡淡的，难道就是因为这个？

既然如此，就得继续听下去，听那宫人哀伤地追忆，说先帝爷和先皇后恩爱，后来先皇后莫名得了急症崩逝，第二年先帝爷便带着后宫众人来承德避暑，这才有了太后出头的机会。

"您瞧我这张脸，怪吓人的吧，其实我是先帝爷的彤常在。"她摸着自己的脸颊，陷入无边的回忆里，梦呓般说，"我也曾深受先帝爷恩宠，先帝爷说我有大行皇后风骨，初到承德的时候夜夜翻我牌子，枕边蜜语说得多好啊，说只要怀上龙种，即刻就升我的位分。我那会儿心思单纯，又承受天恩，只愿两情长久，并不在乎什么位分。可是后来，沁贵人买通了先帝跟前大太监，使尽浑身解数勾引先帝，终于先帝爷被她迷得失魂落魄，就此把我抛在了脑后。我原不是个爱争的人，也明白花无百日红的道理，大不了往后仍旧过原来的日子就是了，可沁贵人霸道，指使看园子的太监放火烧我的住所，把我的脸毁成这模样。先帝再也不愿见我了，临走没带上我，把我连同承德收下的几个答应，一块儿留在了行宫。"

和妃听她说了半天，终于理出了一点头绪："你口中的沁贵人，难道是……"

"正是当今太后。"她笑了笑，眼里却流下泪来，"先帝走后一个月，我发现自己怀了身孕，可是一个容貌尽毁的女人，再也回不了紫禁城了。行宫里总管圈禁我，等我一生产，当夜就把孩子抱走了。我的孩子……我的孩子……一口亲娘的奶都没吃过，被迫母子分离到今儿，天底下哪有这样的冤屈啊！"

和妃的心几乎提到了嗓子眼儿："你生的，是男孩儿还是女孩儿？"

彤常在那张癫狂的脸渐渐平静下来，渐渐凝结成冰，眼神呆滞地望向她道："是个男孩儿。先帝当时已经有了四位皇子，我的儿子是他的第五子，听说送进宫里，由沁皇贵妃抚养了。"

第五子，由沁皇贵妃抚养？这么说来……

和妃站在那里，心在腔子里猛烈地蹦跶，仔细看看这面目全非的宫人，如果她说的都是真话，那么她才是真正的太后，真正的当今圣母啊！

世上怎么会有如此荒唐的事呢，皇上登基五年，将皇太后捧得那么高，到头来太后竟然不是他的生母，这种事搁谁看来，都是惊天的秘闻。

不光和妃愣住了，连鹂儿也一并愣住了，好半晌摇了摇她的胳膊说："主儿，当初太后就是从贵人位上一步登天成了皇贵妃，待孝靖皇后梓宫入山陵奉安后，次年正式册立为继皇后的。"

和妃茫然点头，定了定神才又道："你的这些话，非同小可，可有其他人证物证，来证明你说的都是真话？"

彤常在说没有："没人会为我做证，如今夏益闲那贱人已经稳坐太后宝座，与皇上母慈子孝天下共见，谁会站出来为一个区区的行宫老人儿说话，公然与当今太后为敌？我也是存着大海捞针的心，来这园子里碰碰运气，因听说皇上带着宫眷来承德避暑，但凡我能撞见一位好心的娘娘替我传句话，那我这辈子就有了指望，也不枉我在行宫苦守了这二十二年。"

和妃听她说完，心里升起一线说不清的激动来。这事是被自己遇上了，如果换个人，又会怎么想？是将这大胆的老宫人扭送查办，还是同情一把她的遭遇，将听来的见闻呈报皇上？

反正好惊人的内幕啊，事关皇上身世，她得好好掂量掂量其中利害。

她的犹豫，彤常在看在眼里，趁热打铁道："娘娘，您是善性人儿，和我有缘，否则老天爷不会让我遇见您。您只要在皇上面前提及我，让我有见他一面的机会，到时候我们母子相认，您就是我的恩人。"

这话的诱惑实在太大了，和妃也有她的考虑，现如今这位太后对自己平平，甚至可说是忽视，平常赏赐怡妃和恭妃些皮子、吃食什么的，从来都没有她的份。如果眼前这位当真是皇上生母，那才是实打实的太后。一旦皇上认母，自己在皇上跟前就立了大功，与这位太后也建立了牢不可破的关系，到时候晋个位分，封个贵妃，总不为过吧！

她思绪纷乱，没有立刻应允，彤常在便向她跪拜了下来，哽声道："娘娘就瞧着我可怜吧，不必和皇上提及实情，没的真啊假的，连累了娘娘。您只说遇见先帝爷后宫老人儿，有些旧事要向皇上陈情。只要他答应见我，其中缘故我自然向他说明。"

和妃见状斟酌的再三，让鹂儿把人扶了起来。

"这件事关系重大，我确实不便向皇上禀明内情。就如你所言，至多在皇上跟前提一提，但上意难测，皇上究竟愿不愿意见你，我也不敢下保。"

彤常在千恩万谢，说这就够了，已经是天大的恩惠了。

可惜她专程为这件事跑了一趟，皇上非但不好奇，还把她臭骂了一顿。这事儿就这么黄了，着实让她既憋屈又不甘。原本翻了篇儿也就算了，可今儿在太后那里又让她受了这好些气，果然她和太后是合不到一处去的，要是能看见这位太后倒台，倒也是件大快人心的事。

"你去，想个法子知会彤常在，就说皇上不愿意见她，让她再略等些时日。既然人在承德，少不得有游玩赐宴的机会，届时再找时机让她在皇上面前现身。人说子不嫌母丑，就算她如今弄成了这副模样，也是太后作的孽。我倒要看看，皇上究竟是维护太后，还是会为生母主持公道。"

鹂儿口中应是，心里其实还是觉得有点悬，便道："主儿，这是惊天的大事，咱们是不是再慎重些为宜？仅凭那个彤常在一面之词，就断定她说的都是真的，是不是过于武断了？"

和妃瞥了她一眼，曼声道："我明白你的意思，只怕吃不着羊肉还惹一身骚。我这会子是不打算明面儿上掺和进去了，就在暗处使把力气，让彤常在知道我帮了她，就成了。至于太后和皇上，到时候咱们就坐山观虎斗吧，想想也怪热闹的。"

主仆两个相视一笑，豁然觉得天清地也清了，慢慢游走，在这景色宜人的园子里走远了。

猫在一旁的荣葆，这才回身赶往"一片云"。

进了院子就见老姑奶奶正坐在洞开的南窗底下吃刨冰，银朱苦口婆心劝着："行宫里头不热，您这么贪凉，没的肠胃受不住。还是别吃了吧，我给您撤下去，您吃点点心酥酪什么的也成啊。"

老姑奶奶却扒拉着碗，说："我再吃一口……"最后还是抵不过银朱的抢夺，看着远去的银碗咂了咂嘴。

荣葆进去打千儿："主儿，奴才回来了。"

荣葆是今儿一早奉命出去打听前皇后消息的，外八庙虽大，却也有总管事务衙门。他出了行宫直奔那里，不说自己是宫里出来的，只说是路过做小买卖的，好奇前头娘娘的事。花了几个子儿请办差的苏拉和阿哈[1]喝凉茶，可是套了半天话，竟是一点儿皮毛都没摸着。

"前头娘娘，别不是不在外八庙吧！要不这么大的事儿，那些干碎催的怎么能不嚼舌头？"荣葆歪着脑袋琢磨了一下子，又道，"况且外八庙都是藏传的佛教，凉快的三季倒还好，一到大夏天，那些喇嘛上身斜缠一道红布，光着两个大膀子，前头娘娘要是在，那多别扭得慌，万岁爷能把她发配到这地方来？"

颐行也有些糊涂了，她早前只知道外八庙尽是寺庙，女眷在寺里借居修行也不是奇事，但这会儿听荣葆一说，全是大喇嘛，那就有点儿奇怪了。

皇帝的脾气，她还是知道一些的，小心眼儿又矫情，像那些细节，他未必想不到。知愿好赖曾经是他的皇后，他把皇后送到那群光膀子喇嘛中间，多少有些不成体统吧！

"难不成是另设地方了？"她开始琢磨，"打听不出来，想是人不在寺院里，只在外八庙地界儿上，所以宫里含糊统称外八庙，皇上压根儿没打算让尚家人找着她。"

荣葆想了想道："主儿说得有理，等明儿奴才再出去一趟，带几个人上附近村子里转转，万一碰巧有人知道，就即刻回来向主儿复命。"

颐行倚着引枕，叹了口气："只有这么办了，死马当成活马医吧！可惜撬不开

---

1 阿哈：皇宫内的仆役。

皇上的嘴，要是他肯吐露个一字半句的，咱们也用不着满热河瞎折腾了。"

荣葆说没事儿："奴才闲着也是闲着，跟主儿上承德来，不就是给主儿办差来了吗？"说着回头，朝门外瞧了一眼，复又压低了声道，"主儿，奴才回来经过月色江声东边的园子，听见了些不该听的话，您猜是什么？"

边上伺候的含珍见他卖关子，笑道："这猴儿，合该吃板子才好。主儿跟前什么不能直言，倒打起哑谜来了。"

颐行也是一笑："八成又是什么浑话，他还当宝贝似的。"

荣葆说不是："真是好惊心的话呢！奴才见和妃娘娘和跟前鹂儿在那头转悠，有意躲在假山石子后边探听，听见她们说什么彤常在，什么生母，又说什么让皇上和太后龙虎斗……奴才听得心里头直哆嗦，想着这和妃娘娘别不是得了失心疯吧，就赶紧回来禀报主儿了。"

颐行听了大惊，心想昨儿在上帝阁那儿看见的宫人，想必就是彤常在。又跪又拜的，起先以为是些鸡毛蒜皮的事，没承想竟憋着这样的内情。

银朱也像淋了雨的蛤蟆，愕然道："主儿，要不把这事告诉皇上吧，让他老人家心里有个数。"

含珍却说不能："只听见几句话罢了，且弄不清里头真假。万岁爷圣明烛照，既让和妃碰了壁，就是不愿意过问以前旧事，我们主儿再巴巴儿和皇上提及，岂不是触了逆鳞，自讨没趣？"

颐行领首："我也细琢磨了，不知荣葆听见的这番话，是她们忘了隔墙有耳，还是有意为之。横竖要让皇上和太后反目，真是好大的本事啊！这么着，外八庙别忙着打探了，先想法子打发人盯紧和妃和她身边的人，倘或有什么行动，即刻来回我。"

荣葆说得嘞："奴才这两天在延薰山馆周围到处转悠，和看园子的行宫太监混了个脸儿熟。您放心，奴才让他们瞧着，他们也知道眼下您正红，托付他们是瞧得起他们，没有不答应的。"

颐行说好："只是要暗暗地办，回头给他们几个赏钱就是了。"

荣葆道是，领了命出去办差了。

含珍沏了香片茶送到炕几上，试探道："太后待主儿和煦，这件事事关太后，主儿想没想过，向太后透透底？"

颐行垂着眼睫抿了口茶，复又将茶盏搁下，拿手绢拭了拭嘴道："这得两说，毕竟里头牵扯着先帝爷后宫的人，老辈儿里的纠葛咱们不知道，倘或彤常在唬人，终归叫太后心里不受用，倘或真有什么……内情自然越少人知道越好。太后再抬举我，也不爱让个小辈儿摸清自己的底细。"边说边掩住嘴，压着声说，"知道得越多，死得越快。和妃是个傻子，她要是觉得搅和了太后和皇上的母子之情能立功，那她可就错打了算盘。瞧着吧，到最后里外不是人，恐怕要就此像那些前辈一样，留在热河行宫，连紫禁城都回不去了。"

老姑奶奶小事上头糊涂，大事上头机灵着呢，连含珍听了都频频点头，笑道："主儿有这样的见解，奴才就放心了。不瞒主儿，先头奴才还担心您着急提醒万岁爷，倒给自己招来祸端。"

颐行笑了笑，倚着引枕道："我已经理出门道来啦，要想在宫里活得好，头一桩是不管闲事，第二桩是看准时机稳稳出手。这回和妃八成又要闹出一天星斗来，我这时紧跟皇上和太后，只要和妃一倒，四妃里头可就只剩我一个全须全尾的了，你想想，我离皇贵妃还远吗？离捞出我哥子，重建尚家门楣，还远吗？"说完哈哈仰天一笑，俨然皇贵妃的桂冠戴在了她脑门儿上，她已经踏平后宫，再无敌手了。

含珍和银朱相视，跟着她傻笑，老姑奶奶有这份开阔的胸襟，是她们的福气。

在这深宫中行走，遇上一个心大又聪明的主子不容易。早前一块儿在尚仪局里共事过的姐妹，好些都是伶俐人儿，不说旁人，就说晴山和如意，她们哪一个不是宫女子里头拔尖儿的？可惜跟错了主子，一天天地被拖进了泥沼里，最后弄得一身罪名，没一个有好下场。人说近朱者赤近墨者黑，倘或主子听人劝，就算一时走错了道，也能扭转过来。可要是主子死个膛，好赖话都听不进，那么跟前伺候的人就倒了血霉了，非给活活坑死不可。

如今的老姑奶奶呢，不是烂好人，她也善于钻营，懂得算计。时至今日依旧不忘初衷，两眼直盯着皇贵妃的位分，知道四妃里头除了她，没有一个能堪大用，越发起范儿，甚至得意地在屋子里踱了两圈。

只是说起金锞子，就有点儿发蔫，把小布袋子兜底倒出来数，眼瞅着越来越少，那份雄心壮志也委顿下来，想了想对含珍道："要不然拿个项圈出去化了，少说也能撑上几个月。"

可含珍舍不得："宫里的东西，最值钱的是锻造的工艺，又是累丝又是錾花，全化成了金疙瘩，那多可惜。主儿，您如今愁的不该是金锞子的数量，该着急自己的身子，回头当上皇贵妃，没有小阿哥，位分坐不踏实。您想想，万岁爷后宫三年没添人口啦，如今太后全指着您，你要是一报喜信儿，太后一高兴，皇后的位分都在里头。"

颐行听了唉声叹气："道理我何尝不明白，可什么时候长大，也不是我说了算的。"

"您多想想皇上的好。"含珍红着脸出主意，"想着要和皇上生儿育女，多和皇上耳鬓厮磨，就成了。"

颐行呆呆思忖："这顶什么用呢。"自己也不只一回和皇帝同床共枕过，亲也亲了，搂也搂过，自己不还是这模样，一点儿进益也没有吗？

无奈含珍自己也是个姑娘，再往深了说，她也说不上来了，只道："要不再让皇上给您瞧瞧脉象吧。"

壮得像小牛犊子嘛，她听他这么说过，当时还置气来着，哪有人说姑娘像牛犊子的！

不过他今儿不高兴了，就因为昨晚没睡好，早晨起床脸拉得像倭瓜一样。

"我过去瞧瞧他吧，顺便再请个安？"老姑奶奶开窍的样子还是很招人喜欢的。

含珍和银朱忙说好，搬来梳妆匣子给她重新擦粉梳头。她隔开了那个粉扑子，皱着眉说："怪腻的，回头出了汗，脸上像开了河一样，不要不要。"最后洗了把脸，拿胭脂棍点了个圆圆的口脂，换了件鹅黄色的纳纱袍，小两把上只簪一支茉莉像生花，就这么清汤寡水地往延薰山馆去了。

第十九章·

秋来欲雨

正是午后时光，这时辰没准儿皇帝已经歇下了。她穿过小跨院，见满福正站在廊庑底下打盹儿，上前轻轻叫了声谙达："万岁爷在哪儿呢？"

满福吓了一跳，睁开眼还有些蒙，待看清来人忙垂袖打了个千儿："给纯妃娘娘请安。万岁爷在西边川岩明秀呢，您随奴才来，奴才带您过去。"

这就是红与不红的区别，要是来了个贵人常在求见万岁爷，大中晌里头，谁有那闲工夫理睬她！至多堆个笑模样，说万岁爷歇下了，什么顶天的要紧事儿，也不能把万岁爷吵醒不是。

但老姑奶奶就不一样了，万岁爷亲自挑选的人，一直抬举到今儿。别说天上大日头正旸，就是下冰雹、下刀子，冒着开瓢的危险，也得把人带过去。

于是满福带着老姑奶奶上了抄手游廊，边走边回头，说："万岁爷才用过小餐，照着惯例要会子才歇下。小主儿先过去，请总管酌情再行通传。"

颐行说好，往前看，川岩明秀是个建在山石上的凉殿，地势高，四周绿树掩映，在如意洲这片，算得上纳凉最佳的去处。

沿着游廊一直走，走一程就是个体面的山房，怀恩照旧在门前抱着拂尘鹄立，看见老姑奶奶来了，紧走几步上前，哈着腰说："这大中晌的，小主儿怎么来了？"

颐行有点迟疑，仔细分辨他的神色，又朝他身后山房看看："里头有人？"

怀恩愣了下："没人啊，就万岁爷独个儿在里头。"

"那我能进去不能？"

怀恩笑了："小主儿是谁呀，还有不能进去的道理？"说着往里头引领，到了里间门前垂了垂袖子，"奴才给您通报去。"

其实就是几步路的事，隔着一道美人屏风，怀恩还是煞有介事地压嗓回禀："主子爷，纯妃娘娘来了。"

然而皇帝这回却不像往常那样，沉稳道一声进来，似乎有些慌乱，匆匆道："等……等等，让她等会儿。"

颐行纳罕，不解地望了怀恩一眼，怀恩还是那样稳妥地微笑，哈着腰说："请小主儿稍待。"

颐行点了点头，可人虽站着，心里却满腹狐疑。

难道里头真藏了人？不会是承德官员敬献了漂亮姑娘，他又不好意思向太后请命给位分，便悄悄藏在这山房里头了吧？啊，爷们儿真够不要脸的，还在她面前装清高呢，剥开那层皮，照旧和市井男人一样。

才一会儿的光景，颐行就等出了无边的焦虑，绞着手指咬着唇，心想他怎么还不发话让她进去，就算藏人，也该藏得差不多了吧！

终于，他轻咳了一声，说："进来吧。"

怀恩和满福退到山房外的游廊上去了，颐行深吸一口气，迈进了凉殿内。

殿里的摆设其实还算简单，不像正经寝宫那样，各色锦绣用度铺排得满满当当。殿里除了槛窗下他躺着的那张金漆木雕罗汉床，就只有一张黄柏木平头案，一架多宝格，和边上摆放的清漆描金人物方角柜。

皇帝的神情很从容，淡声道："你大中晌不睡觉，又要来祸害朕了？"

颐行脚下蹉了一步，又蹉了一步，站在柜子前道："瞧您这话说的，我多早晚祸害过您来着。我是想您了，想得睡不着……哎呀，这张柜子好漂亮，我能摸摸看吗？"

皇帝瞧她的眼神变得疑虑重重："尚槛儿，你神神道道的，到底想干什么？"

"连名带姓地叫，可见您对我有诸多不满啊。"颐行龇牙笑了笑，两手抓住门把手，暗暗吸了口气，霍地将柜门打开了。

没人，空的……她起先兴致勃勃，直到看见里头空空如也，一瞬就偃旗息鼓了。

环顾一下四周，屋子里可说一目了然，再没别的地方可供藏身了。难道翻窗逃了吗？她在皇帝疑惑的注视下又蹭到槛窗前，假装不经意地探头朝外看了看。这一看有点吓人，原来这山房建得那么高，窗下就是陡峭的岩壁。她忙缩回了身子，心道要从这地方跳下去，别说娇滴滴的可人儿，就是个壮汉也得摔得稀碎，看来是误会万岁爷了，人家并没有她想象的那么龌龊。

可她这一串反常的举动，皇帝全看在眼里，对她越发地鄙视了："你撒什么癔症？到处查看，究竟在找什么？"

颐行讪讪道："没什么，找找有没有新姐妹。"

皇帝不乐意了："什么新姐妹？你把朕当什么人了，大白天的，哪里来的姐妹！"

果然堂堂皇帝，谨遵礼教，从不白日宣淫。

颐行自知理亏，嘟囔着："您让我等一等，听着调门儿怪心虚的，我不得起疑吗？"

"混账！"皇帝说，"朕不能有一点不想让你知道的私密？你来了就必须长驱直入，谁给你的特权？"

颐行心道恼羞成怒，必有蹊跷。不过人家是皇帝，皇帝说什么都对，自己小小的嫔妃，还能和皇上叫板吗，便厚着脸皮挨过去，坐在他榻沿上说："万岁爷您疼我啊，您一疼我，就纵了我的牛胆了，在您跟前，我什么都敢干。"

这话说得皇帝受用，刚才满脸的不忿也立刻消退得干干净净，小着声儿，自己嘀咕起来："这才像句人话……"

可她就是嘴上漂亮罢了，真的往心里去吗？恐怕并不。

有时候皇帝觉得她没心没肺的，这种人真让人苦恼，似乎你对她的好，无法真正打动她，她懂得口头上敷衍你，但她实际感觉不到你有多喜欢她。难道尚家老辈儿里都是这样的人吗，所以只听说尚家姑奶奶辈复一辈地当皇后，却从未听说尚家出过宠后，这也算奇事一桩。如今轮到自己了，自己可能和列祖列宗不同，辗转反侧着、单相思着，庆幸得亏自己是皇帝，要不然套不住老姑奶奶这匹野马。

可她总有法子逗他，仔细分辨他的神色，大惊小怪地说："万岁爷，您眼睛底下都青了！"

皇帝哼了一声："你知道拜谁所赐吗？"

"我。"她老老实实承认了，"是我搅和得您昨儿夜里没睡好，往后您再召我侍寝，我睡脚踏。"

"睡脚踏……倒也不必。"终归是舍不得这么待她，反正次数多了会习惯，多磨合磨合，也会磨合出门道来的，便拍了拍身侧的空地，说，"来，陪朕躺下。"

颐行有点扭捏："说话就说话，躺着干什么呀……"嘴里抗拒，人却歪下来，十分惬意地横陈在了他的睡榻上。

果然这样通体舒畅，欢喜地吐纳了两下，她笑着说："这地方可真好，又凉快又清净……您这程子没和宗室们上外头玩儿去？怎么见天儿都在行宫里闷着呢？"

"心里有事儿，懒得动。"皇帝说，"王爷贝勒们在承德也有自己的庄子，朝中有政务，就上行宫呈禀，倘或没什么可忙的，各自歇着也挺好，等过阵子凉快些了，再上外头打猎。"

颐行并不关心那些王爷贝勒的行踪，她只记住了皇上有心事，为了表衷心，眨巴着眼说："您有什么想不明白的，和我说呀，我最会开解人了，真的。"

皇帝扭过头瞧着她，吸了口气。可是憋了半天又松了弦儿，那口气徐徐吐出来，最后还是说算了。

男人的苦恼，不足为外人道，尤其面对这么个糊涂虫，除了自行消化，没有别的办法。就像现在，她躺在他身边，没有一点畏惧和羞涩，这是一个女人应该具备的敏感和细腻吗？老姑奶奶好像一直把他当成玩伴，除了最初他以皇帝身份召见她时，曾短暂享受到过作为男人的主宰与快乐，后来这种幸福就彻底远离他了。

在她眼里，他还是十二岁那年的小小子儿，因为和她的初次相遇就出了丑，所以她根本不畏惧他。

他也是男人，有正常的需要，不喜欢的人调动不起兴趣，喜欢的人又那么不开化……他望着凉殿上方的椽子，心情有点低落，昨晚上没睡好，现在依旧睡意全无，闷热的午后，真是满心凄凉啊。

忽然，身下的罗汉床发出榫头舒展的咔嗒声，老姑奶奶不安分的手触到了机关，好奇地问："床腿上有两个摇把儿，是干什么使的？"

皇帝无情无绪地说："宫里匠人的手艺了得，这罗汉床可以像躺椅似的，摇起来能靠，放下能躺。"

颐行哦了声："这么精巧的好东西，我得见识见识。"一面说，一面吭哧吭哧摇动起来。

可是摇了半天，怎么一点动静都没有？她不死心，又接着摇动，这回把吃奶的劲儿都使出来了，结果还是一动不动。

"这木匠手艺不太行，"她喃喃抱怨，"折腾半天还是老样子……"

边上的皇帝这时发了声："当然，因为你摇的是朕这半边。"

颐行闻言猛地回头，见皇帝已经被顶得坐起来了，木着脸看向她，脸上写满绝望。

她愣住了，忙说对不住："没想到这还是个双人床。"

正在她打算把摇把儿归位的时候，从他枕下掉出半块巾帕来，她咦了声："这是什么？"边说边伸手一扯，把汗巾子提溜在了手里。

万岁爷这是流了多少汗啊，这汗巾子都是潮的，怎么还塞在枕头底下？颐行正感慨着，不想他一把夺了过去，急赤白脸地呵斥："你大胆，御用的东西，谁让你动手动脚了！"

他一急眼，颐行自然吓了一跳，嗫嚅着说："怎么了嘛，汗巾湿了就湿了，做什么藏在枕头底下……"

这下子皇帝的脸腾地红起来，胡乱把汗巾卷好，塞进了袖子里，一面不耐烦地催促："把朕放下来！"

颐行没辙，忙扭身将摇把儿倒退回去，他终于一点点躺平，但脸上神色照旧不好，既委屈又难堪，还带着点生不如死的难受劲儿。

颐行撑起身打量他，说了两句好话："我明儿给您做两块新汗巾，保准比这个漂亮，让您有富余换着用，成吗？"

他不说话，冲墙扭过了脸，那清秀的脖子拉伸出一个执拗的线条，好像这辈子都不愿意再搭理她了。

她无措地叫了两声万岁爷："您怎么又发脾气了呀，这汗巾对您很重要？难道是哪个要紧的人留给您的吗？"

他气咻咻不说话，这种态度，足以说明他真的生气了。

颐行这下不敢再招惹他了，毕竟人家是皇帝，身份在这儿摆着，得罪谁也不能得罪他，万一一气之下把她打入冷宫，那么之前的苦可就全白受了。

她挪动了身子："既这么，奴才先回去……"

然而刚坐起身，就被他拽了回来，他撑身架在她上方，拧着眉头恨铁不成钢地责问："你是个傻子吗？当真什么都不明白？朕有时候被你气得，真想掰开你的脑子，看看里头装的到底是什么。"

颐行越发蒙了，虽然他大呼小叫，她照旧弄不明白。追问他，他又不肯透露，这可叫她怎么好啊！

"可能装的是豆花儿？"她试探着说，"我额涅也这么说我……"

"别再提你额涅了！"他恫吓，"想想朕！咱们这样的姿势，不是至亲至近的人，不能这样，你明白吗？"

这回她眼波婉转，知道回避。清嫩嫩的脸颊，唇上豌豆一样鲜亮的一点红，瞧着既是幼稚，又是可爱，细声说："我晋了位分，是您的嫔妃，我也没把您当外人呀。"

不是外人，就必定是内人！

凑近了看她嘟囔，那肉嘟嘟的唇瓣对他来说有着无穷的吸引力。她没长大，自己是正人君子，等得起。但挣那么一点蝇头小利，稍稍慰藉自己，总不为过吧！

于是他捧住了她的脸："槛儿，有桩好玩的事儿，朕想和你切磋一下。"

颐行瓮声瓮气说："什么事儿呀？"话才说完，他低下头，在她唇上啮了一下。

"啊！"她惊叫，"您咬我干什么！"

皇帝蹙眉说别吵："你宫里的精奇该杀，怎么连这个都没教会你？"

其实有些事是《避火图》上没有详细记载的，譬如你去一个地方，路有千万条，你是坐车乘轿还是步行，每一种方法都有不一样的体验。那些教导闺中事的嬷嬷们也一样，有些细节不便和她说得太明白，必要自己亲身实践过，慢慢无师自通。

被皇帝啮了的颐行带着点委屈，心说这人真是的，有什么不满不能好好说道，非要在她嘴上撒气。他咬她一口，又舔她一口，她觉得心都提到嗓子眼儿了。然后他就没什么动作了，只是把唇稳稳贴在她唇上，停留的时间变得很长，彼此间气息相接，甚至能听见对方咚咚的心跳。

好半晌，他移开了，和她鼻尖相抵，软糯的话徐徐流淌进她耳朵里："这是开头，还有……"

颐行糊涂的当口，他叩开了她的唇齿，她几乎要惊叫起来，这是什么路数？可是慢慢又从里头体会到一点奇怪的情愫，她觉得自己要化了，化成一摊水，连今日是何年何月都不知道了。

这是条美男蛇，会噬人心魄，知道怎么让你欲罢不能。要细说，其实有点儿不那么干净，但却不讨厌，反倒有种心与心贴近的感觉。

横竖什么都好，就是喘不上来气儿。她才想呼吸，他又乘机追过来，然后世界塌了，苍翠的热河行宫扭曲旋转，变成一个漩涡，越转越大，把她吸进了水底。

这是一场较量吧？一定是的。不知过了多久，他恋恋不舍地和她分开，颐行才发现两个人的手也紧握着，松开的时候有凉风透过指缝，仿佛彼此都历劫归来。

他翻身重新躺回她身边，不说什么，只是伸手揽她。

颐行两眼直直盯着殿顶，奇怪亲嘴原来有这种诀窍，并不是四片嘴唇贴一贴就完事了，得搅和，搅他个天昏地暗，日月无光。

皇帝呢，这会子也是神魂杳杳，因为御幸很多，如此深入的接触却没有过，头一回体会到了打心底里升起的快乐，这种快乐只有老姑奶奶能给他，不枉自己日思夜想的都是她。

只不过心里还是有些愧疚，毕竟她不懂男女之事，自己老大的人了，想方设法引诱她不合适。唯一可庆幸的是她充了后宫，已经是他的嫔妃了，如果这会儿还在尚家娇养着，让她家太福晋知道了，非打断他的腿不可。

这种澎湃的心潮，得好半晌才能平复，不能让她看出自己露怯，便故作老练地问："明白了吗？下回侍寝，就得这么伺候朕。"

颐行红了脸："别蒙我了，怪恶心人的。"

他听了有点不高兴："你敢嫌朕恶心？朕都没有嫌弃你……"

她的那双眼睛在天光下格外明亮，唇上的口脂早就不见了，那抹艳色化开了，转移到了脸颊上，连眼梢都带上了轻浅的旖旎。

颐行想，大概这才是含珍说的耳鬓厮磨吧，自己虽有些高兴，但想起知愿，忽然又感到愧怍起来。

边上这个人曾经是她的侄女婿，以前觉得没什么，历来姑侄共侍一夫的多了，自己进宫混位分捞人，吃点亏也认了。可如今，这心境好像有变，想得有点多，也不及以前洒脱了。

其实是庸人自扰，本来进宫就得和皇帝纠缠不清，也没个光晋位分不侍寝的道理。可是动了点真情，她就开始自责，和这人搭伙过日子，每天这么虚与委蛇还行，怎么能被他的美色所惑，昏了头喜欢上他呢。

忙坐起身，再这么躺下去了不得，要坏事。也不敢多看他一眼，匆匆说："奴才得走了，小厨房做了香酥苹果，等我回去吃呢。"

她站起身，头也不回地走了，走出山房正遇见停在廊庑上站班的怀恩和满福。

满福笑道："小主儿这就走？"

颐行胡乱点了点头。

怀恩的神情却有些古怪，垂眼看着她的脚直犯嘀咕。

颐行纳罕，随他的视线低头一看，才发现袍裾底下露出两只不一样的鞋头，一只缀着流苏嵌着米珠，一只鞋帮上绣满龙纹。原来慌乱中错穿了皇帝的靸鞋，走出来这么远，自己竟没发现。

怀恩和满福的目光立刻满含深意，心说不拘怎么，老姑奶奶趁着这一会儿工夫都上了万岁爷的罗汉床，小两口这感情啊，嘿！

可他们哪知道她的尴尬呢，退回去重新换鞋，那是不能够了，干脆就这么跑吧。于是在他们惊讶的注视下跑出抄手游廊，跑向了延薰山馆。

回到"一片云"，跟前的人也惊呆了，银朱说："那么老远的路，您就这么回来了？"

含珍最是处变不惊，一面替她换了鞋，一面道："幸好今儿没穿花盆底，要不高一脚低一脚的，不好走道儿。"

颐行怀疑她在笑话自己，要是穿了花盆底，也不至于穿错鞋了。

这大白天的，去了一会儿就躺到一块儿了，自己想起来也臊得慌。换了含珍她们会怎么瞧她呢，明明天天缴着金锞子，却又回回纠缠不清……她们八成以为她装样儿，虽没正经成人，其实已经开脸了吧！

这么一琢磨，五雷轰顶，一把捂住了自己的脸，那片红云从脸颊一直蔓延进领口，还在努力地维持着体面："我们就是躺在一块儿，闲聊。"

银朱没言声，冲含珍挑了下眉，暗暗憋着笑。

还是含珍沉得住气，和声说："主子歇觉的时候到了，且睡会子。这鞋……奴才替您送回御前去，瞧瞧能不能把咱们那只换回来吧。"

说到最后，到底也忍不住笑起来，颐行越发不好意思了，又无从辩解，忙跳上美人榻，拿清凉被把自己的脑袋蒙了起来。

毕竟是年轻主子啊，面嫩得很，含珍拿黄云龙的包袱将那只龙鞋包好，重新送往川岩明秀。

怀恩在山房前接了，正色说："主子爷这会儿歇着呢，我也没法子进去把纯妃娘娘的绣鞋取出来，得等会子了，等万岁爷起身，再打发人给娘娘送回去。"

含珍道好："那就偏劳总管了。"

怀恩摆了摆手，由衷地感慨："多好啊，主子们敦睦，是咱们做奴才的福气。"

含珍说可不："咱们图什么，只求主子圣眷隆重，咱们脸上也有光。我算跟着个好主儿，如今回头看看，造化大了。"

"宫里带眼识人顶要紧，姑娘和纯妃娘娘有过命的交情，那是说多少好听话都换不来的。娘娘走窄道儿的时候你伴着，日后娘娘升发了，自然也不忘了你。"怀恩笑着拉了两句家常，临了又叮嘱，"明儿中元，万岁爷遵着以往惯例，请萨满和僧众在热河泉那头的祭殿设道场，祭拜历代祖宗。姑娘回去转告主儿一声，明早早起上太后跟前伺候，主子爷处置完了朝政，就上月色江声迎太后过去。"

含珍应了，复蹲了个安，原路返回"一片云"。

七月里的天，说变就变，午后还晴空万里，到了申时前后便下起雨来。

乌云笼罩着天幕，压得极低极低，闪电从云层间穿隙而过，那突如其来的巨大炸裂声，连着大地也震颤起来。

颐行撑起身看，外面天都黑了，银朱在案上掌起了灯。走到窗前观望，雨水从廊庑外的瓦楞上倾泻而下，飞溅的水沫扑面而来，天色虽昏暗，空气倒凉爽宜人。

含珍不知从哪里弄了两根青蒜回来，掐头去尾，只留一节蒜白，仔仔细细拿红纸包裹起来。

颐行凑过去问："这是干什么呀？"

含珍一本正经道："明儿中元啦，鬼节阴气重，又要上祭殿里磕头，带上这蒜能祛邪，不让那些野鬼靠近您。"

颐行摇头："你怎么像我额涅似的，中元每年都过，哪来那么些鬼神！"可是才说完，脸上的笑僵住了，忽然捂着肚子"哎哟"了一声。

含珍一怔，忙放下手里的大蒜来瞧她，一面问怎么了，一面搀她在圈椅里坐下。

银朱啧了声："让您别吃冰来着，瞧瞧，这回闹肚子了吧！"忙打发人预备官房，见老姑奶奶疼弯了腰，自己又使不上劲儿，便蹲在她面前追问，"好好的，怎么说疼就疼了？怎么样呢，实在不成就传太医吧！"可再看看天色，算算脚程，又换了主意，"还是上延薰山馆找万岁爷吧。"

银朱急得团团转，却听含珍冷不丁来了一句："我的主儿，这么疼法，别不是要来好信儿了吧！"

此话一出，三个人立刻面面相觑。

难道好事真要来了？颐行的心霎时吊起来老高，心想才刚在川岩明秀和皇帝的那通切磋，果然奏效，这才多长时间啊，居然说来就来了？

很好，非常好，终于能省下那些金锞子了。就因为见天儿要向皇帝纳"好信儿税"，弄得她这阵子连打赏都抠抠索索，不敢动那些零碎的金银角子。如今好了，时来运转了，少了那笔支出，手头上能宽裕许多。至于留给知愿的那些钱，也可好好保管不必动用了，等找个时机再向皇帝打探，问明了人在哪儿，送到她手里，就算尽了姑爸对她的心了。

银朱和含珍也忙起来，给她预备了信期里该用的东西，因晌她嘴馋吃过冰，大夏天里还得冲汤婆给她捂肚子。来来回回折腾了好半晌，颐行坐在床上，仿佛产妇等着生孩子似的，睸等着见红。谁知足足等了两个时辰，等到入夜，也没见好信儿造访。

含珍说不急："正是欲来不来的时候，大抵都是这样，先给您个预兆，让您筹备起来。左不过就是这几日，您行动上头须留点儿神，时时注意自己的裤裤，千万别弄脏了衣裳，叫人看见笑话。"

颐行点点头："我都记下了，明儿上热河泉去，你把东西带上，以备不时之需。"

含珍道好，又问："您这会子还疼不疼呢？疼起来究竟是怎么个疼法儿？"

颐行仔细品了品，说这会儿好些了："就是胀痛，小肚子里坠坠的。"

含珍笑着说八成有谱儿："往后可不能贪凉了，手腕子脚腕子不能吹凉风，也不能见天儿闹着要吃冰了。否则寒气进了身子，信期里多受罪的，女孩儿吃亏就吃亏在这上头，不像爷们儿那么洒脱，来去方便。"

银朱在一旁收拾老姑奶奶的衣袍，提溜着两肩比画："含珍姐姐，咱们主儿这程子长高了好些，衬衣的下摆和袖子显见的都短了，回头得找四执库随扈的人，让他们重新预备两件。"

含珍说正是呢："这当间儿憋着劲儿地长个子，等信期一到，往后长得就慢了。"

颐行裹着被褥唔了声："长那么高做什么，浪费衣料。"说着犯了困，倒下来把汤婆子搁到一旁，就势睡着了。

本以为当天夜里能有个准信儿的，结果空欢喜一场，竟是什么都没发生。

第二天起来，坐在妆台前让银朱给她梳妆，揭开那个象牙嵌红木首饰匣的盖子，瞄了里头的金锞子一眼，显见的越来越少，实在不忍再数，重新将盖子盖了起来。

待一切收拾停当，颐行站在镜前整整衣襟，扶了扶头上钿子。正要出门，见荣葆一路从院门上飞奔进来，到了屋里一打千儿，说："回主儿话，和妃娘娘跟前人又往上帝阁那头去了。流杯亭门附近有处院子，专用来收容先帝朝嫔妃，那个彤常在就在里头住着。和妃打发宫女过去传话，想必是通报万岁爷今儿行程，主子既预先知道，且想想法子，早做防备吧。"

颐行略沉吟了下道："今儿是中元，祭殿里不光有后宫嫔妃参拜，前朝的官员和宗室们也要行祭拜之礼。这和妃是得了失心疯，竟打算让彤常在闹到热河泉去？"

"那主儿，咱们可怎么应对才好？要不然半道上截了彤常在，把这事儿悄没声地办了，谁也不能知道。"

可颐行也有她的顾虑，里头真假尚且说不准，这时候插手亦不是明智之举。再说了，悄没声地办了，不符合她做事的风格。和妃既然愿意挑唆，罪名反正在她身上，自己可以静观其变。毕竟小小的妃嫔，随意插手那么大的事不是明智之举，就凭彤常在能找和妃支招，也搅和不起多大的风浪来。

银朱见她不说话，忖了忖道："那个院儿里，八成不只住了彤常在一个，咱们把剩下的人都抓起来，万一事儿说不清楚了，好叫那些人出来做证。"

颐行却摇头："把人逮起来，说明咱们早就知道这事儿，到时候太后反倒怪我没有预先把实情回禀她，和妃固然讨不着好处，我也得跟着吃挂落儿。"

荣葆眨着眼睛，糊里糊涂地问："那可怎么办呢，咱们就这么装不知情？"

颐行吁了口气，低头整整纽子上挂的碧玺手串，凝眉说："就装不知情。彤常在不闹，和妃不倒，我反倒愿意她闹起来，于我更有利。我只要紧紧跟在太后身边，就算不出手，也错不了。"

这样的谋划，其实哪像个信期都没来的孩子呢。老姑奶奶虽说从小放羊似的长大，但高门大户中的心计她未必不会，只是平常不愿意动脑子罢了。

含珍道："主儿一心认定太后，难道心里早有成算了？"

颐行笑了笑："你反着想，如果彤常在真是皇上生母，太后能让她活到今儿？"

紫禁城是大英的中枢，生活在里头的人，尤其是看惯了风云笑到最后的人，怎么会疏漏至此！自己和太后相处了这些时候，知道太后性情温和，是个善性人儿，但善性不代表她蠢。自己若真有把柄落在别人手上，必定会杀了彤常在和那些知情的低等嫔御，永绝后患。

横竖就这样吧，到时候随机应变，就算不立功，自己也是千顷地一根苗，妃中独一份。

赶到月色江声的时候，太后已预备好了，穿一身素色氅衣，戴着素银的钿子，站在廊庑底下，怔怔看着外头的天幕发呆。

颐行上前搀扶，轻声道："万岁爷处置政务怕是还有阵子，您何不在里头等着，外头怪热的。"

太后听了，这才转身返回殿里，边走边怅然："又是一年中元节，我最怕这样的日子，看见先帝爷好端端的人，变成十几个大字蹲在牌位上，心里就难受得慌。"

太后眼里盈盈有泪，低下头拿手绢拭眼，颐行忙安慰："您瞧着万岁爷，也要保重身子。先帝爷走了好些年了，您每常流眼泪，先帝爷在天有灵，也不愿见您自苦。奴才们年轻，逢着这样的日子都得听您安排，您要是伤情过甚，叫奴才们怎么好呢。"

太后方重新有了笑模样，叹息道："上了年纪，越发没出息了，逢着点事儿就哭哭啼啼的。就是觉得啊，这人世间真寂寞，来这一遭，不知是来享福的，还是来吃苦的。"

颐行最善于讨长辈欢喜，和声说："您要是来受苦的，那寻常人越发不得活了。先帝爷虽升遐，您还有万岁爷，有奴才们。奴才虽不成器，也愿意时时在您膝下伺候，就当奴才斗胆，顶了昭庄公主的缺吧。"

她能说这些窝心话，太后自然高兴，笑着说："不瞒你，早前皇帝要抬举你，我心里是不大称意的，毕竟你哥子触犯了律法，重新扶植尚家人，弄得朝野乱了规矩。可后来想想，你是尚麟的闺女，总是受了你哥哥的连累，罪也不在你。如今瞧，当初网开一面着实没错，你在我跟前倒给了我许多慰藉，难怪你主子那么喜欢你。"

颐行脸红起来，皇帝的喜欢，自从撕破夏太医的面具后，就再也没有掩饰过。阖宫都知道他独宠她，连太后也默认了，可颐行心里未必没有隐忧，这么大张旗鼓，谁知道是不是想捧杀她。

后来各宫嫔妃也姗姗来了，大殿里一时热闹起来，皇太后不再像先前似的脆弱，重又端出了架子，颐行若不是亲身经历过，哪里知道太后也有思念先帝，淌眼抹泪的时候。

这时皇帝来了，带着前朝雷厉风行的气势，到太后面前拱手长揖："皇额涅，时候差不多了，儿子接您过热河泉，车轿已经在外头等着了。"

只是那么威严的帝王，视线和老姑奶奶迎头相撞的时候，还是显出一丝不易察觉的慌张来。他连哄带骗诱拐一个没长成的孩子切磋技艺，说实话真不应该，现在想起来还有些羞愧，但羞愧归羞愧，却打算死不悔改。

所以他坦然了，微微挺了挺胸膛，理不直气也壮。

颐行别扭地瞥了他一眼，待送太后上了车辇，双双退到一旁，颐行趁这当口哎了一声："我的鞋，您怎么不让他们送过来？"

皇帝没搭理她，倨傲地转身登上了自己的肩舆。

日头高悬，大太阳底下的华盖遮出一片阴凉，他就端坐在那片阴影里，目不斜视地望向前方。御前太监开始击节发令，九龙舆稳稳上肩，稳稳地滑出去，只留下颐行一个人，站在那里穷置气。

含珍忙上前催促："主儿，快上轿吧，那么些人都等着呢。"

颐行这才回身望去，果然那些嫔御都巴巴儿看着她，等着她的车轿先行。

和妃自然是不理会她的，早已登上自己的代步，兀自追赶太后和皇帝去了。

所以得赶紧上轿，含珍替她放下了垂帘，压声吩咐轿夫："脚下加紧着点儿，追上前头。"

太监们得令快步赶上去，颐行透过轿上小窗朝东望了望，这会子彤常在想必已经潜在祭殿附近，只等皇上一到，就在列祖列宗面前哭诉喊冤了吧！

一行轿辇打如意洲向北，直往热河泉去，那地方也属行宫一处胜景，以热汤泉出名。据说看园子的宫人种了瓜果，拿热河泉水灌溉，等成熟之后，瓜果就格外香甜。

当然一路也是林荫重重，这行宫里的植被果真是紫禁城不能比的。紫禁城中要紧的宫殿前都不栽树木，到底是为什么，谁知道呢！

再走上一程，隐约能听见钟声了，混杂着僧侣的吟诵，阵阵梵声铺满了他们前行的道路。

散朝后的臣工和宗室已经先行一步到达祭殿，待太后慈驾一到，便分列两旁垂袖行礼。

从京城到热河，四五百里地一同赶赴，尤其这种祭祖的日子里，前朝和后宫倒不必忌讳，可以分批进贡上香，磕头祝祷。

乌泱泱的，好些人啊！颐行搀扶着太后站在一旁，殿里祭台搭得格外宽绰，两旁喇嘛盘坐在重席上，那连绵不绝的梵语喃喃从口中吟诵出来，格外有种庄严肃穆的气象。

"当——"厚重悠远的磬声，在行宫上空缓缓盘旋。皇帝率领大臣和宗亲们先行祭奠，只见一排排身着石青补服的人，按着高低品级在殿宇中央泥首顿地，司礼太监苍凉的语调拖得老长："跪——拜——"

颐行这会儿要关心的倒不是皇帝，她紧盯边上的和妃，见她心不在焉地向殿外张望，便悄声在太后耳边提点："和妃姐姐像是在等人哪。"

有一瞬感受到了自己成为奸妃的潜质，心下也感慨，明明这么纯洁无瑕的心思，进了宫，盘算着晋位登高枝儿了，就变得如此精于算计起来。

太后闻言，顺着颐行的视线看向和妃，她站得不远，确实一副心事重重的样子。

太后皱了皱眉，十分地不称意，这样的日子，正要祭奠祖宗的时候，她还是静不下心来，频频左顾右盼。后宫选妃历来都是慎之又慎的，竟不知怎么让这么个不端稳的人升了妃位，早知如此，命她随贵妃她们留在宫里倒好，省得跟在左右，总叫人心烦。

太后调开了视线，哼道："别管她。"

这时君臣已经行罢了礼，从供桌前缓缓却行，退让到一旁。接下来轮着太后率领后宫祭拜了，众人肃容跪在预先准备好的蒲团上，跟随司礼太监的唱诵伏地叩首。三跪九叩礼成后，便是上元祭祖环节中又一项规矩，点祭灯。宗室和后妃们，得在高低分作三层的巨大烛台上各点一盏白蜡，以寄托对历代帝王的哀思。

这厢需要伺候的人多了，殿里往来的太监宫女自然也多，另加上列队诵经的喇嘛和僧侣，一时间人影错综，应接不暇起来。

这时候就得强打起精神仔细分辨了，彤常在要现身，必定混在人群里才能入殿。

正想着，一个穿着僧服，戴着僧帽，但体型略显矮小的喇嘛穿过人群，径直向这里走来。颐行那刻倒真未警觉，以为就是普宁寺里做法事的喇嘛。然而那人越走越快，僧帽两旁垂挂的杏黄色护耳随着气流翻卷起来……她终于看清了她脸颊上大片肉红色的瘢痕，也看见她从袖子里抽出匕首，趁着人群掩护向太后刺去。

那一刻时间仿佛静止了，没有人察觉。明晃晃的刀尖逼近，颐行心道这回亏大了，没想到彤常在能动手绝不动口，奔着杀人来了。自己的大功是不立也得立，管不了太多了，连高呼一声"太后小心"都来不及，只得使出吃奶的劲儿，一把将太后推开了。

刀尖扎下来，扎伤了她的胳膊，然后就是一阵人仰马翻，等她再定眼瞧的时候，彤常在已经被死死按在地上，皇帝抽出汗巾用力缠住她的胳膊，一面惊惶地大喊："太医呢……传太医来！"

太后惊魂未定，喃喃说："这是怎么了？"左右宫人团团护住她，她气得推开他们，恨道，"这会子还拦什么！"

过去查看颐行的伤，见那件粉白的袍子上洒了好些血，太后脚下蹒跚，幸而云嬷嬷和笠意搀住了她，她白着脸追问："怎么样了？纯妃怎么样了？"

颐行到这会儿才感觉到胳膊上的钝痛，伤口痉挛着，那种疼痛像翻滚的浪，连带耳朵里也嗡嗡地低鸣起来。

还是自己疏忽了，既然想到彤常在不可能是皇帝生母，怎么没想到她打从一开始就抱着你死我亡的决心呢。这回倒好，好信儿没来，胳膊倒流了一缸血，还得强撑着向太后报平安："老佛爷，奴才没事儿。"

可痛是真痛，且看见血，顿时眼睛发花，脑子带蒙。含珍和银朱焦急的呼唤好像离得越来越远，她哆嗦起来，腿也站不住了，抓着皇帝说："万岁爷，我要厥过去了……"

皇帝说我在："你别害怕，没有伤及要害，死不了的。是我不好……是我大意了……"

后面他说了什么，她已经听不见了，就觉得心跳得要从嗓子眼里蹦出来，眼前是铺天盖地的红，不是疼晕的，是被流不完的血吓晕的。

再醒来，已经是午后了，皇帝和太后都在"一片云"，见她睁开眼忙围过来，一径问她现在感觉如何，胳膊还疼得厉害吗。

到底被扎了一刀，伤口深不深她不敢看，疼是真的疼。可在太后面前她得晓事儿，勉强扮起笑脸道："您放心，已经不怎么疼了。"

这话其实没人信，太后惨然道："你这孩子，流了那许多血，怎么能不疼呢，瞧瞧脸上都没了血色，大可不必有意宽我的怀。这回是多亏了你，若没有你，今儿我该去见先帝爷了。真是……没想到陈年旧事，有的人能记一辈子，恨一辈子。我如今想想，当初不该妇人之仁留下那个祸害，要是那时候当机立断，也不会害得你受这样无谓的苦。"

太后脸上的神情变得冷漠又遥远，追忆起二十多年前的事来，并没有对后宫岁月的眷恋。

"我和她，是同一年应选的，早前在宫外时两家就认识，进宫后她封常在我封贵人，一同被安排在延禧宫内，随高位嫔妃居住。她这人，常有一颗争强好胜的心，位分上头低我一等原就不满，平常琐事上也是争斤掐两，半分不肯相让。后来随先帝来承德避暑，那会儿我们这些低等的嫔妃共排了一场舞，那天夜宴上，先帝对我青眼有加，她越发不平，说我抢了她的风头，自此以后恨我恨得咬牙。"太后缓缓地说，苍白而自嘲地笑了笑，"所以我说后宫历来如此，人多事也多。先帝爷雨露均沾，只是她承幸得晚，恰好在行宫诊出遇喜，立时人就像疯魔了似的，做出许多得意忘形的事儿来。"

颐行渐渐明白了："她的孩子，最后没能生下来？"

太后点了点头："她买通了冷香亭的太监，想放火把我烧死在莹心堂，没承想阴差阳错，自己被困在了里头。后来孩子没了，脸也毁了，我那时候想，她既然落得这般田地，总算受了报应，紫禁城是回不去了，就让她留在行宫颐养天年吧！如今二十多年过去了，我以为她早煞了性子，旧恨也都看开了，没想到她心如蛇蝎，还想置我于死地。我听皇帝说，她曾托和妃传话请求面圣，好在皇帝没有答应，否则她恨我，未必不迁怒皇帝，要是御前行刺，那可是千刀万剐也不能解我的恨了。"

皇帝在一旁静静听了半天，待太后说完才道："眼下人被押解起来，已经严加审问过了，热河泉守卫森严，她能混进祭殿，全是和妃的安排。"说罢摇头苦笑，"朕的后宫，为什么尽是这样的人才，不长脑子，听风就是雨。"

太后倒要来安慰他："人吃五谷杂粮，各有各的脾气，也不是个个都如她们那样，好歹还有个纯妃。"

颐行受了褒奖，显得有些不好意思，心道我也不是多出众，全靠姐妹们衬托。

皇帝看了她一眼，并未急着夸她，只对皇太后拱手："额涅，肜常在行刺太后，罪大恶极，和妃安雅氏助纣为虐，比之那个疯妇更可杀。朕欲处决肜常在，赐死安雅氏，不知额涅意下如何？"

终究关乎两条性命，肜常在不能留是一定的，但和妃要被赐死，似乎有些过于严苛了。

床上抱着胳膊的颐行揣测太后的心意，料她的看法必定和自己一样，没想到自己终是猜错了。

太后脸上神色凝重，思忖了下道："这蠢物有颠覆社稷之心，必不能轻饶。我以前常觉得她的心性不及贵妃她们，虽说平常不犯错，可一旦出错，就犯大忌讳。譬如你的万寿宴上，何故让永常在抱了猫来？这样的大日子，永常在年纪小玩儿性大，她却是主位娘娘，管不住底下嫔御，还管不住自己的猫？可见她向来是个看热闹不嫌事大的，人若是冲动冒进，反倒心眼儿不算顶坏，怕就怕那种包藏祸心，自己不肯出头，专挑唆别人冲锋陷阵的，那才是坏到根儿上了。不过她毕竟是妃，正大光明处置了不好，还需背着些人，对外只说暴毙，也就是了。"

颐行听太后这样平静地安排了一个人的生死，才知道再慈祥的人，也有雷霆万钧的手段。帝王家不是寻常人家，三言两语间断人生死，自己虽然见惯了，但事发在眼前，也还是感到不寒而栗。

皇帝道是，也不需多言，向门口站班儿的怀恩使了个眼色，怀恩哈了哈腰，便奉命去办了。

太后见颐行愕着，回身换了个温软的表情道："你不用怕，若是换了一般二般的事儿，我也不会答应皇帝赐死她。可我想起她竟上皇帝跟前引荐那个贱人，浑身就起栗。她们愿意怎么对付我，我不在乎，横竖已经活了这把年纪，享尽了清福，死也不亏。可她们要杀我的儿子，我就能和她们拼命！"

颐行听出了太后对皇帝满满的慈母之心，这是还未得知肜常在声称皇帝是她的儿子，否则那股子愤懑，就算把人凌迟了，也不能解其恨吧。

皇帝轻叹了口气："额涅别为这件小事挂怀，处置了就完了。儿子已经严令禁军加强守卫，先帝留下的那些低等宫人，再养在行宫内多有不便，越性儿让她们搬到文津阁去。日常用度不得减免，只是离得远些，有专人看顾伺候，也好少些麻烦。"

太后点了点头："你思虑得极是，一时的心软倒埋下祸端来，还是远远打发了，两下里干净。"

皇帝说是："今儿额涅受惊了，且回去好好歇着。纯妃这里不必忧心，跟前人自会尽心服侍，换药什么的有朕，这伤养上一阵子，慢慢就会好的。"

太后听了，说也罢，一面探身吩咐颐行："仔细将养，多名贵的药咱们也舍得用，把身子调理好第一要紧。"

颐行在床上欠身，强打着精神道："奴才记下了，太后放心吧。"

太后颔首，由云嬷嬷扶着往门上去了，皇帝这才在她床沿上坐下，仔细打量她的脸色，问她要吃什么。

颐行有气无力，靠着靠垫说："肉上扎了个那么大的窟窿眼儿，疼都来不及，哪里有胃口。"

皇帝对她此番舍身救太后的英勇壮举，终于有了正面的回应："这次你又立了大功，太后心里记下了，朕也记下了，等择个黄道吉日给你晋皇贵妃，圆了你的心愿，想必太后也不会反对。"

她起先臭着脸，一副要死不活的样子，但一听说要晋位，眼睛里立刻就有了神采。

不过嘴上还装得谦虚，说不要不要："我救太后是发自肺腑，并不为了晋皇贵妃位。"

皇帝知道她说一套做一套，这时也不忍和她抬杠，便窝心地表示："是朕死乞白赖非要晋你的位分，是朕需要一位统领后宫的皇贵妃。"

颐行想了想，脸上微微露出一点笑意："既然这样，那也行。"

她鬓边垂挂的发，有几丝凌乱地搭在她的脸颊上，皇帝伸手替她捋到耳后，沉默了下方道："和妃那天来说了一通话，其实朕也不是全不在意，第二天就打发人暗暗查访去了。宫里要查出一个人的全部底细，其实再容易不过，侍寝也好，遇喜也好，步步都有记档，任谁也混淆不了。这彤常在留在行宫后就患上了癔症，动辄声称有人抱走了她的孩子。想来说得多了，自己也信了，行宫里知道她底细的从不拿她的话当真，也只有遇见一个和她一样半疯的和妃，才弄出今天这些事来。"

颐行恍然大悟，心道我就说呢，凭他如此缜密的心思，难道会对和妃的话半点也不好奇吗，果然还是暗中查访过了。只是有一点让她想不明白："您既然知道她们的打算，为什么不预先将彤常在拿住，还让她闹到热河泉去？"

"因为朕想看看，和妃能蠢到什么程度。"他说罢，乜了她一眼，"你不也在静观其变吗，这件事上朕和你想到一处去了，真是有缘。"

这算什么狗屁不通的缘，因为都在等着和妃落马，所以彼此都按兵不动，结果害她挨了一刀，流了那么老些血？

当然这些心里话不能承认，她啧了一声："奴才一概不知，哪来的静观其变……"在他锐利如刀的凝视下，终于还是露了怯，惨然说，"好吧、好吧，奴才确实听见了一点风声，可我不敢掺和呀。老辈儿里的陈年往事，我能明白多少，万一您的身世果真那么离奇，我也不能为别人反了太后，毕竟生恩不及养恩大……"结果招来了皇帝的怒视。

"什么生恩不及养恩大，要是其中真有内情，朕怎么能平白让生母受委屈。先帝和太后感情甚笃，朕只是觉得那个疯妇亵渎了他们的情义。夫妻间两情相悦，本就没第三个人什么事，要是先帝还在，怕是会把那疯妇挫骨扬灰了。"

宇文家的男人，认定一人，就终其一生。

颐行也暗暗思量，自己今年十六，皇帝也才二十二。人生漫漫，路且长着，如果三年之后的大选，那个真正让他喜欢的姑娘出现了，那么自己算怎么回事呢，是该争宠，还是该让贤啊……

胳膊上的伤有缠绵的钝痛，她也变得恹恹的，半阖上眼睛说："我得睡一会儿了，万岁爷请回吧。"

皇帝说好："那朕晚上再过来瞧你。"

她胡乱点点头，门上含珍进来替她恭送圣驾，她听着皇帝的脚步声渐渐去远，迷迷糊糊地想，自己还是喜欢热闹的，宫里弄得冷冷清清也不像个宫廷。如果自己能保持对他淡淡喜欢，那么将来就能容人，大家姐姐妹妹在一起，逢年过节还能一起吃个饭，那才是大团圆。

这一通胡思乱想，后来昏昏睡过去，梦里胳膊都是疼着的。只是太累了，说不出的累，一觉睡到申末。隐约听见外面传来说话的声音，这才醒过来。睁开眼，便见银朱进来回话，说随扈的小主儿们都来探望主儿了，问她见是不见。

见，当然得见，这是一个新开端，没有不见的道理。

于是强挣着坐起身，看后宫那帮莺莺燕燕鱼贯从门上进来，忽然感受到了属于皇帝的快乐。

这些人以康嫔为首，围站在她榻前，齐齐向她蹲安行礼。康嫔现在想起还后怕："才刚那事儿，真唬着咱们了，谁能想到人堆里竟有刺客。"

愉嫔也顺着康嫔的话头子奉承："也亏得是娘娘，要是换了咱们，早吓得不知怎么才好了，哪还有那能耐救太后呀！"

大家纷纷附和，一瞬老姑奶奶成了众人学习的榜样，不光是因为她的壮举，更是因为她如今在太后和皇上跟前坐实了地位，后宫再也没人有这能力撼动她的地位了。

谁能想到呢，混成了糊家雀儿的老姑奶奶，进宫没多久就傍上了万岁爷，这已然是平步青云的前兆了，唯一能阻止她高升的就是太后。

本以为太后对尚家有成见，毕竟前头尚皇后挨废，是一项震惊朝野的大事，尚家想翻身，怎么也得再攒个二三十年的修为，谁承想，人算不如天算！不知道从哪儿冒出个疯癫的老宫人来，就这么一刀，再次成就了老姑奶奶。大伙儿这心啊，这回是彻底凉了，人要红，压也压不住。反正这后宫就是这样，不是你得意，就是我风光。只可惜这好运气没落到自己头上，那也是没辙，谁让自己不讨皇上喜欢呢。

不过想起和妃，大家不免都有些慌张。

永常在是个实在人，讷讷说："才刚我从住所过来，经过金莲映日，听说和妃娘娘得了急症，人没了……"

众人脸上俱是一黯，世上哪有那么凑巧的事，上半晌老宫人作乱，下半晌和妃就暴毙了。这后宫看着花团锦簇，其实背后不为人知的地方可怕着呢。她们不参与，自然不知内情，但私底下也议论，各种揣测不断。

颐行是亲耳听见皇帝和太后商议的，虽然事情经过她都知道，但在这些嫔御面前，也得善于打太极。

于是脸上浮起了一点愁色来，哀声说："想是有什么暗疾吧，平常不发作，这回受了惊吓，病势一气儿就来了。多可惜的，原本来承德是为避暑，没想到竟出了这样的意外。"

谨贵人说正是呢："也不知这丧仪怎么安排，是在承德就地办了，还是把人运回宫去。"

要是照着历来的习俗，妃位以上在外身故的，不管距离多远，都得装殓后运回京城，停放在景山脚下的享殿里，日日有人上供祭殿，等钦天监看准了吉日吉时，再动身运往妃园。但妃位以下就没有那样的待遇了，一般是就地举办丧仪，离陵寝近的直接运往山陵，若是太远，则找个风水宝地下葬，每年清明和忌日由当地官员代为祭奠，也就完了。

像和妃这样的情况，虽然表面对外宣称是得病暴毙，但丧仪方面断不可能照着惯例办。谨贵人说了这话，众人皆侧目看她，贞贵人囫囵一笑："谨姐姐随和妃娘娘住在景仁宫，情义必定比咱们深厚。如今和妃娘娘薨逝，瞧着往日的旧情，谨姐姐少不得要看顾和妃娘娘的身后事吧？"

　　于是大家都看向谨贵人，大有赶鸭子上架的趣味。毕竟不是一般的死因，人人避之唯恐不及，哪个缺心眼儿的愿意去招那晦气。

　　谨贵人脸上神情尴尬，又不好推脱得太分明，便道："上炷香的情义总还是有的，至于丧仪，一应都由内务大臣操办，我一个深宫中的闲人，能帮上什么忙。"

　　横竖是不会有人过问的，大家都显得意兴阑珊，虽说热闹瞧着了，却也不免有兔死狐悲之感。再多议论，人都去了，还有什么可嚼舌根的，总知谨记一点，帝王家富贵已极是不假，动辄性命攸关也是真的。

　　几家欢喜几家愁吧，和妃那一派愁云惨雾的时候，老姑奶奶却正红得发紫。后宫里的女人虽个个自视甚高，却也最善于见风使舵。如今贵妃和四妃损兵折将，就剩纯妃这一根独苗了，这回又立大功，可见不久的将来，大英后宫又会是尚氏的天下。

　　而老姑奶奶本人呢，显然和裕贵妃不一样，人家并不屑于做什么假好人，就算不招大家待见，也讨厌得坦坦荡荡。

　　先前那几个招惹过她的，下场都不大好，跟着恭妃挤对过她的贞贵人和祺贵人，此刻是最慌张的。她们相互交换了下眼色，带着些献媚的味道轻轻往前蹭了蹭，祺贵人说："娘娘这会子伤了手，想必要将养好些日子，倘或闲着无聊，咱们姐妹可常来，给娘娘解解闷儿。"

　　结果招来老姑奶奶一声嗤笑。

　　祺贵人尴尬了，颊上的肌肉吊着，放也不是，不放也不是。

　　颐行知道自己让人下不来台了，忙笑道："我才刚还想呢，和妃出了这样的意外，太后心里必定难受，要多去陪太后解解闷儿才好，不想你们倒要来陪我。我这伤，也不算太重，歇息两日就会好的，大伙儿不必放在心上。"

　　她没有和她们亲近的心，尊就是尊，卑就是卑，犯不着装模作样打成一片。

　　康嫔瞧得真真的，既然如此，就不该在这里讨人嫌，便道："娘娘今儿受苦了，好好保重为宜。咱们人多，乱哄哄的，没的扰了娘娘清净。还是各自回去吧，等娘娘大安了，再来请安不迟。"

　　于是众人就坡下驴，立时向她蹲安行礼，潮水一样地来，又潮水一样地退尽了。

　　颐行直到她们走出"一片云"，才重新瘫软下来。银朱上前查看，她不愿叫这些人笑话，强撑着应付了这么久，熬得背脊上的衣裳都湿透了。

　　银朱忙打手巾给她擦拭，又替她换了衣裳，轻声道："主儿这又是何苦，不见她们就是了。"

颐行却笑了笑："连我都不见人了，四妃岂不全军覆没？我得给自己撑一撑场面，让她们知道以后除了贵妃，我行老二。"

含珍从外面进来，笑着说："这话过于自谦了，应当是您行老二，没人敢居第一。"

对于一心挣功名的人来说，没什么比傲视群雄更让人高兴的。颐行得意地笑了两声，又吃了一品膳粥，可是将夜的时候发起烧来，倒在床榻上直犯迷糊。

含珍心焦得很，上延薰山馆找了怀恩："不知怎么，我们主儿身上发热起来，人也糊里糊涂的，直念叨万岁爷。"

怀恩一听也着急，不住回头往殿内瞧，道："军机大臣还在里头议事，你先回去，给娘娘打热热的手巾把子擦身，等里头叫散了，我即刻替你把话传到。"

含珍哎了声，重新赶回"一片云"，照着怀恩的嘱咐，一遍遍替颐行擦身降温。

不多会儿皇帝便来了，手里还提溜着一只绣花鞋。到了她床前把鞋端端放下，牵过她的手腕来辨症，略一沉吟便吩咐满福去取犀牛角研成粉末，和在温水里让她喝下去。倒也没过多会儿，她身上热度渐退了，睁开眼睛头一件事，就是感慨身边有个懂医术的人多方便。

皇帝有些别扭："朕都成了你的专用太医了。"

"可见我造化大了……"知道他又要犯矫情，忙道，"万岁爷今儿就留宿我这里吧，万一奴才夜里又不舒坦，有您在，我放心。"

皇帝原也是这么想的，行宫里虽有随扈太医，但让人整夜守在这里也不方便。横竖自己能料理，还是亲自经手最放心，但口头上却勉强得很："朕可是扔下如山政务，特意来陪你的呀。"

结果还被她安排睡了美人榻，你说气人不气人。

颐行道："我伤着呢，您睡我边上，我就得顾忌您，连动都不敢动。"

皇帝心道，你说的都是真的吗？把人欺到床沿上，连动都不敢动的不是我吗？

可能因为他的眼神太过赤裸裸了，颐行心虚地自我反思了一下，最后让了步："叫他们把榻挪过来一些，这么着还是能对着脸说话，好吗？"

既然事已至此，总不能得寸进尺。皇帝板着脸说好吧，捧着替她换药的所需，光脚踩在脚踏上，半弯着腰解开了她胳膊上缠裹的纱布。

颐行忍不住看了一眼，这一眼又让她发晕起来，只见寸来宽的伤口上糊满金疮药，衬着那肉皮儿，又是狰狞又是恐怖。

她一手扶住了额头，说哎哟："我又要厥过去了……"

这时皇帝飞快亲了她一嘴："别想伤口，想着朕！"

居然是个好法子，那种发蒙的感觉一瞬褪去，满脑子都是他的唇。颐行有点不好意思，赧然说："万岁爷，原来我晕血，那往来月信的时候，我是不是也得想着您呀？"

皇帝气得倒仰："有好事儿，你准想不起朕来，亏你有脸问。"

他嘴上气呼呼，手上动作却放得很轻很轻，替她清理了瘀血，重新上药，最后一层层包上纱布，还打了个漂亮的结。

颐行支吾了下："这种毛病，也不能问外人呀。"

皇帝退坐回自己的榻上，认真斟酌了下，最后不大自在地表示："时刻想着朕，总没错。"

颐行说得嘞，搬着胳膊，慢慢躺了下来。

皇帝拖过凉被崴倒身子，视线停留在她脸上："有什么不适，即刻叫朕。"

颐行嗯了声，迟迟道："奴才这回凭自己的本事又立功了，咱们打个商量，我不要您赏我别的，就赏我见知愿一面，好不好？"

这回他没有拒绝，轻吁了口气道："确实不该再瞒你了……你先养好身子，等你能够自如行动了，我带你去。"

瞧瞧，这运势真是好得没边儿啦，虽说挨了一刀，但又挣功名又得了捞人的机会，这回的苦没白受。

颐行是个急性子，今天说定的事，恨不能第二天就办成，于是撑起身子说："我明儿就能出门，不信您瞧着。"

皇帝的视线在她脸上不屑地一转："厥过去的是谁？发热的又是谁？明儿就能出门？万一半道上又出纰漏，朕救不得你。"

不过先前听怀恩来回禀，说她谵语连连还不忘叫万岁爷，这份心境倒是值得夸赞。老姑奶奶不算是块石头，她也有被焐热的一天，这后宫里头能成气候的女人越来越少，到最后老姑奶奶一枝独秀，正应了他一生一世一双人的追求。

老辈儿里的感情那么专一那么好，对后世子孙影响颇深，他是看着父母恩爱情长长大的孩子，心里也有那份期许，希望找见一个人，在这拥挤的后宫里头辟出一块清净地，让他带着那个心仪的姑娘，一起恬淡地生活。

抬眼望望她，老姑奶奶还在为不能立刻去找知愿而感到沮丧，这件事确实不能立刻答应她，伤口没养好，又是大热的天，在外奔走闷的时候长了，万一发炎，那可不得了。他只有和她东拉西扯，打消她的一根筋，问："你睡得着吗？要是睡不着，咱们聊聊小时候的事儿。"

颐行唔了声："小时候的事儿？就是整天胡吃海塞疯玩儿，没什么值得回味的。您呢？擎小儿就封了太子，心路历程一定比我精彩，您想过将来三宫六院里头装多少位娘娘吗？将来要生多少儿子吗？"

她的问题挺刁钻，主要还是因为人员多少和她休戚相关吧！

皇帝舒展着颀长的身子，将两手垫在脑后，带着轻快的语调说："我告诉你实情，你不许笑我，这件事我真想过。开蒙那年生日，先帝问我要什么，以为左不过是些上等的文房四宝什么的，我却说要个太子妃。"

颐行大为唾弃："小小年纪不学好，才那么大点儿，脑子里全是些乌七八糟的事儿。"

所以事先声明的不许笑话，完全就没当回事。皇帝倒也不着恼，含笑道："兄弟之间感情再好，夜里还是得各回各的住处。我想有个能说心里话的人，这样就不必害怕日后寂寞了。"

结果老姑奶奶喊了声："多愁善感个什么劲儿，想媳妇儿就是想媳妇儿，什么害怕寂寞……哎呀，有学问就是好，能这么不着痕迹地往自己脸上贴金。"直接把皇帝回了个倒噎气。

他有点生气了，郁闷地说："你怎么比爷们儿还要爷们儿？寂寞了，想找个伴儿，这有什么错！"

天哪，六岁就想找伴儿，难怪能当皇帝！颐行艰难地回忆自己六岁时在干什么，逃课、扮仙女、学狗喝水……好像没有一样是上道的。

可万岁爷不高兴了，就说明她的态度不端正。她讪讪地摸了摸鼻子："我不插嘴了，您说。"

皇帝气哼哼道："不说了。"然后翻过身，背冲着她。

颐行说别介啊："万岁爷，您的后脑勺透着精致，可还是不及正面好看。"

她如今是越来越会说话了，也常能讨得皇帝欢心，于是就赏她脸吧，重新转过来，曼声道："先帝和太后感情很深厚，自我记事起，先帝就荒废了后宫，专心和太后过最简单的日子。我在他们跟前长到十五岁，耳濡目染，自然也懂得专情的好。"

颐行哦了声，完全忽略了他话里最重要的内容，喃喃说："我还没落地，我们家老太爷就被西方接引了，我没见过我阿玛，也不知道他和我额涅是怎么相处的。横竖他们五十岁才生我，想来感情也很好吧。"

皇帝想五十岁还能同房，不光感情好，身体肯定也很好。

不过这么好的身子，怎么一下子就不在了呢，遂问她缘故。颐行淡淡道："听我额涅说，头天夜里还好好的，第二天老不见他起来，进去一看，才发现人没了。可惜，我是个遗腹子，连一面也没见过阿玛，自小跟着哥哥过日子。"

福海是官场中人，别的没教会她，只教会她挣功名，出人头地，因此老姑奶奶有着顽强的上进心。

可见生活环境造就一个人，原本女孩儿应该春花秋月，心思细腻的，结果这位老姑奶奶上可摘星揽月，下可摸鱼捉鳖，就是不会展现风情，耍弄小意儿。这就让皇帝很苦恼，大多时候必须自己调动起她的兴致来，要等她彻底开窍，恐怕得等到头发都白了。

颐行呢，也对先帝崩逝的原因很好奇，照说先帝尚年轻，做皇帝的平时颐养得又好，应该长寿才对。

皇帝轻叹了口气："先帝年轻时学办差，曾经跟着大军攻打过金川。冰天雪地里身先士卒，跳进冰冷的河水里，寒气入了心肺，后来常年有咳嗽的毛病。驾崩那年春，得了一场风寒，一直缠绵不得痊愈，到了春末病势越发严重，就……"

他说着，即便过了那么久，自己早已御极做了皇帝，提起先帝来，也还是有种孩子失怙的忧伤。

颐行有点儿心疼，隔床说："您别难过，生死无常，每个人都得这么过。您就想着，如今您有个晚上聊天的伴儿啦，日落之后再也不寂寞了，这么着心里好受点没有？"

皇帝沉默下来，立刻感动了。可惜两个人不在一张床上，隔着那么老远聊天，伸手也够不着她。

他想过去，踌躇了良久，还是放弃了。到底她胳膊上有伤，能和他聊这么久，全是因为她素日身体底子好，要是换了别的嫔妃，恐怕早就死去活来多少回了。

只是还需好好休息，后来就不说话了，这一晚倒也消停，本以为她半夜里会疼得睡不着，岂知并没有。

天蒙蒙亮的时候，他趄身过去看她，捋捋她的额发问："这会儿疼吗？有什么不舒坦的地方没有？"

她半梦半醒间摇摇头，那种迷茫的样子，很有十六岁半大孩子的迷糊可爱。

"那就好。"他说，"我要上无暑清凉理政，你接着睡，回头我再来瞧你。"

颐行道好，睁开眼撑起身："叫她们送送您。"

皇帝说不必，穿好衣裳，举步往外去了。

她仰在枕上，一时也睡不着了，忽然醒过味儿来，发现他昨儿夜里和她说话，再没自称过"朕",我啊我的,一字之差,却有好大的区别。仿佛在她面前不再端着皇帝的架子,又回到小时候那会儿,好不容易钻了空子,两个人站在院子里对骂,一个怒斥"不害臊",一个嘲笑"乱撒尿"。

唉,没想到小时候交恶,大了还能搅和到一块儿,真是人生处处有惊喜。

第二十章·
缘终相觅

后来迷迷糊糊又眯瞪了一会儿，再睁开眼天光大亮了，银朱悄悄进来查看，见她醒了，便迈进内寝，说才刚太后打发笠意姑姑来瞧了，问主儿身子怎么样。

颐行坐了起来："你怎么回话的呀？"

银朱道："自然报平安。您越报平安，太后老佛爷就越心疼您。"

颐行嘿了声："学着我的真传了，有长进。"

不过这胳膊上的伤，比起昨儿确实好了不老少。颐行自觉没有大碍了，洗漱过后下地走动，才转了两圈，荣葆打外头进来，垂袖打个千儿道："请主子安，奴才从西边过来，外头正预备和妃丧仪呢。原说在德汇门停上两天的，可太后发了话，说让在永佑寺借个佛堂停灵。回头也不让进益陵妃园，就在热河找个地方，一埋了事。"

颐行有些怅然："那谁来料理丧仪？"

荣葆说："和妃娘家哥子是随扈大臣，协同内务府一道料理。奴才溜到前头，看见人了，红着眼睛不敢哭，瞧着怪可怜的模样。"

可是这一切又能怪谁呢，含珍道："要是不犯糊涂，这会子锦衣玉食坐享着，有什么不好。偏人心不足，指着换了太后，后宫能改天换日。"

银朱也凑嘴："就算那个彤常在能取太后而代之，就冲着那张脸，紫禁城里头哪有地方供养她，皇上面儿上也过不去呀。"

可不是，后宫哪个不是齐头整脸，这是帝王家的门面，和妃怎么就不明白！如今太后是恨到骨子里，做得也绝情，其实进了后宫的女人都可怜，活着的时候给娘家争脸，一旦咽气，娘家人连死因都不敢探听。装殓了，封棺了，见不着最后一面，怎么处置全得听内务府的安排。

略顿了顿，她还是打听："后宫有去祭奠的人吗？"

荣葆说哪有啊："一个个比猴儿还精，明知道死因蹊跷，再去祭奠，岂不是傻子吗？"

人走茶凉不外乎如此，毕竟活着的人还得在宫里讨生活，得罪了太后总不是什么好事。

横竖自己只管心无旁骛地养伤，皇帝说她壮得小牛犊子似的，这话倒没错。才两天而已，胳膊能抬了，换药的时候看见伤口渐渐收拢，到了第三天，就能上太后那儿请安去了。

前几天的变故，并没有对太后的心情造成任何影响，她说一辈子多少事，犯不着惦记那些不讲究的人。

"只是今年的不如意忒多了点儿，等你的伤养好了，是该上庙里烧烧香，都见了血光了，多不吉利的。"

颐行说是，心里还惦记着皇帝答应她的话，从月色江声出来，就直奔延薰山馆。

可惜皇帝不在，满福说行宫要扩建，热河总管拿着图纸比画了半天，万岁爷还是决定去实地查访一番。

"噢，没在……"她有些失望，"等万岁爷回来，就说我来过，还在地心儿翻了两个筋斗。"

满福咧嘴笑起来："这话叫奴才怎么传呀，传了不是欺君吗？"

颐行说："有我呢，欺君也是我欺，和你不相干。"

后来皇帝听见满福这么回禀，果然愣了一会儿神，心里明白她的意思，这是好全了，可以出发找大侄女去了。

怎么办呢，推脱必定是推脱不了的，老姑奶奶这人有个毛病，打定了主意的事，轻易不能更改。

他在殿里斟酌了良久，其实再见知愿，自己也有些不自在，再无夫妻缘分的两个人，还是不见为好，可是架不住老姑奶奶要求。这人是个死心眼子，如果不带去见，会变成永远横亘在她心头的刺，即便她迫于无奈表面敷衍他，也做不到实心实意和他过日子。

去吧，有些事总要面对的，虽然重新揭开那道疤，处境会让他尴尬。

他转头吩咐怀恩："预备一辆马车，你来驾辕，行踪不许透露给任何人。"

怀恩道是，压住凉帽，连蹦带窜往前头去了。

皇帝换了身寻常的便服，穿过小跨院，往"一片云"去。才进园子就见她托腮坐在南窗前，不知在想什么，出神的样子看上去很有闺秀风范。

可是这闺秀的做派也只保持了一弹指，那双妙目转过来，一下子瞧见了他，立刻欢天喜地叫了声"万岁爷"。

好奇怪啊，只要她唤一声，就像乌云密布的天幕撕开了一道口子，有光瀑倾泻而下，阴霾顿时一扫而光。他浮起了一点笑，走进殿里问她："听说你能翻筋斗了，这么说来伤都好得差不多了？"

颐行站在窗前的天光下，交叠两手，扬着笑脸，不忘给他拍马屁："好得快，全赖万岁爷悉心照料，不厌其烦地每天给我换药。"

皇帝自矜地点了点头："换身衣裳吧，我带你去见你一直惦念的那个人。"

她欢喜地高呼一声"好"，屋里顿时忙乱起来，换衣裳、梳头、收拾包袱……他独自坐在南炕上，静静看她忙进忙出，心里逐渐升起一种家常式的琐碎和温暖。

有的人始终无法适应宫廷的排场，起先他不明白，事事有人伺候，什么都不用自己动手，指甲可以养到两寸长，有什么不好。可现在似乎是顿悟了，各人有各人乐意过的生活，就这样看她披头散发跑来跑去，远比见到一个妆容精致，只会坐在椅子里微笑的后妃更鲜活。

颐行忙了半天，终于收拾得差不多了，临了背上她装满金银的小包袱，站在门前说："万岁爷，咱们出发吧。"

谁也不带，毕竟是去见前皇后，这算是宫廷秘闻，得避讳着人。

一般被废的皇后，可能终其一生都无法再见天日了，但信心满满的老姑奶奶认为，凭自己口若悬河、撒娇耍赖的本事，一定能让皇上网开一面的。

拽着他往前走，马车停在丽正门外，怀恩已经恭候多时了，见他们来，忙上前搀扶。

颐行登上马车后回头望，才看清避暑山庄的"避"字果然多了一横，便道："世人都说这'避'字是天下第一错字，万岁爷，当真是太祖皇帝写错了吗？"

皇帝说不是："古帖上本就有这种写法，比如北魏的《郑文公碑》，《三希堂法帖》中的米芾三帖，"避"字都是多一横。不临字帖的人不知道其中缘故，人云亦云的多了，不错也是错。"

见识浅薄的人，从来不觉得自己无知，只会拿自己有限的认知去质疑别人。遇见这种事，虽然愤怒，却也无可奈何，最后不过一笑，就由他们去说吧。

马车跑动起来了，马鞭上点缀的小铃铛一摇，发出嘟嘟的脆响。颐行总是忍不住拿手撩动窗上垂帘，仿佛能分辨方向，记住大侄女身处何方似的。

皇帝见她被窗外烈日晒得脸颊发红，漫不经心地说："肉皮儿被晒伤，须得二十多天才能养回来，到时候不知要用多少七白膏，要往脸上敷多少层啊，连人都不能见。"

颐行听了，终于老实地放下了打帘的手，端端正正坐着问他："到底还要跑多久？"

皇帝没应她，只说："是你要见的，就算跑到天黑，你也不该有怨言。"言罢垂眼看看她的小包袱，"里头装的什么？"

颐行说："我省吃俭用攒下来的体己，全都是留给知愿的。"

皇帝别开脸，冷冷一笑："人家未必需要你的周济，你也不必把人家想得多落魄。"

颐行觉得他在说风凉话。

一位被废的皇后，囚禁在不知名的寺庙里，日子会有多清苦，哪里是他能想象的！青灯古佛，咸菜萝卜，每顿可能吃不上饭只能喝粥，身体变得瘦弱，皮肤失去光泽，穿着褴褛的僧袍，还要为寺里做杂活儿……她想到这些就心如刀割。

有时候真的很憎恶他，究竟有多大的仇怨，收拾了她哥哥，还不肯放过知愿，要把她送到这鸟不拉屎的地方来。这外八庙绿树虽多，黄土陇道却也连绵不绝。马车在前头走，后面扬起漫天的黄沙，这里比起京城来，实在是差得太远了。

忽然车轮碾着了石子儿，狠狠一颠簸，颐行"哎哟"了声。他忙来查看，知道伤口崩开倒不至于，至多是受些苦，便蹙眉道："说了等痊愈再出门，你偏不听，跑到延薰山馆耍猴来。"

颐行嘟囔了下："我不是担心知愿吗，想早点见着她。"

这时马车的速度渐渐慢下来，她心里一阵激动，忙探头出去看——这景致不像到了山门上呀，但往远处瞧，又能看见古树掩映后的黄色庙墙，只好回身问皇帝："这是到哪儿了？"

皇帝脸上没什么表情，启了启唇道："还在外八庙地界上。"

可是外八庙地方大了，马车又走了一程子，终于在一座大宅前停下来。怀恩隔着帘子回禀："主子和娘娘略等会儿，奴才上里头通传一声。"

颐行疑惑地打量对面的人，他低垂着眼睫，一副帝王的桀骜做派。

"万岁爷，我们家知愿，在这里头住着？"她小心翼翼地问，"您没把她安顿在寺庙里？"

皇帝抚着膝头的宝相花暗纹，漠然道："你们尚家姑奶奶都是娇娇儿，落地没吃过什么苦，要是流放出去，只怕连活着都不能够。天底下哪有我这样的皇帝，不说问废后的罪，还替她置办了产业，容她……"

他说着，目光忽然变得锐利。颐行忙顺着他的视线看过去，只见一个绾着垂髫，穿着粉蓝五彩花草氅衣的身影匆匆从门上出来，那身段虽还纤细，行动却笨重，一看就是身怀六甲的样子。

颐行惊得连嘴都合不上了，那人是谁？是她的大侄女不是？

她养得那么好，面若银盘，皮肤吹弹可破。才一见人，两行热泪便滚滚落下来，腆着肚子艰难地跪拜，口称恭迎万岁。复又向颐行磕头，颤动着嘴唇，带着哭腔，叫了声"姑爸"。

所以没认错人，是吧？这人就是知愿没错吧？

可是她怎么怀了身孕呢？原来被废之后过得依然很滋润，吃穿不愁之外，还找见合适的人，过上了寻常百姓的生活？

不管怎么样，人好好的，这是顶要紧的。颐行忙跳下车，一手揽住她，上下好好打量了她一通，哀声说："知愿啊，你怎么不回家看看呢，你额涅和老太太天天念叨你，唯恐你在外受苦，你就算人不能回来，也打发人给家里传个信儿啊。"

然而不能够，一个被废的皇后，理应过得不好，能回去会亲，能打发人传信，那还有天理吗？况且出宫之前，皇上曾和她约法三章，其中头一条，就是不许她和尚家人有任何联系。

知愿显出一点尴尬的神色来，低着头道："是我不好，一心只想着自己过上逍遥日子，全没把家里人放在心上。姑爸，您骂我吧，打我吧，是我不孝，害得老太太和额涅担惊受怕，害得您日夜为我操心，我对不起全家。"

这话倒是真的，也没冤枉了她。颐行虽气红了眼，但终究是自己家的孩子，知道她活得好好的，愤恨过后也就老怀得慰，不再怨怪她了。

转头瞥了皇帝一眼，他脸上淡淡的，反正一切都在他掌握之中，不过见了故人略有些不自在。但也只一瞬，这种不自在就烟消云散了，他甚至有闲心背着手，悠闲地打量四下的景致。

姑侄叙过了话，知愿才想起边上还有人，忙道："爷，姑爸，快进屋里吧，外头多热的！"

颐行说好，想起车上那包银子，忽然觉得还是不要锦上添花了，留着自己花吧！便欢欢喜喜牵着知愿的手，随她进了门庭。

好精致的院儿呀，檐下站着两个胖丫头，院儿正中间还栽着石榴树。一只肥狗扭着屁股经过，真龙天子在它眼里什么都不是，连叫都懒得叫一声，趴到石榴树下，吐着舌头纳凉去了。

知愿殷勤地引他们入内，一面招呼丫头沏好茶来。安顿了皇帝坐下，又来安顿颐行，颐行顺势拉住她："你身子重，别忙东忙西的，我不忙喝茶，咱们娘两个说话要紧。"

边上的皇帝听了，忽然意识到老姑奶奶这辈分，是实打实的高。

早前在宫里，都是闲杂人等，背后叫着老姑奶奶，也没人真拿辈分当回事儿。如今到了正经侄女面前，开口就是"娘两个"，前皇后又是磕头又是一口一个"姑爸"，人小辈分高的架势，就打这儿做足了。

她们喁喁说话，完全是长辈和晚辈交谈的方式。颐行问："你这身子，挺好的吧？多大月份啦？"

知愿赧然道："快七个月了，算算时候，大约在立秋前后。"

颐行点了点头，又说："家里人不在你跟前，临盆的时候多害怕！要不想辙，把你额涅接过来吧。"

想来她是愿意的，只是忌讳皇帝的心思，朝皇帝望了一眼，还是摇了摇头："我如今过着这样的日子，全是仗着万岁爷天恩，要是大张旗鼓宣扬出去，有损帝王家颜面。家里只要知道我过得好就成了，不必牵挂我。倒是我阿玛……"她说着，低下了头。人心总是不足，自己脱离了苦海，就想着被发配的亲人去了。

颐行是懂得轻重缓急的，事儿得一样一样办，这回才央得皇帝带她来见知愿，这就又提哥哥的事，有点得寸进尺。

皇帝大概也不愿意听女人们啰唆，便离了座，和怀恩一道逛园子去了。

厅房里就剩颐行和知愿两个，心里话大可敞开了说。

颐行道："终归犯过错，朝野上下闹得这么大的动静，一时半会儿不好料理，容我再想想办法。你不用牵挂家里的事，只管照顾好自己的身子就成了。"顿了顿问，"姑爷呢？怎么没见人？"

知愿抿唇莞尔，脸颊上梨涡隐现，那是合意的生活才作养出的闲适从容。遥想三年前，她还在宫里苦苦支撑着她的皇后事业，如今出来了，总算活得像个人样儿了。

　　"他曾是个蓝翎侍卫，我来外八庙，就是他一路护送的。一个挨废的皇后，天底下人都同情我，他也一样。这一来二去熟络起来，后来他索性儿辞了军中职务，陪我隐居在这里。寻常专和外邦那些小国做些皮货和茶叶生意，日子倒很过得去。这回又上江浙订货去了，走了有一个月，想是这几天就该回来了。"

　　颐行听得感慨："你们这样的，也算共患难，感情自比平常夫妻更深些。"略犹豫了下，还是悄悄问她，"皇上既然废了你，怎么还替你安排后路呢？我以为你们是过不下去了，才一拍两散来着。"

　　说起这个，知愿有点羞愧："只怪我太任性了，我自打进宫起，就没法子适应宫里的生活。当着主子娘娘，唯恐自己有不足，叫人拿捏。我又不善交际，和太后处得也不好，总觉得宫里没有一个人喜欢我，宾服我，所以老是做噩梦，梦见自己从塔尖上掉下来，摔得粉身碎骨。"她说着，无奈地笑了笑，"加上我和皇上之间，几年下来也没处出感情，总是他客气待我，我也客气待他，他要是不高兴了，我也不爱搭理他……不是说他不好，就是没有那份感情，您知道吗？我活在宫里，活成了局外人，没有半点意思。后来老是头晕，半夜里喘不上来气儿，心蹦得坐不住站不住，老疑心自己不定什么时候就死了。越是这么想，就越害怕，夜里连灯都不敢灭。这心悸的毛病，每发作一回就满头满脸的汗，我不知道自己怎么了，反正觉得这皇宫我待不下去了，再困在里头，我活不过二十五。"

　　她现在提起，眉眼间还带着那种恐慌，这是心思细腻的人才可能产生的症状，搁在老姑奶奶身上，便是一碗沙冰就解决的事儿。

　　"你出宫，是为了逃命？"

　　"可以这么说吧。"知愿娓娓道，"那会儿症候越来越重，恰逢阿玛坏事，城根儿的宅子给抄了，阿玛也发配乌苏里江，我这皇后是一天都当不下去了，连遇上个把贵人常在我都心慌，觉得她们八成在背后议论我，笑话我。这么着，我干脆和皇上说开了，我说我要走，我在紫禁城里活不下去。本以为他会大骂我一顿，死也要我死在宫里，可没想到他琢磨了一个时辰，最后竟答应了。"

　　如今回忆起来，还有那么点不真实之感。皇后是一国之母，就算平常大家子，要休了明媒正娶的太太也不是件容易事，何况煌煌天家！皇帝终究是个好人，他顶着内阁的一片反对声，放了她一条生路。也可能是因为不喜欢，没有深情吧，一别两宽，对谁都好。

　　"只是我这一走，倒把您牵扯进来了……"知愿愧疚不已，"听说您如今是他的纯妃，姑爸，我怪对不住您的……"

　　关于这件事，颐行看得很开，说不要紧："大小是个事由。我不进宫，怎么能见着你，怎么能捞你阿玛呢。尚家小辈儿里，因为你阿玛的事不能入仕，倘或没人扶持一把，再过两年，尚家就真的一败涂地了。"

这番话说得知愿越发没脸，低声嗫嚅着："本来这担子，应当是我来挑的……"

"没事儿。"老姑奶奶说，"谁挑都一样。眼下我混得不错，你不必替我担心，只管和姑爷好好过日子。等再过两年，悄悄地回城看看，也好让老太太和你母亲放心。"

后来又询问，伺候的人手够不够，生计艰难不艰难，知愿说一应都好："可惜您如今有位分，要不在我这儿住上两天，咱们姑侄一处，也享享天伦。"

这就不用想了，皇帝是不会答应的。颐行又在她的陪同下四处走了走，看了看，看见这宅邸透出殷实和雅致，占地不比盛丰胡同的宅子小。

转了一圈，又回到前院，皇帝站在鱼缸前，正研究那架自制的小水车。

知愿起先再见他，心里不免带着点尴尬，但再思量，也就坦然了。

"爷，"她叫了他一声，"多年未见，别来无恙。"

皇帝转回身，淡然点了点头。他没有太多的话想和她说，不过问了她一句："日子过得怎么样？"

知愿说："托您的福，一切都好。圣驾来承德避暑的消息，我听说了，原想去给您磕头的，又因为眼下这模样……不敢。"

皇帝显然比她看得开，虽说初见她的肚子令他吃了一惊，但转念想想，快三年了，她有了新的生活也是应当，便释然了。

再要说什么，似乎只剩叮嘱的话："你既已被废，就不再是宇文家的人，是好是歹，不和朕相干。不过有一桩，以你现在的境况，不便留在承德，还是隐姓埋名，去一个没人知道的地方吧。"

知愿怔了下，半晌俯首应是，愧怍道："是奴才不懂事，让万岁爷为难了。"

皇帝轻轻抬了下手指，这就行了，人见了，老姑奶奶的心愿也了了，便转身往院门上去，经过颐行身边的时候扔了句："走了。"

他不愿意在这里多逗留，可颐行却不大舍得。她和知愿分别了这么多年，从她嫁进宫起就没有再见过，如今碰了面，还不到两个时辰呢，就得返回行宫，实在让她不情愿。

"要不……"她脚下搓着步子，"在这儿吃顿晚饭？"

皇帝回头看了她一眼："要不要顺便再住上两天？"

颐行说好啊："咱们一块儿住下。"

简直是异想天开！皇帝愤愤地想，他已经很大度了，原谅了她另嫁，也原谅了她怀上别人的孩子，再让他留宿这里，岂不是连最后的底线都没有了吗！

"别啰唆，快上车。"他下了最后通牒，车门上的竹帘垂落下来，他已经坐进车里了。

颐行没办法，只好和知愿依依话别，让她小心身子："倘或有机会，我会再来看你的。"

知愿哭起来："下回再见，不知要到多早晚。"

可颐行很乐观："我在承德要住上三个月呢，说不定回去之前，能看见你的孩子落地。到时候我可是老姑太太了，辈分越发大得没边儿啦，就冲这个，我也得再来看你。"

她不知道他们不日就会离开这里，知愿也不敢明说，只好勉强忍住哭，亦步亦趋送她到车前。

紧握的手松开了，颐行登上车，对她扮出个笑模样："你有了身子不兴哭，要高高兴兴的，这么着我侄孙性子才开朗活泛。"

知愿点头不迭，扶她坐进车里，目送马车离开。

都走了好远了，颐行探头出去看，她还站在那里，挺着个硕大的肚子，朝她挥动着手绢。

这回她没憋住，放声大哭起来，那高喉咙大嗓门儿，震得皇帝脑仁儿嗡嗡的。

"别哭啦。"他不得不捂住耳朵，"哎呀，别哭啦！"

颐行说："我哭两声还碍着您了，您上外头坐着去吧！"

可真是了不得了，说她两句，就要被她撵到外头去。皇帝不屑之余，却还是忍受了她绵绵的呜咽声，硬着头皮安慰她："她要是衣不蔽体，食不果腹，你在这里吊嗓子，我还能想得明白。如今她过得这么好，你到底有什么道理哭？"

男人好像并不是很能理解女人莫名的多愁善感，就像她有时候不能理解他的矫情一样。

"我哭是因为分离，不在于她过得好不好。其实她也挺可怜的，怀了身孕娘家人不在身边，自己一个人背井离乡躲在这里……"边说边觑了他一眼。

皇帝说怎么："你瞧我干什么？是我让她辞了皇后的衔儿，执意出宫的吗？"

那倒不是，原先她一直因为皇后被废一事耿耿于怀，但今天亲耳听见知愿的解释，也看见了她如今的日子，对皇帝的怨恨一下子就淡了。

他也怪难的，一位翻云覆雨的帝王，顶着朝堂的压力成全知愿，那时候他的日子也不好过吧！

她停下哭，揉揉眼睛道："知愿和我说了，废后是她自己要求的，那么大的事儿，您怎么说答应就答应了？"

不答应，又能怎么样？

提起当年，他的脸上也透着一股无奈："她来找我说事之前，已经整宿睡不得觉了，我去看过她一回，半夜里睁着两只眼睛，看上去真瘆人，当时我就想，她可能活不长了。我和她终归夫妻一场，不能眼睁睁看着她死，就算废后会引得朝野内外动荡，但于我来说，人命比面子更重要。我去找太后商议，太后说由我，到底皇后死在位上，也不是多光彩的事，不如借着福海的罪名放她出去，没准儿还能挣出条活路来。"

所以他就让她带上细软，给她准备了个宅子，让她到这儿"修行"来了？

说句实在话，万岁爷的心胸是真的宽广，颐行以为他答应放知愿出去，最首要一点就是要求她不得再嫁呢，没想到这回再见，知愿连孩子都怀上了，他见也不生气，只说这些和他都不相干了，果然是帝王胸襟，能纳万里河山啊。

颐行抽丝剥茧，自觉参透了玄机："您是放下了。佛怎么说来着，一念放下，万般自在，所以您不介怀她另嫁他人，也不介怀她怀了别人的孩子。"

皇帝看她的眼神，像在看一个白痴。

"原本就没提起，谈什么放下。当初皇后人选拟订了她，只是因为年岁相当罢了。本想大婚之后日久生情的，没想到她不喜欢我，我也不喜欢她，既然她留在宫里活不下去，那就索性放她走吧。"

他说得轻飘飘的，好像后位动荡不是什么大事。其实大英建国几百年，王朝早就稳若磐石，再也不需要通过联姻来稳固朝纲，之所以选择官眷女孩入宫，也是为了情面上过得去吧。

颐行轻舒了口气："说真的，今儿见过知愿之后，奴才很感激您。谢谢您没下死手糟蹋她的青春，让她在远离紫禁城的地方还能有个安乐窝，过她喜欢过的生活。"

让人感激总是好事，皇帝抱着胸，倚着车帷子说："与人方便自己方便，我现在过得也不赖。"

上回她问废后的原因，他半真半假说是为给她腾位置，其实都是实心话，只是她不信。

两年前他的皇后位空了，没人来坐，后宫那些女人他又瞧不上眼，他想这辈子兴许不能遇见喜欢的人了，那就弄个感兴趣的来调理调理也不错。内务府三年一次大选，好容易等到她应选，这才有了养蛊熬鹰之说。

还好，运气不错，老姑奶奶是可造之才，当然也感谢自己的好恶转变得够快，时隔十年再见面，说话儿就决定喜欢她了。到如今自己和前皇后各得其所，一对儿变两对儿，赚大发了。他这恶人的罪名，今天算是洗刷了，往后她总可以心无芥蒂地留在他身边了吧！

颐行也认同他的话，一场婚姻里头无人伤亡是最大的幸事，她试着和他打商量："倘或知愿生孩子的时候咱们还没走，您能让我再去探望她吗？"

再探望也是人去楼空，不过白跑一趟罢了。只是这话不能现在对她说，否则怕是不能那么爽利地带她回行宫，便敷衍地点了点头。

颐行很高兴，复又扭过身子挑帘探看："她那宅子建在哪儿来着，是不是叫五道沟？"

可皇帝却不说话了，怔怔盯着她看了很久，脸上逐渐浮起喜悦又羞涩的神情来："你品品……身上可有什么不对劲的？"

颐行一头雾水："很对劲啊，心结解了，想见的人也见着了，这会儿浑身上下都透着高兴。"

他恍然大悟，原来这事儿也须天时地利人和。

他可能是大英开国以来，唯一一个得知嫔妃来月信，笑得合不拢嘴的皇帝了。好信儿，真是好信儿啊，他一瞬体会到了什么叫悲喜交加，感慨地看着她身下坐垫，颇感欣慰地说："打今儿起，你不用再往御前缴金锞子了。"

颐行一喜，心说他怎么忽然良心发现了，难道是得知她积攒的金锞子越来越少，不忍心逼迫她了吗？

"万岁爷您圣明。"她感觉到了无债一身轻的快乐，冲他拱了拱手。只见他脸颊上带着一点红，眼神飘忽着，不时朝她下半截看一眼，她又迷糊了。

怎么了？她顺着他的视线，把身子扭来扭去仔细查看，奇怪，那夹纱的坐垫上有块巴掌大的污渍，先前还没有的呢……

忽然反应过来，猛地站起身，把背后的袍裾拽过来查验——好家伙，象牙白的行服后摆上渗出老大一摊血，于是脑子一蒙，脚下拌蒜，眼看就要倒下去。

幸好皇帝就在对面，眼疾手快，一把接住了她。

皇帝没想到，天下竟然真有晕血的人，并且连自己的月信都晕，那这事儿就有些难以处理了。

老姑奶奶脸色煞白，喃喃自语着："怎么挑在这个时候……含珍和银朱都不在，我的'好事儿包袱'也不在，这可怎么办呢……"

含珍早就叮嘱过她要小心，没的弄在身上招人笑话。结果这么巧，偏在她最忌讳的人面前现了眼，她连死的心都有了，待定了定神，胡乱推了他两把："您背过身去，不许看……"

皇帝学过医，其实对这种事看得很开。当初研究穴位的时候，关于女人的各项身体构造，他都参得透透的。

他试图宽解她："没事儿，谁还没个不便的时候呢。"

人虽转过去了，却冲着窗外无尽的山峦，无声地笑起来。

真是天晓得，他撞破了这个事，有多高兴。

你知道能看不能碰的委屈吗？位分给了，尊荣也赏了，眼看着还要升她做皇贵妃，可侍寝的夜里两个人只能盖被纯聊天，这种挠心挠肺的感觉，谁能体会？

现在好了，好日子就在不远处，他终于有奔头了。愉快地追忆一下今日之前，再展望一下七日后的今天，忽然觉得以前所有的纠结都是为了憋个大的，压抑得越久，回弹的力道就越大，他终于可以大展拳脚了。

然而他心花怒放的时候，身后的老姑奶奶显然想得没有那么长远，她手足无措地呜咽："这可怎么办呀，我回头怎么下车呀，弄得这一身……大家都要笑话我啦。"

皇帝好心地给她出了个主意："可以先让人进'一片云'通传，让底下人带着干净衣裳来换上。"

颐行拽着袍子坐也不是，站也不是，只觉得屁股底下都湿透了，连这垫子也不能再用了。可是站着，越发的不对，腿上有蠕蠕爬动的触感，别不是血顺着大腿流下来了吧！

一想起这个她又要晕了，勉强扶住了车帷子，敲着门框问怀恩："离行宫还有多远？"

怀恩说快了快了，但这种所谓的"快了"，没有两盏茶工夫是到不了的。

皇帝终于慢慢坐正了身子，看她站出个奇怪的站姿，万分扭捏地红着脸，鼓着腮帮子，这一刻觉得她这么漂亮，简直是有史以来第一漂亮。彼此终于是平等的了，他再也不用冲个半大孩子使劲，整天对牛弹琴了。

"越是站着，血流得越多，还是坐下吧。"皇帝平静地挪动一下身子，拍了拍边上的垫子说，"来，坐到我边上来。"

可他欲说还休的眼神，让颐行感到不安。她说不，垂手把自己的垫子翻了过来，缓缓挨上去，缓缓坐实了。只是不敢看他，实在是无颜见人啊，最后悲伤地抬起手，捂住了自己的脸。

没错，确实很丢人，对面的皇帝很能理解她现在的心情。毕竟他从小到大，从没见过有人糊得一屁股血，后宫那么多女人，老姑奶奶还是第一个。

看着她那么尴尬的表现，他很罪恶地感受到了大仇得报的快乐，跷着腿，真情实感地说："小时候你看见我如厕，今天我撞见你的月事，十年的旧债就算两清了，槛儿，你高兴吗？"

颐行抬眼看看他："高兴个鬼！您说的是人话吗？"

皇帝嗯了声："大胆，怎么不是人话了？"

她哭丧着脸辩驳："我流的是血，能一样吗！"

男人就地解决其实也不多丢人，女人来月信就不一样了，这种事儿合该关起房门来处置，怎么能让爷们儿看见呢。尤其还落了他的眼，她就知道这人睚眦必报，肯定不会放过嘲笑她的机会，果然让她猜着了。

他还要张嘴反驳，她冲他伸出手指头一点："别说话，让我静静！"

这是什么态度，以为自己长大了，就可以目中无人了吗？不过据说这种关头的女人容易暴躁，看在她前几天刚受了伤，今天又失血的分儿上，暂且不和她计较了。他安然抚膝坐着，看她愁肠百结的模样，觉得十分好玩。

反正心情空前地好，生活也有了指望。他不时含蓄地轻轻瞥她一眼，为了表示关心，很体贴地问了一句："肚子不疼吧？"

他不说还好，一说起，她就觉得小腹隐隐作痛起来。多可怜啊，胳膊上带伤，肚子又不舒服，事情全堆到一块儿了。蔫头耷脑弯下身子，把脸枕在膝头上，这天儿真闷热啊，马车颠簸着，好像永远走不到尽头似的。

隔了好久，听见怀恩"吁"了一声，她忙打帘朝外看，总算到了丽正门前，天也是将夜不夜了。

等人进去报信，含珍她们再预备东西出来，连刷洗都不能，换上了也怪难受的，还不如直接回去呢。可身上弄成这样子，一道道门上全是站班的侍卫太监，她可拿什么脸，昂首挺胸走完这一路啊！

视线在他身上打转："万岁爷，您想个法子，找样东西给我遮挡遮挡吧。"

皇帝环顾了一圈，车门上用的是竹帘，座上也都用锦垫，连块大点儿的布都没有，拿什么给她遮挡？打发怀恩进去找，从正门到如意洲，也有好长一段路程，这一来一回的，还得在车里耽搁好久，不多会儿蚊虫就该来了。

皇帝想了又想，最后为难地说："朕有一个办法。"

颐行说成："怎么都成，能让我体体面面回去就行了。"

这个办法对皇帝来说自损八百，但为了她，也就豁出去了吧！

于是不多会儿，跳下车的老姑奶奶腰上多了半幅襦裙，纯白的质地，上有万寿无疆云龙纹，没事人一样，十分坦然地迈进了丽正门。

怀恩嗒然觑觑皇帝，见他眉舒目展，衣冠整洁，心道有的人真是看不出来，表面云淡风轻，其实连里衣都没了。

怎么说呢，小两口的情趣，外人不好评断，但就事情本身而言，可说是个馊主意。略等会儿，容他进前头烟波致爽寻找，不论好坏一块布总能找来的，何至于这样！

他试探着问皇帝："主子爷，您不觉得别扭吗？"

皇帝严肃地负起了手："别扭什么？凉快！"

这下他无话可说了，口中称是，将人引进了如意洲。

那厢小跨院的门前，含珍和银朱早就等着了，瞧见皇帝，远远蹲了个安，然后便疾步上来迎接老姑奶奶。

银朱见她穿戴奇怪，问："主子，您腰上围的什么？您不热呀？"

含珍是聪明人，什么都没问，只道："奴才给您预备好了温水，在外走了一天了，风尘仆仆的，快回去洗洗吧。"

颐行回身向皇帝行礼告退，含珍搀着她回到"一片云"，进屋解开腰上的里衣，果然见底下衣袍被血染红了好大一块。含珍笑着向她蹲安："恭喜主儿成人了。"

颐行挺难堪，低着头嘟囔："可惜没挑个好时候，偏偏是出门的当口。"且又是同皇帝在一处，多狼狈的样子都被他瞧见了。

含珍却说："只要来信儿，哪天都是好时候。今儿既见着了前头娘娘，自己又见喜，这日子多吉利！"

也是，早前她总疑心自己这辈子都不会来癸水了，哪有十六岁还没动静的。这会儿可好了，自己不是个怪人，总算没有白占这妃位，往后让人拿这事来说嘴。

银朱一面伺候她擦洗，一面问："主儿见着前头娘娘了？她如今怎么样？寺里的日子八成很清苦吧？"

颐行唔了声："过得比我预想的好，横竖没受什么罪。我先前还日夜担心她呢，今儿见了，往后这心就能放下了。"

银朱道了声阿弥陀佛："这就好。我小时候认了福海大人做干爹，要论亲戚，她还是我干姐姐呢。照着老例儿，废后的日子大抵艰难，没承想她还能自自在在的，总是咱们万岁爷体恤，对她法外开恩了。"

万岁爷的人品，在"一片云"里空前地好了起来。一个男人的风骨怎么样，全看他对前头发妻如何，皇上和前皇后搁在民间，那也算和离，和离的夫妻通常是你恨我我恨你，谁瞧对方都不觉得讨喜。况且两个人的身份地位那么不对等，要是皇上心眼儿坏些，这会子前皇后怕是连尸骸都找不见了。

含珍叠了厚厚的白棉纸，拿纱巾仔细包裹起来，让她垫用，颐行瞧见血糊糊的裤子，还是一阵阵犯晕。含珍失笑："奴才真没见过晕血的人，主儿别瞧了，搁在一旁，自有奴才们处置。"

才刚成了人的姑娘，没有那么多经验，等多经历几次老练了，自然就好了。

外面廊檐底下上了风灯，天也彻底暗了，各处预备预备正要歇下，门上荣葆进来通传，说皇上打发总管过来了。

颐行透过窗上薄薄的绡纱，见怀恩停在台阶前，躬身捧着一只剔红的漆盘，上头拿红布严严实实盖着什么，便发话说："请总管进来吧。"

怀恩快步到了南炕前，膝头子微微点了点地，扬着笑脸道："万岁爷封了利市打发奴才送过来，请纯妃娘娘笑纳。"

颐行恍然大悟，原来人长大了还能得红包。

转头示意含珍，含珍接过漆盘送到她面前，她揭开盖布一瞧，是两锭又圆又胖的金元宝，一个顶上写着"花开"，一个顶上写着"富贵"。

还有她早前一天天送过去的金粿子，这回也如数还回来了。那指甲盖大的身板儿和边上两个元宝一比，活像孙子见了祖宗似的。

颐行讪讪笑了笑："替我谢谢万岁爷，等明儿我把里衣洗干净了，再给他送过去。"

怀恩哈着腰道："万岁爷说啦，那件衣裳就赏娘娘了，请娘娘留好，将来是个见证。"

见证什么？见证她出丑啊？这人，老是话里有话。

不过冲着满盘金灿灿的元宝，她也就不追究了，让银朱抓了一把金瓜子给怀恩，说："谙达也沾沾喜气吧。"

虽然怀恩不明白喜从何来，但主儿看赏，没有不接着的道理。于是客客气气又说了几句好话，方垂袖打千儿，回延薰山馆复命去了。

大概因为奔走了一天，夜里倒头就睡，连肚子疼都顾不上了。第二天起来，颐行看着床上老大一块血污直愣神，含珍进来瞧她，她惨然回头望了她一眼："我又把床给弄脏了。"

含珍说不要紧："头几回总是这样，谁也不是天生会料理的。"

又重新给她换了裤子，伺候她洗漱，引到妆台前坐着，边梳头边道："听说蒙古台吉上行宫请安来了，宫里八成要设宴为他们接风洗尘。蒙古人豪爽，生篝火烤全羊，载歌载舞，到时候可热闹呢。"

颐行一贯喜欢热闹，听她这么说，心里便雀跃起来。趁着要上太后跟前请安，打算再好好探听探听。

可皇太后的消息远比她灵通，抢先问了他们前一天出宫的事。

"去见先头皇后了？"太后坐在南炕上，倚着引枕道，"我头前吩咐过皇帝，就算到了热河也别有牵扯，可惜他没听我的。"

颐行一凛，站起身道："太后别怨万岁爷，是奴才一味央求他，他不得已，才带奴才去的。奴才是想着，到底一家子，又分别了那么久，好容易来一趟承德，不去看看她过得好不好，奴才日夜都不踏实。"

太后倒也不是不通人情，慢慢点了点头，只是脸上神色不大好，淡声道："你的心思我明白，若说自己升发了，就不再过问亲人的死活，也不是你的作风。可我心里暗暗指望过，希望你能体谅皇帝的难处，不叫他掀起这陈年旧伤来，可终归……还是落空了。"

太后不轻不重的几句敲打，让颐行惶骇起来。虽说太后向来看着温和，但处置和妃的手段她也见识过，说不怵，那是假的。没见知愿之前，自己哪里管得了那么多，一心要找见她，以为只要皇帝松口就成了，却忽略了太后。眼下太后问起来，与其想尽法子辩解，还不如痛痛快快认错。

于是她往前蹭了半步，小声道："是奴才做错了，办这事儿之前，应该来请太后示下才对。可那会儿奴才高兴疯了，因为央了万岁爷好久他才答应，就一时昏了头，只管出去了。如今再想想，奴才真是莽撞，半点也没顾及万岁爷的心思。不过见了知愿，我的心结倒是一下子解开了，心里多感激万岁爷的，天下像他这样佛心的主子不常有，他能宽待知愿，奴才实在是做梦都没想到。"

太后这才露出一点笑意来："皇后出去了，却拿你填了窟窿，你非但不怨她，反而一心为她，果真是个实心眼儿。"

颐行忙道："奴才从不觉得自己填了窟窿，奴才是进了福窝啦。皇上什么都依着我，太后您又疼我，倘或我留在民间，只怕也找不见这样的好姻缘。"

她说话一向知道分寸，也会讨太后的欢心。先前太后得知他们出了行宫，确实不大高兴，怨她不懂事，给皇帝添堵，可他们回来后一切风平浪静，太后也就稍感释怀了。

"我只是怕你们好好的感情，会为知愿起嫌隙。"太后叹了口气道，"她那会儿吵着闹着要出宫，简直是以死相逼，我知道皇帝一贯心肠软，加上福海出了岔子，也就睁一只眼闭一只眼答应了，否则废后那么大的事儿，哪能说办就办了。这回来承德，其实知愿的消息，我比你们还快一步知道呢，正因为她有了身子，我怕皇帝难堪，所以并不赞同你们去见她。"

颐行说是："奴才和您一样的想头，见了知愿之后，我也担心主子不自在，可咱们主子的胸襟比坝上草原还宽广，他一点儿不怨怪知愿，奴才瞧得真真的。"言罢顿了顿，实心实意地说，"不怕您怪罪，我进宫之前，满以为帝王家没有人情味儿，什么都以江山社稷为重，人命也不当回事。可这回我弄明白前因后果，才知道咱们家也是讲人伦，有情有义的。老佛爷，多谢您能容她过现在的日子，奴才知道，昨儿我们能见着她，全是您的慈悲和恩典，奴才无以为报，就给您磕个头吧。"

她说着要下跪，太后忙使眼色，让云嬷嬷把人搀了起来。

太后的脾气，向来吃软不吃硬，颐行也摸透了这点。昨儿知愿说不能讨得太后喜欢，那是因为她向来性子耿的缘故。自己呢，擎小儿在老太太手底下长大，最善于和稀泥。如今遇见了太后，两下里正对胃口，有什么不通透的地方，她嘴甜讨乖些，事儿也就过去了。

果然太后不打算追究了，但话锋一转，就从知愿遇喜，转到了她不见动静的肚子上。

"皇帝今年二十二，膝下只有两子，我就想着再来一个，哪怕是位公主也好啊。"太后瞥了她一眼，旁敲侧击着，"唉，孩子多了多热闹，我就愿意紫禁城里到处都是孩子的笑闹声，那听着，心情多舒畅。我这辈子最大的遗憾，就是生养太少，皇帝和昭庄公主当间儿也曾有过两位阿哥，可惜都没养住……纯妃啊，要不你生几个吧，不拘是儿是女，女人生了孩子，根儿就长住了。皇帝那天还说呢，想立你为皇贵妃，遇喜这事儿恰好是个由头，只要一有好信儿，事情办起来就顺理成章了。宫里有易子而养的规矩，你登了高位，孩子可以养在自己跟前，又不必受母子分离之苦，你想想，那多好！"

太后简直极尽诱拐之能事，心里也为皇帝翻了她这么久的牌子尽是做无用功而感到焦虑非常。

恰好这时皇帝从门上进来，他担心太后会因昨儿出宫探望知愿的事怪罪颐行，早晨理罢了政务就急急赶了过来。谁知倒是他杞人忧天了，她们之间气氛融洽，还谈起生孩子的事来。老姑奶奶面嫩，脸红脖子粗的，自己是爷们儿，横竖皮糙肉厚，便把话头子接了过来。

"额涅别急，今年必定有好信儿。儿子来行宫后一直忙于塞北的政务，冷淡了纯妃，是儿子的不是。眼下该处置的都处置完了，蒙古和硕特部鄂尔奇汗千里迢迢赶赴行宫朝见，人一来，少不得在一处热闹，到时候儿子就把纯妃带在身边，日夜不相离，无论如何一定怀上龙胎，给皇额涅一个交代。"

他说这话的时候，凤眼婉转抛出一道波光，不急不慢又满含挑逗意味地，朝她飞了一眼。

颐行咧着嘴，说什么都不合适，只得傻傻点头："太后放心，您就瞧我们的吧！"

皇太后说好："有你们这句话，我就放心了。横竖要谨记，皇帝你年纪不小了，瞧瞧先帝，你这个岁数的时候，膝下已经有四子了。"

皇帝诺诺答应："儿子一定尽心竭力，不让额涅失望。"

可惜啊可惜，太后翻看了敬事房今儿送来的排档，纯妃在信期里头，绿头牌都给撤下去了。这一等，少说也得三五天，太后听喜信儿的愿望又得拖延上一阵子。

太后开始琢磨，怎么才能叫他们多多待在一处，有些事也得未雨绸缪，便道："鄂尔奇一来，少不得又要拽着你打猎，这大热天的，可别往木兰围场去，还是在行宫周围散散的好，这么着你们小两口不必分开，额涅才有抱孙子的指望。"

这是一天都不叫歇啊，皇帝感受到了如山的重压。太后也是急得没法儿，要不老大的儿子了，哪里还要母亲叮嘱房中事。

其实细想想，心里怎么能不憋屈，废黜皇后之后，后宫就一直没有妃嫔生养。如今知愿都已经怀了孩子了，皇帝这头全然没有动静，这怎么像话，怎么能叫太后不忧心！

早前说没有着实喜欢的，晾着也就晾着了，眼下尚家丫头不是来了吗，他心心念念惦记了那么久的好姑娘就在身边，牌子翻了不老少，太后盼星星盼月亮，盼得脖子都长了还等不来喜信儿，那多不像话。

皇帝不能辜负母亲的殷殷期盼，扭头看了老姑奶奶一眼："实在不成，儿子可以带上纯妃一块儿去木兰围场。"

太后说别："万一坐了胎，长途跋涉一通颠簸，回头伤着我的皇孙。还是在承德的好，离行宫近，来去方便，还能吃好喝好。"

鄂尔奇是皇帝的伴读，从小养在京中，十四岁才回到蒙古承袭爵位。皇帝一见着他，必定玩性大起，哪里还顾得上别的。太后深知他的脾气，好歹预先提醒他，免得到时候金口玉言不好更改。

颐行听他们母子煞有介事地讨论龙种皇孙，实在尴尬得有些坐不住。心说自己和皇帝清清白白两个人，怎么就坐胎了呢。不过心里确实有些可怜皇帝，他和太后周旋的时候，她悄然看了他一眼，他还是寻常模样，在太后跟前谈笑风生着，就因为他是皇帝，不该有人明白他的委屈。

"万岁爷，那就不上木兰围场去了吧。"她坐在绣墩上，乖巧温顺地说，"太后也是担心圣躬，平常秋狝常有，也没个夏狝的道理呀。这一去兴师动众的，木兰围场离承德将近三百里呢，顶着大日头赶路，多辛苦。"

她一发话，皇帝再大的玩性也得刹去一半。瞧瞧她那水灵灵的小脸，皇帝终于松了口："额涅说得有理，万千政务在朕一身，倘或去了围场，少不得耽误朝政，先前是朕想得不周全了。那就在承德附近转转吧，沿武烈河往北，也有很大的狩猎场，在那地方跑跑马，额涅也好放心。"

这就好，太后终于满意地颔首，问："鄂尔奇什么时候到啊？我也好些年没见着他了。"

皇帝说："已经在淡泊敬诚殿朝见过，只是不便上后头来。今晚设大宴，到时候自然向额涅请安。"

这头又叙了一阵子话，进了些茶点，到太后要抄经才辞出来，两个人沿着坝上绿洲，缓缓向北踱步。

肩并着肩，心境和以前不大一样了。皇帝间或还是会偷偷看她一眼，颐行再也不觉得不自在了，捏着她的手绢，越发走得摇曳生姿。

皇帝犹豫了下，还是同她提了件事："鄂尔奇这回来承德，随行的人员里头有他妹子……"剩下的就不多说了，抛个眼神，让她自己体会。

颐行心头一蹦，扭头仔细打量他："您的意思是，这世上还有王公愿意把自己的妹妹送进宫来？图什么呀？"

"图朕地位尊崇，图朕文治武功。"皇帝得意地说，"而且朕年轻有为，长相上乘，当初多少妃嫔见了朕走不动道儿，你是没瞧见。"

结果换来她的嘲笑。

"男人长得好看有什么用？您还为此沾沾自喜？真是肤浅！"

皇帝窒了下："话也不能这么说，有钱有势有相貌，才能让人觉得进宫不亏。"

颐行看了他一眼，长吁短叹："您知道我见了知愿第一面，心里是怎么想的吗？我觉得我这宫是白进啦，早知道她过得那么好，我头选二选上应该动动手脚，不就可以留在家找个上门女婿，给我额涅养老送终了吗？"

可皇帝听了却连连冷笑："你以为这宫是你不想进就能不进的？你可别忘了，你是尚家人，尚家一门的荣辱全在朕手上攥着。你哥哥在乌苏里江是穿鞋还是光脚，也都由朕定夺，细想想吧，还打算招上门女婿吗？"

这不就是明晃晃的仗势欺人吗，颐行撇了下嘴："果真旗下人活得就是憋屈。您说了这么多，究竟是什么意思？是打算破格让蒙古公主进宫吗？"

皇帝心虚地抬眼看看天，其实她误会了，他只想让她知道，世上可是有很多人觊觎他这个皇帝的，她应当更加珍惜他，待他更好，别老和他顶嘴。

可他不好意思表达得这么明确，其中的意味他希望她能够自己体会，顺便开开窍，懂得拈酸吃醋，那么将来夫妇才能和谐，才能你在乎我，我也在乎你。

"帝王后宫的人选，不由自己决定。"皇帝无奈地微笑，"你明白我的意思吧？"

颐行说明白："我只是您后宫的一分子，但我晓大义，知道一切以社稷稳固为重，您要愿意让蒙古公主进宫来，我作为前辈，一定好好看顾她。"

不知是不是他听岔了，总觉得那句"好好看顾她"里，带着咬牙切齿的味道。

"说句心里话，你也不愿意让人家进宫，是吗？进宫后又得像那些嫔妃一样独守空房，对一个年轻姑娘来说很残忍。"皇帝自以为了解她，给她搭好了台阶，只差请她麻溜下来了。

可颐行说不，语重心长地道："皇上，您是一国之君，一切要以大局为重。听说蒙古台吉是您发小？发小的妹妹跟了您，您也不亏，要不再斟酌一下？"

皇帝愣眼看着她："你一点儿也不明白我的意思？"

颐行站住脚，笑着说："我最善解人意了，哪能不知道您的意思呢。今儿晚上有大宴，能见到远客吧？台吉的妹妹长得好看吗？八成很好看……那台吉长得一定也不错。"边说边比画，"蒙古人，那么高的个儿，一身腱子肉，别提多有男子汉气概。"

皇帝的眉头逐渐蹙起来："别说了，别忘了自己的身份。"

颐行说是："我时刻记着自己的身份呢，所以就算您往宫里填人，我也觉得理所当然。"然后抽出帕子来，装模作样地擦眼泪擤鼻涕，"我是个被三纲五常毒害的可怜人，就知道唯皇命是从，所以哪怕心里头有想法，也是敢怒不敢言……这日子，简直过得太糟心啦！"

皇帝总算从她的口是心非里啙出了一点甜蜜的苗头："你不愿意人家进宫，你怕人家分走我对你的专宠，所以你吃味了。"

然后她哎了声，撑了撑腰，说肚子疼。

看吧，这是在撒娇啊。皇帝立刻会意，往前面的四角亭一指，十分体贴地说："上那儿坐坐去吧，我再替你把个脉。"

于是挪着，挪着，挪出了身怀有孕的滋味。

两个人就那么并肩坐在亭子里，晒不到太阳，还有微风徐来，倒坐出了一种青梅竹马、少年夫妻的相濡以沫。

颐行只是不便说出口，别看她平时大大咧咧，心思细腻着呢。皇帝说蒙古公主要进宫，她心里就不怎么痛快。

宫里人不够多吗？还要往里头填？究竟要荒废多少段青春，才不枉做了一世皇帝？

他对知愿好，对她好，应该是尚家独有的恩宠，做什么弄出个发小的妹妹来。到时候难道又要念着和鄂尔奇汗的情义，让人家妹凭兄贵，那她怎么办？又不能学知愿请辞，真得在深宫里形单影只一辈子……她才十六岁，人生还很长呢，找人天天抹雀牌，那也没意思啊。

皇帝却对现在的一切很满意，心爱的姑娘在身边，牵过她的手腕搁在自己腿上，静静把上脉，指尖触到脉搏的蹦跶，也有由衷的快乐。

颐行关心的，并不是自己的脉象，她偏头问："您果真要让蒙古公主进宫吗？"

皇帝微微眯起眼，望着远处古树扶疏的枝叶间，撒下一丛又一丛光柱，不甚在意地说："蒙古人在京城恐怕住不惯，到时候还得给她准备一个蒙古包，再养一圈牛羊……"

颐行说对啊："紫禁城里哪有那空地儿，我看还是算了吧。"

"要不然，把她留在行宫？这里天地宽广，比较适合草原上的女子。高兴起来跑跑马，打打猎，也不委屈了人家。"

他半带玩笑地说，招来了颐行怀疑的目光："您和鄂尔奇汗的交情不深吧？"

皇帝说深啊："我们一块儿长大的。"

颐行摸着下巴嘀咕："我看不尽然……难道您有您的用意？把公主扣押下来，是为了更好地控制蒙古诸部？"

皇帝说："你是话本子看多了吗？蒙古早在高宗时期就归顺大英了，犯得着再用联姻去拉拢人心吗？"

颐行哀怨地嗟叹："毁人青春呀……"

皇帝蹙了蹙眉："你就说不愿意人家进宫不就完了，何必东拉西扯那些！"

颐行慢慢扫了他一眼："我听了这半天，其实不想让人进宫的分明是您自己，您非要让我开口，别不是为了证明我是个奸妃吧？"

皇帝不说话了，好半晌才叹气："朽木不可雕也。"

颐行笑了笑，转头看向连绵的宫殿群，心说我怎么能不知道您的用意，可阻止得了这回，阻止不了下回。现如今自己正红，皇帝是得了新鲜玩意儿不忍撒手，再过两年呢？他真有先帝那么长情？自己真有太后那样的好福气吗？

唉，得过且过吧！他扣着她的手不放，她也没有收回来的意思，就由他握着。只是小心翼翼舒展开戴着甲套的两指，唯恐一不小心，划伤了他。

皇帝又慢慢和她说起小时候的事，说开蒙时跟着总师傅练骑射、练布库，鄂尔奇文的不行，武的却在行，自己跟总师傅学不会的东西，鄂尔奇一教他就会。两个人上山下河地排练，应付先帝抽查，完全不在话下。

这就是发小之间的情义啊，这么好的交情，怎么忍心糟蹋人家妹妹呢。

只是人来都来了，就算鄂尔奇不明说，背后的深意，大家也心照不宣。

"那位蒙古公主喜欢您吗？"颐行歪着脑袋问，"她喜欢您这种漂亮的长相吗？"

皇帝不大好回答，略顿了下才道："我这样的长相，有姑娘不喜欢吗？"

颐行哑了口，细想想还真是。当初他跟随先帝来江南，自己头一回见他，就折服于他的容貌。十二岁的太子爷已经长得人模人样，不像管家家和他同龄的傻儿子，还拖着两管清水鼻涕，小脸儿又瘦又黄。

"那如果人家一味地喜欢您，您又抹不开面子，是不是就得勉为其难给她晋位分？她那么高的出身，怎么都得是个贵妃、皇贵妃。"她涩涩地说，低下头揉弄着手绢，"我扑腾了这么久，才是个妃来着……"

皇帝当即表了态："我不会给她晋位分的，这深宫里已经有那么多受委屈的女人了，就别再祸害新人了。"想了想道，"不过这事儿还得你来想辙，叫人知难而退，叫人看明白咱们俩才是一对。"

颐行忽然笑了，是止也止不住的欢喜，原本她还想装端稳，可不知怎么，笑靥不由自主就爬上了脸颊。

忸怩，再忸怩一下："这事儿怎么能指着我，得您显得非我不可，人家心里才明白呢。"

皇帝说也对："到时候咱们一唱一和。"

颐行问："那人家到底长得好看不好看呀？"

在一个女人面前说另一个女人好看，横是不想圆房了啊！皇帝坚定地表示："蒙古姑娘健美，不是我喜欢的款儿，好不好看的，见仁见智吧。"

　　这就说得十分模棱两可了，皇帝也学会了官场上那套，人前说人话，鬼前说鬼话。

　　反正心头有脉脉的温情流淌，这盛夏的天气里，并肩坐在凉亭下看云卷云舒，那份不骄不躁，那份四平八稳，就算到老了，也紧紧记在心上。

　　不过爷们的敷衍，有时候也不能太当真。颐行回去之后就开始琢磨夜里该怎么打扮，晚宴设在试马埭，那地方是历代君王举行秋狝大典之前精选良马的地方。这回是考虑蒙古台吉远道而来，亭台楼阁不适合他们豪放的天性，干脆在试马埭办宴，既可生篝火，又可看灯戏、打布库。

　　那样的地方，再穿金戴银就不合时宜了，得挑出她最漂亮的行服，至少气势上不能输给蒙古公主。

　　于是含珍搬出一套莲青孔雀纹的行服来，领口和箭袖上端端绣着西番花，腰上一整套的蹀躞七事，金灿灿，响当当。

　　颐行摸了摸火石包和匕首套子，纳罕道："哪来的呀？从京里带来的？"

　　含珍说不是："才刚您上月色江声请安，内务府打发人送来的，说是万岁爷下了令，专给您预备的。"

　　颐行明白了，原来人家早就有心让她和蒙古公主一较高下。男人的虚荣心真是大得没边儿啊，要让所有人都知道，我不要你，是因为我有更好的。

　　银朱展开了衣裳，说主儿试试吧。颐行穿上后在镜前自照，果真这行服处处透出精致来，样式是行服的样式，但隆重程度，大约也不输吉服了。

　　拿青金石的领约来压上，发式一丝不苟梳燕尾，看上去既有后妃的尊荣，尊荣里又透出那么一股子利落和果敢。临出门前，腰上配一柄月牙小弯刀，镜子前一照，耀武扬威的，很好，她得给皇上争脸！

从如意洲到试马埭不算远，中间隔着烟雨楼和澄湖，坐上车轿，一盏茶时候就到了。

下车的时候天黑透了，巨大的草场上已经生起了好几处篝火。不像从京城来承德，露宿在外的几晚，大伙儿灰头土脸凑合驻扎，今天都是盛装参加，连太后都穿上了行服。想当年先帝秋狝之前，每回都带她上试马埭挑选御马，如今故地重游，很有一番感慨在心头。

颐行当然照例陪伴在太后左右，这厢方落了座，那厢皇帝便引了鄂尔奇及随行官员前来行礼。

蒙古台吉是个高壮的汉子，头上编发，身穿暗红的宽大袍子，向太后行传统礼，胸口抢得砰砰响，一面满满俯身下去："蒙古汗臣鄂尔奇，恭请我大英上国皇太后如意吉祥。"

太后笑着让免礼，毕竟是皇帝幼时的玩伴，当初在宫里一块儿呼啸来去，太后也算是看着他长大的。

"我还记得你回蒙古时的光景，转眼就是十三年，如今长成这样的威武模样，可真是日月如梭啊。倒是怎么想起入关的呢，王城离这儿有程子路吧？"

鄂尔奇的样貌虽然是蒙古人长相，但少年时期都在京城度过，中原的礼教从来没有相忘，便哈了哈腰，操着一口流利的汉话道："回太后，臣前阵子正巧带着部族巡视阿巴葛左旗，听说圣驾来了热河，便绕道过古北口，日夜兼程赶到这里，来向太后及皇上请安。臣与皇上多年未见了，虽然年年遣人进京，自己总不得来，心里很是挂念。今儿总算见着了……"他一面说，一面含笑看看皇帝，黑脸上全是老友重逢的快意，咧着嘴说，"见我主龙体康健，真是我大英之福，万民之福啊！"说着引来几个少年，大手一挥，"这是臣的儿子们，臣特意带他们入关，来给太后和皇上磕头。"

蒙古人生来魁梧，据说都是十来岁光景，却个个长得中原十四五岁模样。

太后看着他们跪拜，忙说好："快起来吧，不必多礼。果然塞外吃牛羊肉长起来的孩子，瞧瞧，结实得小山一样。"

待那些孩子都行完了礼，鄂尔奇终于从身后搜出一个年轻的姑娘来。那姑娘穿着长袍，头上戴着缀满红珊瑚和绿松石的发饰，圆圆的红脸蛋，眼睛明亮得像太阳。

"这是臣的妹妹娜仁，因仰慕天朝风土人情，央求臣带她入关。今儿有幸拜见太后，是她的福气。"鄂尔奇谦卑地说完，又是声如洪钟的一声吼，"娜仁，来向太后老佛爷请安。"

太后身边围绕的妃嫔们不免对蒙古公主评头论足一番，看她大马金刀上前来行礼，先是觉得她姿色平平，但待她照着中原习俗跪拜下来，又不免感慨公主的腰真细，那镶宝石的腰带勒出宽宽的一道，公主的臀部就显得又圆又翘。

"哎哟，"愉嫔偏过头，悄声对婉贵人说，"看来咱们又要迎接新姐妹啦，还是个蒙古人呢，怪有意思的。"

婉贵人捏着帕子拭了拭鼻子："外埠人见天儿和牛羊为伍，不知道身上有没有味儿……"

可是蒙古国公主那截小蛮腰是真不错，颐行瞅瞅公主伏地的背影，又瞧瞧皇帝，他闲闲调开视线，望向繁星如织的夜空，似乎确实对蒙古姑娘不感兴趣，只是碍于发小的情面，不好表现得太明显罢了。

皇太后只是笑着，说快起来吧："你们母亲早年间随你们父汗进过京，我瞧着，公主长得像母亲。"

蒙古女子不兴小家子气，哥哥引荐之后，娜仁便落落大方地回应太后的话，含笑道："额吉也常提起当年来京城的见闻，多次和我说，将来长大，一定要来中原开开眼界。这次正逢哥哥朝见，我就一块儿跟着进了古北口，不得宣召自行入关，还请太后恕罪。"

大家都啧啧，这位公主口齿真伶俐呀，想必蒙古早有和皇族联姻的意思，因此从小就以汉话教导公主。

太后笑得很欢畅："这有什么失礼的，你们都是贵客，千里迢迢赶赴热河，是你们对朝廷的一片心。这回可要多待两天，看看我们中原的美景，也尝尝我们御厨的手艺。"

公主说是，笑得灿烂，尖尖的虎牙透露出一丝俏皮之感，和那健美的身子相映成趣。

珣贵人离公主站立的地方最近，下意识地比了比，自己竟比公主矮了大半个头。

谨贵人叠着手叹气："不知道这位公主身手怎么样，蒙古人不是爱摔跤吗，万一动起手来，咱们哪个是她的对手！"

大家都为兔子堆儿里来了只斗鸡而感到忧心忡忡，纯妃虽然让人忌惮，但大家闺秀出身，能动脑子绝不动手。这位可不一样，说不定拳头抡起来，比她们脑袋都大，文戏唱不过纯妃就算了，武行又不及娜仁公主，到时候两座大山压在头顶，岂不是要把脖子都春短了！

于是众人拉下面子来打探："纯妃娘娘，万岁爷有留下娜仁公主的意思吗？"

最怕就是一文一武联手，那大家可彻底没活路了。

颐行笑了笑："这我哪知道呀，留下不也挺好，人多热闹。"

可是如今说人多热闹，感觉已经不大一样了，带着点酸，滋味儿不太好。想是不能喜欢上一个人，越喜欢心眼儿越小。

皇帝呢，正和鄂尔奇汗谈笑风生。

宗室里年纪差不多的这一辈，以前同在上书房读书，大家一块儿挨过罚，一块儿赛过马，一块儿打过布库，因此感情都很好。聚在一起聊聊这几年的境况，公务怎么样，家里头怎么样，养了几房妻妾，又生了多少孩子……男人在一块儿，不管地位多尊崇，无外乎就是那些。

原本女眷这头，是打算好好接待娜仁公主的，毕竟来者都是客，嫔妃们预备让她体会一下什么叫大国风范，一向以老好人著称的康嫔向她堆出了笑脸："公主……"

结果话还没说完，人家竟然转头走了，上爷们儿跟前去了。康嫔碰了一鼻子灰，脸色都变了，大家便同仇敌忾起来，愤懑道："外埠女人这么不讲究，不和咱们在一处，倒上男人堆儿里凑趣儿去了！"

"这叫豪爽。"有人半真半假地说，"豪爽的女人才讨爷们儿喜欢呢，咱们深宫中人，哪明白这个道理！"

"哟，她盯上万岁爷了！"嫔妃们凑成一堆，一致咬着手绢较劲，"她还给万岁爷抛媚眼儿！这浪八圈儿，蒙古没男人了？"

"我最瞧不上借着豪爽名头勾搭男人的，要巴结，就巴结个明明白白。"

比如老姑奶奶。

想当初，老姑奶奶在御花园里靠扑蝴蝶一战成名，后宫之中谁人不知，谁人不晓。人家就是要上位，就是矫揉造作了，也比这位打着豪爽之名胡乱和男人攀搭的强。

公主给皇上敬酒了！贞贵人瞧得眼睛都直了："好手段！好手段！"

皇上盛情难却，干了一杯，结果她又来……

大伙儿忍不住了，齐齐将目光投向老姑奶奶："您就这么看着呀？回头万岁爷叫她灌醉了，再来个生米煮成熟饭。"

老姑奶奶也已经忍无可忍了，于是一咬牙一跺脚："我去！"

众人像目送英雄一样，看着老姑奶奶大步流星而去，到了皇上面前，一把接过酒杯一饮而尽，然后很艰难地想勾住万岁爷的脖子，但因为对方人太高，没有成功，转而搂住了万岁爷的胳膊。

大家忽然宾服了，看见没有，受宠有受宠的道理，这留守的十几个人中，谁有这气魄胆量，敢冲上前给万岁爷解围？只有老姑奶奶！

那厢皇帝看见她这么干，心里虽说是畅快了，但又不免担忧："这时候怎么能喝凉的？"

颐行说没事儿："一杯酒而已。"复对娜仁道，"公主，太后那头设了酒宴，席上都是果子酒，没那么烈性，更适合姑娘饮用。我们万岁爷前两天偶感风寒，不宜饮酒，公主的好意，只能由我代为领受了。"

边上的宗室们面面相觑，要是换了两个普通女人明争暗斗，他们倒还愿意凑凑热闹，可惜这两位都不寻常，因此旁观也显得格外尴尬。

娜仁是蒙古公主，但凡是公主，都有傲性，居高临下睥睨颐行："不知这位怎么称呼？"

颐行个头比她矮，气势上略有不足，便倚着皇帝踮了踮脚，说："我是皇上宠妃，你可以称呼我纯妃娘娘。"

简直了，世上哪有人好意思说自己是宠妃的，边上人闻言都讪讪地摸了摸鼻子。不过山谷那晚一嗓子把众人引去，就凭她吊在皇上身上的架势，说宠妃其实也不为过。

可惜蒙古公主并不买她的账："纯妃？我记得大英后宫的等级先是皇后，其次皇贵妃、贵妃，再次才轮到四妃。要是按照我们蒙古的习俗，连第一幹儿朵¹都进不去，宠妃？宠妃是什么？"

颐行心头顿时一喜，这是天降神兵，来助她晋位来了？

她扭过头，眼巴巴看着皇帝，意思是您瞧，因为位分不高，您的宠妃遭受蒙古公主歧视了，您怎么看？

皇帝是聪明人，清了清嗓子安慰她："朕打算回宫晋你贵妃，等遇了喜就晋皇贵妃，没办法，晋位总得一步步来。"

她点了点头，又冲娜仁公主一笑："你看，这就是宠妃的待遇。你们一个幹儿朵里是不是住好些人？我们大英四妃之上也就三个位分，搁在你们蒙古，我现在就可以统领第四幹儿朵，也不算太差。"

以娜仁公主的地位，在蒙古一向没人敢和她叫板，这回遇见了一个什么纯妃，

1　第一幹儿朵：蒙古后宫妃嫔中的第一梯队。

成心和她过不去，她一气之下不打算理她了，转头对皇帝笑道："皇上，我看见那儿设了好多箭靶子，请大英巴图鲁和我们蒙古勇士比射箭吧！"说着朝颐行看过去，"不知纯妃娘娘擅不擅骑射？我们蒙古女子弓马个个了得，若是纯妃娘娘有兴趣，你我可以切磋切磋。"

颐行心想这蒙古人够鸡贼的，拿自己的长处来比别人的短处，真是好心机啊！自己呢，别说弓马了，连打弹子都从来没有赢过，和她比射箭，不是鸡蛋往石头上碰吗？

于是她说："我们中原女人对弓马不太讲究，我们做女红。"随手牵起皇帝腰间的葫芦活计示意她看，"就是这个，我亲手做的。"

娜仁看了一眼，鄙夷地皱起眉头："手艺不大好嘛。"

颐行不悦了："哪里不好？看看这配色，还有绣工针脚，我们爷很喜欢。"

娜仁不解地望向皇帝："皇上，您喜欢这种东西？我虽然不会做，但我会看，堂堂的一国之君用这种荷包……"边说边摇头，"太委屈了。"

这下子触到了颐行的痛处，她指着这活计说："你仔细看看，哪里不好？哪里叫人委屈了？公主殿下自己不会女红，却如此诋毁别人的匠心，实在有失风度。"

这话一说罢，所有人都看向皇帝腰下三寸，皇帝不自在起来，实在因为这个位置有点尴尬，便微微偏过身子，示意大家适可而止，一面还要给槛儿争脸，说："大俗即大雅，这活计上通天灵，下接地气，没有十年八年功底，做不出来。"

"看吧。"颐行坦然一摊手，虽然不知道他在胡说八道些什么，但她听得出来，他是在毫无遮拦地偏袒她，所以她的底气更足了，对娜仁公主说，"我们大英地界上不兴舞刀弄枪，我们玩撞拐子。知道什么叫撞拐子吗？单脚金鸡独立，抱住另一只脚撞击对方，谁的脚先落地，谁就输了。"

娜仁圆圆的眼睛不住眨巴，立刻抱起一条腿站立："像这样？"

边上的人都让开了，祁人姑奶奶不像汉人小姐养在深闺，她们从小娇惯，能当家，能出门，有句谚语说"鸡不啼，狗不叫，十八岁的大姑娘满街跑"，说的就是祁人姑娘。

姑奶奶要拾掇人，天上下刀也拦不住。况且又是蒙古公主先挑起的，要是不应战，失了老姑奶奶的脸面。

娜仁呢，不愧是蒙古人，有血性，不爱退守，爱强攻。鄂尔奇作为哥哥，并没有叫停的意思，反倒乐呵呵看着，觉得女人和男人一样，都可以有好胜心，都可以为荣誉而战。

终于娜仁攻过来了，然而发力太猛，被颐行轻巧躲过，到底收势不住，抱住的那只脚落了地。颐行见状轻蔑地一哂，开玩笑，这么长时候的花盆底是白穿的吗，她如今单腿都能蹦上台阶。这回是碍于信期里不方便，要不非顶她个四脚朝天不可。

娜仁输了，勇猛的蒙古公主气涌如山："不行，再来。"

颐行说不来了："以武会友，头回客气，二回就成械斗了。我是大英朝端庄的纯妃，不能老和人撞拐子，有失体统。"说罢很体面地抚了抚袍角。

皇帝和鄂尔奇相视笑起来，鄂尔奇纵容妹妹，蒙古人不爱扼杀天性，所以姑娘快意人生毫无顾忌。相对而言大英宫廷不是这样，祁人家的姑奶奶进了宫，却要开始遵守各项教条，变得谨小慎微，大气不敢喘。

究其原因，还是爷们儿不宠，没有底气的缘故。可这位纯妃不同，鄂尔奇从老友眼中看出了不一样的感情，作为一位帝王，轻易是不会如此外露感情的，但照他现在的反应来看，这纯妃怕不止宠冠后宫这么简单。

"娜仁，"鄂尔奇喊了一声，"不许在纯妃娘娘面前放肆。"

娜仁是年轻姑娘，又心高气傲一辈子没吃过亏，这回不单言语上没占上风，连撞拐子都输了，那份生气，大力地踩脚走路，发冠上垂挂的红珊瑚和绿松石珠串沙沙一阵撞击，回到鄂尔奇身边的时候，简直像只面红耳赤的斗鸡。

不管她怎么样，反正颐行是痛快了，她长出了一口气，就是刚才那杯酒有点上头，要回太后身边打个盹儿，便叮嘱皇帝："可别再喝啦，这酒那么辣口，我嗓子眼儿里这会儿还烧着呢。"

皇帝点了点头："要是肚子不舒服，即刻打发人来回我。"

颐行哎了声，边走边招呼："娜仁公主，来呀，上我们这儿来。做什么老和爷们儿在一处，怕我们款待不好你吗？"

娜仁无奈，毕竟是远道来做客的，既然有心要和宇文氏联姻，就少不得和皇帝后宫那帮女人共处。

没办法，纯妃娘娘盛情相邀，她只得脱离哥哥，跟着往女眷们围坐的篝火堆那儿去。半道上她问纯妃："我听说大英后宫的女人在皇上面前，个个都像愣头鹅，为什么你那么自在？"

颐行回头看了她一眼："我们中原是礼仪之邦，讲究尊卑有别，妃嫔们只是谨守本分罢了……我就不一样了，我和皇上是老熟人，老熟人做了夫妻，就比较随便。"

"那其他人呢？"娜仁问，"其他人和皇上熟不熟？她们在皇上面前也能这么随便吗？"

颐行说当然不能，然后开始竭尽全力地向她晓以利害："大英后宫嫔妃虽不像你说的，都是愣头鹅，但等级森严是真的。皇上是天下之主，怎么能和每个人都嘻哈笑闹，今儿你连敬他两杯酒已经是犯了忌讳了，正因为你是鄂尔奇汗的妹妹，是远道而来的贵客，皇上才赏你面子，要是哪天你和我们成了姐妹，那你就得和她们一样，走一步看三步，管你是蒙古公主还是蒙古可汗，都得给我老老实实在那儿待着。"

娜仁觉得有点不可思议："我们蒙古人从没有这种规矩……"

颐行眯着眼，含蓄地笑了笑："你汉话说得挺好，可惜没学会入乡随俗的道理。谁在家不是要风得风，要雨得雨，进了宫最后都得变成那样……"

她拿眼神示意娜仁看，果然那些嫔妃个个又想看热闹，又憋着不敢上前来，这让娜仁公主有些怕了，担心自己万一进宫，也变得像她们一样，那可怎么办？

然而再看看纯妃，娜仁公主的小圆脸上露出了精明的笑意："既然纯妃娘娘和她们不同，就说明后宫也不是人人会活成那样。"

颐行咧了咧嘴："皇上喜欢我，所以我胆大妄为，可世上能得圣宠的又有几人？只有老姑奶奶我！"

她说完，扬眉吐气式地摇晃着身子，往太后身边去了。

太后跟前留有她的位置，等她一来，太后就笑着问："一杯烧刀子下去，肠胃受得住？"边问边嘴上招呼娜仁，"快坐下吧，只等你了。"

众多嫔御这时候齐心协力发挥了作用，才刚她不是追着爷们儿敬酒吗，这会子好，总算落到她们手心里了。于是十几个人，打着招呼贵客的旗号，不住轮番敬酒，虽说果子酒力道不大，但十几杯下肚，喝也喝撑她。

颐行则倚在太后身边咬耳朵，说："昨儿万岁爷和奴才提起鄂尔奇汗带妹妹入关来着，在花园子里问奴才的意思。"

太后嗯了声："你的意思怎么样呢？"

颐行说："要是往大义上说，奴才觉得挺好，蒙古人身子骨好，将来要是生小阿哥，必定也健朗。"

太后点点头："那要是往小情上说呢？"

"往小情上说，我自然是不高兴的，人家好好的姑娘，白耽误人家青春，多不好。"

太后说："倒也是。不过我还是那句话，帝王家子嗣为重……你懂吧？"

现在于太后来说什么都不重要，反正宇文家历代帝王到了一定年纪，遇上一个对的人，都免不了走这样的老路，自己亲身经历过，很能理解皇帝现在的心意。只是这种一心一意来得太早，雨露不能均沾，子嗣上头就略显艰难。毕竟一个女人一辈子能生几个儿子呢，不着急些，对不住列祖列宗。

颐行心里也明白，这是赶鸭子上架，为了不让别的女人进宫，就得把重担大包大揽过来，压力不可谓不小。

但她依旧很坚定地向太后保证："奴才争取三年抱俩，一定不让太后失望。"

太后说好："我可记着呢，明儿开始吃些大补的，把身子养好。听我的，地肥苗也壮，准错不了。"

颐行诺诺点头，可刚才那杯酒下肚，热气好像一点点翻滚上来，先是脸颊发烫，后来连脖子也烫了。她偎在太后身边，悄声说："我怎么瞧着天上有两个月亮呢？"

太后讶然，云嬷嬷忙上来查看，见那小脸盘子红扑扑的，鼻尖上沁出汗来。嘴里说着话，眼神却越发迷离，东倒西歪一阵子，最后还是含珍揽过来，笑着说："我们主儿不擅喝酒，才刚替万岁爷喝了一杯，这就醉了。"

这倒不是什么大事，太后说："这会子回去怪冷清的，大伙儿都在这里呢。越性儿让她靠着你睡会子，一小杯酒不碍的，等睡醒了，酒劲儿就散了。"

含珍道是，让颐行靠着自己，一面仔细替她打扇子驱赶蚊虫。

颐行间或睁开眼瞧瞧，这好山好水呀，还有星月皎洁的夜，明儿又是一个大好晴天。

隔了好一会儿，在她昏昏欲睡的时候，听见皇帝的声音，问："怎么了？才喝了一小杯，就这副模样？"

颐行挣扎了下，没挣扎起来，最后还是作罢了。

后来又听见皇帝向太后回禀，说明天要和鄂尔奇他们一道，上狮子沟那头打猎去。话还没说完，老姑奶奶一把抓住了他的衣袍："我也去。"

皇帝有些嫌弃她："带着你，多累赘。"

颐行不答应："蒙古公主去，我也得去……"

这是吃味儿了，决定看住男人呢。皇帝心里明白，所以勉为其难地松了口："明儿你身上不便，我和他们说一声，后儿再去。"

颐行不解："后儿就方便了吗？"

皇帝掰着指头，矜持地微笑："我算了算时候，好像应该差不多了。"

自打和老姑奶奶在一起，他觉得自己不光医术大涨，连对于男人来说过于冷门的知识，也在不断扩充。

作为皇帝，一般是不会关心后妃信期的，后妃们到了不便的日子，打发宫女过敬事房知会一声，绿头牌自然就撤下来了。皇帝三宫六院那么多人，缺席三五个完全不在心上，去了披红的，还有挂绿的，反正过了这个当口，该回来的自然会回来。

但老姑奶奶不同，她压根儿什么都不懂。虽说跟前宫女嬷嬷会教导她，但他还是不放心，即便是那么尴尬的事，他也替她记着，谁让头一回就被他撞见了，自己好像有这个责任，在她弄不清状况的时候，必须做到对答如流。

颐行迷糊地点点头，边上的含珍眼观鼻鼻观心，心说我什么都听不见，什么都看不见。

伺候得宠的主子就有这宗不好，老觉得自己戳在跟前很多余，恨不能挖个洞，让自己暂避。

不过皇上待老姑奶奶确实是好，他们的好，是那种踏踏实实过日子的好，不是镜花水月只谈温情，也不是嫔妃一味的讨好屈从。他们之间是平等的，甚至经常老姑奶奶不舒坦了，皇上想辙讨她的欢心。要是换在以前，自己没有亲眼得见，不敢想象，皇上能像个平常爷们儿一样。如今见证了，方知皇帝也食人间烟火，遇见心爱的姑娘，也会事无巨细，委曲求全。

老姑奶奶呢，她对自己什么时候能骑马，也说不太准。加上喝了酒，脑子有点儿糊涂，便惺忪着眼问："要是后儿还不方便，那可怎么办呢？"

皇帝连想都没想："大后天也成啊。"

这是打定了主意非要带她去了，旁听的含珍觉得，其实皇上打从一开始就预备老姑奶奶跟着的，倘或她不张口，皇上自己恐怕也会盛情相邀吧！

横竖一句话到底，就是等她方便了，再定出门的日子。颐行这下踏实了，重新枕在含珍肩头呼呼睡去，皇帝一直弯腰看着她，到这会儿才直起身子来。

面对宠妃以外的人，他并没有那么温和的好性子，漠然吩咐仔细纯妃着凉，然后便负手踱开，和那些亲近的宗亲及鄂尔奇汗会合去了。

试马埒怎么热闹，颐行就顾不上了，她浑浑噩噩睡了得有个把时辰，再睁开眼的时候，见远处马道上正比骑射。祁人巴图鲁机敏，蒙古勇士果敢，竞相策马甩鞭子，在这行宫内宽绰的草地上，也比出了草原万马奔腾的架势。

不过怎么不见娜仁公主？她扭头问含珍，含珍说："这位蒙古公主的酒量也不怎么样，几杯果酒下肚，先是跑茅厕，后来就醉了。"

颐行听了哈哈一笑："看来也不比我强。"复问，"万岁爷呢？"

含珍说："才刚还来瞧过您一回，见您不醒，又上马道边上去了。"

颐行唔了声，老友重逢就是快活，自己那些上树掏雀儿蛋的朋友全在江南呢，等将来皇上要是能下江南，兴许自己还有机会再见他们一面。

帐外的男人们忽然欢呼起来，一阵阵声浪涌进女眷们的大帐里。

太后掩着嘴，打了个哈欠："不成了，人老了，熬不得夜。今儿大伙吃羊肉，喝果子酒，也算结结实实热闹了一回，这会儿时候不早了，我看这就回去了吧。"

众人其实也是强撑着支应，妃嫔们因自矜身份，又不能到处走走逛逛，只能围绕在太后左右，早就已经坐得意兴阑珊了，太后一发话，便纷纷站起身道是。

太后打发了个跟前的人过去给皇帝报信："请皇上保重圣躬，虽是高兴，也不能纵情太过。知会怀恩一声，让他劝着点儿，早早回去歇息要紧，明儿再聚不迟。"言罢带着宫眷们登上车辇，往南原路返回了。

颐行有些懊恼："可惜出来一趟，什么也没玩儿成，睡了这半晌。"

含珍说："不着急，皇上不是说了要带您出去狩猎吗，跑马的机会可多了，只是您会不会骑马呀？"

颐行说会啊："有什么能难住咱南苑姑奶奶！我擎小儿就跟着几个哥哥上城外练马场，挽弓射箭虽不在行，骑马却是小菜一碟。"说着又掀窗朝后张望，喃喃说，"娜仁公主安顿在哪儿了？别瞧着咱们一走，她又活过来缠着皇上。"

含珍笑道："您不是打发荣葆瞧着吗，回头有什么变故，自会回来禀报您的。"

颐行想了想说对，便安然坐回了身子。

马车两角悬着精巧的小宫灯，晃晃悠悠间光影往来，照亮了老姑奶奶的脸。含珍觑了觑她，轻声道："主儿如今也顾念万岁爷了，还愁有人惦记他老人家呢。"

颐行赧然道："不是他说的，不愿意蒙古公主进宫吗，我这是助他一臂之力。"

"那您不怕皇上回头又改主意？"

颐行说不怕："原本后宫就应该满满当当的，再进新人也没什么。不过皇上既然不答应，那我也没什么可担心的，金口玉言嘛，我信得过他。"

这话说完，自己也不由得笑起来，仿佛皇上以后就是她一个人的了。年纪小小，野心倒挺大，八字还没一撇，就这么霸道了。

次日荣葆一早进来回话，说蒙古公主想是醉得不轻，给送到万树园北边的蒙古包里去了，到底没有再现身。可见蒙古人也有不擅饮酒的，也可能中原的果子酒比他们的马奶酒更厉害，三下两下的，就把人喝趴下了。

颐行笑了一阵，觉得这蒙古公主也挺逗，不过自己的身底儿好，倒也不是混说的。来信之前还痛过一回，现在虽说不便，却再也没有哪里不适，连饮了凉酒也半点事儿没有。日子拖延得也不久，满打满算四个整日，就已经干净利落又是一条好汉了。

后来上月色江声请安时碰见皇帝，站在檐下眯觑着眼睛问："咱们什么时候上狮子沟去呀？我已经挑好马啦，多早晚都可以出发。"

皇帝会心地微笑："那就明儿？"

颐行说可以，回去预备了骑马装，又让她们预备了幂篱。其实她也没打算真在外面胡来，就是过去点点眼，给蒙古公主带去些不痛快罢了。

第二天，一行人整顿好了队伍，预备出发。

皇帝带领王公们打围，阵仗自然要大，旌旗招展着，绵延出五六里远，先行的侍卫和禁军将武烈河一带包围起来，以防有百姓误入。待围子里头肃清，各路人马就可以大展拳脚了，这时候四面八方响起狐哨来，马蹄声、吆喝声四起，惊动了林子和水岸边的鸟雀，轰的一声直上青天。皇帝振臂一呼，说围猎开始，众人齐齐策马狂奔出去。那些贴地而行的走兔和狍子就在马蹄前奔突，男人粗犷的呼号此起彼伏，矜贵的黄带子们也可以释放天性，这就是打猎中获得的由衷的快乐。

颐行转头看看信马由缰的皇帝："您怎么不出去跑跑？"

皇帝凝目望向远方，夷然说："跑得够多的了，今儿就让他们决个胜负吧。"再说好容易带她出来一趟，只顾着自己痛快，把她扔在这里也不像话。

才两盏茶工夫，几队人马都有了斩获，纷纷把那些獐子、野鸡什么的送到皇帝面前，连娜仁都带回了一头黄羊。

蒙古公主骑在马上，意气风发地说："纯妃娘娘，你别光是看着呀，怎么不动起来？"

颐行被她挑衅，有点儿不服气，挺挺腰，弹了一下胸前的弓弦，气壮山河地说："我不会！我就在这儿等着吃，怎么了？"

一个人能把自己的无能说得如此理直气壮，显然出乎娜仁的预料，只见她目瞪口呆看了她半晌，然后喃喃："不会还那么大声儿……"

再说背着个小角弓，是用来装饰的吗？娜仁的眼神很快从惊愕转为鄙夷："当初祁人入关前，个顶个的可都是好手……"

"你是说三百年前吗？"颐行笑了笑，"如今国泰民安，女孩儿只要读书习字，用不着自己狩猎，也不用上阵杀敌。祁人三百年前个顶个的好手，你们三百年前还在茹毛饮血呢，提那陈年旧事做什么。"

娜仁嘴皮子没有她利索，当场干瞪眼。皇帝听她们你来我往，发现女人之间的斗嘴挺有意思，不比朝堂上唇枪舌剑逊色多少。

不过来者是客，也不能太过分了，便适当提醒老姑奶奶，让她嘴下饶人。

瞧瞧天色，日头没有先前那样烈性了，便转而对鄂尔奇说："朕看纯妃也闲得慌，这样吧，咱们分作两队，各自狩猎，以猎物多寡为准比一场，你看如何？"

鄂尔奇自然说好："只是纯妃娘娘不擅射猎，臣等岂不是胜之不武？"

皇帝说不碍的："就是活动活动手脚，胜败都不重要。你们胜了，朕赏你们珍宝，我们胜了，朕请你们喝酒。"

这是作为大国皇帝的肚量，绝不因为区区的一个名头，和下臣争得面红耳赤。

鄂尔奇和娜仁兄妹领了命，拨转马头朝远处奔去，皇帝的小马鞭这才悠闲地抽打一下坐骑，御马踩着小碎步跑动起来，颐行跟在一旁问他："您不着急啊？万一人家到时候请赏不要珍宝要位分，那可怎么办？"

皇帝还是很有把握的样子："我跟着先帝四次来承德，武烈河哪儿有猎物，比他们知道。这场比试不比大小，比多少，一窝兔子好几十呢，还压制不住他们？笑话！"

他的那张脸，在朗朗晴空下笑得狡黠。皇上也有钻空子的时候，作为帝王，不懂得步步为营，那还怎么操控臣工，平衡天下！

反正跟着他就对了，皇帝边走边拿马鞭向前指了指："看见那片河床没有？狮子沟和武烈河在那里交汇，分支又经望源亭，环抱出一片很大的平原。连着好几天暴晒，水都干涸了，只要跨过去，登上那片平原，到时候十步一个兔子窝，你想逮多少就逮多少。"

颐行听了顿时振奋，两个人驱马上前，河床上的水大多已经蒸发了，只剩深处还残存一点潮湿的印记。马蹄踏过去，干裂的泥土发出脆响，只是轻轻一跃，便跃上河岸，跃进了另一片丰沃的草地。

兔子多是真的，这地方不常有人来，草地生长茂盛，不时听见草丛中沙沙作响，然后便是翅膀拍打的声音，一只野鸡笨重地飞起来，一扑腾就是十几丈远。

皇帝搭起了他的箭，虎骨扳指紧紧扣住弓弦，鋈金嵌牙雕的弓臂衬着他的脸颊，越发细腻如缎帛。

只听"嗡"的一声，箭矢破空而去，那只野鸡还没来得及落地，就被一箭射中了背心，噗地掉落下来。

颐行忙拍打马臀过去查看，被穿透的野鸡还在挣扎，便一面皱眉，一面提溜起箭羽展示给皇帝看。

这算他们这队的第一只猎物，皇帝让她别在马背上，那野鸡被倒吊着两腿，彩色的羽翼在风中招展。

再往前一程，得下马进草丛了，不远处就是望源亭。把马拴到石亭的柱子上去，这亭子也是荒废多年没有人打扫，石缝里长出一簇簇青草来。围栏上的靆灰经过风吹日晒干裂剥落，这样朽败的亭子，坐落在苍翠的草地上，有种垂暮和青春迎头相撞的奇异感觉。

草丛里有兔子在奔跑，他搭上弓，正欲放箭，却被她压住了手。

顺着她的指引看过去，原来那只兔子身后不远处还跟着好几只小兔子，这是母兔带着孩子出门觅食吧！春夏时节有个规矩，狩猎不打母的，就是防着那些猎物身怀有孕，或是正在哺乳。母的一死就得死一窝，来年活物就会大大减少，竭泽而渔，违背自然之道。

皇帝把弓放了下来，复又顺着洞穴开口的方向一路向前摸索，颐行跟在他身后，虽说有他开路，却也留意着每一次落脚，战战兢兢地说："不会有蛇吧？有蛇可怎么办啊？"

皇帝没辙："要不你先上望源亭等着，过会儿我再和你会合。"

这话才说完，天顶隆隆一阵震动，仰头看，云层奔涌，转眼就把天幕遮盖起来。似乎白天和黑夜只需一瞬，说话间豆大的雨点倾泻而下，皇帝拽起她就往亭子方向飞奔。所幸离得不远，身上罩衣被浇湿了半身，所幸夏天还不至于受寒。只是雨势好大啊，伴着一股邪风，这亭子虽然不小，半边也暴露在风雨里。两个人只好避让到另一侧，靠着石雕栏板的遮挡，勉强有个安身之所。

又是一道霹雳，这种声与光紧随的声势最为吓人，颐行一头扎进皇帝怀里，捂住耳朵瑟瑟发抖。

美人入怀，这样的天气下哪怕没有心猿意马，那小小的身子依偎着你，也会让你感受到无比的温情。

"你又没做坏事，怕什么。"他笑着调侃，话刚说完，更大的雷声石破天惊般劈下来，把他也吓得一哆嗦。

怀里的人闷声发笑，但笑归笑，一只手却探出来，紧紧护住他的肩头，仿佛那孱弱的臂膀能给他力量。

他忽然有些感动，原来不是只有自己一味地付出，在她心里，起码也有保护他的心意。只是因为太渺小，彼此悬殊，她能做的，不过就是那一伸手而已。

"下这么大的雨，兔子窝会被淹了吗？"这时候，她考虑的竟是这种毫不相关的问题。

皇帝转头看看外面，雨打得青草都弯下了腰，他说："等着吧，雨后正好捉兔子。你喜不喜欢小兔子？咱们可以连着母兔子一块儿带回去。"

颐行从他胸前抬起头来，因相抵时候久了，脸颊印上了纽子的印子，硕大的一个"寿"，像篆刻的印章，看起来有点好笑。遂伸手在那块红印上搓了两下，那么柔嫩的皮肉，留在指尖的触感很好，摸久了连外面的雷声雨声也听不见了，就算她左右避让，他还是不依不饶地纠缠上去。

颐行只好拿手来掸："它们在这里天地广阔，活得多好……还是不要带回去吧，宫里的草没有这里这么鲜嫩……哎呀！"掸了半天，实在掸不掉，她气呼呼地鼓起了腮帮子，"您干什么呀！"

他不说话，眯着眼睛微笑。他不知道，自己这种表情的时候最招人喜欢，不那么盛气凌人，像个寻常的少年，颐行反倒不好意思怪他动手动脚了。

"我脸上有东西？"她抬手摸了摸。

他牵过她的指尖，引她点在那个红痕上，她仔细分辨后也直乐，伸手捉住了他的纽子，说："万寿无疆都刻在我脸上啦，这是多大的福分啊！"

不过将来福分怎么样，且来不及设想，这会儿雨势不退，就回不了行宫。在这凄风苦雨里，两个人相依为命着，忽然感受到另一种人生似的。

她眨巴着眼睛问皇帝："这雨下了多久了？现在什么时辰？"

皇帝掏出怀表看："快酉时了……要是换了平时，正是翻牌子的时候。"言罢不怀好意地从上到下打量了她一遍。

可惜老姑奶奶一如既往地不解风情，她说："雨都快浇到脑门上了，您还想着翻牌子哪？"然后越发忧心忡忡，看着外面的大雨嘟囔，"这么下法儿，河水会不会暴涨？要是涨了水，那咱们怎么回去？"

她的担忧，他不是没想到，往年来游幸，并不是每次都河床见底，逢着雨季时水位很高。今天过河时完全没有预想到会突逢暴雨，这雨下得他也有些慌，现在只希望雨早点停下来，就算河底见了水，也能想办法蹚过去。

可惜事与愿违，暴雨一直没停，足下了两个时辰，待到天色将黑不黑的时候，才渐渐止住了。

两个人忙循着来路返回，结果最不愿意发生的事还是发生了，环绕的河水把这片草地围成了一个孤岛。

没办法，他们只能沿着河岸追寻，希望能找见水面窄一些的地方。可惜水流湍急，原本三四丈的河面，一下子都扩张成了十余丈。

皇帝望洋兴叹："怎么办呢，过不去了。"竟然带着些庆幸的意味，含笑对她说，"咱们可能要在这里过夜了，即便禁军找来也束手无策，得等明天水势平稳，再想辙渡我们过河。"

颐行啊了声："要在这里过夜？"

皇帝抬头看看天，指指前方不远处的亭子："有星有月有草庐，还有你和我，怎么了？不特别吗？"

颐行愁眉苦脸道："那个破亭子，哪及草庐啊！再说我肚子都饿了，又不知道几时能回去，最后不会把我饿死吧！"

那倒不至于，这亭子的顶部是木柞结构，有的地方被虫蛀鼠咬，已经摇摇欲坠了。皇帝在心爱的姑娘面前，展示了祁人爷们儿野外生存的技巧，受了潮的木柴燃烧后烟雾滚滚，熏得他睁不开眼，但他还是克服万难，将剥了皮的野鸡架在了火堆上。

颐行看着袅袅升空的青烟，感慨着："这也算一举两得，既吃上了野鸡肉，还给对岸的人报了信儿，让他们知道我们在这里，也免得他们没头苍蝇似的乱找。"

皇帝笑了笑："以前我觉得你糊涂，其实错了，你还是挺聪明的。"

"那是自然啊。"颐行一面擦着酸涩的眼睛，一面说，"我要是不聪明，能在宫里活到这时候？我是大智若愚知道吗？该机灵的时候机灵，该装傻的时候装傻。"

"像在太后跟前，老是谨小慎微地拍马屁，在我跟前就人五人六，完全不把天威放在眼里。"

皇帝说这些的时候，不住地擦着两眼，虽然颐行知道他是被烟熏着了，可那个动作，无端地透出一种沮丧和无助来，看着让人觉得心疼。

其实他也才二十二岁，一人挺腰子站在万山之巅，直面那么多的刀剑风霜。所有人都忘了他的年纪，单记得他的身份，反正瞻仰着敬畏着就完了。自己呢，也是只知背靠大树好乘凉，压根儿没琢磨过这棵大树的所思所想。

他和她在一起的时候，除了最初为区别于夏太医，有意端着架子，后来是真能聊到一块儿，玩儿到一块儿去。尤其见过知愿，得知知愿被废后，在他的庇佑下活得依然很好，自己的一颗心就不住地往他那头倾斜，说好的浅浅喜欢，逐渐也做不到了。

她伸出手，拽了他一下："您别不是哭了吧？"

他闪躲着扭了扭身子："你哪只眼睛看见我哭了？"

她不死心，说让我看看，一把捧住了他的脸细细端详了一番，真是梨花带雨，好可怜模样。她啧啧了两声："这还不是哭了吗，瞧瞧……"边说边伸出一根手指在他眼梢擦了一下，"这是什么？"

她垂手，在他眼前晃了晃，那细小的水珠也跟着晃了晃。

皇帝一把将她的手指抓进掌心："熏出来的眼泪，不是哭，因为它不走心。"

"哦……"颐行龇牙一笑，"就像吐唾沫不是因为馋，对吧？"

所以说她是可造之才，还懂得举一反三。皇帝满意地点点头，只是那细细的指尖抓在手心，好像不愿再松开了。他轻轻瞥了她一眼："槛儿，今晚咱们得住在这破亭子里了，就我们俩，连敬事房掐钟点的太监都没有，你说多好。"

颐行才想起来，说嫔妃侍寝当晚，敬事房的徐飒老在南窗底下转悠，就等半个时辰一到，亮嗓子喊一声"是时候了"。不过颐行给翻了牌子，倒是没见过徐飒的踪影，想是自己有优恤，在龙床上过夜，和在燕禧堂伺候不一样吧！

"敬事房太监的权还挺大。"她有时抓不住重点，明明皇帝的言下之意，是打算在野外寻求点刺激，她却惦记敬事房掐点的事儿，"要是嫔妃们想多留一会儿，许他们些好处，行不行？"

皇帝说不行："御前太监人手一只怀表，互相督促监工，这种事儿上头使小聪明，十个脑袋都不够砍的。"说罢悄悄往她身边挪了挪，"如此良辰如此夜，咱们能不聊敬事房太监吗？"

颐行没理会他，柴禾经过长时间的火烤，里头湿气已经全蒸发了，这会儿的火是红红的，再也憋不出青烟来了。她拿根小棍儿在火堆里挑了挑，火头更旺盛了，架在上方的野鸡肉发出滋滋的轻响，不一会儿就有香气飘散出来。

老姑奶奶开始长吁短叹："像普通百姓一样过着这样的日子，也怪有意思的。不太有钱，勉强混个温饱，在外面跑个小买卖，半道上来不及住店，就在野外凑合一宿，那才是人间烟火呢。"

皇帝想的更为复杂一些，不太有钱，就不能有那么多小老婆，只有夫妇两个人……她还是喜欢简单过日子，没有第三个人打扰。

关于这点，确实是横亘在他们之间的难题，皇帝垂眼道："帝王有三宫六院，那些已经晋了位分，安顿在各宫的，今后想必也不会有什么变动……你会介意吗？"

颐行扬着调门嗯了一声，着实不明白他为什么有此一问："她们来得比我早，干什么都得讲究个先来后到，我介意什么？"

皇帝徐徐长出一口气，也好，她不是个小心眼儿的人，那么彼此可以心平气和商量着来了。

"她们也算跟了我一场，往后每月的月例银子适当增加，尽量让她们生活上宽裕些。你回去记着这事儿，酌情办了，一个人一辈子不得升迁，已经够倒霉的了，俸禄上给足了，也算是额外的补贴。"

颐行说好，两个人一本正经谈着后宫女子的将来，其实有些残酷，但入了帝王家，大多人就是这样过一辈子的。

不过关于不得升迁，倒大可不必。她说："等瞧着好日子，我觉得给老人儿们升上一等也没什么。我在后宫里头，最大的快乐就是晋位，您不知道那种感觉，树挪死人挪活，动一动，才觉着自己活着呢，不论承不承宠，对娘家都是个交代。"

皇帝由衷赞叹："槛儿啊，将来你一定能妥善管理后宫，成为朕的贤内助。"

颐行说当然："想他人之所想，才是最好的驭下之术。情不情的，对进了宫的女人来说没有那么重要，谁能指着皇上的宠爱过一辈子，大多数人都是寂寞到老……我得对她们好一点儿，人不能顾头不顾尾，将来万一您老来俏，厌烦我了，我得凭着好人缘和她们组牌局。否则连抹牌都没人愿意带上我，那我就太可怜了。"

皇帝听完，沉默下来。

天上还有隐隐的闷雷，他在余声袅袅里翻动火上的野鸡，两眼盯着火苗，良久轻声说："我这辈子就认定你了，你不用担心我老来俏。我已经想好了，下回选秀只选宫女，官女子挑好的赐婚宗室，后宫就不必再扩充了。"说罢抬眸看了她一眼，"要是你信不及我，等我移情别恋的时候，你可以自请出宫，就像知愿一样，我放你自由。"

颐行有些惊讶："您想得挺美啊，算计着给新人腾位置呢？"

他含蓄地笑了笑："所以为了给我添堵，你也不能请辞。"

她喊了声，眉眼间满含忧伤："一辈子那么长，谁也说不准将来会怎么样。"

皇帝探过手，轻轻握了她一下："一辈子也就几十年，哪里长了？再说咱们的纠葛从十年前就开始了，那时候你占了我的便宜，往后几十年，你得给我个交代。"

啊，可算说出心里话了，原来他一直觉得她占了他便宜！

"您在我们家院子里乱撒尿，这也不算遍洒雨露啊，我可占您什么便宜了？"

皇帝执拗地说："你瞧见了！我那会儿才十二岁，就被你看去了，你知道对我来说是多大的屈辱吗？"

"您这人……怎么还有这种情结呢！那会儿我才多大，知道个什么，干吗一副失身的嘴脸？再说论辈分我比您高，让长辈看一眼又怎么了，瞧你那小气模样！"

皇帝张口结舌："你怎么又以长辈自居？"

"这不是从来没变过吗，是您一直不承认罢了。"她斜眼睃了睃他，"这野鸡崽子熟了没有？"

皇帝愤懑地说没有，私下暗暗嘀咕，看来不生孩子不成，有了孩子才能重新调整辈分，否则永远矮她一头。

这个心念一起，他就有点浮躁了，茫然将野鸡颠来倒去翻个儿，看她眼巴巴盯着，心想罢了，得先吃饱了才能另谋大计。于是抽刀割下一条腿递给她："你先吃，吃完了，我有件大事要和你商议。"

颐行接过腿，很虔诚地闻了一下，啧啧说："这鸡烤得不错，像宫里挂炉局的手艺。"咬下一块肉，肉虽淡，但很香，餍足地细嚼慢咽着，不忘问他，"您想说什么，我听着呢。"

可他又不应她了，只是仔细撕下肉，照着宫里进膳的惯例，矜重地吃他的烤鸡。

天已经全黑了，雨后连风都静止下来，唯听见漫山遍野的虫叫蛙鸣，还有不远处武烈河和狮子沟发出的哗哗流水声。

一只野鸡，在他们的闷头苦干下终于只剩下完美的架子，颐行心有不足，舔了舔唇道："可惜没锅，要是有口锅，再炖个鸡架汤多好！"

皇帝诧然："你还没吃饱吗？鸡腿鸡翅膀全归你，你是饕餮吗，还没吃饱？"

颐行白了他一眼："您不知道能吃是福啊？国库那么充盈，难道还养不起我？"

皇帝说："我也不是那个意思，实在没吃饱，我再去打个兔子，就是烤起来费时费力，等你吃饱都得后半夜……"那可是什么都干不成了。

好在她说算了，一手捂住嘴，一手优雅地剔剔牙花儿，然后接过皇帝递来的水囊漱漱口，四平八稳地背靠石板围栏坐着，仿佛正坐在她的永寿宫宝座上，丝毫没有在野外露宿嫌这嫌那的小家子气。

这四面临水的小岛，夜深时还是有些凉，皇帝问："你冷不冷？夜里靠着我睡吧。"

颐行到这刻才意识到，荒郊野外真正只有两个人，好像比留宿在他的龙床上，更具一种野性的魅惑。

火堆的火焰渐渐暗下来，木柴哔啵燃烧，一端已经变成赤红的炭，隐约照亮他的眉眼，他的眼睛里倒映出跳跃的火光。

她认真看了他半晌，忽然蹦出一句话来："万岁爷，以我对您的了解，有理由怀疑您今儿带着我上这儿来，是事先计划好的。"

皇帝说没有："我又不是神仙，哪里算得到会遇上这种变故。"

"您不会算，钦天监会啊。"她虎视眈眈瞧着他，"钦天监算准了，今儿会骤降暴雨，是不是？"

皇帝的目光开始闪烁，但嘴上绝不承认，心虚地站起身，在亭子里四下转了转："这地方真不错，俨然世外桃源，就是席地而睡会有些凉……"说着慢吞吞从马鞍上解下随行的箭筒，庆幸地说，"正好，我带了块毛毡，可以垫在底下。"

颐行看着他从箭筒里倒出一块毡子，并不觉得惊喜："您这回是真没预备打猎啊……可惜，有铺没有盖，后半夜还是会着凉。"

结果皇帝咦了声："说起铺盖……我还带了张薄毯。"

然后恬不知耻地搬过个引枕样的包裹，外面缠着油布，解开看，里头连雨星子都没溅到一点。

老姑奶奶叹了口气，无奈地看向他，他的视线飘忽着，尴尬地微笑："未雨绸缪就是好。"

"荒郊野外，只怕有蚊子……"

皇帝说："巧了，我有熏香。"

把那个弓匣也提溜过来，里头不光有熏香，还有扇子、镜子、梳子，甚至胭脂水粉。

颐行一样样搬来看，嗟叹着："这是打算在这儿长住了啊……"顺手一划拉，发现一个瓷瓶，上面写着"鸿蒙大补丸"。她歪着脑袋琢磨了半天："这是给谁预备的？是给我呀，还是给您哪？"

皇帝讪讪探手接了瓶子："朕日夜批阅奏折，难免伤神，这是太医院给我开的补药，每天一丸，强身健体。"

还有什么可说的呢，都预备得那么妥帖了，今晚留在这里，不可能是个意外。

颐行认命地开始铺床，嘴里喃喃道："您这情趣，真是没话说啦。这得多好的谋算啊，非得天时地利人和，缺一不可。"

皇帝也觉得自己谋划得不错，他甚至带了两块手巾，可以供彼此擦洗擦洗。

待一切都整顿好了，荒野破亭子下一床简易的被卧，看上去居然还很宜居。

皇帝对这一切感到很满意，宫里妃嫔给翻了牌子，个个都直奔床榻而去，反正最后无非是为繁衍子嗣，说不上什么喜欢和爱。老姑奶奶却不一样，他希望她能有一个难忘的初夜，将来老了回忆起来依旧脸红心跳，对他的爱意也会生生不灭。

火堆只剩一点余光了，他捡根木柴扔进去，轻盈的火星被撞击，飞起来老高。

如此特别的良夜……他憋着一点笑，拍了拍身侧："爱妃，快来与朕共寝。"

颐行嘀嘀咕咕在他身边躺下，心说吃惯了满汉全席，清粥小菜倒很有意思似的。瞧瞧外面黑乎乎的夜，看着好瘆人啊，她往下缩了缩，缩进被卧里。皇帝却坦然开解她："这地方一个外人都没有，我是为你着想。回头你要是想喊，大可喊个痛快，反正不会有人听见。"

颐行觉得他纯粹胡闹："这大半夜的，有什么可喊的？"

他没好说，你现在不能体会这话的含义，过会儿自然就明白了。

心情有点儿激动，他努力平复了下，方才慢慢躺下来。侧过身子，他扒拉了两下盖毯："槛儿，我有话和你说。"

颐行的脑袋被他扒拉出来，只得仰起脸问："有什么话，您快直说了吧。"

他有点不好意思，抿了抿唇，欲说还休了一番，最后迟迟道："往后你就叫我清川吧，这样显得亲切，家常。"

其实也怪孤独的，她能理解他的心情，他的名讳连书写都得缺笔，哪里有人敢冒天下之大不韪，把那两个字正大光明地叫出来。

"那往后没外人的时候，我就叫您小名。"她怅然说，"提起清川哪，就让我想起夏太医来，您说我那时候怎么就这么傻呢……"

皇帝谦虚地说："因为我技艺过于精湛，揣摩两个人的言行，揣摩得入木三分。"

颐行说得了吧："是因为我没想到，正经皇帝能干出这种事儿来。"

他忍不住追问："那现在呢？你眼里的我是宇文熙，还是夏清川？"

他撑身在她上方，让她仔细查看，借着一点微弱的火光，她看清了他的眉眼，拿手轻轻描摹："夏清川就是宇文熙，都到这会儿了，您还糊弄我呢。"

他笑起来，唇角轻俏地上扬，扬出一个好看的弧度："今晚咱们就在这里……你怕不怕？"

这也是没办法，皇太后催了好几趟了，她名义上侍寝也已一个多月，要是长久没有动静，太后该急坏了，没准儿会为他张罗新人进宫，毕竟再深的情，也抵不过江山万年传承重要。

只是脸红心跳，姑娘嫁了人，终会有这一天的。他容她拖延了那么久，时至今日，自己也已经成人，好像再也没有道理拒绝了。

喜欢他吗？自然喜欢，能和喜欢的人做夫妻，在这盲婚哑嫁的年月是福气。

他看见她缓缓地眨了眨眼，眼睛里星辉璀璨，伸出两只手揽住他的脖颈，千娇百媚地说："我有个要求。"

这时候提要求，说什么都得答应。皇帝架在火上似的，点头不迭："你说。"

"床上您得喊我老姑奶奶。"

皇帝原本兴头满满，被她这么一说，顿时浇灭了一半："什么？这时候你还想着当我长辈？"

她又想摆实事讲道理："老辈儿里呀……"

可她的话还没说完，就被他堵住了嘴。

什么老辈小辈，做人长辈就那么有意思吗！

当然，这不屑也只是最初时候的腹诽，情到浓时说了多少胡话，谁还记得。床上无大小，得趣的时候叫两声老姑奶奶，也不是多为难的事。

就是他的这位宠妃，常有令人惊讶之举，品鉴了半天，语出惊人："怎么和小时候不一样了！"

皇帝腰下一酸："你……"

她百忙之中抽出一只手来，拇指和食指一张："十年前，就这么点。"

皇帝觉得自己要被她气死了："你能不能不说话？这是什么时候，你还聊这个？"

颐行很委屈："我就是觉得奇怪……"

太讨厌了！他从她手里夺了出来："朕是皇帝，怎么能让你亵玩，不成体统！"嘴里恶狠狠说，"给朕仔细！"可行动却全不是这么回事。

这是个尤物，皇帝在热气蒸腾的世界里这么想。老姑奶奶凹凸有致、骨节修长、肤如凝脂……当初三选的时候，那个把她强行筛下来的验身嬷嬷，八成违心坏了吧！他现在倒有些后悔来这地方了，灯下看美人，想必会有更刻骨铭心的感想。

身下的人，这会儿着实喊出声来了："不是说不疼的吗？"

"我没这么说过。"他定住身，忍得牙关都僵了，"现在明白我带你上这儿来的一片苦心了吧？"

这是为了让她放心亮嗓子，免得外面伺候的人听见起疑。

颐行疼得直抽气，闭上眼睛缓了半天，眼前全是柴禾撂进火堆，激起的一蓬蓬火星。

反复地撂，火星子漫天，都快把天顶出个窟窿来了。

这个人，不再是小时候那个会脸红的，看着人畜无害的小小子儿了。他杀人放火，无恶不作，颐行悲伤地想，果然皇贵妃不好做，出师未捷身先死，他再不完，自己就要马上风了。

皇帝呢，自然是快乐的，多年的郁塞到今天一雪前耻，心里只是感慨着，好深的渊源，好激荡的和解。从今往后她可不是什么老姑奶奶，也不是那个翻着白眼在院子里和他对骂的小丫头了，她就是他正正经经的妻子，将来还会是他孩子的额涅。

缘分这东西多奇妙，即便走了弯路，兜兜转转也会奔向该去的地方。

他大婚那年，小槛儿才十二，十二岁还没到参选的年纪，即便有一瞬他曾想起那个孩子，到底也只是一笑了之。现在好了，自己二十二，槛儿也已经十六了，多好的年纪，回想起来，连当初尴尬的相遇也是美好的。

该是你的，永远跑不了。他掬起她，缠绵地亲上一口，表达自己对她狂热的迷恋。

她迷迷糊糊要死不活，半睁开眼看了看他，哼唧着说："万岁爷，您还没完吗？"

头一回的经历总不那么美好，虽然他恨不得死在她身上，最后也只能草草收场。但是已然完成了一项重要的仪式，他在她额头亲得响亮，说："多谢爱妃，朕很快活。"

颐行仰在那里直倒气，哭哭啼啼淌眼抹泪："回去要给后宫的嫔御们多加月例银子，她们太不容易了。"

明明那么凄惨的事，她们却如此在意绿头牌的次序，可见是冒着生命危险在取悦皇帝啊。为了怀上龙胎，过程那么痛苦都要咬牙忍受，中途她也偷偷睁眼瞧过他的表情，他一本正经地较劲，实在看不出喜怒。她本以为他也不轻松，可最后他却说自己很快活……原来男人的快活是建立在女人的痛苦之上。她忽然理解了知愿为什么在宫里活不下去，为什么一心要出宫了。侍寝，简直是人间第一疾苦，真不明白为什么会有人为了承宠，愿意争得面红耳赤。

皇帝见她泪流满面，只好耐着性子替她擦泪，一面安慰她："你别愁，头一回都是这样，往后就得趣了。譬如一个扇袋做小了，往里头塞的时候总不那么趁手，多塞两回，等扇袋宽绰些，就容易了。"

颐行背过身子不想理他了，气恼地嘀咕："什么扇袋……我可是血肉之躯，不是扇袋！"

皇帝看她气呼呼的样子，只觉得好笑，也不介意她闹脾气，轻轻偎在她背后说："你连我的话都不信，我多早晚骗过你？槛儿，你不高兴吗，往后咱们就是正头夫妻了。夫妻是一体，你要黏我爱我，永远不能抛下我。"

颐行悄悄喊了声，心道得了便宜又来卖乖，你倒快活了，我多疼啊，还得忍耐一辈子。她房里的嬷嬷确实教导过她，说头回生二回熟，熟了就不疼了，可她觉得照着眼下的态势来看，这话恐怕也不能尽信。

他贴在她背后，身上尽是汗，又黏又腻的，她倒也不嫌弃，偎在一起还是很贴心的。半睁着眼，看亭子四角点起的熏香缓缓燃烧，极细的一缕烟雾在不远处升腾，达到一个顶点后，摇曳消散。

看久了犯困，她打个哈欠说："时候不早了，该睡了。"这会儿腰酸背痛，四肢无力，忙活了半天的人不是自己，却照样累坏了。

皇帝这会儿非常好性儿，体贴地说："你睡吧，我替你看着蚊子。"

其实有熏香，哪来的蚊子。他兴致勃勃睡不着，颐行也不管他，自己半梦半醒着，正要跌进甜梦里，身后的人又蠢蠢欲动起来。

她老大的不好意思，挪了挪腰："别闹……"

他咻咻的鼻息打在她耳畔："我就逛逛，什么也不干。"

颐行想万岁爷一言九鼎，总是让人信服的，谁知这一番逛，最后逛进了哪里，也不必细说了。

才止住哭的老姑奶奶这回又哭了好大一场，嘴里呜呜咽咽："你骗人……你说第二回不疼的……"

皇帝无可奈何地想，因为相隔的时候有点短，新伤之上又添新伤……总之是自己不好，太纵情了。也怪清心寡欲得太久，难得遇上表现的机会，就食之不足，想把她颠来倒去，这样那样。

这回颐行终于学乖了，事后连推了他好几下，委屈巴巴地说："您背过身去，不许对着我。"

皇帝不愿意："我要抱着你，保护你。"

颐行怨怼地看着他，气急败坏道："你抱着我，才是最大的危险。"

他没办法，只得背过身去，可是怀中空空，觉得凄惶。

"槛儿……"他扭头叫了声，"我想抱你。"

颐行觉得他怪婆妈的："我又不会飞了，干吗非得抱着！"

他说："荒郊野外的，万一有蛇虫呢。"

"有蛇虫不也是拜你所赐吗？"她说完，勉强把手搭在他腰上，"这样总行了吧？"

当然，长夜漫漫，总有调整睡姿的时候，等第二天醒来天光大亮，一睁眼，就对上他壁垒分明的胸膛。

颐行脸上发烫，到了此时才敢承认，皇帝的身条儿确实很好。练家子，有力但不野蛮，昨晚自己一通胡乱摸索，见证了他的处处齐全。

　　这就为人妇了，想起来还有些感慨，不是在香软的床榻上醒来，打眼一看全是青草树木。这算是幕天席地了吧，没想到自己的头一回，居然这么潦草。

　　皇帝却不是这么认为，坐起身一手指天，"以天为凭，"一手指地，"以地为证，尚槛儿和宇文熙昨夜正式结为夫妻……"

　　颐行边整衣冠边纠正他："说了多少回了，我有大名，叫尚颐行，您怎么老记不住。"

　　皇帝并不理会她，自顾自道："尚槛儿和宇文清川，昨夜结为夫妻，天道得见，乾坤共睹，自此夫妇一心，两不相离，请各路菩萨为我们做见证。"说完了便搋她，"磕头。"

　　颐行只好和他并肩跪在一起，向天地长拜。心里自是有些感动的，他对这份感情很虔诚，自己那么幸运，相较其他嫔妃，实在不枉进宫这一遭了。

第二十二章 · 风月相知

只不过被困在这里总不是办法，他带的熏香燃到天亮已经烧完了，这要是再不想办法回去，回头可真得喂蚊子了。

"咱们再上河边瞧瞧去。"颐行看他把铺盖都收拾好，卷成细细的一条重新绑上马背，边说边往河滩方向眺望，"这么长时候了，他们一定想着法子搭救我们过河了吧？"

皇帝如今是心满意足，什么都不放在心上，随口应着："今儿水流应该平缓了，放心吧，一定能回去的。"

于是各自牵着马往河滩方向去，皇帝见她走路一瘸一拐，就知道是昨晚自己闯下的祸，又不敢捅她肺管子，只说："你先忍忍，我早就下了令，让怀恩预备车辇在对岸接应……"

颐行没脾气地看了他一眼："您为这点事儿，真是煞费苦心。"

当然，皇帝觉得自己是个颇懂情趣的人，不像老姑奶奶一根筋。两个人之中必得有一个善于来事，否则一潭死水大眼瞪小眼，那爱从何来，幸福又从何来呢。

不过撇开身体上小小的不适，这个清晨还是十分让人感觉美好的。

走过挂满露水的青草地，前面不远就是狮子沟支流。颐行本以为对岸必定在千方百计拉纤绳、下排筏，没想到打眼一看，河岸这侧每十步就有一个禁军戍守着，看样子已经在那里站了一夜的班儿了。

她骇然回头看他，皇帝摸了摸鼻子："我大英禁军果然威武之师，我也没想到他们来得这么快。"

并且宽坦的河面上已经连夜搭起了简易的木板桥，颐行不敢想象，不知道自己昨晚的惨叫有没有被这些禁军听见。一种无言的哀伤弥漫她的心头，她飞快脱下坎肩，盖住了自己的脑袋，妄想着皇上后宫众多，说不定他们弄错了人，至少搞不清是哪位嫔妃。

然而怕什么来什么，对岸的鄂尔奇亮出大嗓门，一面挥手一面大喊："皇上，纯妃娘娘……昨晚草地上蚊子多不多？你们睡得踏实吗？"

颐行颓然摸了摸额头，心想这位蒙古王爷真是皇上的挚友，叫得这么响，是怕娜仁公主不死心吗？

果然，人堆里的娜仁迈前了一步，虽然隔着十来丈，也能看见她脸上的不甘。

颐行一把抓住了皇帝的手："万岁爷，我屁股疼。"

皇帝立刻扔下马缰，打横抱起她，在众目睽睽之下把她抱过河，抱到了对岸。

抢男人方面看来是输定了，狩猎上头不能输，娜仁倔强地说："纯妃娘娘，雨前我和哥哥逮了两只黄羊，五只山鸡，六只野兔，你们呢？"

颐行坦然指了指身后："那块草地上十步一个兔子窝，咱们是瞧着母兔都带着小兔子，不忍下手。公主硬要说我们输了，我们也认，回头让皇上给你们赏赍就是了。"实在没力气和她缠斗，便摇了摇皇帝的胳膊道，"咱回吧，太后八成急坏了，得赶紧向他老人家报个平安才好。"

皇帝颔首，复对鄂尔奇道："昨晚连累你们也悬心了，先回去歇着吧，回头朕有赐宴。"

鄂尔奇俯身道是，退让到一旁，目送御前侍卫和宗室，前后簇拥着龙辇走远。

娜仁拖着长音叫哥哥："你看那个纯妃，趾高气扬的，真叫人讨厌！"

鄂尔奇叹了口气："得宠的女人都是这样，你要是进宫，肯定斗不过她，还是跟我回蒙古吧，我们蒙古也有好儿郎。"

娜仁犟起脖子："我偏不信这个邪。"

鄂尔奇说："不信也没用，太后和皇上没有联姻的意愿，你自己留自己，多不值钱！"

男人确实不爱拐弯，话虽不好听，但说得很实在。娜仁挣扎了一阵子，最后还是放弃了，细想想大英后宫那些女人，美则美矣，一个个像被钉住了翅膀的蝴蝶，早就断了气息，挂在那里等待风干了。自己可是草原上的公主，如果不是为爱留下，那也太不上算了。

那厢颐行回到"一片云"，含珍她们伺候着换了松软干净的衣裳，对昨晚的事自是绝口不提，毕竟森严的宫规下，在外过夜实在出圈儿。她们都是没出阁的姑娘，虽说贴身伺候主子，有些地方也不好意思开口直问。

银朱抱了老姑奶奶换下的里衣出来，红着脸给含珍使了个眼色。主儿出门的时候身上干净了，她们是知道的，这回带着血丝儿回来，好像不言自明了，含珍瞧过之后尴尬地笑了笑："我去请个示下。"

老姑奶奶正坐在窗前盘弄一朵像生花，含珍上前，轻轻叫了声主儿："奴才上敬事房知会他们，给记个档吧！"

宫里头每走一步都得有根有据，记档错漏了，将来遇喜时间碰不上，又是一桩麻烦事。

颐行一愣，那白嫩的肉皮儿上，红晕一重又一重地爬上来，嘴里嗫嚅了半晌，最后丧气地低下头，说去吧。

含珍憋着笑，蹲了个安："恭喜主儿。"说完从殿里退出来后直奔延薰山馆，找怀恩和敬事房管事的。

怀恩正巧迈出西配殿，见了含珍，笑问："姑娘干什么来了？"

含珍不大好意思，含糊说是为记档的事："这会儿登明白了，将来也好有档可查。"

怀恩说对，对插着袖子道："万岁爷已经吩咐过了，我也为这事儿过来，你甭忙，都已经登录妥当了。"

含珍道是，复向怀恩行了个礼，重新退回"一片云"。刚进院子就见荣葆从外面进来，手里握着一封信，见了她叫声姑姑，把信交到她手上，说是外头宫门上接了，让转呈纯妃娘娘的。

含珍把信送到颐行跟前，细琢磨，承德除了前头皇后，没有其他熟人了，料着是前皇后写来的吧！

结果不出所料，老姑奶奶脸上的神色慢慢凝重起来，待信看完了，喃喃说："大热的天儿，千里迢迢奔走，路上万一有个好歹，可怎么办？"

含珍小心翼翼地打探："前头娘娘要走吗？不在外八庙了？"

颐行将信合起来，叹息着点了点头："说是明儿一早就走，没法子来和我道别，只有写信，让我不必挂怀，另向祖母和母亲报平安。"

可是她知道，知愿这回是被迫离开的。帝王家颜面看得何其重，就算是废后，嫁人生子也不能像寻常人那样正大光明。早前留她在外八庙，只是为了便于控制，现在既然另有了出路，就不该继续留在皇家园囿附近了。

想必还是上回急于去见她闹的，颐行有些后悔了，倘或不过问，她是不是还能继续安稳地留在五道沟？这会儿要走，不知又要搬到哪里去，这一离开可就真的音讯全无了，如果姑爷对她不好，那谁来替她撑腰，谁又能为她申冤呢。

颐行哭了一场，就是觉得才重逢的亲人，心还没焐暖和又要分离，这一去一别两宽，恐怕这辈子都不能相见了。

她拽着含珍商量："要是我求万岁爷，让他准知愿继续留在外八庙，你说万岁爷能答应吗？"

含珍淡然望着她，抚了抚她的手道："主儿何必问奴才呢，其实主儿心里比谁都清楚，只是这会子亲情难舍，才有这想法。您去求万岁爷，万岁爷碍于您的情面，九成是会答应的，但只是万岁爷答应，恐怕不够，还有太后呢，太后什么想头儿，您也须斟酌。您如今是正经的娘娘了，往后也要为自己打算，借着上回救了太后这个契机，回去封贵妃，封皇贵妃，都在里头。这时候可不能违背了太后的心思，万一为这个闹出生分来，皇上夹在里头岂不为难？"

颐行被她这么一说，心火霎时就熄了一半。

先前她确实想着要去求皇上的，哪怕容知愿生完孩子再让她走也成啊，可她也顾忌太后，难免彷徨。含珍是局外人，面对这种事的时候比她更冷静，所以听听身边人的想法很要紧，什么事都一拍脑袋决定，早晚会捅娄子的。

于是她整顿了心情，越性儿不和皇帝提这事了，直接上月色江声，请太后的示下。

把接着信的经过全盘告诉太后，偎在太后腿边说："奴才这回真是斗胆了，听说她要走，心里想着能不能送她一程，再见最后一面。可我自己不敢做这个主，万岁爷政务如山，我也不敢去叨扰他，只有上老佛爷跟前，向老佛爷讨个主意。"

她的心思，太后自然是知道的，这也是她的聪明之处，不在皇帝身上使劲儿，毕竟皇帝之上还有太后，后宫里活着，光讨皇帝一个人的喜欢可不够。

自己呢，也要顾念皇帝在心上人跟前的脸面，略思量了下还是点头："叫上两个得力的人护卫着，悄没声儿地去。总是你们姑侄一场，送一送也是应当的。"

颐行喜出望外，站起身连连蹲安："谢谢老佛爷了，奴才原以为您不会答应的。"

太后倚着引枕，含笑说："当了多年太后，未必就成铁石心肠了，谁还没个娘家人呢。只是皇帝……就别叫他去了，见了多尴尬，还是不见为好。"

颐行明白太后的意思，曾经的皇后嫁作他人妇，皇帝就算不在意，面子上头终究过不去。她也没想让他陪着去，只说借怀恩一用，第二天一早他召见臣工的时候，就让怀恩驾马，悄悄直奔五道沟。

还好走得早，赶到那所宅子时，天才蒙蒙亮。

远行的两辆马车停在大门前，就着门檐上的灯笼，看见一个男人小心翼翼挽着知愿迈出门槛。颐行下车叫了她一声，她慌忙转过头来，待看清了来人，既惊且喜地迎上来请双安："这好些路呢，姑爸怎么来了？"

颐行紧紧握住她的手道："你要出远门了，我怎么能不来送送你。这一去，不知道多早晚才能再相见，你们打算往哪里去呢，你这身子，受得住舟车劳顿吗？"

知愿却是很欢喜的模样，说："孩子结实着呢，姑爸不必担心。我们打算去盛京，要紧的买卖全在那里，暂且撂不开手，等将来北边的生意做完了，再往南方去。"边说边哦了声，招了招一旁的汉子，"姑爸，我忘了给您引荐姑爷了……"

那个一直含着笑，温和望着知愿的男人上前来，扫袖子恭恭敬敬向颐行请跪安，磕头下去，朗声说："姑爸，侄女婿蒋云骧，给您请安了。"

这就是知愿先头说的，做过蓝翎侍卫的那个人，瞧着眉目朗朗，很正直的模样，要紧一宗，看向知愿的时候那双眼睛里有光。什么都能骗人，只有眼神骗不了人，颐行总算放心了，知道他是实心待知愿的。

抬抬手，说快起来吧："知愿和孩子，往后就交代你照顾了，可千万要疼惜他们啊。"

蒋云骧说是："请姑爸放心，云骧就是豁出命去，也会保他们娘俩平安。"

知愿眼里含着泪，瞧瞧丈夫，又瞧瞧颐行，轻声说："姑爸，您放一百二十个心，这辈子没有第二个男人，像他待我一样好，我就算走到天边，也不会受委屈的。只是我心里……着实对不起家里人，还有我阿玛……我如今不在那个位分上，半点忙也帮不着，只有求姑爸顾念了。"

颐行颔首："你只管好好往你们要去的地方去，剩下的不必操心。等我回宫，先打发人上黑龙江照应你阿玛，将来有了机会，我再求皇上赦免他。"

知愿长出了一口气："侄女儿不成器，一切就全指着您了，姑爸。"

万千重托，到这时候除了一一答应，再没别的可说了。

时候差不多了，颐行送她登上马车，车内早铺陈成了一张床，可见姑爷还是细心的。

知愿向她摇了摇手："姑爸，您回去吧，我们上路了。"

颐行颔首，站在那里目送马车远去，心里说不尽的怅惘。

怀恩抱着马鞭劝她："娘娘别伤怀，圈在外八庙，是不得已，放她离开，才是天高任鸟飞了。"

也对，知愿从小就是个不爱被束缚的性子，换个地方，抬头挺胸走在日光下，算是逃出生天，与这段皇后经历真正作别了。

回程的时候，恰好碰上了一片雨。夏天就是这样，头顶乌云滚滚，天边却日出正旸。这样的急雨通常不会持续太久，但也足以干扰他们返回的用时了。因雨势大，路上多用了一刻钟，回到避暑山庄时，皇帝已经叫散了臣工。

颐行从宫门上进来，见他正负着手，在无暑清凉前的台阶上打转，想是等了有阵子了，眉眼间带了点焦躁之色，只不过一见她，那种心绪就淡了，脸上浮起一点浅笑："你再不回来，我就要命人出去接应你了。"

其实他心里总有些担忧，等的时候越长，脑子里就开始胡思乱想，担心她会不会跟着知愿一起跑了。

还好，她还知道回来，便伸出手牵住她，仔细观察她的神色，问："你不高兴了吗？"

颐行说没有，勉强笑了笑道："不瞒您说，起先是很难过来着，后来想想，也就想开了。我要是被人一辈子圈禁在外八庙，那心里得多难受啊，现在好了，能天南地北到处跑上一跑，说到根儿上，还是万岁爷给的恩典。"

皇帝暗暗长出了一口气，在她开口之前，他担心她会为知愿和他闹脾气，没想到老姑奶奶这事上头门儿清。这样很好，省了那些无谓的口舌，两个人可以平心静气地说话，也免于伤感情。

他牵着她的手，一直将她带到川岩明秀，说这儿清凉："回头让他们把午膳送过来。你在外奔走了这半天，好好歇一歇要紧。"

颐行傻乎乎的，不疑有他，只觉得皇上要是个女人，必定是秀外慧中的贤妻良母，便在他脸上轻轻捏了一下："还是你疼我。"

累是真累，这两天似乎总在奔波，头一天狩猎，转过天来就跑到五道沟送人，好像真没怎么好好歇过。

脱了罩衣，她葳身躺在那张机巧的罗汉床上，看着屋子里素雅的摆设，吹着窗外如涛的松风，喃喃说："我瞧见知愿的夫婿了，他对知愿挺好的，事事都安排得妥当，说是先要往盛京去，等将来买卖结束了，再往南方移居。"

皇帝听了，略沉默了一下，坐在床沿上说："走远了也好，如果当初她没有进宫，现在应该就是过着这样的日子。嫁给我，耽误了她两年青春，好在她有这个胆量，开诚布公和我商量，要不然我全不知道她的境况，不知道她为什么老是睡不好觉，也不知道她为什么越来越憔悴。"

所以说，命运大多时候是靠自己争取的，如果一直瞻前顾后，没准已经把自己耽误死了。

当然这是颐行站在自己的立场上，对整件事情的理解，对她来说什么都比不上知愿的性命要紧。但在皇帝看来，她们姑侄的品行和胸怀，确实有天壤之别。

经历过整天病歪歪的人，就知道小牛犊子有多招人喜欢了。

他在她身边躺下，两手闲适地枕在脑后，看了她一眼，曼声说："我最近每常想，要是当初大婚娶的是你，不是知愿，那得少走多少弯路！你们是一家子出来的，脾气秉性却大不一样，如果你处在她的位置上，得知自己的阿玛获罪，你会自请废后吗？"

颐行琢磨了下，说不会："我得调动自己手上的人脉和权力，想尽办法把人捞出来。不说官复原职，至少让他体体面面致仕，在家享清福，也比发配乌苏里江好。"

这就是不同，别看知愿年纪比老姑奶奶长些，但韧性远不及老姑奶奶，如果她们姑侄的境遇对换，应当是截然不同的两种发展吧！

皇帝得出了个结论："知愿是盆栽里头精美的月季花，你是长在沙石堆儿里的苁蓉。"

颐行听了，觉得滋味儿不大对。她不知道苁蓉是什么，但听知愿又是盆栽又是月季的，自己却长在沙石堆儿里，这待遇也相差太远了。

"为什么呀？"她勾起脑袋来问，"苁蓉长得什么模样？漂不漂亮？"

皇帝窒了下，试图让解释听上去显得大气："苁蓉啊，是长在沙漠里的一种药，识货的人都管它叫沙漠人参。"

可颐行听出了他话里的避重就轻："我问您长得什么模样，漂不漂亮，您扯功效干什么？"

这可让人怎么说呢，他作势想了想："漂不漂亮不重要，重要的是它有用，且顽强。"

这回颐行算是明白了，能拿这个来比喻她，八成不是好事。于是她翻身坐起来，大声喊怀恩："把《本草纲目》给我搬过来，我要查一查苁……"后面的话被他捂在了掌心里，她只好拿眼睛乜他，就知道他压根儿没安好心。

皇帝讪讪笑了："你忘了我会医术，也熟知各类草药，搬什么《本草纲目》呢，我告诉你就是了。"

颐行古怪地看着他，一副疑窦丛生的样子，见他微微红着脸，把她的手握在掌心里。犹豫再犹豫，靠近她，直直望着她。那一瞬颐行有种浑身过电的感觉，那双眼睛真不能凝神看，看久了会被他蛊惑的。

果然，顾了上头就顾不了下头，只觉隔着一层轻盈的布料，一把玉骨扇子落进她手里。他珍而重之合着她的手，轻声说："长得和这个有些像，会开花，是一味极名贵的药材。宫里每年都要遣人上蒙古和新疆采买……有养血润燥、悦色延年的功效。"

颐行的脸都快烧起来了，结结巴巴说："那……那您怎么能说我长得像它……这不是埋汰人吗！"

"我说的是精神，不是论长相。"

他说话的时候带着浓重的鼻音，像睡到半梦半醒间的呓语，带着一种慵懒的况味，越发让人感到心浮气躁。

这是阴阳要颠倒？颐行心想，以前只听说过后宫嫔妃取悦皇帝，没听说过皇帝也能取悦嫔妃啊。老姑奶奶有驴脾气，家里老太太曾说过，将来得找个对她言听计从的姑爷，日子才能和美过下去。但自打进宫，这个念想就断了，总不好指望皇帝服软吧！结果怎么着呢，背人的时候，这小小子儿这么可人疼的。老姑奶奶一颗雄壮的心，立刻就化为绕指柔了，和他耳鬓厮磨着。只要不来真格儿的，说说挑情的话，互相打打趣儿，都是十分令人快乐的。

可是男人的想法，向来没有那么简单，先下的饵，你以为只是取悦你，那可就错了。

颐行一阵天旋地转，发现自己已然撑在他上方，他言笑晏晏："从底下看美人……"

要受用了！颐行美滋滋等着他来夸赞，结果他追加了一句："美人的下巴好圆。"

她顿时恼了，气呼呼打算回到她的位置躺平，可惜他没有让她如愿。

"就这样。"他两手一压，让她覆上自己的胸腔，然后轻而缓地在她背上抚摩，像挃着一只驯服的猫。

"我想过了，内务府采买药材的事，可以交给福海的大儿子去办。"

颐行以为自己听错了，霍地昂起脖子来："您说什么？"

他的眼睛微微开启了一道缝，轻俏地瞥了她一眼："尚家小辈儿，这两年要入仕有点儿难，可以先从买办干起。内务府虽有人统管，但大小是个差事。往新疆，往蒙古，往黑龙江……职务之便，照应一下远在乌苏里江的亲人，也不是难事。"

他才说完，颐行简直要哭出来了，使劲摇晃他："万岁爷……啊，万岁爷，您是天底下最好的爷们儿！"

他夷然笑起来："你到今儿才知道？"

那自然不是，颐行说："从上回见了知愿，我就知道您是好人了。"一面贴着脸，和他蹭了蹭，嘟嘟囔囔说，"我就是没想到，我还在琢磨的事儿，您就已经替我想好了出路，我心里别提多感激您。"

皇帝嗤笑："你当初和夏太医说得那么明白，晋位就是为了捞人。如今知愿捞出来了，还剩一个福海，福海贪墨，罪大恶极，没有那么容易赦免，所以先想法子让他过得舒坦点儿吧，至少有命延挨到大赦天下的时候。"

颐行眼含热泪，越想越慰心，嘴瓢得葫芦一样："主子爷，我给你磕个头吧……"她说话就要从他身上下来，他捞住了没让。

"磕什么头？你这辈子都用不着朝我磕头，床上不叫我磕头就不错了。"他笑着说，"我们宇文家爷们儿宠媳妇，你不知道吗？如今就让你瞧瞧，什么叫真宠。"

是啊，宠起来爱屋及乌。早前的老祖宗们也是这么干的，出身高贵的，对娘家兄弟子侄委以重任，出身不够的，抬旗荫封，想辙也要让他们高贵起来。毕竟女人在宫里，背后得有强有力的娘家，要不一个光杆儿，说出去这姑奶奶白养活，名声也不好。

颐行这会儿可软和了，亲亲他，说一句"谢谢万岁爷"。

皇帝安抚地将将她的后背，斟酌了下才入正题："槛儿啊，后来上药了吗？这会儿还疼吗？"

说起这个难免有些羞赧，她趴在他胸口，听着他沉稳的心跳，揪着那漂亮的琉璃福寿纽子说："这会儿不疼了，就是腰还有点儿酸。"

皇帝一听，这可又是展现体贴的好机会。以前他不明白为什么阿玛对额涅有求必应，到如今才渐渐懂得，你喜欢一个人，为她做任何事都透着高兴。

就怕她不需要你，那才是最大的空虚和悲哀。就要她一直依靠你，离也离不开你，这辈子挤挤挨挨走下去，比一个人大刀阔斧走完更有意思。

"是这儿疼？"他让她躺下，一手替她按压，"好不好的，告诉我一声。"

颐行半眯着眼，简直受用极了，嘴里还要敷衍："我这是多大的造化呀，让万岁爷伺候我……哎，就是这儿……"

好漂亮的腰窝，隔着一层里衣都能摸见。他一面替她松筋骨，一面又生出点别样的想法来，偎在她耳边说："你想不想让你哥哥早日回京？"

颐行说想："我额涅年纪大了，有他在身边照应，我在宫里也好放心。"

皇帝点了点头："既然如此，那咱们就别耽搁工夫了，来吧。"说着把罗汉床一通摇，笑容满面靠坐下来。

颐行在一旁看着，看他摆开架势，吓得咽了口唾沫。

"那个……什么时候上午膳呀，我跑了这半天，还没吃过东西呢。"她讪讪笑着，"还有我这身衣裳，得换换……"

她从床沿上慢慢滑下去，皇帝一把将她抢了过来："你还是怕我？"

"倒也不是怕，"颐行说，低头嗫嚅，"就是想着那个……像糖人儿底下捅小棍儿似的……"

皇帝有点不屈："小棍儿？你觉得那是小棍儿？"

颐行一想不对，忙更正："是扁担。"

这才像话！细想想，她确实还伤着呢，还是缓缓，反正来日方长。便往里头让了让，拍拍身侧，说一块儿坐会子吧。

颐行偎在他肩头，转头看向窗外的流云："您说，姑爷会待知愿好吧？离开了外八庙，再也没人监管了，他会纳妾吗？人心会变吗？"

皇帝说不会："敢冒着杀头的罪过和废后在一起，必定是横下一条心的。我曾经打发人查过这个人的背景，前锋营三等蓝翎侍卫，好赖也是上三旗，出身错不了。从军中辞了职务，就开始做些皮货茶叶生意，买卖做得不错，一年的利润负担家里头开销，绰绰有余，所以也不愁她动用知愿的体己，至少不是冲着她的家私去的。"

颐行颔首，说这就好，一面也感慨，有这么个前人，后来人哪敢动那些歪脑筋。皇帝也不是废了知愿，就不再管她死活，终究是有人情味儿的，也担心她会受蒙骗。宫里头好歹还讲体面，到了外头，三教九流多了，一个孤身的姑娘，难免不被别人算计。所以就得处处留意着，总是觉得靠谱了，才能放下心来让他们在一处。

皇帝长吁了口气："原是老天早就注定我来当她的姑丈，要不然不该我这么操心她。"

过去的事一笔勾销，现在有了老姑奶奶，他的辈分也该水涨船高了。

颐行想想，说也是："您待我们尚家算是尽心了，虽说我哥哥贪墨是为了填先帝南下的窟窿，但错了就是错了。我早前还怨您存心打压尚家，到这会儿才知道里头有内情。"

皇帝嗯了声："要说内情，还有些是你压根儿不知道的。福海的贪，不过是盐粮道上的贪，宗室里的贪，把手都伸到军饷上去了。处置福海是个引子，斩断宗室里的黑手才是我真正的目的。可惜旗务错综，那些黄带子、红带子没有一个是干净的，最后也只能逮住两个冒尖的正法，敲山震虎罢了。"

所以一时间京城里头那些沾着姻亲的人家，一个都不肯伸援手，原来都只顾着自己保命去了。她一直在后宅养着，并不知道外头的事，只知道额涅吃过几次闭门羹，一气之下就再也不去求告了，因为求告也没用。

如今闹清了原委，惊叹朝中风云万变之余，也庆幸哥哥只是个引子，虽说发配到乌苏里江看船工，好歹有命活着，活着就有回来的机会。自己呢，眼下到了这个份上，什么都不去想了，只要抱紧皇上的大腿，准错不了。

这么想着，心头一拱一热，扳过他的脸来，照着嘴上亲了一口："清川哪，咱们来吧！"

皇帝原本倒是很高兴，只是她那句"清川哪"，叫出了太后的滋味。

他的手在她腰上流连，正想让她换个口吻，外面忽然传来满福的嗓音，调门儿里带着焦急，说："回主子爷，太后身上不豫，今儿上吐下泻折腾了好半晌，只不叫跟前人回您。原以为是吃了药能好的，不想这会儿发热起来，云嬷嬷不敢隐瞒，打发人来通传，请万岁爷快过去瞧瞧吧！"

皇帝和颐行俱是一惊，忙下床整理衣冠，匆匆赶往月色江声。

甫进宫门，就见随扈的太医都聚在前殿里，发现皇帝来了，忙到殿前迎接。太医正不等皇帝询问，就急急回禀了太后的症候，说太后感寒伤湿、气血壅滞："依臣之见，是痢症无疑。"

所谓的痢症就是痢疾，常在夏秋时节发作，颐行以前只是听说，并没有见识过，本以为是寻常的病症，谁知进门一看，全不是这么回事。只见太后蜷缩在床上，冷汗涔涔而下，连脸色也变了，神情也恍惚了，这模样哪还是那个仪态万方的皇太后，乍然一见，竟有些陌生起来。

颐行吓坏了，跪在脚踏上眼巴巴看皇帝给太后诊脉。

皇帝也急，额上沁出汗来，还要强自镇定分辨太后脉象。慎之又慎切了半晌，确实有湿郁热蒸的迹象，便回身问云嬷嬷："太后这两日是不是进过生冷瓜果，损伤了脾胃？"

云嬷嬷道："就是今儿一早，热河泉那头敬献了几个甜瓜，太后高兴，吃了两片，实在没有多进，不知怎么的，忽然就发作起来。"

诱因有了，这病症是能够确定下来的，转而询问跟前的太医正："用了白头翁汤没有？怎么不见好转，反倒越发厉害了？"

太医正哈着腰道："回皇上，汤剂已经用上了，按照太后体质加减化裁，无奈收效甚微。臣和众太医才刚会诊，痢疾常因饮食不洁、外感时邪而起，太后饮食由寿膳房专门料理，应当不会有不洁一说。如此就只剩一宗了，还是因为行宫建在山林间，园囿内又多水泽，太后体虚，伤湿内侵肠胃，才致寒湿痢。"

这么说来，倒是自己的孝心惹祸了，早知道不来承德避暑，就没有这些祸患了。

皇帝挨在太后病榻前，轻声叫额涅："这两天先好好养病，等有些好转了，咱们就回京。"

太后面如金纸，连说话的力气都没有，急喘着气儿，微微点了点头。

"你们下去，再合计方药。"皇帝转头吩咐太医，"白头翁汤不行，就用芍药汤，用不换金正气散，一定要想法子治好太后。"

太医不敢耽搁，忙倒是，又退到外间合议去了。

母亲得了重病，做儿子的没有不着急的，颐行见他脸色都变了，轻声说："万岁爷少安毋躁，您要是乱了方寸，太后也不能安心养病。回头政务还要您料理呢，这儿有奴才侍疾，您且放心。既然说要回京，叫内务府先预备起来吧，路上虽颠簸些，远离了湿气，兴许太后的病就一里一里好起来了。"

皇帝这会儿心里也乱，便发话怀恩，让他照着纯妃的吩咐去办。后宫的事，他还是过问得少，如今太后一病，就只剩老姑奶奶这一根主心骨了。

只是太后这回得病，确实来势汹汹。进不了东西，却不停腹泻，到最后便血，人显见地瘦下来，换了几个方子，都不大见好。最后太医院合计用火门串，以蛤粉、熟大黄、木通、丁香研末吞服，起先症状倒稍有减轻，但不久之后人越发委顿下来，急得皇帝暂停了一切政务，一心一意留在太后病榻前亲自侍疾。

太后也有稍稍好转的时候，那天才吃了药，靠着床架子和皇帝说话，说："我见着你阿玛了，这两天昏昏的，老觉得有人站在床边上，昨儿半夜里睁眼瞧，竟真的是他。"

她说起先帝，脸上带着一点笑意，仿佛重回了十八岁那年，喘了两口气，缓缓说："他还穿着我给他做的那件便服，就站在那里，也不说话，光是忧心忡忡看着我，我知道他也担心我呢。我这病，不知能延挨到几时，倘或事儿出来了，人还在承德，回京事宜安排起来麻烦……"说着又喘了喘，望着皇帝道，"趁着现在魂儿还在，赶紧收拾起来，即刻回宫……"

皇帝被她说得心都揪起来了，握着她的手道："您福泽深厚着呢，不过偶然抱恙，千万别往窄处想。"

太后艰难地摇了摇头："我的身子，我自己知道，这回来承德，像是续上了和你阿玛的缘分似的，我心里高兴。他走了五年了，这五年我每天都熬着，老想他一个人在那儿寂不寂寞，有了心里话，该对谁说。这会儿我要是真能死了，正好过去陪他，那多好。"

皇帝却不能依她，切切说："您只顾我阿玛，就不顾儿子了？还有常念，她就要生小阿哥了，说好了孩子满周岁就带回来见您的，这些您都不管了，说撂下就撂下？"

太后那双无神的眼睛里，总算进出了一点光彩："哦，对，常念快临盆了……"

颐行这才知道昭庄公主的小名儿叫常念，因着公主长大少不得要远嫁，所以取了这么个名字，也是太后为母的万般不舍和挂念啊。

皇帝说对："您还老是担心皇嗣，没见儿孙绕膝，这就去见我阿玛，阿玛未必不怨您。还是好好养着，不过一个小小的痢症，哪里就要死要活的了。"

太后被他说得，似乎是歇了等死的心了，但过后不久又昏睡过去，连太医正都摇头，说病势实在凶险万般。

那些来探望的嫔妃见状，都退到廊庑上痛哭起来，那不高不低的绵绵吞泣，越发让月色江声笼罩在一片愁云惨雾里。

这时候最忌讳这样，颐行心里不悦，退出去低声呵斥她们："这是什么当口？不说去给太后祈福，倒跑到这里哭来了，打量谁哭得卖力，谁就有功劳怎的？"

那些嫔御被她一斥，顿时都噤了声。原本就是如此，这些人和太后能有多深的感情，流眼泪不过是应景，不见半点真心，也没有半分意义。

她冷冷扫了她们一眼："太医前两天谏言，说行宫湿气重，太后的身子经不得，说话儿就要回京的。你们各自回去收拾，挑要紧的带上，车马这回得减免，各宫挤一挤，不能像来时那么宽绰了，横竖也就十来天光景，忍忍就到了。"

结果愉嫔这时候偏偏要冒尖儿，为难地说："咱们出宫，身边多少都带着伺候的人，纯妃娘娘您瞧，要挤怕是不大容易。"

这要是换了裕贵妃，为了两面不得罪，必定会和她们打商量，或是退一步，形式上减免几辆。可惜老姑奶奶不是裕贵妃，她那双凤眼紧紧盯着愉嫔，要把人盯出个窟窿来似的，半晌忽然一笑："谁要是怕挤得慌，那就暂且留在行宫，等下年皇上来避暑，再跟着回京吧。"

这么一来，可再也没人敢说半个不字了。太后都在这儿得病了，下年皇上还会来吗？留在行宫，对于妃嫔们来说等同发配，这回别说挤一挤了，就算让她们徒步走回京城，她们也干。

于是老姑奶奶一叫散，众人立刻各回各处，麻利收拾东西去了。

皇帝从里头出来，叹着气说："太后要回宫，照这病势，确实是回去的好。可毕竟几百里地，就怕路远迢迢，她的身子经不得颠簸。"

这也确实两难，颐行想了想道："只好在车辇里头想辙，四个角拿软乎点儿的东西垫上，上头再铺一层铺板。路上尽量慢些，减少颠簸……总是回到宫里，太后心里才能踏实。"

其实背后的实话，谁也不敢说出口，这么严重的痢症，要是当真不得好转，确实是会出人命的。回宫，目前来看是个万全的准备，就如太后所言，万一事儿出来，一切也好安排。

于是一鼓作气，既然定下了就不要耽搁，这次回京可说是轻车简从，随扈的大臣和后宫主儿是一个不能少的，只是各嫔妃身边伺候的只留一个，剩下的人员另作安排。人少了，事儿就少，来的时候花费了近十天，回去日夜兼程，只用了七天就抵达紫禁城了。

这一路上，颐行都在太后车辇里，帮着云嬷嬷和笠意一同照应太后。太后的境况比在承德时好了一些，能进稀粥了，最长可以半天不传官房。云嬷嬷说吃食能在肚子里留住了，就是好迹象，只有留住才能长元气，人才能慢慢缓过劲儿来。

车辇进神武门，就见裕贵妃带着留宫的几位妃嫔在道旁跪迎，一色的锦衣华服，满头珠翠。相较于她们，颐行可说是半点也不讲究，这两天早摘了头上簪环穗子，简直就像个伺候人的大丫头。

太后有时清醒，瞧见她的模样，心里很是愧疚："我这一病，倒拖累了你，我跟前有人伺候，你且好好照应你主子要紧。"

颐行只是笑："主子身边有怀恩他们，不必我去伺候。我在这里也帮不上什么忙，不过给云嬷嬷和笠意姑姑打个下手。"

笠意听她这么称呼自己，依旧诚惶诚恐："您如今是娘娘，回宫后前途更是不可限量，还管奴才叫姑姑，越发折得奴才不能活了。"

她却还是一如往常，谦逊地说："太后身边人，都沾着太后的荣光，在我眼里高人一等，叫一声姑姑也是该当的。"

这就是她为人的道理，一方面确实在家受过这样的教导，老太太房里的扫地丫头尚且有体面，何况太后的贴身女官。另一方面呢，说得粗糙些，阎王好哄小鬼难缠，光是太后喜欢你不顶用，耳根子软起来也顶不住身边人日夜上眼药。但要是反着来，天天有人说好话，那么往后顺不顺遂，也打这上头来。

车辇一直到了顺贞门前，因有门槛，已经没法子继续前行了，就换了抬辇来，颐行和皇帝一人一边搀扶着，伺候太后坐下。

裕贵妃和恭妃、怡妃原也想献献殷勤，无奈就是伸手无门，最后只能眼巴巴看着他们去远。

怡妃哼了声："这纯妃可真是个人物啊，瞧瞧，侍疾侍得这副可怜模样，太后和皇上八成感动坏了，越发拿她当个人了。"

恭妃笼着袖子哂笑："您二位没听说？人家给太后挡了一刀，如今可是实打实的功臣。再加上这一路侍疾，咱们啊，往后再也没谁能是她的对手了。"

贞贵人适时插上了一嘴："三位娘娘没上承德，不知道里头经过，据说和妃的死，也和她有关……如今她还在太后跟前讨巧，焉知太后这次患病，不是和妃作祟的缘故？"

这么一来，白的也变成黑的了，后宫里头立时流转出了纯妃得罪和妃阴灵，给太后招去祸端的传闻。这消息一直传到永寿宫，传进了颐行耳朵里。

颐行听了只是嗟叹："我原本还和皇上说呢，后宫之中的嫔妃不容易，这会儿看来，我是白操了那份心了。"

你好我好大家好，这种事一般很难做到，既然那些人这么不领情，她就不必再替她们着想了。

银朱说："越性儿告到慈宁宫去，让太后来评评这个理。"

颐行却说不必："太后才刚有些起色，我这么一搅和，前头的功劳就全没了。放心，不必咱们这头传，慈宁宫很快就会接着消息的。"

果然，等她下半晌再去向太后问疾的时候，太后一面由云嬷嬷伺候着进米汤，一面垂着眼吩咐春辰："打发人，好好查查那话是从谁嘴里出来的。后宫这两年没了皇后，贵妃又烂作好人，弄得规矩没个规矩，体统没个体统。查出是谁说的，把她带到永寿宫，让她跪在院儿里，当着所有奴才的面掌嘴二十，让后宫那些嫔御都长长记性。"

颐行有些为难，轻声道："太后，宫女子不挨嘴巴子，既是嫔妃，打脸只怕伤体面。"

太后却泰然得很："这是给你立威，让她们知道什么话该说，什么话不该说。这宫里啊，着实该有些规矩了，一盘散沙似的两三年，三宫六院各有心思，各怀鬼胎，弄得市井胡同一样，对不起皇帝。"

所以没消多久，进宫头一个嚼舌头的贞贵人就被两个精奇嬷嬷叉着，押进了永寿宫。

永寿宫的海棠已经谢了，只剩越发茂密的枝叶，被风吹得沙沙作响。

贞贵人这回不像平常了，清水小脸吓得煞白，被扔在院子里的中路上。她向上瞅瞅，老姑奶奶身后站着含珍和银朱，个个面无表情垂眼看着她。她只好觍着脸求告，说纯妃娘娘开恩："这原是我从别处听来的浑话，那天不知中了什么邪，没过脑子就说出来……娘娘您是最善性的人儿，就饶恕我这一回吧。"

可老姑奶奶八风不动，淡声道："这回不是我想罚你，是太后老佛爷觉得，你该给我个交代。事到如今，也没什么可告饶的，好汉做事好汉当嘛。"说着瞥了边上的精奇嬷嬷一眼。

精奇都是厉害人物，二话不说上前，卷起袖子左右开弓啪啪一顿抽打。

贞贵人的那颗小脑袋可不是她自己能做主的了，脸别过来，又别过去，头上发簪都甩飞了，把跪在一旁的蟠桃吓得上牙打下牙，发疟疾似的打起了摆子。

二十个嘴巴，简直比死还叫人难堪。精奇稳稳数完，退让到一旁，颐行这才看见贞贵人的脸，又红又肿，都快看不清本来面目了。但凡有点气性，大概会一头碰死，可她倒还好，哭虽哭，命还是惜的，被蟠桃扶起来，歪歪斜斜地，回她的翊坤宫了。

含珍又气又好笑："这就完了？竟是连恩都不谢。"

颐行摆了摆手："都挨了打，还谢什么恩啊。如今我在这后宫可是扬名立万了，往后越发是她们的眼中钉、肉中刺。"

银朱咧着嘴说："您几时不是来着？太后既要给您立威，您想想往后的大好前程吧！她们越恨您，您爬得越高，就是要她们牙根儿痒痒，又死活拿您没辙，您就见天儿地在她们面前显摆，把她们全气死，那才真解恨呢！"

三个人说笑了一阵，眼看到了点卯的时候，便仔细梳妆起来，摇着团扇踱着步子，挪进了养心殿后围房。

因贞贵人在永寿宫挨了一顿好打，这会儿颐行进东围房，所有低等的嫔御都站起身向她行礼，连那三妃也勉强挤出了笑模样，不说是不是打心底里宾服，横竖面子上是过得去的。

"我早说过，贞贵人口无遮拦，早晚要闯大祸，让你多加管束着点儿，你又不听。"贵妃抚着燕尾，三句两句就把责任推到了恭妃身上。

恭妃是翊坤宫主位，前头和贞贵人、祺贵人狼一群狗一伙的，没少挤对老姑奶奶。这会子贞贵人翻了车，自己正愁不能撇清，贵妃这么一说，顿时让她恼起来："姐姐这话就岔了，她虽和我一宫住着，到底不是我的奴才。况且她随扈去了热河，我又没去，她回来要说些什么，哪里是我管得住的！左不过是些不着调的闲话，谁还能把她当真呢。纯妃妹妹这回狠狠罚了她，是给她教训，好歹还留着她贵人的位分，她也会感恩戴德的。"

她们眼看就要窝里斗，颐行也算是看明白了，世上果真没有永远的敌人，更没有永远的朋友。这群人，精于算计又欠缺谋略，早已不足为患了。因此她们你来我往时，她有些意兴阑珊，只是扭头冲含珍说："那块双狮戏秋的栽绒毯，回头问问补好了没有。"

贵妃耳尖，奇道："永寿宫用度不够吗？怎么还要补毯子？"

颐行哦了声道："那块毯子是以前留下的，我瞧东西很好，只是年月长了，有两块地方被虫蛀了，让内务府织补一下，就和新的一样了。"

于是众人沉默着不说话了，心说这还没上位呢，就要开源节流，那往后大伙儿要吃个鸡蛋，是不是都得瞻前顾后啊？

众人眼巴巴看着她，颐行总算察觉了，奇道："怎么了？破损的东西不能织补，只能扔了？"边说边笑着摇扇，"到底宫里，什么都爱讲个排场。早前我们家倒不是这样，我额涅的一张绣墩儿缎面破了，也是一层又一层地往上填补。我额涅还说呢，老物件用着凑手，舍不得扔了。"

瞧瞧，这是给尚家正名呢，都贪出两淮三年的税务总额了，还在那儿宣扬节俭，听着怎么那么虚得慌呢！

可不论虚不虚，徐飒搬着银盘回来了，到了门前往里头递话："万岁爷今儿翻了纯妃娘娘的牌子，请娘娘预备接驾。"

颐行站起身道了个是，其余众人也慢慢起身，慢慢散了。

其实大伙儿都知道，往后相当长一段时间里，她们都会是凑热闹的陪客，这翻牌子的流程也不过是个形式，是给不死心的自己，一星微茫的希望罢了。

还是照旧，怀恩引老姑奶奶进皇上的寝殿，正在她琢磨是该先上床呢，还是该老老实实坐在床沿上等他时，他已经洗漱完进来了。

这回是直接穿着寝衣进门的，见她还站在那里，纳罕地问："怎么了？要朕替你更衣？"

颐行的动作略慢了点，他果真就上来替她解纽子，一面说："我今儿过慈宁宫，替太后瞧了脉象，湿寒越来越轻了，过不了两日就会大安的。先前在承德，真吓着我了，那么重的病势，我只是不便说，心里也有不好的预感，怕要出事。"

他替她脱了罩衣，又拉她坐下，她蹬了脚上鞋子说："我今儿请安，太后和我说了好些话，中气显见的足了，脸色也好起来。云嬷嬷说，如今一天进五六次米汤，都能留住，这可是天大的喜信儿。"

皇帝抿唇笑了笑："里头有你的功劳，你服侍太后一场，太后全看在眼里，今儿还和我说，纯妃是个好的，不单有孝心，也有掌管后宫的能力。说等她身子略好些，就挑个黄道吉日晋你的位分。"

说起晋位，老姑奶奶就高兴："这回我能和裕贵妃平起平坐了，见了她也不必行礼了。"

皇帝说岂止："她得向你行礼。太后说了，宫里得有个好好管事的人了，这两年宫务看着有序，那是该揪细的地方没有深挖，要是掏出来，只怕也像老荷塘的泥一样，臭不可闻。太后的意思是，晋皇贵妃位，摄六宫事，先历练上一阵子再说。"

颐行盘腿坐在床上，乍听晋皇贵妃，还有些缓不过神来："我进宫就是冲着这个位分，如今真办到了，简直像做梦一样。"

皇帝松散地靠在大引枕上，一腿支着，一手抚着膝头，还在为她的擢升之路感慨："从宫女到皇贵妃，只花了八个月，就算脚踩西瓜皮，也没你升得快。"

颐行抱着他的胳膊龇牙："还不是朝中有人好做官吗？"

做官还得办差呢，她这程子一直陪在太后身边，他也因太后病势重，一直没顾上别的。今天恢复翻牌子，才想起自己又旷了好些天，这就有些委屈了，一定要拉住她，好好说道说道。

"朕的苁蓉，都快开花了。"他小声说。

颐行讶然："为什么呀？"

他说："想你想的。"

颐行红了脸，这人，老爱说这些不着调的话！

她扭扭捏捏，替他抻了抻交领，皇帝最喜欢看她使这些小意殷勤，便问怎么："不伺候朕就寝？"

老姑奶奶又是一番扭捏，然后翘着兰花指，扒下了他的衣裳。

两个人依偎在一起，再不是没侍寝之前那样，楚河汉界各占一边。就是要紧紧抱着，紧紧纠缠，来这人世间一遭才不冤枉。

他拱在她胸前，恬不知耻地说："你老要做长辈，看见了？这才是正经老姑奶奶该干的事儿。"

她红着脸，轻轻拍打了他一下，心里头是足意儿了，就那么闭着眼，随他的撩拨，行走在浪尖上。

万岁爷这回显然是研习过了，很有一股爱匠精神，不急不躁地，充满禅意地，慢慢在她身上四处点火。鉴于前两次都不怎么美好的体验，颐行缩了缩，终究还是有些怕，皇帝拍着胸脯保证，这回必定得趣，说得满脸正经，言之凿凿。

没办法，好歹得试一试，毕竟还得靠这个怀皇嗣，靠这个升官发财大赦天下。且瞧他这么得人意，疼点儿也认了吧！

于是老姑奶奶上刑般躺平，说："可得温存点儿啊，再弄疼了我，我会忍不住一脚把您踹下去的，到时候您可不能怨我。"

皇帝说知道了，看一眼横陈的老姑奶奶，这玉雕一样的身段，让他的心头和鼻管同时一热。

忙捂鼻子，还好没在她面前丢丑，于是小心翼翼挨上去，充满爱意地绵绵吻她。老姑奶奶哪有那么丰富的经验能和这人抗衡，不一会儿就七荤八素了。

这回大约是地方对了，老姑奶奶爱这种锦绣堆儿里的翻滚，水到渠成地，轻舟已过万重山。

真真好风景呀，山崖两畔碧峰对垒，大江在悬崖绝壁中汹涌奔流，宝船行进也畅通无阻。

殿里守夜的红烛只剩下一盏，就着胭红的光，他看见老姑奶奶的脸，那小脸儿上有一种难以描绘的媚态，他在激荡中贴着她的耳垂问："好不好？"

她伸出一双手臂搂住他，闭着眼睛道："别说话。"

总算这小小子儿也有说话算话的时候，这回没蒙她，原来用对了方法，里头确实有不可言说的痛快。

第二天的老姑奶奶，娇艳得像朵花，百依百顺地替他穿好了衣裳，送他出门临朝。

皇帝迈出门槛回头看她，腿肚子一软，忽然崴了一下。怀恩忙上前搀住，说："万岁爷留神。"

皇帝正了正颜色，带着点儿解释的意味："朕没用早膳。"

多年来都是怀恩近身服侍，是不是因为没吃早饭而腰腿酸软，难道怀恩会不知道吗？

皇帝抬眸和怀恩对视了一眼，怀恩什么也没说，同他相视一笑。

老姑奶奶有特许，用不着巴巴儿跪在九龙辇前恭送他，所以只是隔窗看着他去远。当然再睡回笼觉是不能够了，拖着两条沉重的腿在床上躺了会儿，就得起身上太后跟前请安去了。

太后这些年习惯了早起，即便身上不豫，不能礼佛，也是早早儿穿戴整齐了，坐在南炕上等着接见四妃。

颐行因来得略晚了一步，进门时那三妃已经在太后跟前坐定了。于是小刀嗖嗖剐骨割肉，恭妃笑着说："纯妃承宠，果真是忙坏了，连请安都能误了时辰。"

上房的高案上就摆着西洋钟，长着翅膀的光屁股小孩儿左右摇晃着，瞧瞧那两根细针的指向，要说误了时辰，实在是睁眼说瞎话。

可颐行不辩驳，她上太后脚踏前请双安，说："奴才来晚了，是奴才的闪失。老佛爷今儿身上怎么样？昨夜喝了几回水？起了几回夜？"

太后含笑说："都好了，一夜到天亮。早前动辄还有些隐隐的痛，如今一点儿不适的症候都没了。"

"那就好。"颐行接了笠意送来的翠玉盖碗，轻轻放在太后手边的炕几上，细声说，"昨儿我和云嬷嬷说了，让给您预备的珠玉二宝粥，这会子熬得送来了。里头的食材最是开胃，对脾肺亏损、饮食懒进有奇效，您且试试，要是喜欢，让膳房再预备。"

她殷殷叮嘱，这哪是媳妇，分明比亲闺女还贴心呢。看得边上三妃有些不是滋味，心道这回没能上热河，真是亏大发了，要是她们在，也不至于让纯妃一个人得了这么个巧宗儿。

横竖就是时也运也，气得人没话说！三妃一时委顿下来，看她对太后百般讨好，心里头是又妒又不屑，好好的大家子小姐，原来还有这副奴才样儿！

她们打眉眼官司，太后也不去管她们，只说："我病了这一遭，能捡回一条命来，是好大的运道，多亏了诸天神佛保佑。我想着，咱们上热河有程子，宫里香火也不及前阵子旺盛，过两天把雍和宫的喇嘛宣进宝华殿办一场佛事吧，大伙儿去拜一拜，这就要秋分了，也祈盼大英风调雨顺，五谷丰登。"

众人都说是，贵妃也感慨着："过得真快啊，大阿哥……就是秋分时候没的。"

说起这个，大家都沉默下来，宫里头不管平时多尖酸刻薄的人，对于孩子都是实心的喜欢。当年大阿哥是独一个，生得又漂亮乖巧，大伙儿都很宠爱他。可惜后来得了疟疾，无端地发高热，没消七天就殁了。到如今说起来，都是一段悲伤的往事。

太后长长叹了口气："把大阿哥的神位送到宝华殿的壁龛上，让他也受一受香火吧。"

贵妃含泪说是，向太后蹲安谢恩。回到永和宫后心里头还难受着，要是大阿哥在，如今该五岁了，满院子撒欢，"额涅、额涅"地叫着，那该有多热闹。自己不说母凭子贵，至少境遇比现在要强些，不至于当着这空头的贵妃，后宫要紧事也不由她过问，只让她名义上管些鸡毛蒜皮的事儿。

翠缥见她伤感，只好勉力安慰她："来日方长，主儿还年轻，将来还有再怀皇嗣的机会。"

贵妃苦笑了下："纯妃霸占着皇上，如今后宫谁能近皇上的身？想怀皇嗣，难于上青天。我只是怕，她如今威望高得很，又已经位及四妃，再往上两级，可就越过我的次序去了。"

这种如坐针毡的感觉，像身后有人时刻拿刀抵着你的脖子，不知什么时候，一刀就划将下来，要了你的性命。

翠缥说不会的："她入宫一年还没到呢，就是要晋位，也得遵着祖宗规矩。再说她一无得力的娘家，二没有皇嗣可依仗……"

贵妃的视线望向窗外那棵紫藤，喃喃说："没有得力的娘家，却有比娘家更势大的人撑腰，只要有皇上的宠爱，别说贵妃、皇贵妃，就是皇后又如何！如今太后又向着她……"贵妃脸上涌起哀伤来，"她的鸿运，真是挡也挡不住。"

翠缥虽也知道大势已定，但总觉得未必这么快，就算晋位，不也得一步一步来吗，尤其这样高阶的位分。

谁知还是她主子看得透彻，才过了两天罢了，流苏从外面急匆匆进来，到了贵妃跟前蹲安回禀："礼部和御前的人上永寿宫颁旨去了，纯妃晋了……晋了皇贵妃，代皇后之职，摄六宫事。"

贵妃听她前半段话，心都蹦到嗓子眼儿了，心想晋个贵妃吧，哪怕和自己同级也成啊。结果后半段话，一下子把她打进了泥里，顿时气若游丝般崴在炕上："代皇后之职、摄六宫事……那我呢，我往后，又该干些什么……"

老姑奶奶晋位这事，对各宫都没有太大妨碍，至多不过引人眼红，可对于贵妃来说，却有切身的伤害。小小年纪的毛丫头，终于爬到她头顶上去了，她在宫里谨小慎微这些年，还不是连人家的一根汗毛都比不上。

是谁说尚家这回凤脉要断了？本朝出了一位废后，尚家不可能再有出头之日……这才三年不到，另一位更厉害地崛起了，一路顺风顺水，把所有人都踩在了脚底下。

贵妃低头呜咽起来，自打大阿哥死后，她还没这样痛哭流涕过。真是扫脸啊，当了三年贵妃，满以为离皇后之位仅一步之遥了，谁知天上掉下个程咬金，一下子抢在头里了。

她哭得如丧考妣，翠缥只得让人把门关起来，不住地劝解她："主儿，宫里多少人在等着看咱们笑话呢，您千万不能失态啊！就算她老姑奶奶当上了皇后，您还是稳坐第二把交椅，还是高她们一头，您是贵妃啊，您怕什么！"

可正因为是贵妃，才越发扫脸，仿佛老姑奶奶打败的不是全后宫，而是她一个人。

但这种沮丧也不能持续太久，自己还得带领后宫众妃嫔上永寿宫去，向新晋的皇贵妃请安。

颐行还没行册封礼，但行头已然大换了，穿一件明黄色纳纱的凤凰梅花单袍，头上戴着金累丝点翠嵌珠玉凤钿，端坐在宝座上，接受三宫六院的朝贺。

大家自然是五味杂陈在心头，可谁又敢在这时候找不自在呢，一个个都俯首帖耳的，按品级高低列队，高高扬起拍子，行抚鬓蹲安之礼。

老姑奶奶的训话也很简单："我年轻，登了这高位，全赖太后和皇上偏爱。我也没什么可说的，日后上下和睦，齐心伺候皇上，就成了。"

众人说是，虽然心里腹诽：有你在，伺候皇上哪还用假他人之手？可这也不过自己心里琢磨，不敢和第二个人说。

贵妃当着众人，自然要维持体面，不过比平常更尽一百二十分的心，指挥众人进退。

颐行瞧她这模样，到底还是不忍心让她太失颜面，便叫了声裕姐姐："后宫事务，这些年都是你料理，我才上手，恐怕不得要领，往后就劳烦您协理吧。"

裕贵妃大感意外，满以为自己听错了，茫然向上望去。老姑奶奶带着平和的笑，一时让贵妃无措起来，但这话一出，好歹也算赏了她尊荣，让众人知道，贵妃还是有别于寻常嫔妃的。

贵妃顿时满怀感激，心头一热，眼中发酸，蹲安道是："我原没什么能耐，蒙贵主儿不弃，往后一定尽力协理六宫，不叫贵主儿失望。"

从永寿宫出来，贵妃的后脊梁都快被恭妃戳烂了："我早就看出她是个没气性的，别人丢根骨头，忙不迭地就叼了。她也不想想，这后宫在自己手上，料理得多乱，人家留她是为了日后好追责，瞧把她高兴的，拾着了狗头金似的。"

怡妃在边上抱着胳膊感叹："一朝天子一朝臣嘛，后宫也是一样。如今老姑奶奶当权，贵妃原该像丧家之犬一样，岂料人家开恩让她协理，怪道她感激人家祖宗十八代呢。"

两个人在夹道里慢慢走着，这会儿暑气全消了，已经到了秋高气爽的时节，看着那勾头瓦当、彩画红墙，别有一种繁荣热闹的气象。

这厢正要往御花园去，后面急急有脚步声赶上来，是翊坤宫的太监福子。到了跟前垂袖打了一千儿，说才刚永寿宫传话出来，纯皇贵妃有令，让恭妃娘娘帮着料理明儿宝华殿佛事。

恭妃站住脚，沉默了下才说知道了，摆手打发福子回去。

怡妃倒笑起来："瞧瞧，才说完贵妃，好差事就轮着您了。"

恭妃哼笑了一声："好大的谱儿，才晋了位分，就忙着指派你指派他起来。"

"那也是没辙，谁让人家这会子掌权了呢。"怡妃叹了口气说，"咱们这位皇贵妃啊，还不似裕贵妃，办事讲究，未必给人留缝，您自己多加小心些吧。"

恭妃挪动着步子，倒是忽然跳出三界，替怡妃叫起屈来："照说您是太后娘家人，太后也没个扶植外人，不抬举您的道理。果真是老姑奶奶手段高，哄得老太太高兴，一心向着她，反把您抛到后脑勺去了。"

怡妃听罢瞥了她一眼："咱们啊，一向是半斤对八两，谁也别揭谁的短。左不过不犯事儿，别落得和妃那个下场，就是烧了高香了。"

这话撂下，大家都刹了性子。可不嘛，进宫到如今，大家都短暂享受过万岁爷的温存，可谁又敢说自己切切实实承过宠？就算没有老姑奶奶，她们也过着差不多的日子，其实有什么可叫板的呢，不过自己和自己较劲罢了。

后来花园子是没逛成，恭妃既然受了命，就得操办宝华殿的佛事，和怡妃分了道，拐到春华门夹道去了。

银朱替颐行梳头，让那一绺长发在掌心舒展垂坠，觑着镜子里的人道："主儿让恭妃料理宝华殿的事，想是有自己的打算吧？奴才还记得，早前她和怡妃唱大戏，借着那块檀香木，把咱们抓到贵妃宫里问罪。如今您瞧在怡妃是太后娘家人的分上，没有为难怡妃，倒是要拿恭妃来作筏子，是不是这个道理？"

颐行听了一乐："可不，看来你和我一样记仇。不过我倒不是要拿她作筏子，她事儿办得妥帖，也没谁刻意为难她。可要是办得不妥帖，那也怨不得我呀，敲打两句，总是免不了的。"

这就是一朝登了高枝儿，难免有冤报冤有仇报仇。

第二天的佛事，无外乎大家跟着太后一道祈福还愿。宝华殿两侧趺坐着雍和宫请来的高僧喇嘛，嗡嗡的梵声中，大伙儿反复叩首长跪，这一跪，一轮就是小半个时辰。

太后和众多太妃太嫔因信佛，对佛事满怀敬畏之心，但对于众多年轻的嫔妃来说，长时间的跪拜让她们腰酸背痛有些不耐烦。到了午时修整的时候，三三两两散出佛堂，退到左右便殿里暂歇，这时候尚可以好好吃上一顿斋饭，再松散松散筋骨。

便殿里的膳桌都已经准备妥当了，膳房的侍膳太监开始往殿内运菜。银朱搀扶颐行坐下，她习惯性地弯腰压住胸前的十八子手串，这回却按了个空。

低头一看，手串不知什么时候不见了，也想不起丢在哪儿了，喃喃说："这可好，不多东西就罢了，怎么还少了！"

这话是有心说给那三妃听的，到底不是蠢人，脸上顿时都讪讪起来。

银朱在便殿内外找了一圈，没见手串的踪迹，便道："想是落在佛堂里了，主儿稍待，奴才过去找找。"

颐行颔首，她忙提袍迈出去，一路顺着来时轨迹寻找。一直找进殿里，正巧看见一个穿着偏衫的喇嘛站在供桌旁，手里捏着那个手串。

佛前香烟袅袅，油蜡燃烧，发出浓重的香油味，大喇嘛长身玉立，把这佛堂衬得庄严如庙宇。银朱站在槛内斜望过去，摘了佛帽的喇嘛有颗形状美好的圆脑袋，青白的发茬干净利落，不像有些人，后脑勺的头发能长到脖子上去。这种脖颈间界限分明的线条，照着老辈儿里的说法，是个享清福的脑袋。

银朱对得道高僧一向怀有敬意，合着双手说阿弥陀佛："大师，这手串是我们皇贵妃的，多谢大师拾得，物归原主。"

那喇嘛闻言，转身把手串交到她手上，复合十向她行了个佛礼。

银朱接了手串正要走，忽然听见他"咦"了一声，不由顿住脚回望过去，这才看清他的脸，竟是上回赐她平安棍的那位喇嘛。

也就是这喇嘛，被他们冤枉成她的奸夫，差点害她丢了小命，名字好像叫江白嘉措吧！

银朱又合起了双掌："您记得我？"

江白喇嘛点了点头。

这事吧，虽然发生在宫里，但御前终归打发人来查访过，他多少也听说了。真没想到，那天不过随手在香炉旁拿了根檀香木，念了几句经文，告诉她能保平安，后来竟引发了那么多事，这个素不相识的宫女，也成了他所谓的红颜知己。

就为这事，他被师兄们嘲笑了好久，虽然本不和他相干，但连累一个姑娘为此受苦，他也觉得有愧于人家。

没想到，今天又在这里相遇，看样子她如今过得很好，这就让他放心了。

"这手串，是纯皇贵妃的？"他问。

银朱说是，那张满月似的脸盘上，洋溢着骄傲的神情："当初她和我一块儿卷进那件事里，是她一直护着我。如今她晋封皇贵妃了，我在她身边伺候着。"

江白喇嘛问："你和皇贵妃，是一道进宫的？"

"是啊，今年二月里一块儿参选的。"银朱有些唏嘘，"我在宫里也只有五年，五年后，我们主儿的前程应当更远大了吧！"

江白喇嘛听了，低头沉吟了下："我在京城也只逗留五年，五年后的三月，就回西藏去了。"

银朱一算，自己是二月里出宫，他是三月里离开，那时候正碰巧了，便道："役满后我去雍和宫拜佛，到时候再来向大师求平安符。"

江白喇嘛没有再说什么，合十向她躬了躬腰，看她含笑还礼，托着那串十八子，转身迈出了宝华殿门槛。

这回的佛事办得还算稳当，当然那是细节处不去追究，方得出的结论。

恭妃嘴上虽然不服管，但在交差的时候也不免战战兢兢。颐行因新上位，总不好弄得宫里风声鹤唳，她也有她的想头儿，自己已然占了那么多的先机，位分有了，皇上又待自己一心一意，这时候也有心做菩萨，没有必要存心和人过不去，为了一点小事斤斤计较，折损了自己的福泽。

恭妃忙活半天，原本做好了挨数落的准备，没承想老姑奶奶居然当着众人的面，夸了她一声好。这声好其实得两说，单从面子上论，就是上峰对下属随口的一句肯定，带着那么点高高在上的意味，照理说倨傲的恭妃应该很不屑才是。可是……说不清道不明的，又自觉到一种有别于众人，挺起了腰杆的畅快。

恭妃忽然有些明白裕贵妃了，总是大家和睦共处，比针尖对麦芒的好。如今老姑奶奶圣眷正隆，和她硬碰硬，无异于鸡蛋碰石头。好在她没有收拾她们的想法，这就是她的仁慈了。认真说，她们这群人，对不起人家的地方多着呢，人家抬抬手，让她们顺顺当当地过日子，不比见天儿防备着，担心阎王奶奶寻她们衅的强？

恭妃从永寿宫出来，捏着帕子，踱着步子，望着潇潇的苍穹感慨："这天儿啊，说话就凉了。"

怡妃瞥了她一眼："姐姐这会子瞧着斗志全无，这就认命了？挨了夸，还一脸憋着笑的模样，我可替你砢碜了。"

恭妃哼笑了一声："别介，哪用得着您替我砢碜。我啊，算是看明白了，任你多深的道行，皇上那头护着，你再怎么做法都是枉然。我问你，要是你和永寿宫那位一块儿掉进井里，皇上会救谁？"

怡妃知道答案，但拒绝作答："宫里没那么大的井口，能装下两个人。"

"我就是这么一说。"恭妃道，"明知爷们儿眼里没自己，人家才论两口子，咱们这些人全是仗着以前的脸面吃着俸禄，过着日子，还有什么盼头？我昨儿听贵妃说，永寿宫那位发了话，打下月起，各宫月例银子比着位分高低看涨。贵妃十两，妃八两，嫔六两，连最低等的答应也涨了二两，这不比以前好吗？"

这倒也是，宫里头花销太大了，娘家能贴补的，过得还像样子，要是不能贴补的，就凭原来那几两银子，够什么使！说句实在话，无宠的，一辈子就那么回事儿了，涨月例银子是利好大众的做法。不得不说，老姑奶奶果然是个有手段的，就凭这一招，就把那些低等嫔御的人心都收买了，至于那些高阶的，猫儿狗儿两三只，又能翻起什么浪花来。

还是怡妃咂摸得比较透彻，她那天马行空的脑瓜子，在自我安慰这条路上从来没栽过跟头。

她凑在恭妃耳边说："我有个大胆的想法。"

恭妃迟疑地瞧了瞧她："您说。"

"您还记不记得，万岁爷在老姑奶奶进宫前两个月，已经开始不翻牌子了，这里头有什么隐情，您猜测过没有？"见恭妃一头雾水，怡妃自得地说，"我是觉着，万岁爷别不是那上头不行了吧，抬举老姑奶奶，是为了拿她顶缸。您想想，万岁爷治贪治得多狠哪，他对福海能不牙根儿痒痒？就因为处置了尚家还不解恨，得拿老姑奶奶继续解闷子消气，表面上给她脸，实则让她守活寡，有苦说不出，您瞧，我说得在不在理儿？"

恭妃看她的眼神，像在看个病人："您也别仗着万岁爷是您表哥，就这么不见外地埋汰他。什么不行了，万岁爷才多大岁数啊，就不行了？"

"要是行，怎么连着三四个月不翻牌子？您可别说他是为老姑奶奶守身如玉，世上爷们儿没有这样的。万岁爷啊，一定是有难言之隐，只是不好让人知道罢了……"边说边啧了一下，"也怪咱们和他不贴心，要不这种委屈，我也愿意受啊。"

恭妃说得了吧："你是薏米吃多了，堵住心窍了吧！"

可怡妃这么认定了，就不带更改的了。她觉得一定是这样，总之永寿宫那位不能太好过，也得带点儿不尽如人意的地方，这才是完整的人生。

恭妃呢，则觉得她有点可怜。

别不是受了冷落，要疯吧！

也难怪，换了一般嫔妃，不得宠爱就不得宠爱了，反正谁进宫也没指着和皇上恩恩爱爱一辈子。怡妃不一样，太后娘家人，和皇上论着表兄妹呢，搁在话本子里，那可是享尽偏疼的人物。结果呢，姥姥不疼舅舅不爱，可不得越想越糟心吗？

恭妃怜悯地冲她说："万岁爷那上头要是真不成，您得对二阿哥好些，没准儿将来您能指着他。"

怡妃一想，有种和太后尊荣失之交臂的遗憾："上回那事儿之后，老佛爷不让我养二阿哥了，这孩子如今见了我也不亲，枉我养活他四年。"

恭妃讪讪摸了摸鼻子，心道可不和你不亲吗，抱一抱都能摔得鼻青脸肿，二阿哥能活到这会子，简直是命大！

可实话一向不招人喜欢，所以还是得换个说法，便道："孩子小，不记事儿，往后勤往慈宁宫跑跑，多显得疼爱二阿哥，没准儿太后一心软，又让二阿哥跟您回去了呢。咱们这号人啊，想要个孩子，八成得等皇贵妃信期出缺，细想想，真可怜。"

感情这种事不讲先来后到，要是硬想安慰自己，就全当老姑奶奶来得晚，吃人吃剩的，心里也就勉强痛快点儿了。

宫里这一向忙，颐行因晋了皇贵妃的位分，大事小情总有人来请示下，也让她感慨，这么大个家，当起来多难。

好在有贵妃帮着料理，裕贵妃早前自己当家做主的时候总有些三不着两，但有了人拿主意领头，她反倒能够静下来办好差事了。

含珍笑着说："有的人真不宜自己撑门户，说得糙些，就是个听令的命，如今能帮衬着主儿，主儿也好轻省些。"

颐行说可不："那些鸡零狗碎的事儿我是真不爱过问，就仰仗贵妃吧！我也深知她协理不易，回头小厨房里做的新式点心，替我挑好的送一盒过去，也是我的意思。"说罢朝宫门上探看，"荣葆出去一个时辰了吧，怎么还不回来？"

荣葆是去盛丰胡同接老太太进宫会亲的。她已经大半年没见着额涅了，先头因为混得不好，不敢让老太太操心，这会儿总算有个交代了，把他老人家接进来，娘两个好叙叙话。

银朱说："太福晋总要收拾收拾，换件衣裳什么的，想来没那么快，主子再等会儿。"

结果话才说完，宫门上就有人进来通传，扎地打一千儿说："回娘娘话，太福晋进宫啦，已经上了西二长街，这就往永寿宫来了。"

颐行心里一热，忙站起身到廊庑底下等着。

这节令，已经转了风向，从南风变成了西风，天儿也渐次冷起来了，略站一会儿就寒浸浸的。含珍拿氅衣来给她披着，她探身仔细瞧着宫门上，听见夹道里隐隐约约的脚步声传来，不一会儿就见荣葆弓着身子到了宫门上，回身比手，老太太由人搀扶着，从外头迈了进来。

"额涅！"颐行看见母亲，高兴得一蹦三尺高，什么皇贵妃的端稳，早抛到脑后了。匆忙跑下台阶，一头扎进了母亲怀里，抱着老太太的腰说，"额涅，我可想死您了，您怎么才来呀！"

老太太被她撞得晃了晃身子，哎哟了声道："如今你可是什么身份呢，还这么撒娇，叫人看了笑话你！"

嘴上虽这么说，心里却还是透着喜欢，一遍遍地将头发、瞧脸。

孩子从小长到这么大，从没和自己分开这么长时间过，这大半年，她在家点灯熬油，起先又找不见一个能传口信儿的人，不知道姑奶奶在宫里，被人挤对成什么样了。

后来她升了嫔，打发人回来传话，自己又担心，福海的事会不会牵累她。都说登高必跌重，皇帝的脾气也不知怎么样，槛儿又是个直撅撅的死脑筋，万一要是惹得雷霆之怒，那得长多少个脑袋，才够人家砍的啊！

所幸……万幸，她一步步走到现在，还全须全尾的呢，难为皇上担待她。老太太在家给菩萨磕了无数个头，多谢菩萨保佑，家里所有人到现在都还留着命。尤其是知愿，据说有了那样好的安排，老太太和福海福晋在家痛哭了一回，总算不必再牵肠挂肚，担心她受无边的苦了。

"你都好好的吧？"老太太问，上下打量她，"胖了，小脸儿见圆，是不是遇喜了呀？"

颐行红了脸："也没您这么问的呀，上来就遇喜。"她扭捏了一番，"哪能那么快呢，这才多少时候。"边说边搀着老太太进了东暖阁。

老太太在南炕上坐定，四下瞧瞧，对孩子的住处很是满意。听她这么说，才想起来，哦了声道："对了，你进宫时还是个孩子，这会子怎么样，来信儿了吧？"

颐行咧着嘴，心想有这么个妈，人生路上可还有什么难事苦事呢，便应了声是："在承德时来的，一点儿没犯疼，我还跑马来着。"

老太太说那敢情好："这宗像你阿玛，当初他为了吃臭干儿，生着病还骑马上朝阳门外现吃去呢。咱们尚家人最不怕艰难险阻，只要瞧准了奔头，天上下刀子也敢往前闯！"

颐行听得讪讪："怪道我阿玛走得早，别不是为了吃臭干儿作下的病根吧？"

老太太说那倒不是："他没病没灾的，平时身底子好着呢，说没就没了，想是寿元到了，福享满了，该走就走了。"

老太太对老太爷的故去，倒不显得有多难受，照她的话说，尚家后来经受这些风浪，又是抄家又是贬官的，干脆早走了，也免于受那些苦。

"今年年头上我还在想，你得进宫应选，要是被人硬留下苛待了，我可怎么向你阿玛交代。好在如今你有了自己的福分，知愿那头也不算坏……"老太太话又说回来，"姑爷是个什么人啊？哪个旗的？"

颐行说："上工旗的，阿玛是河营协办守备，从五品的官，要是大哥哥在，没准儿还认得他们家呢。"

老太太哦了声："是武职，甭管有没有交情，能待我们知愿好就成。只是一桩可惜，怀着身子不能在娘家养胎，来日临盆身边又没个亲人……"

老太太又要抹泪，被颐行劝住了："姑爷待她好，自会小心料理的。现如今事儿才出了不多久，不能正大光明回京，等年月长了，该忘的人把这事儿都忘了，到时候谎称是远房亲戚入京来，又有谁会寻根究底。"

老太太想想，说也是："如今就等着你的好信儿了。"

这个祈愿和太后不谋而合。

老太太进宫来，这事早就回禀过太后，在永寿宫不能逗留太久，就得上太后跟前请安回话。

颐行陪着老太太一块儿进了慈宁宫，当年太后曾陪先帝爷下江南，和老太太也算旧相识，因此走到一块儿就有说不尽的话，忆一忆当年风华正茂，聊聊江南风土人情，还有孩子们小时候的趣事。颐行反倒一句都插不上，只是笑着看她们聊得热闹。

太后发了话："太福晋在宫里多住两天吧，一则解了皇贵妃恋家的心，二则也陪我解解闷子。"

这是赏脸的事，老太太没有不答应的，忙起身蹲安，谢太后恩典。

太后含笑压了压手："又没外人，犯不着拘礼。"一面扭头吩咐颐行，"你去瞧瞧你主子得不得闲，让他晚间上这儿用膳来。"

颐行起身说是，这就蹲了安，上养心殿传话去了。

绕过影壁，见那个熟悉的身影在梅坞前，正负着手弯着腰，不知在琢磨什么。

她走过去瞧，顺着他的视线，看见台阶前的砖缝里长出一棵树苗来，她纳罕地问："天都凉了，怎么这会子长出来？养心殿前不栽树，把它拔了吧。"

她说着，就要上手去拔，到底被皇帝拦住了。他一脸高深莫测，边说边指了指这小苗苗根部："你瞧，这可不止一棵，是两棵，双伴儿啊！照着叶片来看是海棠，你想想，双生的海棠……"他眨了眨眼，"多好的兆头！"

颐行古怪地瞅瞅他："您是说……"

皇帝没言声，朝她的肚子递了个眼色，微微笑了一下。

颐行了然了，果然人有多大胆，地有多大产。虽然宇文家和尚家基本都没有生双伴儿的先例，但有梦想就是好的，有梦想耽误不了吃饭。

"那就留着，命人好好看护。"她拽了拽他的袖子，"爷，我打太后那边过来，我额涅进宫了，太后说今儿夜里一块儿用膳。"

皇帝一凛："我今儿夜里辟谷，不吃饭了。"

"为什么呀？"颐行道，"从没听说您有修道的打算啊，说话儿就不吃饭，太后该着急了。那您不吃归不吃，见一见我额涅吧，她好容易进一趟宫。"

结果皇帝脸上有为难之色："我……也不想见。"

这么一来，老姑奶奶就不大高兴了："这是什么意思呀？光要人家的闺女，却不愿意见长辈？"

皇帝说不是，那俊眉秀眼，看上去比平常要滑稽些，支吾了再三才道："头回前皇后会亲，太福晋进来，我见过。第二回你会亲，我再见，这身份有点儿乱。"

颐行听完嗤笑了声："乱什么呀，您的辈分见长，不是好事儿吗？再说您是主子，见谁都不带露怯的，怕什么。"

皇帝牵住她的手，拇指在她手背上轻抚，低头说："你不懂，我心里紧张。"

老姑奶奶对他又生怜爱，说没事儿："我额涅人很好，听说了知愿的事儿，夸您是天上地下第一好人，旷古烁今第一明君。"

皇帝很惊讶："这么高的评价？你额涅真这么说的？"

反正大差不差吧，颐行使劲点点头："就是这么说的。"

万岁爷虽垂治天下，但有时候也需要鼓励。她说了一通好话，他见老太太也有底气，席面上敬了老太太两杯酒，感谢老太太生了这么好的老姑奶奶，替他打理后宫，打理得井井有条。

太后呢，意有所指地嗟叹："今儿热闹不热闹？虽说热闹，可还是差点儿什么。"说完瞅瞅太福晋。

太福晋一味地点头，明白太后的意思，话不大好说，毕竟催促起来不光催一个人，这皇帝女婿三宫六院那么老些，总不好说你见天儿地独宠我闺女一个，保准怀上孩子。

皇帝则说得有鼻子有眼："年前必有好信儿，额涅别着急。"

可颐行算算时候，好像不大靠谱，再有两个月就该过年了，虽然皇帝不辞辛劳，成效确实是不大好。

老太太的意思却和太后不一样，回到永寿宫说："这种事儿急不得，有没有的，全看老天的安排。要照我说，你年纪还小，晚些生孩子，对你的身子骨有益，总是长结实了，多少孩子生不得。"

银朱在一旁打趣："老太太，主儿过年就十七啦，十七岁上遇喜，十八岁生孩子，不是正好吗？"

老太太笑道："万岁爷盼着年前有好信儿，你倒说十八生孩子，难不成怀的是个哪吒！你们啊，年轻姑娘不会算时候，等将来配了夫婿，就都明白了。"

把一屋子姑娘都闹了个大红脸。

可事儿就是那么赶巧，二十四，掸尘日，一早上各宫来请安，颐行坐在上首，仔细吩咐洒扫事宜。又说起后儿各处贴门神、门对子，贵妃仔细算计着呈禀："东中西三路，通共有门神一千四百二十一对，门对一千三百七十七……"

原本说得好好的，上头的老姑奶奶"呕"的一声，吓得贵妃顿住了口。

大伙儿面面相觑，不知皇贵妃这是怎么了。正要问安，就见她拿手绢捂住嘴，惊天动地地干呕起来。

这是遇喜了？还是吃坏肚子了？众人惶然从座上站起来，看着永寿宫的人宣太医进门。

到底人家是皇贵妃，等同副后，有点子风吹草动，殿顶差点儿没掀起来。那错综的脚步，那往来的身影……怡妃摸了摸额头，觉得有点儿眼晕。

太医歪着脑袋，全神贯注给老姑奶奶切脉，老姑奶奶白着脸，崴在那里气若游丝。

贵妃在一旁看着，捏着帕子问："韩太医，究竟怎么个说法？"

韩太医琢磨了半天，那张千沟万壑的脸上扬起了笑模样："嗨呀，有好信儿！"说着站起身拱手长揖，"皇贵妃遇喜，臣给您道喜啦！"

大伙儿紧绷的精神，豁然就放松了。

几家欢喜几家愁啊，怡妃的感想是自己先前的预料原来是错的，皇上好好儿的，还让老姑奶奶怀了身子，那好几个月的亏空，到底闹的什么呀？

余下的人呢，眼红、心酸、不是滋味儿。

世上真有这么顺风顺水的人，虽说初进宫时被恭妃算计着在尚仪局窝了两个月，可没过多久就赏了答应位分。这一开头，那可了不得了，后头接二连三晋封，从嫔到妃再到皇贵妃，别人十几二十年积攒的道行，她几个月就凑满了。

满以为到了皇贵妃位分上，好歹踏踏实实干上三年五载的吧，兴许中途忽然又选继皇后，也让她尝尝交权受挫的苦。可人家的运势就是那么高，在皇太后日夜盼着皇嗣的当口上遇喜，隔上几个月添一位小阿哥，到时候再彻底当上皇后，简直可说毫无悬念。

往后还拜什么菩萨啊，大伙儿灰心地想，拜老姑奶奶得了。

太医一公布好消息，永寿宫就炸了锅，银朱欢天喜地说："奴才让荣葆上养心殿报喜去！"

院儿里的太监们终于也得了消息，管事的高阳含着笑，隔门问："娘娘，慈宁宫那头，要不要也打发人过去回禀一声？"

颐行哎了声："谙达瞧着办吧。"

高阳一走，众人才回过神来，乱糟糟地向她行礼，说恭喜贵主儿，贺喜贵主儿。

有了身孕的人得静养，众人不宜叨扰，反正不管心里什么想头，待道过了喜，就纷纷告退了。

出门时候，正遇见皇上火急火燎赶来，大伙儿忙又退到一旁见礼，那位主子爷潦草地摆了摆手，就和她们错身而过了。

果真有宠和无宠就是不一样，大家望着皇上的背影兴叹，以前还勉强一碗水端平呢，如今可好，不把她们碗里的水全倒进老姑奶奶碗里，就不错了。

不过也有盼头，大家嘴上不说，心里美滋滋地想，老姑奶奶这回遇了喜，那块绿头牌总该撤下去了吧！信期里头老姑奶奶歇着，皇上也歇着，三五天的没指望也就罢了。如今怀孕生孩子少说得一年半载，皇上总不见得跟着坐月子吧！

那厢呢，皇帝捏着颐行的腕子，费劲地背诵《四言举要》："少阴动甚，谓之有子，尺脉滑利，妊娠可喜……"

其实他也隔三岔五替老姑奶奶诊脉，这两天因年尾事忙疏忽了，没承想这一疏忽，好信儿就来了。说实在话，那些太医的医术，他一直觉得不怎么样，遇上这么大的事，总得自己把过了脉才能放心。

老姑奶奶口中的全科大夫真不是浪得虚名，他边把边念口诀："滑疾不散，胎必三月，但疾不散，五月可别……"

颐行巴巴儿看着他："您别光念叨，到底多大了呀？什么时候坐的胎？多早晚生呀？"

皇帝没有胡须可捻，摸了摸下巴："照着日子算，应当是回宫后怀上的。滑为血液，疾而不散，乃血液敛结之象，三月差点儿意思，但也将满了。眼下在腊月里，按时间推算，明年六七月里生。"

颐行托着腮帮子，有些不称意："六七月里，正是热得发慌的时节啊，不能扇扇子，也不能用冰，可不得热死了。"

皇帝说哪里就热死了："月子里受了寒要作病的，反倒是暖和些，对身子好。再说孩子才来世上，穿得厚重多难受，还是穿得单薄些，养好了皮肉，等天儿凉了穿上夹袄，才不至于弄伤了小胳膊小腿。"

颐行听了，倒觉满满的窝心。本以为他是干大事儿的，乾坤社稷独断，对于那些细枝末节不会太上心，没想到他还知道这些，可见说男人不懂，全是那些不得重视的女人用来安慰自己的无奈理由。那个人要是真在乎你，别说看顾你，但凡他有这个本事，连孩子都愿意替你生了。

于是伸出胳膊挂在他脖子上："万岁爷，咱们总算有孩子啦。"感慨活着真是个奇怪的轮回，还记得自己小时候四处撒欢呢，这就要当别人的额涅了。

皇帝抱她一下，很快把她的手拽了下来："让我再瞧瞧，是男孩儿还是女孩儿。"

验收成果的皇帝一本正经，把完了左手把右手，口中继续念念有词："左疾为男，右疾为女……"似乎遇到了一点难题，呃摸再三，不停轮流换手，最后怔忡地看着她说，"左右手没什么差别……槛儿，你别不是真怀了双伴儿吧！"

颐行吓了一跳："还是一男一女？"

两个人大眼瞪着小眼，都觉得惴惴，都觉得不可思议。

这时太后恰好进来，听见他们的话，不管三七二十一先仰天拜起佛来，嘴里絮絮说："这是几世里的造化啊，一来就来一双！皇帝你再仔细瞧瞧，瞧准了我要上奉先殿告诉你阿玛去。这可是双生啊，咱们宇文家还没有过呢，得去告慰列祖列宗，让他们也高兴高兴。"

颐行站起身来蹲安，笑着说："月份还小，且看不出呢，万岁爷这会子怕也不敢确定就是双伴儿。"

太后托了下她的胳膊，示意她免礼，一面道："那可未必，皇帝打小儿爱钻研医术，人又机灵，只有他不愿意干，没有他干不好的事儿。"太后把儿子一通狠夸，可夸完，又觉得有点歧义，三个人都不免有些尴尬。

横竖太后是极称意的，对颐行说："宫里已经三年没添人口了，就等着你这一胎。不拘是儿是女，都是天大的好事儿。如今什么都不去想，什么都不用过问，好好养胎要紧。"说着欢喜地上下打量她，感慨着，"真好啊，要真是个双伴儿，我还求什么呢，将来一个孙子，一个孙女，我可高兴都高兴不过来了。"

话虽这么说，颐行终究不敢断定，能怀一个就已经不错了，怎么还能怀一双呢。

谁知这话和老太太说了，老太太一拍大腿道："尚家上辈儿里真有怀双伴儿的！嫁到车臣汗部去的那位老姑太太，她和穆宗慧怡贵妃是姐妹，不过一个才活了二十就没了，后世里也不常提起，所以你不知道她们是双生。"

颐行讶然蒙了半天："还真有老例儿啊！"可瞧瞧自己的肚子，并不显大，横竖是双生，那是意外之喜，要是独一个，也是大圆满。

临近年关，各宫洒扫得都差不多了，有主位的宫苑自然有人把关，唯独钟粹宫，因知愿被废，又没有再提拔新任皇后，那里就一直闲置着，只留两个老太监看守。

"我进宫来这么长时候，还没去那儿看过。"颐行冲含珍说，"眼瞧着要下雪了，咱们过去瞧瞧，没的看屋子的不尽心，哪里砖瓦墙头坏了，也没个人禀报。"

含珍说是，替她披上了乌云豹氅衣，一头搀扶着她，慢慢走下台阶。

从永寿宫到钟粹宫，隔着挺远的距离，含珍担心她走得过多，动了胎气，便道："主儿稍等会子，奴才去传一顶小轿吧，主儿慢慢过去，不着急的。"

颐行说不必："哪就这么金贵，连路都走不得了。咱们散过去，一路还能串门子，走累了，就上各宫去坐坐。"

含珍没法儿，只得陪着她步行过东六宫。

天是真要变了，乌云沉沉压在头顶，这紫禁城的红墙也显见地暗淡下来。颐行拢着狐裘的暖袖，和含珍走在笔直的夹道里，曼声说："我还记得进宫那天的情景呢，这一眨眼的工夫，都快一年了。细想想，这一年怪忙的，经历了这么多事，结交了这么些人。"边说边扭头看含珍，"我早前问过你来着，将来愿不愿意出宫，你如今还是没改主意？"

含珍说："咱们这种捧过龙庭的人，上外头去眼高于顶，能瞧得上谁？我进宫好些年了，家里老辈儿的人都没了，回去也是兄弟当家，我可瞧不惯弟媳妇儿的脸色，还是留在宫里的好。"

颐行听了，慢慢点头："早前咱们无权无势的，怕出去安顿不好下半辈子，你愿意留在宫里也由你。如今咱们到了这个位分上，你要是愿意自立门户，我没有不帮衬你的。身边的人，我都愿意你们过得好，未必干一辈子伺候人的差事。你还年轻呢，成个家呀，有自己的孩子，有这些想法都是人之常情，不必为了我，耽误自己一辈子。"

含珍挽着她的胳膊，笑吟吟地说："我的命，是您和万岁爷救回来的，没有您二位，我早就埋进野地里了，哪里还有今儿！您问我去留，我知道您是心疼我，不愿意我在宫里蹉跎一辈子，可我说要留宫，也是实心话。到底我们这号人，除了伺候主子，没旁的本事，您把我搁到宫外，我要找事由，还不是给人做管事，做嬷嬷，与其伺候那些主子，我不伺候娘娘，倒是傻了。您呀，就甭为我操心了，哪天我要是改了主意，自会和您说的。您别担心我会委屈了自己，其实我在宫里才是享福呢。您瞧，我如今是阖宫最大的姑姑辈，下头还有小宫女伺候我，说我是奴才，我也顶半个主子，这宫里没有苛待我的地方。"

颐行听她说完，心里才略感踏实了点儿。

其实她也不愿意她出去，自己身边贴心的就只有含珍和银朱，银朱将来是必要走的，家里阿玛还等着给她找好人家呢。含珍再一去，那只剩下自己一个人了，心里该多空啊。

可勉强留她们在宫里，对她们来说太残忍，自己也开不了这个口。最可喜的当然是她们出于自愿留下，那么余生有人相伴，有个能说悄悄话的小姐妹，也是一桩幸事。

颐行很高兴，握了握她的手再三说："要是有了自己的打算，千万别忌讳这忌讳那，一定和我说。"

含珍笑道："您放一百二十个心，我要是出去，还得讨您的赏呢，哪能就这么悄没声儿地走了。"

说话到了钟粹宫前，守门的上来点头哈腰请人进去，一再地说着："奴才们尽心伺候院子，半点不敢松懈。娘娘进去瞧吧，到处干干净净的，咱们见天儿洒扫，诚如前头娘娘在时一样。"

颐行提着袍子迈进正殿，地心儿那张地屏宝座还在那里，两侧障扇俨然，只是长久没人居住，屋子缺了人气，显得生冷。

往东梢间去，那是知愿以前的寝殿。

镶嵌着米珠的凤鞋迈进门槛，站定后一眼便看见了东墙根儿那件抻在架子上的明黄满地金妆花龙袍。虽说皇贵妃的行头多是按照皇后规制来的，但细节处为显尊卑，还是稍有区别的。

那密密匝匝的平金绣，晃得人睁不开眼，就算外头天色晦暗，也不能掩盖这袍子的辉煌。

颐行看着它，端详良久，眉眼间慢慢升起了艳羡之色，和含珍笑谈着："怪道人人想当皇后，这尊荣……就算我位及皇贵妃，也还是比不了。"

她伸出手，轻轻触了触朝冠上欲飞的累丝金凤，还有冠顶巨大的东珠，层层叠叠的堆砌，看着真是富贵已极。

这世上，怕是没人能拒绝这种诱惑，颐行曾经觉得，进宫的初衷只是晋位皇贵妃，捞出知愿和哥哥，可如今站在这煊赫的凤冠霞帔前，才发现人的欲望是无止境的。

她扭头冲含珍眨了眨眼："我想当皇后了，就为这身行头。"

含珍抿唇一笑："这么尊贵的衣冠，这些年一直架在这里，不正是等着您的吗？"

所以说万岁爷是个有心的人啊，就因为小时候的惊鸿一瞥，他步步为营走了这么些年。还说什么起先只是因为记仇，颐行决计不相信，他分明就是打小觊觎她，只是碍于紧要关头年纪凑不上，这才悻悻然作罢。

因此夜里她狠命地缠着他问："钟粹宫的行头，为什么这么多年还没收走？"

皇帝和风细雨款摆着："搁在那里也不碍事，就放着。"

她说不对，扳正了他的脸："您得和我说实话。"

这时候，偏要计较那些，实在很没有意义。

皇帝定住腰身问她："你不痛快吗？"

他所谓的痛快，自然不是心理层面上的，是身体上的。

她哼哼唧唧说挺痛快，虽然不能像早前那么狂妄蛮干了，但这小小子儿在夹缝中也有生存之道，可以另辟蹊径，照旧笃定地快乐着。

六宫那些盼着她养胎的妃嫔，真是失望坏了，谁能想到她怀着身孕，"禽兽不如"的皇帝也不肯放过她。她曾据理力争过："我都这样了，您还不歇着吗？"

皇帝说："三个月内不能妄动，你三个月都满了，留神点，不要紧的。"

这是老天垂怜他吗？一诊出来就已经三个月了。好在孩子结实，稳稳在她肚子里，即便阿玛年少轻狂，也没对他们产生丝毫影响。

老姑奶奶微微抬了下腰，喜欢得皇帝直抽气儿。

"您说，到底为什么呀，不说明白……"她摆出了要撤退的架势，急得他一把揽住了她。

　　"就是为了激励你。"他亲亲她，实在没办法，老实把话都交代了，"我知道你早晚要进宫的，那套行头……刻意没让收起来。原想安排你进钟粹宫看房子，没承想你后来给罚到安乐堂去了……我等不及，只好扮太医和你私会。"

　　果然是放长线钓大鱼，老姑奶奶晕乎乎地想，为了彰显她的满意，抬手掐了他一把。

【正文完】

番外·
知愿篇

　　生于望族，记事以来没受过半分苦，家里头历来有重视姑奶奶的规矩，底下几个弟弟对她言听计从，父母疼爱，祖母宠溺，长到十六岁那年被选为中宫……细数知愿的人生，没有任何不足。

　　尚家的女儿，历来都是进宫的命运，但也正是因为这种早早被规划好的一生，无端让她感到压抑。

　　她甚至不用参加选秀，只在中秋那天受皇太后召见，随祖母入宫给皇太后磕了头，第二天礼部就送来好些赏赐，并一把金镶玉如意。内府总管很明确地转达了太后的美意，说皇上到了立后的年纪，理应大婚，以正社稷。大姑娘和皇上年岁相当，人品贵重，进退得体，且尚家祖辈上多和皇族联姻，大姑娘的生辰八字有母仪天下之象，请贵府做好准备，择个黄道吉日，恩旨就会送达府上。

　　额涅替她梳头的时候，絮絮说着："我们尚家姑奶奶做皇后，已经是前几辈的事儿了，也该再出一位巩固家业才好。只是你一向长在我手里，我又只有你一个姑娘，心里实在舍不得。上年朝廷发旨让你阿玛做京官儿，我就知道有这么一天，既来了京里，也不碍的，横竖离得近，咱们娘俩儿想见一面，也不是多难的事。"

　　知愿意兴阑珊，她对当年的太子爷有些印象，那时候就因为姑爸当众的一句话，太子爷人尽皆知，甭管他长得多好看，反正不妨碍大家背后掩嘴笑话他。

　　六年过去了，当初闹笑话的少年已经变成皇帝，自己还得嫁给他，这让她有些不情愿。

"按着长幼辈分，该轮着姑爸，不该轮着我。"知愿垂眼说，黄铜镜里倒映出一张年轻娟秀的脸。她觑觑额涅，犹豫再三道，"我不想做皇后，上回跟着太太进宫，那些繁文缛节闹得我脑仁儿疼。"

做母亲的哪能不知道闺女的脾气，知愿擎小儿就有主张，她有跳脱的思想，不服管，这点和先头老太爷很像。

可女人的一生，终究和爷们儿不一样，要是个小子，不管从文还是从武，都由她自己定夺。做姑娘呢，父母之命媒妁之言，只要找的女婿够格，对娘家家业有帮助，那么就嫁吧，没什么可打价¹的。

额涅的眼皮缓慢地眨动几下，带着苍凉的声口说："可着大英地界上问，哪家的姑娘不愿意当皇后？别人家求都求不来的事儿，你倒挑拣？你姑爸虽是你长辈，可她年纪小，宫里头不认，这才选定了你。天意不可违，咱们家多大的脑袋胆敢抗旨不遵？问问你阿玛，你要说半个不字儿，非打折了你的腿不可。再者，你兄弟们大了要入仕，仗着你的排头，将来都是国舅爷，不说皇上格外抬爱，就是搁在外头，谁又敢不高看一眼？为了家里头，无论如何你都得进宫，也不枉阖家疼你一场。"

谁说女孩儿身上没有振兴家业的重担？以前她不明白，为什么祁人家如此重视姑奶奶，到现在才醒过味来，因为女孩儿前途不可限量。尤其尚家，姑奶奶们不是皇后就是贵妃的命格，女儿帮衬家里，远比儿子更实际。

无可奈何，最终封后的诏书还是来了，知愿一个人呆呆地在屋子里坐了好久，人也像被冷冽的空气冻住了。

临近傍晚时，她去瞧了老姑奶奶一回，老姑奶奶正忙着剪窗花，歪着脖子拧着眉较劲。十二岁的丫头片子，年纪小但辈分高，在家里受尽了子侄辈的尊敬，因此见了她，瞥了一眼，老神在在地说："来了？"很有长辈风范，完全不在乎她是不是就要当皇后了。

"姑爸，您还记不记得早前在江南时，咱们家接驾的事儿？"知愿坐在炕桌另一边问。

老姑奶奶说记得："那会儿的菜色真好，芙蓉黄金糕，做得比现在的厨子妙。"

"不是那个，"知愿说，"我问您还记不记得在我们家尿墙根儿的小子？"

1　打价：还价。多用于否定。

老姑奶奶琢磨了半天："六岁那年的事儿，要全记住挺费劲，不过我听说了，你要嫁给他，人家如今是皇帝老爷啦。"

知愿沉默下来，点了点头。看着老姑奶奶胖嘟嘟的脸，喃喃自语着："我要是能一直留在家多好，我还想和您一块儿读书呢。"

老姑奶奶一脸懵懂："别介啊，读书多没意思，进宫当娘娘就再也没人考你课业了，上回你背书不是没背出来吗？"

知愿讪讪闭上了嘴，对于不爱读书的老姑奶奶来说，只要能免于上课，就算发配进深宫，也不是多可怕的事。

这就是少年不知愁滋味吧！她的苦闷想找老姑奶奶排解，基本就是没门儿。

反正诏书下了，该进宫还是得进宫。照着老姑奶奶的想法，受了封就再也不必背书了，也算是件幸事。

大多时候，人躲避不开命运，得学着妥协，从无尽的顺从里品咂出不一样的滋味来。

大婚的日子一天天临近，宫里为迎娶皇后预备的聘礼一担担往尚府上送，几乎把她的小院儿堆满了。到了正日子，宫里来的嬷嬷替她梳妆打扮上，吉服、朝冠、朝珠，一重重往她身上加，霎时一个不起眼的女孩子变成了庄重威严的皇后，只等吉时一到，就登上凤辇，直入中华门。

家里老太太和老姑奶奶来送行，先行国礼，向皇后磕头跪拜。知愿红着眼睛把她们搀扶起来，才要说话，就听见门上传来击节声，是催促皇后出门的信号。

离别在即，往后要见一面就难了，她须拜别家人，便一一向长辈们磕头辞行。

老太太和额涅抹着眼泪，她们心里不舍，谁愿意把含辛茹苦带大的孩子送进宫去呢，再大的荣耀也缓和不了骨肉离别的痛。

老姑奶奶却是个异类，她说："宫里人比咱们家还多，见天儿赶集似的多热闹，你哭什么！"

知愿被她一说，真有点哭不出来了，最后重新上了妆傅了粉，捧住苹果盖上盖头，在女官的搀扶下迈出了家门。

帝王家办喜事不兴喧哗，皇后车辇经过的一路拿明黄色的帐幔围了起来，两侧禁军把守着，除了迎亲的仪仗，没有一个闲杂人等。

因盖头遮挡了视线，知愿闹不清究竟走的哪条路，只知道车辇进午门后，在铺满红毡的中路上走了好久。那些簇拥着她的导从命妇将她送入交泰殿，再换恭待命妇，小心翼翼扶她坐进八人孔雀顶轿，向北直入坤宁宫。

依旧什么都看不见，盖头得等着皇帝来揭。在行礼之前她得坐帐，只看见身下喜床上满目红绸百子被，脚踏前铺陈着五彩龙凤双喜栽绒毯。一切都是红的，红得那么鲜焕，红得那么热闹，红得那么令人惶恐……

终于，门上有人进来了，一双缉米珠金龙靴停在脚踏前。知愿的心都快提到嗓子眼了，连全福人的吉祥唱词都没听清。

不多会儿，一根秤杆伸到面前，将盖头挑了起来。她到这会儿才看见喜房内的全景，到处都是赤红色的，两盏五尺多高的囍字大宫灯，把整个洞房照得煌煌。皇帝就站在她面前，一身大婚用的吉服，领上以黑狐毛镶绲，衬出白静的脸庞和明澈的双眼。他长得那么好看，可惜不苟言笑，只是短暂打量了她一眼，便转身和她并肩坐了下来。

十八岁的皇帝，正是意气风发的年纪，但他较之一般的青年更沉稳，想必这就是所谓的帝王风度吧！

合卺宴菜色考究，由四位福晋伺候喝交杯酒、进餐，皇帝始终垂着眼，不知是对这桩婚事不满意，还是对这个新娘不满意。

好在最后给事宫人和恭侍命妇都退下去，他才稍稍活泛起来，问她今儿累不累，明后天还有接连的大宴，文武百官和各国使节要向皇后进笺称贺，皇太后要设宴款待公主、福晋和皇后母家。

知愿原本很紧张，和他交谈了几句，心里反倒平静下来。他的长相和脾气还同小时候一样，据阿玛的说法，皇上的性格很温和，待谁都有耐心，她嫁进宫，就算做不到夫妻恩爱，凑合一个相敬如宾还是可以的。

起先她将信将疑，确实不敢肯定能不能和皇帝过到一块儿去，但因他大婚当晚几句嘘寒问暖的话，让她信心陡增。可是……慢慢她发现，皇帝确实是个好皇帝，好丈夫，但他不是她一个人的。他对待三宫六院一样温存，一样有耐心，虽然很多方面给了皇后足够的尊重和体面，但他有他的责任，在他的第一位皇子降生时，知愿觉得自己和皇帝可能更适合做朋友，并不适合做夫妻。

有时候她也和他聊聊心里话，皇帝是个很好的聆听者，他愿意替她解决很多麻烦，尽量让她在宫里活得舒坦。但这宫廷太大，规矩太多，人际复杂，对于自小娇养的尚家姑奶奶来说，应对起来很吃力。譬如寻常的宫务，一应都要她拿主意，她举棋不定的时候，太后倒也和颜悦色，只说："让裕妃和怡妃她们多出出主意吧，你一个人，难免有管不过来的时候。"

要被比下去了，她心里焦急地想，虽然左右嬷嬷和大宫女常为她出谋划策，可信心这东西，一旦打破了就很难重建。

她开始疑神疑鬼，觉得那些嫔妃在背后取笑她，一个连家都当不好的皇后，算什么皇后！太后那头的态度，似乎也有了些转变，她敏锐地察觉，太后宁愿和那些嫔妃说话，也不怎么愿意搭理她了。加上两年了，她的肚子始终没有动静，恐怕连太后也开始后悔当初的决定，不该让她来当这个皇后。

越是疑心，越是不安，她开始夜夜难寐，大把地掉头发。皇帝和她的情说不上浓，初一十五例行来看她，见她精神恍惚，让专事替自己诊治的太医来替她瞧病，一再地宽慰她，心里有事大可和他说，一应由他来解决。

她嘴上应了，心里却更加彷徨，这后宫的一切都是自己的分内，总不好男人处理了朝政，再来替她处置宫务吧！

"我好像，不大适合当这个皇后。"她灰心的时候和贴身的宫女说，"这会子特别想回家，要是还没出阁，那该多好。"

结果没过多久，就传出了阿玛贪污舞弊的消息。

家被抄了，阿玛也因罪被贬乌苏里江，尚家一夕之间从天上坠落进地狱里，她更加如坐针毡，勉强支撑了几天，每夜都会从噩梦中惊醒。她觉得不能再这么下去了，她不敢想象那些嫔妃在背后是怎么议论她的，这宫里多待一天，对她来说都是折磨。

所以她找到皇上，直截了当说："我愿意让贤，求求万岁爷，废了我吧！"

皇帝显然没想到她来找他，竟是为了对他说这些，一时怔在那里，不知该怎么应对她。

知愿声泪俱下，把入宫至今日日生活在焦躁中的心情告诉他，摇着头说："我再也忍不住了，我不能再在这牢笼里待下去了，我要走，我要离开这里，走得远远的，再也不回来了。"

皇帝的眉慢慢拧起来："你的意思是，对这紫禁城，对朕，没有半分留恋？你一心想走，想去过你自己喜欢的日子，是吗？"

知愿愣愣地看着他，看了半晌点头："我们尚家获罪，我阿玛等同流放，我还有什么脸面继续坐在后位上？这满后宫的女人，哪一个不比我家世清白，经此一事，恐怕再也不会有人服我了，我还当这皇后做什么，招人笑话吗？"

皇帝看着她，她脸色苍白，瘦骨嶙峋，实在不明白，当他的皇后为什么会让她感觉如此痛苦。如果继续强留她，也许用不了三个月，就该为她大办丧事了……

他想了又想，最后长出了一口气："朕可以答应你，但你出宫后的一切须由朕安排，不得对外泄露自己的身份，没有朕的允许，不得踏入北京城半步。"

她自然满口应允，只要能让她走出这个牢笼，不管什么条件，她都能接受。

其实她是自私了，也可能是她胆小懦弱，居然完全没有想过该怎么搭救阿玛。

她不顾一切地走出了紫禁城，在去外八庙的路上遇见一场大雨，她站在雨里痛哭流涕，不知道自己为什么会走到这一步。现在的自己，哪里还有半点尚家人的风骨，一味地逃避，像丧家之犬。名声、尊严、威望、回头路……什么都没有了，注定一条道儿走到黑。

经历初被废黜的短暂轻松后，又落进了另一个无奈的深渊，不知道孤零零在外八庙，怎么才能有命活下去。

就在她大哭的时候，身边一直有个人替她打着伞，面无表情地笔直立在一旁。从她开始抽泣，一直陪她到哭完，中途没有说一句话，甚至连安慰都不曾安慰她一下。

她奇怪地扭头看他："你是谁？"

车厢一角的风灯照亮他青白的面皮，他垂着眼，雨水顺着他的睫毛和鼻尖流下来，他有一双深邃的眉眼，虽然她已经不再是皇后，他也依旧保持着对她的尊重，垂袖道："回娘娘话，奴才是前锋营三等蓝翎侍卫蒋云骥，奉旨护送娘娘前往承德。"

这么一来她倒不好意思继续哭了，自己淋雨不多，却连累这个侍卫一身湿。

"你去换身衣裳吧。"她难堪地说，指了指车辇，"我上去了。"

蒋云骥这个名字，其实并未给她留下多深的印象，只记得是他带的队，到了五道沟，一应也是由他来安排。

要重置一个家，大到房产屋舍，小到家什摆件，桩桩件件都得操心。知愿是油瓶倒了都不知道扶的大小姐，她也想自己安排来着，可惜插不上手，只好站在檐下干看着。

蒋云骥没有祁人大爷的傲性，他细腻、温文、知进退，向她回事的时候，连眼皮都不敢抬一下，张口闭口全是娘娘。

知愿很感激他，亲自捧茶给他，他退后一步，恭敬地弯腰承接，在他面前，她永远是不可攀摘的主子娘娘。

后来他来往于京城和承德之间，有些情愫暗生，但是谁也不敢捅破，毕竟一个是曾经的皇后，一个只是不起眼的三等虾。

他们保持着适当的距离，蒋云骥每回来，都替她解决一些不平的琐事，譬如一个女人自立门户后遭遇的种种，当地乡绅的刻意欺凌等。男人的解决方式就是动武，一刀插在人家供奉祖宗牌位的高案上，随行的侍卫将乡绅家围得水泄不通。

乡绅见来人穿着公服，腰上别着牙牌，自然不敢造次，嘴上圆滑地推诿，结果被蒋云骥一脚踢翻了。

"爷是干什么吃的，睁大你的狗眼看清楚！你欺负得人好啊，打量没人撑腰，你要反了天了，这家私全并入你账下，可好不好？"一面说，一面抽刀就朝人脑袋上削，幸好那乡绅缩得快，只把头顶发髻削秃了。他错牙冷笑，"今儿留着你的狗命，适逢菩萨生日，不宜见血。要是再有下回，你就洗干净脖子，赗等着离缝儿吧！"

说完一挥手，说"走"，带来的侍卫们呼啦啦全撤出去。一个土豪乡绅哪见过这阵仗，顿时吓晕了，后来再没找过她麻烦。

"一个家，总得有个男人才好……"知愿坐在圈椅里喃喃自语。

当初在跟前伺候的人，全都破例放出去了，她是到了外八庙才重新买的使唤丫头。民间穷家子的孩子，伶俐的不多，难得挑出来两个，答话也有一茬没一茬的。

"没错，男愿有室，女愿有家，这是老例儿。少奶奶您孤身好些时候了，再找个人，谁也不会笑话您的。"

小丫头说话不知道拐弯儿，但正中她的心事。那晚她预备了酒菜说要和他共饮一杯，灯下的蒋侍卫手足无措，面红耳赤。原本他对她也有意，只是不敢存心冒犯，后来借着酒劲儿盖脸，就留在她房里了。

自打有了那层关系，他的心境就变了，相爱的两个人，总要图一个长久。他越性儿借着身子不好，把侍卫的差事卸了，到五道沟来，便于日夜守着她。

知愿说："我把你的前程都给毁了，你在我跟前，一辈子得跟我隐姓埋名，我怪对不住你的。"

云骥笑了笑："小小的蓝翎侍卫，得混多少年才能攀上二等侍卫！您没毁我前程，是给了我一个更远大的前程。"

他们之间的对话永远是这样，云骥对她尊称"您"，在他眼里知愿亦妻亦主。

后来没多久，她的肚子有了动静，那刻真是说不出的五味杂陈，好像活到今儿，才知道自己究竟为什么活着。

云骥的买卖做得挺好，从小及大，一点点积攒起家私来，不动她从宫里带出来的分毫。他说养家糊口是男人的责任，连老婆孩子都养不活，也不配活着了。

她就安安心心待产，中途听说了京里的消息，说她那老姑奶奶进宫当上了纯妃，跟着皇上来热河避暑了。

她心里一时七上八下，尘封了快三年的记忆又被唤醒，不知道自己如今这模样，皇上见了会怎么样。

其实只要他想，什么事能瞒得过他呢，她一直在赌皇帝的容忍度，直到那天姑爸和他一起来瞧她，她提起的心霎时就放下了——他们处得不错，就是瞧着姑爸的金面，皇上想必也不会难为她。

只是她也羞愧，闪躲着，不敢看皇帝的眼睛。他却显得不怎么上心，看了她的肚子一眼，临走说让他们离开外八庙，远走高飞，既是放他们自由，也是为了维持帝王家的体面。

对于皇帝，她真有说不尽的感激。世人都说皇权冷酷，其实他是世上顶好的人。还有姑爸，她对不起她，因为她的自请废黜，害她不得不参加选秀，今后也得困在那座四方城里，直到死的那一天。

云骥回来，听说皇上来过，显得有些惴惴的，低头说不担心皇上难为，只怕太后要怪罪。既然皇上放了恩旨，那就及早走吧，所以归置了东西，转天就预备出发。

好容易聚了一回又要分离，她心里头舍不得。给姑爸写了封信，没指着她来送她，只央求她想法子把阿玛捞出来……说来没脸得很，这本该是自己的责任，却全推给了比自己年纪还小的老姑奶奶。

行程已经定下了，云骥说在盛京有产业，过去就能安顿下来。承德离盛京也不算太远，他们慢慢地走，走上一个月，也就到了。

后来她生了个儿子，虽然没有娘家人在身边，但云骥照顾她照顾得很好。

她奶着孩子，也和云骥说："照着家里人的看法，我是个凉薄的人，只管自己逃命，再也不管家里人死活了。"

云骥宽慰她："处在那个位置上，您多不容易，家里头会知道的。不当皇后，您挣了条命，当皇后，这会儿恐怕人都不在了，还谈什么捞人呢。"

他们在盛京的买卖还不错，开了个门脸儿做皮货生意，北方来的商客很多，偶尔还有京里采买的官员。孩子快满周岁的时候，从采买的内府官员口中听见个消息，说皇贵妃娘娘得了一对双伴儿，皇太后慈谕，封皇贵妃为皇后——"嘿，尚家这凤脉断不了，都说他们家不成事了，瞧瞧，这不又给续上了！"

双伴儿，母子均安，这是多大的造化呀！又逢皇贵妃晋封皇后，如此双喜临门，不得大赦天下嘛！

知愿站在院子里，面朝紫禁城的方向，跪下恭恭敬敬磕了三个响头。

她这辈子有福星保驾，总算活得不太糟糕。原还担心姑爸，这会子她也有了两个小子，皇上又爱重她，两下里终于都放下了。

原来没有无缘无故的相遇，小时候不着四六的结交，就是为了长大后的长相厮守啊。

番外·

银朱篇

　　活得不那么煎熬，日子过起来就很快。

　　世人都说进宫是桩苦差事，银朱并不这么觉得。大概是一早认准了主子的缘故吧，最初虽说也挨罚，受过点儿委屈，后来随着颐行地位的水涨船高，她们这些近前伺候的人，也个个有体面，活成了半个人上人。

　　五年，一个转身就过去啦。五年前的二月初十是选秀的日子，五年后的二月初九，该她收拾行囊，准备出宫和家人团聚了。

　　这时的颐行，早已不是皇贵妃的衔儿，彻底当上了皇后。尚家也重拾往日的荣耀，并且坚守住了家门出贵女的老例，照旧是京城府门里的独一份儿。

　　银朱伺候皇后这些年，感情很深厚，皇后亲自给她预备包裹，里头有主子体下的赏赐，也有小姐妹依依惜别，赠了的生活保障。

　　皇后就有这宗好，绝口不说多舍不得她，因为主子舍不得，奴才就不能全身而退，知情识趣的自然自请再留宫伺候两年，那就白耽误她的年华了。皇后只是说："出去了仔细找个好人家，不图人家金山银山，图个人品敞亮，你敬他，他也敬你的。"

　　这是皇后这些年得出的感悟，滔天富贵受用惯了，到最后能不能过到一块儿去，还得看品行。照她说来，手上宽裕不难，自己给银朱预备下的东西，够她在宫外富足地过上一辈子。要想活得舒称，必须找个可心的伴儿，毕竟日子老长，天天红眉毛绿眼睛的，那多糟心。

银朱还是有些犹像的，其实打心底里说，她也不是非要出宫不可，像含珍那样一辈子留宫伺候，也没什么不好。于是拽着皇后说："主子，您要是答应，奴才就不出去了。反正这宫里我也待惯了，出去得碰见那么些形形色色的人，这些年眼界调理得高，谁又能入我法眼！"

她不是一起头就打算留宫，为了一时义气，将来后悔就不好了。

皇后在她手上拍了拍："你先和家里人团聚团聚，要是过阵子觉得宫外不舒心，再回来就是了。"

也是，家里人还盼着她呢。银朱想了想，点头应了。

第二天风和日丽，皇后和含珍送她到宫门上，含珍替她整了整坎肩，轻声说："将来择了贵婿，过上了好日子，也别忘了主子娘娘和我。得闲进来瞧瞧，不枉咱们好了一场。"

银朱"哎"了声，看日光静静洒在皇后身上，那张明媚的脸上，凤眼微微眯觑着，总是一种含笑的神情。

再看看檐下奶妈子抱着两位小主子目送，她鼻子登时一酸，千言万语哽在喉头，什么都说不出来了。

"行啦，走吧。"皇后笑着说，"什么时候想咱们了，进来一回也不是难事。出去没准儿能混上个诰命夫人，我瞧你啊，出息大着呢。"

皇后娘娘最爱说喜兴的话，一切往好了想，所以她的人生并没有太多的沟坎。

银朱含泪点了点头，最后痛下决心似的长出一口气，跪下给皇后磕了个头，说"奴才去了"，然后头也不回走出了钟粹门。

从夹道一直向北，二月的风里带着凉意，愈冷冽愈清明。

银朱向尽头眺望，那朱红的宫墙映着碧蓝的天，格外有种万物伊始、万象更新的气象。

及到顺贞门上，站班的内监看见她，垂袖打了个千儿："给姑姑道喜。"

银朱颔首笑了笑，接过小宫女手里的包袱，从门槛上迈了过去。

神武门深深的门洞子，那头连着另一个世界。她脚下轻快，舍弃了五年的端稳，急急奔赴，出门就看见筒子河边停着一辆骡车，车厢一角挂着盏小小的灯笼，上面写着个"焦"字。

来接她的是大弟，时隔五年姐弟再相见，各自都抿着笑。弟弟接过她的包袱，说："上车吧，阿玛和额涅都在家等着呢。"

骡车穿大街过小巷，终于停在家门前，一家老小都在门上候着，见她下车，热热闹闹把她迎进去。姑奶奶役满回家，大有光宗耀祖的意思。

席面都已经备妥了，大家落座，席上银朱说起宫里的年月，绝没有半句不好，满心满口都是对主子的称赞。

当初落选的弟妹嘀咕着："外头把宫里说得多唬人的，如今瞧瞧，姐姐不是好好的嘛。伺候五年，主子怪抬爱的，得了那么些赏赐，多有体面！"

阿玛沉默了半晌，只道："既然回来了，就得琢磨琢磨终身大事了。耽搁了这些年，眼看岁数大了，再不趁摸好人家，只怕将来婚姻艰难。"

役满的宫女出宫后，婚事方面确实难以周全，不过银朱是伺候过皇后的，和寻常小宫人不一样，自有像样的人家抢着要聘她。

也就是回家后三五日吧，有个姓佟的参领托了熟人来给儿子提亲，说早前忙于军中事务，把孩子的婚事耽误了，如今两家门当户对，姑娘过门是正经主子奶奶，绝不是填房。

像银朱这样不尴不尬的年纪，找个头婚的爷们儿不容易，也就是武将家议婚晚，正好有这个缺。

家里很赞同这门婚事，银朱也无可无不可，事儿先议着，这天正赶上寒食节，就上雍和宫去，求卦拜佛。

说起雍和宫，倒想起一个人来，那时候蒙冤，还因这人挨过板子，所以进了宫门，有心探一探他的下落。

可能吃斋念佛的人不问俗事，时隔几年再相见，江白喇嘛还是原来的样子。乍见银朱，眼里有些惊喜，合十向她拜了拜，道一声别来无恙。

因为两个人之间传出过莫须有的纠葛，心境和见一般人不大一样。银朱为免尴尬，更要落落大方些，舒展着眉目说："上回遇见大师，还是宝华殿办佛事那会儿呢，一晃四年过去了，大师瞧着还那么精神。"

江白嘉措不自在地咧了咧嘴，心说这个招呼打的，生把人说老了，"精神"这词，是夸上了年纪的人的。

"上回在宫里，你说要求一道平安符，我算着你出宫的日子，早就准备好了，只等你来取。"他匆促地说，"你等等，我这就给你拿来。"

银朱很意外："那会儿说的话，您还记着哪？"

江白脚下顿住了，忽然发现自己有些失分寸了。

可银朱却笑了："我想起来了，您说三月要回西藏，我算是有佛缘的，还能再见您一回。"

话说到这里，心头不知怎么，生起一点离愁来。人生就是这样，不停地重逢离别，各奔东西。

两下里都沉默不语，隔了会儿银朱才问："您多早晚走呀？还回来吗？"

江白数着念珠道："再过半个月就走，这一去，可能不会再来北京了。"

银朱长长"哦"了声："我听说您是活佛门下最得意的弟子，将来在西藏，八成也有远大的前程。"

江白不置可否，只说"少待"，便疾步向廊庑尽头走去。

银朱回身看向殿内，中央的金漆雕龙宝座上，坐着大肚弥勒佛，两旁有金刚护法，那巨大的笑容也有了威严的味道。

"姑爸，您和这大喇嘛有交情？"小侄女仰着脑袋问她。

银朱想了想："算是吧！"

也没等多久，江白回来了，给她一道叠得方方正正的黄符，略犹豫了下，另一只手握着样东西，放到她掌心里。

银朱疑惑地打量，原来是一面完整的净水观音木雕。她忽然想起在宝华殿捡着的沉香木雕，那时候还被拿来当成捉奸的物证，结果绕了个大圈子，果真是他雕的吗？

银朱发蒙，嘴里喃喃说着："这可是巧了……"

江白道："早前闲来无事，雕着玩的，后来不知怎么不见了……"

银朱哈哈一笑："这不就是缘分嘛。"

可是和佛家弟子讲缘分，本来就是虚妄。江白没有应她的话，垂眼看着她掌上的观音牌说："这个开过光，保佑你从此吉祥如意，无灾无难。"

银朱把牌子握在掌心，木料的肌理间还有淡淡的余温，想必来路上，他也紧紧攥着。

小侄女吵着闹着要回去了，银朱只得道谢告辞。后来每常把观音牌掏出来看，心头总是萦绕着一股说不清道不明的怅然。

和佟家的亲事很快定了下来，见过女婿两回，平平常常的一个人，没什么坏处，也说不出好处来。

反正对于婚事，两家都挺着急的，佟家仿佛时刻准备着给儿子娶媳妇，屋子是新修葺的，成立一个小家所需的用度也都现成，合计一下，决定当月就把事儿办了。

银朱出嫁那天，迎亲的队伍正巧经过雍和宫，她坐在花轿里朝外看，一队远行的喇嘛迎面过来，江白嘉措穿着素衣，就在那队人马里。

错身而过时视线相交，彼此都愣了下，但是怔愣不过一弹指，立刻换上了笑脸。

道旁的树顶有长风浩浩流过，颤动的叶子把日光分割成了无数的碎片，无端刺痛人眼。

银朱也曾设想过，不知西藏是个怎样的地方，气候好不好呀，饮食和北京有多大差别，关内人到了那里是否宜居……但也只是想想罢了，四九城里土生土长的姑娘，走不了那么远的道儿。

喇嘛队伍最后一辆马车也从眼前擦过，顶马脖子上的铜铃声不紧不慢远去，银朱叹了口气，收回手，放下了轿帘。

番外·

帝后篇

　　帝王家看重子嗣，越多越好，先头没怀上的时候，太后见天儿地催，如今有了，大伙儿都安生了，开始虔心地等待孩子的降生。尤其这回一怀就是俩，喜欢得太后坐不住站不住，每日礼佛的课业里必要带上一句，求佛祖保佑皇贵妃健健朗朗的，保佑孩子们在娘肚子里安稳，将来临盆，顺顺当当。

　　"一儿一女，凑个'好'字。"太后坐在南炕上，看着颐行喜人的大肚子说。自打先帝爷驾崩后，她就没有这么称意过。双伴儿，宇文家祖上没有这个先例，到了这辈儿能有这样的造化，可不是把人乐坏了！

　　"奶妈和看妈都得挑好的，要利落敞亮的。尤其是奶妈子，往上倒三辈，不能有体弱患疾，头脑蠢笨的，到底奶水连着心窍，别把孩子喂坏了。"太后又瞧了瞧那大肚子，温声吩咐，"就在眼巴前儿了，这程子更要留神些。上夜的都预备起来，打今儿起太医和稳婆就安顿在偏殿，防着夜里发作，来不及传唤。"

　　皇帝听他母亲念叨，觉得好笑："儿子也通医术，额涅就别操心了。"

　　太后抬了抬眼皮："女科里的事儿，只怕你不精通，还是要有专料理这行的人候着，我才放心。"

　　皇帝道是，自然不好告诉她，为了照顾好老姑奶奶，他把如何接生的窍门都研习透了。

　　颐行坐在圈椅里，乐呵呵地说："老佛爷别愁，那些我都预备好啦。早前韩太医还吩咐，双生的怕会提前些日子，我一直捏着心呢，可到今儿也没见有动静，想是这两个孩子性子慢，不着急。"

"那更好，瓜熟蒂落，长得结实。"太后边说边抚膝琢磨，"左不过就在小暑前后，还是要仔细。你身子沉，就别再来请安了，那些虚礼，要遵也不急在这时候。"

这话太后说过很多回了，颐行嘴上应是，并没有照办。一则大肚子还是得活动活动，不能干躺着养肉，到时候孩子太大生起来艰难；二则太后虽实心，自己也不能恃肚生娇，横竖来回不远，挪过来串串门儿，也成全了她的孝道。

正因她事事谨守本分，太后才越发看重她。前两年后宫交由裕贵妃主理，表面平和底下乱，如今让她拿主意，裕贵妃协理的差事反倒办得更好，足见她平衡后宫的手段。如今又怀了贵子，还有什么可挑剔的，婆婆看儿媳妇，倒也越看越欢喜。

不过到底不能让她陪着久坐，略闲聊了两句，就让皇帝送她回去了。

路上皇帝也让她不要到处乱撒欢，其实她不光上慈宁宫串门，各宫嫔妃那里她也常去做客，最远能跑到东北角的梵华楼。

颐行却说："您不明白，我走动走动，大伙儿处得和睦，且也让她们知道，东西十二宫我都盯着呢，没人敢出幺蛾子。"

所以身在高位，不是那么容易的事儿，她走累了，夜里回来他得给她松筋骨，夫妻情义就在这一揉一捏间日渐加固。

皇帝叹了口气，陪她慢慢在夹道里踱步："天儿热了，你打算溜达到生？我看还是养养元气，回头着床了有劲儿。"

颐行挑着眉，刚想说话，腿上一阵热流倾泻而下，她顿时红了脸："好好的，怎么憋不住了……"

皇帝诧然蹲下看，研究了一会儿，大呼小叫起来："羊水破了！"

一时之间乱了套，颐行都想不起来自己是怎么回的永寿宫，总之到处都是脚步声。肚子慢慢翻江倒海地疼起来，她也不慌，憋着劲儿匀气，一面吩咐含珍："把太福晋接进宫来。"

一气儿生两个不是小事，累得她满头满脑的汗。太医和接生嬷嬷再三请皇帝出去，他压根儿不听，坚持自己也懂医术，兴许帮得上忙。颐行本想劝他，但看见他那双眼睛，忽然就改主意了，让他别给人添乱，只管坐在脚踏上，供她攥手鼓劲儿。

皇帝从来不知道，原来老姑奶奶是如此力拔山河。他只觉自己的手在她掌中化成了一摊肉，她一疼，自己就跟着疼，龇牙咧嘴间还要给她擦汗，说她爱听的话，保证她生完孩子，立刻封她做皇后。

颐行还惦记着远在乌苏里江的哥哥，好好诞下双生子，大赦天下，才能实现她进宫的初衷。加上老姑奶奶其人受不得引诱，但凡有好处摆在眼前，她就有突破万难的决心，所以即便两个孩子折磨得她奄奄一息，她也拼到了最后。

一场恶仗打完，皇帝的手都快被捏废了，抱不了孩子，只能探头看，并且转告老姑奶奶："出了点差错，是两个小子。"

颐行一惊："说好了一儿一女的……"

这种事说不好，皇帝表示："大约是我诊脉的本事还不到家。"

反正皇太后很高兴，和太福晋一人抱一个，悠悠摇晃着，捏着逗孩子的声调说："两个阿哥也很好啊，阿哥多了江山稳。瞧瞧我的大孙子，长得多俊，和阿玛一个模子里刻出来的。"

颐行要闺女的愿望落空了，多少有些气馁，但很快就振作起来："下一胎，一定要个公主。"

皇帝为她一往无前的决心感动不已，但是目睹了刚才的几番凶险，还是觉得第二胎可以从长计议。

当然，答应她的事不能不算数，封后的诏书当天就下了，待阿哥们满月再行册封礼。大赦天下伴随皇子的降生、皇后的重立一同颁布，无论之前有多大的罪过都一笔勾销，除了不能官复原职，抄没的家产无法讨回，其他待遇和获罪前没有任何区别。

家里又出了一位皇后，什么官爵、家私，都没有那么重要，反正背靠大树好乘凉，颐行自然会安排好一切。福海被接回北京，头一件事就是求见皇上，忏悔自己的罪行。

皇帝因让着颐行的面子，对往日的岳丈，今天的大舅哥，还是拿出了十二万分的耐心。

"从今往后自珍自省吧，好好过日子。倘或生计艰难，只管和皇后开口，她自会帮衬你们的。"

福海道是，趴在地上痛哭流涕："奴才对不起主子，对不起皇后娘娘。奴才祖上效忠历代帝王，半分不敢懈怠，不想到了奴才这辈，丢尽了列祖列宗的脸……奴才死罪，奴才无颜面见圣主。"

这些话都是必需的过场，只是为了维系以后的关系罢了。彼此心里都知道，肃贪从福海头上查起，才能顺理成章波及那些暗处的皇亲国戚，毕竟让人攀咬出国丈来，皇帝脸上也不光鲜。

福海是引子，是出头鸟，虽可恨，却也情有可原，所以皇帝给了他活命的机会等待大赦天下，不像那些铁了心想整治的，早就一刀砍了。

有命活着就是造化，福海并不糊涂，就算再也无法入仕，他还是当今国舅爷，大半辈子都过去了，还有什么雄心壮志值得他拿命去耗。不如回家种种花，养养鸟儿，闲来上茶馆听人说书，在旗大爷的趣致人生一样丰富多彩，总比在乌苏里江风吹雨淋好。

给皇帝磕过了头，就该上后宫谢恩去了，福海瞧着比自己闺女还小的妹子，垂头丧气地说："为了知愿，委屈娘娘了。"

颐行从来不自苦，且嫁给那小小子儿，她乐意着呢。便让人抱了孩子出来见过舅舅，指着大一点的说"这是璟儿"，指着小的说"这是珩儿"。

"大哥哥瞧，我如今也圆满啦。"她笑着说，"皇上待我不错，后宫里头那些主儿也宾服我。我每常想，就算在民间嫁了人，也未必有多大自由，七大姑八大姨的琐碎多了，见天儿还要嚼舌头论长短，哪及现在舒心。您也别觉得落寞，塞翁失马焉知非福，咱们家累世高官，兴隆了那么多辈，盛极而衰本就是天道。倒不如修身养性，后世里再重整旗鼓，您江南江北的操劳了那么些年，该好好歇歇，在家奉养额涅了。"

福海听着，轮番抱了抱两个外甥，心里头还是安定的。瓜瓞绵绵，将来小辈里越发亲近，尚家不愁没有东山再起的一天。

"有娘娘在，我不着急。"他把孩子交回奶妈子手里，长吁了口气道，"就是知愿，这会儿也不知怎么样了。"

颐行摆手让人把孩子抱下去，请哥哥坐了，曼声说："她在盛京，听说买卖做得很好，一家子很和乐。眼下时候还未到，等再过两年吧，悄悄回家瞧瞧，万岁爷也答应了。"

福海点了点头："要说万岁爷这心胸，真是没话说了。"

颐行抿唇一笑，可不是吗，像他这样通情达理的皇帝，从古至今也不多见。

叙完了旧，福海便起身请跪安了。颐行送他到檐下，看他顺着中路一直往南，原先挺拔的身板，这些年被北方的严寒压弯了，隐约浮现出龙钟的老态。

皇帝来时见她还在殿前站着，伸手来牵她，问怎么了。

颐行回过神，顺势抱住了他的胳膊，扬着笑脸说没什么："哥哥感念天恩，说我嫁人嫁着啦。"

皇帝听得很称意，不过也不能太自满，谦虚地说："哪里哪里，分明是我福厚，遇见了你。"

夫妻过日子，不就是你夸夸我，我再捧捧你吗？这深宫里人满为患的岁月，也过出了别样热闹的滋味儿。

【全文完】

图书在版编目（CIP）数据

乌金坠 / 尤四姐著.
—武汉：长江出版社，2022.5
ISBN 978-7-5492-8284-5

I.①乌… II.①尤… III.①长篇小说—中国—当代 IV.① I247.5

中国版本图书馆 CIP 数据核字（2022）第 069049 号

乌金坠 / 尤四姐 著

出　　版	长江出版社	
	（武汉市解放大道 1863 号）	
选题策划	林　璧	
市场发行	长江出版社发行部	
网　　址	http://www.cjpress.com.cn	
责任编辑	陈　辉	
特约编辑	林　璧	
印　　刷	北京盛通印刷股份有限公司	
版　　次	2022 年 5 月第 1 版	
印　　次	2022 年 5 月第 1 次印刷	
开　　本	700mm×1000mm　1/16	
印　　张	36	
字　　数	657 千字	
书　　号	ISBN 978-7-5492-8284-5	
定　　价	78.00 元（全两册）	

版权所有　盗版必究（举报电话：027-82926804）
（如发现印装质量问题，请寄本社调换，电话 027-82926804）